weissbooks.w

Christoph Höhtker

Schlachthof und Ordnung

Roman

weissbooks.w

Personenregister (eine Auswahl)

Realitätslevel –1

Marc Toirsier (Journalist (*Le Miroir*, Paris) und Abenteurer, schwerer Marazepam-Konsum)

Dr. Eric Brian LeForbes (Geschäftsführer, Winston Pharmaceutics and Medical Care Deutschland Ltd., Ebratal)

Anne Girardoux (freie Journalistin (u. a. *Le Miroir*, Paris), multiple Sehnsuchtsfigur)

Thorsten Kray (autonom operierende Zelle der A.N.N.E., Fachbereich Flurbereinigung Ostdeutschland, Marazepam-Konsument)

Patrick Esnèr (Mittelmanagement Frères Milaut SA, Werk Südwest, Monéclair, Departement Gilotte, Region Argogne, Frankreich)

Nele Hoffleit (Schwester von Thorsten Kray, Marazepam-Konsumentin)

Gina Vermehren (Callgirl, Mitglied der semi- bzw. vollterroristischen Hochschulgruppierung GRF/GLF)

Dilek Karasu (Mitglied der semi- bzw. vollterroristischen Hochschulgruppierung GRF/GLF)

Bill Hoffleit (Privatdetektiv, Vater von Nele und Thorsten)

Caroline Bertesse-Esnèr (Ehefrau von Patrick Esnèr)

Eglantine Butragnole (Scheidungsanwältin, beste Freundin von Caroline Bertesse-Esnèr)

Dr. Peter Dransfeld (Leiter Öffentlichkeitsarbeit Winston Pharmaceutics and Medical Care Deutschland Ltd., Ebratal, Ehemann von Karin Bechtloff-Dransfeld, extrem risikoreiche Marazepam-Selbstversuche)

Karin Bechtloff-Dransfeld (Winston Pharmaceutics and Medical Care Deutschland Ltd., Ebratal, Ehefrau von Peter Dransfeld)

Dr. Ansgar Rappert (Leiter Patente/Lizenzen, Winston Pharmaceutics and Medical Care Deutschland Ltd., Ebratal, Liebhaber von Karin Bechtloff-Dransfeld)

Dr. Johannes Bindig (stellvertretender Leiter Öffentlichkeitsarbeit, Winston Pharmaceutics and Medical Care Deutschland Ltd., Ebratal, Nationalsozialist)
Phillippe de Meudon (Chefredakteur, *Le Miroir*, Paris)

Realitätslevel 0

Joachim A. Gerke (Romanautor (keine Veröffentlichungen), Empfänger staatlicher Transferleistungen, habitueller Marazepam-Konsum)
Dr. Gerhard Paul Bunnemann (übermenschlich alt, Denkmal, hochdekorierter Ostfront-Mediziner, behandelnder Arzt von Joachim A. Gerke)
Rafit Ozgun (Gebrauchtwagenhändler)
Marvin (Bekannter/Gehilfe von Ozgun, diverse Vorstrafen)
Annegret Albers (Sprechstundenhilfe Praxis Bunnemann)
Renate Walter (Sprechstundenhilfe Praxis Bunnemann)
Elizabieta (bulgarische Literaturwissenschaftlerin, Aufsicht in der Spielhalle *Game City*)

Realitätslevel –2

Auguste Mersault (französischer Kapitän und Sklavenhändler)
Hildegard Bunnemann (verstorbene Ehefrau von Gerhard Bunnemann, ehemalige Krankenschwester im Generalgouvernement und an der Ostfront)

Teil 1
Die Zweifel des Jean-Luc Béchamet

1

14.10.2022, 10.03 Uhr, Redaktions-Konferenzraum des *Miroir*, Paris

Die Gespräche ebbten ab, die Blicke richteten sich zum Tischende, von unten, von der Rue Gérard Arbre, war das wütende Hupen eines Kleinwagens zu hören.

»Leute, bevor wir loslegen, schaut euch das bitte mal an.« Chefredakteur Philippe de Meudon verteilte die Blätter. »Nehmt euch bitte die fünf Minuten. Ehrlich gesagt, ich weiß nicht mehr, was ich mit Marc noch machen soll.«

Die Männer und Frauen der Zehn-Uhr-Konferenz machten sich unverzüglich an die Lektüre. Stille erfüllte nun den Raum, während sich unten das Hupen in einen Dauerton verwandelt hatte. Jemand brüllte: »Casse-toi, connard!«

Schlachthof und Ordnung
oder Mein letzter Tag als Journalist

Wir erreichen unser Ziel im Morgengrauen. Jean-Luc Béchamet, mein langjähriger Fotograf, stoppt den Wagen, macht noch hinter dem Steuer erste Aufnahmen. Vor uns erstreckt sich ein flaches Tal, darin eingebettet ein ausgedehnter Industrie- und Bürokomplex. Ich nehme eine der Broschüren aus dem Handschuhfach. Auf dem

Cover das große Milaut-Zentrum für den Nordwesten, gut eine halbe Stunde nördlich von Nantes. Ein anderer Betrieb, doch exakt identische Komponenten. Ein Ensemble schneeweißer Bauklötze, aus der Ferne fotografiert. Das Milaut-Konzept: saubere, unverdächtig langweilige Gewerbeparkarchitektur, stets etwas abseits liegend, dennoch gut angeschlossen an das Fernstraßennetz. Seit den späten Achtzigerjahren sind in Frankreich insgesamt elf solcher Anlagen entstanden.

Ein neuer Tag erwacht über der sanften Landschaft der östlichen Gilotte. Die Luft ist feucht. Es riecht nach Thymian und Heu. Ein Eichenwäldchen, eine taubenetzte Weide, Rinder. Eine ganze Herde. Muskulös, tiefbraun, typisch für diese Region des Südwestens. Die Tiere grasen eng beieinander, manche schauen zu uns herüber. Atemdampf steigt in Schwaden auf, blassorange gefärbt von der über der Hügelkuppe aufgehenden Oktobersonne. »Die stehen da nicht umsonst«, murmelt Jean-Luc. »Die warten auf den Auslöser.« Ich frage mich: Wie viele ihrer Artgenossen haben die wohl schon beobachtet? Auf dem Weg hinunter ins Tal, mit rosa Zungen am Metallgestänge der Transporter, die – wie Milaut immer wieder betont – modernste Tierschutzstandards noch übertreffen. Milaut garantiert maximalen Komfort. Fünf-Sterne-Rinderreisebusse. Jean-Luc macht noch mehr Aufnahmen. Die Tiere rühren sich nicht. Irgendwann werden auch sie ins Tal fahren. Ich hatte erwartet, nervöser zu sein.

Anderthalb Stunden später (nach Croissants und Kaffee im nur wenige Kilometer vom Milaut-Fleischtempel entfernten Dörfchen Monéclair) sitzen wir in einem modern eingerichteten Tagungsraum. Auf dem mindestens fünf Meter langen Tisch hat man eine Auswahl nicht alkoholischer Getränke sowie weitere Milaut-Literatur platziert – säuberlich geschichtete Stapel mit Firmenprospekten, Dossiers, Pressemappen. Eines der Hefte, »Milaut pour la communauté«, informiert über die sozialen Aktivitäten des Unternehmens. Milaut richtet Bibliotheken und Jugendzentren ein, unterstützt Sportvereine, sogar regionale Naturschutzinitiativen. Einmal im Jahr veranstaltet man die französischen Zerlegemeisterschaften, und für die Aktion »Rêve d'enfant«, die sich um die Belange schwerstbehinderter Kinder kümmert, konnten zahlreiche prominente Schirmherren gewonnen werden. Ich lerne: Die 1,4 Millionen Rinder und gut 12 Millionen Schweine, die von Milaut jährlich in die Verwertungsprozesse eingespeist werden, bluten für einen guten Zweck aus.

Der Schlachtpädagoge

Die Tür öffnet sich, ein athletischer Mittvierziger in einem weißen Kittel mit dem dezenten Milaut-Logo kommt auf uns zu. Das muss Patrick Esnèr sein. Mit seinem sonnengegerbten Teint, dem starken Kinn und den fröhlichen Augen erinnert er an den früheren Tour-Sieger Bernard Hinault, und dieser starken, behaarten Hand, die nun nach uns greift, traut man eher Arbeit im Stall als das Begrüßen von Journalisten zu. Man hat mich eindringlich vor den Milaut-Öffentlichkeitsarbeitern gewarnt. Nach schlechten Erfahrungen mit Pariser PR-Spezialisten, so die Legende, setze das Unternehmen mittlerweile auf Männer aus der Praxis. Glaubwürdige Amateure, die ausdrücklich nicht auf jede Frage eine befriedigende, Schmutz abweisende Antwort parat haben sollen. Wahrscheinlich auch das die Idee von Pariser PR-Spezialisten. Der Mann vor uns ist ein Prototyp des neuen Milaut-Images. Er spricht mit dem kehligen Akzent der Region, sein Vater besaß, wie wir bald erfahren, tatsächlich einen Hof, kaum zwanzig Kilometer entfernt. »Bei uns zu Hause kam der Schlachter zweimal pro Jahr«, berichtet Esnèr, während wir uns aus einer Karaffe mit frisch gepresstem Orangensaft bedienen. »Das klingt vielleicht idyllisch, aber meinem alten Herrn standen jedes Mal die Tränen in den Augen.« Ich erwähne den Transport, den damit verbundenen Stress für die Tiere, gebe zu bedenken, dass zumindest der den Tieren seines Vaters erspart geblieben sei. Esnèr weist auf die extra für Milaut entworfenen Komfort-Lkws hin, die strikten Kontrollen der Spediteure. »Aber vermutlich haben Sie recht«, fügt er dann mit nachdenklichem Gesicht hinzu, »die Rinder meines Vaters hatten es besser.« Jean-Luc und ich schauen uns an. Einen Augenblick sind wir sprachlos. Unterhalten wir uns hier wirklich mit einem kritischen, unabhängig denkenden Angestellten?

Nach diesem ersten Höhepunkt vergeht eine Weile mit harmlosen

Plaudereien. Patrick erkundigt sich, wie unsere Fahrt verlaufen ist. Er zeigt sich interessiert an Jean-Lucs Ausrüstung. Sein Ton ist jovial, der Raum ist behaglich, die Orangen für den Saft stammen aus biologischem Anbau. Ich stelle fest, dass ich mich wohlfühle. Praktisch gegen meinen Willen habe ich Vertrauen gefasst. Wir sind hier, um die Realität des maschinellen Tötens zu erleben. Wir wollen und wir werden heute das Sterben sehen. Doch es erscheint mir beinahe tröstlich, dies in Begleitung eines so sympathischen Mannes wie Patrick Esnèr zu tun. Apropos, unser Betreuer schaut jetzt auf die Uhr. »Meine Herren, sind Sie bereit?« Er klingt aufmunternd und fürsorglich zugleich. Wir sind bereit. Das hoffe ich zumindest. Nein, wir sind bereit.

Das behagliche Tor zur Hölle

Das Erste, was ich sehe, spüre, selbst rieche, ist ein überwältigendes Weiß. Wir sind weiß, alles ist weiß, Patrick Esnèr geht voran. Zu seinem Milaut-Kittel trägt er jetzt auch weiße Plastikhandschuhe, eine weiße Haube und weiße Schuhüberzüge. Er ist kaum noch von der Umgebung zu unterscheiden. Es ist, als würde allein sein Gesicht durch ein grelles Vakuum schweben, und unwillkürlich suchen meine Augen nach Kontrasten, entdecken am Boden kleine orange Markierungen und Pfeile. Wegweiser für die Tiere? Das Milaut-Schlachtvieh als autarker Verkehrsteilnehmer?

Wir gehen durch eine Art Forschungslabor, eine Weltraumstation; das Gefühl, dass die Dinge hier drinnen mit der Welt da draußen nichts zu tun haben, wird überwältigend. Aber natürlich gibt es Verbindungen. Die Laderampen zum Beispiel, oder der Wartepferch, den Patrick uns jetzt zeigen will. Wir steigen Treppen hinauf zu einer Galerie, einem verglasten Laubengang. Der Raum, den wir nun von oben inspizieren, sieht ganz anders aus, regelrecht freundlich: warme Töne, Holz, indirektes Licht. Milaut hat einen gemütlichen, sehr geräumigen, traditionellen Stall nachgebaut. Der Boden ist mit frischem Stroh ausgelegt. Patrick informiert uns über Experimente mit klassischer Musik, mit Vogelgezwitscher. Man sei ständig auf der Suche nach Möglichkeiten, die letzten Minuten, jene Augenblicke, in denen die Tiere bereits Gefahr wittern, so angenehm und stressfrei wie möglich zu gestalten. Und zwar ohne medikamentöse Unterstützung. Wieder Esnèrs entwaffnende Ehrlichkeit, als er einräumt, dass solche Experimente letztlich vor allem im Hinblick auf die Fleischqualität stattfänden. Stresshormone könne man schmecken, fügt er hinzu und deutet dann auf eine große, dennoch dezente, beinahe getarnte Öffnung in einer der Holzwände des Rinderwarteraums: »Da müssen sie durch.«

Ich starre die Luke an, möchte sie als Tor zur Hölle begreifen. Als Ansaugstutzen einer schrecklichen Maschine. Doch das gelingt nicht. Das heißt, es gelingt mir schon, nur erschreckt mich die Vorstellung kaum. Es geschieht etwas anderes mit mir, während Jean-Luc seine Bilder macht. Seine Nikon ist im Dauereinsatz. Immer wieder nimmt er eine Ecke des Pferchs auf, in der das Stroh eine Art Mulde gebildet hat. Dort hat etwas gelegen, das ist offensichtlich. Jean-Luc fragt, was geschieht, wenn ein Rind sich weigert aufzustehen. Falls ein Tier partout keine Lust hat, durch den Schacht ins Nirwana zu spazieren. Auf Patricks Gesicht ist dieses Bernard-Hinault-Lächeln (nach einem Sieg in Alpe d'Huez), die beinahe bubenhafte Fröhlichkeit verschwunden. Gerade deswegen erwarte ich jetzt irgendetwas besonders Ausgeklügeltes von ihm, eine Lösung, die dem letzten Schrei zeitgenössischer Schlachttierpädagogik entspricht. Stattdessen öffnet er einen Metallspind und holt einen schwarzen, gut achtzig Zentimeter langen Stock heraus. »Mit diesem Ding bekommen wir das relativ problemlos hin.« Er deutet auf einen Knopf am Knauf des Stocks. »Keine große Ladung, in etwa wie an einem Weidezaun. Auf keinen Fall schmerzvoll, aber eine deutliche … tja, wie nenne ich das … eine deutliche Aufforderung.«

Selbstversuche

»Machen Sie mal!« Ich halte ihm den Unterarm hin. Ich fühle mich sehr gut, mein Puls ist normal, der Orangensaft hat mir zusätzliche Entschlossenheit verliehen. Meine Gehirnströme murmeln friedlich durch ein schnurgerades Flussbett, das die beiden gestern Abend eingeworfenen R200 zuverlässig und immer weiter für mich ausbaggern, auch wenn nicht auszuschließen ist, dass dieses Zeug meine Fleischqualität beeinträchtigt.

Esnèr tippt mit dem Stock in meine Armbeuge und drückt auf den Knopf. Ups, ein kleiner Schlag.

»Noch mal!«, herrsche ich ihn spaßig an. »Ich bin eine widerborstige, eigensinnige französische Kuh. Ich bin in der CGT[1].«

»Haha«, macht Esnèr, »genau wie ich. Na gut …« Er drückt erneut auf den Knopf. Das Gefühl gefällt mir ganz gut, obwohl ich das Wegzucken auch diesmal nicht unterdrücken kann. Im Hintergrund das Klicken von Jean-Lucs Kamera.

»Genossin Kuh, Schluss jetzt mit den Experimenten«, sagt Patrick aufmunternd. »Dürfte ich Sie nun zum Schlachtvorgang bitten.«

»Aber mit dem allergrößten Vergnügen, Maître Esnèr. Genau deswegen habe ich die lange Reise auf mich genommen.« Jean-Luc schaut von seiner Nikon auf. In seinem Blick liegt Befremden. Das ist gut. Meine Arbeit will genau das. Aufwühlen. *Ich* habe noch nicht aufgegeben.

Patrick geht voran, wir verlassen unsere Beobachtungsstation, stehen wieder inmitten dieser großen, wirklich blendend weißen Halle, gelangen dann in eine andere, gehen weiter. Gehäutete Rinderleichen hängen an Förderbändern, Männer hantieren mit langen Messern. Das Rot des Bluts bildet einen intensiven Kontrast zum Klinikweiß der Umgebung. Ich erwäge, Patrick auf die ästhetische Problemlage hinzuweisen, frage dann aber lediglich, wohin wir unterwegs sind.

»In die zentrale Videoüberwachung«, antwortet Patrick. Alle Stationen, die ein Tier bei Milaut durchlaufe, würden dokumentiert. Und zwar lückenlos. Auf diese Weise garantiere man optimale Sicherheit und Qualität. Irgendwelche Exzesse von Mitarbeitern gebe es bei Milaut nicht. Und wenn doch, dann … genau ein einziges Mal.«

---

1 CGT: Confédération Générale du Travail, traditionsreichste und radikalste unter den französischen Mainstreamgewerkschaften. Seit dem Ende des Ost-West-Konflikts und dem damit einhergehenden Wegfall der (linken) Systemalternative widerwillige Öffnung zum demokratischen Sozialismus, jedoch nicht, wie Torsier hier fälschlicherweise behauptet, zu den mannigfaltig ausgebeuteten Angehörigen der Familie der Hornträger.

»Exzesse?«, hakt Jean-Luc nach.

Es sei erwiesen, entgegnet Patrick, dass bei Menschen, die im Tötungsbereich arbeiten, im Laufe der Zeit eine gewisse Abstumpfung eintreten könne.

»Abstumpfung?« Jean-Lucs Stimme klingt hart und unerbittlich. Auch wenn sich etwas in mir mehr und mehr einen harmonischen Ablauf dieses Vormittags wünscht, bewundere ich seine Konsequenz und Professionalität.

Patricks Ausdruck ist klar und ernst. Ein Mann, der die Konfrontation nicht sucht, sie aber auch nicht scheut.

»Ich vermute, Sie haben das Buch dieses Amerikaners gelesen, der sich mit der amerikanischen Lebensmittelindustrie beschäftigt?«

»Fleischindustrie«, präzisiere ich.

»Genau. Und dort werden ja sehr detailliert … Vorfälle beschrieben, Grausamkeiten.«

»Sie meinen, wenn jemand einem Schwein einfach so den Rüssel abschneidet. Zum Spaß, als Unterhaltung für die Kollegen?« Jean-Luc erscheint mir jetzt ernsthaft gereizt. Offen gestanden, verstehe ich seine schlechte Laune nicht.

»Ja, derartige Vorfälle meine ich. Aber kommen Sie jetzt bitte mit, in der zentralen Videoüberwachung können Sie sich ein Bild machen, wie die Arbeitsprozesse bei Milaut organisiert sind. Und warum solche«, Patrick bleibt einen Moment stehen, »warum solche Perversionen bei uns nicht vorkommen können. Wir planen übrigens, die Schlachtungen in Echtzeit online zu stellen, sie praktisch live zu übertragen, im Sinne einer optimierten Transparenz. Unser Endziel ist es, den gesamten Lebensweg zum Beispiel eines Kalbs zu dokumentieren, von der Geburt bis zum …«

»Dahinscheiden?«, hilft Jean-Luc aus.

»Wenn Sie so wollen«, sagt Patrick mit resigniertem Ton. Wie aufrichtig, wie sympathisch mir dieser männliche Südwestfranzose vorkommt. Es müsste ein Vergnügen sein, von ihm höchstpersönlich entbeint zu werden. Hinter meiner Stirnplatte, rechts versetzt von der Nasenwurzel, spüre ich dieses leise, wohlige Marazepam-Gurgeln. Es ist alles gut. Glaube ich.

»Aber«, beginne ich daher eine neue, meine bisher vielleicht investigativste Frage, »fürchten Sie nicht, dass solche Live-Aufnahmen von manchen Leuten als Masturbationsvorlage missbraucht werden?«

Jean-Luc und Patrick schauen mich an. In ihrem Blick liegt ... was liegt in ihrem Blick? Bin ich Psychiater?

Philippe de Meudon schaute in die Runde: »Leute, ich frage euch: Was ist das? ›Die südliche Gilotte‹? Hat jemand von euch schon mal von der Gilotte gehört? Wirklich jetzt: Was ist mit Marc los?«

Anne Girardoux vom Kultur-Ressort hob die Hand. De Meudon machte eine auffordernde Geste.

»Philippe, ich decke ja nur ungern deine Wissenslücken auf, aber die Gilotte ist wunderschön. Ich war letzten Sommer drei Wochen dort. Du weißt, für meine Entgiftung.«

»Soso, und wo soll dieses wunderschöne Stück Fantasie-Frankreich liegen?«

»Na ja, weißt du, mit Geografie habe ich es nicht so. Irgendwo im Südwesten, ich habe während der Fahrt geschlafen«, informierte die sehr attraktive Enddreißigerin Girardoux ihren Chefredakteur sowie ihre Kollegen, von denen jetzt einige zu grinsen begonnen hatten.

»Aha«, machte de Meudon, »danke, Anne. Möchte sonst noch jemand etwas dazu sagen? Ich meine, was soll das sein? Die Gebrüder Milaut? Ich kenne kein Unternehmen mit diesem Namen.«

»Ich schon«, meldete sich erneut Anne Girardoux zu Wort. »*Milaut auf den Teller, und dein Tag leuchtet heller! Milaut – Wurst oder so!* Die haben damals den Prix Superfi-CIEL für die beste Kampagne bekommen, falls ich mich recht entsinne.«

»Stimmt«, schaltete sich Christian Arnaut ein, seines Zeichens Ressortleiter Wirtschaft/Soziales. »Daran kann ich mich erinnern. *Milaut, unsere Produkte lebten froh.*«

De Meudon verdrehte die Augen.

»Die Kampagne war damals einen Riesenerfolg«, ergänzte Anne Girardoux. »Wartet mal, ich komme noch drauf, die hatten noch einen richtigen Knaller ... wie ging der noch?«

»*Milaut: das saftige Vielleicht*?«, schlug Suzanne Rivaldez (Kultur) vor.

»Genau!«, rief Girardoux.

»*Milaut – zivilisiert oder roh.*« Das war Louis-Bertrand Berrichi von Politik/Gesellschaft.

»Nicht *zivilisiert*«, korrigierte Suzanne Rivaldez, »*manieriert.*«

»Leute, Leute«, stöhnte Philippe de Meudon und tippte dabei auf das kleine Fläschchen mit den in Cognac aufgelösten Marom R200 in seiner Hosentasche. Draußen hatte der Himmel wieder dieses unnachahmliche, konturenlos elegante Pariser Nachmittagsgrau angenommen. Es bestand, mit anderen Worten, keine Hoffnung mehr. Auf gar nichts.

2

Freitag, 14.04.2023, 20.11 Uhr, Bundesautobahn A2, zwei Kilometer nordöstlich der Anschlussstelle Bad Nenndorf

Dicht floss der Verkehr dahin. Die Leute waren unterwegs, bei Tag und Nacht, und die Armaturen des BMW[2] leuchteten kühl und wärmend zugleich.

»Oh, mein großer Bruder hat mal wieder Geheimnisse? Okay, sag mir wenigstens, wo du bist. Was machst du?«

Die Frage war berechtigt. Was genau hatte er eigentlich vor? Seine Unsicherheit darüber, wie der Sache am effektivsten gedient sei, war in letzter Zeit gewachsen. Sollte er wirklich immer weiter und immer wieder im Osten aufräumen? Auf irgendwelchen Dorf-Feten oder Weihnachtsmärkten? In diesen durchrenovierten Städtchen in Sachsen-Anhalt oder Thüringen? Trefferrate garantiert über neunzig Prozent. Oder wäre es nicht langsam mal etwas klüger, sich subtilere Ziele zu suchen? Leute aus dem Zielspektrum der anderen Seite, fleißige Asiaten

---

2 Ein Fahrzeug der aktuellen 5er-Reihe. Übernahme des Wagens am 13.04.2023 auf einem in der Nähe der Bundesautobahnen A1 und A30 gelegenen Supermarktparkplatz im Randbereich der Stadt Osnabrück.

zum Beispiel. Wenn er von denen eine Anzahl fertigmachte, wenn er sich ausschließlich an Unschuldige hielt, würde das nicht einen Imageverlust für den Feind bedeuten? Produktive, integrierte Menschen. Eine abscheuliche Tat. Ein feiges Verbrechen. War es zielführender, absolut unbescholtene Mitbürger zu eliminieren? Er stand vor einer strategischen Weichenstellung.

»Ich höre doch Geräusche. Du sitzt im Auto, stimmts?«

»Ja.«

»Und wo solls hingehen?«

»Keine Ahnung.«

»Keine Ahnung? Du weißt nicht, wo du hinfährst?«

»Mensch, Nele …«

»Ehrlich jetzt, wie viel hast du drin?«

Thorsten Kray beendete das Gespräch mit seiner vier Jahre jüngeren Schwester und warf das Telefon hinter sich auf die Rückbank. Wenn er statt Nazis mal ein paar fleißige Asiatinnen im Massagestudio niedermähte, könnte das nicht einen ungleich größeren Propaganda-Erfolg generieren? Winzige, geschickte, steuerzahlende Gliedmaßen, zerdroschen von einem barbarischen, ewig gestrigen Wurstfinger am Abzug?

Er schaute in den Rückspiegel, beobachtete die Lichterkette, die sich von den schwarzen Hügeln des Weserberglandes hinabwand. Ein Fackelmarsch, ein leuchtender Pfad. Wenn er einmal wirklich präzise darüber nachdachte, wenn er einmal sämtliche Ressentiments und A.N.N.E.[3]-Direktiven beiseiteließ, war es Unsinn, das Projekt weiter ausschließlich im Osten durchzuziehen. Die Einheit hatte sich vollzogen, Unterschiede verschwammen zusehends, und der Osten hatte längst die ideologische Hegemonie übernommen. Also gleich die nächste Abfahrt nehmen und loslegen? Letztlich sprach nichts dagegen. Dennoch, das Pack in der Zone hatte es immer noch eine Spur mehr verdient. Außerdem war ihm der offene Angriff auf den Gegner einfach lieber. Action directe! Und bevor sie ihn kriegten, bevor er

---

3 Advanced Neo Nazi Extermination – Netzwerk autonom agierender, jedoch zentral gesteuerter anti-nationalsozialistischer Zellen und Einzelpersonen, seit November 2017 behördlich bekannt, seit Januar 2018 offiziell als terroristische Vereinigung anerkannt. Führungsebene bis auf den heutigen Tag nicht identifiziert.

draufging, würde er Anne alles erklären. Damit wenigstens die Franzosen Bescheid wüssten.

Das Glimmen des BMW-Cockpits. Verführung durch Nazi-Ingenieurskunst. Er musste sich zwingen, wieder auf die Straße zu schauen. In ein, zwei Stunden würde er abfahren, sich in einem Autohof, in irgendeinem Vertreterhotel einmieten, ein Bett, ein Fernseher, die Abend-Marom, dann träumen, in Wattemeere fallen, über schimmernde Horizonte segeln. Am nächsten Morgen oder, wie er das Präparat kannte, am nächsten Nachmittag dann noch einmal zweihundert, dreihundert Kilometer, weit hinein in diese widerlichen Steppen. In gewisser Hinsicht widerstrebte es ihm, Menschenleben auszulöschen, doch bisher hatte ihm niemand eine gangbare Alternative aufgezeigt. Jemand musste es auf sich nehmen. Jemand musste Zeichen setzen.

3

Zweiter Brief der 28-jährigen Schwerstabhängigen Nele Hoffleit an die Firma Winston Pharmaceutics and Medical Care Deutschland Ltd. (undatiert)[4]

Liebe Hersteller von Marom R200,
ich möchte Ihnen nochmals von ganzem Herzen danken! Am liebsten würde ich jeden Einzelnen von Ihnen (besonders aber die Forscher und die lieben Versuchstiere) umarmen und herzen. Sie haben mir buchstäblich mein Leben gerettet, viel mehr, Sie haben mir mein Leben geschenkt, zurückgeschenkt. Endlich kann ich wieder atmen, die Augen öffnen und mich umschauen in der Welt,

4 Der Wortlaut des ersten Briefs der 28-jährigen Schwerstabhängigen Nele Hoffleit an die Firma Winston Pharmaceutics and Medical Care Deutschland Ltd. (undatiert, Poststempel 02.08.2022)
Liebe Firma Winston,
danke, danke, danke, danke, danke, danke, danke, danke, danke, danke, danke, danke, danke, [...]
Ihre nun wieder lebensfähige
Nele Hoffleit.
PS: Ich melde mich noch mal, versprochen. Falls ich nicht vorher sterbe.

in unserer schönen, bunten, vielfältigen Welt, die für mich in den letzten Jahren, bevor ich mich mit Marom vermählte, nur noch Schmerz und Angst bedeutete. Beißende, zuschnappende Angst. Sie können sich nicht vorstellen, was es heißt, mit so einem Gefühl existieren und dann auch noch in einer Werbeagentur arbeiten zu müssen. Allein der Weg dorthin: Horror! Ich gehe auf dem Bürgersteig und sehe dort einen dünnen Ast, eher noch einen Zweig liegen, und sofort beginnt das Karussell sich zu drehen: Ich trete auf den Ast, rutsche irgendwie auf seiner glitschigen Rinde seitlich aus, gerate ins Straucheln, falle der Länge nach hin, lande auf dem Gehweg, wobei mein Kopf über den Rinnstein hinaus auf die Straße ragt, auf der Sekunden vorher ein Lkw-Fahrer in Sekundenschlaf gefallen ist. Sein Fahrzeug bricht aus, mein Kopf, Teile meines Gehirns landen in dem groben Reifenprofil, ich selber höre noch das Knacken meiner Schädeldecke, mein linkes Auge wird aus der Höhle gequetscht, landet irgendwo auf dem Asphalt und sieht, wie die Bremslichter des Lkw endlich aufleuchten, der Laster mit einem Ruck zum Stehen kommt. Verstehen Sie, liebe Erfinder von Marom R200, solche Vorstellungen begleiteten mich tagein, tagaus. Ich konnte kaum noch atmen. Permanent sah ich mich einen schrecklichen und dazu auch noch absolut lächerlichen Tod sterben.

Doch dann kam Marom. Meine Rettung! Sie sind meine Retter, wissen Sie das? Ich bin so glücklich. Ich kann wieder leben. Ich kann am Leben teilnehmen. Ich schlafe gut und fest, und ich träume ausschließlich von angenehmen Dingen. Meine Träume sind so schön, das kann ich gar nicht beschreiben.

Marom ist ein Wunder, eine Gabe Gottes. Ich möchte niemals mehr darauf verzichten. Außerdem habe ich gehört, was passiert, wenn man das tut.

Liebe Grüße aus Hamburg,
Nele Hoffleit

4

Gedicht

Die nachtschwarzen Gestalten, die Schatten.
Die verfließenden, anthrazitenen Tage.
Die bleiernen Grabplatten auf meinem Brustkorb.
Der schwarz-braun erstarrte Schlick in meinen Adern.

Es ist absolut sicher, die Sonne wird nie wieder aufgehen.
Es ist absolut nachgewiesen, ich werde nie wieder lachen.

Mein Kopf: ein schmieriger Nebel.
Meine Hände: Tentakel eines hysterischen Insekts.
Mein Schwanz: eine verrottete, geteerte Nacktschnecke.
Meine Füße: zitternde, schwitzende Klumpen.

Dann das Kriechen zum verbotenen Schränkchen,
  zur verheißenen Schachtel.
Der glitzernde Blister, das heitere Knistern.
Der Weg unter meine tänzelnde Zunge

Marazepam – meine ewige Liebe!
Ich will und werde dich heiraten.[5]

---

5 Aus dem privaten Dateien-Archiv des Marc André Toirsier. Entstehungszeitpunkt unbekannt.

5

Freitag, 16.12.2022, 19.24 Uhr, Industriegebiet Avignacq-sous-bois, vier Kilometer nordöstlich von Monéclair, Departement Gilotte, Region Argogne

Patrick Esnèr hatte es eilig. Mit langen Schritten eilte der Dreiundvierzigjährige über den windigen Firmenparkplatz, ließ bereits aus zwanzig Metern Entfernung per Fernbedienung die Türschlösser aufspringen und warf sich kurz darauf mit einem energischen Schwung in den mattschwarzen, schon etwas angejahrten, jedoch weiterhin relativ zuverlässigen und zeitgemäßen sowie relativ bis völlig unerheblichen Citroën DXC E-Wavecross.

Esnèr betätigte die Zündung, doch statt umgehend loszufahren, hielt der Diplomvolkswirt (im zweiten Bildungsweg) plötzlich inne. Sämtliche professionelle Spannung, die ihn während der zurückliegenden zwölf Stunden aufrecht gehalten und vorangetrieben hatte, wich für einen Augenblick aus seinem immer noch sportlich sehnigen Körper. Der Tag bei Milaut war nervenaufreibend gewesen, hatte aber keinerlei positive Entwicklungen gebracht. Nach wie vor standen sich die beiden Fraktionen in der Geschäftsleitung Südwest unversöhnlich gegenüber, und sein neues, seiner Meinung nach brillantes, beinahe artistisches Vermittlungsangebot war ein weiteres Mal von allen Seiten zerpflückt worden. Es war tatsächlich zum Verzweifeln. Ein klassischer Milaut-Grabenkrieg. Verdächtigungen, Intrigen, Konterintrigen, halsstarrige Paranoismen. Überhaupt ein Witz, dass man ausgerechnet ihn, den Quereinsteiger, den Mann aus der Praxis, mit einer derart heiklen Mediatorenaufgabe betraut hatte. Andererseits, wenn er es schaffte, wenn er endlich einen Ausweg aus diesem endlosen Konflikt-Labyrinth fand, war er der Mann im Südwesten; ein Faktor, den Paris unmöglich länger übergehen konnte. Und außerdem, realistisch betrachtet, wer außer ihm sollte den Job erledigen? Himmel, waren das Idioten im vierten Stock! Esnèr schüttelte den Kopf mit dem vollen, seit einiger Zeit jedoch ansatzweise grau melierten Haupthaar und legte den Rückwärtsgang ein. Was die Gebrüder Milaut betraf, hatte er nun Feierabend. Im Moment hatte es wenig Sinn, weiter über die komplexen Frontlinien innerhalb der oberen und mittleren Managementebene der südwestlichen Filiale des größten französischen Fleischversorgers nachzugrübeln. Wie sein Doppelgänger und großes Vorbild Bernard »der Dachs« Hinault trainierte Esnèr die Fähigkeit, Probleme, Niederlagen, generell Vergangenes schlagartig hinter sich zu lassen, das Gehirn komplett und radikal auf kommende Aufgaben umzuprogrammieren. Er zuckte also demonstrativ mit den Schultern, ließ gleichzeitig sanft die Kupplung kommen, bewegte den Wagen zunächst aus der Parklücke, danach über den nur noch spärlich gefüllten Parkplatz 3a des Milaut-Geländes, bog dann auf die ebenfalls praktisch leere D332 Richtung Montoidon-les-bains ein, beschleunigte schließlich mit einem weiteren, diesmal jedoch beinahe wohligen Seufzer. Dieses Ortstreffen in Sautibe stand an, begann bereits in wenigen Minuten, und als frischgebackener Bezirkssekretär stand er nun einmal in der Pflicht, speziell wenn, wie heute, wieder irgendein alter Kämpfer – dreihundert Jahre dabei, mit Pétain noch höchstpersönlich kollaboriert – endgültig in die Umnachtung verabschiedet werden sollte. Das Programm dieser Veranstaltungen war immer gleich: seine zweiminütige Standardrede, der Dank der Partei, die Fundamente der Bewegung, die gemeinsamen Werte, die aufrechte Haltung im grausamen politischen Gegenwind und so weiter, dann eine halbe Stunde das Gejammer dieser Kretins, schließlich Käse und Schinken aus der Region. Oder, wie letzte Woche in Saint-Jacob de Serre, faseriges Kaninchen in glitschig brauner Soße. Auf jeden Fall literweise schwerer Médoc dazu. Esnèr wurde mulmig zumute, als er an die kommende, unweigerlich promillehaltige Heimfahrt dachte. Für den Fall eines Konfliktes mit den örtlichen Vertretern der Staatsmacht hatte er immer einige Pakete der Milaut-Premium-Linie im Kofferraum. Ausgesuchte Produkte, die nichts, wirklich gar nichts mit dem Zeug zu tun hatten, das sonst die Werkstore seines Arbeitgebers verließ. Was sich der französische Verbraucher, dieser angeblich so qualitätsbewusste Feinschmecker andrehen ließ – ein Traum! Sein Besuch in Bulgarien vor zwei Jahren, diese schauerlichen Milaut-Foie-Gras-Fabriken. Riesenställe, Folterlager auf ungeordnetem, balkanischem Land. Selbst ein Praktiker wie er hatte damals schlucken müssen: der Geruch, das Geschnatter, abends dann der Wodka, die

Nutten. Drei geschlagene Wochen hatte er das mitgemacht, die mit Abstand anspruchsvollste Zeit seiner bisherigen Laufbahn. Auf ein paar sehnigen Kaninchenschenkeln herumzukauen und dabei den senilen Geschichten hundertjähriger Genossen zu lauschen, war nichts dagegen, der reinste Urlaub.

Esnèr glitt mit konstant einhundertzwanzig Stundenkilometern über die Landstraßen der ebenso malerischen wie strukturschwachen südlichen Gilotte. Er genoss das robuste Fahrwerk und das durchzugsstarke Aggregat des Citroën, dachte dabei an dies und das. Plötzlich fiel ihm dieser Marc wieder ein. Marc Toirsier vom *Miroir*. Esnèr musste lächeln. Wie war er bloß darauf gekommen, diesem Typen sein Strandhaus bei Saint-Catherine sur Melons anzubieten? Seine geliebte Villa Mersault? Was hatte er damit bezwecken wollen, wo doch feststand, dass es sich bei diesem Toirsier um einen harmlosen Irren handelte. Er hatte sich den Artikel extra vorlegen lassen, bevor alles nach Paris gegangen war. Geschreibsel, wirres Psychogefasel. Kunst. Undenkbar, dass ein Mann wie de Meudon so etwas schlucken würde. Eigentlich könnte er Toirsier jetzt langsam mal an die frische Luft befördern. Zumal Caroline und die Kinder bereits quengelig wurden. Andererseits, Caroline und die Kinder waren immer quengelig, und die Festtage würde man ohnehin wieder in Chamonix verbringen.

Die Ausläufer von Sautibe, die Zone der Supermärkte: Carrefour, Leclerc et cetera – alles treue, erpresserische Milaut-Kunden. Esnèr bog von der Umgehungsstraße in Richtung Ortskern ab, die Architektur wurde charmanter, die Straßen verwinkelter, bald schon umgab ihn die pittoreske Ursprünglichkeit eines französischen Landstädtchens. Esnèr passierte den kleinen Platz mit der Mairie, warf einen flüchtigen Blick in das Café de la Poste. Dort vorne lag die Rue Emile Gaymard, er sah bereits die Lichter der *Auberge du Cheval Blanc*, entdeckte sogar beinahe direkt vor dem traditionellen Versammlungslokal einen Parkplatz. Alles in allem lag er nicht schlecht in der Zeit, seine Verspätung betrug kaum mehr als eine Viertelstunde. Esnèr setzte seinen Citroën mit einem einzigen, gekonnten Rückwärtsschwung in die Parklücke, schaltete dann den Motor ab und seufzte zum dritten und letzten Mal an diesem milden, insgesamt meteorologisch unauffälligen

Mittdezembertag. Für einen Moment versuchte er, sich zu sammeln. Es galt, sich zusammenzureißen und die Sache anzugehen, den Genossen ein paar aufmunternde, kämpferische Worte zuzurufen. Doch die erhoffte Fokussierung trat nicht ein. Stattdessen verfiel Esnèr wieder einmal in jene ärgerlichen Tagträumereien, die ihn seit vielen Jahren begleiteten, deren Häufigkeit und Intensität jedoch in den vergangenen Monaten deutlich zugenommen hatte. Kein Wunder! Schließlich hatte er zu nichts mehr Zeit. Caroline, die Kinder, die Geschäftsleitung, die Partei – alle wollten andauernd etwas von ihm. Wann hatte er zum letzten Mal in irgendeinem abgelegenen, noch nicht kameraüberwachten Milaut-Pferch Stress abbauen und ein paar verdattert dreinschauenden Schweinen einen standesgemäßen Besuch abstatten können? Wie er diese fragenden Blicke vermisste, wenn er den Tieren sein Tsukasa-Messer vor die (noch intakte) Nase hielt. Wie hieß noch dieser Fotograf, den Toirsier im Oktober dabeihatte? Béchamet? Ganz recht, Béchamet, solche Dinge passieren. Zum Glück! Ansonsten würde man noch vollkommen verrückt bei all der Arbeit.

Patrick Esnèr warf einen Blick in den Rückspiegel, überprüfte den Sitz seines perfekt frisierten Haars, dann stieg er aus, und die friedlich provinzielle Szenerie der Rue Lionel Jospin[6], in die er nun direkt einzutauchen sich gezwungen sah, erfüllte ihn mit Schaudern, mit einem kaum noch beherrschbaren, beinahe existenziellen Ekel.

---

6 Wie die meisten Gemeinden in den Departements Gilotte und Nibe wurde Sautibe seit mehreren Tausend Jahren sozialistisch regiert und verwaltet. Eines der zahlreichen Alleinstellungsmerkmale der idyllischen, etwas abgelegenen Atlantikküstenregion, denn im Rest der Republik war die Parti Socialiste nicht mehr einfach nur marginalisiert, sie war bereits in Vergessenheit geraten.

6

Aus den Entzugstagebüchern Marc Toirsier (vorläufiger Arbeitstitel: »Die Gesänge der Hölle«)

Tag 1[7]

Der berühmte Tag 1. Mein Entschluss steht da wie ein bronzener Monolith in der schüchternen Dezembermorgensonne. Wie dieser Schiffskadaver draußen in der Brandung vor Cap Souvert. Stur liegt das Wrack auf Grund, Welle um Welle bricht sich an ihm. Ein Monument der Unbeirrbarkeit. Fortan soll es mir als Talisman und Vorbild dienen.

Denn es ist vollkommen klar: Die Aufgabe, die vor mir liegt, ist die anspruchsvollste meiner Karriere. Ich werde minutiös protokollieren, was vor sich geht, was in mir und mit mir geschieht. Keinerlei Recherche. Ich weiß weder, wie lange es dauern wird, bis die Sache überstanden ist, noch, ob es überhaupt ein Überstehen gibt. Naiv und ohne Vorbereitung gehe ich in dieses Abenteuer. Meine Augen werden die eines Kindes sein, das mitten in der Nacht an einem fremden Ort aufwacht, und weder Eltern noch Geschwister sind bei ihm; alles, was dieses Kind jemals gekannt und geliebt hat, ist nicht nur fort, es ist, als hätte es nie existiert. Im Gefühl totaler Verlassenheit werde ich in die Dunkelheit schauen und aufschreiben, was zu berichten ist.

Ich habe Luc Reymond kontaktiert. Er hat sofort geantwortet. Natürlich seien sie interessiert. Immer. Das wäre gut. Gallimard wäre perfekt. Dennoch gestern auch Lazynskyi angerufen, ihn jetzt endgültig beauftragt, zur Sicherheit noch weitere Verlage zu kontakten. Ich will einen Vertrag und einen ordentlichen Vorschuss. Keine Ahnung, wie lange ich hier festsitzen werde, aber die Sache muss sich auf jeden Fall lohnen. De Meudon, dieser Kretin. Nichts für den *Miroir?* Na warte, du Idiot. Und Anne? Was machst du gerade, Anne? Wieder in einer dieser stumpfen Redaktionssitzungen in der Gérard Arbre? Denkst du an mich? Denkst du so an mich, wie ich an dich denke?

---

7 Kein Datum, vermutlich im Dezember 2022.

Schluss!

Esnèr hat mir versichert, ich könne bis mindestens Mitte Januar bleiben. (Das Haus hier nennt er »Kapitänshaus« oder auch »Villa Mersault«. Angeblich war dieser Mersault ein berühmter Seemann. Überprüfen!) Er und seine Familie seien über die Weihnachtsfeiertage in den Bergen. Seine Frau will übermorgen mit Lebensmitteln und anderen Sachen vorbeikommen. Er selber habe leider keine Zeit. Klar, der muss weiter bei Milaut Tiere killen (lassen).

Mehrere Wochen also, die vollkommen freigeräumt sind. Zeit, in der nichts sein wird außer mir, dem Meer, dem Wind und den Dünen. Gestern habe ich groß eingekauft, die Tüten den ganzen Weg von Saint-Catherine sur Melons bis hierher geschleppt. Ich bin jetzt für mindestens eine Woche ausgestattet. Esnèrs Frau müsste gar nicht mehr vorbeikommen. Aber die will bestimmt kontrollieren, wer sich in ihrem Besitz eingenistet hat. Was hat er gesagt? Wie heißt sie? Caroline. Laut Esnèr befindet sich im Keller jede Menge Alkohol; ich könne mich, in Maßen natürlich, bedienen. Ich werde verzichten. Die Aufgabe lautet: alles klar und unverschleiert erleben. Ich möchte – wie sage ich das, ohne pathetisch zu klingen? – nahe sein am Schmerz, an meinem wirklichen Kern. Doch bisher: nichts. Die letzte Einnahme erfolgte gestern um achtzehn Uhr. Meine Apéro-Tablette. Das war vor vierzehn Stunden. Ich fühle mich frisch und stabil. Im Hintergrund, praktisch an der Rückseite meiner Gedanken, lauert eine kleine, schüchterne Angst, eine blässliche Beklommenheit, doch das ist nichts, das muss ich nicht einmal beherrschen. Ein kiebiges, zaghaft zuschnappendes Schoßhündchen, mehr nicht.

Das Haus hat auf dem Dach einen Ausguck. Ein fantastischer Überblick. See und Wolken von einem stählernen, amorphen Grau, das einen schwachen, aber attraktiven Kontrast zum blassen Gelb der Dünen und dem Grün des Strandhafers bildet. Die Farben sind dezent, wirken auf mich aber intensiv. Dazu weht dieser stetige, ruhige Wind. Links, Richtung Cap Souvert, liegt das Wrack in den Wellen. Der Tag wartet auf mich, und er ist vollkommen leer.

Tag 2
Gestern Abend stundenlang BFM TV geschaut. Das ist mir seit Jahren nicht mehr passiert. Die erste klar identifizierbare Veränderung. Heute erst gefrühstückt (Müsli mit Joghurt, Kaffee, Orangensaft, natürlich keine Tablette), dann einen langen Strandspaziergang gemacht. Bis hinter Cap Souvert. Wirklich schön: das Meer, das Wrack, die Dünen, der Himmel. Der Wind streichelte meine Haut, murmelte mir Sachen ins Ohr. Ich glaube, ich habe mich richtig gut gefühlt. Der Pariser Lärm, der sich in meine Gehörgänge gefressen hat, verflüchtigt sich allmählich.

Ich machte diesen Dreistundenspaziergang, dann kam ich nach Hause, aß wieder etwas (Käse, Brot, Oliven), dann saß ich im Wohnzimmer auf der Couch. Ich saß einfach da.

Das Handy funktioniert nur manchmal. Ich durchschaue nicht, was da los ist. Zudem kein WLAN. Insgesamt weiß ich nicht, ob das, also diese relative Abgeschnittenheit, gut ist oder schlecht. Vorläufig wahrscheinlich noch egal. Obwohl es schon besser wäre, nachschauen zu können, wie dieses oder jenes Symptom zu bewerten ist. Wann es an der Zeit ist, den Rettungshubschrauber zu bestellen. Das habe ich nämlich heute Nachmittag verstärkt denken müssen: Was ist, wenn es zu schlimm wird? Wenn ich es nicht aushalte? Wird jemand kommen und mich retten? Esnèr? Wohl kaum. Der sitzt bei Milaut und singt die Rinder in den sanftesten aller Tode. Anne? Lächerlich. Noch habe ich so etwas wie Würde. Wer also wird zur Stelle sein, wenn es mir wirklich schlecht geht? Es ist Abend, der Abend des zweiten Tages. Ich trinke von Esnèrs Wein (nicht schlecht, Herr Fleischkommissar), esse Spaghetti und schaue wieder BFM TV. Keine Ahnung, was ich mit diesem Sender habe. Schätzungsweise liebe ich ihn. Darüber hinaus spüre ich nichts. Ich weiß, während ich hier sitze, baut sich der Spiegel immer weiter ab. Ich nähere mich einer kritischen Schwelle, aber selbst diese kleine, hinterhältige Angst, die gestern aufgekommen war, diese winzige Panik, ist nicht wiedergekommen. Ich sitze hier und schaue fern, und ansonsten ist nichts. Die eine Tablette, die ich für den Fall, dass alles völlig außer Kontrolle gerät, irgendwo in die Außentasche des kleinen Handgepäck-Rollkoffers gesteckt habe, funkt unauffällige, kurze Signale. Ich möchte mir nichts vormachen, eventuell ist es allein sie, ihre Gegenwart, die mich das alles hier, speziell dieses dämliche BFM TV, ertragen lässt.

Esnèrs Wein? Gut. Ganz vorzüglich.

Laptop runterfahren, zuklappen, der Blick auf die Gemüse-Uhr. Was zeigen Karotte und Stangenbohne jetzt an? Viertel vor zehn – perfekt! Nichts geht über die Lektüre des eigenen Werks. Zeit souverän überbrückt. Zeit unschädlich gemacht. Der Zeit den Stachel nach Art eines Patrick Esnèr, also ohne dekadente Anästhesie, amputiert. Bunnemann ist um halb elf. Dreizehn Minuten mit dem Bus, dann drei oder vier zu Fuß, vorher zwei zur Haltestelle, macht grob gerechnet zwanzig Minuten. Der Bus kommt alle zehn Minuten, also vorsichtshalber um zehn aus dem Haus? Oder noch früher? Besser noch früher. Verflucht, der Busfahrplan. Den bräuchte man jetzt. Den Rechner wieder hochfahren? Das Ding jetzt noch mal anwerfen? Man müsste konzentrierter sein. Was fehlt, ist eindeutig Konzentration. Ich muss Entscheidungen treffen. Klar ist, beim alten Bunnemann wartet man immer. Omis, Sieche, andere Trauergestalten. Das Wartezimmer bei Tag und Nacht voll. Trotzdem: auf keinen Fall zu spät kommen. Methusalem auf keinen Fall verärgern. Die beiden Ziegen am Empfang. So ein Risiko einzugehen, wäre verrückt. Selbstmörderisch. Es sollte alles getan werden, um die Praxis Dr. Bunnemann in Gänze zufriedenzustellen, ihre Abläufe in keinster Weise zu stören. Die Praxis Bunnemann ist bei Laune zu halten, damit sie mich bei Laune hält. Apropos, bevor es losgeht, bevor ich mich unter das Zeugs dort draußen mische, erst mal die Morgenration. Wie lange habe ich es heute rausgezögert? Wie lange sind die Herzklappenscharniere ungeölt? Die Hirnkolben? Auch schon wieder anderthalb Stunden. Fortschritte. Ich mache eindeutig Fortschritte.

Zugegeben, ich gehe die Sache anders an als ein Marc Toirsier. Nicht ganz so wagemutig. Mitnichten bin ich ein französischer Hasardeur. Doch immerhin, ich mache etwas. Ich zeige guten Willen. Spuren von Motivation. Ein Hauch von Ausschleichen. Allerdings:

Zum Ausschleichen braucht man etwas, woraus man ausschleichen kann. Verstehen Sie das, Herr Frontarzt mit den Russenbildern an der Praxiswand? Man braucht ein neues, frisches, optimistisch in der Morgensonne funkelndes Rezept. Ein kleines, bedeutungsschwangeres Zettelchen. Esspapier, wenn man so will. Und ich will so, Bunnemann. Geht das in Ihre pelzigen Weltkriegsohren hinein? Ich will und ich muss so. Außerdem hat das Ausschleichen eindeutig und zweifelsfrei begonnen. Es ist, warten Sie, was sagt das Gemüse? Es ist etwa dreizehn Minuten vor zehn, und ich habe weiterhin noch keine Tablette gefrühstückt. Was sagen Sie dazu, Herr Reichsarzt? Wie interpretieren Sie diese Geste? Als Spaß? Als launige kleine Morgenlaune? Oder glauben Sie, ich hätte die Dinger, von denen nun eines, das letzte, direkt vor mir liegt, einfach vergessen? Nun, ich kann Sie beruhigen: Mein Gedächtnis funktioniert tadellos. Mir sind weder die Nachnamen meiner Eltern noch die Vornamen sämtlicher unehelicher Nachkommen des Präfekten des Partial-Departements Haute Gilotte entfallen. Ich erinnere mich praktisch an alles, was ich nicht vergessen habe, und vor allem daran, dass mein Frühstück jetzt schon geschlagene, jahrelange, praktisch unendliche anderthalb Stunden überfällig ist. Ich erinnere mich lebhaft an die Tatsache, dass, wenn ich mich zu sehr erinnere, es ganz langsam unter der Haut zu kribbeln anfängt. Als würden die vielen kleinen Maden dort langsam erwachen, sich noch schlaftrunken unter der Hautbettdecke räkeln. Oh ja, Herr Professor, mein Erinnerungsvermögen ist trotz meines jahrelangen, nicht unbedingt und zu jeder Zeit zurückhaltenden Marazepam-Gebrauchs, den manche, Idioten hauptsächlich, sogar als Missbrauch bezeichnen würden, noch voll und ganz unangetastet. Das denke ich zumindest.

Das denke ich schon wieder zu lange, denn was zeigen Möhre und Bohne jetzt? 09.52 Uhr. Ich nehme das Wasserglas und die Tablette. Runter damit! Morgen warte ich bis Viertel nach zehn. Oder gleich bis halb elf. Falls ich morgen etwas habe, auf das sich zu warten lohnt. Die Mara sitzt in meinem Magen. Sie wird jetzt gleich zu arbeiten beginnen. Bunnemann und die ganzen anderen Sachen wegschmelzen. Ganz wichtig für den Auftritt bei Bunnemann: Bunnemann innerlich auflösen. Seine Bedeutung und Funktion runterschlucken. Noch nie war ich nüchtern bei Bunnemann. Bei Bunnemann nüchtern zu erscheinen, würde bedeuten, dass man nüchtern bleibt. Der Greis würde sich Sorgen machen. Der käme ins Grübeln. Die Bohne steht auf der Zehn, die Möhre gleich auf der Zwölf. Los! Jacke, Schlüssel, soll ich den Rechner mitnehmen? Fürs Wartezimmer? Warum nicht?! Andererseits: die Schlepperei. Will ich mit dem Ding die ganze Zeit durch die Gegend gondeln? Entschlüsse. Entschlüsselte Schlüssel-Entschlüsse. Ent… ich nehme ihn mit. Dafür wurde der konstruiert, nicht, um in der Bude zu hocken. Die Laptop-Tasche. Wo ist die verdammte Tragetasche? Möhre und Bohne wandern gnadenlos. Die stehen kurz vor ihrer eigenen Ernte. Dr. Bunnemann kocht Gemüsesuppe. Mittagstisch in der Praxis B.? Heute nur Légumes. Wo ist das Ding? Nicht in der Küche jedenfalls. Weiter in den großzügigen, komfortablen, lichtdurchfluteten Wohnschlafessfernsehfreizeitbereich. Neben dem Kleiderschrank? Bei dem Gerümpel? Treffer! Schnell zurück in die Küche geflitzt, Rechner verpackt, noch ein Glas Wasser. Wasser ist wichtig, gerade wenn alles andere, außer Marazepam, nicht mehr wichtig ist. Wasser bedeutet Leben. Leben bedeutet Wasser. Folgerichtig kriege ich die Dinger ohne Wasser nicht runter. Ich brauche den Schwung der Welle, ansonsten hängen sie mir im Schacht, worauf ich dann im Schacht hänge. Armseliges Bild. Eines Schreibers unwürdig. Und ich bin Schreiber, egal, was die anderen sagen. Bunnemann sagt, dass man viel trinken soll. »Die Zellen wässern, sonst trocknen die ein.« Zu Befehl! Ich trinke dieses Glas Wasser. Und dann, an der Spüle, gleich noch eins. Und jetzt los! Hinaus! Vorher noch pinkeln? Wichtig, um nicht im Bus einen Drang zu verspüren. Das will man nicht. Womöglich in der Praxis auf die Toilette? Niemals! Viren, Bakterien, ungutes Gewürm. Ärztetoiletten sind letaler als eine Pfanne, ein Eimer voll Marom. Schnell pinkeln, danach die Hände gründlich gewaschen, ein ganz klein wenig eingecremt. Die Zellen von innen bewässert, von außen befeuchtet, ganz wichtig, vor allem im Winter. Vor allem im Frühling, der sich wie ein Winter anfühlt. Im Winter klammt die Kleidung und schuppt die Haut, und zu jeder Jahreszeit lockt das Marazepam. Deswegen lockt es mich jetzt zu Bunnemann. Ich stehe an der Tür, ich habe alles. Schlüssel, Rechner, Telefon, Gehirn, Haut, Kassenkarte. Ich öffne die Tür. Putzmittelluft attackiert Fuchsbauluft. Generell ist Lüften wichtig. Abhärten. Deswegen auch nur das T-Shirt unter der dünnen Jacke. Bunnemann soll sehen, wie fit ich bin. Widerstandskräfte im Überangebot. Ein Naturbursche. Ein Patrick Esnèr. Täglich lange Spaziergänge. Läufe. Frühsport bei offenem Fenster, kalte Duschen, kalorienarme Nahrung, Ballaststoffe, Gemüseuhren. Ich bin sehr gesund, Herr Doktor Bunnemann, und keinesfalls eines dieser Pillenwracks. Gibt es bei mir nicht, so etwas. Heute erst um kurz vor zehn. Die Einnahme, meine ich. Alles andere schon vorher. Augen öffnen, aufstehen, aufhängen und so weiter. Aufhängen natürlich nicht. Ein Scherz. Ich bin topfit, körperlich und geistig. Hyperbelastbar.

Wenn da nur nicht diese Gefühle wären, verstehen Sie? Die kleinen, widerwärtigen Attacken, für die es aber dieses, wie Sie ja wissen, hervorragende Präparat gibt, das Sie mir seit einigen Jahren, wenn auch in letzter Zeit ein wenig widerwillig, seit Neuestem sogar ganz und gar widerborstig verschreiben. Ich trete hinaus in den Hausflur, ziehe die Wohnungstür ins Schloss, dann sofort: Panik. Der Schlüssel! Habe ich auch *wirklich* den Schlüssel? Anflüge eines möglichen Tagesablaufes. Schlüssel weg. Durchdrehen deswegen. Schlüsseldienst anrufen. Warten. Bunnemann verpassen. Erst recht durchdrehen. Pochende Gehirnmassen. Raumfordernde Kopfschmerzen. Ein Druck, der mir die Augen aus dem Schädel presst. Zwei Augäpfel in meiner Hand. Die Dinger starren mich von unten an, machen sich über meine Nasenhaare lustig. Augäpfel hatte ich schon bei Nele. Ein beliebtes Motiv. Meine Naseninnenbehaarung: seit Wochen nicht gestutzt. Seit Wochen wächst das Gestrüpp aus mir heraus – was soll da ein gepflegter Mann, ein Aristokrat des Gesundheitswesens wie zum Beispiel Dr. Bunnemann, denken? Ein Tablettengourmet mit meterlangen Nasenborsten? So einem verordnet man kein Premiummedikament. So einem verschreibt man den Abdecker. Hektische Fingerchen wühlen in der Jackentasche. Da sind sie. Ein Schlüsselerlebnis bleibt mir erspart. Ohnehin war die Panik nur gespielt. Die R500 ist ja schon in mir drin. Noch gewöhnt sie sich ein, findet sich zurecht. Doch gleich beginnt sie ihr Tagwerk. Ein paar Minuten noch. Die Schlüsselpanik war Inszenierung und Vergnügen. Regietheater. Generalprobe ohne Premiere. Wenn bei Bunnemann alles klargeht. Ein Schlüssel saust ins Schloss. Wenn die Sache bei Bunnemann läuft, ist die Aufführung vor Publikum bis auf Weiteres abgesagt. Wenn nicht, dann … Los, Abmarsch!

Sieh an, sieh an, sieh an, sieh an: Der Bus hat Verspätung. Mein Gemüsehandy sagt 10.04 Uhr, und der Fahrplan sagt 10.02 Uhr, und meine Augen, die momentan noch ruhig, *relativ* ruhig in ihren Löchern ausharren, sagen: kein Bus. Linie 26 trödelt herum, wie übrigens auch meine Frühstücks-Mara, was wiederum nicht schön, aber noch normal ist. Die Bunnemann-Aufregung, der Stress deswegen, dazu der brüchige, ganz leicht staksige Spaziergang zur Haltestelle. Das sind Faktoren, die es selbst einer allmächtigen R500 nicht einfacher machen. Die Morgen-Marom muss sich heute erst mal durchkämpfen. Durch die Bunnemann-Lianen, das bodennahe Angst- und Schlinggehölz. Zum Glück besitzt jede einzelne dieser Wundertabletten eine Machete, der nichts standhält. Die alles niedermäht, was meine Gehirngärtnereien als Sauggewächse aussäen. Die Mara wird kommen, und sie wird siegen, so wie sie jede einzelne ihrer unzähligen Kriegshandlungen gewonnen hat, und passend zu alldem biegt soeben ein Bus um die Ecke. Mein Telefon vermeldet drei volle Minuten Verspätung. Ich beruhige das Telefon. Toleranzrahmen, Zeitdifferenznormalverteilung, Fahrplaninterpretationsspielraum. Ich will dem Bus und seinen Insassen keinen Vorwurf machen, denn das Fahrzeug hält jetzt sogar, und zwar direkt vor mir. Einsteigen, Ausweis zeigen. Der Fahrer hat ein ausgesprochenes Marazepam-Gesicht. Dem wurde die Karosserie von innen geglättet, damit er nicht andere Karosserien verbeulen muss. Der sieht durch geschlossene Augenlider. Erkennt, erahnt Schulkinder, Omis, Polarfüchse. Vielleicht sogar ein Bunnemann-Kunde? Schulfreunde, Studienkollegen. Golfpartner. Der Bus fährt an, während ich durch den Gang nach hinten schwanke. Schwanken ausschließlich als Reaktion auf die Fahrzeugbewegung! Ich befinde mich nach wie vor im Mara-Schatten, während ich einen komfortablen und ansprechend gemusterten Sitzplatz möglichst weit weg von allen anderen Passagieren finde. Die Finsternis ist heute wirklich erstaunlich hartnäckig, auch wenn ich jetzt, wo ich sitze, einen ersten schüchternen Sonnenstrahl verspüre.

Kein Zweifel, ein zarter Wärmevorbote durchkriecht meinen Lungenlappen. Die Milzgrube. Die Kehlsenke. Oh Gott, wie ich das liebe. Dieses erste sanfte, jedoch schon eindringliche, irgendwie glühende Anklopfen. Ich habe sie alle durch; ich kenne die gesamte, weitverzweigte, über den ganzen Erdball verstreute Wirkstoff-Familie, sämtliche Vettern, Cousinen und Oheime, die verstockten Spießer, die Streber, die strahlenden Vorbilder, aber auch die zwielichtigen Gesellen, die schwarzen Schafe, die scheuen Rehe, die Haudrauf-Typen. Doch keiner, wirklich niemand ist wie Marazepam. Marazepam ist der Chef. Der Boss der Bosse, gleichzeitig der untertänigste Diener. Ein unglaubliches Medikament. Nichts und niemand kann ihm das Wasser reichen, wenn es mit ausreichend Wasser gereicht wird. Alleinstellungsmerkmal, singuläre Position, die Einsamkeit an der Spitze, und jetzt plötzlich stoppt der Bus? Der Bus hält an. Haltestelle Fritz-Erler-Weg: Niemand will einsteigen, niemand will aussteigen. Trotzdem öffnen sich die Türen, bleiben sogar irgendwie geöffnet. Interessant. Der Fahrer sieht Gespenster. Genau wie ich, wenn Bunnemann nicht spurt. Bei dem ich, wenn das hier so weitergeht, niemals ankomme. Guten Tag, Herr Professor Bunnemann. Bitte entschuldigen Sie die mehrstündige Verspätung, aber mein Busfahrer leidet an Trugbildern. So kann ich diesem Knochen unmöglich kommen. Der ist noch vom alten Schrot und Korn. Pünktlichkeit, Anstand, knallharte Schulmedizin. Unbändiger Glaube an die Chemie. Hass auf die Natur. Und recht hat er! Wer, wenn nicht der niedergelassene Allgemeinmediziner, wüsste besser, zu welchen Sachen, zu welch scheußlichen Bösartigkeiten die Natur in der Lage ist? Gott, was bin ich froh, dass es noch ein paar von diesen Dinosauriern gibt. Rezeptblock, krakelige Hieroglyphen, *der Nächste, bitte*. Homöopathie, Heilsteintherapie, psychosoziale Rekonvaleszenznachsorge? Kommunistisches Gefasel! Arbeitsscheue Urwaldmedizin! Mit so einem Quatsch braucht man Bunnemann … aha, Carlo-Schmid-Straße. Die Frauenautomatenstimme sagt: Carlo-Schmid-Straße. Scheinbar kommen wir doch voran. Die 26 schwebt über den Asphalt, und ich fange jetzt langsam, ganz sachte an, durch die 26 zu schweben. Kein Zweifel, Mara hat endlich ihr Tagwerk begonnen. Ich fühle, wie Wirkstoff und Rezeptoren sich begrüßen, sich umarmen, miteinander über grüne, leuchtende Heiden ziehen. Der Bus verlangsamt, hält: Hilfe, Schulkinder! Eine Herde Halbwüchsiger. Mitten am Vormittag? Was soll das, sollten die nicht alle im Chemieunterricht sitzen? Woher soll der Nachwuchs für die Marom-Bäckereien kommen, wenn alle nur noch durch die Gegend fahren? Türen auf, Lärm rein – Gott sei Dank wurde gerade noch rechtzeitig die Brandschutzmauer errichtet. Nicht auszudenken, was passierte, wenn ich ohne Maras in so eine Situation geriete. Geht das in Ihren Sauerbruch-Schädel hinein, Bunnemann? Ohne Marazepam bin ich ein Häufchen hysterische, angstklappernde Asche, eine Schale verfaultes, zitterndes Obst. Ein Teenager-Mädchen kommt den Gang herunter. Alles frei ringsum, und was macht diese Orientalin? Setzt sich direkt neben mich. Und die beiden Freundinnen fläzen sich auf die Sitze vor mir. Ich bin objektiv eingekeilt. Sicher, der Wirkstoff nimmt der Sache den Schrecken, verwandelt dieses Fegefeuer in eine winzige, beinahe komische Unpässlichkeit. Dennoch steht fest: Ich wurde in meinem individuellen Bewegungsspielraum massiv eingeschränkt. Also gut, Laptop auf. Ein wenig eng, aber sofort mit der Textkontrolle beginnen. Wo war ich stehen geblieben? Anne? Genau: die schöne, geheimnisvolle Anne Girardoux. Salut Anne, comment vas-tu? Moi, je …

7

Freitag, 16.12.2022, Paris, Gare du Nord

Wagen 21, Sitz 66, Anne Girardoux wuchtete ihre Reisetasche in die Gepäckablage, ließ sich auf den mit rötlichem Velours überzogenen Sitz fallen, und praktisch im selben Moment setzte sich der Thalys mit einem kaum wahrnehmbaren Zittern in Bewegung. Voilà, geschafft! Sie schloss die Augen, wartete darauf, dass sich ihr Puls beruhigte. Das war knapp. In der U-Bahn hatte sie ernsthaft befürchtet, sich eigentlich schon damit abgefunden, den Zug zu verpassen, um dann wieder Ewigkeiten am Gare du Nord auf den nächsten warten zu müssen. Das alles hatte sie schon erlebt, mehrfach, umso erleichterter war sie jetzt, die

Leute auf dem Bahnsteig stumm an sich vorbeiziehen zu sehen. Graue Pariser Gesichter. Selbst die Nordafrikaner bleichten hier irgendwann aus, wurden blass, kränklich. Gott, wie sie die Pariser Winter verabscheute! Diese endlose Abfolge grauer, subtil feindlicher Regen- und Nebeltage. Der Zug verließ den Bahnhof, bahnte sich einen Weg durch das Gleisgewirr. Die Brandmauern, die Graffiti, der Müll in den Gleisbetten – eine Szenerie allumfassender Trostlosigkeit bereits vor dem Périphérique. Und danach ging es erst richtig los, kamen die schäbigen Altbauten, die Blocks und Elendstürme, die verwahrlosten Gewerbegebiete von Saint-Denis. Seine-Saint-Denis, le neuf-trois, Bürgerkriegsland, legendäre ZUS[8]. Sie erinnerte sich an diese Reportage vor zwei Jahren, oder waren es schon drei? Die Zeit verschwamm in diesem Job, in dieser Stadt. Damals waren Marc, Jean-Luc und sie in die Areale des Schreckens gefahren, und zwar nicht mit dem Auto, sondern stilecht mit der RER. Das Ergebnis: Jean-Lucs komplette Nikon-Fotoausrüstung samt Stativ als Tributzahlung und eine Reportage, die für den Prix Albert-Londres nominiert worden war. Vor allem aber: die Festanstellung beim *Miroir* für sie und Marc. Sie hatten direkt von dem Elend und der Bösartigkeit der Leute da draußen profitiert. Anne Girardoux betrachtete eine abseits des Gleisdschungels in den grauen Himmel hineinragende Cité. War es dort gewesen, wo man vor ihren Augen, quasi als Showeinlage, diesen alten Peugeot angezündet hatte? Anne erinnerte sich, wie sie damals immer wieder die Orientierung verloren und tatsächlich physische Beklemmungen gespürt hatte in dem Gewirr aus Wohnaggregaten, Schienenwegen, Autobahnen, »besseren« Gegenden mit Einfamilienhäusern, sogar beinahe ländlichen Einsprengseln, dann der nächsten Cité, dem nächsten Zubringer. Selbst in ihrer Gegend, in der makellos heilen Welt des 16. Arrondissements fühlte sie die Gegenwart der Vorstädte, diesen erdrückenden Ring aus Elend und Banalität, aus Wut, Dummheit und Hoffnungslosigkeit. Die Banlieue lastete auf ihr wie ein Mühlstein, wie ein böser Traum.[9]

---

8 ZUS = zone urbaine sensible (flächendeckende Architektur- und Stadtsoziologie-Experimente, Drogen aller Art, bei Bedarf kombiniert mit religiös motivierter Zucht und Ordnung)

9 So zumindest Girardoux' Selbsteinschätzung. In Wirklichkeit war sie jedoch wie die

Haltestelle Georg-Leber-Straße. Eine noch bis Bunnemann. Next stop: Rezeptausgabe. Georg Leber? Sozialdemokrat. Hier sind alle Straßen Sozialdemokraten, was das impertinente Wesen neben mir jedoch nicht daran hindert, weiterhin auf meinen Bildschirm zu starren. Schamlos, wenn auch verständlich. Das literarische Interesse der jungen Generation. Guter Stoff, nicht wahr, Aishe? Ich sage das wirklich nur ungern, aber: einfach fabelhaft. »Die Banlieue lastete auf ihr wie ein Mühlstein« – brillant. Nach dem ganzen Quatsch mit Gilotte und Saint-Catherine jetzt brutalster Realismus. Saint-Catherine sur Melons: albern! Jetzt dagegen reine Pariser Gegenwart. Google Earth – je t'aime infiniment. Dennoch: objektiv bleiben! Objektive Fragen an den Text stellen. Schwächen identifizieren und beseitigen. Aber da sind keine Schwächen. Ein Text wie ein geschliffener Diamant. Wie ein polierter Maybach, der durch herbstlich entflammte New-England-Alleen schwebt. Oh là, là, die Mara kam spät heute Morgen, aber jetzt macht sie alles wieder gut. Eine Leistungsträgerin. Eine Maschine. Unentbehrlich für jedes Entscheiderteam, für jede landwirtschaftliche Produktionsgenossenschaft. Gott, immer diese Schwafeleien! Schluss damit! Wenn ich Bunnemann mit solchen Knäuel-Gedanken gegenübertrete, dreht der durch beziehungsweise sofort den Hahn zu. Der schickt mich glatt in die Entgiftung. Also runterkommen, noch zwei Minuten lesen, diesen vorzüglichen Literatur-Cocktail genießen. Dann aussteigen. An Aishe und ihren Kolleginnen vorbei. Einfach nur cool aussteigen. Was sagst du dazu, Anne?

---

meisten Linksliberalen und erst recht wie die meisten Konservativen froh über die Existenz der vorstädtischen Katastrophenzonen. Nicht auszudenken, was geschähe, wenn diese Wilden dauerhaft aus ihren Reservaten ausbrächen und sich über die neu entstandenen Frutarier-Patisserien und Bobo-Boulangerien, über die bunten Wochenmärkte und achtsamen Studentenmärsche der inneren Städte ergössen. Mit Schaudern dachte Girardoux an die Phase zurück, als wild gewordene Provinzspießer in Signaljacken versucht hatten, die Hauptstadt in Schutt und Asche zu legen. Wenn dergleichen den Leuten aus den Banlieue-Blöcken in den Sinn käme, wäre der Bürgerkrieg nicht nur unvermeidlich, sondern notwendig.

Anne entdeckte links den Tour Pleyel, dieses irre Hochhaus aus den frühen Siebzigern, das man mitten hinein nach Saint-Denis gerammt hatte und das, dachte man sich den monströsen Reklamezug auf dem Dach weg, auf beklemmende Weise den Türmen des World Trade Centers glich. Sie wusste, Marc hatte eine Geschichte mit diesem Ding dort erlebt, irgendetwas Irres, doch sie kam nicht mehr darauf, was. Wo war Marc? Wo hatte er sich versteckt? Wollte er es wirklich durchziehen? Wieder einmal machte sich Anne Girardoux Sorgen um ihren Kollegen und Freund (und früheren Teilzeitliebhaber) Marc Toirsier, der zu diesem Zeitpunkt – was Girardoux jedoch nicht wusste – in der Nähe des malerischen Fischerdörfchens Saint-Catherine sur Melons versuchte, sich aus der Umklammerung des wirkungsvollsten, wundervollsten und gefährlichsten Benzodiazepins zu befreien, das je das Licht der Welt erblickt und intensiviert hatte.

»Nächster Halt: Willy-Weyer-Straße«, meldet die Automatin.

»Entschuldigung, könntest du mich mal rauslassen?«

»Haben Sie das geschrieben?«

»Wie bitte?«

»Na, das«, sie deutet auf den jetzt zugeklappten Rechner.»Ist das von Ihnen? Oder runtergeladen? Also, wenn das runtergeladen war, würde ich mein Geld zurückverlangen.«

»Wieso?«

»Da waren Fehler drin.«

»Echt jetzt?« Eine ihrer Freundinnen hat sich zu uns umgedreht.

»Kannst du mich mal bitte rauslassen. Ich möchte hier aussteigen.« Das Jungtier blockiert frech meinen Fluchtparcours. Wenn die nicht bald reagiert, schaffe ich es unter Umständen nicht mehr rechtzeitig zum Ausgang, und damit aus der 26, zu Bunnemann, zu den Nachschub-Maras. Falls das passiert, falls ich die Willy-Weyer verpasse … Nun, es wäre besser für alle Beteiligten, man zwänge mich nicht zu irgendwelchen Handlungen. Man nötige mich nicht, eine Jugendliche vom Sitz zu flexen. Nichts liegt mir ferner als eine solche Maßnahme. Aber die Zeit drängt. Die Situation ist ernst. Ich befinde mich in Gefahr. Aishe erst recht. Der ganze Bus. Und was soll jetzt dieser Gluckser? Ein fröhlicher Gluckser ist soeben meiner Kehle entwichen. Hilfe! Die Marom reagiert über. Das sollte natürlich auch nicht sein. Das darf gleich auf keinen Fall passieren. Ein seriöses, konstruktives Arzt-Patienten-Gespräch, eine nüchterne Rezeptanalyse – und dann plötzlich irgendein aus der Tiefe aufsteigender Heiterkeitsschub? Undenkbar. Unaussprechlich kontraproduktiv. Immerhin, Aishe macht Anstalten, endlich aufzustehen. Schneller, du stumpfe Larve, brüllen mehrere voneinander unabhängige Stimmen in mir, doch der Anstand sowie die mir anerzogene, wenn nicht angeborene Höflichkeit gebieten es mir, mich zu bedanken.

»Danke.«

»Bitte.«

Ihre Freundinnen kichern. Um dieses verrückte Mara-Grinsen nicht noch einmal durchbrechen zu lassen, lächele ich präventiv. Vorbeugegrimasse. Tarnfrohsinn. Letztlich sieht die Kleine gar nicht übel aus – fällt mir in gewisser Hinsicht auf, konstatiere ich mit einem gewissen Aufmerksamkeitsanteil, während das Fahrzeug nun ernsthaft die Fahrt verlangsamt. Wir stoppen, und Konsul Willy Weyer – dieser Mann war eindeutig in der FDP! Was soll das in dieser Gegend? Ach so, sozialliberale Koalition. Die glücklichen Jahre vor meiner Geburt. Wie hieß noch die mit dem Helm auf dem Kopf? Matthäus-Maier? Ingrid Matthäus-Maier. Finanzexpertin. Ich stehe an der Tür, ich bin alles in allem bereit.

»Nicht vergessen, da sind noch Fehler drin«, ruft meine Lektorin noch einmal von hinten. »Wenn Sie wollen, korrigiere ich Ihnen das.«

»Deine Adresse?«, fragt das Marazepam.

»aishepunktgirardouxatmelonspunktfr – alles klein.«

Lautes Lachen der Kolleginnen. In mir eitles, literarisches Gebrodel. Interessantes Gefühl. Die Tür öffnet sich. Noch dreihundert Meter bis Bunnemann.

8

Freitag, 14.04.2023, 21.33 Uhr, das (spärlich besetzte) Restaurant *Jagdstube* im *Landhotel Osthoff*, ca. fünfzehn Kilometer nordöstlich von Peine/Niedersachsen

Thorsten Kray schob den Teller in Richtung Tischmitte, nahm noch einen Schluck und lehnte sich dann zurück. Schnitzel unter Pilz-Rahmsoße, Bratkartoffeln, zerkochtes Mischgemüse – etwas in ihm hatte nach genau dieser Art Mahlzeit verlangt. Feindkontakternährung. Symbolische Einverleibung. In einem dieser kindischen A.N.N.E.-Memoranden[10] hatten sie das sogar mal empfohlen. Als taktische Motivationshilfe.

»Noch ein Bier für den Herrn?« Die Bedienung war wieder aufgetaucht.

»Ja, bitte.«

»Gerne.«

Er sollte nicht zu viel trinken. Er durfte sich keinen Tran erlauben. Es ging um Leistungsbereitschaft (ergo Leistungsfähigkeit), nicht um eine zugegebenermaßen unterhaltsame Totenstarre.

Ein Bier noch. Ein Bier ging gerade noch. Aber danach Schluss. Alkohol plus Marazepam = Vorsicht! Danach Vertreterhotel-Bettruhe. Durchgelegene 90-cm-Matratzen. Wispernde Milben. Träume.

Die Ein-Mann-Terror-Zelle Thorsten Kray schaute sich in dem spärlich besetzten Gastraum um. Ein versteinertes Ehepaar, hinten in der Ecke ein Mann in seinem Alter. Stirnglatze, Goldrandbrille, Jeans, schwarze Lackslipper, weißes Hemd, Krawatte, Jackett über dem Stuhl. Dieser Mensch konnte tatsächlich alles Mögliche sein: Agent des Repressionsapparats, Aktivist der Gegenseite, aber auch ein A.N.N.E.-Kader. Nichts war jemals ausgeschlossen. Sehr viel geschah tatsächlich. Kray betrachtete sein Telefon, das still und höhnisch vor ihm auf dem widerlich rustikalen Restauranttisch lag. Die Dinge passierten, bei

---

10 Operationelle Denkanstöße, Vol. III-C, 2/21, S. 3: »Den bewaffneten Einheiten wird vor einem Zugriff eine emotive, kontra-faktische Ernährung empfohlen. Mit anderen Worten: Begreife, wonach sich der Feind sehnt. Schmecke und spüre den kulinarischen Nationalsozialismus. Und dann: Greif an!«

seinen Ausflügen in den Osten erlebte er Szenarien von beinahe psychedelischer Intensität, aber dieses Ding, sein stets zuverlässiges und einfallsreiches Sony, tat nichts, zeigte jene Nummer, jene vor vielen Jahren in ein längst geschmolzenes Vorgängermodell eingespeiste französische Durchwahl einfach nicht an. Nie.

»Ja, hallo«, würde er sich mit gleichmütiger, paranoisch unterlegter Stimme melden.

»Oui, es ist Anne. Thorsten?«

Sein Herz würde zu schlagen beginnen. Wilder als bei jedem durchlöcherten Ost-Kleinstadt-Marktplatz.

»Thorsten, ich muss dich unbedingt sehen.«

»Warum?«

»Weil ... bitte, Thorsten, was du tust, ist verrückt. Totalement fou. Das nützt niemandem.«

»Mag sein. Aber das haben sie bei Georg Elser auch gesagt.«

»Thorsten, Hitler ist tot.«

»Hier sind alle Hitler.«

»Ah oui? Das glaubst du ernsthaft?«

»Ja. Leb wohl.«

»Bitte, Thorsten. Ich muss mit dir sprechen. Wir müssen uns sehen. Damals mit Marc ... das war ein Fehler. Das weiß ich jetzt. Ich ...«

»Leb wohl, Anne.«

Er würde das Gespräch beenden, eine Semi-Erektion bemerken, dann von der Bedienung das neue Bier in Empfang nehmen. Doch das Display blieb dunkel. Außer Nele rief ihn niemand an. Und in gut einer Stunde würde das Marazepam alles Weitere für den Rest des Tages sowie für den Rest seines Lebens erledigt haben.

9
Internes Memorandum Winston Pharmaceutics and Medical Care Deutschland Ltd., Ebratal (Nordhessen), 04.09.2020

Hausinterne Empfänger:
Dr. Eric Brian LeForbes (Geschäftsführer)
Dr. Frank Metes (stv. Geschäftsführer)
Dr. Alexander Elmrich (Leiter Forschung/Produktentwicklung)
Dr. Franca Letieri (stv. Leiterin Forschung/Produktentwicklung)
Dr. Ansgar Rappert (Leiter Patente/Lizenzen)
Dr. Thomas Fischwirth (Leiter Rechtsabteilung, z. Zt. erkrankt)
Dr. John Eric Krokowsky (stv. Leiter Rechtsabteilung)
Dr. Tristan v. Dallwitz (Leiter Human Resources)
Julia Eberlein (stv. Leiterin Marketing)

Verfasser:
Dr. Johannes Bindig (Stellvertretender Leiter Öffentlichkeitsarbeit)
Betr.: Marom R – ein strategisches Risiko (?)

Ebratal, 4. September 2022
Sehr geehrte Damen und Herren,
ich möchte nochmalig und eindringlich auf die seit der im Mai 2016 erfolgten Markteinführung von Marom R100, Marom R200 und Marom R500 bei uns im Unternehmen eingetroffenen und in der Öffentlichkeit (z. B. in Internetforen, Presseartikeln, Fachpublikationen etc.) diskutierten Konsumentenreaktionen aufmerksam machen. Diese sind, wie ich bereits in meinem Schreiben vom 9. April diesen Jahres bemerkte, in ihrem Tenor, das heißt in mehr als 99,7 % der Fälle (Auswertung Dr. Milbradt (Marketing)) nicht nur positiv, sondern in einem geradezu überwältigenden Ausmaß euphorisch. Die Medikamentenserie Marom R (bzw. deren zugrunde liegender Wirkstoff Marazepam) hat sich bereits jetzt, nur gut vier Jahre nach der europaweiten Lancierung auf einem seit vielen Jahren äußerst umkämpften Markt, zu einem Klassiker, zu einem sogenannten »pharmakologischen Solitär« entwickelt. Die Gründe dieses

einmaligen und an sich erfreulichen Produkt-Erfolgs sind jedoch für unser Unternehmen im höchsten Maß besorgniserregend. Um zu verdeutlichen, womit wir es bei den einhellig begeisterten Verbraucherreaktionen de facto zu tun haben, möchte ich Ihnen zunächst die wichtigsten Eigenschaften und Wirkungsweisen von Marom R aus der Kundenperspektive noch einmal thematisch geordnet vor Augen führen:

A. Effektivität: Schnelle und nachhaltige Angstlösung, Muskelrelaxation Schlafermöglichung/-erzwingung, Epilepsieakutbekämpfung etc. (Marom R entspricht damit dem Anspruchsprofil eines modernen, marktüblichen Benzodiazepins ohne Einschränkungen)
B. Reaktivität: Im Unterschied zu sämtlichen Konkurrenzprodukten ist die hypnotische (schlaffördernde) Wirkung von Marom R jedoch nur bei einer erwünschten Schlafermöglichung relevant. Konsumenten, die sich Marom während ihres normalen Tagesablaufs, zum Beispiel am Arbeitsplatz, verabreichen, berichten von keinerlei sedierenden, jedoch sehr wohl von extrem angstlösenden, befreienden, in nicht wenigen Fällen auch vitalisierenden Effekten. Marom wirkt somit multifunktionell und interaktiv, es reagiert – was meines Wissens in dieser Medikamentenklasse einmalig ist und auch in der Testphase so nicht ermittelt wurde – auf temporär durchaus konträre Konsumentenbedürfnisse. Es liest die Wünsche des Verbrauchers. Wir dürfen daher mit einiger Berechtigung vom ersten wirklich intelligenten Benzodiazepin sprechen.
C. Euphorisierung: Zahlreiche Marom-Konsumenten berichten von zeitnah nach der Einnahme einsetzenden Euphorieschüben, einhergehend mit 1.) lang anhaltenden Phasen absoluten Wohlgefühls sowie 2.) milden, die Steuerungsfähigkeit nicht oder nur kaum beeinträchtigenden Halluzinationen. Marom weist somit direkt Benzodiazepin-atypische Eigenschaften auf, die bisher eher aus der Opiat- und Opioid-Wirkstoffklasse bekannt waren. Es gleicht, um eine Verbraucherin zu zitieren, »einer Wolke aus Wärme und Zärtlichkeit«. Ein anderer Konsument sprach in

Zusammenhang mit Marom R100 von einem »in Tabletten-Form gepressten Paradies«.

D. »Politisierung«: Marom R scheint bei etwa zwanzig bis fünfundzwanzig Prozent der Konsumenten eine erhöhte, in nicht wenigen Fällen sogar bis in den pathologischen Bereich gesteigerte Sensitivität gegenüber politischen, im weitesten Sinne also gesellschaftlichen Frage- und Problemstellungen zu evozieren, einhergehend mit einer deutlich gesteigerten Neigung, aus einmal gewonnenen politischen »Erkenntnissen« handlungsorientierte Konsequenzen zu ziehen. Marom R dürfte damit, und ich bin mir der Absurdität der Feststellung in diesem Zusammenhang durchaus bewusst, für das Entstehen zahlreicher Bürgerinitiativen und sonstiger neuerer politischer »Bewegungen« zumindest indirekt mitverantwortlich sein. Ein Zusammenhang mit der in den letzten beiden Jahren sprunghaft angestiegenen politischen Gewalt ist darüber hinaus nicht auszuschließen. Die durch ein Medikament, speziell durch ein Benzodiazepin ausgelöste politische Sensibilisierung ist m. E. ein einmaliges, so noch nie beobachtetes Phänomen, dessen (z. B. rechtliche) Implikationen noch nicht absehbar sind. Auch sind Erhebungen über den Zusammenhang zwischen spezifischen politischen Gesinnungen und dem jeweiligen Marom-Verbrauch dringend erforderlich. Meine Vermutung geht dahin, dass das Produkt in anarchistischen bzw. links-destruktivistischen Zirkeln[11] gezielt eingesetzt und instrumentalisiert wird, was wiederum eine Reaktion seitens staatlicher Organe, sobald diese auf den Zusammenhang aufmerksam geworden sind, wahrscheinlich macht.

E. Interaktion: Wie bei allen Benzodiazepinen führt der Beikonsum von z. B. Alkohol, Opiaten, psychogenen Substanzen sowie von Anti-Depressiva auch bei Marazepam-Verbrauchern zu unerwünschten, je nach Dosis sogar zu letalen Nebenwirkungen.

Was das Medikament jedoch von anderen Benzodiazepinen zu

11 In der Ursprungsversion sprach Bindig von »pseudolinken und militant volksverräterischen Systemknechten bzw. -erfüllungsgehilfen«.

unterscheiden scheint, ist seine, wie ein Konsument formulierte, »Sprunghaftigkeit«. Mit Sprunghaftigkeit ist gemeint, dass z. B. der Konsum von kleinen bis mittleren Mengen Alkohols bei gleichzeitiger Einnahme von Marom zumeist konsequenzlos bleibt. Ist jedoch ein gewisser, aber immer wieder unterschiedlicher und deshalb kaum verlässlich zu prognostizierender Schwellenwert überschritten, so tritt die Wechselwirkung schlagartig und mit extremer Intensität ein. Die Folgen sind das phasenweise Aussetzen des Handlungsbewusstseins, der sogenannte »Filmriss«, in dem jedoch paradoxerweise weiterhin z. B. politisch zielgerichtet und durchaus »überlegt« agiert werden kann (siehe Punkt D.). Ein Marom-Verbraucher (und Mitglied einer im Bundestag vertretenen Partei) berichtete von Hunderten verklebter Wahlplakate nach dem Genuss einer Flasche Wodka. Eine Tätigkeit, die mehrere Tage in Anspruch genommen haben muss, an die aber jegliche Erinnerung zu fehlen scheint. Es darf daher angenommen werden, dass die Bewusstseinseintrübungen und temporären Bewusstseinsverluste unter Marom-R-Einfluss intensiver, länger anhaltender und somit potenziell noch gefährlicher sind als bei vergleichbaren Benzodiazepinen.

F. Suchtakzeptanz: Auffällig in Zusammenhang mit den Konsumentenstellungnahmen zu Marom R ist die bisher beinahe vollständig ausgebliebene Bereitschaft, das Medikament abzusetzen. Detaillierte Entzugsberichte, wie sie zu sämtlichen anderen, auch den neueren Konkurrenz-Benzodiazepinen in zahlreichen Medien und Foren zu finden sind, fehlen bei Marom R völlig. Dieser Umstand ist m. E. ebenso ungewöhnlich wie besorgniserregend. Bisher liegt uns lediglich eine Ankündigung eines Entzugs vor (geäußert von einem französischen Journalisten, der den Marom-Ausschleichungsprozess im Rahmen einer Reportage dokumentieren möchte), woraus zu schließen ist, dass bereits die Aussicht auf einen Verlust bzw. auf einen Entzug von Marom R übereinstimmend als so unangenehm, als so schrecklich angesehen wird, dass selbst das vage Andeuten eines Entzugsvorhabens unterbleibt. Dieses ist, wie gesagt, einmalig in der

Benzodiazepin-Wirkstoffklasse, und leider rechtfertigen die in unseren Laborversuchen gemachten Beobachtungen hinsichtlich der physischen wie psychischen Begleitumstände eines Marazepam-Entzugs die auf Konsumentenseite gehegten Befürchtungen in vollstem Ausmaß.

Marom R ist, und damit möchte ich die oben genannten Punkte zusammenfassen, ein Medikament, das wir in seiner Wirkungsweise und Potenz trotz einer ausgedehnten Testphase noch nicht verstanden haben. Seine Markteinführung war daher für unser Unternehmen und ungeachtet des sich nun andeutenden kommerziellen Erfolgs ein nicht zu rechtfertigendes Risiko. Wir können, schlicht gesagt, noch nicht einmal ahnen, was in Sachen Marom R noch auf uns zukommen wird, und es ist, es tut mir leid, das in dieser Deutlichkeit feststellen zu müssen, nichts anderes als ein Skandal, dass uns seitens des US-Mutterhauses kaum Daten zu den umfangreichen sozialwissenschaftlich basierten Marom-Feldversuchen in Saromette/Wisconsin übermittelt wurden. Als tatsächlich gesichert kann daher für uns bisher lediglich die Erkenntnis gelten, dass im Falle einer vermehrten Absetz-Tendenz von Marom R auf Konsumentenseite mit Sicherheit Todesfälle zu beklagen sein werden. Ich möchte Sie in diesem Zusammenhang an die denkwürdigen Bilder aus unseren Laboren in Haverhill (Massachusetts) und Achtin (Mecklenburg-Vorpommern) erinnern. Solche Aufnahmen dürften irgendwann an die Öffentlichkeit gelangen, nur dass sie diesmal keine Nagetiere und Primaten, sondern menschliche Wesen abbilden werden.

Ich möchte abschließend darauf hinweisen, dass dieser Bericht ohne die Autorisierung des Leiters der Abteilung Öffentlichkeitsarbeit, Dr. Peter Dransfeld, erstellt und an Sie übermittelt wurde. In diesem Zusammenhang sehe ich es als meine Pflicht an, nochmals darauf aufmerksam zu machen, dass Herr Dr. Dransfeld nach eigener Aussage und seit nunmehr mehreren Monaten eine sich stetig intensivierende »Marom R500-Individualstudie« durchführt. Ich bitte darum, aus diesem Umstand sowie aus meinen vorherigen Ausführungen die für die zukünftige strategische Ausrichtung unseres Hauses notwendigen Schlüsse zu ziehen.

Mit freundlichem Gruß,[12]
Dr. Johannes Bindig

10

Aus den Entzugstagebüchern des Marc Toirsier

Tag 3
Säure rauscht durch zitternde Blutbahnen, durch berstende Arterienbögen. Es ist losgegangen. Das Abenteuer hat begonnen.

Seit heute Nacht Indifferenz. Am Strand oder im Haus, unter dem Tisch oder auf dem Bett – es ist egal geworden, wo ich bin, erst recht, wie spät es ist. Dennoch, fürs Protokoll: elf Uhr. Es ist elf Uhr vormittags, und ich fühle eine überwältigende Vielzahl unterschiedlichster Schmerzen. Mein Ende wird demnach eine Zusammenfassung sein. Ein Sammelvorgang. Meine Knochen – etwas bohrt sich durch ihr Mark, ein quirliger, bösartiger Stahlwurm. Reißende, brüllende Muskeln. Ich spüre mein Haar, selbst einzelne Haare; ich bin mehr als wach. Eine neue, entsetzliche Klarheit.

Gestern Abend die ersten Vorboten. Drei Flaschen aus Esnèrs Beständen, danach ein ganz normaler, ziemlich schwerer Alkoholrausch. Das beste Zeichen, dass der Spiegel bereits abgesunken war. Das Marazepam verlässt meinen Körper. Au revoir, cher ami. Du willst wirklich schon gehen? Warte, jemand möchte mitkommen! Mein Körper kappt die letzten Sehnen, die ihn mit sich, mit mir, mit

12 Ursprungsversion: »Mit nationalsozialistischem Gruß«. Generell versuchte Bindig, einen Kompromiss zwischen Vorsicht und Bekenntnisdrang zu finden und seine politische Gesinnung im Unternehmen durch eine Melange aus Andeutungen und bedeutungsvollen Auslassungen sowohl zu tarnen als auch zu offenbaren. Hinter vorgehaltener Hand wurde der promovierte Medienwissenschaftler bei Winston jedoch schon seit geraumer Zeit als »Aushilfs-Nazi« und »verrückter Ostler« gehandelt.

meinem kochenden Selbst verbinden. Bei mir bleiben die Schmerzen. In einer Blutblase erstickend, reise ich durch die Irrgärten der Agonie.

Noch bin ich in der Lage zu telefonieren. Anne? Jean-Marc? Diesen Esnèr? Wen soll ich anrufen, wenn mein Wadenbein explodiert? Ich bin allein.

Frage 1: Geht es zu schnell mit Toirsier? Frage 2: Oder nicht schnell genug? Frage 3: Wie glaubhaft ist das alles? Fakt ist, ich bin zu faul für irgendeine stumpfe Netzrecherche. Toirsiers Martyrium? Ich weiß absolut nichts davon, und ich sitze hier, damit das genau so bleibt: Omis, fahle Menschengewächse, Gestörte, dazu Dritte Welt – die klassische Bunnemann-Mischung. Eine Bunnemann-typische Wartezimmerbesatzung. In der Mitte ein flaches Tischchen mit Broschüren: Hyperaktives Alter. Vor- und Rumpfbeugen gegen Herz-Kreislauf. Grippe-Impfung – für wen? Ab wann? Die Oma neben mir stochert auf einem groben Handy herum. Ihre verkrümmte Klaue. Die erste SMS ihres Lebens. Selbstverständlich an Gott. Noch älter als die Oma, noch allmächtiger als Gott ist Bunnemann. Bunnemann weiß und sieht alles. Ihm macht niemand etwas vor. Seine Feuertaufe damals im Kursker Sub-Kessel, während der Rückzugszangenschlacht in den Gaganovsker Sümpfen. Ein blutjunger Stabsunterarzt, frisch aus den Heidelberger Hörsälen. Glänzende Noten, beste Referenzen, man hat Großes mit ihm vor: eine Position in den östlichen Forschungszentren. Hypothesen, Experimente, Erkenntnisse, Ruhm – der Karriereweg scheint vorgezeichnet.

Doch ein Bunnemann geht selbstverständlich an die Front. Heeresgruppe Mitte, Oktober '42: Gleich in seiner ersten Woche bei der Truppe fällt ihm diese groß gewachsene, engagierte Schwester auf: Hildegard Brauk, der spätere Engel von Retrograd. Man spricht zunächst nur dienstlich: hier eine knappe Information, dort ein sachlicher Meinungsaustausch. Seine Bewunderung für ihre Energie, ihren Mut. Gemeinsame Zigaretten nach vierzehn, sechzehn, achtzehn Stunden Dienst. Das erste private Wort. Sie stammt aus der Nähe von Minden, ist aufgewachsen am Tor zum Westfalenland. Und sie ist jemand anderem versprochen. Dennoch der erste Kuss, im provisorischen Magazin des Feldlazaretts, eigentlich ein Stall. Ihr bebender Busen inmitten ausrangierter Tragen, zwischen Regalen voller Gerätschaften, Ampullen, chirurgischen Instrumenten. Sie werden ein Paar, überstehen die dienstlich begründete Trennung – sie zur Heeresgruppe Nord, er weiterhin Mitte – und die Wirren bei Kriegsende. Wiedersehen im Mai '46, das zerstörte Hannover. Ein schöner, bereits sommerlicher Tag. Ihr gerader, ungebrochener Blick. Ihr ernstes, leidenschaftliches Seufzen, als er in sie eindringt, als sie ihn in sich aufnimmt – und nie wieder loslässt. Dreiundfünfzig Jahre ein Paar, Eheleute, Eltern. Schließlich die Diagnose, ihr kurzes Nicken, ihr beinahe amüsierter Ausdruck. Sie hatten beide vorgesorgt, lange vorher schon. Er hält ihre Hand, als sie die Tabletten nimmt, sieht sie dabei vor sich, an jenem ersten Tag auf dem schlammigen Bataillons-Verbandsplatz. Es hatte geregnet, roch nach dieser eigentümlich schwarzen Erde. Der heftige Gegenangriff des Russen. Blut überall, Schreie. Ihre verschmutzte Tracht, die kleinen Schweißperlen auf ihrer Stirn. Die frohe Gewissheit, die sie niemals verlor, die sie sich bewahrte, um sie den Todgeweihten zu schenken. Es war Liebe gewesen, eine ewige, heilige Verbundenheit. Nie wieder hatte Gerhard Bunnemann eine andere Frau angeschaut, nie wieder sollte …

»Frau Rettmeier?« Einer der beiden Empfangsdrachen schaut zu uns herein.

»Frau Rettmeier?«

Die Omi neben mir schnellt in die Höhe. Hola! Ein zähes, hartes Weib, das das ewige Leben fordert. Solchen Leuten hilft Bunnemann gern. Als Frontarzt weiß er Kampfgeist zu schätzen. Drückebergertum hingegen? Feiges Suchtgehampel? Die Oma stapft aus dem Raum, der Stuhl neben mir ist nach wenigen Sekunden neu besetzt. Mir einerlei, weiter im Text.

11

Der dritte Brief der Nele Hoffleit an die Firma Winston Pharma and Medical Care Deutschland Ltd.

Sehr geehrte Winston Pharmaceutics and Medical Care Deutschland Ltd., liebes Winston,
habe ich Ihnen schon einmal gesagt, wie dankbar ich dafür bin, dass Marom R in die Welt getreten ist? Dass Sie Marom R geboren haben? Ja, bestimmt. Na klar hab ich das schon gemacht. Aber ich möchte es noch einmal tun, denn ich bin so glücklich, ich schaue so fröhlich in meine Tage, auf meine Arbeit in der Agentur, meine Beziehung zu Jassir. Wenn Sie wüssten, wie anders das vorher war, wie die Angst mir jeden Schritt, jeden Gedanken, jeden Gedankenschritt zur Strafe, zur Katastrophe gemacht hat. Als ich drei war, ist mein Vater nach Amerika zurückgegangen – seitdem, glaube ich, habe ich Angst. Kennen Sie zum Beispiel diese Rampen hinten an den Lkws, die beim Entladen rauf- und runterfahren? Diese Apparate haben mir das Fahrradfahren beinahe unmöglich gemacht. Ich sah den Unfall so deutlich vor mir, man kann sich das gar nicht vorstellen als normaler Mensch. Ich spürte, wie die Rampenkante die Wucht des Aufpralls nutzte, um meinen Kopf vom Hals zu trennen. Die Rampen waren eine meiner Spezialitäten, eines meiner Angst-Steckenpferdchen. Aber es gab auch andere. Viele andere. Unzählige. Die Bordsteinkanten, die plötzlichen Löcher im Asphalt, die Äste, der Seitenwind, die Schwebstoffe, der Feinstaub. Und in der Agentur dann natürlich den ganzen Tag Menschen, die dem Teufel hörig sind.

All das, liebe Winston-Menschen, ist durch die Geburt von Marom R Vergangenheit. Die Gefühle, meine ich. Ich kann mich sehr gut an alles erinnern, an die Angst, die Panik, aber ich kann die Gefühle nicht mehr nachfühlen, verstehen Sie? Marom R hat mich abgedichtet, meinen Kopf uneinnehmbar gemacht. Ich bin friedlich und frei, und ich habe Lust, Dinge zu tun. Ich bin aktiv, abends aber schlafe ich wie ein Stein. Ich träume in der Nacht und erst recht am Tag. Es sind schöne Träume vom ersten Frühlingsgrün, vom Tanzen am Strand, von Jassirs Hand auf meinem Bauch. Es ist, als hätte

Marom in mir eine wärmende, unauslöschliche Flamme entzündet; manchmal glaube ich sogar, Marom selber ist diese Flamme. Und wissen Sie was? Die Maras haben bei mir einen speziellen Platz in der Wohnung. Ich habe eine sehr schöne kleine Schatulle aus Perlmutt, innen ganz mit rotem Samt ausgekleidet. Da drin bewahre ich meinen Schatz auf. Die Schatulle liegt auf der wunderbaren Fin-de-Siècle-Kommode, die Jassir letztes Jahr ganz toll renoviert hat. Daneben brennt immer eine Kerze.

Ihre Nele Hoffleit

PS: Mein Bruder Thorsten nimmt auch Marom. Er redet nicht viel, aber ich weiß, er ist total begeistert. Neulich meinte er, Marom mache ihn ganz tatendurstig. Für ein Schlafmittel doch ganz schön irre, oder? Ich kenn noch mehrere, die Marom nehmen. Alle finden es toll. Obwohl manche es wohl etwas übertreiben. Mit den Maras, meine ich, nicht mit dem Tollfinden.

12

Samstag, 17.12.2022, 08.31 Uhr, die »Außenbezirke« der Kleinstadt Romme, Departement Gilotte, Region Argogne, Südwestfrankreich, Europa (West), Planet Erde, 14. Sonnensystem der Xeta-Klasse, Entfernung zum Raum-Zeit-Transponder: 231 Mrd. Lichtjahre, Entfernung zur großen metaphysischen Schranke: 446 Mrd. Lichtjahre, Entfernung zum Ende aller Dinge: unbekannt (aber rapide abnehmend)

Patrick Esnèr erwachte, schaffte es jedoch, seine Augen geschlossen zu halten. Das war seines Wissens noch keinem Menschen zuvor gelungen. Befriedigt beschloss der Dreiundvierzigjährige, weiterzuschlafen, eventuell sogar den gesamten Morgen im Bett zu verbringen. Croissants, Kaffee und dazu eine gute Zeitung? Den *Miroir?* Nachschauen, ob dieser Toirsier endlich etwas geschrieben hatte? Er könnte eines der Mädchen zum Bureau de tabac schicken. Er könnte endlich einmal tun, wozu er, nur er, Lust hatte. Doch abgesehen von der Tatsache, dass ohnehin niemand in diesem Haus seinen Weisungen folgte, hätte das unweigerlich Kommunikation bedeutet. Kontakt mit der Außenwelt. Dazu war er definitiv noch nicht bereit. Esnèr drehte sich auf die Seite, zog die Beine an, hielt Kissen und Decke in beinahe zärtlicher Umarmung. Wenn ihn die Halbleichen vom Regionalvorstand[13] jetzt sehen könnten, oder gar die Kollegen in Avignacq sous-bois[14]: wie ein Kind in die Laken gekuschelt, sich embryonal vor der Welt verkriechend. Dann wäre es aus mit den Paris-Plänen. Dann hätte er die Zukunft ganz plötzlich schon hinter sich. Ab der mittleren Management-Ebene, so seine Überzeugung, wurden Karrieren primär durch psychologische Faktoren beeinflusst. Beziehungsweise beendet. Ein Nasebohren im videoüberwachten Treppenhaus, ein abwesendes Kauen auf seinem Kugelschreiber (Marke Montblanc, ein Firmengeschenk: zwanzig Jahre Milaut-Südwest, zwanzig Jahre gleich 12,3 Millionen Schweine, 1,1 Millionen Rinder allein in seinem unmittelbaren Verantwortungsbereich) während der wöchentlichen Videokonferenz mit Paris, ein Wimpernzucken beim Abendessen mit dem Einkaufschef des zweitwichtigsten regionalen Großkunden – Feierabend. Karriereinfarkt. Nichts blieb in diesem Haifischbecken unbemerkt. Alle beobachteten alle. Alle beobachteten alle beim Beobachten. Und alle sahen dabei immer nur: Idioten! Esnèr musste fast lachen. In was für einer Gesellschaft er seine Tage zubrachte, seit er diesen märchenhaften Aufstieg von den blutigen, mit Schweineschreien ausgekleideten Fliesen-Kammern bis hinter die ultramodernen Glas- und Stahlschreibtische der Geschäftsführungsebene hingelegt hatte! Mit was für Leuten er sich tagtäglich auseinandersetzen musste! Ganz ohne die Möglichkeit, denen bei Bedarf einfach die Nase abzuschneiden.

Das heißt, diese Möglichkeit bestand weiterhin. Es gab immer einen Ausweg. Man musste nur für die Konsequenzen bereit sein. Für die Sachen, die dann auf einen warteten. Esnèrs Laune war jetzt beinahe

---

13 Durchschnittsalter der PS-Provinzkader: 68,3 Jahre.

14 Name des 1997 von der Gemeinde Monéclair ausgewiesenen, infrastrukturell bestens ausgestatteten und Milaut für einen symbolischen Preis überlassenen Industriegebiets vier Kilometer östlich der letzten Ausläufer des seit Jahrzehnten unter struktureller Arbeitslosigkeit leidenden Gilotte-Städtchens.

gut. Nach wie vor hielt er die Augen geschlossen, doch das Licht drang durch die Lider, verriet ihm, dass draußen ein sonniger Tag angebrochen war. Er rückte etwas zur Bettmitte, spürte plötzlich die Wärme, die Aura eines anderen Körpers. Herrgott, er war ja verheiratet! Vor fast genau dreizehn Jahren (Tochter Nr. 1 war bereits unterwegs) hatte er eine gewisse Caroline Therèse Bertesse geheiratet, deren Haut er nun zwar immer noch nicht berührte, deren etwas verschlafenen Duft er aber bereits einzusaugen begonnen hatte. Kein Zweifel, er, etwas in ihm, das lose mit ihm in Verbindung zu stehen schien, empfand plötzlich Lust auf seine Frau, zumindest auf gewisse Teile von ihr. Folglich stellte sich eine Erektionsandeutung ein, die jedoch sofort wieder verschwand, als sich dieser Toirsier erneut in seine Gedanken drängte. Sollte er diesen Waschlappen nicht besser wieder aus dem Kapitänshaus entfernen? Wie war er überhaupt auf die Schnapsidee gekommen, dem seinen geliebten Ausguck am Meer zu überlassen? Firmenloyalität? Oder war das schon vorauseilende Sklaverei? Toirsiers Artikel war gar nicht erschienen! Und nach dem Eindruck, den der machte, würde das auch nicht mehr geschehen.

Caroline atmete ruhig und fest. Offenkundig plagten sie keinerlei Sorgen. Vorletzte Woche war sie mit dem Cayenne[15] vor der Boucherie in Saint-Catherine gegen einen Blumenkübel gekracht. Caroline kaufte jetzt beim Bio-Schlachter! Wenn das bei Milaut jemand mitbekam, war er erledigt. Oder gerade nicht? Half ihm das sogar? Nach dem Motto: Unabhängigkeit? Qualitätsbewusstsein? Ohnehin hatte man in Paris Pläne, sich neu zu positionieren, das Markenimage radikal umzupolen. Caroline atmete wirklich bemerkenswert gleichmäßig – wie schaffte sie es bloß, immer so entspannt zu sein? Gut, auf die Vorstellung »Toirsier im Strandhaus« hatte sie nicht unbedingt ausgeglichen reagiert. Da war die Krämerseele ziemlich schnell in Wallung geraten. Er selbst konnte nur noch abschalten, wenn er nachts einige Viecher in den Milaut-Wartehallen fertigmachte. Wenn er – wie früher – an der Front mit anpackte. Das musste man sich mal vorstellen, für so ein bisschen

---

15 Trotz etlicher Versuche hatte Esnèr seiner Frau den unpatriotischen, politisch gefährlichen Wunsch nach einem deutschen Automobil nicht ausreden können.

Vergnügen musste er mittlerweile den Säufer Corbillaud schmieren. Damit der die Kameras abschaltete. Wirklich verrückt, heute bezahlte er für etwas, wofür man früher ihn bezahlt hatte! Bon, nicht genau für das. Aber diese Richtung. Und am Ende wanderten die Dinger doch ohnehin zu den Bolzen. Ob mit oder ohne Nase.

Einer Eingebung folgend, öffnete Patrick Esnèr jetzt doch die Augen und erblickte sogleich den Rücken seiner Ehefrau Caroline. Gleichzeitig spürte er die Strahlen eines gewöhnlichen, schauderhaft unerheblichen, aber zum Glück sonnigen südwestfranzösischen Dezember-Samstages. Wie lange, so fragte er sich, konnte er das alles noch mitmachen? Wie lange würde es noch dauern, bis alles aufflog? Aber was genau? Und was trieb dieser Toirsier eigentlich da draußen am Strand? Abschied nehmen? Der wollte Abschied nehmen? Sicher, aber realistisch betrachtet: Wer wollte das nicht?

13

Samstag, 17.12.2022, 11.02 Uhr, Köln, Eigelstein-Viertel

Anne Girardoux verließ das Hotel und spazierte geradewegs drauflos. Köln, die Stadt, in der Thorsten vielleicht immer noch wohnte, in der sie Nächte durchgetanzt, ein anderes Lebensgefühl kennengelernt hatte. Sie war wieder in Köln, und wichtig war daran vor allem: Sie war nicht in Paris. Sie hatte es geschafft, dem Moloch zu entkommen – für einige Tage zumindest. Deutschland: nach wie vor das perfekte Kontrastprogramm. Alles erschien hier einfach. Selbst das Wetter, obwohl mindestens so grau wie in Paris, hatte hier keine Macht über sie. Ein Pärchen kam ihr entgegen, sie mit auberginefarbenem Kurzhaar, er mit gezwirbeltem Schnäuzer, beide sonnenstudioverbrannt. Wie die Leute hier aussahen! Das musste sie jedes Mal denken. Deutschland war das Land ohne Druck. Ohne Konventionen. De Meudon kam ihr in den Sinn – dem eine Stil-Reportage aus *Outre-Rhin* vorschlagen? Eine journalistische Entdeckungsreise. Na klar, darauf waren vor ihr schon viele gekommen. Das Thema war eigentlich durch. Dennoch, versuchen konnte man es, unbedingt auch bei *Elle* und *Marie Claire.*

Oder gar bei der deutschen *Marie-Claire?* Die Deutschen waren unter Umständen noch wild auf solche Sachen.

Voll positiver, konstruktiver Gedanken flanierte Anne dahin, durch Straßen mit schmucklosen Nachkriegshäusern, vorbei an Kneipen, in denen mehrheitlich Frauen am Tresen saßen. Es war wirklich sensationell: Frauen mittleren Alters, die am späten Vormittag und ohne männliche Begleitung öffentlich Bier tranken, die einfach machten und in sich hineinschütteten, was sie wollten. Lächelnd ging sie weiter, blieb jedoch nur wenig später erneut stehen. Eine dieser fantastischen Vollkorn-Bäckereien. Sie liebte deutsches Brot, diese schweren dunklen Brocken: Gesundmasse, die sich in den Bauch senkte und die Leute hier erdete. Das Brot war wie das Land. Warum empfand Thorsten bloß so einen Hass darauf? Auch ihre Eltern, vor allem ihre Großmutter, waren skeptisch gewesen, damals, als sie zum Studium zunächst nach München und dann nach Berlin gegangen war. Die ernsthafte Besorgnis in den Augen ihrer Mutter, das nur angedeutete Kopfschütteln ihres Vaters. In den beiden vorherigen Generationen bestanden noch echte Ressentiments. Wie oft hatte sie die Geschichte von ihrem Urgroßvater gehört, von dessen Ende in den Wäldern von Dordillac.

Anne löste sich von den Auslagen der Bäckerei, schlenderte weiter, entdeckte ein kleines, studentisch anmutendes Café. Kurz entschlossen trat sie ein. Drinnen lief afrikanische Musik, etwas säuselnder malischer Gesang. Anne fand einen freien Tisch, bestellte einen Cappuccino, dann wanderten ihre Gedanken wieder zu Thorsten. Einmal hatten sie miteinander geschlafen, in dieser Nacht am Strand von La Baule. Es hatte ihr gefallen, sie auf komplizierte Weise sogar berührt, trotzdem war nichts aus ihnen geworden. Thorsten hatte sich zu etwas anderem entwickelt, zu einem Freund vielleicht. Obwohl der Kontakt in letzter Zeit praktisch abgerissen war. In den letzten Jahren.

Diese verdammten Tabletten! Marc, Thorsten – die Pillen veränderten allmählich ihren Freundeskreis. Und alle reagierten unterschiedlich. Vor allem aber: Alle reagierten.

Gut, ich bin alles andere als und vor allem niemals nüchtern, mein Urteilsvermögen dürfte daher als permanent beschädigt gelten, aber dieser Text ist okay. Mehr als das: Der Text ist gut. Leute in verschiedenen Situationen. Junge Erwachsene im Job und privat, dazu eine Tablette, die kurz vor der Machtergreifung steht. Ausgezeichneter Stoff, wenn man mich fragt. Das Leben, so wie es spielt. Existenzen. Handlung, Charaktere, Humor – alles souverän gemischt. Genau wie hier übrigens. Auch hier herrscht das richtige Mischverhältnis. Und ich gehöre dazu. Ich bin Bestandteil des Teigs, der Tag für Tag für den großen Bunnemann-Kuchen quillt. Im Wartezimmer-Ofen. Gott, wie warm es hier ist! Stauende Dünstungen. Verbrennungsaggregate auf Hochtouren. Wie viele sind wir hier? Ein, zwei, drei – elf. Elf glimmende Bunnemann-Kunden. Oder bin nur ich das? Schwitze ich am Ende ganz alleine? Gut, ausziehen! Ich ziehe mir umständlich im Sitzen die Jacke aus, das T-Shirt rutscht hoch, der Typ mir gegenüber betrachtet meine weißlichen Hautlappen. Halts Maul, Asylbetrüger! Wenn dir meine Schrotthaut nicht passt, geh zurück nach Somalia, Äthiopitrea, was weiß ich. Ferndiagnose: xenophober Hitzetremor. Verschwitzte Ethnopsychose. Aufregend, so ein Bunnemann-Morgen. Die Morgenröte des ewigen Tages. Für immer geröstet in Bunnemanns Wartezimmerumluft. Doch meine Leiden sind nicht vergebens; gleich schon wird mir der Greis ein neues Rezept verpassen. Hingegen wenn er das nicht tut … Nun, falls er es sich anders überlegen sollte, dürften unschöne Dinge passieren. Dann explodiert das Universum, ersticken die Quanten, schmilzt das Licht, und alles in allem fühlt sich das gar nicht mal schlecht an. Solche Fantasien, meine ich. In all der Aufregung, in all der zähneklappernden Furcht amüsiere ich mich schon wieder. Ich ziehe also mein T-Shirt runter, der Somalier fummelt wieder an seinem Tablet herum, eine der Omis seufzt im Halbminutentakt. Alles ist in bester Ordnung. Der Laptop auf meinen Oberschenkeln heizt meine Oberschenkel, die Morgen-Marom heizt meine Seele. Ich warte auf meinen Termin mit Doktor Gerhard Paul Bunnemann.

14

Kolumne:
Der medizinische Zwischenruf von Dr. Peter Albersmann[16]
Marazepam – wie lange noch?

Liebe Kollegen,
viele von Ihnen werden es bereits im Praxisalltag bemerkt haben: Marom R setzt seinen Siegeszug mit unverminderter Geschwindigkeit fort! Von immer mehr Patienten direkt nachgefragt, von der Öffentlichkeit dennoch beinahe unbemerkt, hat sich Marazepam zu einer äußerst populären, wenn nicht bereits zur dominanten Alternative auf dem bundesdeutschen Benzodiazepin-Markt gemausert.

Die Gründe für die erstaunliche »Erfolgsgeschichte« des erst 2016 zugelassenen Präparats liegen dabei auf der Hand: Marazepam ist sowohl enorm wirksam als auch geradezu verstörend vielfältig.
Ob Schlaf und Ruhe oder Agilität und Kreativität, ob Heiterkeit und Kommunikationsbereitschaft oder Kognitionserweiterung und transzendentaler Rausch – mit Marom R erscheint tatsächlich nichts mehr unerreichbar, schließt sich nichts mehr aus. Zum gegenwärtigen Zeitpunkt existiert wohl keine andere Substanz, die so zahlreiche, dabei so schwer einzuschätzende, oftmals sogar diametral entgegengesetzte Effektkomponenten aufweist. Mit anderen Worten: Die »Medikamente« der Marazepam-Klasse versprechen und halten buchstäblich alles. Viele der Konsumenten glauben sich endlich am Ziel ihrer Wünsche, empfinden tiefes und echtes Glück. Ist es daher ein Wunder, dass immer mehr Menschen in schwere psychische und physische Abhängigkeits-Situationen geraten? Eine Sucht, die so tief und unabänderlich erscheint, dass mögliche Ausstiegsszenarien nicht einmal mehr angedacht werden können.

Kein Zweifel, wir haben es bei Marom R mit einem neuartigen, äußerst effektiven, ebenso Sucht erzeugenden wie Sucht stabilisie-

---

16 Aus: »Medizin konkret«, der Zeitschrift des Bundesverbandes kritischer Mediziner (BKM), Heft März/April 2023, S. 3.

renden Wirkstoff zu tun, dessen Verordnung umgehend gestoppt, zumindest aber äußerst restriktiv gehandhabt werden sollte. Die – gelinde gesagt – zurückhaltende Position des deutschen und des europäischen Gesetzgebers ist daher nichts anderes als ein Skandal.

Marom R ist kein Heilmittel, sondern eine teuflische Droge. Es macht aus Patienten zunächst Jünger, dann Sklaven, zuletzt Automaten. Selten hat die Pharmaindustrie einen Wirkstoff kreiert, der Menschen mehr vom Menschsein entfernt.

Es ist an der Zeit, dass wir Ärzte uns dieser neuartigen Gefahr aktiv entgegenstellen.

Herzlich,
Ihr
Peter Albersmann

15

Samstag, 15.04.2023, 09.12 Uhr, Frühstücksraum im *Landhotel Osthoff*, ca. fünfzehn Kilometer nordöstlich von Peine/Niedersachsen

Thorsten Kray aß mit gemäßigtem Appetit. Die fettige Kost vom Vorabend lag ihm noch schwer im Magen, zudem hatten die Biere ein angedeutetes, jedoch von einer Marom R200 in reine Potenzialität verwandeltes Pochen hinter der Stirnplatte ausgelöst. Letztlich hatte Thorsten gar keine Kopfschmerzen, sondern lediglich das Gefühl, dass er ohne Marom Kopfschmerzen gehabt hätte. Es stimmte wirklich, was Nele sagte: Dieses Zeug verwandelte alles in einen Witz. Ärgernisse, Bedenken, die ganzen Nervereien – etwas Marazepam, und man konnte über so etwas nur noch lachen. Lachen, träumen, dann aber auch: Aktion. Seit er Marom konsumierte, verfügte er plötzlich über so etwas wie politische Logik. Die Situation, die daraus zu ziehenden Konsequenzen erschlossen sich ihm in absoluter Klarheit, und im Grunde gab es immer wieder nur noch eine Frage zu klären: voll drauf oder doch lieber die indirekte Option? Ein paar Asiatinnen abzuschießen, erschien ihm selbstloser, insofern heroischer. Er müsste gegen seine

Überzeugungen, quasi für den Feind handeln. Propagandistisch allerdings Gold wert: Alle würden sich über den irren Nazi-Killer aufregen, das verblendete Monster, das die süßen Schlitzaugen in handliche Sushi-Pakete zerschossen hatte. Niemand würde an seinem Grab stehen, niemand würde sein persönliches Opfer ermessen können. Oder nein, das stimmte nicht. Anne hatte er eingeweiht. Damals, kurz bevor der Kontakt abgerissen war. Sie zumindest kannte seine Motive, doch er war sich nicht sicher, ob sie wirklich begriffen hatte, worum es ihm ging. Ob Anne wohl manchmal noch an ihn dachte?

Thorsten biss lustlos in ein mindestens ebenso lustlos zusammengebackenes ostniedersächsisches Mehrkornbrötchen. Die andere Option, der direkte Angriff auf irgendwelche verfickten Ost-Nazis hatte natürlich ein völlig anderes, ambivalenteres Öffentlichkeits-Appeal. Doch spätere Generationen würden die Notwendigkeit seiner Aktionen begreifen, diese sogar als Fanal betrachten, als essenziellen Auslöser für die dann einsetzenden Säuberungen, mit denen der Westen durch die schrottigen Rentner- und Nazikommunen des Ostens fegen würde. Vielleicht setzte man ihm sogar ein Denkmal, so wie man mancherorts verschämt an Georg Elser erinnerte. Gedankenverloren strich Thorsten noch etwas Honig auf sein Brötchen, nahm dann einen Schluck von diesem blässlichen Filterkaffee. Was hatte er es bloß immer mit der Nachwelt? Die konnte ihm so egal sein wie alles andere auch. Die kleinen Thai-Masseurinnen würde er in Ruhe lassen. Lieber auf irgendeinem beschissenen Ostweihnachtsmarkt per Schnellfeuer ein paar Wurstkörper platzen lassen. *Darauf* hatte er Lust. Das wollte auch das Marom. Marom war, das hatte er erst vor Kurzem begriffen, auch eine moralische Instanz. Die Tablette wusste einfach immer, was zu tun war. Er würde sich in den Wagen setzen und nach Osten aufbrechen. Wie hießen die Städte, die dann bald kamen? Magdeburg, Bad Euth? Oberrassa? Der ganze Osten lag vor ihm wie ein keusch-unberührtes Jagdrevier. Eine Gastspielreise. Die Kalaschnikow-Chöre auf Abschiedstournee. Thorsten musste grinsen. Wie sein Gehirn zu glühen begann – immer gut zehn Minuten nach der Einnahme. Eigentlich war er gar nicht der Typ für solche Wortspiele. Oder vielleicht doch? Das steckte anscheinend alles in ihm. Marom förderte es nur zutage.

Thorsten Kray fühlte sich plötzlich gut und nahm einen Schluck von dem als Orangensaft deklarierten Orangennektar.

Ich schaue hoch: Verrückt! Beinahe die komplette Wartezimmerbesatzung ausgetauscht. Völlig andere Leute, aber genau dieselbe Mischung. Praxis Bunnemann = gesichertes Patientenprofil. Ausgereifte Zielgruppenerfassung. Konsequenter Zugriff auf das Kundenreservoir. Andererseits aber und vor allem: Was ist mit *mir?* Komme ich vielleicht irgendwann auch mal dran? Oder haben mich die Drachen vergessen? Gut, ich verhalte mich ruhig. Bloß keinen Ärger machen! Parole: Tendenzfrieden! Resultatorientiertes Stillhalten. Auf gar keinen Fall schon das Vorfeld atmosphärisch eintrüben. Außerdem: Ich habe Zeit. Niemand auf der ganzen Welt hat mehr Zeit als ich. Eine ganze Ewigkeit, die ich selbstverständlich am liebsten mit meiner Freundin Marom verbringen würde. Wissen Sie, Bunnemann, Marom ist eine ideale Gesellschafterin. Verständig, talentiert beim Zuhören. Ein entzückend flexibles Wattewesen, wenn Sie verstehen, was ich meine.

Nein, ich darf keinen Ärger machen. Ich muss still sitzen. Zum Glück habe ich den Laptop dabei, dazu brav den Akku aufgeladen, und mir gegenüber sitzt eindeutig kein Somalier mehr, sondern ein … Gott, ist der hinüber! Eine Schnapsgrube. Dem knabbern die weißen Mäuse bereits die Augäpfel weg. Toirsier, sehen Sie sich diesen Mann genau an. Das ist das Leben ohne Marazepam.

16

Aus den Entzugstagebüchern des Marc Toirsier

Tag 3, früher Nachmittag

Komisch, eben noch ein blutiger, Blasen werfender Schlicksee, jetzt nur noch eine schleimige Decke, unter der es dafür aber irgendwie wimmelt, unter der es krabbelt und kriecht. Das Meer verwandelt sich vor meinen Augen. Im Minutentakt. Alles ist absolut real. Das Marazepam verlässt mich, indem es meine Kognitionszentren überflutet.

Ansonsten ist es besser geworden. Die Schmerzen haben nachgelassen. Ein wenig Gelenkzittern, dazu Drücken in den Eingeweiden, aber erträglich. Ich fühle mich eindeutig gesünder als heute Morgen. Heißt das, es geht aufwärts? Kann es sein, dass ich schon über den Berg bin? Mit so einer lahmen Geschichte muss ich de Meudon gar nicht erst kommen. Oder war das alles bisher nur ein Amuse-Gueule? Ein winziger Gruß aus der Küche?

Das Meer: eine Zellmembran. Darunter pochen Botschaften, Formeln, Rezepte. Darunter lodern all die Sätze, die ich nie gewagt habe aufzuschreiben. Nicht einmal zu denken.

»Na, was hamwa denn? Schnupfen?«

Wie bitte? Das ganze Wartezimmer beobachtet den Typen, der wiederum starrt … *mich* an. Ich wurde soeben in einem voll besetzten öffentlichen Raum nach meinem Gesundheitszustand befragt. Schnell zurück zu Marc und dem Meer. Wo war ich? Zellmembran? Pochen?

»Hey, du da … mit dem altmodischen Kasten. Hat der Mann Schnupfen? Alles Drückeberger. Soll dir der Alte wieder 'nen Gelben ausstellen, oder was?«

Unwillig lösen sich meine Augen erneut von den intimen Journalen der französischen Journalistenlegende Marc Toirsier und wenden sich einer gut fünfundfünfzig Jahre alten Wermutdrossel aus offenkundig randständigen Verhältnissen zu. Aufgequollenes Gesicht, keine Frisur bei zurückgehendem Haaransatz, T-Shirt, Jeans, Trekking-Schuhe – dieser Mann hat also vor einigen Augenblicken die Aufmerksamkeit, die menschliche Anteilnahme besessen, sich nach dem Grund meiner Anwesenheit zu erkundigen, und ich bin mir nicht sicher, wie viele Leute in diesem Raum sonst noch die Landessprache beherrschen, aber ich vermute, er stellt damit eine Frage, die auch für die anderen hier durchaus von Belang sein könnte. Gesundheit ist immer ein Thema, zumal beim Arzt. Leben wollen wir schließlich alle. Ich schaue dem

Typen daher direkt ins Gesicht, in seine glühende, knollnasige Schnapsfresse hinein – und nie, nicht in einer Milliarde Jahre, nicht nach der Wiederkehr und erneuten Abreise Gottes, niemals würde ich so etwas ohne meine Morgen-Marom bringen. Dieses Medikament dichtet ab, regt an, offeriert in jeder Lage die optimale Inspirations-Option, doch im Gegensatz zu eben im Bus scheint es nun eine überraschend offensive Strategie gewählt zu haben. Sicher, vorhin war ich noch nicht wirklich drauf. Die Aishe-Situation passierte mitten im Anfluten. Jetzt hingegen stehe ich ganz und gar »unter Einfluss«, was sich unter anderem, unter wirklich einer ganzen Menge anderem dadurch zeigt, dass ich offen und klar, dass ich ganz und gar angstbefreit der unerhörten Impertinenz und Belästigung dieses gemeinschaftsfremden Elements die Stirn biete. Ich entschuldige mich also und erkundige mich dann, ob man soeben das Wort an mich gerichtet habe.

»Bist du denn für'n Hochgestochener? Und ob ich mit dir spreche.«

»Und was kann ich für Sie tun?«

Im ganzen Wartezimmer kein Mucks. Große Teile Afrikas, Vorderasiens, die eingetrockneten Ostfrontlerinnen aus Bunnemanns alter Kompanie – alle sind gespannt darauf, wie es weitergeht. Wen man als Ersten mit quietschenden, aus dem Schädel ragenden Gehirnfedern Richtung Geschlossene abtransportiert. Aber dorthin, meine Damen und Herren, es tut mir leid, Sie enttäuschen zu müssen, gehe ich niemals mehr zurück. Keine zehn Pferde und so weiter Andererseits muss gesagt werden, dort hat man mir damals ein großes Geschenk gemacht. Das größte überhaupt. Zum Glück weiß das auch ein Professor Doktor Gerhard Bunnemann. Dieser hervorragende, auf alles spezialisierte Allgemeinmediziner kennt meine Anamnese aus dem Effeff.

»Was du hast, will ich wissen«, sagt der Mann, den ich womöglich schon wieder vergessen hatte. »Was sitzt du hier rum und gehst nicht zur Arbeit?«

»Ich besitze momentan keine Arbeitsstelle«, informiere ich meinen Gesprächspartner. »Ich beziehe jedoch Leistungen gemäß dem Mindestregelsatz des Ihnen sicherlich bestens bekannten ALG II.«

»Ach«, er macht eine abfällige Handbewegung, »geschwollene Laberei. 'ne faule Sau bist du. Und jetzt wieder beim Doc 'nen neuen Schein abholen, oder was? Echt, ey, solche Typen! Alle abholen und ans Arbeiten kriegen. Ordentlich ranklotzen lassen, das Pack.«

»Verzeihen Sie die Indiskretion«, unterbreche ich seine Reflexionen, »aber würden Sie die Freundlichkeit besitzen und mir mitteilen, womit Sie gegenwärtig Ihren Lebensunterhalt verdienen?«

»Was?« Aus seinen Wodka-Augen tropft stumpfe Überraschung.

»Ich fragte mich soeben, welche Sparte unserer vielfältigen, so überaus bunten und aufregenden Erwerbswelt wohl zu Ihnen und Ihrer äußeren Erscheinung passen würde. Besitzen Sie, wenn ich meine Erkundigungen präzisieren dürfte, zum Beispiel eine abgeschlossene Berufsausbildung?«

»Aber hallo«, ruft er begeistert. »Nicht eine, zwei! Erst Anlagenbauer, dann 2014 Altenpfleger. So, und jetzt kommst du.«

»Nun, ich bin diplomierte Außenhandelsdreilochstute, wurde aber später, zu Zeiten der Systemkonfrontation und des unseligen Kalten Krieges, zum Tortenheber umgeschult. Leider bin ich bereits seit Langem und hoffentlich noch für sehr viel länger arbeitsunfähig geschrieben.«

Er braucht eine Weile. Er schnappt nach Luft. In diesem verfickten Verschlag gibt es keine Luft. Aber wenn ich hingehe und eines der Fenster öffne, werde ich von Bunnemanns Frontweibergarde viviseziert.

»Hör mal«, fängt er endlich wieder an, »du willst mich verarschen, oder? Wir können auch rausgehen, wir beide.« Die frühgreise Aleviten-Perser-Jesidin neben mir greift vor Peinlichkeit zu einem der Magazine auf dem Tischchen. Sie wählt, was auch schon wieder interessant ist, was mich zu einer Reihe sehr interessanter Folgegedanken inspirieren könnte, den *Rolling Stone*. Was liegt hier so ein geisteskranker *Rolling Stone* herum? Hat Bunnemann den im Graben vor Verdun durchgeschmökert? Dann kam der nächste Gasangriff, und das edle Toilettenpapier fiel in den Schlamm. Doch zurück in die Gegenwart. Zwischeninformation der Marom-Analyseeinheiten: Der Typ meint das nicht ernst. Der ist schon zu klapprig. Wenn ich das Gesicht einmal genau betrachte: Der hat schon ordentlich kassiert. Typ Verliererquerulant, Sub-Spezies: masochistisch-aggressiver

Zwangskommunikator. Empfohlene Therapieform: Auf gar keinen Fall Marazepam! Unter keinen Umständen darf der mir meine Maroms wegfuttern. Bunnemann, hören Sie? Schicken Sie den erst mal in Therapie. Der braucht einen guten Gesprächspartner, das ist offensichtlich. Ich für meinen Teil sehe Heilungschancen. Sie kennen den alten Grundsatz, Herr Doktor: Empathie vor Chemie. Verbannen Sie diesen guten Mann bitte nicht leichtfertig in das Verlies der Sucht. In den Hochsicherheitstrakt einer unauslöschlichen, unbesiegbaren Abhängigkeit, und verfickt, wo waren wir jetzt stehen geblieben? Ich habe keinen Schimmer.

»Nun«, fahre ich trotzdem fort, »es betrübt mich natürlich, dass Ihnen mein bisheriger beruflicher Werdegang nicht zusagt. Andererseits möchte ich jedoch betonen, dass man sich für keinen ehrlich erworbenen und ausgeübten Beruf schämen müssen sollte. Der tapfere Klärfacharbeiter, der umsichtige Kälbertransportbevollmächtigte, es gibt so viele Positionen, denen es an gesellschaftlicher Anerkennung gebricht, die aber trotzdem eine für die Allgemeinheit ungemein wichtige Funktion erfüllen. Denken Sie nur, was zum Beispiel geschähe, wenn niemand mehr die süßen, einsam zitternden Rinderbabys, jene noch ganz tapsigen, panisch und traurig durch die Metallbarren in eine gleichgültige Welt hineinschauenden Hufwesen, wenn es niemand mehr auf sich nähme und diese Kinder dem Schlachthof, zum Beispiel der Gebrüder Milaut, den dortigen Elektrostöcken, den Schreien und den Bolzen zuführte. Wenn niemand es mehr möglich machte, dass kranke Monster wie zum Beispiel Sie weiterhin frische Kalbsleberwurst fressen dürfen und so ein Verrückter wie zum Beispiel Patrick Esnèr weiterhin sein – gar nicht mal schlechtes, wie ich hier betonen möchte – Auskommen hat. Aber gut, verzeihen Sie bitte meine etwas weitschweifigen Ausführungen; was ich eigentlich sagen will, ist: Meine Berufe sind so gut wie Ihre.«

Schweigen. Das Schnapsgrab glotzt mich unverwandt an. Die Marom stiert ohne Hemmungen zurück. Ungute ionisierte Schädelspannung. Er holt Luft, irgendetwas staut sich in seinen Halsschlagadern, dann öffnet sich gespenstisch langsam der Mund, und für eine Achtelsekunde gelingt es mir, einige nicht unbedingt unfachmännisch verlegte, jedoch mittlerweile verrentete Amalgamfüllungen zu identifizieren, und zu den dreihundert Primär-Vorteilen des Marazepams zählt sicherlich an prominenter Stelle die Fähigkeit zur Ultrabeobachtung, zum simultanen Sehverstehen. Ein Feature, das Marazepam in Geheimdienstkreisen, in den Intelligenzcommunities populär gemacht haben dürfte. Ich bin jetzt wirklich voll drauf. Ich bin quasi allmächtig. Bunnemann gleich wird nicht den Hauch einer Chance besitzen. Die zirrhotischen Lippen meines Gegenübers schließen sich, allerdings nur, um sich gleich anschließend erneut zu öffnen: »Hör mal, du Vogel. Ebers, Kälber? Ich verstehe gar nichts mehr. Aber ich …«, plötzlich wird er lauter, er schreit regelrecht, »… kann dir gleich mal ganz gepflegt die Fresse eintreten. Los, du Wurst, komm mit raus.«

»Halt endlich dein Maul, du Untermensch«, höre ich jemanden, höre ich eventuell mich flüstern. Ich habe mich etwas nach vorne, ihm entgegengebeugt. Ich rede ganz leise: »Halt dein Maul, oder ich werde dir beide Augäpfel herausreißen. Jetzt. Sofort. Nicht draußen.«

Die Tür geht auf: einer der Drachen. Soll das heißen, dass ich endlich dran bin?

»Herr Menke! Geht das schon wieder los? Wenn Sie sich hier nicht benehmen können, setze ich Sie ganz schnell an die frische Luft.«

Herr Menke hat urplötzlich die Farbe gewechselt. Er nickt schuldbewusst, murmelt dazu etwas. Dann senkt er den Blick, betrachtet seine vernarbten Pfoten. Ich klappe den Laptop wieder auf, bin bereits im nächsten Moment nicht mehr ganz sicher, ob das alles gerade passiert ist. Diese Tabletten sind tatsächlich unglaublich.

17

Aus den privaten Archiven des Dr. Johannes Bindig, Ordner für Internet-Ausdrucke

IV:
Deutsches Abhängigen-Forum (DAF)[17]

Samstag, 18.3.2017, 23.58 Uhr
Von: Stöffche
Hallo erst mal, bin neu hier und dachte, ich mach hier gleich mal einen Thread zu Marom R, also Marazepam auf. Komisch, dass es den bisher noch nicht gab (oder war ich nur zu blöd, den zu finden?). Die ganze Sache kommt einem fast wie dieser weiße Elefant vor, falls Ihr versteht, was ich damit sagen will. Riesengroß und unübersehbar im Raum, aber niemand redet drüber.

OK, kurz zu mir (müsst Ihr aber nicht unbedingt lesen, eigentlich der ganz normale Ausbildungsweg :-)):

- Ab etwa 14, 15 Kiffen, dann quer durch den Gemüsegarten: Pep, E's, manchmal Koks, Keta, Pilze und noch mehr Kiffen.
- Mit 18 insgesamt schon ganz gut dabei. Dann, als ich keinen Bock mehr auf Feiern hatte, langsam die Opis für mich entdeckt. Natürlich erst mal und vor allem H. Hatte damals 'ne super Quelle, hohe Reinheit, direkt vom Zwischenhändler in Rotterdam. War mit Mitte 20 voll drauf, kam aber noch ganz gut klar. Studium, sogar noch Sport, Freundin – alles im grünen Bereich. Die Kaputten, die sich bei uns in der Stadt immer da hinter den Bahnhof schleppten, hab ich so aus der Ferne registriert. Kam für mich überhaupt nicht in die Tüte. Gar nicht geschnallt, dass ich irgendwie ja genauso wie die war.
- Na ja, dann das alte Lied. Lieferant eingefahren, und zwar für richtig lange, Holland in Not, andere Quellen aufgetan, mal mit

17 Überschrift und Ordnungsziffer von Bindig handschriftlich beigefügt. Text-Auszüge unverändert.

mehr, mal mit weniger Erfolg, schließlich brav jeden Tach zweimal hinter den Bahnhof. Kohleprobleme noch un' nöcher, immer mal wieder Ärger mit den Gentlemen in Grün, Frau weg, ach ja, und Vater bin ich zwischendurch auch geworden. Ich war ganz schön auf dem Weg nach unten.

- Dann so mit 32 ab in die Substi, vorher schon einige Entzüge, selbstverständlich nie mit lang anhaltendem Effekt.
- Beikonsum, zeitweilig aus der Substi rausgeflogen, immer mehr auf andere Opis ausgewichen, da ich mir den Straßenschrott wirklich nicht mehr in die Venen jagen wollte. Hatte damals einen recht vernünftigen Arzt. Zu den Opis jetzt auch gut Alk, Wodka, Whiskey und verstärkt Benzos intravenös.
- Auf Benzos und Alk einige ziemlich verrückte Sachen angestellt. Möchte ich hier im Einzelnen gar nicht so auspalavern, aber wisst Ihr, was das für ein Gefühl ist, wenn man irgendwann wieder aufwacht und man liegt mit komisch eingedellter Visage und gut eingesaut in der Nachbarstadt (35 Kilometer entfernt) hinter irgendeiner Bushaltestelle im Gebüsch und hat nur noch seine Buchse und einen Schuh an. Jacke, T-Shirt, sonstige Sachen – alles weg.

Benzos, also früher natürlich vor allem Rohypnol und gut Hochprozentiges, das waren meine Hobbys, bis mich dann irgendwann ein paar höfliche Herren auf ein paar Monate in eine geschlossene Einrichtung baten. Dort einigermaßen wieder klargekommen. Draußen langsam gemacht. Dann aber doch wieder angefangen. Sogar auch wieder mit H. Hatte schon Lust, mich irgendwo aufzuknüpfen. Sohn mittlerweile 15, den irgendwann auf der Straße getroffen und nicht erkannt. Musste erst von seiner Mutter, die auch dabei war, darauf angesprochen werden. Alles Scheiße also, massive Depris, auch gut Schulden, na ja, Ihr kennt ja die Leier.

Und dann letztes Jahr (eeeeeennnndlich kommt er zur Sache) kam jemand mit Marom an. Ich zunächst: Ach, lasst mich in Ruhe, ich hab die Schnauze voll von den Benzos, Benzos sind der Teufel usw., diese Platte. Er sagt: Nee, Kollege, die hier sind anders. Die sind

Benzo plus. Da hast Du alles, was Du willst. Die sind das Universum. Ich mich also überreden lassen (war bei mir noch nie schwer), und ich muss sagen: Der Typ hat sogar noch untertrieben. Unfassbares Material. Verstehe gar nicht, dass die noch nicht so verbreitet sind. Kriegen die Leute das nicht mit, oder ist das irgendeine Verschwörung? Na klar haben die Dinger einen Haken. An Entzug von denen wage ich nicht einmal zu denken. Das muss das absolute Ende sein. Aber warum entziehen? Ich bin nun mal 'n Suchttyp, werde bis an mein Ende mit Zeugs törnen. Und Marazepam ist die beste aller Lösungen. Ich fühle mich gut und jederzeit total breit. Achtung: Ich jogge jetzt!!! Ich kleide mich der aktuellen Mode entsprechend.

Also, was sagt Ihr? Kann mir nicht vorstellen, dass Ihr von dieser edlen Substanz noch nichts gehört habt.

Dienstag, 21.3.2017, 22.43 Uhr
Von: Stöffche
Na ja, scheint ja die Leute brennend zu interessieren hier. Komisch. So ein Burner-Material und niemand will drüber reden? Oder deswegen?

Alsö Köllägen, klärt mich auf.

Mittwoch, 22.03.2017, 00.12 Uhr
Von: Wiesenwesen
Mensch, Stöffche …
Hallo erst mal. Herzlich willkommen. Aber tu mir und Dir den Gefallen und lies Dir die Forumsregeln mal durch. Da steht explizit alles zu Marazepam drin, was Du wissen musst. Das hatten wir nämlich alles schon hier. Endlose Herumlabereien, meine ich, wie toll das ist, was für tolle Sachen man machen kann, wie schrecklich der Gedanke sei, ohne das Zeug zu leben, etc. Leute haben sich über verschiedene GABA-Rezeptoren gefetzt. Seitenlang. Dutzende von Threads. Irgendwann hatten die alten User hier den Kanal voll, und jetzt werden alle Mara-Threads konsequent gelöscht und »Wiederholungstäter« gesperrt. Verwunderlich, dass das hier noch da ist. Sind die Mods im Urlaub oder in der Klinik ;-)

Also, es gibt auch noch andere schöne Drogen. Lass uns lieber darüber sprechen, okay?

Lg, Wiesenwesen

Mittwoch, 22.03.2017, 00.41 Uhr
Von: Stöffche
Hallo Wiesenwesen, danke für die Aufklärung. Werde mich dran halten, aber schon irgendwie krass, oder? Mara-Zensur? Irre.

Also, was sind denn hier so die Lieblingsthemen? Alte Schore-Schwänke: in der Parkgarage unterm Busbahnhof in meinem Pappkarton-Eigenheim 'nen ordentlichen Druck dreieinhalbprozentiges Qualitätsheroin neben die Vene gepumpt und dann ordentlich am Abszess gelutscht? Solche Storys? Oder friedliche Kiffergeschichtchen? Damals die Pillenzeit?

Mittwoch, 22.03.2017, 00.51 Uhr
Von: Wiesenwesen
Lies Dir doch einfach erst mal einige Sachen hier durch, dann wirst Du schon merken, worum es hier geht. Hier sind vor allem alte User, die schon einiges mitgemacht haben. Gesundheit, würde ich mal sagen, steht im Vordergrund. Aber natürlich werden die lustigen Veteranengeschichten aus der wilden Zeit auch immer gerne genommen. Schaus Dir einfach an.

Lg, Wiesenwesen

Mittwoch, 22.03.2017, 02.26 Uhr
Von: Bong-O
Mensch, Wiesenwesen, lebste noch? Super.

Und lass Stöffche mal erst mal machen. Diese Mara-Para hier ist doch sowieso für'n …

Bong-O

18

Der fünfte Brief der Nele Hoffleit an die Firma Winston Pharmaceutics and Medical Care Deutschland Ltd.

Liebe Winston Deutschland, liebe Väter und Mütter des Glücks,
ich bin nach wie vor sehr glücklich. Nur damit Sies wissen ☺☺☺
Ihre
Nele Hoffleit

PS: Wissen Sie eigentlich, wie ich auf Marom gekommen bin? Nicht? Dann schauen Sie doch mal nach, wer Ihre erste Kampagne gemacht hat, welche Agentur, meine ich. Ich bin praktisch auf meine eigenen grafischen Einfälle reingefallen. Lustig, oder?

PPS: Mit Jassir ist es jetzt vorbei. Ist mir aber egal. ☺

PPPS: Eben, als ich »Väter« schrieb, musste ich an meinen Vater denken. Der hat uns damals verlassen und ist zurück nach Amerika. Totales Schwein irgendwie. Mit Marom kann ich sehr gut darüber nachdenken. ☺☺ (heute in Smiley-Laune☺)

19

Aus den Entzugstagebüchern des Marc Toirsier

Tag 3, später Nachmittag

Merkwürdige Entwicklungen. Die Hölle von gestern Abend, von heute Nacht ist nicht zurückgekehrt. Dafür seit ein paar Minuten intensives, dabei nicht präzise lokalisierbares, eventuell zirkulierendes Jucken im Wangenbereich. Ich fühle, wo es ist, kratze mich dort und stelle fest: Es war nicht dort, es war nur *in der Nähe*. Also kratze ich weiter, immer großflächiger, zunächst mit den Fingerkuppen, dann den Fingernägeln, jetzt mit der Gabel. Ich achte darauf, nicht zu starken Druck auszuüben. Ich habe die Absicht, darauf auch weiterhin zu achten. Draußen versinkt die Sonne im Meer. Ein ungutes Gefühl, ein beklommenes Interesse, wenn ich an die kommende Nacht denke. Immerhin, die Nachricht mit dem Angebot an de Meudon ist raus.

Was Anne wohl macht? Bestimmt noch am Schreibtisch in der Rue Gérard Arbre. Mit de Meudon hat die doch auch gefickt, jede Wette. Zumindest das habe ich begriffen: Ich liebe Anne nicht mehr. *Diese* Schmerzen sind endgültig vorbei. Die anderen nicht; das kann einfach nicht sein. Noch wirkungsvoller als Gabeln, fällt mir jetzt ein, sind Messer.

Menke hat sich schlagartig beruhigt. Gezähmt vom Drachen, gelähmt vom Grausen. Was der wohl von Bunnemann will? Oder ist der wirklich krank? Ich meine, außerhalb seines kranken Kopfes. Ist der in seiner geistigen Deformation noch irgendwo anders akut und womöglich ansteckend beschädigt? Nun, das werde ich niemals herausfinden, denn Menkes Vorstellung wurde abrupt beendet. Was hat er eben gesagt? Altenpflege? Womöglich hat sich der Typ mit Altern angesteckt und will nun von Bunnemann die Impfung. Da ist er natürlich an der richtigen Adresse. Dr. Gerhard Paul Bunnemann, Leibarzt Friedrich des Großen, ältester Mediziner der Spätgotik. Ein Heiler, bevor überhaupt Krankheiten auftauchten. Bevor es Menschen gab. Bei dem wird Menke auf noch taubere Ohren stoßen als bei seinen Schützlingen im Heim:

Herr Doktor, Herr Doktor Bunnemann, gestern bin ich auf Arbeit von einer Greisin gebissen worden, und heute leide ich unter einem sehr unschönen Ausschlag am Gehirnlappen.

Und, Menke? Was geht mich das an?

Aber … aber ich dachte …

Drachen! Schaffen Sie mir diesen Kretin aus den Augen.

Teil 2
Die Bedürfnisstrukturen des Eric LeForbes

1

Mittwoch, 12.04.2023, 16.03 Uhr, das Winston-Firmengelände im Industriegebiet Viereich, vier Kilometer südöstlich von Ebratal/Nordhessen

Eins stand fest: Die Gesellschaft befand sich im Wandel. Wandel als solcher, Handel und Wandel, hatte etwas Widerliches, doch war derlei nicht sogar notwendig, um die Systemelastizität und damit den Systemfortbestand zu garantieren? Dr. Ansgar Rappert (Leiter Patente/Lizenzen) saß in der Kantine und zerdachte wieder einmal Seitenaspekte seines neuen Lieblingsthemas, der gesamtgesellschaftlichen Systemstabilität. Der vierundvierzigjährige Wuppertaler, von Haus aus Jurist, nahm einen Schluck von dem ausgezeichneten Cappuccino, der seit einiger Zeit, seit man diese neue italienische Maschine angeschafft hatte, den Höhepunkt seiner Winston-Nachmittage darstellte. Welche Funktion, im Hinblick auf das Gesamtsystem natürlich, hatte eigentlich sein Arbeitgeber? Das Subsystem Winston? Unbestritten, etwas Ungutes ging von dieser Firma aus, eher noch von manchen ihrer Produkte. Doch ließen sich die Wirkungen eines solch komplexen Gebildes überhaupt abschließend bewerten? Ganz generell, warum jetzt auf einmal diese Fixierung auf die heilige Systemstabilität? Was war das überhaupt: Gesellschaft? Und was in Gottes Namen war am gesellschaftlichen Ist-Zustand so toll, dass er, Rappert, seine unbedingte Konservierung, das reibungslos funktionale Zusammenspiel der Sub- und Sub-Subsysteme herbeisehnte, förmlich *brauchte?* Letztlich konnte ihm das alles egal sein. Der Zusammenbruch eines Systems war kaum weniger interessant als dessen Fortbestand. Wenn alles in Schutt und Asche fiel, wenn das Marazepam wirklich die Grundfesten der Gesellschaft zerfraß, zersetzte, sie nach und nach in poröse Hüllen transformierte, war das nicht sogar aufregender? Die Berichte von den Vorgängen in Sarometie[18] klangen jedenfalls ziemlich interessant.

Winston war, darauf konnte man sich wahrscheinlich einigen, ein Systemgift. Fortwährend speiste dieser Laden hohe Dosen Irrealität und chemischer Transzendenz in die gesellschaftlichen Nervenbahnen ein. Irgendwann musste einfach der magische Schwellenwert erreicht sein, die Grenze zur Erlahmung, zum Chaos, zum Untergang. Insofern war Winston eindeutig dysfunktional. Die Firma bereitete eine Welt vor, in der sie selber nicht überleben konnte. Rappert hatte immer schon den Verdacht gehegt, dass Systeme Selbstmord begehen, sich die ontologische Grundlage quasi selbst entziehen konnten. Faszinierende Natur der Dinge: Jeder von Karzinomen zerfressene Leichnam, der von missmutigen Pflegern in die Krankenhauspathologie gerollt wurde, jedes blasse, haarlose Wesen in den mit bunten Bildern an den Wänden geschmückten Kinderkrebsstationen war Zeuge und Beweismittel einer biologischen Absurdität, Wirt eines organischen Systems, das als Ziel nur eines hatte: sein eigenes Ende. Winston also wirklich als Tumor? Andererseits: Eric LeForbes und die anderen in der Geschäftsführung kamen ihm nicht gerade lebensmüde vor. Die wollten ganz und gar nicht ins gesellschaftliche Gras beißen. Winston – ein Systemrätsel? Eine gesellschaftsbiologische Regression? Rappert lächelte: Was er sich hier wieder zusammendachte! Vulgärer, biologistischer Molekular-Marxismus, mit dem er höchstens noch bei diesem Nazischwachkopf Bindig punkten könnte. Der immer mit seinen Memoranden! Eine Groteske, dass man den noch nicht vor die Tür gesetzt hatte. Doch

18 Saromette/Wisconsin, Standort der ersten von Winston Medicals Ltd. durchgeführten soziologischen Großstudie zu den gesellschaftlichen und ökonomischen Effekten des Medikaments Marom R (100–500). Bei ihren Bewohnern trug die seit Langem unter den typischen Strukturproblemen des US-amerikanischen Mittelwestens leidende Industriekleinstadt seit einiger Zeit einen bezeichnenden Spitznamen, der sich allein durch den Austausch des Anfangsbuchstabens generierte (S zu M).

wahrscheinlich gehörte sogar der dazu. Eventuell spielte *gerade* Bindig im System Winston eine wichtige Rolle, besaß eine fast schon wieder funktionale Zentral-Dysfunktion – und war damit immerhin das Gegenteil von dem, was Winston im Hinblick auf das Gesamtsystem darstellte. Oder hatte er das alles nur noch nicht wirklich begriffen? War er am Ende einfach nicht dazu in der Lage, die verschiedenen Implikationen und Sekundäreffekte seines Arbeitgebers umfassend einzuschätzen? Komplexe Systemdefekte, so sie denn Defekte waren, in den Systemtiefen verschachtelte Kernwidersprüche – solche Sachen ließen sich nun mal nicht so leicht durchdringen und wegdenken. Grundsätzlich, handelte ein Gesamtsystem, das abstarb, wirklich dysfunktional? Im Hinblick auf was? Gab es ein System über dem Suprasystem? Das All, die Galaxis? Und war Winston nicht in Wirklichkeit ein Agent genau dieses Supersystems, also ein Instrument – Rappert musste jetzt tatsächlich lachen – Gottes? War Marazepam Gottes Sohn, um die Erde über die rauschhafte Verdammnis ins Licht zu führen?

»*Hallo?* Lass mich mal mitlachen. Was ist denn so lustig?«

Auf dem Weg zu ihren Augen blieb sein Blick an dem dunkelgeschminkten Mund hängen. Systemkollaps hin oder her, diese breiten, gar nicht einmal außergewöhnlich vollen, dennoch irgendwie aussagekräftigen Lippen machten ihn an.

»Los, ehrlich: Woran hast du gedacht?« Karin Bechtloff-Dransfeld, sechsunddreißig, Mutter der vierjährigen Olivia, Noch-Ehefrau des seit gut drei Monaten arbeitsunfähigen Peter Dransfeld, seines Zeichens offiziell immer noch Leiter der Abteilung Öffentlichkeitsarbeit der Winston Pharmaceutics and Medical Care Deutschland Ltd., Karin Bechtloff-Dransfeld also, ihres Zeichens energische Volkswirtin mit hervorragenden Abschlussnoten, dann allerdings durch Heirat und Schwangerschaft karrieretechnisch etwas aus dem Tritt geraten, lächelte herausfordernd.

»Ähm … ich denke, das möchte ich dir nicht sagen.«

»Warum nicht?«, hakte Bechtloff nach, während sich unter dem Tisch die Knie der beiden höheren Angestellten zum ersten Mal an diesem Nachmittag berührten.

»Zu schüchtern«, gab Rappert zurück.

Bechtloff prustete los. »Alles klar. Du und schüchtern.«

»Ja, hinterher hältst du mich für weird oder so was.«

Karin Bechtloff schaute sich kurz um, taxierte die Umgebung auf mögliche Beobachter, rückte dann mit einer beinahe ironischen Geste näher an ihn heran. »Los, jetzt sag: Was hat er denn Schlimmes gedacht, der ungezogene Ansgar?«

»Na gut, du willst es wirklich wissen, oder?«

»Yes.«

Rappert betrachtete ihr langes rötliches Haar, die beinahe schon flächigen Sommersprossen auf Wangen und Stirn, die wässrig blauen, dabei merkwürdig intensiven Augen. Husky-Augen, denen nur noch bedingt etwas Menschliches anhaftete. Wo, verdammt noch mal, konnten sie hingehen? Er bemühte sich um Stringenz, versuchte, klare, lineare Gedanken zu denken. Wo hatten sie es beim letzten Mal gemacht? Er warf einen Blick durch die große Fensterfront, über die sanften Bergkuppen des Reinhardswalds. Kaum etwas wies darauf hin, dass das hier eine besiedelte Gegend war, dass Ebratal in gewisser Hinsicht einer kleinen Stadt, einer menschlichen Ansiedlung glich. All die Leutchen dort in ihren schmucken Einfamilienhäuschen, den frisch renovierten Fünfzigerjahreblöcken; Vergessene, die mit der beinahe piazzahaften Atmosphäre, der lichtdurchfluteten Eleganz im Kantinenabschnitt »Café Italiano« nicht recht zusammenpassen wollten. Menschen, die überdies im Hinblick auf den Gesamtzusammenhang, auf die Identität und den Fortbestand des Systems einfach nicht mehr von Belang waren. Neutrale Masse. Weißflächen. Weder funktionale noch dysfunktionale, sondern wohl vor allem *a*funktionale Organismen, womöglich nur noch medikamentös erreichbar. Rappert nahm sich zusammen: Im Moment ging es um etwas anderes. Das Wetter war gut. Sonnig, frühlingshaft warm, regelrecht einladend. Also wieder in das Wäldchen hinter dem Parkplatz? Nicht gerade komfortabel, und nachher mussten sie unbedingt auf Tannennadeln und andere Rückstände achten, aber insgesamt war das eine Möglichkeit. Die beste momentan, wie ihm schien.

»Ich denke«, setzte er endlich an, »über Fragen der Systemstabilität und der daraus abgeleiteten Systemidentität nach, Karin.«

»Aha«, sagte sie. »Und *ich* frage mich, ob wir jetzt noch einen

Moment nach draußen gehen sollten. Ich jetzt direkt, und du nimmst den anderen Ausgang, in zwei Minuten. Treffpunkt unten am Bach.«

Erneut studierte er ihren Mund. Die Lippen mit einem dunklen Rotbraun zu schminken, wann war das eigentlich populär gewesen? Achtziger, frühe Neunziger? Karin, obwohl jünger als er, hatte den Touch einer älteren Verführerin, etwas verrucht Mütterliches, kombiniert mit einem sehr elastischen und beinahe noch jugendlichen Körper. Er mochte ihre kleinen Abenteuer, diese immer wieder fast zufälligen Treffen auf den Fluren, in der Kantine, unten in der Lobby, auf dem Parkplatz. Vor allem aber reizte ihn, dass sich nicht immer etwas daraus entwickelte, dass alles in der Schwebe blieb, und wenn man es aus funktionalistischer Perspektive betrachtete, war Karin Bechtloff die Hauptverantwortliche dafür, dass Rappert immer noch in der nordhessischen Provinz ausharrte und sich nicht längst, so wie er es sich immer wieder einmal vornahm, in Hamburg oder München beworben hatte. Städte, die eine gewisse Dynamik ausstrahlten, in denen noch nicht alles zum Stillstand gekommen war. Wie lange saß er jetzt schon in Ebratal herum? Sechs Jahre? Eine karriereschädigend lange Phase, doch was sollte er machen? Der Geschmack von Karins Vagina, der sozusagen ideale Zustand ihrer Ehe, dazu die schöne nordhessische Landschaft, die Hügel und runden Bergkuppen, die schweigenden Wälder, das Summen der Bienen und Insekten im Frühsommer, die insgesamt absurde Ereignislosigkeit der Tage – alles klare Pluspunkte. Standortvorteile. Wenn es nach ihm, zumindest nach den dysfunktionalen, zynisch bequemen Persönlichkeitsanteilen in ihm ging, könnte es noch eine Weile so weitergehen. Zumindest so lange, bis dann entweder doch der nächste Schritt anstand, the next level, wie LeForbes immer sagte, oder eben das Gegenteil, der endgültige Stillstand, aus dem sich sehr bald der Herzstillstand entwickeln würde, ja musste. Letztlich konnte Rappert beiden Szenarien etwas abgewinnen. Er schaute ohne Furcht in die Zukunft, und er fühlte sich wohl in der Gegenwart. Er fuhr italienische Autos, seine Wochenenden waren spiegelblanke, leere Flächen, und insgesamt, manchmal schämte er sich fast dafür, gefiel ihm sein Leben.

»Okay«, bestätigte er also. »In fünf Minuten unten an der Brücke.«

Karin Bechtloff stand ohne ein weiteres Wort auf, offerierte ihm damit – sicher absichtsvoll – einen Blick auf ihre heutige Gesamterscheinung: schlank, dennoch kurvenreich, mittelhohe Stiefeletten, eng anliegende, anthrazitfarbene Stoffhose, ein langärmeliges T-Shirt in leuchtendem Orange, dazu ihr langes kastanienrotes Haar.

Peter Dransfeld, das wurde Rappert wieder einmal klar, war verloren.

2

Mittwoch, 12.04.2023, 21.03 Uhr, *Château Lapin*, Romme, Département Gilotte, Region Argogne, Frankreich

Die Gründung der Winston Pharmaceutics and Medical Care Deutschland Ltd. erfolgte aufgrund einer Reihe visionärer, zugleich jedoch unternehmerisch zweckrationaler, im Jahre 2011 noch in den Räumen der Winston Pharmaceutics Europe Ltd. im belgischen Vlezenbeek getroffener Grundsatzentscheidungen. Winstons Expansion und faktische Migration auf den größten und lukrativsten kontinentalen Markt für pharmazeutische Produkte ergab zweifelsfrei eine ungeheure Menge betriebswirtschaftlichen Sinns.

Deutschland, die von mürrischen Rentnermassen, gleichmütigen ost- und südosteuropäischen Pflegeheeren sowie irgendwelchen anderen exotischen Völkerschaften bewohnte Mitte des Kontinents, verlangte zweifellos nach einem neuen, aggressiven Anbieter im Gesundheitswesen. Faltige Greisengemüter, fahrige Betreuerpsychen waren mehr als nur bereit für eine konsequent lösungsorientierte und breit gefächerte Produktpalette, die präzise abgestimmt war auf die Bedürfnisse absterbender Mehrheitspopulationen: raffinierte Geronto-Hygiene-Artikel, neuartige Inkontinenz-Relaxante, durchdachte Rollator-Schaltungen – Winston hatte alles und verkaufte alles. Längst war man über den angestammten Pharmamarkt hinausgewachsen, hinein in das riesige, geradezu märchenhafte Zuwachsraten verzeichnende Geschäftsfeld innovativen Alters-Equipments. Kerngeschäft blieb jedoch das Sortiment extrem flexibler pharmazeutischer Wirkstoffe, die durch ihr duales Konsumentenprofil, ihre Popularität bei Hinfälligen und deren Dienern, eine in der Branche wohl einmalige Umsatz- und Gewinnstruktur generierte. »Winston's finest« (firmeninterner Spitzname) explodierte förmlich in den deutschen Apotheken. Das ursprünglich aus dem US-amerikanischen Bundesstaat Illinois stammende Unternehmen exportierte Fantasie und Zuversicht in zwielichtige, von rhythmischen Klagelauten durchwaberte Altenheimflure, es entspannte düstere, von Mordgelüsten und Gewissensbissen geplagte Angehörigenhirne, und es siedelte folgerichtig sein neues europäisches Produktions- und Verwaltungszentrum in der durch Autobahnen bestens erschlossenen Mitte des Rentnerreichs an: Ebratal, Nordhessen.

Ebratal, eine Kleinstadt mit industrieller Tradition, jedoch mit Problemen in der industriellen Gegenwart, bekannte sich seit einiger Zeit offensiv zu seiner Rolle als Experimental-Kommune. Neue Methoden zur Ansiedlung zukunftsträchtiger Branchen wurden angedacht und zeitnah umgesetzt. Winston zum Beispiel hatte nicht nur einen sehr niedrigen, eher symbolischen Preis für den Baugrund entrichten müssen, es zahlte zudem bis in alle Ewigkeit so gut wie keine Gewerbesteuer. Vor allem aber wurden dem Unternehmen aus dem Greisenreservoir der städtischen Altersverwaltungs- und Abwicklungsinstitutionen permanent und kostenfrei hinfällige Versuchsorganismen zur Verfügung gestellt, mit denen das Unternehmen nach Lust und Laune und nur nachlässig getarnt herumexperimentieren konnte. So ergab es sich, dass Ebrataler Pflegestuflinge europaweit die ersten Menschen waren, die die volle Wucht des neuartigen Wirkstoffes Marazepam zu spüren bekamen. Die gemäß der letzten Erhebung nur noch 63 000 Seelen zählende Provinzstadt, bisher nicht als Idylle und Hort der Heiterkeit bekannt, entwickelte sich aufgrund der aggressiven Geschäftspolitik Winstons rasch zum zufriedensten Gemeinwesen des Landes.[19] Marazepam kontrollierte und inspirierte jede Faser kommunalen Lebens. Es schrieb die Reden im Stadtrat, es betupfte die Aquarelle in den Altenmalkursen,

19 Ein augenfälliger Kontrast zu der US-amerikanischen Marazepam-Großversuchspionierkommune Saromette/Wisconsin, wo der massenhafte Marom-Komsum primär katastrophale Konsequenzen gezeitigt hatte. Deutsche Rentner, so die Interpretation der nicht nur sozial- und politik-, sondern auch gesundheitswissenschaftlich interessierten Führungskraft Ansgar Rappert, vertrugen den Stoff offenkundig besser als amerikanische Suchtbolzen – womöglich die Folge einer totalitären bzw. posttotalitären Primärsozialisation?

es akzentuierte die Alkoholwirkung in den wenigen Ausgeh-Inseln für Menschen unter sechzig. Alles, wirklich alles wurde durch Marazepam leuchtender, intensiver, eindringlicher, zugleich jedoch behutsamer, sensitiver, verästelter. Kurz, Ebratal als, wie Bürgermeister Mike Middecke (SPD) es gerne formulierte, »Go-ahead-city« befand sich auf einer in den Winston-Produktionsstätten erzeugten chemischen Wolke ewigen und sich immer weiter intensivierenden Glücks, dem selbst die Schrecken des Todes, des Weges dorthin, mit einem Wort die haltlose Verzweiflung angesichts der anthropologischen Basiskonstanten nichts mehr anhaben konnten.

Eric LeForbes, seit anderthalb Jahren Geschäftsführer der Winston Pharmaceutics and Medical Care Deutschland Ltd. und wesentlich mitverantwortlich für diese stürmische Entwicklung, hatte dennoch schlechte Laune.

Der 1980 in der Stadt Syracuse im Bundesstaat New York geborene Sohn der frankokanadischen Malerin Monique Stella Dupret und des mysteriösen US-amerikanischen Schriftstellers Paul LeForbes saß vor dem Käsesortiment, das ihm soeben eine Servicekraft im großen, aber intim dekorierten Restaurant des Hotels *Château Lapin*, malerisch gelegen auf einem Felsen über dem ebenfalls malerisch gelegenen südwestfranzösischen Städtchen Romme, auf den Teller geschaufelt hatte. Der Käse sah gut aus. Alles sah gut aus, zudem war bereits der zweite von insgesamt vier Tagen des Fortbildungsseminars absolviert, doch LeForbes hatte schon jetzt endgültig und komplett die Schnauze voll. Und das Schlimmste: Diesmal konnte er nicht einmal Winston, die Idioten drüben in der Zentrale in Fishbach Creeks/Illinois, verantwortlich machen. Nein, er hatte sich alles ganz ohne fremde Hilfe eingebrockt. LeForbes schaute noch einmal auf die Faltbroschüre, die er eben aus seiner Anzugtasche gekramt hatte, um der ungemütlichen Stille an seinem Tisch etwas entgegenzusetzen: *What is a coach? And why should we care?* – der Titel hatte nicht uninteressant geklungen, zumindest nicht völlig abstrus und abschreckend. Dazu die Bilder vom Hotel, die Lage, die Aussicht, der Golfplatz. Nein, es war durchaus nachvollziehbar, dass er die vier Tage gebucht hatte. Sein Missmut musste von etwas anderem herrühren, etwas Tieferem, aber um Gottes willen, von was? LeForbes sog mit einem scharfen Geräusch Luft ein. Der Käse, zumindest eines der vor ihm auf dem Teller platzierten Stücke, roch nach feuchtem, über Jahre unter Putz vor sich hin gewuchertem Wandschimmel. War das ein gutes Zeichen? Er könnte den Franzosen neben sich fragen; er könnte allerdings ebenso gut aufspringen und den Tisch umreißen. LeForbes klappte die Broschüre auseinander. Was schrieben die, was schrieb diese »Erica Chambers« da? *Contemporary leadership theories and best practices tell us that modern leaders must be good coaches. In fact, some even claim that coaching nowadays is the very foundation of successful leadership. On the other hand, what exactly do we mean by talking about coaching? The ferocious soccer manager yelling at his players from the side lines? The charismatic CEO giving an exhaustive lecture on his latest (and suicidal) corporate strategy visions? The idealistic teacher fighting …* und so weiter und so weiter. Hatte er dafür tatsächlich 2800 Euro gezahlt? Noch dazu aus eigener Tasche? Das ganze Projekt, seine Anwesenheit hier kamen ihm lächerlich vor. Andererseits, das stimmte schon. Um voranzukommen, musste er vor allem an seinen Soft Skills arbeiten: Kommunikation, Empathie, Motivation, eben auch Coaching. Diese Leute hatten schon recht. LeForbes nahm das grazile Käsemesser und schnitt etwas von dem kleinen Rohmilch-Tortenstück ab, dessen Rinde verheißungsvoll weiß-orange schimmerte. Das Zeug schmeckte nicht schlecht. Würzig, mit einer leicht rauchigen Endnote. LeForbes nahm einen Schluck – das Hotel hatte tatsächlich ein angeschlossenes Weingut – Château Lapin: Voilà, ebenfalls in Ordnung. Motiviert von diesen beiden uneingeschränkt positiven Geschmackserlebnissen, wandte sich LeForbes seinem Sitzpartner zur Linken zu, einem Franzosen, der sich eben vorgestellt hatte, dessen Namen er aber nicht oder nur bruchstückhaft verstanden hatte. Eman, Eser – quelque chose comme ça.

»So«, LeForbes setzte ein Lächeln auf, von dem er hoffte, dass es zu gleichen Teilen gewinnend und einschüchternd wirkte, »what do you think of this? I mean coaching and all?«

Der Franzose schaute ihn überrascht an. Beim Essen spricht man nicht über derlei Banalitäten, schien sein Blick zu sagen, der allerdings im Übrigen nicht unfreundlich wirkte. Der Mann zuckte mit den Schultern: »It can help, je pense. La communication est devenue vraiment importante dans ma boîte. Chez nous, c'est toujours parler, délibérer, convaincre.«

Ma boîte? Der Winston-Mann amüsierte sich innerlich. Einen derartig informellen Umgangston hätte er von einem waschechten Surrender Monkey nicht erwartet. Surrender Monkey – schade, dass dieser Begriff langsam aus der Mode kam.

»You are working for who?«, erkundigte sich LeForbes, der selbstverständlich beim Englisch blieb. Niemals würde er einem Franzosen die Gelegenheit geben, sich über das lustig zu machen, was ihm seine Mutter an Quebecer Zungenschlag vererbt hatte.

»Les frères Milaut.«

»Milaut? Never heard of it.«

»Frères Milaut SA. C'est la viande. Nous sommes les deuxièmes en France concernant la viande, les saucisses, le foie gras, et cetera.«

»So, you are fuckin' killing innocent animals, am I right?«

»Absolutely. In their millions. I did it myself in my first year at Milaut.«

»You're a butcher?« LeForbes schaute sich den Mann zu seiner Linken jetzt genauer an. Drahtige Statur, nicht zu groß, volles schwarzes, von einzelnen weißen Strähnen durchzogenes Haar, markantes Kinn, dunkle, lebhafte Augen. Ein wenig sah der Mann aus wie dieser Radfahrer vor vielen Jahren, auch ein Franzose. LeForbes dachte einen Moment nach, kam aber nicht auf den Namen. Unnötiges Detailwissen. Die umsichtige, effiziente Führungskraft delegierte Details. Ein echter CEO verteilte Aufgaben, koordinierte und fasste zusammen, er hatte jedenfalls bestimmt keine Vergangenheit in irgendwelchen Schlachthallen, wie anscheinend dieser Kandidat hier. Und warum gab der das alles auch noch freiwillig zu? Noch dazu gegenüber einem Wildfremden? Ein merkwürdiger Fall. LeForbes beschloss, der Sache auf den Grund zu gehen. Hatte der Mann eventuell Marazepam im Blut?

»So, you had something of a career, it seems.«

»Bien sûr. Quand j'ai commencé chez Milaut, le premier jour, j'ai déjà massacré cent vingt porcins. Je suis toujours motivé.«

Verarschte ihn der Typ? LeForbes schnitt sich noch etwas Käse ab und spülte das bröckelige Stück Ziege mit einem Schluck Lapin herunter. Nicht schlecht! Mochte er hier auch neben einem Irren sitzen, an diesem Laden gab es insgesamt nichts herumzumeckern. Vor allem das Wellnessareal hatte ihm gefallen. Alles da: Hamam, finnische Sauna, Whirlpool, großer Pool zum Bahnen-Machen, Thai-Massage, schwedische Massage, Californian, Cocooning, Metamorphose und so weiter. Vor allem die »Ultra-Tantrique«-Therapie interessierte ihn, doch bisher hatte er für dieses Projekt noch nicht die Zeit und, wenn er ehrlich war, auch noch nicht die nötige Entschlusskraft gefunden. Dabei sollte ein Geschäftsführer der Winston Pharmaceutics and Medical Care Deutschland Ltd. eigentlich für alles den nötigen Schneid besitzen, jeder Aufgabe, erst recht jedem Vergnügen gewachsen sein. Und diese Tantra-Geschichte klang ziemlich nach Vergnügen. Gleich heute, nach dem Dinner, würde er sich den Service ordern.

Um das Gespräch wieder aufzunehmen und vor allem, um das Thema weg von den blutigen Obsessionen seines Tischpartners zu lenken, erkundigte sich LeForbes, ob dieser schon den bestens ausgestatteten Bien-être-Bereich in Augenschein genommen hätte.

»Yes«, entgegnete Patrick Esnèr, der jetzt plötzlich Englisch sprach, zumindest eine dem Englischen verwandte Sprache. »I think it's formidable.«

»Did you try this Tantra thing?«

»No. You have to know that I am coming from this region. I live in a small village not far from Romme. If I have something like a massage érotique, you know, quelque chose un peu coquin, the people will start to talk. And perhaps tell it to Caroline.«

»Caroline is your wife, I suppose.«

»Exactement. Marié, deux enfants. Et je suis aussi le secrétaire régional du PS de l'Argogne. Tout le monde ici me connaît.«

»PS? What does it mean?«

»Parti Socialiste.«

»So, you're a socialist?« LeForbes musste lachen. Diese Frogs! Es war wirklich unglaublich.

»Mais bien sûr. Depuis vingt-cinq ans maintenant.«

»So, what are your goals? King of the butchers or President de la République?«

»I follow a dual career strategy. I actually plan to become both, CEO at Milaut and President … Although I think that my activities within the meat industry might at one point become a certain obstacle when it comes to my public image, you know?«

LeForbes wunderte sich über das plötzlich im Großen und Ganzen halbwegs akzeptable Englisch seines Tischpartners zur Linken. Zu seiner Rechten und ihm gegenüber saßen ebenfalls Menschen, zwei farblose Mittelmanagementdarsteller, die erschöpft in ihre Käse- und Dessertinstallationen hineinstarrten. LeForbes kannte nicht einmal ihre Nationalität. Aber gut, wozu auch? Detailwissen, wieder einmal nur ballastartige Einzelinformationen, die unnötig Speicherplatz fraßen. Ganz im Gegensatz zu diesem … wie hieß der jetzt? Esnons, Esers – er hatte keine Ahnung. Nun, auch das unwichtig. Letztlich war, wenn er nur lange genug darüber nachdachte, beinahe alles unwichtig. Aber genau das vermied er neuerdings: zu lange über etwas nachdenken. Kurz reflektieren, dann kraftvoll entscheiden – darum ging es. Und seinetwegen auch um halbwegs ordentliches Coachen.

»If being an animal killer is not good for becoming president – are you actually looking for something else?«

In Esnèrs Augen begann etwas zu leuchten. Aber was? LeForbes hatte immer wieder dasselbe Problem. Was genau war es, was er gerade in diesem Typen entfachte? Er musste vorsichtig bleiben.

»I'm always open for new projects, vous comprenez?«, sagte Patrick Esnèr mit einem Achselzucken. »But on the other hand it has to be said that I've got strong roots in this region. I was born here, I'm married to the daughter of the mayor of the neighboring town. And I am, as I mentioned before, the regional secretary of the PS. So, yes, there are strong ties between me and the Gilotte. But still, I am open to interesting proposals.«

»So, what about another drink, for a start?«, schlug LeForbes vor und gab einem der Kellner ein Zeichen. Es war schon verrückt: Vor nicht einmal zwei Stunden hätte er noch die dunkelhaarige Coaching-Referentin anspringen können, jetzt also dieser Esnèr. Sosehr sich der Geschäftsführer der Winston Pharmaceutics and Medical Care Deutschland Ltd. in Geschäftsdingen um eine stringente und nachvollziehbare Linie bemühte, so sehr lag bei ihm alles, was mit dem Signum »privat« versehen beziehungsweise verdeckt werden konnte, im Unklaren. Seit mindestens dreißig Jahren hatte der US-Kanadier praktisch keine Ahnung, was eigentlich mit ihm los war. Und das war, meistens zumindest, gut so! Das machte selbst seine Zeit im sklerotischen Ebratal zur Achterbahnfahrt. LeForbes genoss seine fluktuierende Ambiguität mindestens ebenso wie die (von ihm inszenierten) Fluktuationen bei Winston. Bindig zum Beispiel musste er jetzt bald einmal vor die Tür setzen. Diese komischen Anti-Marazepam-Postillen! Seines Erachtens hatte der Mann ein psychisches und natürlich erst recht ein politisches Problem. Aber vor allem: Saß hier zu seiner Rechten bereits Bindigs Nachfolger? War dieser Korse oder Bretone, oder wie auch immer sich die Leute hier nannten, bereit für den Wechsel nach Nordhessen, für ein Leben in einem riesigen Waldgebiet, das von Autobahnen durchzogen war wie die Beine des Hauptkundensegments von Krampfadern? Esnèr schaute ihn erwartungsvoll an. In seinem Blick lag aggressiver Tatendrang. LeForbes wurde langsam richtig scharf.

3

Mittwoch, 12.04.2023, 16.17 Uhr, das Winston-Firmengelände im Industriegebiet Viereich, vier Kilometer südöstlich von Ebratal/Nordhessen

Da! Da waren sie! Dr. Johannes Bindig, achtunddreißig, jugendlich wirkender stellvertretender Leiter Öffentlichkeitsarbeit, rückte noch ein wenig näher zum Fenster seines Büros im dritten Stock der komplett verglasten, wie ein transparenter Hoffnungsschimmer in das Weichbild der Gichtkommune Ebratal hineingebauten Hauptverwaltung der Winston Pharmaceutics and Medical Care Deutschland Ltd. Unglaublich, aber er hatte es wieder geschafft. Bindig ließ das Fernglas für einen Moment sinken. Urplötzlich war er eben aufgesprungen und ans Fenster getreten. Ein hormoneller Impuls, komplett körpereigen inszeniert. Instinkt. Sollten die anderen doch schlucken, was sie wollten, sollten sie doch das ganze Land mit dem Zeug vollpumpen, *er* würde nüchtern bleiben, weiterhin ausschließlich seinen ureigenen molekularen

Prozessen lauschen. Der Körper hatte immer recht, das hatte sich gerade wieder einmal bestätigt.

Der notgeile Rappert und die Bechtloff-Dransfeld! Wie beim letzten Mal im Wäldchen, auf der kleinen Lichtung. Bindig versuchte, die Brennweite des Glases noch optimaler zu justieren. Das rote Haar der Frau seines dauerkrankgeschriebenen Vorgesetzten leuchtete in der Sonne, ihr Ehebrecherinnenoberkörper war nach vorne gebeugt. Beiden Akteuren hing die Hose auf den Knöcheln. Was mochte in diesem Moment in ihr vorgehen? Vielleicht der Schauer des Vorläufigen? Jene spezielle, eigenartige Erregung, erzeugt durch den intimen Kontakt mit dem noch immer nicht richtigen Mann? Johannes Bindig schloss die Augen. Schwachsinn! Was fantasierte er sich da bloß wieder für einen Müll zusammen! Wenn er die Bechtloff von Rappert loseisen wollte, musste er endlich etwas unternehmen. Kein Monat verging, im Sommer keine Woche, in der er die beiden nicht irgendwo erwischte. Mittlerweile kannte er sämtliche ihrer Geheimplätze, auch die bevorzugten Uhrzeiten. Wollte er wirklich seine Tage als Spanner beenden? Dann konnte er auch gleich mit den Tabletten anfangen. Dann war er nicht besser als die anderen hier. Als die Untertanen. Die Materialisten. Menschen ohne Rückgrat. Menschen ohne Herz.

Bindig beobachtete, wie Rapperts weißes Hinterteil sich rhythmisch vor- und zurückbewegte. Schrecklich war das! Doch der Bechtloff-Dransfeld schien es zu gefallen. Ausgerechnet Rappert! Oh, die Mechanismen der Gesellschaft! Oh, die Strukturen! Anstatt für Erneuerung zu kämpfen! Für Reinigung und Wiedergeburt! Bindigs Erektion, vor einigen Augenblicken noch beträchtlich, hatte sich nun komplett zurückgebildet. Karin war da unten voll und absolut freiwillig bei der Sache, diese Tatsache ließ sich nicht übersehen. Und auch nicht der Umstand, dass sie *ihn* nicht einmal ignorierte. Dabei sah er objektiv besser aus als Rappert. Er war athletischer, hatte interessantere Tattoos, interessantere Ansichten. Er war Querdenker und Rebell – solche Sachen sprachen Frauen doch an, oder etwa nicht? Frauen suchten doch den starken, autarken Helden mit dem unschlagbaren Erbgut. Letztlich entschied niemand anderes als die Frau über die Zukunft einer Rasse. Hüterin der genetischen Zukunft. Wächterin der Erbgesundheit. Wenn

Frauen Typen wie Rappert oder den irren Dransfeld ihm vorzogen, gar irgendwelche *Kulturbereicherer*, dann hatte das Volk keine Chance mehr. Bindig zog sich die Hose hoch, schnallte den Gürtel fest und kehrte an seinen Schreibtisch zurück. Zum Glück stand am Wochenende eine Party in der alten Heimat an. Drüben im Osten waren die Dinge noch nicht völlig verloren. Da wurde noch gekämpft; seit diesen Attentaten, seit es diese entsetzlichen Verluste unter nationalen Menschen gab, sogar noch härter, noch entschiedener. Im Osten wussten die Frauen, viele zumindest, welche Kriterien bei der Partnerwahl entscheiden sollten. Bindig berührte die Maus seines Rechners, auf dem Bildschirm erschien eine Textverarbeitungsdatei, eine weiße, fast leere Fläche. Öffentlichkeitsarbeit? Was für ein Witz! Welche Öffentlichkeit sollte er denn noch informieren? Ein sterbendes Volk, dessen Kraft erlahmt, dessen Willen gebrochen war von einem teuflisch oberflächlichen Konsumsystem. Und zu allem Überfluss arbeitete er für einen Laden, der alles immer weiter vergiftete. Bindigs Kopf sank in Zeitlupengeschwindigkeit auf die weiche Oberfläche des Mousepads. Er hatte keine Lust mehr. Er hasste Winston, diese angloamerikanischen Verbrecher. Und Karin, seine einzige Freude hier, ließ sich von einem Hobby-Soziologen verarzten. Es war an der Zeit, heimzukehren und mit ein paar korrekten Leuten etwas Neues aufzuziehen. Vielleicht eine Kommune? Eine landwirtschaftliche Kooperative? Eine Keimzelle: Boden bestellen, gesund leben, Kinder zeugen, Zukunft schaffen. Hoffnung spenden. Bindig hob den Kopf, starrte in Richtung Tür, die sich in diesem Moment nicht öffnete, in deren Rahmen in diesem Moment eben nicht Karin Bechtloff-Dransfeld erschien, um mit ihm ein neues, autarkes Leben zu beginnen.

Alles, wirklich alles, war hier sinnlos.

4

Freitag, 13.05.2022, 12.47 Uhr, eine Einfamilienhaussiedlung in Ebratal-Altdorf

Dr. Peter Dransfelds aktuelle Tagesdosis belief sich auf drei, zu besonderen Anlässen auch vier bis fünf Marom R500, doch letztlich, so Dransfelds neueste Erkenntnis, war jeder Anlass besonders, jeder

Moment speziell, weswegen der Leiter der Abteilung Öffentlichkeitsarbeit der Winston Pharmaceutics and Medical Care Deutschland Ltd. die letzten zweieinhalb Tage ununterbrochen im Bett verbracht hatte. Seit ziemlich genau sechzig Stunden bestand die Welt des Siebenundvierzigjährigen wieder einmal nur noch aus schillernden Farben, kurzen autoerotischen Sequenzen und Zielpinkeln in neben dem Bett aufgereihte Mineralwasserflaschen. In der südwestlichen Ecke des ehelichen Schlafzimmers lagen die Trümmer eines Mobiltelefons der neuesten Generation. Dransfeld, ein nüchterner Mensch, ein kühler Public-Relations-Techniker, konnte sich nicht vorstellen, dass jemals ein glücklicherer Mensch auf Erden existiert hatte.

Leider klopfte es in diesem Augenblick erneut an der Tür. Mit einem Seufzen öffnete Dransfeld die Augen, hob den Kopf etwas an und schaffte es sodann, ein kaum hörbares »Sie wünschen?« ungefähr in die Richtung zu röcheln, aus der das Störsignal gekommen war.

»Peter, mach jetzt endlich auf! Ich muss gleich wieder in die Firma!«

Dransfeld wunderte sich. Die Person dort draußen mochte durchaus seine Frau sein. Oder aber jemand, der die Stimme seiner Frau perfekt zu imitieren verstand. Sicher sein konnte man sich da natürlich nicht.

»Könnten Sie sich bitte ausweisen«, entgegnete Dransfeld nun würdevoll, dabei ein leises Glucksen unterdrückend. »Bitte schieben Sie Ihren Ausweis oder ein ähnlich aussagekräftiges Dokument unter der Tür hindurch. Ich werde es sorgfältig prüfen und sodann, sollte ich zu dem Schluss kommen, dass es sich bei Ihnen tatsächlich um meine Frau Karin Bechtloff-Dransfeld handelt, über weitergehende Maßnahmen befinden.«

Keine Reaktion. Fast glaubte er, das Problem fürs Erste gelöst zu haben. Dann jedoch rumste es plötzlich, und zwar so intensiv, dass Dransfeld den Eindruck gewann, ein Schädel krache wiederholt gegen die massive Vollspanplatte der Tür. Danach Stille. Dransfeld meinte, ein leises Wimmern zu vernehmen, doch das mochte ebenso gut Einbildung sein. Wunschdenken.

»Hallo? Karin?«, sagte er aufmunternd. »Beziehungsweise: fremde Person, die sich seit Wochen und Monaten als Karin ausgibt, die sich die Haut meiner lieben Frau übergestülpt hat, deren meist sanfte, zuweilen jedoch durchaus hysterische Stimme so gekonnt nachahmt. Hören Sie, ich appelliere an Sie, geben Sie nicht auf. Verzweifeln Sie nicht. Auch ich befand mich einst in auswegloser Lage. Ich litt unter den Dingen und der Untreue des mir angetrauten Weibes. Fürwahr, meine Tage waren öd und leer, die Zukunft schwarz und ohne Hoffnung. Doch dann frühstückte ich zum ersten Mal eine Marom R, das bekömmliche Spitzenprodukt meines geschätzten Arbeitgebers. Und siehe da, es ging mir besser. Es ging mir ganz vorzüglich. Die Vögel zwitscherten. Der Himmel klarte auf. Die Sonne schien auf mich herab, gar aus mir heraus. Sie lachte über meine Ängste. Ich war …«, Dransfeld brach ab. Das war ja schon wieder die reinste PR! Man müsste mehr von diesen persönlichen Statements haben. Zeugenaussagen. Tatsachenberichte. Authentisch subjektive Erlebnisschilderungen. Hilfe suchend schaute Dransfeld zu seinem Laptop, dessen Bildschirm er vor einigen Stunden, oder Tagen, mit einem beinahe gekonnten Spannstoß[20] deaktiviert hatte. Schade, der Gedanke würde verfliegen – wie alles verflog, wie alles von seinem Ende her gedacht werden musste. Hinter der Tür wimmerte niemand, dessen war er sich jetzt sicher. Karin war längst wieder zu Winston abgerauscht. Zu diesem geilen Rappert. Er ließ den Kopf in das seit Tagen nicht aufgeschüttelte, bereits ungut riechende Kissen sinken. Eigentlich könnte man etwas singen, fand Dr. Peter Dransfeld plötzlich. Genau, warum nicht eine kleine Melodie anstimmen!? Ein von ihm komponiertes Liedchen. Titel: *Marom R.*

Marom, du bist das erlösende Licht
Vertagst geschickt selbst das Jüngste Gericht
Strahlst heller als deine Schwester, die Sonne
Gibst meinen Tagen Wärme und Wonne

Interessantes, kontrafaktisches Metrum! Das alles gesungen von einem Kinderchor? Von jungen, fröhlichen Stimmen? Oder lieber glücklichen Konsumenten? Von einer Gruppe Ebrataler Versuchsgreise? Der Marketingmann in Peter Dransfeld frohlockte. Der Peter Dransfeld in

20 Jedenfalls für die Verhältnisse des früheren Bezirksliga-Volleyballers.

dem Marketingmann Peter Dransfeld frohlockte. Durch die Ritzen der heruntergelassenen Jalousien bohrten sich Schwesternstrahlen.

5

Freitag, 14.04.2023, 15.00 Uhr, das Winston-Firmengelände im Industriegebiet Viereich, vier Kilometer südöstlich von Ebratal/Nordhessen

Dr. Ansgar Rappert, der Hobbysoziologe und hauptberufliche Leiter der Abteilung Patente/Lizenzen der Winston Pharmaceutics and Medical Care Deutschland Ltd., saß an diesem sonnigen Freitagnachmittag hinter seinem Schreibtisch und dachte abwechselnd an Émil Durkheims bahnbrechende Selbstmordstudie und Karin Bechtloff-Dransfelds beeindruckende Figurattribute. Karin Bechtloff, die er, obwohl das letzte Tête-à-Tête erst am Mittwoch stattgefunden hatte, tatsächlich gerne schon wieder nageln würde. Was war eigentlich mit ihm los? Frühlingsgefühle? Plante er unbewusst, diesen Dransfeld zu vernichten? Der war doch längst weg vom Fenster. Der musste sich doch schon gar nicht mehr umbringen, wobei Durkheim sich ohnehin nicht für den individuellen Kurzschluss, sondern nur für die allgemeine Rate interessiert hätte. Beziehungsweise, im Hinblick auf Ebratal, für deren Verschwinden. Dieses Kaff stand, wenn überhaupt, für eine völlig neue Suizidkategorie: den nicht-letalen, chemisch induzierten Persönlichkeitsselbstmord. Die hochzufriedene Selbstentgeistung.

Andererseits, stimmte das überhaupt? Nein, das stimmte eben nicht. Wenn man nicht wie Dransfeld täglich eine halbe Packung R500-Bomben verputzte, machte Marom die Leute ganz und gar nicht zu Robotern oder Zombies. Im Gegenteil, es förderte energisch das Positive in einem Menschen zutage, auch wenn das vorher gar nicht existiert hatte. Marom transzendierte den Selbstmord, es ermordete lediglich die dysfunktionalen Persönlichkeitsmerkmale, die niederträchtigen, ängstlichen, depressiven. Ein Wirkstoff wie dieser hätte Durkheim in den Irrsinn getrieben, genau wie er momentan Dransfelds Psyche zerfaserte. Dafür war wiederum er, Rappert, dem Medikament ehrlich dankbar, denn es war unwahrscheinlich, dass Karin mit einem funktionierenden Gatten im heimischen Ehebett ähnlich viel Ablenkung nötig gehabt hätte.

Apropos.

Er griff zum Telefonhörer und wählte die vertraute Nummer. Sie nahm sofort ab.

»Bechtloff?«

»Yep.«

»Herr Rappert.«

»Frau Bechtloff-Dransfeld.«

»Bald wieder Bechtloff.«

»Aha.«

»Und was hat der Herr auf dem Herzen?«

»Hm, nichts eigentlich. Einfach mal höflich nach dem Befinden erkundigen.«

»Dem Befinden? Genervt bin ich. Eben war ich kurz zu Hause, weil … egal, hing mit Olivia zusammen. Ich komme nach Hause, und was macht Peter? Liegt natürlich im Bett! Im Haus Totenstille, die Tür zum Schlafzimmer abgeschlossen. Ich denke: Es reicht. Ich hol jetzt die Polizei. Ich hol die Feuerwehr.«

»Wie lange befindet er sich denn schon in diesem Zustand?«, fragte Rappert ohne einen Funken Interesse nach. War er Psychiater, gar Durkheim? Er wollte in das Wäldchen von neulich!

»Wie lange er schon zu Hause ist, oder wie lange er jetzt am Stück im Bett rumliegt? Beides zu lange, sage ich dir. Der … ach komm, ich hab keine Lust mehr, über den Typen zu palavern. Du ja wohl auch nicht, oder? Also, Mister Patente/Lizenzen, was verschafft mir die Ehre? Möchten Sie unter Umständen heute, so gegen sechzehn Uhr dreißig, noch einen kleinen Spaziergang mit mir unternehmen? Das Wetter ist, wie Sie vielleicht bemerkt haben, sehr schön, noch wärmer als Mittwoch. Wir könnten uns irgendwo ins Gras setzen.«

»Hmm, verlockend«, säuselte Rappert. »Halb fünf, sagst du?«

»Ja, dann bleibt uns gut eine Dreiviertelstunde. Olivia wird von der Mutter von Meike mitgenommen, da hole ich sie dann um halb sechs ab.«

»Fünfundvierzig Minuten? Für Spazierengehen und auf der Wiese liegen? Bisschen knapp, oder?«

»Na ja, das Spazierengehen könnte man natürlich auch abkürzen. Dann hätte man mehr Zeit für andere Dinge.«

Dr. Ansgar Rappert konnte sich nicht helfen, er mochte diese anzügliche Sachlichkeit. Karin Bechtloff-Dransfeld hatte nicht nur eine bemerkenswerte Figur und lange rote Haare, sie hatte zudem einen Ton drauf, der exakt zu ihrem Erscheinungsbild passte. Dennoch versuchte Rappert, einen klaren Kopf zu behalten. Hatte das, was sie hier gerade wieder anbahnten, überhaupt noch eine gesellschaftliche Funktion? Mit anderen Worten: Welche Konsequenzen in Sachen Systemstabilität zeitigte eigentlich ein ganz normaler Ehebruch? Oder stimmte das gar nicht? Wurde gar nichts gebrochen? Versetzten ihre Abenteuer die Bechtloff erst in die Lage, das häusliche Chaos weiter durchzustehen? Wie geil komplex doch selbst die einfachsten Konstellationen waren, wenn man sie aus konsequent gesellschaftswissenschaftlicher Perspektive betrachtete!

»Hallo? Herr Rappert? Hats Ihnen die Sprache verschlagen, oder denken Sie gerade nach?«

»Ich denke nach.«

»Oh.« Karins Stimme hatte einen noch etwas ironischeren Beiklang als gewöhnlich. »Und was denkt unser Patentwächter gerade wieder? Lass mich raten: Es geht um Gesellschaft. Um irgendwelche obskuren Theorien.«

Rappert lachte. Wie gut sie ihn schon kannte! Wie sehr er ihren leichten Spott mochte! Oder liebte? Liebte er Karin? Und welche Folgen hätte eine solche Liebe? Welche Funktion?

6

Freitag, 14.04.2023, 14.24 Uhr, die Fahrgastzelle eines Citroën DXC E-Wavecross, unterwegs auf einer kleinen Stichstraße zur Atlantikküste unweit von Saint-Catherine sur Melons, im Grenzgebiet der Départements Gilotte und Nibe, Region Argogne, Frankreich

Eric LeForbes, Geschäftsführer der Winston Pharmaceutics and Medical Care Deutschland Ltd.[21], beobachtete Patrick Esnèr, Projektmanager »Interne Prozessoptimierung« der Frères Milaut SA[22], zudem Sekretär der Parti Socialiste der Region Argogne[23], aus den Augenwinkeln. Wie lässig der Typ das Steuer hielt! Wie behaart die Unterarme waren, unter dem nun etwas aufgekrempelten Hemd[24]. Die große Breitling am kräftigen Handgelenk, der von Adern durchzogene Handrücken, generell die olivfarbene, irgendwie virile Haut – besser, natürlicher konnte man nicht Mann sein. LeForbes begann zu fantasieren: Esnèr als Triebmensch, der sein Opfer in einsame Gegenden, in Strandhäuser lockte, um sie dort in aller Ruhe über dem offenen Feuer der Leidenschaft zu rösten. Der Winston-Deutschland-Chef spürte einen angenehmen Kitzel, einen amüsanten kleinen Brechreiz, als er schließlich nach Minuten des Schweigens das Gespräch wieder aufnahm:

»So, we are going to your house by the sea?«

»Yes«, sagte Esnèr nur, der im Laufe der Fahrt immer einsilbiger geworden war.

»And what are we going to do there?«

»I want to show you someone, or maybe something, I don't know.«

»You don't know?«

---

21 Umsatz vor Steuern (Operationsgebiet: Mittel- und Teile Westeuropas): 23,61 Mrd. Euro (2020). Gesamtumsatz der Winston-Gruppe weltweit: 171,63 Mrd. Euro (2019).

22 Umsatz vor Steuern: 17,8 Mrd. Euro (2020).

23 Umsatz vor Abzug der von den eigenen Leuten in Paris eingeführten Partei- und Vereins-Zusatzabgabe: 34 220 Euro, Tendenz stark abnehmend (Überalterung, Austritte, nachlassende Spendenbereitschaft, grassierender pathologischer Geiz).

24 Design: Emile Costard, der Modemacher der Gilotte, zunehmend auch der übrigen französischen Provinz. Zudem erste Flagship Stores in Brüssel und Lausanne. Das Unternehmen erwägt momentan den risikoreichen Schritt über den Kanal. In Paris jedoch, so ist es im Firmenkatechismus festgelegt, soll niemals eine Costard-Boutique eröffnet werden. Umsatz des Unternehmens: unbekannt.

Esnèr zuckte auf diese typisch französische Art mit den Schultern, und LeForbes, dem die vergangenen vier Seminar-Tage auf *Château Lapin* letztlich doch eine Menge gegeben hatten, versuchte, sich an einen der Grundsätze der Coaching-Prophetin Erica Chambers[25] zu erinnern: »Coaching means letting people do what they think they like to do. Coaching means manipulating people's self-perception.« LeForbes überlegte: Wie konnte er diesem Esnèr einflüstern, ihn doch besser nicht zu Entrecôte, dafür aber ihren kleinen Ausflug in eine Orgie zu verwandeln? Wie hätte Erica die Sache angepackt? Erica übrigens, die er am Abend von Tag drei, also gestern Abend, doch glatt in der Hotelbar beim Absacker erwischt und dann gleich auf sein Zimmer geschleppt hatte. Für einen Sekundenbruchteil tauchte das Becken der Afroamerikanerin vor seinen Augen auf, die beinahe pedantische Exaktheit ihres Brazilian. LeForbes unterbrach seine Träumereien. Kam dieser Esnèr hier tatsächlich als Bindig- beziehungsweise Dransfeld-Nachfolger infrage? Ein Abteilungsleiter Öffentlichkeitsarbeit, der kein Deutsch sprach? War man schon so weit in Ebratal? Gott, wie er das Leben dort hasste. Lepratal! Zwei Jahre noch, höchstens drei, dann musste der nächste Step folgen. Am besten Fernost. Fernost hatte ihn immer schon gereizt. Der Winston-Ableger Djakarta hatte die höchsten Steigerungsraten überhaupt. Andererseits war genau das die Gefahr. Musste er sich nicht vielmehr halb Totes, Stagnierendes suchen und das dann zu einer strahlenden, stampfenden Cashcow umcoachen? Gab es solche Brachen bei Winston überhaupt noch? Marom pflügte den ganzen Laden um. Die in Fishbach wussten gar nicht, wie ihnen geschah.

Der Wagen hielt vor einer hübschen kleinen Villa mit Ausguck auf dem Dach. Das Grundstück schloss sich unmittelbar an die Dünen an.

»So, this is your house?«

»Yes.«

»Nice. What's the French word for it? Pittoresque?«

---

25 Erica Chambers Consulting & Business Solutions Ltd. (Umsatz vor Steuern 2019: 34,1 Mio. USD): Veranstalter des Coaching Seminars. Als Erica Chambers agierte seit 2018 die bis dahin extrem erfolglose US-amerikanische Schauspielerin und vormalige Lap-Dancerin Laureen Staxton aus Galveston/Texas.

»It's an old house, built by a French sailor. A captain. A famous man.[26]«

»Maybe in France«, ergänzte LeForbes, worauf Esnèr mit den Schultern zuckte und sich anschließend dynamisch, fast schon einschüchternd viril aus dem Wagen schwang. LeForbes ironisierte diese Geste, indem er Esnèrs Bewegungsablauf imitierte, er war jedoch mit dem Ergebnis, mit seiner Koordination und Gesamtfluidität, nur halb zufrieden. Und genau das war gut so. Genau das machte ihn wiederum zufrieden. Seine ebenso radikale wie habitualisierte Selbstkritik war einer der Gründe, warum er als kommender Mann bei Winston galt. Beim Gesamtkonzern, versteht sich. Permanenter Zweifel und radikales Selbstvertrauen, darauf kam es seiner Meinung nach an. Warum hatte er das eigentlich Coaching-Erica nicht gesteckt?

»Come«, sagte Esnèr, »I would like you to meet a friend. He's been living here for a few weeks now. He is … or he was a journalist from Paris.«

Esnèr schloss auf, sie betraten zunächst einen ländlich charmant, diffus provenzalisch dekorierten Vorraum, dann ein helles, mit sandfarbenen Polstermöbeln bestücktes Wohnzimmer. Der Blick fiel durch die große Fensterfront nach draußen, auf die Dünen, durch einen kleinen Ausschnitt leuchtete das Meer tiefblau. Der Raum wirkte peinlich aufgeräumt, beinahe unbewohnt, umso größer gestaltete sich der Kontrast zu der Person, zu dem organischen Bündel, das in einer zittrigen, vibrierenden Bethaltung auf den mit einem dunkelblauen Läufer teilbedeckten Holzbohlen kniete, den Oberkörper nach vorne gebeugt, die Stirn mit Kontakt zum Boden.

Esnèr legte den Autoschlüssel auf eine Anrichte und machte eine ausladende Armbewegung: »Mr LeForbes, may I introduce Mr Marc Toirsier to you? Marc loves the medicine you are producing. Marom, vous le connaissez? Marc is also the reason why my wife Caroline and my children hate me now.«

LeForbes schwieg. Was sollte dieser Quatsch? War das Sozialkritik? Um 18.30 Uhr hob sein Flieger von Bordeaux ab. In Frankfurt wartete

26 Kapitän zur See Auguste Mersault (1829–1900). Präzisierende Informationen folgen.

dann der schon reservierte Antik-Carrera. Eine Stunde auf der Bahn, wenn alles frei war. Oder sollte er in Frankfurt übernachten? Er hatte Adressen, Bekannte. Es gab Clubs. Doch vorerst galt es, aus dieser Situation hier, die sich nicht ganz in die gewünschte Richtung entwickelte, halbwegs elegant herauszukommen. Toirsier richtete sich derweil extrem langsam auf. Der ist auf Zeitlupenbetrieb, dachte LeForbes fasziniert. Erstaunlich, was Marazepam mit den Leuten anstellte. Aus Toirsiers Gesicht schien nicht nur jedes Leben, sondern schlichtweg alles verschwunden zu sein. An der linken Schädelseite hatte eine Wunde das umliegende Haar verklebt. Kein Zweifel, es fehlten große Teile des linken Ohrs, das Toirsier, aber das konnten weder LeForbes noch Esnèr wissen, vor zwei Tagen nicht etwa mit einem der zahlreich vorhandenen, frisch geschärften Küchenmesser, sondern mit einer rostigen, kaum noch funktionstüchtigen Gartenschere kupiert hatte. Später, als der Schmerz erträglich und in ein dumpfes Klopfen übergegangen war, hatte Toirsier spontan gemutmaßt, dass es zweckmäßiger gewesen wäre, sich beide Augen herauszustechen. Die Frage, welches Körperteil als Nächstes entfernt gehörte, beschäftigte ihn seither, tauchte hin und wieder auf aus dem Brei kochend sinnloser Gedankenimpulse. Wenn ihn dieser Esnèr doch nur in einer Milaut-Hundefutterkonserve begraben hätte, wenn ihn doch nur endlich ein Saugtentakel in die düstere Sauerstoffarmut der Tiefsee zöge. Dass es langwierig werden würde, hatte er gewusst, aber dass der Abschied vom Marazepam länger dauern würde als alles, als jedes Sonnensystem, dass eine Entwöhnung sich in letzter Konsequenz als unmöglich herausstellen sollte, damit hatte er nicht gerechnet. Immerhin, sein Ohr war weg, wurde irgendwo im Garten von Ameisen abtransportiert. Doch das allein änderte noch gar nichts.

LeForbes schaute auf die Uhr, schüttelte dann unmerklich den Kopf. Die Stunden vor seinem Abflug hatte er sich anders vorgestellt, und von einem spießigen Metzger musste er sich nun wahrlich nichts erzählen lassen in Sachen Unternehmensethik. Marom war ein gutes Produkt, gab vielen Menschen Arbeit und Brot. Und Ebratal, die Menschheit generell, hatte so oder so keine Zukunft.

»Don't you wanna show me the garden … or the beach?«

»Mais, bien sûr«, antwortete Esnèr mit einem Lächeln, das LeForbes nicht deuten konnte. Was hatte dieser Typ vor?

»Suivez-moi.«

Esnèr öffnete die Tür zur Terrasse, trat hinaus in den schon beinahe sommerlich warmen, dennoch erfrischenden Altlantikwind, worauf LeForbes blitzschnell die Tür von innen schloss, sich die Autoschlüssel von der Anrichte schnappte und im Vorbeihasten einen letzten Blick auf das Toirsier-Bündel warf, aus dessen Schädel ihn zwei augenähnliche Objekte bei seinen Verrichtungen beobachteten. LeForbes sagte: »Au revoir.«

Der Menschenmatsch erwiderte: »Au plaisir.«

Aha, Humor bekam man durch Marom also auch. LeForbes wusste wirklich nicht, was Esnèr wollte. Oder auch dieser Bindig. Wurde etwa irgendjemand gezwungen, das Zeugs zu schlucken? Na also. Der improvisationsstarke US-Frankokanadier flitzte mit albernen Tippelschritten durch die Haustür, riss die zum Glück unverschlossene Citroën-Tür auf, durchschaute erst recht zum Glück umgehend den Startmechanismus des französischen, für einen Mann in Esnèrs Position eigentlich zu bescheidenen, deswegen letztlich prätentiösen Mittelklassegefährts. Der Wagen setzte sich unverzüglich in Bewegung. LeForbes verschwand von diesem Ort des Schreckens, nicht ohne im Rückspiegel Esnèr zu erblicken, der um das Haus gesprintet war und ihn beinahe noch erwischt hätte, um … Um was zu machen? Darüber ließ sich nur spekulieren. Ein merkwürdiger Nachmittag, zum Glück mit einem glimpflichen Ende. Was Esnèr jetzt wohl mit Toirsier anstellte? Einige Hundert Meter weiter stoppte LeForbes und ermittelte per Smartphone seinen aktuellen Aufenthaltsort, damit die ungefähre Adresse Esnèrs. Dann folgte er den Schildern nach Romme, einer, wie sich herausstellte, entzückenden, typisch südwestfranzösischen Kleinstadt. Auf dem zentralen Markt- oder Hinrichtungsplatz, er hatte keine Ahnung, wozu Franzosen ihre Städte benutzten, entdeckte er einen Taxistand. Er parkte, übergab zwei wartenden Fahrern den Citroën-Schlüssel, verbunden mit dem Auftrag, den Wagen zurück an die Küste, zu seinem rechtmäßigen Besitzer zu bringen. LeForbes fühlte sich wieder als Herr der Lage; in diesem Moment hätte er alles und jeden, selbst eine Armee störrischer

Marom-Mumien, in Richtung Erfolg coachen können. Schließlich bestieg der Winston-Mann ein weiteres Taxi, ließ sich zurück zum *Château Lapin* chauffieren, nahm dort sein bereits in der Lobby wartendes Gepäck in Empfang und erreichte per Hotel-Shuttle den Flughafen sogar etwas zu früh. Nach dem Einchecken öffnete sich tatsächlich noch ein nicht ganz unbedeutendes Zeitfenster. LeForbes rief in Ebratal an und beauftragte Human Resources, Esnèr irgendein Angebot zu machen, dann schaute er sich in der Abflughalle des provinziellen Airports um. In einer Bar bediente eine ansehnliche, vielleicht zwanzigjährige Nordafrikanerin mit provokantem Dekolleté. Ob diese junge Frau bereit war, sich von ihm in einem stillen Winkel, auf der Damentoilette beispielsweise, bearbeiten zu lassen? LeForbes beantwortete die Frage mit Nein, nahm aber dennoch vor dem Tresen Platz.

»Un Cognac, s'il vous plaît.«

Das Leben war, fand er in diesem Moment, enttäuschend und aufregend zugleich.

7

Freitag, 14.04.2023, 17.13 Uhr, irgendwo in oder um Ebratal

Simultanität der Bedürfnisse, Parallelität der Enttäuschungen. Nicht nur für den Geschäftsführer, sondern auch und erst recht für den Leiter der Abteilung Patente/Lizenzen der Winston Pharmaceutics and Medical Care Deutschland Ltd. entwickelte sich der Freitagnachmittag, immerhin das emotional bedeutsame Einfallstor zum Wochenende, ganz und gar nicht wie erhofft. Zunehmend schlecht gelaunt saß Ansgar Rappert auf dem Beifahrersitz von Peter Dransfelds Mercedes und versuchte, die Unterhaltung mit der Fahrzeugführerin Karin Bechtloff-Dransfeld in Gang zu halten, wurde in seinen Bemühungen jedoch immer wieder von der kleinen Olivia sabotiert, die im Fond des geräumigen SUV herum- und mitten in das Nervenzentrum des sexhungrigen Mittelmanagers hineingackerte. Sicher, Kinder waren (bis auf Weiteres) essenziell für den Fortbestand einer Gesellschaft, hatten somit die systemstabilisierende Funktion schlechthin, aber musste er sich deswegen wirklich so eine Geräuschkulisse antun? Nur weil sich Karins Pläne wieder einmal in letzter Minute geändert hatten? Vor wenigen Minuten noch waren sie und Rappert schon beinahe am Ziel gewesen, auf dieser Lichtung im Wäldchen gleich neben dem Firmengelände, ein stilles Plätzchen im ohnehin sehr stillen Umland von Ebratal. Doch dann hatte ein Anruf alles zerstört, die Mutter zum Umdisponieren gezwungen, und nun waren die (mittlerweile drei) Fahrzeuginsassen nicht unterwegs zu konkreter physischer Entspannung, sondern zum dransfeldschen Anwesen, wo Karin das Kleinkind der Obhut ihres Mannes übergeben wollte, um danach ihn, Rappert, zum Winston-Parkplatz zurückzufahren und dort wiederum noch schnell einige Handlungen vorzunehmen. So zumindest lautete der ambulant erstellte, komplett unrealistische Plan. Der Mercedes bog in die geordnete Einfamilienhaussiedlung ein, hielt wenig später vor einem Carport, in dem bereits Karins eigener Wagen, ein VW-Polo der neuesten Generation, parkte. Sie stiegen aus, Karin öffnete die Tür zum Fond, entgurtete ihre Tochter.

»Weißt du was, komm doch kurz mit rein.«

»Und dein Mann?«

»Ach, der … los, komm.«

Rappert folgte der attraktiven Rothaarigen, über deren Schulter hinweg Olivia ihn neugierig, jedoch unverkennbar auch mit Skepsis betrachtete. Wer war dieser Mann, mochte sie sich fragen. Und was wollte er hier? Das Kleinkind schien zu spüren, so spürte Rappert, dass von ihm etwas Destruktives, eine Gefahr für die Keimzelle ausging. Dass er in seiner Funktion als Liebhaber Karins die gesamtgesellschaftlich stabilisierende Funktion der Familie Dransfeld nicht nur neutralisierte, sondern sogar in ihr Gegenteil, in ungefilterte, in hoch konzentrierte Dysfunktionalität umkehrte. Während er den beiden durch den gepflegten, japanisch anmutenden Vorgarten zum Eingang des weiß verklinkerten, recht schicken, jedoch letztlich unauffälligen Dransfeld-Domizils folgte, sah er plötzlich in einer erschreckend detaillierten Vision Olivia Dransfelds Zukunft vor sich: eine noch halbwegs problemfrei durchlaufene Grundschulzeit, dann erste Verhaltensauffälligkeiten auf dem Gymnasium, Rückzug, manisches Schweigen,

Autoaggressionen, Abgang nach der elften Klasse, abgebrochene oder besser gar nicht erst angetretene Lehre zur medizinisch-technischen Assistentin, Liebe ausschließlich zu Tieren, manischer Veganismus, deswegen Hass auf die seit Langem getrennt, aber weiterhin unter einem Dach lebenden und vor allem nach wie vor fleischverzehrenden Eltern, gescheiterter Versuch einer kriminellen Tierrettung aus einem Winston-Vertragslabor in Thüringen, gefolgt von der erstmaligen Flucht nach Frankfurt, neue Bekannte, falsche Freunde, Leben auf der Straße oder in zweifelhaften Unterkünften, Aufgriff durch die Polizei, erzwungene Rückkehr nach Ebratal, erneute Flucht, Crackpfeifen in Hauseingängen des Bahnhofsviertels, in Spritzen aufgelöste Kokain-Heroin-Marazepam-Lösungen, Abszesse, schwarze Füße, eitrige, mit Wunden verwachsene Verbände, hektisches Lallen, kalt erstarrte Pupillen. Das alles sah Ansgar Rappert auf den vielleicht zehn Metern zwischen Carport und Haustür, und seine Vorfreude auf einen kleinen, nun vielleicht doch noch anstehenden – wie der Franzose sagt – *Rapport* war tatsächlich und vollumfänglich abgestorben.

»So, jetzt gehen wir erst mal rein und ziehen uns die Schuhe aus«, sagte Karin zu der hübschen Vierjährigen. Dann traten sie über die Schwelle, Karin warf die Schlüssel in eine imposante Perlmuttschale, die auf einer modernen, aber behaglich anmutenden, cremefarbenen Anrichte residierte. Durch den Vorraum fiel sein Blick auf einen geräumigen, offenen Wohnbereich. Auch hier legere, helle Möblierung, ein flaches Sofa-L, dahinter der Garten, Kinderspielzeug auf der Terrasse. Von Peter Dransfeld keine Spur.

»Wo ist dein Mann?«, fragte Rappert. »Wirklich die ganze Zeit im Schlafzimmer?«

»Was dachtest du denn?«, war Bechtloffs knappe Replik, und dann, wieder zu Olivia: »Hast du Hunger, meine Kleine? … Nein? … Klar, ihr habt bei Beate bestimmt wieder den ganzen Nachmittag gemampft, stimmts? Dann warten wir mal noch etwas mit dem Abendbrot, meine Süße, nicht wahr?«

»Ist Papi oben?«, fragte Olivia und legte damit – wie Rappert mutmaßte – instinktiv den Finger in die dransfeldsche Familienwunde. Kleinkinder machten, so glaubte Rappert, den Kinder und Familien ausschließlich unter soziologischen Gesichtspunkten interessierten, Kinder also machten ja wohl alles instinktiv. Zu mehr waren diese Spatzenhirne kaum in der Lage. Apropos Instinkte: Wie stand es eigentlich um seine? Meldete sich sein Karin-Hunger jetzt zurück oder nicht? Falls nicht, was sollte er dann hier in diesem Psychosenkessel? Andererseits, was war die Alternative? Hatte er Termine? Hatte er jemals Dringendes zu tun gehabt? Außer Karin nageln, natürlich? Außer die Gesellschaft verstehen?

»Der Papi ist oben und schläft«, informierte Karin Bechtloff-Dransfeld ihre Tochter.

»Papi schläft oft«, bemerkte Olivia Dransfeld.

8

Freitag, 14.04.2023, 17.02 Uhr, der dritte Stock der Winston Pharmaceutics and Medical Care Deutschland Ltd., Industrie- und Verwaltungspark Viereich, vier Kilometer südöstlich von Ebratal/Nordhessen

Natürlich hatte Dr. Johannes Bindig Ansgar Rappert und Karin Bechtloff auf dem Parkplatz erspäht. Mit einem untrüglichen Gespür, wie von höhnischer Geisterhand geführt, hatte sich der stellvertretende Leiter Öffentlichkeitsarbeit im rechten Moment aus seinem Büro und an das nördliche Ende des Flurs bewegt, nur um erneut Zeuge zu werden, nur um sich wieder einmal zu vergewissern, dass es wirklich stimmte, dass jene obszönen Waldspaziergänge nicht nur Fata Morganen, selbstquälerische Trugbilder waren, die seine Psyche in schöner Regelmäßigkeit für ihn entwarf. Da unten gingen die beiden also, aber – sieh einer an – diesmal nicht in Richtung Gehölz, sondern zu Dransfelds Benz-SUV. Klar, solange Tablettengrab zu Hause war, durfte Karin damit herumfahren und herumficken. Das illegitime Paar stieg ein, die Bremsleuchten glühten auf. Diese Schweine fuhren jetzt garantiert wieder ficken. Tiere! Verräter an Ehe und Volk! An der Ehe als Grundlage des Volks. Bindig drehte sich abrupt um, der Korridor lag ruhig und leer vor ihm. Er hatte Lust zu schreien, er hatte Lust, gegen Türen zu treten, in Grünpflanzen zu beißen. Er verspürte das klar definierte Bedürfnis auszurasten. Doch das ging nicht. Bei Winston konnte er sich nichts mehr leisten. Seine Marom-Memoranden waren nicht gut angekommen, so viel war klar. Niemand hatte mit ihm gesprochen, niemand hatte überhaupt reagiert, doch das war unter Umständen ein noch viel schlimmeres Zeichen. Er war bereits abgeschrieben, abgestellt. Einer von vielen national denkenden Menschen, die mundtot, die unschädlich gemacht werden sollten. Bindig beschloss, nicht erst morgen, sondern unverzüglich nach Hause, nach Thüringen, zu fahren. Er brauchte jetzt ganz schnell die frische Luft der Freiheit. Er hatte regelrecht Atemnot. Wie der Westen ihn anwiderte! Das Geld. Die Vermischung. Die Dekadenz. Wie hier alles diametral dem zuwiderlief, woran er glaubte. Jetzt beinahe heiter, euphorisch-panisch hastete er zurück in sein Büro, griff sich Jacke und Schlüssel, schaltete nicht einmal den Rechner ab, verließ den dritten Stock und danach das Winston-Hauptverwaltungsgebäude, lief zum Parkplatz, auf dem er für Sekunden noch Geruchspartikel von Karin Bechtloff-Dransfeld zu erhaschen glaubte, setzte sich dann in seinen VW-Golf-Jahreswagen und ließ den Motor an. Der CD-Player mit dem in Szenekreisen gefeierten Liedermacher nahm seinen Dienst auf, und während Bindig den Rückwärtsgang einlegte, sang er die vertraute erste Strophe mit:

Siehst du die Menschen da draußen im Land?
So voller Kummer, so voller Leid
Ohne Hoffnung, führ'n ein Leben am Rand
Wir werden das ändern – bist du bereit?

Die melancholische Gitarrenmelodie beruhigte den hektischen Öffentlichkeitsarbeiter. Erstaunlich, aber die wenigen Akkorde hatten genügt: Er fühlte sich getröstet und gestärkt. Er hatte Lust auf Aktionen. Mal schauen, was die Kameraden geplant hatten.

Um exakt siebzehn Uhr eins verließ Johannes Bindig das Winston-Firmengelände in Ebratal. Das Wochenende, sein letztes, hatte begonnen.

9

Samstag, 15.04.2023, 08.45 Uhr, ein Zimmer der Premium-Kategorie im *Best Western Macrander Hotel Offenbach-Kaiserlei*

Eric LeForbes blinzelte durch flattrige Augenlider, sein Gehirn nahm Fahrt auf. Wie spät war es? Hatte er überhaupt geschlafen? Unwichtig! Alles sekundär. Der gestrige Abend? Erst recht sekundär. Der zweiundvierzigjährige und von vielen seiner Mitarbeiter respektierte, ja bewunderte CEO der Winston Pharmaceutics and Medical Care Deutschland Ltd., dem zweiterfolgreichsten der außerhalb der Vereinigten Staaten agierenden Winston-Ableger, ertastete unter der Bettdecke seinen Schwanz. Das Ding war zu einem Viertel erigiert; ein Zustand, den er sich vorläufig nicht erklären wollte, und eigentlich war die Sache gestern schon am Flughafen aus dem Ruder gelaufen, hatte alles schon gleich nach der Landung wieder diesen unguten Swing bekommen, als der flaschengrüne 86er Carrera Turbo von seiner angestammten Special-Interest-Autovermietung unter allergrößtem Bedauern doch nicht zur Verfügung gestellt werden konnte. Ein Automobil, mit dessen Hilfe er sich erst letzten Monat von einem höllengleichen Nordatlantik-Nachtflug aktiv erholt hatte – auf den sanften Höhenzügen der Rhön, in weiten Tälern und leeren Dörfchen, die Vibrationen eines überlegenen Antik-Motors erspürend, für Momente, Viertelstunden entspannt, fast versöhnt mit sich und seinen Bedürfnissen, seinem Schicksal generell. Das alles hatte diesmal also nicht geklappt. Statt eines Carreras hatte man ihm einen 2020er Panamera 4S Senior Executive vor die Nase gestellt, ein Fahrzeug, das ihn zwar nicht direkt anwiderte, das aber natürlich jeglichen Vintage-Charme vermissen ließ. LeForbes war missmutig in den mattschwarz glimmenden 440-PS-Boliden gestiegen und davongebraust, doch nicht etwa in Generalrichtung Ebratal, sondern, aus einer Laune heraus, nach Südosten. Verschwommen hatte der Name Würzburg vor seinen Augen Gestalt angenommen. Er, obwohl gewöhnlich zu positiven Meinungsbildern kaum noch in der Lage, *mochte* die Stadt. Warum, wusste er selber nicht, aber das fränkische Oberzentrum erschien ihm als tolerant und pittoresk, doch schon nach zwanzig Kilometern auf der A3, auf Höhe des mysteriösen Aschaffenburg, war ihm sein ganzer Plan, also irgendwie in oder um Würzburg in einen existenziellen, ihn für alles entschädigenden Körperrausch zu geraten, als undurchführbar, zudem als komplett idiotisch vorgekommen. LeForbes war ab- und in die entgegengesetzte Richtung wieder aufgefahren.

Ein Freitagabend in Frankfurt versprach vielschichtigere, nachhaltigere Zerstreuungsangebote. Noch vor Offenbach war er dann jedoch erneut ins Grübeln geraten. Welchem Sektor seiner enorm facettenreichen Begierdenstruktur sollte er diesmal gerecht werden? In Frankfurt wurde alles, beinahe schon wieder zu viel geboten. Während die sonore Kraft des Turbo-Aggregats seine sexuelle Aggressionsbereitschaft immer weiter steigerte, näherte sich die regionale Führungskraft des weltweit am schnellsten wachsenden Benzodiazepin-Herstellers langsam, aber sicher einer weiteren Motivations- und Identitätskrise, die schließlich in keinem Club, keinem diskreten Etablissement, sondern in einem Hauseingang des Frankfurter Bahnhofsviertels ausagiert wurde. Eine Gegend, in der Jahre später übrigens Olivia Dransfeld heimisch werden sollte, wo vorerst aber nur aus einer blutigen und mit grindig schwarzen Fingernägeln dekorierten Pranke einige sogenannte »Steine« in LeForbes' stets frisch manikürte Entscheiderhände gefallen waren. Auch ein Purpfeifchen hatte sich in der Nähe, in einem schmierigen Lädchen, auftreiben lassen. So ausgestattet, und dazu auch noch mit einigen Dosen Bier versehen, hatte der im Norden des Bundesstaates New York aufgewachsene US-Frankokanadier sich wieder in den Porsche gesetzt, geraucht und getrunken, war gefahren, mal hierhin, mal dorthin, dabei plappernd und singend. Er hatte Spaß gehabt, die Droge hatte seine Lust ins beinahe Irreale gesteigert, gleichzeitig jedoch jede konkrete Aktivität unterbunden. Dieser Effekt war ihm bereits bekannt. Crack machte ihn spitz wie nichts sonst, aber auch irgendwie abgelenkt, unkonzentriert, fahrig glücklich. Schließlich hatte er sich irgendwo ein Hotel gesucht, von seinem Zimmer aus *Gina*, eine Gesellschafterin aus der Tausend-Euro-Preisklasse, gebucht und dann mit der selbstständig tätigen Blondine den Rest der Nacht Siebzehn und Vier gespielt. LeForbes schüttelte den Kopf. Einfach unglaublich, was ihm immer wieder passierte! Sein Leben war eine Abfolge stumpfsinnig absurder, skandalös unsexueller Episödchen, aber immerhin, das Bettzeug, in dem er sich nun rekelte, roch nach Parfüm. Ob sie ihn betrachtet hatte, während er schlief? Voller Abscheu, gleichzeitig gelangweilt? Er richtete sich auf, schaute sich erstmalig in der »Exzelsior Business Suite« um: gedämpfte Farben, halb teures Dutzend-Dekor, Provinzschick. Gutes Zimmer, fand er. Überhaupt, eigentlich doch ein guter Abend gestern, alles in allem. Crack von Zeit zu Zeit war absolut keine schlechte Idee. Das ganze Gerede von wegen »sofort süchtig« war Quatsch. Da war ja selbst Marazepam um einiges gefährlicher, jedenfalls wenn man diesem Bindig glaubte – was zum Glück niemand tat. LeForbes selber hatte das Winston-Premium-Produkt selbstverständlich noch nie probiert. Für ihn Ehrensache. Nur die komplette Unkenntnis des Erzeugnisses garantierte optimale Gestaltungsqualität. Abfallbeseitigungsbetrieb, Haute-Couture-Konzern – ein guter CEO führte alles. Es ging um die Struktur, nicht das Produkt. Das hatte Rappert neulich ganz richtig erkannt. Überhaupt, guter Mann, der Rappert. Hatte was mit der Rothaarigen von Dransfeld. Karin Bechtloff. LeForbes rief sich das Bild der schlanken Enddreißigerin vor Augen: Eindeutig die beste Frau bei Winston-Ebratal, doch irgendwie schaffte er es nicht, in ihre Richtung eine vernünftige Triebdichte beziehungsweise -konstanz aufzubauen. Woran lag das? Ihre Haare? Seine in den Wäldern mit einem Irren verbrachte Kindheit? Hatte er am Ende schlicht Angst? Und was waren das jetzt für Geräusche im Bad?

»Hallo?«, rief er vorsichtig.

Die Geräusche setzten aus. Stattdessen hörte er eine ruhige, tiefe weibliche Stimme: »Was ist, Sweety?«

Aha, dachte er, Schicht noch nicht beendet. Er versuchte, sich daran zu erinnern, ob gestern Sonderkonditionen vereinbart worden waren.

»Hör mal, Gina«, zumindest ihren Namen hatte er nicht vergessen, »hast du Lust, mit mir noch etwas Stein zu rauchen?«

Sie kam zurück ins Schlafzimmer. Taubenblauer Slip, passender BH, die hellblonde Mähne seidig glänzend, angenehme Naturbräune, kein Sonnenstudio, die Beine lang, Oberweite nur leicht überdurchschnittlich, keineswegs vulgär überdimensioniert. Plastische Chirurgie, wie er mutmaßte, aber diskret eingesetzt. Insgesamt eine erfreuliche Erscheinung, die da gerade zu ihm aufs Bett zurückkehrte.

»Stein? Schon wieder? Du bist ja drauf.«

»Jaja, hast ja recht«, gab er gespielt widerwillig zu. »Aber heute ist Samstag, oder? Wochenende. Da könnten wir uns eigentlich noch ein winziges Pfeifchen gönnen, findest du nicht? Und danach schmeißen wir alles aus dem Fenster.«

»Na gut. Aber ich nehme nur einen Zug. Wirkt ja eh nicht lange.«

»Sag mal, entschuldige bitte, aber wie lange hab ich dich eigentlich gebucht? Haben wir überhaupt noch Zeit?«

»Wir haben so viel Zeit, wie du willst. Aber wenn wir heute noch ein wenig Spaß haben wollen, müsstest du mir noch mal ein kleines Geschenk machen.«

»Okay, super! Weißt du, ich habe einen Panamera auf dem Hof stehen, der heute vielleicht noch mal nach Würzburg gefahren werden möchte. Hast du Lust, dir diese schöne alte Stadt anzuschauen? Oder kennst du Würzburg? Woher kommst du überhaupt?«

»Aus Hamm. Hamm/Westfalen, schon mal da gewesen?«

»Nein.«

»Nichts verpasst.«

LeForbes säuberte den Pfeifenkopf mit einem Zipfel des Bettlakens.

»Und du?«, machte sie weiter. »Staaten? Ich meine, dein Deutsch ist toll und so, trotzdem hört man, dass du Ami bist. Aber so richtig wie 'n Ami klingst du auch nicht. Komisch, ich komm nicht drauf. Dabei bin ich normalerweise gut im Leute-Erraten.«

LeForbes warf ihr einen forschenden Blick zu: »Sag mal, rein aus Interesse: Ekelst du dich eigentlich vor mir?«

»Du meinst, als Kunde und Fremder? Körperlich und so weiter?«

»Exakt.«

Gina beobachtete, wie er einen beige-weißen Krümel aus dem Tütchen fummelte und auf das Metallsieb der Pfeife legte. »Nein«, antwortete sie schließlich.

»Nein? Wirklich?«

»Na, wenns so wäre, wär ich nicht hier.«

»Du ekelst dich also ganz bestimmt nicht vor mir?«

»Nein«, wiederholte sie. »Aber ekelst du dich vor mir?«

»Nein. Oder: kaum. Nicht wirklich. Ich finde dich schön.«

»Danke. Und ekelst du dich vor dir?«

Er schaute erneut von der mittlerweile absolut einsatzfähigen Crackpfeife auf, direkt in ihr absolut einsatzfähiges Dienstleistergesicht hinein.

»Gute und notwendige Frage! Lass mich etwas darüber nachdenken, okay?«

»Du hast so viel Zeit, wie du brauchst«, erwiderte Gina sachlich. Diesen Ton kannte er, und zwar von ganz früher. Von der Zeit kurz nach den Wäldern, als ihn seine Tante zu allen möglichen Therapeutinnen geschleppt hatte. Merkwürdig, es waren tatsächlich immer Frauen gewesen. Ob man damit etwas kompensieren wollte? Seinen Vater? Sein Vater hatte mit ihm in der Holzhütte gehaust und wiederholt über Wochen, Monate nicht gesprochen. Immer nur draußen hatte der gesessen und irgendwas gehackt, geschnitzt, gesägt, gestapelt. Oder drinnen geschrieben. Geschrieben, geschrieben, geschrieben, und dann alles in dem kleinen, im Winter für die Hütte kaum ausreichenden Ofen verbrannt. »Shining« in den Wäldern des nördlichen Vermont. LeForbes kam jetzt auch seine Mutter in den Sinn. Vor zwei Jahren hatte er sie nach langem Zögern in ihrer Kommune besucht, mitten im Nichts von Wyoming. Eine Landschaft, die nur noch Fläche war. Darin, ganz verloren, ein Gehöft, ein paar herzliche, zufriedene Leute und eine Garage, bis zur Decke vollgestopft mit Marom-Großhandelspackungen. »Ich mache die Dinger; ich bin Marom«, hatte er seiner Mutter verraten, doch sie hatte ihm nur immer wieder mit krallenartig verformten Händen über den Kopf gestreichelt, »mon petit chou-chou« gesagt und dann an ihrer Zigarette gezogen.

»Also«, hob LeForbes wieder an und versuchte gleichzeitig, sich an Ginas Frage zu erinnern. Der Stein knackte unter der Feuerzeugflamme, seine Mundhöhle füllte sich mit chemisch schmeckendem Rauch, zwei Sekunden später explodierte sein Gehirn.

»Also«, sagte er noch einmal, dabei ein Husten unterdrückend, »ob es mich vor mir selber ekelt – war das die Frage?«

Sie betrachtete ihn jetzt beinahe besorgt: »Willst du nicht erst mal deinen Stein fertig machen?«

»War das die Frage?«, insistierte er.

»War es.«

»Wie kommst du darauf? Sehe ich so aus?«

»Du siehst aus wie einer dieser Typen, die nach Geld und Problemen aussehen.«

Er hielt erneut das Feuerzeug über den Pfeifenkopf. Crack, so fand er, war eine nicht unbedingt niedrig potente Droge. Ganz und gar nicht. Zudem war er entzückt von Ginas Offenheit, die anscheinend durch seinen Kundenstatus nicht beeinträchtigt wurde. Dann jedoch wurde er von ihrer dünnen silbernen Halskette abgelenkt, die ihm schon in der Nacht aufgefallen war und deren Anhänger lediglich aus einer Buchstabenkombination bestand: »A.N.N.E.«

»Was bedeutet das: ANNE? Ist das deine Freundin? Du stehst eigentlich auf Frauen, stimmts?«

»Also, da gibt es mehrere Antworten. Möchtest du die Kurzversion hören? Oder lieber einen Überblick über das Bouquet aller möglichen und wahrheitsgemäßen Antwortoptionen?« Sie lächelte ihn an. Ihr Ton war ironisch, spöttisch, gleichzeitig fast fröhlich, auch erotisch, geradezu erektil. Wie, so wunderte er sich, hatte er es bloß fertiggebracht, mit diesem Exemplar die ganze Nacht Siebzehn und Vier zu spielen? Aber die Antwort kam ihm sogleich in den Sinn. Sie war evident. Es gab nun mal Phasen, Momente in seinem Leben, in denen er Frauen lieber zweckentfremdete. In denen er seine spezielle Form des Humors demonstrierte. Obwohl er andererseits, jedenfalls hatte nie jemand Gegenteiliges behauptet, gar keinen Humor besaß. Und dieser Gina hier, so vermutete er, war das alles ohnehin egal.

Neuer Stein auf den Filter. Feuerzeug. Explosion.

»Also, ich optiere für die Überblicksdarstellung, wenn du mich so fragst. Aber vorher würde ich gerne noch deinen höchsten Bildungsabschluss in Erfahrung bringen. So, wie du hier plötzlich loslegst, habe ich es mindestens mit einem akademischen Grad zu tun, am I right? Wenn nicht sogar mit einer Promotion.« LeForbes ärgerte sich. Einer seiner ehrgeizigsten Vorsätze lag in dem Anspruch, Sprachen in strikter idiomatischer Apartheid zu halten, zum Beispiel keinerlei Anglizismen in sein Deutsch einfließen zu lassen. Leider passierte ihm das in letzter Zeit wieder häufiger. Vor allem in Frankreich, während der informativen Tage auf *Château Lapin*, waren die Dinge diesbezüglich komplett aus dem Ruder gelaufen.

»Übrigens«, er hielt ihr die Pfeife hin, »möchtest du jetzt?«

Sie beugte sich zu ihm, er bediente das Feuerzeug, sie nahm einen Zug.

»Hui«, sagte sie. »am frühen Morgen dieses Zeugs … na ja … also, du willst wissen, was ich studiert habe?«

»So ist es.«

»Soziologie; ich bin Soziologin«, informierte ihn Gina. »An meiner Doktorarbeit sitze ich allerdings immer noch.«

»Thema?«

»Steuerung gesellschaftlicher Systeme durch punktuelle Gewalt.«

»Punktuelle Gewalt?«

»Ja, Terrorismus zum Beispiel. Engagierte Einzeltäter. Von denen wird ja immer behauptet, dass deren Taten sinnlos, weil ohne messbaren Steuerungseffekt sind. Das stimmt so nicht … oder nicht ganz. Aber na ja, das ist kompliziert.«

Rapperts Idealfrau, schoss es LeForbes durch den Kopf. Für die hier würde der die Bechtloff nicht nur ab-, sondern, wenn nötig, auch erschießen. Sollte er also seinem Leiter Patente/Lizenzen von der Dame berichten? War das nicht seine Pflicht als fürsorglicher Vorgesetzter? Oder interessierte ihn das alles einen Scheiß?

»Und ANNE – was bedeutet das jetzt? Ist das deine Freundin?«

»Du wolltest die lange Antwortversion, richtig?«

»Ja. Und könntest du bitte dabei deinen BH ablegen?«

»Na klar, Sweety. Mach ich doch glatt.«

Er beobachtete, wie sie die Träger von den Schultern streifte und dann routiniert hinter dem Rücken den Verschluss löste. Ihre Brüste hatten die Größe und beinahe auch die Form und Prallheit von Orangen. Die Brustwarzen leuchteten in einem dunklen Rosa und deuteten schräg nach oben, als wollten sie LeForbes den Weg weisen, hinaus aus dem Fenster in den leicht bewölkten Offenbacher Morgenhimmel. Ein Zeichen? Hatten die Dinger ihm etwas mitzuteilen? Zum Beispiel, dass er bald fliegen würde? LeForbes musste beinahe loslachen, so grotesk kam ihm diese Prognose vor. Diese Idealtitten lagen verdammt noch mal einhundert Prozent daneben. Solange seine Bilanzen drüben in Fishbach/Illinois ein zustimmendes Kopfnicken ernteten, solange er noch genügend Marom unter die Leute jagen konnte, um mit flaschengrünen Carreras durch deutsche Rentnermittelgebirge zu pflügen, würde er niemals gefeuert werden. Im Gegenteil, er befand sich weiterhin auf dem Weg nach oben, und genau deswegen, weil wieder einmal alles ziemlich okay war und sein Stern insgesamt noch lange nicht untergehen würde, entschloss er sich nun, versuchsweise einmal an Ginas ganz und gar nicht hellsichtigem, dafür aber optimal, beinahe klischeehaft geformten Orangen-Busen zu lecken.

»Hey!«, rief sie. »Willst du jetzt die Story hören, oder hast du Lust auf etwas anderes … Siebzehn und Vier beispielsweise?«

LeForbes entdeckte in ihren graublauen, vom Mascara-Lidstrich effektvoll zur Geltung gebrachten Augen eine komplexe Mischung aus Spott, Interesse, Gier und Spieltrieb. Da war alles Mögliche drin in diesen vom Stein zum Glühen gebrachten Hamm/Westfalen-Saphiren.

»Das war doch lustig, oder? Hast du schon mal mit einem Kunden Karten gespielt?«

»Ich hab mit Kunden schon alles Mögliche gemacht. Kannst du dir gar nicht vorstellen, auf was für Ideen manche kommen.«

»Doch, kann ich.«

Er betrachtete ihren Bauchnabel, die Spur aus winzigen, blonden Härchen, die von dort den Bauch hinabführte. Ihre Haut roch nach warmen Strandnachmittagen, nach einem Meer, an dem ein sanfter Wind aus Frühlingsblüten-Parfüm die Dünen modellierte. LeForbes hob den Kopf, fixierte abwesend sein Telefon, das auf dem Nachtschränkchen lag. Hatte er das jetzt gerade wirklich gedacht? Frühlingsblüten-Parfüm? Er war Führungskraft. Konnte man mit solchen Worten im Kopf überhaupt noch effektiv und zielgerichtet gestalten? Er spürte ihre Hand in seinem Haar. Er hatte Lust, sie für die ganze nächste Woche zu reservieren. Oder sollte er ihr gleich einen Job anbieten? Rappert, so viel war sicher, würde durchdrehen.

»Und was hat es jetzt mit dieser ANNE auf sich?«, sagte er, um irgendetwas zu sagen.

»A.N.N.E.«, fing Gina an, »ist eine Buchstabenkombination. Sie steht für Active Neo Nazi Extermination. Anne ist aber auch der Vorname der französischen Journalistin Anne Girardoux, die in Köln unter ungeklärten Umständen verschwunden ist.[27] Girardoux werden Verbindungen zu dieser A.N.N.E. nachgesagt, die im gleichen Jahr erstmalig von sich reden gemacht hat. Das weißt du wahrscheinlich nicht, ist ja auch kaum bekannt; das sind diese Typen, die drüben im Osten Nazis jagen. 2017 fing das an, und einer der Leute, die verdächtigt werden, ein Typ namens Thorsten Kray, stand mit Girardoux in Kontakt. Ich bin eine große Bewunderin von ihr, von ihren literarischen Reportagen aus den französischen Vorstädten zum Beispiel. Leider habe ich sie nie kennenlernen können. Aber ich habe recherchiert und herausgefunden, dass ihre Lippen voll und groß waren, wie aufgesprungen.«

»Und du hättest diese Lippen gerne geküsst«, folgerte ein verträumter LeForbes, während sie ihm weiterhin durchs Haar kraulte, mit einzelnen Strähnen spielte. LeForbes hatte Lust, noch Stein nachzulegen, aber vergleichbar intensiv spürte er das Verlangen, genau so liegen zu bleiben. Er presste ein Ohr an Ginas Bauch, versuchte, Geräusche wahrzunehmen. Aber dort war alles still, und ihre Haut war warm. Ihre Haut war das, was seine Haut brauchte, aber, wie er mit einiger Befriedigung feststellte, niemals bekam. Niemals wirklich.

10

Samstag, 15.04.2023, 09.13 Uhr, das Schlafzimmer der Familienresidenz Dransfeld bzw. Dransfeld-Bechtloff, Ebratal-Altdorf

Unten komische Geräusche. Neue, ungewohnte. Peter Dransfeld warf eine Tablette nach, schluckte trocken und betrachtete dabei die Ansammlung von Mineralwasserflaschen vor dem Bett. Manche waren leer, andere dagegen mit klarer, einige auch mit gelblicher Flüssigkeit gefüllt. Hatte er Lust, seinen Urin zu trinken? Hatte er den Mut dazu?

---

27 Für diese Information, speziell die Datierung, gibt es keinerlei Beweise. Als gesichert kann lediglich gelten, dass sich Girardoux für einige Tage in Köln aufgehalten hat, dann jedoch nach Paris zurückgekehrt ist.

Und wenn, wäre dann Marom dafür verantwortlich? Machte der Stoff verwegen? Marom als Militärpräparat? Als pillenförmiges Stahlmantelgeschoss? Diesen Gedanken musste er behalten. Den durfte er auf keinen Fall vergessen. Er lag hier zwar herum, seit vielen Tagen schon, er verklebte mit den Laken, aber im Dienst war er selbstverständlich trotzdem. Gerade! Er dachte weiterhin Tag und Nacht an und für Winston. Andererseits: Welches Militär? Draußen liefen doch nur noch Rentner herum. Die würden zwar, wenn man ihnen das befahl, wenn es nur groß genug auf der Packungsbeilage stünde, nicht nur ihre eigene, sondern auch jede andere Pisse runterkippen, aber mit denen einen Krieg anfangen? Gewinnen? Dransfeld wischte den Gedanken beiseite. Armee hin oder her, Marom würde so oder so am Markt bestehen. Das Medikament, das er nun schon seit so vielen Monaten privat auf seine Wirkungsweisen, seine verästelten und wundersamen Partikulareffektivitäten hin testete, hatte keinerlei PR-Kinkerlitzchen mehr nötig. Es war unzerstörbar. Es funkelte an einem düsteren hoffnungslosen Nachthimmel. Eine schwarze Sonne, die den Beladenen, den Elenden den Weg in ihr strahlendes Ende wies. Schön und folgerichtig: Je mehr Marazepam er schluckte (und mit was auch immer nachspülte), desto mehr wollte er schlucken. PR? Überflüssig! Geldverschwendung! Eigentlich sollte LeForbes ihn feuern. Nun, LeForbes *würde* ihn feuern. Und den romantischen Schwachkopf Bindig gleich mit. Wie man es auch drehte und wendete, für ihn, Dransfeld, gab es nur noch einen Platz: dieses Zimmer. Dieses Bett. Er würde es nicht zulassen, dass das Karin-Imitat, dass die Karin-Schauspielerin die Bettwäsche wechselte. Er wollte genau in diesem Habitat, diesen Gerüchen leben, bis er sterben durfte. Schon wieder Geräusche! Was war da unten los? Und warum hatte man noch nicht an seine Tür geklopft? Da! Eine Männerstimme! Rappert? Was wollte der denn hier? Selbst wenn Karin und Olivia vor langer Zeit von einer teuflischen Schauspielertruppe ersetzt worden waren, ein Rappert hatte in seinem Haus nichts zu suchen.

Dransfeld spürte eine Flut, die ihn von innen überschwemmte, sich gleichzeitig grandios und schrecklich anfühlte. Im Nu war er auf den staksigen Beinen, taumelte zur Tür, gewann Sicherheit, schloss auf. Im

Flur zögerte er kurz: Tatsächlich. Gerede, Lachen, dazwischen noch etwas anderes. Rascheln, Stöhnen. Dransfeld trippelte die Treppe herunter, machte dabei keine Geräusche. Unten angekommen, entdeckte er zunächst eine etwa Vierjährige, die der toten Olivia täuschend ähnlich sah und auf der Terrasse herumkrabbelte, mit irgendwelchen Sachen spielte. Die Katze lag im Hintergrund auf dem Rasen. Die Katze hatte er seit Wochen nicht mehr gesehen. Ob die wenigstens noch echt war? Dransfeld bog um die Ecke. Die Küche: leer. Das Bad: leer. Die Geräusche kamen aus seinem Arbeitszimmer. Sie hatten nicht einmal die Tür geschlossen! Na klar, um »Olivia« im Auge zu behalten. Das verstand sogar er. Aber trotzdem. Trotzdem schamlos, so etwas. Er blieb im Türrahmen stehen. Rappert und das Karin-Imitat saßen auf dem Sofa neben seinem Schreibtisch. Sie lagen. Rapperts Kopf befand sich auf Höhe ihres Schoßes. Zu was sich Schauspielerinnen heutzutage hergaben! Immerhin, die Karin-Version war nicht nackt. Rappert war mit dem Gesicht zwischen ihren Beinen, aber sie trug eine Jeans. Wahrscheinlich im Vertrag so festgelegt, dachte Dransfeld. Körperkontakt ja, aber angezogen. Nacktszenen nur mit Körperdouble. Wirklich verrückt, die Doppelgängerin seiner Frau ließ sich bei schlüpfrigen Szenen selber doubeln. Eventuell sogar von der echten Karin? War die am Ende aus dem Totenreich zurückgekehrt, um diese anspruchsvolle Szene selber abzudrehen? Verflucht, wie kompliziert alles war! Er freute sich schon sehr auf sein eigenes Sterben. Nicht nur auf den Tod, das machten ja viele, sondern auf den Weg dorthin, den Prozess.

Einen Moment lang studierte Dransfeld das Gesicht dieser Frau, die seiner eigenen wie aus dem Gesicht geschnitten war. Ihre Augen waren geschlossen, der Ausdruck genießerisch. Sie seufzte und streckte Rappert das Becken entgegen, presste seinen Kopf mit beiden Händen gegen ihren Schoß. Er betrachtete Rapperts Hinterkopf, das auch an den kritischen Stellen weiterhin volle, dunkle Haar. Rappert hatte eindeutig mehr Haare als er. Rappert hatte, so wie es aussah, auch mehr Frauen. Und jetzt nestelte er am Knopf von Karins Jeans herum, öffnete ihn, zog am Reißverschluss, ein schwarzer Slip kam zum Vorschein. Dransfeld drehte sich ruckartig um und flitzte – obwohl schon seit Wochen nicht mehr im Besitz einer funktionstüchtigen Oberschenkel- beziehungsweise Wadenmuskulatur – erstaunlich behände in Richtung Küche. Dort zog er die Schublade auf und wählte ein mittelgroßes, eventuell zum Zerteilen von Braten- oder Rappertstücken gedachtes Küchenmesser aus. Was genau wollte er damit? Wirklich Rappert? Oder doch Karin? Und warum immer dieses barbarische Entweder-oder? Weshalb nicht mal ein Sowohl-als-auch? *Sowohl-als-auch statt Entweder-oder!* Der Werbetexter in Dransfeld erwachte: *Sie wollen Marom sowohl morgens und mittags als auch abends und nachts frühstücken, befürchten jedoch Inkompatibilitäten hinsichtlich ihrer Harnstoff-Sauerkrautsaft-Diät? Keine Sorge! Marom verträgt sich mit allem, Marom ist alles. Sie wollen mit Kniegelenken aus Pudding eine Treppe hinunter und anschließend zwei bis drei Schauspieler tranchieren? Marom geht mit allem, alles geht mit Marom.* Und so weiter. Dransfelds Hirnchlorophyll produzierte reinsten PR-Sauerstoff. Es ging ihm insgesamt großartig, und das Messer in seiner Hand fühlte sich griffig und richtig an. Draußen wurde Olivia von einer gespenstisch talentierten Vierjährigen gemimt, eine maschinengesteuerte Katze räkelte sich dazu in der Frühjahrssonne, und LeForbes, fiel ihm jetzt ein, würde bald Stellen zu besetzen haben. Es würde einiges passieren bei Winston-Ebratal, und passend dazu spukte schon wieder ein Werbespruch durch seinen Kopf: *Mitarbeiterfluktuation? Geschmeidig und perlend durch: Marom R500. Marom, die Arbeitgeber- und Arbeitnehmertablette. Marom, das …* Er stand wieder im Türrahmen des Büros. Rappert hatte Karins Jeans weiter nach unten gezogen. Seine Lippen pressten sich auf das exakt rasierte Dreieck ihrer rotblonden Schamhaare. Wie lächerlich so etwas letztlich aussah. Wie entwürdigend ihm, Dransfeld, in diesem Moment der menschliche Fortpflanzungstrieb erschien. Es war an der Zeit, den stupiden Zyklus zu unterbrechen. Und anschließend würde er zu Bett gehen. Er hatte Hunger auf eine Marom. Nein, es kam ihm so vor, als habe Marom Hunger auf ihn.

11

Samstag, 15.04.2023, 09.13 Uhr, das Arbeitszimmer von Peter Dransfeld, Nordwestseite der Familienresidenz Dransfeld bzw. Dransfeld-Bechtloff, Ebratal-Altdorf

Was bedeutete das eigentlich: Trieb? Was bedeuteten Körper? Bestand Gesellschaft wirklich nur aus Kommunikationen, wie manche behaupteten, oder gab es da noch eine viel direktere, elementar physische Ebene? Rappert spürte Karins drahtartiges Schamhaar zwischen seinen Lippen. Sein Verlangen war erneut erwacht. Er konnte tatsächlich kaum genug bekommen von ihr.

Sie hatten sich eigentlich schon verabschiedet, dann aber verirrt. Auf dem Weg zur Haustür waren sie vom Weg abgekommen, in diesem Raum mit dem Schreibtisch und dem Sofa gelandet, und nun spürte er wieder ihren Körper, den zu verlassen ihm eben beinahe Angst gemacht hatte. Etwas in ihm, etwas Neues, wollte nicht gehen, wollte diese erste gemeinsam verbrachte Nacht unbedingt fortsetzen. Was also war das? Gestern Abend hatten sie wie selbstverständlich zu dritt gegessen: Karin, Olivia und er. Dazu Dransfeld oben in seinem Zimmer. Beinahe geräuschlos. Ab und zu ein heiseres Lachen. Einmal auch Gesänge. Liedfragmente.

Sie hatten Olivia, die nicht einmal erstaunt erschien, gemeinsam zu Bett gebracht, und er hatte gespürt, vielleicht erstmalig ansatzweise eine Ahnung davon bekommen, was Familie real bedeutete: Keimzelle, Skelett. Familie als zentrale Glücks- und Schmerzquelle. Er begriff, welche Dimensionen an Gesellschaft ihm bisher gar nicht zugänglich gewesen waren.

Wie schwer es seinen Lippen fiel, sich von Karins Haut zu lösen!

Sie hatten die Nacht im Gästezimmer verbracht. In dem schmalen Bett, eng aneinandergeschmiegt. Es hatte ihn nicht gestört, dass Dransfeld nur zwei Zimmer weiter lag. Er hatte sie im Arm gehalten, sie gewärmt, die kühle Haut ihres Hinterns an seinem Schoß gespürt. Es war eindeutig mehr gewesen als Sex, so wie das Rascheln hinter ihm jetzt eindeutig mehr war als … Rappert hob den Kopf, hörte gleichzeitig, wie Karin »Peter« sagte, und zu seinem Erstaunen klang sie dabei nicht überrascht oder erschreckt, eher genervt, angeödet.

Dransfeld stand mitten im Raum, bekleidet mit einem fleckigen T-Shirt und einer mit Comicmotiven versehenen Unterhose. Eine Unterhose für Sechsjährige, dachte Rappert. Dann bemerkte er das Messer. Das Messer warf sofort Fragen auf, ganze Fragenkomplexe. Die gesellschaftliche Bedeutungsebene von Gewalt zum Beispiel. War diese wirklich nur dysfunktional? Welche Wirkung würde das haben, was nun anscheinend tatsächlich mit ihm geschah, an ihm vollzogen wurde? Ansgar Rappert, Leiter der Abteilung Patente/Lizenzen der Winston Pharmaceutics and Medical Care Deutschland Ltd., blieb sich und seinen Freizeitinteressen bis ganz zum Schluss, bis buchstäblich zur letzten Sekunde treu, bevor dann eine zwölf Zentimeter lange Klinge in seine linke Augenhöhle eindrang und ihn aus dem Leben sowie aus der Gesellschaft entfernte.

12

Samstag, 15.04.2023, 13.56 Uhr, die Sportsbar *Freezone*, Zellau, Sachsen-Anhalt, das Stammlokal von Dr. Johannes Bindig und seiner politischen Weggefährten

Ein Spiel aus der zweiten Franzosen-Liga, bestritten zu zwei Dritteln von Afrikanern, der Rest irgendwelche Mischlinge. Junge, angriffslustige, pfeilschnelle Muskelmenschen, die den schwächlichen weißen Mann verdrängt hatten. Triumph des Instinkts. Letztlich gerecht, schoss es ihm durch den Kopf, dass diese Leute nun die Weltherrschaft übernahmen. Vorsehung! Und handelte der Jude, der die Dunkelhäutigen gegen ihre nordischen Herren aufhetzte, nicht in gewisser Hinsicht sogar im Auftrag des Schicksals?

Dr. Johannes Bindig stand an der Bar, beobachtete noch einen Moment das Geschehen auf dem Deckenmonitor, wandte sich dann ab. Moderner Fußball, so hatte er bereits gestern Abend, auch im *Freezone*, den anderen verkündet, stehe doch eigentlich für alles, was man ablehne, was man bekämpfe: Kapitalismus, seelenloser Professionalismus, Söldnertum, Migration, Vermischung. Die Popularität dieses internationalisierten, kommerzialisierten Schmierentheaters verrate alles über den Zustand des Volkes. In einem neuen Staat, so Bindig leicht schwankend und mit pathetisch getragener, dadurch ironischer Stimmfärbung weiter, sei Fußball daher auch auf der sogenannten Amateurebene konsequent zu unterbinden und durch andere, idealistischere Formen der Körperertüchtigung zu ersetzen.

»Jawoll, mein Bindig«, hatte Arne darauf gerufen, »Fußball verbieten.« Arne Thersek, Bindigs Freund aus Sandkastentagen, heute erfolgreicher Jungunternehmer im Bereich Software-Engineering und -Marketing sowie in seiner leider immer knapper bemessenen Freizeit einer der engagiertesten Aktivisten der Zellauer Volkswacht (ZVW), der Neu- und Weiterentwicklung des 2014 unter einigem Getöse im regionalen Blätterwald implodierten Nationalen Angriffs Zellau (NAZ). »Wir müssen alles ausrotten, was Spaß macht«, hatte Arne weiter deklamiert und dann sein Glas erhoben. »Apropos Spaß, Maike, krieg ich noch eins?«

»Nein, Arne«, hatte nicht Maike, sondern Bindig, jetzt sogar beinahe ernst, geantwortet. »Spaß bedeutet in diesem System doch immer nur Ablenkung und Einlullung. Genau genommen ist so ein Spaß gar kein Spaß, sondern konterrevolutionärer Klamauk. So spüren die Leute doch gar nicht mehr ihre Ketten; die kriegen gar nicht mehr mit, wie um sie herum alles verkommt und abstirbt. Wie alles degeneriert und verunrasst.« An dieser Stelle hatte Bindig kurz innegehalten. Verunrassung? Das Wort musste er sich unbedingt merken. Ebratal, selbst das kleine Ebratal, war verunrasst. Wie der gesamte Westen. Jetzt hatten die Kameltreiber sogar schon eigene Altersheime!

Dann hatte sich Leiff Heitmeyer, einer der informellen Opinion-Leader der ansonsten führungs- und vorstandslosen Clique, zu Wort gemeldet und sich – wie so oft – um eine Kompromissformel bemüht. Man müsse die Leute dort abholen, wo sie sich eben momentan befänden. Ja, Erziehung sei wichtig, aber behutsam. Am wichtigsten sei ohnehin die direkte Attacke auf aktive Volksfeinde.

»Genau!«, warf Juri Blome ein, ebenfalls ein alter Freund Bindigs und Therseks. »So wie damals mit Veick. Das war ’n Ding. Krasse Nummer. Und die Leute standen voll auf unserer Seite.«

Eine der spektakulärsten und, wie Juri Blome zutreffend bemerkte, vom Zellauer »Bürgertum« mit stiller Sympathie betrachteten Aktionen der seinerzeit noch als NAZ firmierenden ZVW war der Angriff auf den lokalen Rauschgiftverteiler Brandon Veick gewesen. Man hatte den damals Vierundzwanzigjährigen nachts vor dem Haus seiner Eltern im Zellauer Ortsteil Oschlatz überwältigt, war dann zum Marktplatz im Stadtzentrum gefahren und hatte den Gefangenen dort an den aus mittelalterlichen Tagen herübergeretteten, aus Landesmitteln frisch renovierten Schandpfahl gefesselt, einen gut drei Meter hohen, viereckigen und mit zwei an Ketten angeschmiedeten Handfesseln ausgerüsteten Holzpflock, dessen Abbildung in keiner Zellauer Fremdenverkehrsbroschüre fehlen durfte. Die spektakuläre Strafmaßnahme hatte sogar überregional für Aufsehen gesorgt. Bilder des hilflosen Veick mit einem Selbstbezichtigungs-Pappschild um den Hals (»Ich bin am Ort das größte Schwein, verticke Meth an Groß und Klein«) waren zunächst im Netz und dann sogar in bundesweit erscheinenden Blättern aufgetaucht, was es Zellau ermöglichte, sich endgültig auf der Landkarte der notorisch rechtsradikalen Kommunen in Ostdeutschland zu etablieren.

Bindig nahm sein Bier entgegen, warf einen letzten Blick auf den Deckenmonitor und kehrte auf die Terrasse des *Freezone* zurück, wo seine Freunde auf den Lounge-Sofas mehr hingen als saßen.

Der gestrige Abend war dann in gelöster Stimmung weitergegangen. Sally und Franka Demski waren zu der Gruppe gestoßen, zwei der ehemals treuesten Kundinnen des Brandon Veick, die aber längst einen neuen Versorger gefunden hatten, nichtsdestotrotz ideologisch vollkommen hinter den NAZ- bzw. ZVW-Kommandos standen. Man war durch die Gassen der auch in dieser Freitagnacht ausgestorben daliegenden Kleinstadt gezogen, singend, ja grölend, auf Krawall und direkte körperliche Betätigung erpicht. Doch wieder einmal hatte sich niemand gefunden, kein Opfer sich freiwillig zur Verfügung gestellt. Schließlich hatte man die Patrouille beendet und war noch auf einige Getränke und Nasen bei Leiff Heitmeyer eingekehrt, dessen Eltern als vermisst galten, jedoch in Wirklichkeit schon seit geraumer Zeit unter dem neu verlegten Estrichboden der Kellerwaschküche in ihre Einzelteile, in biologisch abbaubare Molekularverbände zerfielen. Ein alles in allem zufriedenstellender Abend also, der jetzt, an diesem späten Samstagvormittag, unter den Anwesenden, neben Johannes Bindig auch Leiff Heitmeyer, Thorben Mast, Arne Thersek und Sally Demski, immer noch eine gewisse Trägheit zur Folge hatte. Müde Witzchen, Schweigen, Beobachten der friedlichen, ethnisch weitestgehend homogenen Zellau-am-Wochenende-Szenerie. Alles war in Ordnung. Bindig fühlte sich so wohl, wie man sich nur fühlen konnte. Aufgehoben. Unter seinesgleichen. Sicher, Maike Timm, Inhaberin und an diesem Morgen einzige Bedienung des *Freezone*, erinnerte ihn ein wenig an Karin Bechtloff, aber das tat nicht weh. Damit kam er klar. Maike war fest mit jemandem zusammen, einem Gewerkschaftstypen aus Jena. Auch das akzeptierte er. Damit war er beinahe sogar einverstanden. Die Arbeiterschaft brauchte eine ordentliche Vertretung. Zumindest in diesem System. Später würde das anders werden, klar. Später würden Einzelinteressen in einem einzigen gemeinschaftlichen Willen aufgehen. Man würde sich nicht mehr bekämpfen, sondern an einem Strang ziehen, oder besser an einem Strick, an dessen anderem Ende natürlich der fette, hakennasige Kapitalist baumelte. Der Volksverräter. Der kriminelle Asylbetrüger. Es gab reichhaltige Auswahl. Bindigs private Liste der anzugreifenden Objekte war unendlich lang, und am liebsten hätte er gleich nach der Machtübernahme, als erstes Ausrufezeichen quasi, mit einer strategischen Bomberflotte den Ort Fishbach/Illinois dem Erdboden gleichgemacht. Geradezu unglaublich, wie er seinen Brötchengeber verachtete. Volksvergifter! Erbgutvernichter! LeForbes war tausendmal gefährlicher als ein Brandon Veick! Bindig nahm einen Schluck von seinem Radeberger. Sein zentraler Konflikt, seine schon seit Jahren schwärende ideologische Wunde begann erneut zu pulsieren: Wie konnte jemand wie er, ein überzeugter nationaler Sozialist und völkischer Revolutionär, bloß in so einem Laden arbeiten? Wie hielt er das aus? Die Kameraden in Zellau störte das nicht. Im Gegenteil, manche beneideten ihn sogar. Ihm hingegen war politischer Pragmatismus fremd. Vorkämpfer und Vorbild – das wollte er sein. Soldat der Idee. Ganz bestimmt war er keiner dieser zufällig rechtsextremen Privatmänner, die im Westen ordentlich verdienten, dann aber während der Ost-Wochenenden weltanschaulich die Sau rausließen. Bindig leerte sein Glas. Er verabscheute diese Typen: halb gare Maulhelden. Verbalaktivisten. Er war anders. Innerlich. Er litt.

Ruhig lag der Zellauer Marktplatz da. Ein paar Stände. Vereinzelt Kunden. Immerhin, Obst und Gemüse aus biologischem Anbau. Das gefiel Bindig. Gesunde Ernährung, Sport, Fortpflanzung. Nur so konnte es mit dem Volk noch weitergehen. Nur so ergab sich Zukunft.

Dann plötzlich, weiter rechts, ganz am Rand seines Blickfeldes, eine Bewegung. Ein Schatten. Bindig drehte den Kopf etwas und erblickte jetzt einen ganz in Schwarz gekleideten Mann mit Sonnenbrille und großer Nike-Sporttasche über der Schulter. Was war das denn für einer? Hatte er den schon mal gesehen? Der Mann kam auf das *Freezone* zu, er schaute direkt in ihre Richtung. Das war ungewöhnlich. Das wagten nicht viele in Zellau. Plötzlich hatte Bindig das Gefühl, die Zeit verlangsame sich. Er bemerkte ungewohnte Details. Diesen Apfel zum Beispiel, der an einem der Stände aus der Auslage gekullert war und nun Richtung Boden fiel. Der Apfel kroch, schlich, trödelte förmlich durch die Luft. Der Mann im Vordergrund bewegte sich in Normalgeschwindigkeit, ein langsamer, lässiger Gang, doch hinter ihm schien das Leben beinahe eingefroren. Die Dinge auf dem Marktplatz hatten ihre Tempo-Synchronität aufgegeben. Anarchisch lebte und bewegte sich alles in einer eigenen Zeit. Bindig schaute in sein Glas. Faszinierend, was ostdeutsche Braukunst hervorbrachte. Welchen Wahrnehmungsreichtum. Bindig vergewisserte sich: Mit den Kumpels war alles in Ordnung. Mit den Mädels auch. Man döste. Man war zufrieden. Doch der Mann kam näher. Warum schaute der so? Wollte der zu ihnen? Bindig richtete sich auf. Der Apfel schwebte weiter durch die Luft. Die Sonne glitzerte achtundsechzig Billionen Lichtkilometer über dem 1767 erbauten und 1996 renovierten Rathaustürmchen. Der Mann hatte seine rechte Hand in der Nike-Tasche versteckt. Komische Position, dachte Bindig. Komische Haltung.

»Ey, der Typ da.«

Das war Arne Thersek. Arne hatte den Mann also auch bemerkt. Aber sah er auch den schwebenden Apfel? Bindig hätte gerne gefragt, traute sich aber nicht. Aus Angst, isoliert und später euthanasiert zu werden. Die Wochenenden nicht mehr mit den Kameraden, sondern allein in Ebratal zu verbringen. In quälender Nähe zu Karin Bechtloff. Er wusste, er würde nie mit jemandem darüber sprechen, aber auf dem

Marktplatz stimmte etwas nicht. Die Dinge bewegten sich in individuellen Kontinuen, außerdem kam dieser Fremde immer näher. Cool sah der aus, befand Bindig, guter Gesamteindruck. Hart. Entschlossen. So begegneten ihnen nicht viele. So begegnete ihnen genau genommen niemand in Zellau. Dessen Wacht sie waren. Zellauer Volkswacht.[28] Gute Gruppe, guter Name. Aber wirklich klar genug? Konnten auch die Unterbelichteten verstehen, worum es ging? Volk nicht be-, sondern für das Volk wachen. Wir sind keine SED, ihr systemverstrahlten Einzeller! Einfachheit, Verständlichkeit, Wiederholung – Dr. Joseph Goebbels wusste, wie Propaganda gestaltet gehörte. Worauf es ankam. Aber wenn er, Bindig, jetzt plötzlich mit Äpfeln aus einer anderen Zeitkonfiguration anfing, konnte er sich sein tolles PR-Wissen an den Hut stecken. Also würde er den Mund halten, obwohl ihm Übles schwante. Zellau war in eine neue Dimension geraten, weswegen seine Gedanken rasten, geradezu Karussell fuhren. Er fragte sich, welche Sicherung ihm gerade durchschmorte. Hatte er gestern, ohne das zu bemerken, etwas von Sallys Meth gezogen? War er am Ende wieder so drauf gekommen? Unsinn! Lediglich gesoffen hatte er, gemäßigt das Wochenende eingeläutet, und der Apfel *stand* jetzt in der Luft, während sich die Marktfrau dahinter noch wie in Trance bewegte. Wo verliefen eigentlich die Tempo-Grenzen, verflucht? Bindig sah sich mit einem Rattenschwanz an Problemen konfrontiert. Sicher war nur: Als Verrückter durfte er nicht weiterleben. Er hatte weder das Recht noch die Absicht, dem Volkskörper durch seinen Irrsinn zu schaden, und so, wie es aussah, gab es in der vertrackten Lage nur noch eine Rettung: Marazepam. Wenn ihn nicht alles täuschte, musste er sich bis auf das Niveau der degenerierten Wanze Dransfeld abseilen, um …

»Ey, der Typ! Der will was.« Wieder Arne Thersek. Auch die anderen wurden jetzt aufmerksam.

»Was will die Fotze?«, erkundigte sich Leiff Heitmeyer.

Bindig starrte unverwandt. Die anderen mussten glauben, er sei

28 Zur Diskussion hatten auch die Alternativen »Zellauer Rassenwacht (ZRW)« und »Kommando Zellau (KZ)« gestanden. Beide Vorschläge waren von Bindig gekommen, jedoch gruppenintern als zu radikal abgelehnt worden.

maximal auf den Fremden konzentriert. In Wirklichkeit war er maximal abgelenkt. Seine Aufmerksamkeit galt so ziemlich allem anderen. Dem paranormalen Obst. Den Marktfrauen mit ihren gefärbten Kurzhaarfrisuren. Den Rentnern vor den Ständen. Einem Hund, einem Boxer-Rüden, hing ein Speichelfaden aus dem Mund, würde aber, so stand zu befürchten, niemals den Boden erreichen. Gut, alles klar! Es gab genau zwei Interpretationsoptionen. Erstens: Jemand hatte hier und jetzt, im historischen Zentrum von Zellau/Sachsen-Anhalt die Naturgesetze beendet. Zweitens: Er, Bindig, war gerade schlecht in Form. Ein Aussetzer, ein minimales Konzentrationsbreak. Nur logisch bei all dem Ärger, den er im Büro hatte. Dransfeld! LeForbes! Seine Brandbriefe! Warum hatte man ihn eigentlich noch nicht gefeuert? Hatte er einen Schutzengel im Betrieb? Gab es jemanden bei Winston, der im Verborgenen auf seiner Seite stand? Womöglich doch die Bechtloff? Irgendwann musste die doch mal genug haben von Rappert. Rappert: sein eigentlicher Feind. Typ kühler Planer. Amoralischer Tatmensch. Hatte sich an Karin rangemacht, als klar wurde, dass Dransfeld fertig war. Kein Zögern, keinerlei Hemmungen. Andererseits, sie hatte mitgemacht. Letztlich waren beide verkommen. Gemeinschaftsfremd. Nicht die Bechtloff, *er* war das Opfer. Kämpfer und Opfer zugleich. Kein Wunder, dass er durchdrehte. Dass sein Gehirnwasser zu kochen begann. Zum Glück, wirklich zum Glück, war er nationaler Sozialist. Er wusste immer noch, was …

»Alter!«, rief Thersek.

»Ist der A.N.N.E., oder was?«, fragte Sally Demski.

Die A.N.N.E.? Hier in Zellau? Bindig hatte Schwierigkeiten, sich das vorzustellen. Waren die nicht eher im Norden aktiv? Oder nein, in Sachsen war auch schon etwas passiert. Trotzdem: hier in Zellau? Griff man gerade wirklich die Zellauer Volkswacht an? Bindig versuchte nun ernsthaft, sich auf den schwarzen Mann zu konzentrieren. Das gelang sogar für einen Moment, wobei das Wort Moment offenkundig für jeden, für Äpfel oder Hundespeichel oder Marktplatzrentner, Grundverschiedenenes bedeutete. Der Mann mit der schwarzen Sonnenbrille und der schwarzen Windbreaker-Jacke kam seit einer Ewigkeit auf sie zu. Sein rechter Arm steckte in dieser schwarzen Sporttasche, in der er offenkundig etwas Langes und eher Schweres transportierte, und aus der genau jetzt, in den unendlichen Ebenen einer Viertelsekunde, etwas aufblitzte. Die Rückenlehne von Therseks Plastikstuhl zersplitterte. Plötzlich explodierten auch Gläser, Aschenbecher, sogar die große Fensterfront des *Freezone*. Und Körper. Bindig wurde getroffen, fühlte aber nichts. Seine Probleme lagen nach wie vor im kognitiven Bereich. Die Stadt Zellau wurde Zeuge eines beispiellosen Angriffs.[29] Seit Jahren wurden ostdeutsche Kleinstädte von beispiellosen Angriffen heimgesucht. Die Angreifer handelten jeweils mit Entschlossenheit und Präzision. Ihre Aktionen trugen die Handschrift einer Tablette. Es war, als würde der Wirkstoff selber angreifen. Viele im Land waren damit einverstanden. Viele andere nicht. Man bekam es mit der Angst zu tun. Eine Angst, für und gegen die es allerdings ein zuverlässiges Mittel gab. Einen Furchtzerstäuber. Ein Medikament der Premiumklasse. Ein »Allrounder zum Abheben«, dachte er angeekelt, fiel dem PR-Mann Johannes Bindig als Letztes ein, bevor sich sein in letzter Zeit etwas überanstrengter Kopf in eine Gewebe- und Knochensplitterfontäne verwandelte.

13

Samstag, 15.04.2023, 14.08 Uhr, die Bundesautobahn A3, unweit der bayerischen Ortschaft Waldbrunn, gut zwölf Kilometer westlich der Stadt Würzburg

Das ultimative Ziel seiner Handlungen? Wofür er letztendlich lebte? LeForbes' geschwungener, seine markante Note allerdings nur unwesentlich feminisierender Geschäftsführermund verzog sich zu einem Lächeln. Diese Gina stellte die reinsten Coaching-Fragen. Es

29 Falsch! Die Attacke einer versprengten katholischen Söldnerrotte am 17. März 1627 auf die 200 Jahre zuvor gegründete Stadt war sowohl hinsichtlich der Opferzahl wie auch der psychologischen Langzeitwirkung wesentlich gravierender. Im 2. Weltkrieg hingegen wurde Zellau kampflos den Amerikanern überlassen, die den Ort jedoch vereinbarungsgemäß an die Sowjets abtraten, was letztlich wiederum spätere Phänomene wie die »Zellauer Volkswacht (ZV)« enorm begünstigen sollte.

machte Spaß, sich mit ihr zu unterhalten. Im Übrigen hatte er sie immer noch nicht rangenommen, was die Sache zusätzlich würzte, seinen Gedanken (aber auch den Konturen der Landschaft, den digitalen Panamera-Cockpit-Elementen, allem eigentlich) erst die notwendige Schärfe verlieh. Und dazu natürlich: Stein. Am Morgen schon im Hotel, eben auf dem Seitenstreifen des Zubringers. Er liebte diese Kombination: Triebstau plus ordentlich Stein plus mindestens vierhundert unternehmungslustige, richtig aktivistische Pferdestärken, die nur auf ihn warteten, die darauf gierten, dass er endlich seinen rechten Fuß durchstreckte. Tiere, die Freiheit suchten. Die alles erleben und laufen, laufen, laufen und nirgends ankommen wollten. Flüchten. Womöglich hatten sie (genau wie er) ihre Kindheit im Wald verbringen müssen, eingepfercht in einer kahlen Hütte, zusammen mit einem Irren, dessen Genmaterial in einem weiterwucherte und dessen Passion es war, monatelang zu schweigen, seine Schreibmaschine zu bespucken oder über Stunden reglos zwischen den Bäumen zu stehen. Wofür man lebte? Woher sollte ausgerechnet er das wissen? Die Pferde hatten doch auch keinen Schimmer.

»Tja«, erwiderte LeForbes fröhlich, »ich bin überfragt. Sag dus mir, Gina.« Es folgte eine Pause, aber sowohl ihm als auch ihr war klar, dass er seine Replik noch nicht beendet hatte. »Ich denke«, fuhr er also fort, »dass es mir wie den meisten geht. Beruflicher Erfolg hat einen hohen Stellenwert. Ich möchte vorankommen. Und ich bin, das darf ich, glaube ich, sagen, ich meine, ich denke, habe schon ein bisschen was geschafft auf dem Weg. Nach oben, meine ich. An die Spitze.«

Gina schaute aus dem Fenster, vermaß die sanft hügelige unterfränkische Landschaft. Gelegenheit für ihn, erneut ihre gebräunten Oberschenkel zu betrachten. Das Kleid war etwas nach oben gerutscht, und er spürte die Kräfte, die seine Hand in Richtung dieses subtil sexuellen, auffällig zufälligen Arrangements zogen, um dort an der Innenseite der Oberschenkel entlangzufahren, hinauf zu dem taubenblauen Höschen, das ein exakt rasiertes, schmales Dreieck blonder Schamhaare verbarg, die er eben im Hotel noch nicht direkt berührt, noch nicht wirklich konsumiert hatte. Die aber eben da waren. Genau wie die Pferde unter seinem Fuß. Wie der Stein unter seinen Gehirnlappen, unter seiner

Hirnrinde, oder wo verflucht noch mal der Stoff sonst noch anzudocken und alles unter Strom zu setzen pflegte.

»Es ist also dein Job. Du lebst für den Job«, sagte Gina. Ihr Ton war nüchtern. Kein Spott, keine Kritik, aber auch keine Anerkennung, gar Bewunderung. Eine wertneutrale Zusammenfassung, die LeForbes natürlich gerade deswegen reizte. Andererseits gab es in diesen Momenten kurz vor Würzburg, in denen sie mit nach wie vor gebremsten, gedrosselten, praktisch erdrosselten einhundertfünfzig Stundenkilometern dahinglitten, praktisch nichts, was ihn nicht reizte. Er war absolut auf Empfang. Alles gefiel ihm, alles kommunizierte mit ihm. Eric LeForbes genoss ein Feuerwerk der Botschaften und Signale; er fühlte sich als Eingangspforte, als Receiver, der gleichzeitig zu geben imstande war. Oh ja, er war bereit, alles Mögliche zu tun, vor allem und im Speziellen mit dem Panamera und dieser Blondine neben ihm. So wie es aussah, so wie sie aussah, würde er Gina noch heute ein Angebot unterbreiten müssen. Aber als was? Könnte sie Dransfeld und/oder Bindig ersetzen? Vielleicht im Team mit diesem Esnèr? Das Wrack und der Fascho mussten jedenfalls weg.

»Na klar«, hob er noch ganz in Gedanken wieder an. »Der Job ist schon extrem wichtig für mich. Das kann ich nicht leugnen. Findest du das schlimm? Wie ist das denn bei dir?«

»Du meinst die Escort-Sache?«

»Ja. Oder soll ich besser nicht fragen? Geht mich ja nichts an.«

»Du meinst, du solltest nicht fragen, weil Escort eine Tätigkeit mit einem, sagen wir, speziellen Sozialprestige ist? Befürchtest du, dass ich mich deswegen schäme und dass das wiederum unsere Kommunikation belasten könnte?«

Du meinst, du meinst ... Er hatte Lust, seine Hand direkt zwischen ihre Beine zu legen. Ihre Art zu reden war der reinste Verbal-Stein. Explodierende Sachlichkeit. Funkelnde Verbal-Effizienz.

»Ja, so könnte man es formulieren. Escort is not exactly the most prestigious activity on earth. It's ...« Verflucht! Ein ganzer, verdammter Satz! Es wurde wieder schlimmer mit ihm. Seine Sprachdisziplin brach vollkommen zusammen. Wie um ihn zu trösten, erhöhte der Panamera selbsttätig die Reisegeschwindigkeit auf zweihundert Stundenkilometer.

Gina reagierte nicht. »Ich meine«, setzte er deswegen seine Ausführungen fort, »natürlich hat ein Spitzen-Escort seine ganz eigene Reputation, die durchaus in einem Spezialkosmos zu sehr viel Prestige führen kann. Das ist unbestritten.«

»Findest du?«

»Ja. Vermute ich zumindest.«

»Wo stehst du im Hinblick auf diesen Kosmos?«, fragte Gina. »Siehst du deine Position innerhalb oder eher außerhalb?«

Er überlegte. »Innerhalb.«

»Deswegen habe ich für dich persönlich einen vergleichsweise hohen Status, obwohl du andererseits annimmst, dass mein allgemeines Sozialprestige niedrig ist, verstehe ich das richtig?«

»Ja.«

»Weil du für mich das Fünffache des üblichen Tarifs zahlen musst, ich aber natürlich immer noch eine Nutte bin?«

»Vermutlich.«

Sie nahm sich eine Zigarette aus ihrer Handtasche und sagte: »Okay.«

»Und du?«, erkundigte er sich, plötzlich froh, wieder die Initiative ergreifen zu können. »Wo oder wie siehst du dich?«

»Ich denke, dass meine erhöhte Reputation innerhalb des von dir erwähnten Kosmos, der ja wohl hauptsächlich aus Freiern und Kolleginnen bestehen dürfte, zwar existent, aber völlig irrelevant ist. Da geht es nur um meine Preise als Bewertungsmaßstab. Viel wichtiger, das liegt auf der Hand, ist der gesamtgesellschaftliche Rahmen, und in dem ist das Sozialprestige von Frauen wie mir nach wie vor niedrig, obwohl sich die Gründe dafür, warum er niedrig ist, gewandelt haben. Früher wurden wir schlicht moralisch verurteilt, das waren simple, teils sogar gesundheitspolitisch, insofern – verzeih den Ausdruck – sozialhygienisch basierte Denkmodelle. Heute ist das anders. Heute, in einer sowohl post- als auch hyperkapitalistischen und pseudoindividualisierten Gesellschaftskonfiguration, ist es eher unsere Funktion als Gekaufte, als Beschenkte, in jedem Fall als Passive, die den niedrigen Standort auf der gesellschaftlichen Hierarchie-Skala determiniert. Dieses ganze Gerede von wegen selbstständige Unternehmerin, Sex-Arbeiterin und so weiter ist meines Erachtens ein notwendiger rhetorischer Kniff, um genau in diesem Bereich mittels sprachlicher Zuschreibung, mit Worten letztendlich, eine neue Realität und damit auch eine neue Reputation zu produzieren.«

»Wow«, rief LeForbes. »Du hast dir wirklich schon Gedanken gemacht um deinen Job.«

»Hab ich«, bestätigte sie.

»Und zu was führt das? Ich meine, denkst du über eine mögliche Veränderung nach?«

Gina zündete die Zigarette an, nahm einen ersten, tiefen, jedoch, wie LeForbes fand, nicht gierigen, nicht unappetitlichen Zug. Sie wirkte wie eine routinierte, keinesfalls aber süchtige Nikotinkonsumentin, und sie besaß offenkundig die Sicherheit, eine Antwort in aller Ruhe vorzubereiten. Er wiederum nutzte die Zeit für eine erneute Kontrolle ihrer Beine, die seiner Meinung nach genau die richtige Form, Färbung und Konsistenz hatten. Lange, schlanke, feste, gesund braun gebrannte Naturblondinenextremitäten. LeForbes dachte plötzlich an Esnèr. Wie dessen Beine wohl aussahen? Affenartig behaart, kurz, muskulös, schnellkräftig? Esnèr, Gina – es gab viele Beinoptionen, die ihm, LeForbes, zusagten. In Sachen Bein war er flexibel. In Sachen Stein auch.

»Möchtest du, dass ich den Rock noch etwas hochschiebe?« Gina hatte seine Blicke bemerkt.

»Ja und nein«, antwortete LeForbes. »Einerseits ja, weil ich denke, dass ich tatsächlich gerne deinen Slip sehen würde, andererseits nein, denn wenn du dein Kleid jetzt absichtlich hochschiebst, ist das Element des Zufälligen weg, verstehst du? Dann fehlt mir ein wenig das Voyeurhafte. Hm, ich bin blöd, entschuldige bitte.«

»Ich sehe, was du meinst. Der Rock bleibt jetzt erst mal, wo er ist. Aber denk bitte daran, dass du mich jederzeit um solche Sachen bitten kannst. Ich finde diese Spiele, also geheime Blicke, beobachtete Beobachtungen und so weiter, eigentlich ganz interessant. Ich kann sogar bis zu einem gewissen Grad nachvollziehen, dass man dafür Geld ausgibt … Möchtest du, dass ich deine Frage von eben beantworte?«

»Ja. Aber vorher noch: Sollen wir hier abfahren und uns Würzburg anschauen? Etwas essen? Etwas rauchen? … Verdammt, ich bekomme gerade total Lust, deinen Slip zu küssen … Also, Würzburg oder noch ein wenig durch die Gegend? Vielleicht die Rhön? Da war ich neulich. Schön, da. Einsame Straßen. Panamera-Land.«

»Panamera heißt das Auto hier, oder?«

»Ja. Ich wollte eigentlich wieder diesen 86er-Carrera, aber der war irgendwie nicht zu haben. Die wollten nicht sagen, warum. Ich schätze, den hat mir ein Promi weggeschnappt. Ohne Reservierung, versteht sich.«

»Sind Autos wichtig für dich, Eric?« Etwas durchfuhr ihn. Das war das erste Mal, dass sie ihn bei seinem Namen genannt hatte. Woher kannte sie den überhaupt? Hatte er sich vorgestellt? Hatte er im Schlaf geredet, ihr durch Speichelfäden von den Wäldern vorgewimmert? Von seinem Vater auf der düsteren Lichtung, seiner Mutter in der Wyoming-Marom-Kommune? Wirklich eine absurde Geschichte: Eine Mutter abhängig von dem, was der Sohn herstellte und wie verrückt unter Leute pumpte, die ihrerseits wie verrückt hinter dem Zeug her waren.

»Autos sind mir wichtig, wenn ich Auto fahren muss«, sagte er, »also zum Beispiel jetzt. Ansonsten nein. In Ebratal habe ich nicht mal einen Privatwagen. Wieso fragst du? Findest du, dass ich irgendwie fetischhaft rüberkomme?« »Rüberkommen« – er war stolz darauf, mittlerweile solche Worte zu verwenden. Sein Deutsch war fabelhaft, genau wie dieser Panamera, der ihm, er musste sich das jetzt endgültig eingestehen, von Kilometer zu Kilometer besser gefiel.

»Nein, alles in allem verhältst du dich wie die meisten meiner Kunden. Es gibt halt gewisse Gesetzmäßigkeiten.«

»Wie?«, hob er gespielt beleidigt an. »Ich bin nicht etwas ganz Besonderes? Du stellst hier also tatsächlich meine ureigenste Individualität infrage?«

»Ja und nein. Du bist ein ganz spezieller Mensch, Eric. Ja, das stimmt. Aber deine Prägungen, der Katalog der Optionen, aus denen du deine Handlungen auswählst, beziehungsweise der Optionen-Katalog, der dir durch deine soziale Position in die Hand gedrückt wurde, ist sicher keineswegs individuell.«

»Aha«, machte er und lächelte, während sie den Fensterheber betätigte und die Zigarette hinauswarf.

»Noch mal kurz zu meiner beruflichen Situation, zu der Frage, ob ich zufrieden bin oder mich eventuell verändern möchte: Meine Antwort lautet: Kommt drauf an. Wenig originell, fürchte ich. Das würde wohl fast jede sagen, egal was für einen Job sie gerade hat. Aber es stimmt.«

»Gut, dann frage ich anders: Was ist dein Traumjob, Gina? Sich von kranken Typen auf den Slip glotzen zu lassen, ist es nicht, das habe ich begriffen.«

»Stimmt, aber bei manchen finde ich das auch nicht direkt unangenehm.«

»Was? Slip und so weiter?«

»Ja. Diese Spielchen.«

»Aber generell siehst du dich in einem anderen Job. Also, in welchem?«

»Im Hotel habe ich schon von Anne Girardoux erzählt, oder?«, fragte sie. »Ich würde gerne, wie Anne Girardoux damals, engagierte, mitfühlende und intelligente Sozialreportagen schreiben, die dabei so viel Geld einbrächten, dass ich den Rest meiner Zeit auf einer kleinen, unbewohnten, mediterranen Insel verbringen könnte. Aber leider fehlt mir für dieses Genre, für solche Texte das entscheidende Kriterium.«

»Und das wäre?«

»Menschenfreundlichkeit. Man muss Menschen mögen, um für sie zu schreiben. Um *so* für sie zu schreiben.«

»An Würzburg sind wir vorbei. Ich schlage vor, wir nehmen die Sieben und dann vielleicht die Einundsiebzig Richtung Rhön.«

»Wie du willst. Ich habe Zeit.«

»Du wirst sehen, dort oben ist es sensationell einsam. Da ist Ebratal und Umgebung nichts dagegen.«

»Hört sich gut an.«

Sie schwiegen einen Moment. Der Panamera hatte sich wieder auf die komfortable Reisegeschwindigkeit von einhundertfünfzig Stundenkilometern zurückgependelt. Eric LeForbes fiel in diesem Moment nichts ein, was noch besser hätte sein können. Außer eine neue Steinpfeife natürlich. Außer die totale Auslöschung seiner Kindheitserinnerungen.

»Warum magst du Menschen nicht, Gina?«, fragte er, primär, um den sich plötzlich aufbauenden Negativitätsschub im Keim zu ersticken, aber auch, weil er nicht häufig mit Menschen zu tun hatte, die sich zu ihrer

Menschen-Gegnerschaft bekannten. Dergleichen war zweifelsohne interessant. LeForbes dachte an Dransfeld. Diese Ruine stand noch auf der Lohnliste, war aber bereits Vergangenheit. Gina war schön und intelligent, und ihr lag nichts am Menschengeschlecht – gab es ein perfekteres Qualifikationsprofil für eine Winston-Deutschland-PR-Chefin? Gut, ihre Vergangenheit müsste man etwas umfrisieren, vielleicht sogar auch ihr Äußeres verändern. Aber insgesamt: Warum nicht Gina? LeForbes gönnte sich einen weiteren, diesmal beinahe schon seriösen Seitenblick auf seine zukünftige Mitarbeiterin. Der Unterschied zwischen einem außergewöhnlichen und einem nur guten CEO? Doch wohl vor allem der Mut zu außergewöhnlichen, instinktsicheren Entscheidungen. Seiner Meinung nach. Und seine Meinung war die, die zählte.

Gina, fiel ihm jetzt auf, hatte immer noch nicht geantwortet. Sie ließ sich wirklich Zeit; auch das ein Zeichen für Souveränität. Diese Tausend-Euro-Gesellschafterin verfügte über ein erstaunliches Selbstbewusstsein.

»Entschuldige, wenn die Frage zu indiskret war«, fing LeForbes wieder an. »Dein Verhältnis zu Menschen geht mich natürlich nichts an. Ich könnte mir sogar denken, dass dein momentaner Job in dieser Hinsicht bestimmt nicht gerade zum Altruismus motiviert.«

»Warum denkst du das?«, erwiderte Gina.

»Weil, na ja ... Kunden von Prostituierten haben allgemein nicht das beste Image.«

»Zu Recht, finde ich«, sagte Gina. »Aber das hebt sie nicht heraus aus der Gesamtheit aller Menschen. Menschen als solche haben, zumindest bei mir, nicht das beste Image.«

»Aha?«, motivierte er sie zum Weiterreden.

»Der individuelle Mensch ist aus meiner Sicht sowohl langweilig als auch böse«, ergänzte sie. »Deswegen finde ich es umso erstaunlicher, dass ich mich mit den meisten relativ gut verstehe. Probleme hatte ich eigentlich noch nie. Doch um Artikel wie die von Anne Girardoux zu schreiben, müsste ich etwas fühlen, verstehst du? Etwas im weitesten Sinne Freundliches.«

»Und das tust du nicht?«

»Nein. Ich spüre generell wenig.«

»Wie siehts mit einem neuen Job aus?«, erkundigte er sich wie beiläufig. »Würde es nicht wenigstens einen Hauch von Freude erzeugen, wenn jemand, zum Beispiel ich, dir einen attraktiven Job anböte, zum Beispiel im Bereich PR? Eine Führungsposition? Könnte das nicht sogar bei dir zu einem positiven Gefühl führen?«

»Ja, könnte es.« Gina klang weder überrascht noch aufgeregt. »Ich denke, ich bin reif für eine neue Aufgabe. Allerdings ist dieser Eindruck, diese Emotion, möchte ich fast sagen, nur oberflächlich; das bewegt sich sehr an der Oberfläche. Bereits die nächsttiefere Schicht meines psychischen Haushalts, behaupte ich mal, bleibt von solchen Sachen unangetastet. Ob Luxus-Nutte oder PR-Nutte, letztlich ist mir das egal. Andererseits denke ich, dass ich PR draufhabe. Ich kann strategisch denken und sehr gut formulieren, dazu ist meine Suggestivkraft – das kann ich, glaube ich, sagen – beträchtlich. In was für einer Firma arbeitest du? Was macht ihr?«

»Wir sind die deutsche oder besser die europäische Zweigstelle von Winston. Winston kennst du, oder?«

»Sicher! Marom!«

»Genau.«

»Unter meinen Kolleginnen äußerst beliebt. Deine Crack-Geschichten kommen mir daher beinahe anachronistisch vor. Ich dachte immer, das wäre nur was für Straßenjunkies, denen die Rezeptoren für subtilere Sachen längst durchgeschmort sind. Die Marom gar nicht mehr mitkriegen.«

»Im Gegenteil«, widersprach LeForbes und nahm im Folgenden einen ironischen Tonfall an, »unser Premiumprodukt wirkt bei Abhängigen jedweder Couleur. Es gibt Studien, die von exzellenten Resultaten beim Opiat- wie auch beim Alkoholentzug berichten.«

»Aha. Aber der Marom-Entzug soll auch nicht ohne sein.«

»Darüber«, entgegnete Eric LeForbes, »gehen die Meinungen auseinander. Ein verantwortlicher Marom-Konsum ist aber in jedem Fall zu empfehlen.«

»Nimmst du Marom?«, wollte Gina wissen. »Bist du dein bester Kunde?«

»Nein«, entgegnete LeForbes fröhlich. »Noch nie probiert.«

»Warum nicht?«, insistierte Gina.

»Weil ich mit Ausnahme von gelegentlichen Steinperioden psychoaktive Substanzen ablehne.«

Gina beugte sich etwas vor und betrachtete ihn forschend. Er hatte das Gefühl, als überprüfte sie seinen Geisteszustand. Mit einiger Berechtigung, wie er fand.

»Aber mein PR-Chef«, fuhr er fort, »ist wegen Marom dauerhaft ausgefallen. Den könntest du ersetzen. Als ausgebildete Soziologin und mit deinen intellektuellen Kapazitäten sehe ich da überhaupt keine Probleme für dich. Also, Interesse?«

»Ja.«

»Gut. Abgemacht. Das ist kein Gerede, Du hast den Job. Dransfeld ist draußen. Und seine Nummer zwei, dieser Ostler-Wirrkopf, gleich mit.«

»Danke, Eric«, sagte Gina. »Aber was bedeutet das jetzt für uns?«

»Inwiefern?«

»Ich meine für unsere konkrete Situation hier und heute. In diesem …«, sie zögerte, »… *Panamera?*«

Er schaute sie verständnislos an. Beziehungsweise er versuchte, sie möglichst verständnislos anzuschauen, denn natürlich war ihm der Hintergrund ihrer Bemerkung sofort klar. Nicht nur das, er hatte sich gerade dieselbe Frage gestellt.

»Es geht darum, in welcher Rolle ich jetzt neben dir sitze«, erläuterte sie. »Bin ich weiterhin von dir gemietet oder bereits informell angestellt? Das ändert für meine Begriffe alle möglichen Parameter. Um es mal soziologisch zu formulieren: Befinde ich mich momentan in einem Intra- oder bereits in einem Inter-Rollen-Konflikt?«

»Du meinst die beiden Rollen des Callgirls und der PR-Frau?«

»Exakt. Bin ich momentan, also genau in diesem Moment, schon beides? Oder noch nicht? Oder schon nicht mehr?«

»Was wäre denn, wenn?«, fragte LeForbes, der das Potenzial sah, sich in diese Gina zu verlieben. Liebe zu einer Angestellten, zu einer unterkühlten Menschenfeindin. Wäre das sein Ende? Und wäre sein Ende überhaupt zu bedauern? Stein, Stein, Stein – der Bittgesang seiner Synapsen wurde vielstimmiger.

»Ich kann nicht Escort und PR gleichzeitig machen«, entschied Gina.

»Das sind zwei einander ausschließende Identitäten. Ich schlage deswegen vor, ich bin erst mal weiterhin, was ich vorher war, okay? Das würde zudem mein finanzielles Risiko minimieren, denn natürlich kann es sein, dass dein Angebot schon in fünf Minuten oder in drei Stunden keinen Wert mehr hat. Dass du hier nur herumredest. Ich möchte ...«

»In dieser Hinsicht kann ich dich beruhigen«, unterbrach er sie. »Du wirst die neue PR-Chefin von Winston Deutschland, das steht fest. Mein Name ist Eric LeForbes, du kannst mich darauf festnageln. Wenn du willst, kannst du von mir eine ...«, er lachte kurz auf, »... eine orale Bestätigung auf dein Telefon haben. Und was den heutigen Tag angeht: Du bist vorerst weiterhin meine exklusive Gesellschafterin, die ich natürlich dementsprechend exklusiv bezahle – einverstanden?«

»Ja, absolut«, sagte Gina. »Ich«, sie machte mit beiden Händen das Zeichen für Anführungsstriche, »›freue‹ mich. Aber ich sehe auch Probleme. Zum Beispiel, stell dir folgendes Szenario vor: Wir machen heute einfach weiter wie vorher. Vielleicht kommt es zu Intimitäten, vielleicht sogar zur Penetration oder anderen explizit sexuellen Handlungen. Was würde das bedeuten? Für dich, meine ich, für unser kommendes Chef-Angestellten-Verhältnis?«

»Fürchtest du«, spann LeForbes ihr Szenario weiter, »dass ich Ansprüche erhebe?«

»Ja«, erwiderte Gina. »Das wäre meiner Meinung nach nur natürlich. Außerdem: Es ist genauso möglich, dass ich Ansprüche erhebe. Oder sonst wie Ärger mache.«

»Warum solltest du?«, wandte LeForbes ein. »Ich gebe dir eine Chance, das Metier zu wechseln und einen Job mit erheblich mehr Sozialprestige zu ergattern.« LeForbes verstummte. Seines Wissens hatte er soeben zum ersten Mal überhaupt das Verb »ergattern« verwendet. Sein Deutsch war über jeden Zweifel erhaben. Er sprach besser als die meisten Einheimischen, zumal in dem vergammelten Altersheim Ebratal. Nicht jedoch als diese blonde Frau neben ihm, die ihn gerade mit einem voll und ganz neutralen Blick bedachte. Sie schaute ihn an, dachte er, wie sie eine Kaffeetasse anschaute, einen Stromverteilerkasten, ein Brillenetui. Dinge. Unauffällige Gegenstände, die zu keinerlei Gefühlsregung Anlass gaben. So war es, er gab Gina zu nichts Anlass. Sollte er das ändern? War das überhaupt zu ändern? Wie, zum Beispiel, würde sie reagieren, wenn er den Panamera auf zweihundertfünfzig hochjagen würde und dann das Steuer plötzlich hart nach rechts risse? Oder nach links. Nach oben. Würde sie schreien? In Panik geraten? Und würde er noch die Zeit finden, das zu genießen? Seine Hand, seine Finger begannen leicht, sehr leicht zu zittern. Stein? War das jetzt Stein oder der Mangel an Stein? LeForbes überlegte, worauf er momentan am meisten Lust hatte: Sofort sterben, erst Stein und dann sterben, oder Stein und weiterleben? Mit Gina im Panamera weitermachen? Ihre Haut riechen? Sie in Ebratal den Abteilungsleitern vor die Nase knallen? Die Welt, fand er wieder einmal, steckte voller Optionen. Damals im Wald bestand sie nur aus Bäumen, dem Rauschen der Wipfel, dem Schweigen dieses Verrückten. Das Schweigen hatte alles in ihm zerstört. Er, Eric LeForbes, war leider kein normaler Mensch geworden, nicht mal ein anormaler, und aus diesem Grund würde er gleich auf einem Rastplatz anhalten und Stein nachladen. Und überhaupt, diese Gina ließ sich geradezu aufreizend viel Zeit mit ihren Antworten. Dabei war sie, dafür legte er seine Hand ins Feuer, alles andere als langsam. Sie provozierte ihn. Sie spielte.

»Stimmt«, fing sie schließlich wieder an. »Warum sollte ich? Die Wahrscheinlichkeit, dass eine Ex-Prostituierte ihre neue gesellschaftliche Position freiwillig gefährdet, ist gering. Geringer zumindest als der umgekehrte Fall, also dass der Ex-Freier die Ex-Prostituierte gefährdet. Ich halte es für nicht unwahrscheinlich, dass du so etwas machst. Ich könnte zwar kontern und dich als Nutten-Kunden outen, aber du machst mir nicht den Eindruck, als kümmerte dich das sonderlich.«

»Welchen Eindruck mache ich denn auf dich?«, fragte er. »Ich meine, generell? Was hältst du von mir?«

»Ich denke, du bist sozial nicht wirklich eingebunden. Deine Kontakte beschränken sich auf deine Arbeit und gekaufte Sachen wie jetzt. Trotzdem bist du nicht einsam. Beziehungsweise, du bist einsam, doch du fühlst es nicht, weil du soziopathische Züge in dir hast. Persönlichkeitskomponenten. Ich könnte mir vorstellen, dass in deiner Kindheit Dinge vorgefallen sind. Unangenehme Dinge.«

Unglaublich, was ihm diese Frau an den Kopf warf! Eine sehr gute

Entscheidung, sie zu Winston geholt zu haben. Regelrecht visionär. Er freute sich bereits auf ihre Resultate. Und er freute sich darauf, sie in Fishbach als *sein* Resultat zu präsentieren.

»Sag mal«, wechselte er das Thema, »sollen wir hier irgendwo abfahren? Das ist die A7, wenn wir die immer weiterfahren, landen wir irgendwann in Ebratal. Das möchte ich noch nicht. Wir könnten uns hier«, er machte eine ausladende Armbewegung, »ein wenig die Gegend anschauen; vielleicht irgendwo einkehren. Oder ein Picknick machen.«

»Warum nicht!?«, entgegnete sie ohne einen Funken Enthusiasmus. »Sieht schön aus da draußen.«

Also verließen sie die Autobahn bei Bad Brückenau, kauften Wasser, Champagner und belegte Brötchen und hielten sich danach nordöstlich. Die Straßen wurden allmählich schmaler, die Besiedelung spärlicher; der Panamera surrte durch eine zunehmend märchenhafte Kulisse: weite Täler, sanft abgerundete, bewaldete Bergkuppen. Dörfer, die in mittäglicher Stille einfach dalagen, als ob sie nichts und niemandem Rechenschaft ablegen müssten. So empfand es zumindest Eric LeForbes, in dem einerseits mit dem Zurückweichen bewohnter Landschaftsformationen frühkindliche Beklemmungen hochstiegen, der jedoch andererseits eine Art Verzauberung nicht verhehlen konnte. Kein Zweifel, er durchlebte und durchlitt einen privilegierten Moment: Das Auto, das Wetter, die Landschaft – das waren sehr gute Zutaten. Und dann Gina. Ihre gebräunten Beine, ihre eisgekühlten Antworten. Er freute sich sehr darauf, auf einer Lichtung, einer sonnenbestrahlten Wiese diese Beine zu spreizen, diese kleine, von ihrem Slip so aufreizend betonte Erhebung zwischen ihren Oberschenkeln zu betrachten. Merkwürdigerweise war sein Steinhunger seit einigen Minuten schwächer geworden. Der Druck hatte eindeutig nachgelassen, hatte sich in beherrschbaren, zivilisierten Appetit transformiert. Genau die richtige Situation, um endlich nachzuladen, dachte er. Nicht mehr gieriges Gesauge, sondern kontrolliertes Amüsement.

»Sollen wir hier irgendwo kurz anhalten? Ich würde gerne noch ein wenig Stein rauchen.«

Es dauerte jedoch noch einige Minuten, bis LeForbes einen geeigneten Rastplatz gefunden hatte. Sie verließen den Wagen, setzten sich auf eine aus schweren Holzstämmen gefertigte Bank, genossen den Blick in ein weiteres, attraktiv unbewohntes Tal. Tatsächlich schien niemand in der Nähe zu leben, auch die Straße war praktisch unbefahren. Vögel zwitscherten. Auf einer Wiese standen braun gescheckte Kühe im Schatten einer großen Eiche und betrachteten mit mildem Interesse LeForbes, der eine Pfeife präparierte und anschließend sein Feuerzeug[30] hervorholte.

»Möchtest du?«

»Nein, danke.«

»Aber es stört dich nicht, wenn ich …?«

»Nein. Oder noch nicht. Als deine Angestellte sähe ich das eventuell anders. Dann würde ich mir Sorgen machen.«

»Musst du nicht. Stein ist für mich eine reine Freizeitsache. Und auch dann nur zu bestimmten Anlässen. Konkret: Immer, wenn ich in Frankfurt zu tun habe, oder besser, wenn ich dort lande. Das kommt durchschnittlich zweimal pro Monat vor.«

»Okay«, sagte Gina.

Im Folgenden rauchte Eric LeForbes einen ersten Stein, während Gina die Tüte mit dem Proviant auspackte sowie den Champagner öffnete. Sie aßen, tranken aus Plastikbechern, sie redeten, lachten zuweilen, Gina setzte sich auf LeForbes' Bitte hin seitlich auf die Holzbank, mit einem Bein angewinkelt, sodass sich ihm interessante, erotische, jedoch, wie er fand, kaum vulgäre Einblicke boten. Dieses Bild, Ginas Schenkel, die anmutige Schlichtheit ihres Slips, in Verbindung mit den kräftigen, inspirierenden, von der einsetzenden Champagner-Leichtigkeit umperlten Detonationen in seinem Schädel – es gab nicht viele

---

30 Kollektion Marc Legère, Switzerland, Gasbetrieb, Gehäuse aus mattiertem Edelstahl, 4400 CHF. Ein Abschiedsgeschenk von LeForbes' vorherigem Arbeitgeber, einem kanadischen Mineralöl/Erdgas-Förderer, dessen Umsatz infolge des Fracking-Booms zunächst (und vor dem zwangsläufig einsetzenden Preisverfall) noch einmal explodiert war und dessen Aufgabenstellungen ein ehrgeiziger LeForbes infolgedessen als banal wie auch als persönlichkeits- bzw. bewusstseinseinschränkend bzw. -eintrübend empfunden hatte. Konsequenz: Abschied. Eine neue Branche (später sogar ein neuer Kontinent): Winston. Allerdings erwies sich das gerade erfundene Marazepam, wie LeForbes schon bald feststellen sollte, umsatzmäßig gesehen gewissermaßen als Fracking auf Speed. Oder auch – wenn man die Konsumentenperspektive einnahm – als Gehirn-Fracking.

Kombinationen, fand er, die es mit dieser hier aufnehmen konnten. Dazu die Landschaft, die Kühe, das Auto. Das Glasröhrchen knisterte wohlig, alles passte zueinander, er fühlte sich wirklich ausgezeichnet. In diesem Moment entdeckte er jedoch unten im Tal einen blau-silbern lackierten Wagen, einen BMW, der auf der Straße in ihre Richtung unterwegs war und wenig später tatsächlich auf den Parkplatz abbog. Augenblicklich nahm Gina eine unverfängliche Sitzposition ein. LeForbes' Pfeife hingegen knackte weiter, dazu rauschten nun zunehmend die Wälder Neu-Englands durch sein Gehirn, und dann öffneten sich schwere BMW-5er-Reihen-Türen, zwei Männer in hellblauen Uniformhemden und dunkelblauen Hosen stiegen aus, hielten einen Moment inne, sondierten eventuell (so kam es LeForbes jedenfalls vor) die physikalische Situation, die Temperatur- und Luftdruckverhältnisse, den Erdstrahlungskoeffizienten sowie andere karmische Faktoren, kamen schließlich mit ruhigen, selbstbewussten Schritten auf sie zu.

»Guten Tag, allgemeine Verkehrskontrolle«, sagte der Größere der beiden: Knapp dreißig und, wie Gina schätzte, Junggeselle, in jedem Fall mit Prostitutionserfahrung.

»Guten Tag«, erwiderte Gina.

»Bonjour«, sagte LeForbes und versuchte, Ginas Lächeln zu imitieren. Kleine chemische Rauchschlieren verließen seine Nasenlöcher.

»Sind Sie der Fahrzeughalter?«

»Non, le véhicule est loué.«

»Ah oui?«, mischte sich der zweite Polizist ein. »Où? Et votre permis de conduire, s'il vous plaît.«

»Ich habe den Wagen am Frankfurter Flughafen gemietet. Eigentlich hatte ich an diesen Vintage-Carrera gedacht, der war aber aus unerfindlichen Gründen nicht zu haben. Nicht zum ersten Mal, wenn Sie mir die Anmerkung erlauben. Also habe ich den hier genommen. Panamera 4S Senior Executive. Alles andere als taufrisch, die Modellreihe, dennoch ein gutes Fahrzeug. Kann ich nur empfehlen. Und hier …«, LeForbes legte die Pfeife auf den Holztisch, zog sein Portemonnaie hervor und eine Karte heraus, die ganz offenkundig kein Führerschein war, sondern eher einer vorsintflutlichen Kreditkarte ähnelte, einem Mitgliedsausweis für eine US-amerikanische Stadtbibliothek, einem

Getreidecoupon. Der größere Polizist nahm den Gegenstand entgegen, betrachtete ihn eine Weile misstrauisch, reichte ihn dann an seinen Kollegen weiter.

»Sir, das ist ein im Jahre 2011 ausgestellter Kantinengutschein für die Firma Winston Pharmaceutics Ltd. in Fishbach/Illinois in den Vereinigten Staaten. Ich hatte Sie um Ihren Führerschein gebeten.«

LeForbes lächelte und begann erneut, sein Portemonnaie zu untersuchen. »Ah, da ist er ja.« Er überreichte eine nagelneue, in Ebratal/Nordhessen ausgestellte beziehungsweise gefälschte Fahrerlaubnis, die in den folgenden zwei Minuten zunächst Ordnungshüter eins und dann auch seinen Partner zufriedenstellte. Anschließend bemühte sich LeForbes zum Panamera, um die beiden auch noch mit den Fahrzeugpapieren zu versorgen und so letztlich voll und ganz von der Legalität der hier von ihnen vorgefundenen Situation zu überzeugen. Am Ende des Dienstvorganges lud LeForbes, unterstützt von einem zurückhaltenden, aber fast warmen Lächeln Ginas, die das Geschehen aufmerksam, phasenweise auch belustigt verfolgt hatte, zu einem »winzigen Becherchen« Sekt ein. Die Beamten lehnten ab, wobei der Größere der beiden allerdings wiederholt begehrliche Blicke auf LeForbes' innen schon teilweise von Ruß verunstaltete Glaspfeife warf, sich jedoch jedweden Kommentars zu dem verdächtigen Gegenstand enthielt.

Schließlich verabschiedeten sich die beiden, nicht ohne den Hinweis, aufmerksam und vorsichtig zu sein. »Drüben im Osten«, weiter nördlich, aber gar nicht einmal so weit entfernt, sei wieder jemand auf Nazijagd gegangen. Diesmal mit fünf Toten und zwei Schwerverletzten.

Gina merkte auf: »Weiß man schon etwas über die Täter?«

Polizist eins, schon am Dienst-BMW, drehte sich um: »Einzeltäter. Schwarz gekleidet. Große, sportliche Statur. Mit einer Nike-Sporttasche, da drin eine automatische Waffe, Typ unbekannt, eventuell Kalaschnikow.«

»Und derartige Vorfälle hat es schon öfters gegeben?«

LeForbes war überrascht: So interessiert hatte Gina den ganzen Tag noch nicht geklungen. Außerdem präsentierte sie jetzt noch ein wenig mehr von ihren modellverdächtigen, ihn mit einer insgesamt positiven, jedoch komplexen Gefühlsmischung versehenden Beinen. LeForbes liebte Ginas Körper schon jetzt, das zumindest stand fest. Aber liebte er sich, wenn er liebte? Konnte er im Zustand akuter emotionaler Involviertheit noch effektiv und ergebnisorientiert geschäftsführen? War, mit anderen Worten, Gina, die er soeben eingestellt hatte, eine Gefährdung seiner Karriere? Trachtete sie womöglich bereits nach seiner Position? Gedankenverloren griff er zum Glasröhrchen, kramte mit der anderen Hand nach dem Tütchen mit Stein in seiner Hosentasche.

»Das ist der dritte Angriff in diesem Jahr«, antwortete einer der beiden Polizisten, egal welcher, denn beide waren im selben Seminar[31] auf die verbale Konfrontation mit dem Bürger vorbereitet worden.

»Interessant, und wie stehen Sie persönlich zu diesen ...«, Gina zögerte einen Augenblick, »... Angriffen?«

Polizist zwei schloss die bereits geöffnete Tür wieder. »Wie meinen Sie das?«, fragte er mit deutlich veränderter Tonlage: lauernd, drängend, mit einem Mal weit über den vorherigen Routinevorgang hinaus engagiert.

»Anton, komm.« Polizist eins blieb beim Auto. Er schüttelte, wie Gina bemerkte, kaum merklich den Kopf. »Anton, lass. Bringt nichts.«

Aber Anton war bereits auf dem Weg zurück zu Gina und LeForbes, zu der lediglich aus halben Holzstämmen bestehenden, absichtsvoll barbarisch gestalteten Sitzgruppe. »Wie haben Sie das eben gemeint«, fragte er. »Befürchten Sie etwa bei uns eine übergebührliche Identifikation mit der Opferseite? Vielleicht, weil wir verdammte Nazibullenschweine sind?«

Mit abgewandtem Oberkörper versuchte LeForbes, unauffällig etwas Stein aus dem Tütchen zu fingern und auf das kleine Metallsieb der Pfeife zu stecken. Er hatte Lust auf einen weiteren Knall im Oberstübchen, die beiden Witzfiguren sollten daher endlich verschwinden. Andererseits war er gespannt darauf, wie sich seine neue PR-Chefin aus der Affäre ziehen würde. Etwas Ungewöhnliches passierte gerade, dessen war er sich sicher. Etwas ... LeForbes verbot sich weitere Spekulationen.

---

31 Inoffizieller Titel: »Orale Feindberührung – Rhetoriktechniken beim Bürgerkontakt«, Polizeifachschule Sulzbach, 3. Semester, zehn Wochen zu je zwei Wochenstunden. Prüfungserfolgsquote der Teilnehmer: 100 %.

Seinen Instinkten war nicht zu trauen. Damals, in den Wäldern, hatte er mit den Wölfen gesprochen. In der Dunkelheit, zwischen den Bäumen. Er hatte gefürchtet und gehofft, dass sie seinen Vater holten. Dass sie ihn zerrissen, in großen blutigen Stücken verschlangen. Und dann waren sie gekommen, hatten die Barriere zwischen Träumen und Wirklichkeit niedergerissen – für immer. Er, Eric LeForbes, lebte seither in einem Zwischenreich, in dem nichts unmöglich schien, eine Matrix, in der alles in bunten, sensorischen Farben schillerte. Mit anderen Worten, er genoss, woran er andererseits nicht glaubte: seine Existenz. Alles war gut. Er brauchte keine Winston-Tabletten. Er brauchte im Grunde genommen: nichts. Die Vergangenheit war vergangen. Die Wölfe hatten ihn gerettet. Sie hatten Daddy fortgeschleppt. Ohne Schreie, ohne Geräusche. Ein stummer, klaffender Tagtraum.

Und Gina? Gina öffnete den Mund.

»Ich befurchte keineswegs etwas«, ließ sie Nummer zwei wissen. »Mir sind Ihre politischen Vorlieben oder auch Ihre politischen Empfindlichkeiten nicht wichtig genug, um Angst zu empfinden. Natürlich könnten Sie, mit einiger Berechtigung, wie ich finde, einwenden, dass ich ja explizit nach Ihrer Meinung zu den Vorfällen, zu den Attentaten auf die NSler, gefragt habe. Meine Entgegnung lautete in diesem Fall: Ihre jeweiligen politschen Einstellungsmuster sind für mich von nachrangigem Interesse, mich beschäftigt eher die Frage, ob Sie überhaupt eine diesbezügliche Einstellung entwickeln. Und natürlich, das ist vorhin letztlich mein Zentralmotiv gewesen, möchte ich noch mehr über diese Vorfälle erfahren. Man könnte sagen: Ich habe ein lebhaftes und permanentes Interesse an den Dingen, die Sie eben erwähnten. Ganz egal, ob Sie persönlich nun Nazi sind oder nicht. Ob man heute Morgen Ihre völkischen Brüder erledigt hat oder den politischen Gegner, verstehen Sie?«

Die zwei holte tief Luft, im Hintergrund sank derweil der Kopf seines Kollegen auf das BMW-Dach. Diese Gina, dachte LeForbes zum x-ten Mal, war schier un-glaub-lich. Seine Lippen auf ihrer zarten, gebräunten Haut. Auf der Innenseite ihrer Oberschenkel. Dazu ihre ruhige, klare, kühle Stimme, die ihm erklärte, was er gerade tat, und warum.

»Mal Ihre Papiere, junge Frau.« Der Bulle stand jetzt direkt vor ihnen.

Gina nickte. Ihre Beine strahlten und glühten und wurden sekündlich länger und sexueller. LeForbes fühlte sich wie im Kino. Nein, wie Spontantheater. Brillante Laiendarsteller! Er war selbst einer. Zuweilen gelangen ihm sogar komplexe Sachen. Anspruchsvolle Interpretationen. Er saß da und wartete auf Stein, und er holte dabei aus seinem Part alles heraus. Derlei hatte er drauf. Allerdings bei Weitem nicht immer. Einen Patrick Esnèr, zum Beispiel, hatte seine Vorstellung nicht beeindruckt. Bei Esnèr war er nie wirklich ins Rollen, in die Rolle gekommen. Eine gehemmte Aufführung. Zu Recht verrissen von seinem Schädelfeuilleton, in seinen Selbstbeobachtungs- und -verurteilungsressorts, wo auch immer. Gina zog eine große schwarze, verzierungsfreie Geldbörse, fast ein Kellnerinnenportemonnaie, aus ihrer Handtasche.

»Es tut mir leid, aber meinen Personalausweis habe ich nicht dabei. Ich arbeite als Prostituierte und bin hier mit einem Kunden unterwegs. Während der Arbeit lasse ich meistens die wichtigeren Papiere zu Hause. Sie verstehen das sicher.«

»Nein, das verstehe ich nicht«, sagte der etwa einen Meter achtundsiebzig große Ordnungshüter, dessen Vorlieben Gina ad hoc eher im Bereich der leichten bis mittleren, zuweilen mit Weinattacken garnierten Gewaltausübung im Rahmen klassischer sexueller Aktivitäten vermutete. GV mit Strangulierungsandeutungen, verheulte Fesselspielchen, keine ernsten Sachen. Plötzlich sah sie das Bild eines mit schweren Blumengestecken überladenen Sargs. Auch davor Kränze mit Fahnenschmuck. Rechts ein Altar. In der ersten Reihe der Trauernden die Familie natürlich, aber auch uniformierte ältere Männer und, als oberster Dienstherr, der Landesinnenminister. Aber welches Land? Gina versuchte unauffällig, das Wappen am Oberarm des hellblauen Polizeiuniformpolohemds zu identifizieren.

»Was schauen Sie denn so?«, fragte der Polizist und warf nun selber einen Blick auf seine Schulter.

»Ich betrachte Ihr Hoheitszeichen«, entgegnete Gina. »Bayern, oder?«

»Was denn sonst? Walhalla? Los jetzt, zeigen Sie mir etwas. Irgendein Dokument werden Sie ja wohl dabeihaben.«

LeForbes schaute zum BMW, zu Nummer eins, dessen Stirn mittlerweile fest mit dem Dach des blau-silbern lackierten Dienstwagens verklebt zu sein schien.

»Hören Sie«, sagte der frankokanadisch-US-amerikanische Geschäftsführer der Winston Pharmaceutics and Medical Care Deutschland Ltd., »Ihrem Kollegen dort hinten scheint es nicht gut zu gehen. Zufälligerweise habe ich ein sehr interessantes Präparat in meiner Reisetasche, mit dessen Herstellung und Vertrieb ich mich hauptberuflich beschäftige. Ich könnte dem Herrn da, und selbstverständlich auch Ihnen, kostenfrei eine Probe zur Verfügung stellen.«

»Soso, könnten Sie«, blaffte Nummer zwei. »Und Sie rauchen das Zeugs mit dem Ding da, oder was?« Er deutete auf LeForbes Glaspfeife, wandte sich dann aber wieder Gina zu: »Wird das jetzt noch was? Lassen Sie mal was sehen.«

»Sie meinen ein Dokument, nicht?«, fragte Gina. »Oder reden Sie jetzt von etwas anderem? Meinen Beinen, zum Beispiel? Die oberen Partien meiner Beine? Da schauen Sie ja ohnehin schon die ganze Zeit hin.«

»Ich schaue nirgendwohin. Papiere, Karte, was weiß ich! Los!«

»Ich habe meinen Studentenausweis. Aktuell. Reicht das?«

»Ist der mit Sichtbild?«

»Ja, sogar noch relativ neu.«

»Her damit.«

Er nahm die Karte und ging damit, sichtlich um Ruhe und eine souveräne Haltung bemüht, zurück zum Wagen. Nummer eins hatte sich mittlerweile vom Autodach gelöst und bedachte seinen Partner mit einem Blick, den LeForbes nicht genau einschätzen konnte. Belustigung lag darin, aber auch Resignation und, in Spurenelementen, Spannung, Erwartung. Was hatten die vor? Wollten diese Figuren Ärger machen? Kurz entschlossen nahm LeForbes Pfeife und Feuerzeug, brachte den gebackenen Koks zum Knistern, atmete dann tief ein. Augenblicklich begannen seine neuronalen Gitter und Verstrebungen zu glühen. Er dachte an sehr viele verschiedene Dinge gleichzeitig, und während ihm Dutzende von Sachverhalten simultan durch den Kopf spukten, dachte er eigentlich nichts. Es war, mit anderen Worten, herrlich. Gina kramte unterdessen immer noch in ihrer Handtasche herum. Was, so fragte er sich, beziehungsweise fragte er sich gerade nicht, suchte sie dort?

Polizist zwei hatte die Datenabfrage beendet, wuchtete sich erneut aus dem BMW und kam zurück zu den Picknicktischen. Gina behielt die Hand in der Tasche. Merkwürdige Haltung, dachte LeForbes, der allerdings in derselben Sekunde auch »merkwürdige Bäume«, »merkwürdige Amöbalverbände« sowie sofort anschließend den albernen Ausdruck »Euer Merkwürden« dachte. Sein Deutsch – eine Sensation! Exzeptionell! Er war ein Sprachentyp, keine Frage. Er war ein Alles-Mögliche-Typ – warum bloß hatte Esnèr, dieser gallische Zwerg, das nicht sehen wollen? Was war mit seiner Außendarstellung los? Gut, zumindest in Fishbach lagen sie ihm zu Füßen. Dort wusste man seine Performance zu schätzen. Und Fishbach/Illinois – Ebratal hatte das mittlerweile verstanden – war das Zentrum des Universums.

»So, Frau Vermehren, Sie …«, Polizeioberwachtmeister zwei war wieder ganz nahe bei ihnen, »… Sie haben ja schon einiges auf dem Kerbholz.«

»Aber noch keine Verurteilung«, parierte Gina trocken.

»Das ist wahr«, gab ihr Gegenüber zu, den die Position von Ginas rechter Hand nicht zu stören schien. »Darf man trotzdem fragen, was Sie hier in dieser wunderhübschen Gegend zu suchen haben?«

»Ja. Wie eben schon erwähnt, arbeite ich gegenwärtig als Callgirl. In dieser Funktion mache ich einen Ausflug mit einem Kunden, der jedoch, und das ist ungewöhnlich, das gebe ich zu, bald vielleicht schon mein Vorgesetzter sein wird.«

»Soso«, machte der Ordnungshüter, dabei nachdenklich Ginas Studentenausweis betrachtend. Dann wandte er sich an LeForbes: »Ich nehme an, Sie können diese Angaben bestätigen?«

»Vollumfänglich«, erwiderte LeForbes, stolz darauf, genau dieses Wort erwidern zu können. Sein Deutsch: ein Traum. Genau wie Gina Vermehren. Guter Nachname. Alter holländischer Kaufmannsadel. Friesische Herrscherdynastien. Jahrhunderte despotischer Herrschaft über das niedere Bauernvolk. Dazu niedrige Himmel. Niedrige Gedanken. Triebe. Moore. Und die See, immer die See, über die auch er einst gekommen war. Geflogen. Auf diesen alten, vergifteten Kontinent; er war angetreten, um Europa mit eisernem Tablettenbesen auszufegen, und sein Gehirn, das musste LeForbes nüchtern konstatieren, arbeitete in einem ungesunden, in einem Wahnsinnstempo. Die Assoziationen überschlugen sich förmlich. Er überlegte, gleich jetzt, vor diesem Provinzbullen, den nächsten Stein verknistern zu lassen.

Nummer zwei warf Gina einen Blick zu, der seiner Meinung nach Ernst und abgeklärte Resignation, aber auch das Potenzial zur Gewalt, zur abrupten Aktion ausdrückte, den Gina hingegen als Tarnungsbestandteil eines Hybridsexuellen interpretierte, eines Mannes, dessen Neigungen unberechenbar herumfloateten, der deswegen vor sich selber und seinen jeweils nächsten Aktionen panische Angst entwickelte, sich aber insgesamt noch im Griff hatte, sodass Nummer eins, weiterhin drüben am Wagen, nur manchmal ein erhöhter, zuweilen ins Fanatische abgleitender Kompensationsdiensteifer an seinem Partner auffiel, gepaart mit einer gewissen nationalkonservativen Grundhaltung, die zuweilen in den Grenzbereich zur Verfassungsfeindlichkeit changierte.

»Gut, Frau …Vermehren. Aber Sie haben nicht zufällig vor, hier mit Ihren Freunden irgendeine anarchistische Aktion durchzuführen, nicht?«

LeForbes bemerkte, wie die Sehnen und Adern an Ginas rechtem Unterarm, dem Arm, dessen Hand immer noch in ihrer Tasche steckte, etwas hervortraten. In Fishbach, generell in den Staaten, dachte LeForbes, hätte jeder Bulle schon längst seine Knarre gezückt. Sein Vater hatte immer ein Gewehr dabeigehabt. Immer. Denn draußen, jenseits der kleinen Lichtung, im Nachtschwarz zwischen den Bäumen, waren die Wölfe. Ihr Heulen, ihre glühenden Augen, ihr Blutdurst. Morgens hatte er oft ihre Spuren gefunden. Sie wagten sich weit heran. Hinter das Haus, zu der Abfalltonne, fast bis auf die kleine Veranda. Eines Abends war der Vater zu ihnen gegangen.

»Anarchistisch?«, fragte Gina. »Da kann ich Sie beruhigen. Mit der Denkrichtung des Anarchismus kann ich mich ideologisch überhaupt nicht anfreunden.«

»Ah ja?«, merkte LeForbes auf, der sich gerade noch rechtzeitig von den Wölfen gelöst hatte, jenen Tieren, die immer und ständig in einer Windung seines Stein-zerkochten Gehirns lauerten. »Schade finde ich das. Ich zum Beispiel würde mich durchaus einer gewissen Spielart des Anarchismus zurechnen … tja, wie soll ich das sagen … vielleicht einer Art konservativen Anarchismus. Du verstehst, was ich meine.«

»Tue ich, Eric«, sagte Gina. »Aber derlei Ideologismen sind meiner Meinung nach geistige Luxusgüter bestimmter Einkommensklassen. Und zwar innerhalb einer kapitalistischen Gesellschaft in einem bestimmten Entwicklungsstadium. Man könnte auch das Wort Dandyismus verwenden. Unterhaltsam zuweilen, das gebe ich gerne zu, mir geht es jedoch politisch um ganz andere, konkretere Dinge.«

»Zum Beispiel um welche?«, mischte sich Nummer zwei wieder ein, der keine Anstalten machte, zu verschwinden, wie LeForbes plötzlich auffiel. Der einfach dablieb. Sein Kollege saß jetzt im BMW und spielte mit seinem Telefon.

»Mir, oder uns, den Leuten der A.N.N.E., geht es primär um Einschüchterung«, erklärte Gina, die nun endlich ihre Hand aus der Tasche zog und dabei, LeForbes traute seinen Augen kaum, eine klassische – als Amerikaner erkannte LeForbes das Fabrikat sofort – Glock 17 zutage förderte. Nummer zwei erstarrte. »Und um Verwirrung«, setzte Gina ihre Ausführungen fort. »Ich gehöre eigentlich, wie Sie vielleicht aus Ihrem Polizeicomputer erfahren konnten, der GLF[32] an, fühle mich aber schon seit längerer Zeit zur Effizienzorientierung und zum rigiden Aktionismus der A.N.N.E. hingezogen. Die A.N.N.E. begreift … wir begreifen uns als nichtstaatlichen, bewaffneten Arm, als innergesellschaftliches Angriffsorgan einer klassisch parlamentarisch ausgerichteten Demokratie, denn nur diese Form der liberalen bürgerlichen Demokratie stellt das absolute Gegenteil zum, die absolute Provokation des Nationalsozialismus dar. Und da Sie jetzt wie hypnotisiert auf dieses Ding hier starren …«, sie hielt die Waffe etwas höher, »… keine Sorge, das ist ein Fake und letztlich nur ein Gag-Feuerzeug. Geschenk

---

32 Gesellschaft Liberaler Frauen (GLF, auch GRF = Gesellschaft Rationaler Frauen) – eine ursprünglich in Hochschulkontexten entstandene, semi- bis vollmilitante und außergewöhnlich humorvolle Geheimorganisation mit variablen ideologischen Ansätzen sowie Verbindungen in den Bereich Terrorismus (siehe A.N.N.E.) und organisiertes Verbrechen.

vom Geschäftspartner einer Kollegin. Ich suche schon die ganze Zeit meine Zigaretten. Eric, könntest du mir eine geben?«

»Ein Feuerzeug?«, zweifelte Nummer zwei, der es jetzt immerhin geschafft hatte, die Hand an sein Pistolenholster zu legen und den dortigen Druckknopfverschluss zu lösen. »Gut, legen Sie das Ding aber trotzdem mal weg.«

»Ich habe das Feuerzeug nur deswegen herausgeholt, weil ich weiß, dass das in Gegenwart eines Polizisten, zumal eines Polizisten, der mit sich und seiner politischen Position, eventuell auch seiner sexuellen Identität, nicht ganz im Reinen ist, na ja, weil das dann ein ganz schönes Risiko darstellt. Es könnten verrückte Dinge passieren.«

»Sagen Sie mal«, wandte sich der Beamte an LeForbes, »was haben Sie denn da für eine aufgegabelt? Tickt die noch ganz richtig?«

»Also, ich bin zufrieden«, beteuerte LeForbes, um dann mit mechanischer Stimme hinzuzufügen: »Frau Vermehren ist eine zuverlässige und engagierte Mitarbeiterin, der ich auf ihrem weiteren Berufsweg alles Gute wünsche.«

»Hey«, sagte Gina mit gespielter Empörung, »das klingt ja so, als ob ich bereits wieder entlassen wäre.«

»Keine Sorge«, beschwichtigte LeForbes, »weiteres Berufsleben bei Winston. Den Laden verlässt man nur mit den Füßen voraus. Ich werde dich behutsam aufbauen und nach und nach in den relevanten Gremien durchsetzen. Und wenn ich dann nach Fishbach gehe, übernimmst du meine Position in Ebratal.«

»In Fischbach an der Gna wohnt meine Omi«, vermeldete Nummer zwei in plötzlich infantilem Ton, während Nummer eins drüben im BMW, wohl als Zeichen der Ungeduld, das Blaulicht einschaltete.

»Fishbach Creeks/Illinois, der Stammsitz von Winston Pharmaceutics«, präzisierte LeForbes, der Gina Vermehren nun seine Packung Parisienne Jaune reichte.

»Danke, Eric«, sagte Gina.

»Ihre Firma?«, fragte Nummer zwei. »Ich meine, dieses Winston.«

»Mein Arbeitgeber, ja«, antwortete LeForbes. »Sie haben eben den Kantinenausweis gesehen.«

»Branche?«

»Wie der Name schon sagt: Pharmaprodukte.«

»Aha, kennt man da was? Was stellen Sie denn so her? Ab und zu nimmt man ja auch mal 'ne Tablette.«

»Unser neuestes und schon jetzt wichtigstes Produkt«, begann LeForbes zu referieren, »trägt den Markennamen Marom R. Das ist ein neuartiges und äußerst breitbandig wirkungsvolles Benzodiazepin.«

»Kenn ich«, rief Nummer zwei triumphierend. »Liegt bei uns auf der Wache überall herum. Die Kollegen fressen das wie Smarties. Hier, der da«, er deutete zum blaulichtflackernden BMW, »der auch. Die werfen das schon morgens ein. Na ja, muss wohl gut sein. Alles gute Kollegen. Fähige Leute.«

»Ich entnehme Ihren Angaben, dass Sie persönlich Marom noch nicht probiert haben?«, folgerte LeForbes.

»Korrekt. Kommt mir nicht in die Tüte, das Zeug.«

»Und warum nicht, wenn ich fragen darf? Rein professionelles Interesse.«

»Nee, nix für mich. Muss klar bleiben. Die richtigen Entscheidungen treffen, aber selber. Nicht, dass da so ein Zeug das Kommando übernimmt. So eine Chemie, verstehen Sie?«

»Aber eventuell trifft Chemie die besseren Entscheidungen«, warf Gina ein. Zwischen ihren Lippen klebte jetzt eine Parisienne. »Eric, gibst du mir mal Feuer?«

Beide Männer schauten sie überrascht an. »Ich dachte«, presste Nummer zwei hervor, »ich dachte, das Ding wäre ein Feuerzeug.«

Gina hob die Waffe und richtete sie auf den Ordnungshüter. »Na ja, wohl kaum, oder? Ich bin Mitglied einer militant absurd-feministischen Geheimorganisation sowie der, um im Polizeijargon zu sprechen, ›terroristischen Gruppierung A.N.N.E.‹, und in dieser Doppelfunktion bin ich selbstverständlich bewaffnet.«

LeForbes zweifelte plötzlich daran, diese Situation tatsächlich zu erleben. Lag er in Wirklichkeit immer noch in seiner kleinen Kammer im Waldhaus? Schnarchte nebenan sein Vater? War ein zehnjähriger, in der Wildnis gefangener US-Kanadier faktisch dazu in der Lage, von einer deutschen, aggressiv-parlamentarischen Terrorgruppe mit einem Frauennamen zu träumen? Oder war alles ganz anders, völlig real, aber seine Fassade eine einzige Lüge, seine Marom-Sucht sogar schlimmer als die all seiner Kunden und Mitarbeiter? Fragen. Fragen mit in jedem Fall schrecklichen Antworten.

»Und diese Waffe hier …«, Gina hob an und brach wieder ab. »Ach, wissen Sie was? Ich hatte in den letzten Tagen mehrfach das Gefühl, mein Weg sei zu Ende. Verstehen Sie? Der aktionistische Weg. Deswegen kam mir bis etwa vor einer Viertelstunde das Angebot von Herrn LeForbes hier, also bei Winston in der PR einzusteigen, als Lösung vor, als Rettung. Doch komischerweise seit Ihrem Erscheinen, also seit dem Auftauchen bewaffneter staatlicher Repressionsorgane – Institutionen übrigens, die die A.N.N.E. keineswegs kategorisch ablehnt –, wurde mir klar: Es gibt keinen Neuanfang. Nicht für mich. Es gibt letztlich, auch wenn das dramatisch klingt, keine Zukunft. Mir selber ist die Kausalität dieses Gedankengangs nicht ganz einsichtig, korrekterweise müsste man wohl eher von einer Art emotionsbasierter Ahnung sprechen. Trotzdem steht für mich fest: Als Escort und Terroristin werde ich mein Leben kaum mehr vollkommen umsteuern können. Gleichzeitig jedoch ist der Wunsch, meine alte Existenzform zu beenden, ganz plötzlich übermächtig geworden. Aus diesem Grund die idiotische Aktion mit der Glock. Die hätte ich auch in der Tasche lassen können, und alles wäre in bester Ordnung gewesen. Aber ein Impuls, eine Instringenz, die manchmal, sehr selten allerdings, meine Aktionsfähigkeit beeinträchtigt, hat mich zur Waffe greifen lassen. Und jetzt, verzeihen Sie mir bitte die Ausdrucksweise, haben wir den Salat. Ich werde nun zuerst Sie, dann auch Herrn LeForbes und schlussendlich mich erschießen. Eine komplett sinnlose, diabolische Handlung. Ich werde sie ausführen, um ganz sicher in die Hölle zu kommen. Um die Beweisaufnahme beim Jüngsten Gericht abzukürzen, verstehen Sie? Ich bin Soziologin, doch ein Teil meines Bewusstseins ist nach wie vor mit christlichen Ideologiefragmenten durchsetzt. Die sind jetzt wirkungsmächtig. Ich werde in die Hölle kommen, und ich werde glücklich sein, denn dort treffe ich auf gar keinen Fall auf Anne. Anne Girardoux, meine große Liebe, die Marc Toirsier und auch, zumindest für eine Nacht, einen Thorsten Kray mir vorzog. Aber verstehen Sie mich nicht falsch. Derlei werfe ich ihr nicht vor, im Gegenteil, ich bin ihr dankbar. Ich zehre immer noch von unseren Stunden am Atlantik, in den Dünen von Saint-Catherine sur Melons, in Patrick Esnèrs Strandhaus.«

LeForbes merkte auf. Ja, er träumte. Aber seit wann? Oder wurde er geträumt?

»Ich werde«, fuhr Gina fort, »in die Hölle einziehen und brennen, aber der Schmerz, den diese Liebe, den Anne permanent in mir erzeugt, wird mit mir zusammen brennen. Ich werde im Feuer lachen.«

Dann schoss Gina. Nummer zwei sackte getroffen auf die Knie, fiel anschließend wie in Zeitlupe vornüber. LeForbes, der unter Schock stand, hielt sein Feuerzeug an die Glaspfeife, augenblicklich begann es wohlig zu knacken. Dann jedoch beendete Ginas zweiter Schuss den Drogenkonsum des seit seiner frühen Kindheit unter schweren Persönlichkeitsstörungen leidenden Pharma-Manns für immer.

Winston Ebratal erlebte in den folgenden Wochen und Monaten eine Periode weitreichender personeller Umstrukturierungen. Dem enormen Erfolg des Spitzenprodukts taten jene internen Turbulenzen jedoch keinen Abbruch. Alles ging, zur vollsten Zufriedenheit vor allem in Fishbach Creeks, einfach weiter.

14

Samstag, 15.04.2023, 09.21 Uhr, das Einfamilienhaus der Familie Dransfeld bzw. ehemals Dransfeld-Bechtloff, Ebratal-Altdorf

Peter Dransfeld warf einen flüchtigen Blick nach draußen, wo sich die Situation alles in allem unverändert präsentierte: Olivia saß nach wie vor auf dem Rasen und beschäftigte sich, dabei leise vor sich hinbrabbelnd, mit ihren Spielsachen. Neben ihr lag die Katze. Offenkundig hatten beide von dem Theater im Arbeitszimmer nichts mitbekommen. Befriedigt torkelte der Leiter Öffentlichkeitsarbeit der Winston Pharmaceutics and Medical Care Deutschland Ltd. die Treppe hinauf, dann weiter ins Schlafzimmer, warf sich dort auf das seit sehr vielen Tagen nicht mehr gemachte ehemalige Ehebett und beschloss, ein neues, ein weltweit einmaliges Experiment noch heute anzugehen, gleich jetzt. Seine Vorräte betrugen noch gut einhundert Marom R der besonders potenten 500er-Serie. Er würde, so lautete der Plan, alle auf einmal schlucken und dann mit funkelnden, aus den Scharnieren zwitschernden Augen seinem Kopf beim Zerplatzen zuschauen. Und er würde es sowohl für sich als auch für die Firma tun.

Teil 3
Konzerte im Belengi-Krater

1

Praxis Dr. Gerhard Paul Bunnemann, später, sehr später Vormittag eines beliebigen Tages eines beliebigen Jahres; präzise Datierungen spielen ab einer bestimmten sozialen Positionierung nur noch für die staatlichen bzw. gesellschaftlichen Gängelungsagenturen eine Rolle, nicht aber für die Gegängelten selber. Die Uhrzeit hingegen sehr wohl.

Zwanzig nach … *zwölf?* Ewiges, knochenschmelzendes Sitzen. Flachstes Atmen in der Duldungsstarre. Ich kaue Wartezimmerviren, spalte deren Nährstoffe auf, ernähre mich zusätzlich von Menkes Schnapsnasenenzymen. Doch trotz allem: Ich bin nicht gesättigt. Weit davon entfernt. Appetit beginnt zu nagen. Er ruckelt und bohrt, gibt keine Ruhe mehr. Wenn nicht bald etwas passiert, muss ich zu Tisch. Dann ist es Zeit für die Mittags-Mara. Das Problem dabei: Die ist nicht da! Die gibt es nicht! Schön, ich will nicht übertreiben, ich will niemanden mit meinen Interpretationen bedrängen, aber die Packung ist unangenehm leer. Jeder einzelne Blister fein säuberlich ausgeschabt und ausgeleckt. Deswegen bin ich hier. Deswegen besuche ich meinen Arzt. Ich sagte mir: mal wieder beim Herrn Doktor hereinschauen. Ein Plausch. Ein angeregter Meinungsaustausch. Ich erbat und habe Termin. Man versorgte mich mit einer Zahl. Einer Uhrzeit sogar. Aber die war vor *zwei* Stunden. Die jetzige Uhrzeit ist, man möge mir die Pedanterie verzeihen, nun schon zwei Stunden eine andere als die vereinbarte.

Hören Sie, Bunnemann, ich verstehe das ja alles. Sie sind ein viel beschäftigter Mann und so weiter. Eine Koryphäe. Ihr Rezeptblockgekritzel wird ausgestellt, namhafte Galerien balgen sich um Ihre Behandlungsbestecke, Ihr Horchgeschirr, und niemand auf diesem Planeten, in diesem verwachsenen Sternenhaufen, respektiert Ihre Lebensleistung mehr als ich. Damals, an den östlichen Fronten, schrieben Sie Gedichte mit den Wundflüssigkeiten der Landser. Sekret auf Mull. Kleine, preisgekrönte Haiku.[33] Das alles weiß und bewundere ich. Sie sind ein großer Mann. Ein noch größerer Arzt. Ein Gewissen der Zunft. Der Menschheit. Ihre Worte haben Gewicht, Ihre Meinung wird gehört. Zu Fach- und allen anderen Fragen. Auch ich genoss Ihren Ratschlag. Ihre kühnen Ideen, gewagten Therapieansätze. Denn Sie wissen viel. Wenn nicht sogar alles. Ihr Kenntnisstand ist unbegrenzt, faktisch enzyklopädisch. Sie, Bunnemann, sind älter als Gott. Gott ist Ihr Sohn, das ist längst bekannt. Derlei gilt seit Langem als gesicherter Fakt. Aber dennoch. Dürfte ich dessen ungeachtet und trotzdem mit einem winzigen Einschub – quasi zwischen feinsten Paranthesestrichen – an etwas erinnern? Wäre es unter gewissen, sorgfältigst ausgewählten Umständen sogar möglich, sich zu vergegenwärtigen, dass wir – man sagt es ja ungern, es fröstelt einen vor Scham – eine Vereinbarung haben? Einen Vertrag praktisch. Und zwar einen solchen, den ich erfüllt, den ich mit Leben, mit meiner klapprigen Anwesenheit gleichsam aufgepumpt habe.

Mit anderen Worten, rasanter, effizienter formuliert: Ich warte! Mein Magen, mein gesamtes Innereienbuffet – alles ist, alle sind sehr bereit. Für was fragen Sie? Auf was wird speziell innerhalb meiner gefleckten Epidermis gelauert? Nun, nicht viel, antworte ich. Für und auf praktisch nichts. Ein dezenter Wink lediglich. Aus Ihrer exquisiten Feder. Eine winzige, aber unmissverständliche Order. Ein Rezept-Atom quasi. Sehen Sie, hier ist meine Brieftasche. Ein bescheidenes Objekt, das gebe ich gerne zu. Aber für mich, für meine Belange ausreichend. Ein gängiges, handelsübliches Leder-Portefeuille – effizient im Gebrauch, ansprechend in der Formensprache. Mir, das sage ich Ihnen

---

33 »Tropfen schimmern gelb im verschmutzten Fleisch / Eine Schwester spricht von bakterieller Schönheit / Von links erneut die leichte PAK« (G. P. Bunnemann: Der Russe bricht durch, Zyklus I, in: *Hauptverbandsplatz*, Gedichte, Edition Stimmen der Freiheit, Friedberg 1956, S. 675).

im Vertrauen, gefällt meine Geldbörse. Auch wenn sie dieser Tage nur wenig transportiert. Ich mag meine Brieftasche, denn sie hat verschwiegene Kammern. Komfortable Separees. Sie ist – wie ich – sehr bereit, eine papierne Note von Ihnen zu verwahren. Und Sie brauchen sich nicht zu sorgen, Herr Professor, mit Ihrer Order gehe ich sorgfältig um. Trocken und geschwind eile ich direkt zum Ziel, das verspreche ich Ihnen hiermit. Ich beeide dies hoch und heilig. Sie schreiben eine Nachricht für den Herrn Apotheker, und ich flitze in sein Geschäft. Ich schwebe gleichsam. Dieser Tage laufe ich ja selten. Meine Beine sind ganz knotig und schillern dunkel. Ich bin noch nicht alt, letztens haben Sies ja selber gesagt: Nicht nur Gott, auch ich könnte Ihr Enkel sein, Ihr Nachfahre im siebten Glied. Doch meine Beine machen auf Pension. Die Organe in Gänze wollen ruhen. Sie gurgeln und gären vor sich hin, den ganzen Tag, werfen Blasen, tummeln sich umher. Wissen Sie, meine Organe haben die Angewohnheit, ihre angestammten Plätze zu verlassen. Das Hirn, ich nenn mal dieses Beispiel, tropft mir zu den Augen heraus. Kein Witz. Ich habs selbst gesehen. Meine Augen auch. Das Gehirn rinnt in den Ausguss in meiner Küche. Unter der Gemüseuhr. Oder meine Leber. Meine Leber, Herr Doktor, die könnte Ihnen Geschichten erzählen. Aber das wissen Sie alles. Sie kennen sich aus. Ein Blick und zack – die Diagnose. Noch vor dem Blick. Damals im Osten haben Sie im Gefecht operiert. Die Zeit drängte, der Feind rückte vor. Dieselbe Zeit, wenn ich daran erinnern dürfte, drängt auch mich. Die Organe, ich spüre es genau, werden unruhig. Die warten auf den Zettel, Herr Doktor. Meine Organe und ich, wir vertrauen auf Ihre zeitnahe Expertise. Das Zeitfenster steht weit offen, aber wer weiß, wie lange noch? Ich fürchte mich, Bunnemann. Offene Fenster sind nichts für mich. Der Zug, die Kälte. Und dann könnte ich auch noch springen. Wenn Sie mich nicht bald ins Behandlungszimmer holen, springen meine zappeligen Innereien zum Zeitfenster hinaus. Das gebe ich Ihnen schriftlich. Darauf stelle ich Ihnen ein Rezept aus. Ich habe den ganzen Morgen gelesen. Alle kreuzdummen Kapitel. Ich kann nicht mehr, hören Sie? Anne Girardoux: angeblich verschollen. LeForbes, Dransfeld und so weiter – alle tot. Ich aber lebe. Und im Rechner Dateiensalat. Ein Text, gar ein Buch? Nein, ein Chaos. Zerkochter Buchstabeneintopf.

Eine blasige Pampe, genießbar nur mit Marazepam. Verstehen Sie, Marom ist ein hervorragendes Gewürz. Es verwandelt und veredelt den letzten Fraß. Marom macht einen zum Gourmet, wissen Sie? Aber ohne? Ekelerregend. Das ganze Geschreibsel. Das ganze Leben. Ohne Marom möchte und werde ich nur noch brechen. Momentan geht es ja noch. Sie wissen, die Tablette lässt sich Zeit beim Verschwinden. Aber allein die Aussicht, Sie begreifen, nicht? Allein die Vorschau. Die Schwanengesänge der Hölle. Toirsier, die Pfeife, was wusste der schon? Organsiede. Brunftiges Gebrüll, während die Kehle per Stahlzwinge verschraubt ist. Baumstammdickes Aderngeflecht an der Schläfe. Alles schon erlebt. Alles schon gesehen. Sie, Bunnemann, waren an der Front. Sie wissen, was es bedeutet, Gehirne zu transplantieren, während Stalin nebenan auf der Orgel improvisiert. Sie kennen den Schmerz, Sie kennen das Leid. Und trotzdem muss ich warten. Immer weiter. Die Frage lautet: Warum? Weshalb tun Sie mir das bloß an? Habe ich etwas verbrochen? Habe ich mir auch nur ein geringstfügiges Vergehen zuschulden kommen lassen? Ich bin versichert, ich schwörs. Das Amt zahlt alles. Ich warte und warte. Ich …

»Jetzt hör mal auf zu zappeln hier. Biste nervös, nech?«

Menke! Menke ist wieder aufgewacht. Die Mahnung des Personals – vergessen.

»Entschuldigen Sie bitte, was? Was haben Sie soeben bemerkt?«

»Jetzt fängt der wieder an mit seinem geschwollenen Gelaber. Mann, Mann …«

»…«

»Aufhörn zu zappeln sollste. Jaja, brauchste gar nicht so zu grinsen.«

»Entschuldigung, es geht mich selbstverständlich nichts an, aber könnte es sein, dass Sie ein geringfügiges Problem in Sachen Alkoholdosierung haben? Dass Sie mit anderen Worten suchtgesteuertes, lebensunwertes Ungeziefer sind, das um der Allgemeinheit willen schnellstmöglich einer anonymen Begräbnisstätte zugeführt gehört?«

»Ey, sag mal, sp…« Die Tür geht auf. Die Elektrodenspannung, die Hormonemissionen – alles stellt sich auf einmal um, das ganze Wartezimmer ist plötzlich wach und … und der Empfangsdrachen schaut jetzt tatsächlich mich an?

»Herr Gerke?«

Wie nichtssagend und gleichzeitig hässlich mein Name ist! Wie unwürdig ich klinge gegen einen Bunnemann, gegen einen Christiaan Barnard. Aber dennoch: unfassbares, allumfassendes Glück. Den Laptop geschnappt, die Tasche, meine Habseligkeiten, ein Handkuss für Menke und dann hinaus. Ich folge dieser großen Frau. Ich gehe ins Licht.

2

Die letzten drei Seiten eines insgesamt achtseitigen Briefes, den Dr. Gerhard Paul Bunnemann (108) am 29. und 30.04.2023 an seine verstorbene Frau Hildegard schrieb (und wenig später tatsächlich abschickte)

… dabei ist es nicht so, dass ich es nicht mehr schaffe. Nein, nein, sorg Dich nicht, das Brummbärchen kommt noch ganz gut zurecht. In letzter Zeit sogar wieder besser, seit ich die Wochenkilometerzahl beim Laufen etwas reduziert habe. Etwas weniger laufen, dafür mehr Gymnastik, auch für den Rücken, den ich jetzt seit Anfang des Jahres fast gar nicht mehr spüre.

In der Praxis läuft alles wie immer. Merkwürdig, die Routine wird mir nicht zu viel, auch nach so vielen Jahren nicht. Im Gegenteil, ich genieße es (sogar die Routinegespräche mit Frau Albers und Frau Walter), denn jeden Morgen, wenn ich die Praxis betrete, denke ich an uns, wie wir gemeinsam dort ankamen, zu arbeiten begannen, unsere Pflicht erfüllten. Deine heitere Selbstverständlichkeit war mir stets ein Vorbild, und Dein guter Geist weht immer noch durch alle Räume. Deswegen bin ich gern bei der Arbeit, lieber fast noch als zu Hause, wo ich, wie ich Dir berichtete, letztes Jahr renovieren lassen musste. Friedrich und Alexander haben mich nachgerade gezwungen, Wohnzimmer und Küche neu einzurichten. Das Schlafzimmer ist noch, wie Du es kennst. Wenigstens das konnte ich retten. Den Jungens geht es übrigens auch gut. Alexander ist immer noch drüben in Baltimore; ich denke, er und Katrin, die Kinder sowieso, sind schon halbe Amerikaner geworden. Auch bei Johannes alles beim Alten.

Die Klinik floriert prächtig, wie man hört. Nächstes Jahr will er aber alles verkaufen und sich zur Ruhe setzen. Mit sechsundsechzig! Er ist jetzt das, was wir früher einen reichen Sack genannt hätten. Generell ist das wohl ein Zeichen der Zeit: Schönheit, Oberflächlichkeit, und die Industrie, die sich genau damit beschäftigt, die daran Unsummen verdient. Immerhin, die Klinik liegt malerisch. Du weißt ja, letzten Sommer hat er mich eingeladen. Das waren herrliche Tage. Der Bodensee ist immer noch wunderschön. Unsere Spaziergänge damals, im Juli '55 – 1955 war es, oder? Von Meersburg immer am Ufer entlang Richtung Überlingen. Durch den Wein, die Obstwiesen. Wie glücklich ich mit Dir war! Die Erlebnisse waren so intensiv, so nachhaltig, auch heute noch sind sie mir überaus präsent. Du bist jeden Tag bei mir! Es ist, als begleitete mich ein sanfter, verständiger und warmer Hauch durch meine Tage, durch meine Pflicht. Wir haben unsere Arbeit getan, damals im Osten, später in der Praxis, aber wir haben das Leben auch zu schätzen, auszukosten gewusst. Wenn ich nur an unsere Reisen denke, Hildegard, unser gemeinsames Jahr bei Dr. Ukembe im Belengi-Krater. 1958, war das unser schönstes von lauter schönsten Jahren? Wie sinnvoll wir arbeiteten, wie gehaltvoll und erfüllend es war, den Negern mit einfachsten Maßnahmen entscheidend beistehen zu können. Und unsere Nächte! Kannst Du Dich noch an die Nächte in Afrika erinnern? Das vielstimmige Konzert der Tiere, von fern sogar das Gebrüll der Löwen! Das Gelächter der Hyänen! Wie haben wir das genossen! Wie vermisse ich Dich an meiner Seite! Deine klugen Beobachtungen, Dein unbestechliches Urteil, Deine Nachsicht und Güte, und Deinen Körper, den Du mir schenktest, frei von bigotter Scham. Wir arbeiteten und wir gehörten zusammen, in allem, was wir taten. Jetzt lebe ich als Versehrter weiter, nun schon so viele Jahre. Ich bin kein Christ, wir haben ja oft genug darüber diskutiert. Nach dem, was wir im Osten mit ansehen mussten, kann man, konnte ich zumindest, an einen gütigen Gott nicht mehr glauben. Trotzdem bin ich davon überzeugt, dass wir uns wiedersehen. Ich weiß es einfach. Denn nichts, nicht einmal die Gesetzmäßigkeiten der Existenz, ist stärker als das, was uns verbindet. Du und ich, wir sind selber ein Naturgesetz – kein großes, kein allgemeines, vielmehr eines, das nur für uns gilt, das in uns aber stärker ist als alles andere.

Mein Schatz, ich muss los, heute wird das Wartezimmer wieder voll sein (neuerdings zunehmend mit all den traurigen Menschen, die an diesem neuen Medikament hängen. Habe ich Dir davon schon berichtet? Teufelszeug! Ein schlimmer Fehler, mein größter vielleicht, das damals, wie all die anderen Kollegen, so leichtfertig verschrieben zu haben.). Zum Glück gibst Du mir jeden Tag die Kraft, nicht aufzugeben.

Dennoch: Ich sehne den Tag herbei, an dem ich wieder in Deine klaren, warmen und klugen Augen schauen werde. Ich vermisse Dich unendlich, meine geliebte Frau.

Bald, Myschka[34], bald.

3

Der elfte Brief der Nele Hoffleit an die Winston Pharmaceutics and Medical Care Deutschland Ltd.

Liebe Winston Pharmaceutics Deutschland Ltd.,
Du weißt ja, ich arbeite hier in Hamburg in einer großen Werbeagentur. Deswegen fallen mir manchmal Namen ein. Bin zwar nur Grafikerin, aber trotzdem: Wie wäre es, wenn Du Dich demnächst nicht mehr Winston nennen würdest, sondern einfach

SONNE?

Denn Du bist eine Sonne, und jeder einzelne Deiner Strahlen heißt Marom R500. Mir ist so warm, so herrlich warm. Ich bin wieder in meiner Mutter.

In Dankbarkeit,
Deine
Nele Hoffleit

---

34 Myschka: Mäuschen, russischer Kosename, wohl aus der gemeinsamen Dienstzeit des (späteren) Ehepaares Bunnemann im Heeresabschnitt Mitte 1942/43 stammend.

PS: Oder hab ich das schon mal geschrieben? Das mit der Sonne meine ich. Ich weiß ja nicht einmal, was ich vor fünf Minuten gemacht habe. Na ja, im Zweifelsfall immer dasselbe: nichts. Es sei denn, eine Marom hilft mir auf die Sprünge. Wenn sie nur will, kann diese Tablette alles.

4

Praxis Dr. Gerhard Paul Bunnemann, 12.37 Uhr, Datum/Jahr/Jahrhundert – egal

Der Mensch und seine Wahrnehmungen – unlogisch, sentimental. Eben noch sitzt man für immer im Wartezimmerverlies, jede Minute kommt einem wie eine doppelte, wie eine unendlich gespiegelte Ewigkeit vor; man verklebt mit dem Stuhl, hält sich bereits für den Grafen von Monte Christo, man will gerade beginnen, mit Fingernägeln Striche in die Wände zu ritzen, man sieht sich allen Ernstes mit seinen zarten Nichtstuerhand-Hornhäuten Gitterstäbe durchfeilen, bis plötzlich ein Drachen, einer der beiden Drachen, zur Tür hereingedroschen kommt, dabei den ungelenken, unendlich banalen Familiennamen nennt; folglich steht man auf, setzt sich mit glibberigen Gliedmaßen in Bewegung – und dann? Was geschieht sofort im Anschluss? Tabula rasa. Die zwei Stunden vorher sind weg! Effektiv nicht geschehen. Meine Empfindungen von eben, die Unzahl komplexer Neuronalverknüpfungen – ausgelöscht. Wir alle bedeuten nichts. Die diffusen organischen Botschaften, das winzige Fiepen unserer Kreisläufe – alles verhallt, ungehört, unverstanden. Andererseits: Interessiert das wen? Mich wohl kaum! Nur die Zukunft zählt. Ich schaue nach vorn, in Richtung einer mild schillernden, in Marom-Farben weichgezeichneten Auenlandschaft. Am Horizont ein Blisterwäldchen. Dort werde ich rasten. Ich setze daher die Füße voreinander, verlasse mein Gefängnis, fühle Menkes eifersüchtig tropfenden Promilleblick wohlig warm auf meinem Rücken, ich folge einem Feuer speienden, weiß bekittelten, als Kastenfrau verkleideten Reptil, gleichzeitig wollen sehr, sehr viele Dinge gleichzeitig von mir gesehen werden. Meine Wahrnehmungen sind geradezu ungesund geschärft. Die Bilder an den Wänden. Aufnahmen tundrischer Landschaften, in Schwarz-Weiß. Schwarzer weißrussischer Boden. Die Kobaltsümpfe südöstlich von Dubsk. Experimentelles Erdreich. Gedüngt mit Landserblut. Bestückt mit Gliedmaßen, von Bunnemann eigenhändig abgesäbelt. Bunnemann, der passionierte Fotograf. Der Weltreisende. Dienstlich wie privat. Die Zeugnisse an den Praxis-Wänden. Er war überall, also gehe auch ich immer weiter. Vorbei an den Bildern, den ostischen Erinnerungsräumen. Von der Flurdecke strahlt neugieriges Halogen. Dort oben surren die Kameras. Live-Übertragung. Der große Mediziner vor dem Kontrollmonitor. Erste Diagnosen: faktenbasierte Urteile, bevor ich überhaupt eintrete. Zeitersparnis, Effizienzsteigerung, Kostendruck, Patientendurchlauf? Alles Quatsch. Mit einem Bunnemann? Niemals! Alte Schule. Ethos. Bunnemann ist Arzt, kein Manager. Kein LeForbes. Das sind alles Trugbilder. Die Dinge spielen mir einen Streich. Die Deckenleuchten. Marom sollte immer auf Spiegel gehalten werden, das weiß der erfahrene Pädagoge. Marom liebt das Gleichmaß. Die Einnahmeruhe. Es will nachgelegt werden. Und zwar permanent. Da sollte man sich nicht zu viel Zeit lassen. Immerhin, die Langzeitspeicher sind noch gefüllt. Es besteht aktuell kein Grund zur Sorge. Zur kreischenden Panik. Zum gaumenkochenden Kopfknuspern. Noch sind die Dinge ungefähr im Lot. Aber die Äuglein spielen bereits Streiche: Erste nüchterne Geh- und Sehversuche. Die blicken keck um sich herum. Verbrühen sich prompt die Netzhäute. An der Welt. Dem Flur. Realitätssäure wird eingeträufelt. Kochendes Wasser in den Tränenkanälen. Mit den Augen geht es immer los. Plötzlich machen und sehen die wieder, was sie wollen. Zeit, dass Marom ein Machtwort spricht. Marom dreht die Augen nach innen. Dorthin, wo es sanft leuchtet. Wo sich das Aquarell tupft.

»Hier entlang.« Der Drachen ist um die Ecke gebogen. Mühsam halte ich Schritt. Großpraxis Dr. Bunnemann. Dutzende Behandlungszimmer. Krankensäle. Therapiegruften. Keller mit mittelalterlichem Gerät. Organpressen, Blutmühlen. Speicher mit Gehirnsalz. Gruben. Sauglöcher. Wir laufen durch den geknickten Flur, an dessen Ende – ich sehe jetzt das Ende – eine Tür verschlossen daliegt. Die Frau geht straffen Schritts voran. Sie öffnet die Tür, ohne anzuklopfen.

»So, Sie setzen sich jetzt mal hier drauf.« Sie deutet auf eine mit Kreppeinwegpapier bedeckte Behandlungsliege. »Der Doktor kommt sofort.« Sie lässt mich stehen, schließt die Tür, ich bin allein. Ich warte erneut. Ein Parcours der Geduld. Ein Staffellauf. Ich stehe mitten im Raum: Ein Schreibtisch, mit Blöcken, Ordnern, Köchern, Stiften, Broschüren bedeckt, dahinter ein, davor zwei Stühle. Ein Fenster zum Innenhof. Draußen der Parkplatz. Es gibt ein Draußen. Das Bunnemann-Universum ist endlich. Ein Imperium, aber mit Grenzen. Genau wie die Sowjetunion, die auch hier, im Behandlungszimmer 1, an den Wänden hängt. Ich trete etwas näher heran. Birkenhaine inmitten gewellter Ebenen. Russische Weite. Wie befohlen setze ich mich auf die Liege. Das Krepppapier knittert. Ich beeinträchtige, zerstöre fast das schöne Arrangement. Hoffentlich erregt das keinen Unmut. Ich möchte niemanden verärgern. Meinen behandelnden Arzt möchte ich auf keinen Fall gegen mich aufbringen. Lieber Bunnemann, jawohl, ich sehe die Bescherung. Das Krepp ist ruiniert. Für die nächste Ruine, daran kann kein Zweifel bestehen, muss neues aufgelegt werden. Ein Schaden für die Umwelt. Ein Dolchstoß in die Ressourcen. Gewiss, ich bekenne mich schuldig, verweise aber höflichst darauf, auf Anweisung gehandelt zu haben. Ich berufe mich nach Artikel 19 Absatz 23 folgend auf Befehlsnotstand in Tateinheit mit einsetzendem Tablettenwahnsinn. Plädoyer meines Pflichtverteidigers: schuldunfähig. Empfehlung des Gerichts: medikamentös flankierte Therapie. Weitere Maßnahmen … Ich schließe die Augen, dann den Gedankengang ab, öffne die Augen wieder, schaue mich weiter um. Neben den Russlandbildern hängt eine Wandkarte, ein Menschenkörper in Frontal- und Seitenansicht. Knochenbau, Muskelstränge. Ich vertiefe mich in die Genitalregion. Das Sexuelle, Herr Doktor, das müssen Sie wissen, interessiert mich nicht mehr. Damit habe ich abgeschlossen. Neben der Wandkarte erscheint urplötzlich eine Tür. Dieser Raum hat demnach zwei Türen? Ein Praxis-Labyrinth. Da, Stimmen! Ich höre eine Frau und …? Das sind Sie, Bunnemann! Sie sind schon in der Nähe. Alles in mir strafft sich. Für einen Moment vergesse ich sogar das Marom. Ein verwegener Gedanke: Säße ich permanent bei Bunnemann, wartete ich praktisch für immer auf das Bunnemann-Rezept, ich bräuchte keine Tablette mehr.

Die Spannung, das Adrenalin: Körpereigenes Aufputsch-Marom. Selbst angebaut. Da, wieder die Frauenstimme: Was faselt die da noch ewig rum? Bitte, Herr Pfarrer, schmeißen Sie die Simulantin endlich raus. Ich lache. Ich lache das muskel- und sehnenbehangene Skelett auf der Wandkarte an. Das Skelett lacht zurück. Was soll das? Bin ich geheilt?

5

Der Weg der SS-Panzergrenadierdivision »Thorsten Kray«, aufgezeichnet durch die 22-jährige Krankenschwester Hildegard Brauk, später Bunnemann

14.02.1942: Die erste ruhige Minute nach zwanzig Stunden Dienst. Ich sitze hier auf meinem Feldbett bei einer Tasse Tee, eigentlich nur heißem Wasser, und darf eine Stunde ausruhen.

Seit gestern Morgen dringt der Russe vor. Zunächst von Südosten, etwas später auch von Nordosten und Norden. Genau wie letzte Woche intensive Artillerievorbereitung. Die Stalinorgeln haben wir bis hierher gehört. Kommentar von Anneliese, als dieses fürchterliche Pfeifen anfing: »An die Arbeit, meine Damen.« Ich bewundere, wie gleichmütig sie bleibt. Eine echte Westfälin, aber mit Humor. Dabei immer die Beste von allen. Ein Vorbild für mich, für jeden von uns.

Gerhard war, als es losging, noch weiter vorne, am Verbandsplatz III. Er ist dann am Vormittag mit dem ersten Verletztentransport zu uns zurückgekommen. Innerhalb weniger Stunden waren die Kapazitäten ausgeschöpft. Diese armen Männer. Ihre Schreie. Unsere blutgetränkten Schürzen. Gerhard, der im Minutentakt Entscheidungen von ungeheurer Tragweite treffen muss. Doch die Männer vertrauen ihm. Intuitiv spüren sie wohl, spüren auch wir, dass er das Richtige tun wird, dass er seine Entschlüsse genau abwägt. Mitfühlend und trotzdem rational, so soll ein Arzt sein, zumal ein Frontarzt. Manchmal möchte ich innehalten und ihm einfach zusehen. Seinen knappen, kontrollierten Bewegungen, seinen sparsamen, aber ausdrucksvollen Gesten. Dieser Mann verkörpert so vieles von dem, was ich mir immer gewünscht habe. Und seine tiefe, ruhige

Stimme, wenn er mit den Soldaten redet. Wie er ihnen die Lage erklärt, ohne Verschleierungen, ohne falsche Versprechungen. Dafür mit tiefer Anteilnahme und Herzensgüte. Denn wir sehen Schreckliches. Die Männer vorne machen Unfassbares durch. Eine unglaubliche Leistung, dem Druck des Feindes bisher standgehalten zu haben.

Untersturmführer Bohlken hat uns das gestern erklärt: Der Russe versucht, durch die schwächer besetzten Schnittstellen zwischen unserem Mittelabschnitt und den Flügeln zu stoßen. Das sei bisher verhindert worden, doch nur unter größtmöglichem Einsatz von Mensch und Material. Praktisch die gesamte Division stehe jetzt im permanenten Kampfeinsatz. Gegen Abend habe man im Norden einen ersten Gegenangriff gestartet, sogar einige Hundert Meter Raum zurückgewinnen können. Die Skepsis auf dem Gesicht des Untersturmführers. Sein Kopfschütteln. Einmal sprach er von dem »ungeheuren, scheinbar nicht versiegenden Nachschub des Feindes«.

Dazu diese Kälte! Wie können Menschen bloß in so einem Klima leben? Sind das überhaupt Menschen? Kann man als Kulturwesen unter derartigen Bedingungen eine würdige Existenz führen? Für solche Fragen, generell für weltanschauliche Gedanken bleibt keine Zeit. Trotzdem: Die Soldaten berichten von barbarischen Szenen. Jetzt verstehen wir endlich, warum dieser Kampf ein Überlebenskampf ist. Für uns alle. Es war gut, mich hierher versetzen zu lassen, denn wir tun, ich tue endlich Sinnvolles. Die Zeit in Polen muss und werde ich vergessen. Niemals werde ich jemandem davon berichten, auch Gerhard nicht. Heute früh standen die Anneliese und ich für fünf Minuten und zwei hastig gerauchte Zigaretten vor der OP-Baracke II, unter einem eisigen, intensiv blau leuchtenden Himmel.

Anneliese sagte: »Gut, dass Sie jetzt bei uns sind. Sie sind eine große Hilfe.«

Ich sagte: »Ja, ich bin auch froh.«

Darauf sie, ganz beiläufig, sachlich: »Wo waren Sie vorher?«

Ich: »Generalgouvernement. Bei Krakau.«

Sie hat nur genickt und mich weiter angeschaut. Aber in ihrem Blick hatte sich etwas verändert. Danach kein Wort mehr.

6

Praxis Dr. Gerhard Paul Bunnemann, 12.41 Uhr, an einem grauen Winter- oder Sommer- oder Frühlings- oder Herbsttag im Jahre 2023, Außentemperatur 15 °C, tief hängende, geschlossene Wolkendecke, schwache Schauerneigung, auffrischender Wind aus West-Süd-West. Im Behandlungszimmer 2 unterhält sich Doktor Gerhard Paul Bunnemann (108) mit der Patientin Dilek Karasu (37).

Gerhard Paul Bunnemann: »… also, Frau Karasu, ich muss zugeben, ich bin einigermaßen entsetzt. Ist das wirklich Ihr Ernst?«

Dilek Karasu: »Ja, absolut.«

G. P. B.: »Hmm, Frau Karasu …«

D. K.: »… Ich kann nicht mehr.«

G. P. B.: »Und Ihre Familie? Haben Sie sich das mal überlegt?«

D. K.: »Meine Familie ist mir egal.«

G. P. B.: »Aber Ihre … (blättert in der Krankenakte) … Ihre beiden Söhne – wie alt sind die denn jetzt?«

D. K.: »Der Jüngere ist sechs, der andere neun. Die kommen zu meiner Mutter. Das ist alles geregelt.«

G. P. B.: »Was ist geregelt?«

D. K.: »Meine Mutter wird einspringen. Hat sie damals schon versprochen … als die Diagnose kam.«

G. P. B.: »Darauf wollte ich gerade zu sprechen kommen, Frau Karasu. Sie haben Ihre Krankheit mit großer Tapferkeit bekämpft und ja auch, so wie es aussieht, besiegt. Ich verstehe nicht, warum Sie ausgerechnet jetzt nicht mehr weiterleben wollen.«

D. K.: »Ob Sie es glauben oder nicht, das hat überhaupt nichts mit dem Krebs zu tun. Krankheiten sind dazu da, besiegt zu werden. Also habe ich den Krebs besiegt. Ich habe alles mitgemacht, die drei Chemos, die Operation – kein Problem.«

G. P. B.: »Ja, was ist es denn dann?«

D. K.: »…«

G. P. B.: »Frau Karasu? Ich …«

D. K.: »… die absolute Vergeblichkeit und Leere der Existenz … verstehen Sie?«

G. P. B.: »Nein.«

D. K.: »Ich schwebe in einem unendlich großen Raum, in einem grenzenlosen schwarzen All – ich weiß, dass ich das tue, und nichts, keine Umarmung, kein Lachen meiner Kinder kann das kaschieren. Davor möchte ich die Augen verschließen, verstehen Sie? Ich weiß, das klingt alles wirr, aber das ist es, was ich fühle. Ich bin allein in dieser Welt, das habe ich in der Klinik begriffen … Als ich wieder an den Apparaten hing. Während ich alles tat, um weiter lebendig mit den Sachen, den Menschen, die mich umgeben, verbunden zu bleiben, begriff ich, dass diese Sachen und Menschen eigentlich gar nicht da sind. Ich sah hinter den Gesichtern ein lichtloses, sternenloses Universum. Ich sah in die absolute Kälte. Und jetzt möchte ich das nicht mehr sehen und fühlen. Deswegen werde ich sterben; ich denke, noch heute Nachmittag. Das ist kein sentimentaler Schritt, Herr Doktor. Sie kennen mich, Sie haben mich über die Jahre begleitet, und ich bin Ihnen sehr dankbar dafür. Wirklich sehr. Ich bin nicht gefühlsduselig, und auch nicht feige. Ich bin ein rationaler, politischer und normalerweise auch kämpferischer Mensch. Deswegen habe ich mich engagiert und die Krankheit besiegt. Und jetzt möchte ich das Leben besiegen, denn Leben bedeutet Einsamkeit.«

G. P. B.: »Also, Frau Karasu … Ich weiß nicht, ob ich alles verstanden habe von dem, was Sie gesagt haben, aber ich verrate Ihnen jetzt mal was: Ich freue mich über jeden Tag. Sie wissen, ich habe Ihnen des Öfteren davon berichtet, ich habe schlimme Dinge gesehen. Sehr viel Leid. Auch wie Leid zugefügt wurde. Verbrechen. Aber dennoch bin ich nie verzweifelt. Für mich ist das Leben, solange man gesund ist, vor allem ein freudiger Mechanismus. Ein Reflex, wenn Sie so wollen. Ich freue mich am Zusammenspiel meiner Organe, bewundere dessen Komplexität. Das Leben als solches, wenn ich das so sagen darf, ist das, was für mich das Leben immer noch lebenswert macht. Immer weiter. Und Sie, Frau Karasu, sind noch jung, eine, wenn Sie mir erlauben, das zu sagen, sehr schöne Frau. Vielleicht sollten Sie nicht zu tief blicken, sondern sich mehr den Vergnügungen widmen. Der Körperlichkeit. Sie sind gesund; es gibt keinen Grund, daran zu zweifeln, dass Sie das bleiben – genießen Sie das! Mit all Ihren Sinnen. Wollen Sie wirklich ganz umsonst gekämpft haben?«

D. K.: »Ich *habe* umsonst gekämpft. Alles ist umsonst angesichts der unendlichen Leere. Deswegen möchte ich sterben.«

G. P. B.: »Aber Ihr Körper! Der möchte leben, Frau Karasu.«

D. K.: »Der menschliche Körper ist selber kein Mensch, sondern lediglich dessen Instrument. Und dieser Mensch hier, der vor Ihnen sitzt, möchte dieses Instrument nicht mehr nutzen.«

G. P. B.: »Aber Sie können doch nicht bestreiten, Frau Bunnemann, äh, Frau Karasu, dass ein Körper sich wohlfühlen kann. Spannung genießen. Denken Sie an … was weiß ich … an ein gutes Essen. An die Sexualität.«

D. K.: »Aus meiner Sicht, Herr Doktor, kann der Körper Genüsse nicht empfinden, sondern nur melden. Das läuft bei mir aber nicht. Oder es läuft schon, spielt aber keine Rolle. Mich interessiert nur noch das tiefe, kalte und ewige Schwarz, das uns, das mich zu jeder Sekunde umhüllt. Ein Orgasmus, um bei Ihrem Beispiel zu bleiben, kann dieses Schwarz niemals durchdringen. Vollkommen unmöglich.«

G. P. B.: »Wissen Sie, Frau Karasu, Sie erinnern mich sehr an eine frühere Patientin. Auch eine sehr starke und schöne und überaus intelligente Frau … mit dem gleichen analytischen Selbstzerstörungstrieb ausgestattet. Aber blond. Nicht so wie Sie, so rassig, mit schwarzen Locken. Eine junge Soziologin, die sich dann später einer terroristischen Gruppierung anschloss und vor Kurzem ums Leben gekommen ist. Es macht mich immer ganz ratlos, wenn so junge Geschöpfe bereits den Willen zum Selbsterhalt verloren haben. Sehen Sie mich an, ich bin mehrere Hundert Jahre alt. Ich war der Hausarzt der 1848er-Revolution (lacht kurz). Aber ich, wir, also ich und mein Körper, wir können nicht genug bekommen, obwohl meine Hildegard schon vor dreißig Jahren von mir gegangen ist.«

D. K.: »Das tut mir leid. Trotzdem beneide ich sie. Ihre Frau, meine ich. Und die junge Soziologin, von der Sie eben sprachen – war das

Gina? Gina Vermehren? Wir haben anfangs zusammen studiert … Sie war auch bei der GRF[35]. Aber nicht an meiner Uni.«

G. P. B.: »Frau Vermehren war eine außergewöhnliche Frau. Wie Sie, Frau Karasu. Ähnlich reflektiert und logisch. Mutig. Wirklich ganz erstaunlich, die Übereinstimmungen.«

D. K.: »Was hatte sie denn? Ich meine, weswegen war sie bei Ihnen?«

G. P. B.: »Ärztliche Schweigepflicht, Frau Karasu. Außerdem kann ich mich an die Details kaum noch erinnern. Was ich allerdings noch sehr bildlich vor Augen habe, war der Körper von Frau Vermehren: sehr attraktiv, wie geschaffen für sexuelle Genüsse … also selbst empfundene Genüsse, Frau Karasu, nicht die von Männern, verstehen Sie mich da nicht falsch.«

D. K.: »Wie muss denn ein Körper beschaffen sein, damit er nach Genussfähigkeit im sexuellen Bereich aussieht? Wir beide wissen, Gina war sehr attraktiv, aber was sagt das zum Beispiel über ihre Orgasmusfähigkeit aus? Ich denke, da haben Sie sich ein wenig blenden lassen von der physischen Anziehungskraft, die Ginas Körper auf Sie ausübte, Herr Doktor, oder?« (lächelt)

G. P. B.: »Oh … ja, da stimme ich Ihnen zu, Frau Karasu. Vielleicht sollte ich es besser so formulieren: Frau Vermehren war schön, genau wie Sie schön sind. Eine schöne Frau hat erheblich erhöhte Chancen bei der Partnerwahl und somit zumindest theoretisch erhöhte Chancen auf ein erfüllendes Sexualleben. Und die Sexualität, Frau Karasu, deswegen erwähne ich das überhaupt, ist etwas, was das Leben lebenswert machen kann. Weswegen man am Leben hängen könnte.«

D. K.: »Ah ja? Ist das bei Ihnen so?«

G. P. B.: »Durchaus. Es erstaunt mich selber immer wieder, aber mein Fortpflanzungstrieb ist intakt, auch wenn er mir mittlerweile etwas albern vorkommt. Hildegard und ich haben immer offen über alles geredet. Wir beide wussten, der Mensch ist eine chemisch betriebene, aber immerhin liebesfähige Maschine. Gewisse Automatismen

---

35 GRF = Gesellschaft Rationaler Frauen, seltener auch GLF, Gesellschaft Liberaler Frauen, 2007 gegründet, 2017 (angeblich) aufgelöst. Nach der gemeinsamen Zeit in der GRF beendete Dilek Karasu ihr Studium und wurde Mutter, Gina Vermehren begann hingegen eine Tätigkeit als Prostituierte und Terroristin.

sind einfach Fakt und deswegen moralisch nicht zu bewerten. Ich weiß, Hildegard hat Verständnis dafür, dass meine Begierden sich mittlerweile manchmal auf andere Objekte richten, sich nicht mehr ausschließlich durch die Erinnerungen an sie und ihren Körper speisen.«

D. K.: »Auf was richten sich Ihre Begierden denn im Moment, Herr Doktor, genau jetzt? Was empfinden Sie, wenn ich hier vor Ihnen sitze und gerade meine Bluse wieder angezogen habe, nachdem Sie mich vorher untersucht, mich abgehört und abgetastet und dabei meine Haut berührt haben?«

G. P. B.: »Nun, Begierden sind vor allem Ablaufschemen, hormonal gesteuert. Es wäre kindisch, das zu verleugnen. Es kann deswegen durchaus sein, liebe Frau Karasu, dass ich momentan etwas empfinde, was gemeinhin als Anziehung bezeichnet wird. Aber das, und darauf kommt es an, spielt aus zweierlei Gründen für mich keine Rolle: Erstens ist dies ein Arzt-Patienten-Gespräch, noch dazu eines mit einem sehr ernsten Thema. In meiner faktisch unendlich langen Zeit als Arzt, anfänglich als Chirurg, wie auch später als Allgemeinmediziner und Internist, ein eher ungewöhnlicher Karriereverlauf übrigens, während der vielen Jahre meiner Berufstätigkeit also habe ich, das kann ich guten Gewissens behaupten, noch nie private Interessen mit meinen professionellen Pflichten verwechselt. Das gehört sich einfach nicht.[36] Und zweitens fühle ich mich zwar gesund und zunehmend unsterblich, dennoch ist mir klar, dass meine physische Attraktivität während der letzten, sagen wir, fünfzig Jahre dramatisch nachgelassen hat. Warum sollte eine so schöne und immer noch junge Frau wie Sie sexuelle Erregung beim Anblick eines mehrere Hundert Jahre alten Mannes empfinden? Die Vorstellung erscheint mir grotesk.«

D. K.: (zögert einen Moment, denkt offensichtlich nach) »Die Vorstellung ist in der Tat absurd, aber trotzdem: Möchten Sie, dass ich mit

36 Angreifbare Aussage Bunnemanns: Er und Hildegard Brauk nutzten im Winter 1941/42 jede freie, aber auch jede nicht vollkommen ausgefüllte dienstliche Minute für erotische Aktivitäten. Bunnemann missbrauchte zudem seine zunehmend einflussreichere Position, um Einsatzorte und -zeiten der beiden Liebenden, so gut es ging, zu harmonisieren.

Ihnen schlafe? Sie haben mir sehr geholfen in den letzten Jahren. Es geht nicht um Erregung meinerseits, sondern um Dankbarkeit. Ich möchte mich revanchieren, bevor Schluss ist.«

G. P. B.: »Ihr Entschluss steht wirklich fest?«

D. K.: »Ja. Diese Leere, diese Kälte. Das mache ich nicht mehr mit.«

G. P. B.: »Wie wäre es mit Ignorieren? Können Sie sich nicht einfach sagen: ›Ich kümmere mich nicht mehr drum‹?«

D. K.: »Nein, ich bin da geradezu drauf fixiert. Wer die Leere einmal gesehen hat, nicht nur diffus von ihr weiß, der … wie sage ich das am besten? … der sucht regelrecht nach ihr. Die Leute stellen sich den Tod so vor, aber ich habe erkannt, dass es umgekehrt ist: Die Leere ist das Leben, und nur der Tod kann das beenden. Wahrscheinlich ist es Ihre Pflicht, alles zu versuchen, um mich umzustimmen. Aber … das ist sinnlos. Möchten Sie jetzt meine Brust küssen?«

G. P. B.: »Nein. Ich möchte, dass Sie mir einen Gefallen tun.«

D. K.: »Okay. Trotzdem werde ich mich umbringen. Das muss klar sein.«

G. P. B.: »Das habe ich verstanden. Aber vorher nehmen Sie bitte eine von (zieht eine Schreibtischschublade auf, holt eine Medikamentenpackung heraus) diesen Tabletten hier. Ein relativ neuartiges Präparat … also so neu nun auch wieder nicht … Ich verschreibe das nur noch in Ausnahmefällen. Bitte nehmen Sie eine Tablette gleich jetzt und dann noch eine in zwei Stunden. Kommen Sie dann bitte noch einmal heute Nachmittag in die Praxis.«

D. K.: »Heute Nachmittag werde ich tot sein. Das geht nicht.«

G. P. B.: »Dann nehmen Sie bitte wenigstens jetzt die Tablette.«

D. K.: »Was ist das? Sediert mich das?«

G. P. B.: »Nein. Das ist ein sehr potenter Angstlöser. Unter anderem. Die Wirkungsweise des Präparats ist durchaus vielfältig. Ich möchte, dass Sie gleich jetzt eine Tablette nehmen (zieht einen Blister aus der Verpackung).«

D. K.: »Wird man davon süchtig?«

G. P. B.: »Bestimmt nicht von einer Tablette, Frau Karasu … (gießt aus einer Flasche mit stillem Wasser[37] einen Plastikbecher zur Hälfte voll

37 Staatl. Fachingen

und überreicht ihn Karasu zusammen mit einer Marom R500) … Hier, nehmen Sie.«

D. K.: »…« (schluckt das Medikament, spült mit dem Wasser nach)

G. P. B.: »So, und jetzt setzen Sie sich für einige Minuten ins Wartezimmer. Gehen Sie noch nicht nach Hause. Ich mache kurz den nächsten Patienten, und dann sprechen wir uns noch einmal, einverstanden?«

D. K.: (zuckt mit den Schultern) »Wie Sie wollen. Aber heute Nachmittag schließe ich Bekanntschaft mit den Würmern.«

7

Der 37. Brief der Nele Hoffleit an die Winston Pharmaceutics and Medical Care Deutschland Ltd.

Liebes Winston,
seit gestern Abend habe ich keine Marom genommen! Als Experiment. Alles ging eine Weile gut, ich habe sogar geschlafen und heute Morgen ganz normal gefrühstückt, alles in bester Ordnung. Doch dann musste ich an meinen Vater denken, der uns verlassen hat. Abgehauen, als ich drei war. Der ist nach Amerika zurückgegangen. Vor einigen Jahren hat er mir mal geschrieben und mich eingeladen zu sich. Nach Arizona. Heute Morgen musste ich auf einmal wieder an den denken, und da ging es mir schon nicht mehr so gut. Und dann, das wollte ich eigentlich erzählen, ist auch noch etwas anderes, etwas ganz Schreckliches passiert. Ich habe AUS VERSEHEN eine Spinne eingesaugt. Ich hatte vorher nur das Netz gesehen. Beim Staubsaugen. Das sah schon alt aus, irgendwie wie nicht mehr in Betrieb. Also habe ich die Saugdüse drangehalten und sehe im letzten Moment, dass da noch eine Spinne war. Eine ganz dünne mit langen, völlig zerbrechlichen Beinen. Es war wirklich ganz ganz schrecklich. Ich muss mir andauernd vorstellen, was jetzt ist mit der. Mit der Spinne, meine ich. Die Beine sind hin, das ist sicher. Die sitzt mit gebrochenen Beinen aber bestimmt noch lebendig zwischen all dem Staub und den Flusen und dem ganzen anderen Kram. Vielleicht

erstickt sie langsam oder versucht verzweifelt, sich aus dem Zeug herauszuarbeiten. Aber wie ohne Beine? Ich sehe dieses traurige, überraschte Spinnengesicht. Eben noch saß sie oben in der Ecke vom Schlafzimmer, und alles war in Ordnung, und im nächsten Moment bricht ihr ein grausames Wesen, eine unendlich grausame Frau, die Beine, saugt ihren ganzen Körper hinein in ein staubiges, wasser- und sauerstoffloses Grab. Ich denke jetzt daran, wie es ist, lebendig begraben zu werden. Diese Gefahr ist real. Meiner Tante ist das passiert. Das hat sie mir im Traum verraten. Vor Marom habe ich alle möglichen Sachen geträumt. Ich weiß auch, dass mich die Spinne heute Nacht besuchen kommt, wenn ich nicht gleich eine Marom schlucke. Sie wird kommen und sich rächen, mich beißen und lähmen, mich einspinnen. Ich werde in einem Spinnenkokon unter der Decke hängen, mit milchigem Blick auf das Nachttischchen mit dem Marom, das mich sofort aus dem Netz befreien würde. Aber ich komme nicht ran. Ich starre drauf, aber ich kann es nicht schlucken, weil die Spinne immer weiter an meinem Gefängnis bastelt.

Liebes Winston, so sieht/sah mein Experiment aus. Wenn es Euch nicht gäbe, müsste ich jeden Tag sterben.
Ich möchte Euch danken,
Eure Nele.

8

Praxis Dr. Gerhard Paul Bunnemann, Behandlungszimmer 1, 12.46 Uhr, Jahr 0007 seit der Markteinführung von Marom R100, 200 und 500, 0 Jahre, 0 Monate, 0 Tage und ca. 3 Stunden, 46 Minuten nach der letzten Einnahme

Also, man will ja nichts gesagt haben. Ich bin wirklich weit davon entfernt, etwas zu sagen. Mich gar zu beschweren. Sich beschweren bei seinem behandelnden Arzt? Nur weil man eventuell schon ein paar Viertelstündchen warten musste? Niemals! Taktisch extrem unklug. Schweres operationelles Eigentor. Es gilt der Grundsatz: dem behandelnden Arzt gegenüber nur knappste Informationen. Unanfechtbare Fakten. Nüchternste Lagebilder. Denn der behandelnde Arzt hat nie

Zeit. Ärzte und Zeit – eine Mangelbeziehung. Eine Dauerpressur. Ein Arzt verliert nie und hört möglichst nie ein überflüssiges Wort. Diese Leute brauchen die Sach-Essenz, die Fakten-Kerne. Denen mit irgendwelchen Geschichten kommen? Ein Affront. Eine Beleidigung des Berufsstands. Des Berufsbilds. Der Arzt braucht Tatsachengerippe, die er dann selbsttätig mit Diagnosefleisch behängt. Genau wie diese Figur dort an der Wandkarte. Ein Arzt, noch dazu ein behandelnder, hat niemals Zeit für Geschichten. Für lang- und kurzatmige phänomenologische Interpretationen. Wissen Sie, Herr Doktor, ich deute meine zirrhotische Fettleber vor allem als Ironie. Überdies singt sie des Nachts, die Leber, sie flötet kleine Verse, und zwar auf Latein! Latein habe ich damals wieder abgewählt, Herr Doktor, und wissen Sie, warum? Weil Französisch so viel lebendiger ist, weil man da … Will ein viel beschäftigter Mediziner so etwas hören? Auf gar keinen Fall! Zu keiner Tages- und Nachtzeit. Ich warte hier auf der Keppliege, und meine Gesäßhaut feuchtet ins Papier? Ja, so ist es. Meine Augen flattern zwischen Milzschrauben und Sowjetebenen hin und her, sie kugeln demnächst aus ihren Höhlen sowie nervös auf dem Behandlungszimmer-Linoleum herum. Möglichweise wird genau das passieren. Aber hat das einen Mediziner zu interessieren? Ist das in irgendeiner Weise relevant für eine detaillierte, tatsachenbasierte Anamnese? Wohl kaum! Faktisch überhaupt nicht. Ich hocke derweil im Krepp, ein paar fremde Unterschenkel baumeln vom Rand der Liege herab, schlenkern albern herum, während sich an der Wand sowjetische Horizonte über Schwarzrussenerde ausbreiten, in der Millionen Skelette herumknuspern, dabei stur nach oben starren, immer weiter … da, die Stimmen werden lauter. Was ist das? Verabschiedet man sich? Ist Bunnemann jetzt ENDLICH fertig mit der Schlampe? Halt, nein, das habe ich nicht gesagt. Diese Formulierung ist meinem Gehirn ganz sicher nicht entsprungen. Dennoch möchte ich mich hier und in aller Form entschuldigen. Nicht ich dachte jenes skandalöse Wort, sondern eine Leere in mir. Ein ausgefuttertes Tablettenetui. Ein luftig ausgeschabtes Marom-Verlies. Ich persönlich würde niemals solche Ausdrücke finden. Schon gar nicht für Mitpatienten, deren Geschichte, deren Passionsweg ich unmöglich kennen kann. Das Patientengespräch ist heilig. Es ist im Bereich der marmornen Dogmen angesiedelt. Es kommt gleich nach dem behandelnden Arzt selber. Es sitzt zur Rechten der heiligen Ärzteschaft. Ärzte reden, um zu erfahren. Patienten sind daher angehalten, knapp, aber vollständig zu berichten. Da drüben tut man nichts weiter als seine Pflicht, wobei die Stimmen jetzt wieder leiser geworden sind. Gottverdammte Scheiße! Ich drehe hier noch durch! Und nein, auch das habe ich nicht gesagt. Mein Speichel träufelt auf das Krepp. Dunkelt es ein. Ich erschaffe kleine Substrat-Inseln. Wie gering, oh, wie minimalst der Marom-Anteil darin nur noch sein mag. Ich hocke auf der Liege. Dem Skelett wachsen Haare. Ich höre Stimmen, die etwas anderes machen als Reden. Das geht weiter dort hinter der Tür. Es dauert. Prüfung. Alles Prüfung.

9

Aus den Aufzeichnungen der Hildegard Bunnemann (geb. Brauk)[38]

Vom 8. bis zum 12. Juni besuchten Gerhard und ich den Kirchentag in Hannover. Fünf wunderbare, bereichernde Tage! Schon als wir hier bei uns auf dem Bahnsteig standen, spürten wir beide etwas. Eine freudige Erregung. Überall Menschen mit lila Tüchern, ganz offensichtlich mit dem gleichen Ziel wie wir. Ältere, aber auch ganz viele junge Leute, die lachten, scherzten, sangen. Ich erinnere mich an einen jungen Mann mit langen Haaren und einer Gitarre, der ein Lied, Gerhard wusste das, des amerikanischen Sängers Bob Dylan vortrug. Sehr schön war das. Die ganze Stimmung auf dem Bahnsteig, dann später im Zug war von einer frohgemuten Vorfreude und Heiterkeit. Jung und Alt zusammen, ohne Konfrontation oder Missstimmungen – und das in dieser unruhigen, konfliktreichen Zeit!

Gerhard und ich hatten ja vorher viel diskutiert. Richtig gestritten haben wir. Meine Idee, nach Hannover zu fahren, lehnte

38 Undatiert, vermutlich aus den frühen Achtzigerjahren stammend. Ungelesen verbrannt.

er zunächst – das kenne ich ja von ihm – schroff und unter Hinweis auf seinen Atheismus ab. Was soll ich da, Hildegard, war seine Frage. Ich wisse doch, wie oft er mit Pastor Hermesmann geredet und gestritten habe. Der Kirchentag sei nun mal für Gläubige, nicht für welche wie ihn. Doch, gerade, erwiderte ich ganz erregt. Gerade für Menschen wie Dich, Gerhard. Ernsthafte, gute Menschen, die anderen selbstlos zur Seite stehen, die sich Gedanken machen zu den Fragen der Zeit. Ich möchte, beschied ich meinem gutmütigen Brummbären kurz und bündig, dass Du mitkommst und mit den Menschen dort redest, deine Erfahrungen teilst. Na, da konnte er nun gar nicht mehr anders. Wir riefen bei den Hermesmanns an, erkundigten uns, ob die Gemeinde wieder einen Bus mieten wolle. Aber dann entschieden wir uns doch für den Zug. Zugreisen habe ich immer gemocht. Obwohl das Wort Reise für die gut eine Stunde Fahrt natürlich übertrieben ist. Aber was für eine schöne Stunde! Die Lieder, die Menschen, so ganz unterschiedlich, so vereint in ihrer Unterschiedlichkeit. Wir hörten sogar Gospels, wie sie die Sklaven in den Südstaaten der USA sangen. Zeugnisse eines unerschütterlichen Glaubens. Eines tiefen Vertrauens in Gott. Etwas, was Gerhard in den Sümpfen von Dubsk verloren hat. Und dann während der Wochen auf der kasochischen Ebene. Dennoch, auch mein skeptischer Ehemann war von der Atmosphäre im Zug beeindruckt.

In Hannover dann »Führerwetter«. Was für ein Treiben schon vor dem Bahnhof! Überhaupt Hannover, diese Stadt wird immer einen besonderen Platz in meinem Herzen einnehmen. Hier haben wir uns wiedergetroffen, damals 1946 im Sommer. Ein Moment, wie ich ihn noch nie erlebt hatte. Das größte Glück meines Lebens, als ich durch die Trümmerlandschaften zum Schloss lief und er dort wartete, am Eingang zu den Herrenhäuser Gärten. Ein großer, hagerer Mann, dessen Jugend verschwunden war in den Tiefen Russlands. Den aber Gott sei Dank nicht die Sowjets, sondern die Engländer bei Celle gefangen genommen hatten. Wie er da stand. Das Lächeln, das sich durch seine ernsten Züge kämpfte. Dann unsere Umarmung; mir war, als könnte ich ihn nie mehr loslassen. Von nun an, so schworen wir uns, sind wir nie mehr getrennt. Diesen Schwur haben wir gehalten, bis auf den heutigen Tag, und daher ist und bleibt Hannover die Stadt meines Herzens. Wir verließen den summenden und fröhlichen Bahnhof und setzten uns in eine Straßenbahn zu unserem von der Gemeinde organisierten Quartier. Eine schlichte Turnhalle in Linden. Ein großer Saal mit Feldbetten, der uns beide sofort an Russland erinnerte. Gerhards Kommentar, als wir hereinkamen und unsere Schlafstatt suchten: Na, wo gehts denn hier zum OP? Aber alles war schön und zweckmäßig hergerichtet. Wir hatten überhaupt keinen Grund zur Klage und stürzten uns gleich in das bunte Geschehen. Der Eröffnungsgottesdienst mit Pastor Albertz, den wir beide so sehr schätzen. Der wunderbare Markt der Möglichkeiten. Während der ganzen Zeit in Hannover fühlte ich mich erhoben und voller Hoffnung: Welch wunderbare Schöpfung! Bei all seinen Fehlern, wie viel Gutes steckt doch im Menschen, und wie viele Ideen! Naturlich wurde überall diskutiert, was das Zeug hielt, mein Gerhard oft nur als schweigender Zuhörer, manchmal jedoch auch als Teilnehmer. In diesen Momenten bewundere ich meinen Mann; seine Fairness selbst im erhitzten Disput, seine Fähigkeit zu Klarheit und logischem Denken. Aber vor allem auch seine Ehrlichkeit. Denn natürlich ging es hauptsächlich um das Thema Frieden. Krieg oder Frieden – »Umkehr zum Leben«, unter diesem Motto standen ja die Tage in Hannover. Und wer, wenn nicht ein Mensch, der unzähligen anderen das Leben gerettet hatte, konnte dazu etwas sagen, seine Erfahrungen beisteuern. Gerhard berichtete von seinen Erlebnissen im Osten, von der Gnadenlosigkeit beider Seiten, auch von der Schuld, die selbst der kleine Soldat, der kleine Befehlsempfänger, auch der behandelnde Arzt auf sich genommen hatte. Ich musste an die schreckliche Zeit in Polen denken, an meine Konflikte, an diesen Widerspruch zwischen dem natürlichen Drang zur Pflichterfüllung und den Empfindungen als Mensch, als menschliches und mitfühlendes Wesen. Als ich endlich versetzt wurde, kam mir das Inferno der Ostfront wie eine Erlösung vor. Meine Schuld trage ich mit und in mir, und jeden Tag flehe ich unseren Schöpfer an, mir zu verzeihen. Auch wenn ich weiß, dass dieses Verzeihen nicht möglich ist. In Hannover kamen all die Erinnerungen wieder hoch, aber dennoch waren es glückliche und erfüllte Tage. Die Gemeinschaft mit anderen Gläubigen und Zweifelnden. Das Reden und Singen. Abends Gerhard und Pastor Hermesmann bei einer Flasche Bier, wieder beim Diskutieren. Unser guter alter Pfarrer, jetzt schon so lange in der Gemeinde. Er sagte Gerhard, was ich ja auch immer denke, dass er Christ ist, ohne sich dessen bewusst zu sein, ohne es zu wollen. Dass Handlungen zählen, nicht Worte oder Überzeugungen. Davon wollte Gerhard nichts wissen. Was denn mit dem Arzt im Krieg sei? Der Krankenschwester, die sich als Nationalsozialistin für die eigenen Soldaten aufgeopfert habe? Mir wurde ganz heiß, als er so sprach. Gerhard fragte, ob eine Frau, eine Schwester, die ihre ganze Kraft in die Hilfe für andere investiere, die Nächstenliebe wirklich praktiziere, als Christin durchgehen könne, auch wenn sie das Gute aus den radikal falschen Gründen täte. Pastor Hermesmann meinte, ja, ich schwieg, meine Scham und meine Schuld ließen mich schweigen, doch Gerhard sagte nur: Nein. Nein, denn dieselbe Schwester, die ihr eigenes Blut für den deutschen Soldaten gegeben habe, hätte den sowjetischen Gefangenen ohne Gewissensbisse im Dreck verbluten lassen. Diese Samariterinnen, die an der Front wahre Engel gewesen seien, hätten hinter den Linien, in den besetzten Gebieten schreckliche Dinge mit zu verantworten. In mir schrie alles auf: Was weiß er? Weiß er viel mehr über mich, als er sagt? Hasst und verachtet mich mein geliebter Mann insgeheim? Schließlich schaffte ich es, mich wieder zu beruhigen. Nein, das war unmöglich. Diese sechs Wochen im Generalgouvernement sind tief in meinem Herzen verschlossen; niemand weiß etwas davon. Pastor Hermesmann musste Gerhard am Ende recht geben. Die Überzeugung zähle sehr wohl. »Sehen Sie«, sagte Gerhard darauf, »deswegen bin ich eben kein Christ, sondern Arzt.« Das sei er und wolle es bleiben, so lange wie möglich, um seine Schuld aus Russland abzutragen. Wenn es einen Gott gebe, was er sehr bezweifle, dann ließe dieser Gott ihn mindestens hundert Jahre alt werden. Dann nahm mein Gerhard einen gewaltigen Schluck aus der Flasche, und die beiden redeten über die Diskussion vom Nachmittag, an der Pastor Albertz, Professor Walter Jens, Dorothee Sölle und der erfrischend bodenständige Fußballer Horst Hrubesch vom HSV teilgenommen hatten. Eine ganz wunderbare Veranstaltung, die mir Hoffnung gemacht und mich zum Nachdenken angeregt hat. Überhaupt habe ich so viel erfahren und erlebt während dieser Tage in Hannover. So viele glaubensgewisse, dabei fröhliche und tolerante Menschen! Gerade unter den Jüngeren. Wenn man das sieht, ist einem um die Zukunft doch nicht so bange. Das Gute wird, es kann zumindest siegen. Frieden ist möglich.

Auf der Rückfahrt im Zug waren Gerhard und ich ganz still. Jeder hing seinen Gedanken nach, versuchte, das Erlebte einzuordnen, zu verarbeiten. Derselbe junge Mann mit der Gitarre saß wieder in unserem Abteil. Doch er spielte diesmal nicht, sondern unterhielt sich mit einem hübschen jungen Mädchen, das ein langes rostrotes Kleid trug, wie es jetzt in Mode ist. Mit indischen Verzierungen und sogar Pailletten. Ich dachte daran, dass sich diese beiden unter Umständen gefunden hatten. In Hannover, genau wie Gerhard und ich damals im Sommer '46. Der Kirchentag war ein beglückendes, erfüllendes Erlebnis. Ich bin so dankbar, dass ich so etwas an der Seite meines geliebten Mannes erleben darf. Und ich bin froh über jeden Tag, der uns beiden noch bleibt. Denn danach wartet die Hölle.[39] Ganz besonders auf mich. Für immer und in alle Ewigkeit. Das glaube ich nicht nur, das weiß ich mittlerweile. Göttliche Gerechtigkeit existiert. Nicht aber göttliches Erbarmen.

Jesus ist nicht für mich gestorben.

---

39 Siehe auch Gina Vermehrens Vorstellung zu ihrer Existenz nach dem physischen Tod.

WIKIPEDIA

Gesellschaft Rationaler Frauen (GRF)

Die Gesellschaft Rationaler Frauen (GRF) war eine informelle und anonyme, in mehreren nordwestdeutschen Universitätsstädten tätige Hochschulgruppe, die in den Jahren 2011 bis ca. 2020 durch zum Teil drastische, dadaistisch inspirierte Aktionsformen und Happenings auf sich aufmerksam machte. Ideologisch nahm die GRF eine Sonderstellung innerhalb der politisch aktiven Studentenschaft ein und war wiederholt massiven Anfeindungen vonseiten etablierter Hochschulverbände ausgesetzt. So bezichtigte der Ring Christlich Demokratischer Studenten (RCDS) die GRF der »gewaltaffinen, anarchisch-apokalyptischen Untergangslust«[40], ein Vorwurf, der wiederum von der GRF, die sich selber als »hybrid-sexuelle Angriffsformation mit dem Minimalziel des Weltuntergangs«[41] definierte, mehrfach emphatisch bestätigt wurde.[42]

Zumeist durch personelle Überschneidungen stand die GRF in Verbindung zu anderen politischen Kleinstgruppen, so zum Beispiel zu der wesentlich aggressiveren und konspirativeren, nach Angaben aus »Ermittlerkreisen«[43] der französischen Journalistin Anne Girardoux gewidmeten A.N.N.E.

Im Mai 2020 verlautbarte die GRF auf einer in Bremen in Umlauf

---

40 Leffers, Jens und Trost, Friedholm: »Spaßguerillarista oder Terror(Ei-)zelle – die GRF unter der Lupe«, in: *Junge Christdemokraten*, 2/2015.

41 Anonym: 3. Verlautbarung der GRF, Flugblatt, verteilt am 3. und 4. Mai 2014 vor der Staats- und Universitätsbibliothek Bremen.

42 Anonym: 6. Verlautbarung der GRF, Flugblatt, verteilt am 16. Januar 2019 vor der Hauptmensa der Universität Köln: »Die Quallenwesen vom RCDS haben wie immer recht. Wir wollen das Nichts, und wir werden bis zur letzten Patrone dafür kämpfen.«

43 Jene (anonymen) Ermittlerkreise finden im BKA-Untersuchungsbericht »Terroristische Vereinigungen Inland 2015« (Kapitel V: Linksmotivierte Gewalt, S. 245 ff.) Erwähnung. Es wird überdies die Ansicht vertreten, dass Girardoux, die eher dem linksliberalen bis gemäßigt sozialistischen Spektrum zugerechnet werden kann, von ihrer Namenspartnerschaft keine Kenntnis hat(te).

gebrachten Flugschrift ihre Auflösung.[44] Eines ihrer mutmaßlichen Mitglieder, die aus dem nordrhein-westfälischen Hamm stammende Soziologie-Studentin Gina Agneta Vermehren fiel im Jahre 2023 durch einen Dreifachmord mit anschließender Selbsttötung auf. Die Tat wurde jedoch nach dem heutigen Ermittlungsstand nicht im Auftrag bzw. im Namen der GRF ausgeführt, ein zumindest ideologischer Zusammenhang kann andererseits jedoch nicht ausgeschlossen werden.

11

Praxis Dr. Gerhard Paul Bunnemann, Patientenwartezimmer, 12.51 Uhr, das Innenleben der Dilek Karasu (GLF), viereinhalb Minuten nach dem Erstkontakt mit dem Wirkstoff Marazepam

Perfekt, der alte Trottel hat die Pille rausgerückt. Suggestionspsychologie, erstes Vorschulkindergarten-Semester. Jetzt gilt es, die Effekte zu isolieren und zu analysieren. Die bevorstehende Herausforderung lautet: strikte definitorische Abgrenzung zum zu erforschenden Sachverhalt. Mit anderen Worten: Ich darf mich nicht mit mir gemeinmachen, falls ich irgendwie gleich abheben sollte. Aufgabenstellung: wissenschaftliche Schizophrenie. Ziel muss sein, mich hinterfragend beim Gut-drauf-Kommen zu beobachten und mir gleichzeitig der Tätigkeit des Beobachtens stets weiter bewusst zu sein. Ein solches Vorhaben erfordert Denkdisziplin und Differenzierungswagemut. Vielleicht sogar Differenzierungsfreude. Analyselust. Den Willen zur teilnehmenden Persönlichkeitskernspaltung. Es wird darauf ankommen, der Tablettenanflutung keine Dämme entgegenzusetzen, sie stattdessen einzuhegen in einer Gazeschicht aus Verständnis und Reflexion. Sogar paradoxe Effekte schließe ich ausdrücklich nicht aus. Ich freue

44 Anonym: »Die GRF hat ihr vorläufiges Primärziel, den totalen und allumfassenden Weltuntergang, erreicht. Für eine Fortführung der mühseligen Verbands- und Vereinsarbeit besteht daher keine Veranlassung mehr. Auf Wiedersehen, Ihr widerlichen, braun-violett schimmernden Kadaver.«

mich darauf, diesen letzten analytischen Kampf zu bestehen. Das ist die Art Herausforderung, nach der mein Hirn immer gedürstet hat. Scheiß was auf den Krebs, das Thema ist erledigt. Meine kognitiven Instrumente stehen parat! Sie beben vor Einsatzbereitschaft. Ich fühle mich wie ein Australian Shepherd, der seinen Besitzer erwartungsvoll anschaut. Mit einem Gesicht, das gleichzeitig Einsatzbereitschaft, Freude und Intelligenz ausstrahlt. Los, Tablette, wirf Stöckchen! Ich möchte losrennen: schnell wie der Wind, durch hohe Gräser im Morgentau, mit heraushängender, laborhaft vermessender Zunge. Hinein ins ewige Schwarz.

12

WIKIPEDIA

A.N.N.E. – Aktive Neo-Nazi-Entfernung, auch: Advanced Neo-Nazi Extermination, Anaerobe Nach-Nationale-Elemente
Die A.N.N.E. ist eine terroristische Gruppierung, die im Verdacht steht, seit 2016 mehrere gewaltsame Attacken vor allem auf neonazistische Kader und deren Mitläufer durchgeführt zu haben und weiterhin durchzuführen.

1. Ideologie/Ansatz
Mehreren im Darknet veröffentlichten Stellungnahmen zufolge versteht sich die A.N.N.E. als »aktions- und erlebnisorientierte Angriffsformation«[45], deren Ziel die »personelle Ausdünnung der in Ostdeutschland dominanten und weiter expandierenden nationalsozialistischen Alltagskultur ist«.[46] Darüber hinaus erklärt sich die A.N.N.E. mit den »wesentlichen programmatischen Ansätzen des Grundgesetzes der Bundesrepublik Deutschland und darüber hinaus

45 Aus: »Wesen und Auftrag der A.N.N.E.«, Flugblatt, am 31. Mai 2017 simultan verteilt in den Fußgängerzonen von Bremen, Osnabrück und Duisburg.

46 Ebd.

der parlamentarisch und rechtsstaatlich ausgerichteten Demokratie«[47] einverstanden.
In den bisher drei A.N.N.E.-Verlautbarungen wurde zudem wiederholt auf die in Paris ansässige und dort für verschiedene Blätter des konservativ-liberalen bis linksliberalen Spektrums tätige Journalistin Anne Girardoux Bezug genommen. Die französische Staatsbürgerin wird jedoch zurzeit nicht verdächtigt, mit der Gruppe in Verbindung zu stehen.

2. Personal
Über die personelle Zusammensetzung und die interne Organisation der A.N.N.E. ist den Ermittlungsbehörden zumindest nach offiziellen Verlautbarungen so gut wie nichts bekannt. Es gilt als ausgeschlossen, dass es sich bei der A.N.N.E. lediglich um einen Einzeltäter handelt. Dennoch konnte der Gruppe bisher mit dem zuletzt in Leverkusen gemeldeten und 2015 untergetauchten Soziologie- und Sportstudenten Thorsten Kray erst eine Person zweifelsfrei als Mitglied zugeordnet werden. An der Identität des Verdächtigen wurden jedoch mit dem Hinweis auf eine 1940 aufgestellte, gleichnamige SS-Panzerdivision wiederholt Zweifel geäußert.[48]

47 In Ermittlerkreisen, speziell zwischen den verschiedenen beteiligten Ermittlungsbehörden (BKA, diverse LKAs sowie der Verfassungsschutz), herrscht hinsichtlich der deklamierten Verfassungstreue der A.N.N.E. Uneinigkeit. Während der Inlandsgeheimdienst für die Verfassungstreue der Terroristen durchaus Ansätze zu erkennen glaubt, sehen die Polizeiämter des Bundes und speziell des Landes Thüringen die diesbezüglichen Verlautbarungen der A.N.N.E. primär als eine ironische Verhöhnung des Rechtsstaates und seiner Exekutiv-Organe. In diesem Zusammenhang ist jedoch zu erwähnen, dass das LKA Thüringen seinerseits – aufgrund mannigfaltiger personeller und ideologischer Verbindungen in den nationalsozialistischen Kaderbereich – Gegenstand polizeilicher und geheimdienstlicher Ermittlungen ist. Mit anderen Worten, in manchen Etagen und auf manchen Fluren in Erfurt ging speziell in den Abendstunden und mit steigendem Alkoholpegel die Angst um, demnächst selber einmal von einem entschlossenen und professionell agierenden A.N.N.E.-Aktivisten Besuch zu bekommen. In dieser Hinsicht ebenfalls interessant: Anteil der schwer Marazepam-Abhängigen im LKA Erfurt: 39,3 %, Tendenz rapide steigend.

48 »Thorsten Kray als Chiffre«, aus: Die Wahrheiten der GRF, Flugschrift, verteilt im März 2016 an der Universität Bremen

3. Angriffe

Obwohl jeweils kein Bekennerschreiben vorlag und überdies keinerlei Verdächtige identifiziert wurden, konnten bisher sieben Angriffe der A.N.N.E. zweifelsfrei zugeordnet werden. Die Aktionen fanden stets nach demselben Muster statt: Ostdeutschland, öffentlicher Platz/Raum, ein bis höchstens zwei Täter, automatische Waffen, präzise Zielidentifizierung, völlige Skrupellosigkeit bei der Tatausführung, geordnete, offenkundig genau vorbereitete Flucht. Zu kontroversen Diskussionen innerhalb des A.N.N.E.-Unterstützerumfelds führte der am 02.05.2022 in Mäuslitz bei Dessau durchgeführte Angriff auf die »Gruppo Brutalismo – Trotzkistisches Architektenkollektiv«, bei dem zum ersten Mal eine zumindest vordergründig anti-faschistisch ausgerichtete Formation ins Visier der A.N.N.E. geriet. Die Kritik an der A.N.N.E. gipfelte in einem am 01.10.2022 in der taz veröffentlichten offenen Brief ostdeutscher Kulturschaffender, in dem von »wahlloser Brutalität« und offenem »Rassismus gegen Ostdeutsche« die Rede ist.

4. Wirkung/popkulturelle Signifikanz

Dank ihrer aktionistischen Orientierung und strikten Anonymität sowie vor allem aufgrund ihrer ideologischen Grundausrichtung besitzt die A.N.N.E. in den alten Bundesländern eine hoch motivierte und stetig wachsende Sympathisantenszene. In diversen Internetforen werden die Aktionen analysiert sowie Vermutungen zu möglichen Mitgliedern angestellt. A.N.N.E. selbst steht jedoch in keinerlei Verbindung zu ihren Anhängern, Rekrutierungen finden nach Erkenntnis der Ermittlungsbehörden nicht statt.

In Ostdeutschland verlief die Rezeption der A.N.N.E. insgesamt wesentlich kritischer. Vereinzelten Unterstützern steht eine Mehrheit von entschiedenen A.N.N.E.-Gegnern gegenüber, die zum Teil selbst konspirative Zusammenhänge gebildet haben (so zum Beispiel die »Anti-Anne« in Rostal/Sachsen sowie die »Anne-Fang-Gesellschaft Reupin« (Brandenburg)).

Im März erschien der Hip-Hop-Sampler »Volle K.A.N.N.E.«[49] mit zahlreichen Beiträgen bekannter linksradikaler Rap-Formationen.

5. Drogeneinfluss
Gerüchteweise erfolgten mehrere der A.N.N.E.-Anschläge unter dem Einfluss des 2015 in Deutschland zugelassenen Wirkstoffs Marazepam. Das unter dem Markennamen Marom vertriebene, hoch potente Multifunktionsbenzodiazepin wird dabei von A.N.N.E.-Unterstützern wie -Fahndern für die ungewöhnliche Präzision und Kaltblütigkeit verantwortlich gemacht, mit der die Kommandoaktionen durchgeführt wurden.

13

Dr. Gerhard Paul Bunnemann an seine verstorbene Frau Hildegard[50]

Liebe Hildegard,
heute habe ich mir zu Mittag Pellkartoffeln gekocht, Du weißt, die von Heitmeyers Hof, das sind immer noch die besten. Dazu gab es einen frischen Salat mit Rauke, Radieschen, geraspelten Möhren und Kirschtomaten. Alles hat bestens geschmeckt. Zum Essen habe ich auch ein wenig in der Wochenend-Süddeutschen geblättert und mich über das Weltgeschehen informiert. Aber das war weit weniger ein Vergnügen als mein kleines Witwer-Mittagessen. Eine unruhige, besorgniserregende Zeit. Sei froh, dass Du das alles nicht mehr miterleben musst.

Nach Heitmeyers Kartoffeln bin ich nach draußen in den Garten. Dort gibt es ja immer etwas zu tun. Den hinteren Teil runter zum Bach, das weißt Du bereits, lasse ich seit einiger Zeit verwildern. Ein dolles Ding, wie schnell alles zuwuchert. Eine Schneise halte ich allerdings offen, damit ich weiterhin zum Wasser komme. Da, auf

49 Erschienen 09/2021 bei Permafrost-Records (Mitwirkende u. a.: Die Steine, Hasch AG, Fehlende Selbstkontrolle, Mauser, Pälomeino, Die seltsame Acht).
50 Undatiert, Entstehung vermutlich 2015 oder 2016 (vergl. Markteinführung Marom R).

unserer kleinen Bank, sitze ich jetzt oft abends. Besonders seit es so heiß geworden ist. Weißt Du noch, wie wir dort immer unsere Abendzigarette geraucht haben? Oder wenn Du Kerzen mitgenommen und mir aus Deinen Büchern vorgelesen hast. Du hattest ja immer einen sicheren Geschmack. Jetzt lese ich kaum noch Bücher. Ich sitze am Bach und höre dem Plätschern zu. Oder wie der Wind durch die Bäume raschelt. Richtige Rentnervergnügungen.

In der Praxis ist alles in Ordnung. Frau Albers und Frau Walter mögen sich immer noch nicht, marschieren aber trotzdem im Gleichschritt der Rente entgegen. Beide unersetzlich. Was würde ich ohne sie nur anstellen? Es gibt jetzt auch ein neues Medikament, von dem Böcker (kannst Du Dich erinnern? Dieser Internist, damals noch in Gilead II) mir neulich berichtete. Ein Angstlöser, der aber auch gegen Rückenschmerzen und Depressionen und alles Mögliche wirken soll. Ein richtiges Breitbandgeschütz, für das im Moment auch kräftig die Werbetrommel gerührt wird. Na, Du kennst mich, ich warte erst mal ab und esse meine Kartoffeln. Oder ich sitze auf unserer Bank. Oder auf dem Rad zur Praxis. Es ist ja nicht so, dass ich nicht mehr handlungsfähig bin, seitdem Du gegangen bist. Da musst Du Dir keine Sorgen machen. Aber was ich in Wirklichkeit tue, weißt Du: Ich denke nur immerzu an Dich und bin traurig. Ein alter Mann vermisst die eine Frau, die zu ihm gehörte und die er zu früh hergeben musste. Doch es wird nicht für immer sein, das weiß ich, Hildegard. Und Du weißt es auch.

Wenn ich abends bei den Fischen am Bach sitze und jetzt der sommerlich warme Wind durch die Blätter fährt – es ist allein unsere Gewissheit, die mich das Schöne noch genießen lässt. Oder ertragen.

Dein Gerhard

14

Praxis Dr. Gerhard Paul Bunnemann, Behandlungszimmer 1, 12.52 Uhr

Dort drüben, hinter der Verbindungstür, herrscht nun Ruhe. Bunnemann hat diese Ziege abgefertigt. Hinaus, Simulantin, hat er gesagt, Sie sind geheilt, ganz und gar gesund, waren überdies niemals krank. Auf einmal ist alles still. Ich stelle mir vor, wie er am Schreibtisch sitzt, gewissenhaft Einträge verfertigt. Denn alles muss seine Ordnung haben. Jeder Patient muss ordnungsgemäß vermerkt sein. Mein behandelnder Arzt sitzt am Schreibtisch, notiert das Notwendigste, komplettiert Akten, doch seine Gedanken bohren bereits im nächsten Fall, in der neuen Herausforderung. Was für eine Dienstauffassung! Welch Pflichterfüllung! Wie unwürdig dagegen der Patient! Dem Arzt gegenüber ist der Patient Wurm. Ein bettelndes Nichts. Eine auf Krepp gebahrte Zumutung. Ich sitze hier und denke, während mein behandelnder Arzt, dort drüben hinter der Verbindungstür, ebenfalls denkt, und zwar unter Umständen schon an mich. Der echte Mediziner schaut voraus. Beim Blick auf bleiche Patientenhaut sieht er stets schon die nächste, die unzähligen schlaffen Epidermen, die noch auf ihn warten. Denn Medizin bedeutet Zukunft. Heilkunst als Wette auf Künftiges. Verliert man, stirbt einer, aber das ist kein Problem. Kranke wachsen nach. Sie sprießen wie Blätter an den Bäumen. Blätter fallen im Herbst ab. Der Patient wird bunt und löst sich vom Stängel. Kreislauf der Natur. Unausweichlichkeit der Vegetativrhythmen. Spirale der Existenz. Bunnemann dort hinter der Tür weiß Bescheid. Diesem Mann ist alles bewusst. Er sitzt am Schreibtisch, notiert das Wesentliche, schaut aber bereits voraus. Und dabei sieht er: mich. Das nächste Bündel im Kreppmantel. Eine weitere Diagnoseerwartung. Das alles ehrt mich. Im Gehirn eines Mannes wie Bunnemann herumzuspuken, ist nichts anderes als ein Privileg. Doch bin ich, konkret gefragt, die Mühe wert? Eines behandelnden Arztes wie Bunnemann überhaupt würdig? Habe ich das Recht, hier und heute Patient zu sein? Bunnemann sitzt drüben über den Akten, er denkt an mich, an meine Heilungschancen, an Optionen für meinen tristen Leib, und genau das ist mir auf einmal unangenehm. Regelrecht unwohl fühle ich mich, hier auf der verknitterten Liege. Das Skelett an der Wand, auch das war einmal Patient. Selbst dieser Knochenhaufen musste sich einst frei machen. Bevor man ihn in Sowjeterde vergrub. Jeder ist irgendwann Patient. Das zumindest ist Trost. Aber nicht jeder ist Arzt. Arzt werden können nur wenige. Auserwählte. Fähige, kaltblütige Menschen. Helden am Virus. Kämpfer gegen den Abszess. Ein Arzt ist immer Solitär, der Patient immer Masse. Ein matschiger Bestandteil. Ein … da, Geräusche! Ein trompetender Laut. Das war ein Stuhl. Ein Stuhl rieb sich auf dem Praxis-PVC. Ein funktionales Sitzmöbel wurde verrückt. Auch ich bin verrückt. Ist Bunnemann aufgestanden? Ich spüre magnetische Verdichtungen. Ein elektrisches Feld bewegt sich von der anderen Seite auf die Verbindungstür zu. Oh, mein Blutdruck. Meine Knochendichte. Mein Augen-Oktan. Bunnemann ist auf dem Weg, überdeutlich spüre ich es. Das Skelett beginnt zu klappern. Blitze zucken von der Praxisdecke. Herrgott, die Türklinke! Sie bewegt sich nach unten. Jemand, vielleicht ein Gespenst, will zu mir hinein. Bunnemann, retten Sie mich! In meinem Mund plötzlich Geschmack. Etwas Metallisches. Das altbekannte, bittere Aroma. Meine liebe, liebe Marom, bald ist es geschafft.

Teil 4
Kriege / Der Weg nach Ebratal

Teil 4a

1

Praxis Dr. Gerhard Paul Bunnemann, Behandlungszimmer 1

Eine Türklinke wird heruntergedrückt, eine Tür geöffnet, der Tag kulminiert. Er ist da, mit mir im selben Raum. Mein Herz bei alldem: erstaunlich ruhig. Mein Herz beinahe normal. Eine große, hagere, asketische Gestalt. Arztkittel, darunter Hemd und Krawatte, dichtes weißes Haar, gebräunte Gesichtshaut, randlose Brille, klare, graue Augen. Er sieht jünger aus als beim letzten Mal. Noch gesünder. Ein unsterblicher Organismus, wie zum Hohn Arzt geworden, um die Hinfälligen auf ihrem Weg zu den Würmern zu begleiten. Eine faltig strahlende Körpersonne. Ich spüre, wie sie mich prüft, hier auf meiner Liege. Bevor überhaupt das erste Wort gesprochen wurde, hat der Termin bereits begonnen. Gesichtsblässegrad, Zungenansaugdruck, Innenohrfeuchte; Primärinformationen sind längst abgespeichert. Der erste Eindruck ist oft der entscheidende. Erfahrene Mediziner wissen das. Dieser Mediziner ist mehr als erfahren. Ein Arzt, der alles gesehen, alles verstanden hat. Der jetzt auf mich zukommt, mir schweigend die Hand gibt, dabei lächelt. Was für Zähne! Was für ein Händedruck! Genau richtig dosiert. Dynamisch, aber nicht gewalttätig, warm, aber nicht nass. Diese Arzthand funktioniert tadellos. Er dreht sich um, geht zum Schreibtisch in der Ecke, wo auch das Skelett ist. Bunnemann setzt sich schräg unter das Gerippe. Mein Herz weiter gelassen rhythmisch. Ich bin in der Situation. Ich spüre Situationsgewissheit. Irgendein Vorrat, ein verborgener Notspeicher hat sich geöffnet. Plötzlich von draußen dumpfes Gebrüll. Das ist Menke! Menke macht draußen Ärger. Dann wieder Stille. Bunnemann ungerührt. Ich ebenfalls. Sammlung, Konzentration. Fokussierung. Die Drachen haben Menke abgeführt. Womöglich endgültig entfernt? Menke sitzt draußen vor der Praxis und heult. Er hat den Termin versaut. Seine letzte Chance. Die große Bewährung. Was nun? Die Anstalt? Die Plastikurne? Bunnemann sitzt und liest in meiner Akte. Da, ein Nicken! Eine winzige Kopfzustimmung. Aber zu was? Ist mein behandelnder Arzt einverstanden mit meinen Leiden? Bestätigt er sich die eigene Frühdiagnose? Mein Passionsweg in schwarz auf weiß, und Bunnemann nickt? Gut, einverstanden. Mir soll es recht sein. Mein Herzschlag: geradezu krankhaft gleichmäßig. Man hat den wichtigsten Termin seit Jahrzehnten, und das Herz sagt: egal! Kühl ignoriert es den Kloß im Hals. Das Zerren im Gelenk. Die Gehirnrinde knuspert verdächtig, aber das Herz zuckt nur mit den Schultern. Ein klarer Organwiderspruch. Ein Körperdisput. Ein Fall für meinen behandelnden Arzt, bei dem ich Gott sei Dank gerade Termin habe. Man hat Termin, nicht einen Termin. Genau wie im Fußball: Man hat noch Vertrag, nicht einen Vertrag. Bei Schrottklub XY. Aber man wird wechseln. Sich verändern. Im Gegensatz zu mir. Ich möchte bleiben. Möglichst Mensch. Daher Termin. Daher Flecken im Krepp. Bunnemann schaut mich an. Die Mappe ist geschlossen, Informationen sind aufgesaugt, eisgraue Augen vermessen mich weiter. Ich sitze auf der Liege. Die Beine baumeln wie bei einem Schuljungen. Meine alten Schuhe. Die schiefen Absätze. Mein *Erscheinungsbild.* Bunnemann sieht klar. Er braucht keine Erscheinungen. Realist im Kittel, Arzt ohne Metaphysik. Dennoch Heiler. Dennoch Gesundheitspartner. Und mein Herz? Schlägt vielleicht nicht regelmäßig, sondern gar nicht! Das ist alles möglich. Das hat man alles schon gesehen. Ich bin verliebt in ein Medikament.

2

Praxis Dr. Gerhard Paul Bunnemann, Behandlungszimmer 1.,
13.01 Uhr

Gerhard Paul Bunnemann (rückt den Schreibtischstuhl zurecht, klappt die Mappe zu): »So, Herr Gerke …«

Joachim A. Gerke: »…«

G. P. B.: »Jetzt kommen Sie doch mal her und setzen sich hier hin. Wer hat Sie denn überhaupt auf die Liege geschickt?«

J. A. G. (steht auf, versucht, die verknitterte, zum Teil eingerissene Krepp-Papierauflage glatt zu streichen, kommt dann zum Schreibtisch, setzt sich auf einen der beiden Stühle davor): »…«

G. P. B.: »Das sage ich Frau Albers schon seit dreißig Jahren. Glauben Sie das? Dreißig Jahre.«

J. A. G.: »Ja …«

G. P. B.: »So, Sie glauben mir also?«

J. A. G.: »Voll und ganz.«

G. P. B.: »Warum tun Sie das?«

J. A. G.: »Sollte ich nicht?«

G. P. B.: »Das müssen Sie wissen.«

J. A. G.: »Nein, das müssen *Sie* wissen, Herr Doktor. Nur Sie können beurteilen, wie vertrauenswürdig Sie sind.«

G. P. B.: »Richtig, aber Sie vertrauen mir trotzdem.«

J. A. G.: »Bisher hatte ich keinen Grund, an Ihnen zu zweifeln.«

G. P. B.: »Bisher? Halten Sie es für möglich, Ihre Meinung zu ändern?«

J. A. G.: »Absolut.«

G. P. B.: »Dann stehe ich praktisch auf der Probe.«

J. A. G.: »Wenn Sie so wollen.«

G. P. B.: »Ob ich will oder nicht, ist irrelevant. Für Sie stehe ich auf der Probe.«

J. A. G.: »Das ist Ihre Interpretation.«

G. P. B.: »Richtig. Aber stimmen Sie mir zu?«

J. A. G.: »Ja. Und nein. Ja, denn Sie sind mein Arzt. Ärzte gibt es viele. Nein, denn Sie sind auch Gott. Gott kann man nicht wechseln.«

G. P. B. (nimmt erneut Papiere aus der Mappe, Krankenakten, beginnt, oberflächlich zu lesen, legt die Papiere zurück in die Mappe): »So, Herr Gerke, was führt Sie denn heute zu mir?«

J. A. G. (konzentrierter Blick auf beide Hände, die auf den Oberschenkeln liegen, ein intensiver Eindruck innerer Sammlung und Konzentration): »…«

G. P. B.: »Wie fühlen Sie sich denn? Irgendwelche Beschwerden?«

J. A. G.: »Die Frage kann ich momentan nicht beantworten.«

G. P. B.: »Warum nicht?«

J. A. G.: »Weil ich mich in einem Übergangsstadium befinde.«

G. P. B.: »Ein Übergangsstadium?«

J. A. G.: »Richtig.«

G. P. B.: »Und was zeichnet so ein Stadium aus? Können Sie dazu etwas sagen?«

J. A. G.: »Wenig. Das sind nur kurze Impressionen. Flüchtige Körpereindrücke.«

G. P. B.: »Mit anderen Worten, Sie sind beschwerdefrei.«

J. A. G.: »Nein. Ich befinde mich im Niemandsland zwischen zwei Zuständen und empfinde daher momentan so gut wie nichts. Mit Befundlosigkeit hat das nichts zu tun.«

G. P. B. (lacht auf): »Befundlosigkeit?«

J. A. G.: »…«

G. P. B.: »Gut, Herr Gerke, was sind das denn für Zustände, zwischen denen Sie sich gegenwärtig nicht entscheiden können? Was führt Sie überhaupt zu mir?«

J.A.G.: »Das wissen Sie genau.«

G. P. B.: »Woher sollte ich das wissen?«

J. A. G.: »Sie sind behandelnder Arzt. Und Sie haben gegen die Sowjetunion Krieg geführt.«

G. P. B.: »Trotzdem weiß ich nichts. Ich wiederhole die Frage: Wie geht es Ihnen?«

J. A. G.: »Noch zufriedenstellend. Partielle Zellnervosität bereits manifest, aber vorläufig beherrschbar. Die weiteren Aussichten: Graduelle Verschlechterung während der Nacht. Permanent-Zusammenbrüche in den nächsten Tagen. Kreislauftremor. Arterialdepression. Suizid spätestens am Wochenende.«

G. P. B.: »Tss … Wollen sich heute denn alle umbringen?«

J. A. G.: »Ich ganz bestimmt nicht.«

G. P. B.: »Also?«

J. A. G.: »Also, also. Sie haben meine Akte gelesen. Sie wissen, was los ist.«

G. P. B. (nimmt die Mappe erneut, blättert darin herum, ohne wirklich zu lesen): »Hmm … Wir untersuchen Sie jetzt erst mal, und dann sehen wir weiter. Machen Sie mal den Oberkörper frei und legen sich dort hin.«

J. A. G.: »Zurück auf die Liege?«

G. P. B.: »Wohin denn sonst?«

J. A. G.: »Die Auflage sieht benutzt aus. Der Krepp ist an manchen Stellen eingerissen, an anderen sogar feucht.«

G. P. B.: »Machen Sie sich oben frei und setzen Sie sich auf den Rand.«

3

Der 121. Brief der Nele Hoffleit an die Winston Pharmaceutics Deutschland Ltd.

Liebes Winston,
heute war (ist) nicht so ein guter Tag.
N.

4

122. Brief der Nele Hoffleit an die Winston Pharmaceutics Deutschland Ltd.

Liebes Winston,
eigentlich wollte ich Euch gar nicht davon schreiben, aber jetzt tue ich es doch: Gestern Morgen (noch vor der Marom) habe ich geduscht und dabei einen Marienkäfer wahrscheinlich getötet. Aus Faulheit habe ich ein Leben auf grauenvolle Weise beendet. Ich habe geduscht, und dabei flog irgendwie immer ein Marienkäfer herum. Mal saß er auf dem Duschvorhang, mal an den Kacheln, er schien mir auf jeden Fall nicht in Gefahr. Dann aber plötzlich, als ich mich

herunterbeugte, weil mir die Flasche mit dem Shampoo aus der Hand gefallen war, entdeckte ich ihn im Ausguss. Er saß an der Ausgusswand, also schon unterhalb des … wie nennt man denn das? Sieb? Gitter? Er saß auf jeden Fall schon unterhalb dieses Metalldings, das dafür sorgt, dass Shampoodeckel oder ähnlich große Sachen nicht im Abfluss verschwinden, und ich dachte, hoffentlich kann der sich an der Wand festkrallen. Die Wand des Abflusses sah übrigens schrecklich aus. Schwarz und glitschig. Ich habe das Wasser nicht abgestellt, das war der erste Fehler, bei laufendem Wasser bin ich in die Hocke gegangen und habe irgendwie versucht, einen Finger durch eines der Gitterlöcher zu stecken und den Käfer wieder nach oben zu holen. Aber das ging nicht. Er saß zu weit unten. Andererseits schien er klarzukommen. Obwohl das Wasser floss, saß er ganz still an der ekelhaften Wand. Da dachte ich: Okay, wenn ich fertig bin, kommt er nach oben. Der wartet ab. Das dachte ich echt: Der wartet ab. Außerdem war ich einfach zu faul, das Wasser abzustellen, mir etwas langes Spitzes, einen Bleistift oder einen Q-Tip, zu besorgen und dem Käfer damit irgendwie wieder nach oben zu helfen. Ich hatte echt keinen Bock und hab dann einfach weitergeduscht. Doch als ich fertig war und noch mal nach dem Käfer schaute, war er weg. Garantiert runtergespült in diesen ekelhaften, versifften, mit Haaren und all dem Zeug verklebten Kanal. Als ich darüber nachdachte, was gerade mit dem Käfer geschah, was der wohl gerade erlebte, bin ich beinahe ausgerastet. Noch total nass bin ich ins Schlafzimmer zur Marom-Schatulle gerannt und hab eine geschluckt. Und dann habe ich noch eine genommen und zerbröselt, und dann bin ich mit dem Marom-Pulver zurück ins Bad, habe das in den Ausguss gestreut und habe dann etwas nachgespült. Völlig krank, ich weiß, aber ich habe gehofft, dass der arme Käfer, der irgendwo da unten in dem ekeligen Wasser erstickt, eventuell etwas von dem Marom abbekommt. Damit er sich besser fühlt beim Sterben. Damit es ihm dabei gut geht. *Mir* geht es dabei gut.

Danke,
Nele.

5

123. Brief der Nele Hoffleit an die Winston Pharmaceutics Deutschland Ltd.

Liebes Winston,
ich weiß, in letzter Zeit schreibe ich zu viel, aber das muss ich Euch noch fragen: Kennt Ihr diesen Song auf Youtube?

https://www.youtube.com/watch?v=sBuXQI2FXAo

Und dann noch eine Frage: Ich will ein Buch schreiben über meine Erlebnisse mit Euch. Mit Marom, meine ich. Wie findet Ihr das? Würdet Ihr mich unterstützen, wenn ich einen Verlag suche? Ich habe auch schon einen Titel, den ich total geil finde, weil den zunächst keiner versteht, aber dann natürlich schon. Also, mein Buch heißt: »Sorgenbrecher«.

Na? Oder können das nur wir Hamburger verstehen?[51]
Liebe Grüße,
Nele

PS: Heute Morgen, irgendwann noch vorm Müsli, dachte ich ganz plötzlich: Danke, dass es mich nicht mehr gibt. Genau das habe ich gedacht. Fuck!!! Danach zur Maromschatulle und dann (auf dem Rad) in die Agentur.

6

Der erste Brief der Winston Pharmaceutics Deutschland Ltd. an Nele Hoffleit[52]

Sehr geehrte Frau Hoffleit,
zum Dank für Ihre langjährige Produkttreue und Ihre bisher 126 Schreiben möchten wir Ihnen heute unser neues Marom Extended Service and Entertainment Package überreichen.

Wir freuen uns sehr und sind sogar ein wenig stolz darauf, dass

51 *Sorgenbrecher*: Name einer in den frühen Neunzigerjahren bei lokalen Musikern und anderen Versagern bzw. vordigitalen Influencern beliebten Kneipe im Hamburger Amüsierstadtteil Sankt Pauli.

52 Datum: 13.12.2022.

unsere Erzeugnisse bisher so viel Zustimmung bei Ihnen finden konnten. Es wird Sie vielleicht ein wenig überraschen, aber Ihre Stellungnahmen werden hier im Unternehmen herumgereicht, einige wurden sogar – wir hoffen, mit Ihrer Zustimmung – ins Englische übersetzt und in den Winston News, unserem firmeninternen Journal in Fishbach Creeks/Illinois, veröffentlicht.

Ihre Begeisterung für Marom, liebe Frau Hoffleit, ist uns Ansporn und Belohnung zugleich. Jeden Tag arbeiten wir hart daran, um unser Angebot noch attraktiver zu gestalten, die individuellen Bedürfnisse und Problemkonstellationen unserer Kunden noch zielgenauer zu bedienen. In diesem Sinne:

Viel Spaß mit unserem Marom Extended Service and Entertainment Package!

Mit herzlichen Grüßen aus Ebratal,
Eric LeForbes
(Chief Executive Officer)

7

Praxis Dr. Gerhard Paul Bunnemann, Behandlungszimmer 1, ein Tag im frühen dritten Jahrtausend, 13.05 Uhr

Mein Herz insgesamt: maschinenhaft. Absolut im Gleichmaß. Ein Herz fasst Vertrauen. Ich fühle sehr viele Dinge, aber auch: Ehre. Ein großer Mediziner steht mir zu Diensten. Erfahrung am Stethoskop, radikale Dienstauffassung, Kompetenz agiert sich aus. Einatmen und ausatmen, einatmen und ausatmen. Jetzt husten? Sehr gerne. Puls, Blutdruck, Hirngeschwindigkeit. Danach langlegen, auf fettigem Krepp. Prof. Dr. Gerhard Bunnemann knetet auf meinem Bauch herum. Die staksigen Beinchen anwinkeln? Ja, auch das. Knie im Visier, Oberschenkel im Fokus. Kleine rote Pusteln auf entsetzlich weißer Haut. Haarwurzelekzem. Das dunkle Haar auf weißer Haut im Kontrast zu Bunnemanns weißem Haar auf dunkler Haut. Scham des Gesamtkörpers, aus dem Körper heraus. Ich bin mehr als hundert Jahre später als mein behandelnder Arzt geboren, doch die Frauen würden ihn nehmen. Jede. Schreibt Bunnemann eigentlich? Das ist nur wahrscheinlich. Ich sehe es als geradezu unausweichlich an, dass sich hier im Krepp zwei Schreiber begegnen. Aber was ist sein Sujet? Gedichte? Der Pragmatiker am Ende ein Feingeist? Ein Wortschlürfer? Vorstellbar. Alles ist vorstellbar, nur ein Leben ohne Marom nicht. Das kann und will ich mir nicht einmal nach meinem Tod vorstellen, der selbstverständlich unverzüglich eintreten würde. Bei Marom-Totalverlust. Bei fortgesetzter Marom-Absenz. Sehr gut, dass ich mich jetzt an meine Ziele erinnere. Zielführend geradezu. Ich habe ein Ziel. Bunnemann lebt ewig, daher hat er keines mehr. Er verfügt über Raum und Zeit. Er ist sich selbst Tablette genug, und nun verlangt er von mir, mich wieder aufzusetzen? Ja, auch das. Kniereflexdiskussion. Schienbeinkataster. Und dann? Ende. Ich darf mich wieder anziehen. Es geht zurück an den Schreibtisch. Jetzt kommt es. Jetzt geht es los. Leben oder Tod. Totes Leben oder sehr, sehr lebendiger Tod. Bunnemann ist Profi. Die Frage der Fragen, er hat sie sich aufgespart. Er wollte erst Bescheid wissen. Jetzt kennt er meinen Leib. Er besitzt wichtige Informationen, und dazu schaut er wieder in die Mappe. Gleich ist es Zeit für mein Anliegen. Er will es hören, klipp und klar. Alles steht in den Papieren, aber er will, dass ich Zeugnis ablege. Das Bekenntnis zum Medikament. Das Eingeständnis tiefer, sehr tiefer Zuneigung. Bunnemann schaut mich an. Leichte Elektroimpulse in meinen Lippen. Lippen und Zunge wollen unverzüglich die notwendigen Worte formen. Schluss mit den ganzen Kindereien! Das Eingemachte. Der Kern der Dinge. Das Wesen der Zeit. Los, du verfickte Mumie, frag, was ich hier will! Ich muss, muss, muss es jetzt sagen.

8

»Der Frontarzt«[53]
Kapitel 1

Es war ein heller, eiskalter Tag im Februar '43, als wir ihn zum ersten Mal sahen. Als er einfach zwischen den Bäumen auftauchte wie eine Erscheinung, eine Fata Morgana in diesen feindlichen, schneeverwehten Weiten südlich der ochotskischen Verkarstung.

Wir lagen mit den Resten der dritten Kompanie am Rand eines Birkenwäldchens. Die erste Ruhepause nach sechsunddreißig Stunden ununterbrochener, mit größter Härte geführter Auseinandersetzungen. Unterscharführer Plückenbaum und ich diskutierten die Lage: Ein Drittel der Männer war gefallen oder vermisst, ein weiteres verwundet, der halbwegs einsatzbereite Rest erschöpft, demoralisiert. Besonders den Zug von Mareske hatte es schwer getroffen. Mareske selber unauffindbar. Seine Leute führungslos. Dazu weiterhin sporadischer, sich langsam wieder intensivierender Artilleriebeschuss. Der nächste Angriff stand unmittelbar bevor. Der Russe griff seit Monaten an. Ohne Unterlass warf er neues Material und frische Truppen nach vorne. *Sein* Nachschub funktionierte. Während der Feind vermutlich mit mehr als einem Dutzend Panzern hinter dem Wäldchen wartete, waren ein schweres MG und zwei Granatwerfer alles, was uns geblieben war. Plückenbaum versuchte verzweifelt, beim Divisionsstab Verstärkung loszueisen, doch er wurde abgespeist: »Welche Verstärkung? *Sie* sind unsere Verstärkung!«

Dann plötzlich war er da, kam in aller Seelenruhe aus dem Birkengehölz spaziert. Das hat schon mal kolossal Eindruck gemacht. Kortes rief: »Wer da? Weisen Sie sich aus, Mann.«

»Sonderführer Dr. Bansmann«, rief der Fremde. »Die neue

53 Autor anonym, Manuskriptangebot eingegangen am 15.3.1958 beim Magazin »Der Landser«, Veröffentlichung nach kontroversen Diskussionen in der Redaktion abgelehnt.

Krankenschwester. Obersturmbannführer Hengstler schickt mich zu Ihnen. Meinen Wagen samt Fahrer hat es erwischt. Mine.«

Wir rieben uns verwundert die Augen angesichts der abenteuerlichen Gestalt, die da durch die Winterlandschaft auf uns zustapfte: Helm, Arztkittel, darunter die Uniform, um den Hals ein Stethoskop, im Gürtel mehrere Handgranaten, dazu in der einen Hand eine Maschinenpistole, in der anderen einen Koffer.

»Kommen Sie. Aber langsam«, brummte Kortes.

Etwas schwankend durch den tiefen Schnee legte er die letzten Meter zurück, warf dann, bei uns angekommen, einen amüsierten Blick in unsere fragenden Gesichter: »Tja, der Ostubaf bat mich, meine Sprechstunde mal hier draußen an der frischen Luft abzuhalten. Gute Idee, finden Sie nicht auch?«

»Sie hatten schon zu tun?«, erwiderte ich und deutete auf seinen Kittel, der mehrere großflächige Blutflecke aufwies.

»Ja und nein. Bei Ohlies, meinem Fahrer, war nichts mehr zu machen. Nach der Explosion gab es praktisch zwei von ihm, wenn Sie verstehen, was ich meine. Doch auf dem Weg durch Ihr hübsches Wäldchen machte ich Bekanntschaft mit einigen sowjetischen Spaziergängern. Die Leute musste ich mir natürlich etwas genauer anschauen. Nachher, meine ich. Quasi beim Auskühlen. Beruflich bedingte Neugier. Haben Sie keine Schüsse gehört? Kein Geschrei? War gar nicht weit von hier.«

»Wir hören hier andauernd irgendetwas«, entgegnete ich.

Er nahm den Helm ab und lachte. Blondes Haar hing ihm in Strähnen ins gebräunte Gesicht. Harte, aufmerksame Augen, blau wie ein Bergsee. Zwei Reihen strahlend weißer Zähne blinkten mit dem Schnee um die Wette.

»Richtig so! Wer wird denn gleich in Panik verfallen wie aufgescheuchte Hühner? Aber vielleicht könnte es interessant für Sie sein, dass ich vorhin gleich eine ganze Gruppe unserer angeblich untermenschlichen Kameraden erblicken durfte. Nicht mal eine Viertelstunde her. Die Herrschaften sammeln sich etwas weiter nördlich. Schätzungsweise würden die Ihnen gern von der Flanke her einen kleinen Besuch abstatten.«

Kortes warf mir einen vielsagenden Blick zu. Der Nord-Abschnitt sollte von Mareskes Zug gesichert werden. Ich wandte mich wieder Bansmann zu: »Gut, dass Sie kommen. Wir haben hier eine Menge Männer, die dringend Hilfe benötigen. Die müssen schleunigst zum Divisionsverbandsplatz.«

»Tja«, machte Bansmann wieder, »das dürfte schwierig werden. Wir könnten den Russen um einen Panjewagen und ein Pferdchen bitten, was meinen Sie? Amtshilfe sozusagen.«

Ich hielt die Bemerkung für einen Scherz; wir wussten noch nicht, was für ein Mensch Bansmann war.

»Haben Sie wenigstens Morphium dabei?«, fragte ich.

»In rauen Mengen, Herr Unterscharführer. Genug für jeden Ihrer Leute. Und am Abend, in geselliger Runde, dürfen sogar die Herren Offiziere davon naschen.«

Das war bereits ganz der Gerhard Bansmann, wie wir ihn in den kommenden Wochen noch oft erleben sollten: optimistisch, immer mit einem Scherz auf den Lippen. Dabei jedoch überlegt, methodisch und vor allem: entschlossen. Wir hatten kaum fünf Minuten gesprochen, als er wieder seine Tasche nahm.

»Meine Herren, genug getrödelt, Zeit für die Morgenvisite. Könnten Sie mich bitte zu unseren Patienten führen?«

Kortes und ich begleiteten ihn zu den vordersten Stellungen. Viele der Soldaten waren in einem beklagenswerten Zustand, Bansmann jedoch schien mit Freude bei der Arbeit. Im Wahnsinnstempo verteilte er Spritzen, legte Verbände an, sprach dabei Mut zu, steckte die Männer regelrecht an mit seiner Zuversicht.

»Wo haben Sie das gelernt?«, fragte Kortes, nachdem wir wieder in unser provisorisches *Hauptquartier* zurückgekehrt waren.

»Kessel von Dubsk«, so die knappe Replik.

Wieder schauten Kortes und ich uns verwundert an. »Da sind welche rausgekommen?«

»Viele nicht, ich schon«, parierte Bansmann.

»Wie haben Sie das gemacht?«

»Das wollen Sie gar nicht wissen. Unschöne Geschichte.«

Am Nachmittag ging der Feind erneut zum Angriff über, und wir, vor allem aber auch die Bolschewiken, lernten eine andere, eine beängstigende, fast gespenstische Seite an unserem neuen Kompanie-Arzt kennen.

9

Aus den Entzugstagebüchern des Marc Toirsier

Tag 56

Der Blick nach Westen, in mitleidloses Blau. Der Nachschub der Wogen, der Rhythmus der Brandung. In tausend Jahren, wenn unsere Zivilisation längst untergegangen ist, wird es hier, wo ich jetzt sitze, noch genauso sein. Und es wird nichts bedeuten.

Das Meer kommuniziert nicht, es teilt nichts mit, es existiert. Es ist, letztlich, absurd.

Als die Sonne gestern Abend unterging, versucht, der See meine chemische Nabelschnur zu übergeben. Diese eine letzte Marom, die ich die ganze Zeit aufbewahre. Nicht geschafft. Noch nicht. Begriffen, was ich ohne dieses unscheinbare Ding wäre: allein. Ich werde allein sein, diese Einsamkeit wird anhalten, solange ich lebe, und ich verstehe jetzt, was das Wort Entzug wirklich meint: keinen Prozess, keine Entwicklung. Entzug ist nicht dynamisch, sondern statisch. Er bedeutet Endgültigkeit. Ein Amputierter erwartet nicht, dass ihm ein neues Bein wächst.

Eben rief Esnèr an. Er will morgen mit Lebensmitteln vorbeikommen. Sagt, er habe mit mir zu reden. Angeblich gäbe es etwas für mich in seinem Laden. Egal, was es ist, ich werde zusagen. Wie eine Maschine freue ich mich auf meine künftigen Aufgaben.

10

Praxis Dr. Gerhard Paul Bunnemann, Behandlungszimmer 1, 13.08 Uhr, die Sekunden vor der Kernschmelze (des Joachim Angelique Gerke)

»So, Herr Gerke, wir haben jetzt eine Menge Zeit vertrödelt. Ihnen geht es gut. Etwas außer Form, Sport könnte nicht schaden, insgesamt aber für Ihr Alter gerade noch akzeptabel. Ich frage daher erneut: Was führt Sie zu mir?«

»Meine Maras sind alle. Schreiben Sie mir ein Rezept aus.«

»Njet.«

»Njet?«

»Das ist Russisch und bedeutet nein.«

»Sie sagen Nein?«

»Da. Das bedeutet: Ja.«

»Was soll diese Fremdsprachenscheiße? Sie können mich nicht auf null setzen, das wissen Sie genau.«

»Warum sollte ich das nicht können?«

»Weil das lebensgefährlich ist. Los, geben Sie mir ein Rezept, und ich bin weg.«

»Nein. Ich habe – nach reiflicher Überlegung, das können Sie mir glauben – einen Entschluss gefasst: Diese junge Frau[54] eben war der letzte Patient, dem ich jemals Marazepam verordnet habe – Punkt. Ich werde Frau Albers noch heute bitten, draußen ein Schild anzubringen, das unmissverständlich klarmacht, dass mit Marom in dieser Praxis Schluss ist.«

»Aber Marom lässt sich nicht einfach abdrehen. Das geht nicht. Wollen Sie, dass ich hier ausraste? Soll ich mal zum Vorgeschmack das Ding hier, die verfickte Schreibtischplatte, durchbeißen?«

»Jetzt beruhigen Sie sich mal, Gerke. Hier wird gar nichts durchgebissen. Was glauben Sie, was ich im Winter '43 gesehen habe. Das waren Männer, denen die Hälfte des Gesichts abhandengekommen war. Deren Beine sich in Blutpudding verwandelt hatten. Die aus ihren Darmschlingen tropfende, grau glänzende Pullover gehäkelt haben, während sie bei

54 Offenkundig spricht Bunnemann von Dilek Karasu.

minus 85 °C auf eine halbe Aspirin warteten. Und das alles unter schwerstem Feindbeschuss, Mann. *Das* waren Leute, die eine Marom verdient gehabt hätten, nicht Sie. Ja, Ihnen steht eine unangenehme Zeit bevor, das bestreitet niemand. Aber gerade das sollte Ansporn für Sie sein. Denken Sie an die kämpfende Truppe im Osten. Gehen Sie ins Krankenhaus und lassen Sie sich dort in Sachen Epilepsie-Gefahr für ein paar Tage überwachen. Und wenn das vorbei ist, suchen Sie sich ein Hobby. Bewegung. Frische Luft. Glauben Sie an etwas? Hilft angeblich. Gehen Sie in die Kirche. Meine Frau hat bis zum Schluss geglaubt. Hier, das Heft liegt seit einiger Zeit bei mir in der Schublade herum: Wir überziehen schon mächtig, aber das lese ich Ihnen jetzt mal vor. Also … hm …

Marazepam – wie lange noch? Liebe Kollegen, viele von Ihnen werden es bereits im Praxisalltag bemerkt haben: Marom R setzt seinen Siegeszug mit unverminderter Geschwindigkeit fort! Von immer mehr Patienten direkt nachgefragt … und so weiter und so weiter, das lassen wir mal weg … hier wird es interessant … *ist es daher ein Wunder, dass immer mehr Menschen in schwere psychische und physische Abhängigkeits-Situationen geraten? Eine Sucht, die so tief und unabänderlich erscheint, dass mögliche Ausstiegsszenarien bisher nicht einmal angedacht zu werden scheinen. Kein Zweifel, wir haben es bei Marom R mit einem neuartigen, äußerst effektiven, ebenso Sucht erzeugenden wie Sucht stabilisierenden Wirkstoff zu tun, dessen Verordnung umgehend gestoppt, zumindest aber äußerst restriktiv gehandhabt werden sollte. Die – gelinde gesagt – zurückhaltende Position des deutschen und des europäischen Gesetzgebers ist daher nichts anderes als ein Skandal. Marom R ist kein Heilmittel, sondern eine teuflische Droge. Es macht aus Patienten zunächst Jünger, dann Sklaven, zuletzt Automaten. Selten hat die Pharmaindustrie einen Wirkstoff kreiert, der Menschen mehr vom Menschsein entfernt. Es ist an der Zeit, dass wir Ärzte uns dieser neuartigen Gefahr endlich aktiv entgegenstellen. Herzlichst, Ihr Peter Albersmann*[55] … So, was sagen Sie dazu, Herr Gerke? Albersmann ist ein weithin geachteter Kollege, auch wenn er so ähnlich heißt wie meine Frau Albers hier.«

---

55 Albersmann, Peter: »Der medizinische Zwischenruf«. In: »Medizin konkret«, Heft November/Dezember 2021 S. 23–35.

»Na und? Mir scheißegal, was dieser Quacksalber erzählt. Wenn ich nicht bis spätestens heute Abend eine Marom zwischen die Kiemen kriege, schmilzt mein Hirn. Dann erodiert mein Solarplexus. Dieses ganze Sklavengequake interessiert mich nicht. Geben Sie mir ein Rezept, und Sie sehen mich nie wieder.«

»Nein.«

»Ohne den Wisch gehe ich hier nicht raus.«

»Es tut mir leid.«

»Ich bin hartnäckig, das sage ich Ihnen.«

»Die Polizeiwache ist gleich die Straße herunter. Wenn Sie hier Ärger machen, ruft Frau Albers da an. Haben wir alles schon gehabt.«

»Nur zu. Ich habe keine Angst vor den Repressionsorganen des Maßnahmenstaats. Im Gegenteil, man sagt, die schlucken Maras wie die Blöden. Die haben sogar Marom-Shampoo und Marom-Intimlotion. Wenn die Bullen kommen, haue ich die gleich auf ein Rezept an. Die Polizei hat in diesem Staat weitreichende Befugnisse, Bunnemann. Die darf praktisch alles, auch und gerade gefährliche Rauschdrogenmedikamente verschreiben. Gina Vermehren, eine von mir sehr bewunderte Aktivistin der bewaffneten Einheiten, hat zwei von denen erledigt, und beide hatten einen Mara-Spiegel, der dem Vernehmen nach nicht mehr in Promille, sondern in Prozent zu berechnen war. Wenn Ihre Freunde von der Wache kommen, werde ich mit Freuden dem erstbesten Systemschergen das Blut aussaugen, darauf können Sie Gift nehmen. Nein, da stimmte die Betonung nicht. Darauf können *Sie* Gift nehmen. Haben Sie wirklich Lust auf solche Schlagzeilen? Wegen eines idiotischen Zettels?«

»Herr Gerke, wir drehen uns im Kreis. Ich habe meinen Standpunkt hinreichend erläutert.«

»Ich verstehe dieses Herumzicken nicht. Was, Herrgott noch mal, ist eigentlich los mit Ihnen? Wollen Sie wirklich meine Milz abfackeln? Und Ihr Dr. Albersmann ist ein Einflussagent der Pharmaindustrie. Sein Geschmiere ist nichts anderes als Counter-Marketing. Ich habe dreihundert Jahre als Sklave im PR-Bereich gearbeitet. Ich kenne mich aus mit solchen Sperenzchen. Bei Ihnen sieht das natürlich anders aus. In Ihrer Jugend kämpfte man noch gegen Mammuts, nicht gegen nachlassende Kundenbindung. Ich frage noch mal: Was haben Sie persönlich davon, mir und Millionen anderen den Gehirnsaft abzudrehen?«

»Nun, Sie werden lachen, Herr Gerke, ich tue das für mein Land. Ich tue es aus einer kantischen Gesamtverantwortung heraus. Marom ist flexibel und variabel einsetzbar. Es bedeutet praktisch für jeden einzelnen Menschen in diesem Land die Erfüllung seiner ganz spezifischen Bedürfnisse. Damit ist Marom nichts anderes als das Paradies. Das Paradies auf Erden. Das aber, Herr Gerke, ist bekanntlich für den Menschen nicht vorgesehen. Ich glaube zwar nicht an eine göttliche Entität, aber Marom ist ganz sicher das, was man im Sinne der monotheistischen Dominanzreligionen als Gotteslästerung bezeichnen würde. Mit einem Wort: Marom kriegen Sie nicht, weil meiner Hildegard diese Laisser-faire-Verschreibungspraxis ganz und gar nicht gefällt.«

»Was ist das denn für eine Kraut-und-Rüben-Argumentation? Sieht es so in Ihrem Schädelinneren aus? Kant? Hildegard? Gott? Ich dachte, *Sie* sind Gott. Ich verrate Ihnen jetzt mal, was *mein* kategorischer Imperativ sagt. Der sagt: Schluck eine Marom R500, bevor die Sonne die westlichen Ebenen erreicht, ansonsten wird der Schmerz in jede einzelne deiner verdurstenden Zellen einziehen. Er wird sich dort einrichten, die Wände tapezieren und billige Regale aufstellen. Er wird nie, nie wieder fortgehen. Es gibt keinen Ersatz für Marom. Es gibt auch kein Leben nach Marom. Verstehen Sie, ich werde das Zeug selbst im Jenseits noch schlucken wollen.«

»Herr Gerke, zum hundertsten Mal, ich kann nichts mehr für Sie tun.«

»Haben Sie eigentlich noch Marom hier in der Praxis?«

»Darüber kann ich Ihnen keine Auskunft geben.«

»Vielleicht sogar in Ihrem Schreibtisch?«

»Selbst wenn. Die sind nicht für Sie.«

»Für wen dann, verdammt noch mal?«

»Nicht für Sie.«

»Sie wollen mich also ermorden.«

»Nein, mit Sicherheit nicht. Reißen Sie sich endlich zusammen, Gerke.«

»Alles, was ab jetzt geschieht, wird Notwehr sein. Damit komme ich bei jedem Gericht durch, und Sie sind Ihre Approbation los, darauf können Sie sich verlassen.«

»Haha, glauben Sie ernsthaft, damit können Sie einen bald Hundertzehnjährigen noch erschrecken? Sehen Sie es einfach so: Sie werden ein Pionier sein. Sie bringen ein Opfer, quasi für die Volksgesundheit.«

»Volksgesundheit? Sie machen Experimente, nichts weiter. Sie wollen umsatteln auf Bevölkerungstechnik und Menschenversuche, stimmts? Wie Ihre Hildegard damals im Generalgouvernement?«

»Was wissen Sie über meine Frau?«

»Eine ganze Menge, schließlich habe ich sie erfunden.«

»Sie haben was? Sie sind ja völlig verrückt, Gerke. Hören Sie, ich habe da einen Kollegen, der Ihnen ...«

»Jaja, papperlapapp. Los, geben Sie mir wenigstens eine aus der Schublade. Damit ich in Ruhe nachdenken kann. Damit ich nicht schon durchdrehe, bevor der rettende Einfall kommt.«

»Nein.«

»Bunnemann, ich flehe Sie an.«

(Getragener, feierlicher Tonfall) »Ich gebe Ihnen keine einzige Tablette mehr. Mein Entschluss ist endgültig und radikal. Ich werde diese Schublade verteidigen wie den Panzerkessel von Esnèrowsk.«

»Ihr letztes Wort?«

»Ja.«

(Beginnt zu singen) »Oh, ihr Menschenbrüder, lasst mich beschreiben, wie es geschah.«

11

La cuisine du terreur
Über die kulinarischen Vorlieben europäischer Linksterroristen in den frugalen Siebzigern.
Ein gastronomisch-revolutionärer Streifzug mit Anne Girardoux.

Womit stärkten sich Jean-Marc Rouillan und Nathalie Ménigon während eines langwierigen Strategietreffens? Wie belohnten sich Renato Curcio und Margherita Cagol nach einer fahrplangemäß verlaufenen Exekution? Und welches Gericht brachte selbst Gudrun

Ensslin dazu, ihren Allgemeinekel zu überwinden und herzhaft zuzulangen? Action directe, Brigate Rosse, Rote Armee Fraktion – die geheime Genießerwelt des historischen Linksterrors steckt voller Überraschungen und ungeklärter Rätsel.

R.A.F. = Radikal Autarke Finesse?

Stadtguerilla mit Buchweizen-Paella? Militanz durch Meeresfrüchte? Marxistische Theorie und bewaffnete Önologie? Die Essgewohnheiten des terroristischen Untergrunds der Siebziger waren lange Zeit eine Art kulinar-politologische Terra incognita. Zu vermint schien der Themenbereich, zu schnell gerieten Interessierte in den Verdacht der moralischen Relativierung, gar des Sympathisantentums. Dabei steht außer Zweifel, dass im Bereich der aus den Emanzipationsbewegungen der späten Sechziger entstandenen Revolutionszellen eine sehr eigenständige und fantasievolle Kochkunst entwickelt wurde, die heute (wenn auch uneingestanden) zahlreichen Artisten der zeitgenössischen Haute Cuisine als Vorbild und Inspiration dient. So orientieren sich die verstromten Milchferkel auf Ananas-Erbsen-Dekonstruktionen des bretonischen Avantgardisten Marc-Antoine Dufoux (aktuelles Engagement: *Les trois Oreilles*, Saint-Cloche, Dptm. Gilotte) eindeutig an einem historisch verbrieften WG-Abendessen, das die deutsche Revolutionärin und Bankräuberin Brigitte Asdonk am 7. Februar 1970 in Göttingen zubereitet und tatsächlich verköstigt hat. Asdonk galt lange Zeit als die Chefköchin der deutschen Rote Armee Fraktion (RAF). Ihre oft mit einfachsten Mitteln und unter widrigen Umständen, manchmal sogar nur auf einem Campingkocher für die hedonistisch orientierte RAF-Gründergeneration zubereiteten Kreationen zeugen von einem hohen Maß an Fantasie und Eleganz. Dies verwundert in einem Land, dessen kulinarischer Zivilisationsgrad sich noch bis weit in die Achtzigerjahre nur knapp über der Stufe des Schweinetrogs befand. Im Gegensatz zur zweiten Generation, die durch ihren Ansatz der radikalen Technokratisierung auch die Ernährungsfrage zunächst hyperrationalisierte und anschließend marginalisierte, versuchte die frühe RAF, ganz bewusst auch über den Teller zu agitieren, eine saturierte und von fetttriefenden Sättigungsbeilagen gemästete Gesellschaft von Grund auf zu verschlanken und zu verfeinern. Nicht umsonst tauchte in einem 1973 von der bereits inhaftierten Asdonk entworfenen Alternativ-Logo der Terrorgruppe anstatt der enigmatischen Maschinenpistole ein stilisierter Kochlöffel auf.

Action directe: Cuisine directe

Einen anderen, im Vergleich zu den deutschen Genossen sogar diametral entgegengesetzten Weg schlug die Führungsebene der französischen Action directe ein. Angewidert von der bourgeoisen Starre der französischen Gesellschaft und ihren immer gleichen gastronomischen Ritualen, begründete vor allem die anarchistische Buchhändlerin Joëlle Aubron eine neue Küche der radikalen Einfachheit (»La cuisine simpliste«). Legendär unter Sympathisanten der außerparlamentarischen französischen Linken ist Aubrons »pain sur pain« (etwa: Brot auf Brot), ein mehrlagiger Auflauf, der primär aus Gebäckresten und Gemüsebouillon hergestellt wurde und dessen überraschende Geschmacksintensität heute auch von konservativen Kreisen bis hinein ins Lager des ehemaligen Front National anerkannt wird. Ein anderes typisches Action-directe-Gericht waren die »Carottes activistes«, eine kalt reduzierte, mit Calvados abgeschmeckte Möhrensoße, die meist auf Kartoffeln gegeben wurde. Fleisch und Fisch erfreuten sich generell keiner besonderen Beliebtheit, Früchte und Gemüse, oft auch einfach roh verzehrt, galten hingegen als wertvolle Motivationshilfen im politischen Kampf. Während Frankreich mit der Nouvelle Cuisine seinen Weg in die kulinarische Dekadenz fortsetzte, sogar noch beschleunigte, sorgte die avantgardistisch-bescheidene Küche der Action directe für einen bemerkenswerten Kontrapunkt, der heute von immer mehr Franzosen aufgegriffen wird und seinen Weg in den französischen Gastronomie-Kanon längst angetreten hat.

Brigate Rosse: La dolce Vita

Die Roten Brigaden wiederum, die in den Siebzigern bei Weitem aktivste und brutalste terroristische Vereinigung in Europa, betrachteten das sogenannte leibliche Wohl mit typisch italienischer Nonchalance. Man aß, was die herrschende Klasse aß – solange es schmeckte. Man trank aus den Weinkellern des Klassenfeinds. Bei Entführungen ließ man sich sogar wiederholt – und zusätzlich zu den Lösegeldzahlungen – opulente Fresspakete zusammenstellen. Die Roten Brigaden verstanden das Untergrundleben zu genießen, sie versuchten weder, wie die RAF, einen Zivilisierungsgrad herbeizukochen, noch diesen, wie die Action directe, aktiv zu negieren. Wie immer in Italien spielte Küche eine wichtige, aber keine übermächtige, ins Lächerliche überdimensionierte Rolle. Der in Frankreich allgegenwärtige, bisweilen fast hysterische Kult um Kochtopf, Pfanne und Sorbet-Feile wurde südlich der Alpen stets mit einem Achselzucken quittiert. Der zeitweilig erstaunliche Erfolg der Roten Brigaden, ihre wesentlich größere Basis- und Volksnähe, mag daher auch der Tatsache geschuldet sein, dass die Umsturzversuche der italienischen bewaffneten Revolution das Gewürzregal konsequent aussparten. Die RAF hingegen mit ihren ins Groteske verfeinerten Rezeptschlachten, die dann in Haft in fanatische, quasi-religiöse Heilfasten-Orgien umschlugen, konnte nie die Herzen einer hauptsächlich aus barbarischen Schweinefleischverwertungsautomaten bestehenden Bevölkerung gewinnen. Ebenso musste die Action directe im verzickt-dekadenten Frankreich scheitern, wo noch der niederste Aushilfsproletarier aus seiner Gattin kapriziöse Sechs-Gänge-Menüs zu prügeln pflegt.

Terror heute: Was und warum is(s)t Thorsten Kray?

Die bewaffneten Guerilla-Bewegungen Westeuropas sind längst in Geschichts- und Kochbüchern begrabene Fußnoten. Ihre Worte, Taten und Gewürze sind zwar nicht vergessen, aber weitestgehend bedeutungslos geworden in einer Zeit, die neue Herausforderungen kennt – kulinarisch und politisch. Wie, so fragt sich der interessierte Beobachter, ernähren sich also die Terroristen von heute? Welche Küche bevorzugen etwa, um gleich das interessanteste und geheimnisvollste zeitgenössische Phänomen zu nennen, die mythischen Einzelkämpfer der (west-)deutschen A.N.N.E.? Thorsten

Kray, der bislang einzige mit relativ hoher Wahrscheinlichkeit identifizierte Aktivist dieser äußerst entschlossen vorgehenden Gruppierung, wendet laut eines irrtümlich ans Licht der Öffentlichkeit geratenen Geheimdienst-Dossiers dezidiert Tarnungszwecken unterworfene Kulinartaktiken an. Der etwa 35-jährige und (ebenfalls laut Geheimdienstquellen) schwer Benzodiazepin-abhängige frühere Student der Sport- und Sonderpädagogik diniert mit Vorliebe in billigen, etwas abseits des Fernstraßennetzes gelegenen Vertreterhotels. Die dort georderten Speisen sind dementsprechend kalorienreich und bar jeder Finesse zubereitet. Beobachter vermuten hinter dieser Gewohnheit eine sowohl mentale als auch faktische Anpassung an die Geschmacksmuster seiner späteren Opfer. Kray, der primär ostdeutsche Nachwuchs-Nationalsozialisten liquidiert, isst, was seine Zielgruppe ordern würde. Unter dem euphorisierenden Einfluss des chemischen Kreuzwegs Marom R opfert er sich und seinen Cholesterinspiegel, um sich das Mindset des Feindes buchstäblich einzuverleiben. Kray kreiert damit einen neuen Typ des Untergrundaktivisten, den sogenannten Method-Acting-Terroristen. Noch nie wurde politisch so konsequent auch mit dem Magen gekämpft.

Wir, die wir noch zögerlich und feige abseitsstehen (und essen), sollten seinem Beispiel folgen.[56]

Anne Girardoux (zweite Kommandeurin der GRF)

---

56 Artikel, eingereicht am 14.03.2019 von der Journalistin Anne Girardoux beim französischen Koch- und Lifestyle-Magazin *Saveurs*. Originalzitat aus dem knappen Antwortschreiben der stellvertretenden Chefredakteurin Claudine Pombier-Mély: »Chère Anne, GRF, c'est quoi? Et en général: Vous avez définitivement un problème (ou plusieurs).«

12

07.09.2023, 10.23 Uhr, Paris, 16. Arrondissement, Philippe de Meudon (nach wie vor Chefredakteur des *Miroir*, eine halbe Marom R500 am Wochenende, als Belohnung) telefoniert mit Anne Girardoux, einer ehemaligen *Miroir*-Redakteurin der Ressorts Kultur und (später) Gesellschaft/Politik

»…«

»Hör zu, Anne, lass uns das hier jetzt abkürzen. Im Moment kann ich nichts für dich tun. Das musst du verstehen. Wenn meine Informationen stimmen, taucht dein Name hier bald auf den Titelseiten auf – und zwar nicht unter, sondern in den Artikeln. Du weißt, ich schätze dich. Ich würde dir anbieten, ein, zwei Stücke unter Pseudonym zu machen, aber du weißt, wir setzen momentan auf Personalisierung. Der Journalist als Marke und so weiter. Wenn die Sache sich geklärt hat, rufe ich dich an, kannst dich drauf verlassen. Diese Winston-Geschichte klingt doch sehr interessant. Winston und Milaut, sagst du? Die reinste Verschwörungstheorie. Also, ich bin definitiv interessiert. Aber nicht jetzt. Die Story rennt uns nicht weg. Fahr aufs Land. Besuch deine Eltern. Bleib noch ein paar Monate weg von Paris. Ich meine, wir hatten hier Besuch vom *Geheimdienst!*«

»…«

13

Kämpferinnen der inneren und äußeren Fronten, Soldatinnen der Chemie und Biologie, der Soziologie, Sozio-Ökonomie und Psychologie – wir, die Exekutiv-Organe der Leitungsebene, kennen die Situation. Wir wissen, welche Anstrengungen und Entbehrungen Euch der Kampf der letzten Jahre abgefordert hat, welch heroische Taten Ihr vollbringen, welch erbitterte Widerstände Ihr überwinden musstet. Wir wissen aber auch, dass seit einiger Zeit Zweifel aufgekommen sind. Rückschläge und Niederlagen haben – bei einigen unter Euch – zu Erschöpfung geführt, zu Verzagtheit, zu Defätismus. Viele unter Euch mögen sich insgeheim gefragt haben: Warum sollen wir noch weiterkämpfen? Wofür?

Zu welchem Zweck opfern wir nun schon so lange unsere Psychen und unsere jungen Körper? Unsere zart glänzenden, vor Zellverlangen bebenden Epidermen? Wir, die Exekutivebene der GRF, kennen diese Gedanken, uns selber sind Bedenken und mentale Einbrüche keineswegs fremd. Doch gerade deswegen, weil unsere Bewegung sich insgesamt in einer Phase schwierigster Bewährungsproben befindet, wir scheuen uns nicht, das Wort Krise zu verwenden, gerade weil die Einheiten des Feindes, die Verbände des Verderbens an Kraft gewonnen haben, ist es nun an der Zeit, uns wieder an den großen Zusammenhang zu erinnern, an den inneren Grund all unserer Anstrengungen, die kernhafte Motivation jeder einzelnen unserer Taten! Wir, die Gesellschaft Rationaler Frauen, sind angetreten, um den Menschen aus den Fesseln seiner Existenz nachhaltig und endgültig zu befreien. Wir stehen für den entschlossenen Weg in ein ewiges Morgen. Denn nur dort leuchtet der Pfad der Auflösung und Vereinigung. Wir fragen Euch deswegen erneut:

Glaubt Ihr an die Erlösung? Glaubt Ihr an ein Glück, das tiefer ist, lebendiger und strahlender, als es sich der Mensch jemals zuvor zu erträumen wagte? Seid Ihr nach wie vor bereit, all Eure Anlagen, Eure genetischen Geschichtsbücher und Bedienungsanleitungen zu einer einzigen gewaltigen kollektiven Instruktion zusammenzuführen und so der Menschheit den Weg aus sich heraus in die Kraft und in die Freude, in den endgültigen Sinn zu ebnen?

Dann buchstabiert zusammen mit mir noch einmal den Code, die Formel, die allem zugrunde liegt:

M – A – R – O – M.............R

(minutenlanger, frenetischer Jubel, Schreie, aus Tausenden von Kehlen)[57]

---

57 Audiodateianhang, Quelle und Authentizität der Aufnahme ungeklärt, angehängt an eine E-Mail von Nele Hoffleit (neleho@gmail.com) an die Winston Pharmaceutics Deutschland Ltd. Text: »Liebes Winston, heute mal elektronisch. Hört Euch das bitte mal an. Das Ding kursiert bei uns in der Agentur. Aber niemand weiß, woher es stammt. Hihihi, könnte auch von mir sein. Auf jeden Fall tolle Werbung für Euch, oder? Oder wart Ihr das selber? Wenn ja: genial!!! Ich möchte sofort mitmachen. Bei der GRF, meine ich. Ups, tue ich ja schon. Tschüüüs, Eure Nele.«

14

Praxis Doktor Gerhard Paul Bunnemann, 13.28 Uhr bzw. Stunde null, Tag X

Gerhard P. Bunnemann (im Türrahmen von Behandlungszimmer 1 stehend): »Frau Walter, holen Sie sich bitte mal Frau Albers zur Unterstützung. Herr Gerke ist im Liegestreik und bräuchte mal dringend etwas frische Luft. Und geben Sie mir bitte fünf Minuten bis zum Nächsten (wirft einen letzten Blick auf den flach auf dem Rücken, mit dem Oberkörper bereits im Flur, ab Hüfte jedoch weiterhin im Behandlungszimmer 1 liegenden Patienten).

Frau Walter: »So, Herr Gerke, kommen Sie, wir helfen Ihnen jetzt mal auf die Beine, und dann haken Sie sich mal richtig feste bei uns ein.«

Joachim Angelique Gerke: »…« (keine Regung, starrer Blick zur Zimmerdecke)

Frau Albers: »Den müssen wir anheben.«

Frau Walter: »Herr Gerke, *hallo*, jemand zu Hause?«

Frau Albers: »Los, auf drei … eins … zwei …« (Die beiden kräftigen Frauen bringen den Patienten zunächst in eine Sitzposition, dann auf die Beine. Joachim Gerke macht keine Anstalten, einzuknicken und erneut zu Boden zu gehen.)

Frau Walter: »Na also. Und jetzt gehen wir mal nach draußen. Die frische Luft wird Ihnen guttun. Schauen Sie, Herr Gerke, die Bilder hier an den Wänden, die schönen Fotos.«

Frau Albers: »Hat der Herr Doktor alle selber gemacht. Die stammen aus der Zeit, als der Herr Doktor noch mit seiner SS-Panzerdivision in Russland war.«

Frau Walter: »War das nicht seine Frau?«

Frau Albers: »Ich meine, das wären beide gewesen. Aber hauptsächlich er. Sie hat ja diesen Gedichtband darüber veröffentlicht.«

Frau Walter: »Herr Gerke, schön einen Fuß vor den anderen. Die Füße *anheben.*«

Joachim A. Gerke: »…«

Frau Walter: »Hast du den gelesen?«

Frau Albers: »Reingeschaut.«

Frau Walter: »Und?«

Frau Albers: »Nicht mein Fall. Naturkitsch. Birkenlyrik. Zauber der Weite, Dramatik der Ebene. Manchmal auch krasse Brüche. Regelrecht technikverliebte Anwandlungen, beinahe Futurismus. Über die Sachen in Polen natürlich kein Wort.«[58]

Frau Walter: »Psst, sei still. Wenn der Alte das hört.«

Frau Albers: »Jaja, aber die Gedichte waren schon schwach.«

Joachim A. Gerke: »Falls ich die nächsten Stunden beziehungsweise Tage beziehungsweise Wochen beziehungsweise Sekunden überleben sollte, könnten Sie mir dann die Gedichte der Frau Bunnemann einmal borgen?«

Frau Walter: »Ah, sieh an, der Herr Gerke. Schön, dass Sie wieder unter uns weilen.«

Joachim A. Gerke: »Ich tat nie anderes, nur brauchte ich eine gewisse Zeit, um mich mit dem, was da kommen mag, zu arrangieren.«

Frau Albers: »›Was da kommen mag‹ … Meine Güte!«

Joachim A. Gerke: »Sagen Sie, Frau Albers, könnten Sie mir bitte die Gedichte der Hildegard Bunnemann eventuell ausleihen? Ich verspreche, solange ich mich noch nicht in einem gasförmigen Aggregatzustand befinde, werde ich pfleglich mit ihnen umgehen.«

Frau Albers: »Na, meinen Namen haben Sie sich ja schon gut gemerkt. Hat der Herr Doktor wieder über mich gemeckert?«

Joachim A. Gerke: »Ja und nein.«

Frau Walter: »Nicht stehen bleiben, Herr Gerke. Immer schön weitergehen.«

Joachim A. Gerke: »Drei Dinge, bevor ich diese Praxis verlasse …«

Frau Walter: »Lassen Sie hören.«

Joachim A. Gerke: »Erstens, ich brauche meine Laptoptasche.«

Frau Walter: »Wo ist die?«

Joachim A. Gerke: »Im Wartezimmer.«

Frau Albers: »Oh, oh … ich geh kurz schauen.«

---

58 Textbeispiel 1: »Zittriges Licht in der Ferne / Silbern prangt der Horizont / Ein Wind bestreicht die Weite / Kost sanft die östliche Front.« (Bunnemann, H.: Kriegsmorgen (Vers 1), in: *Die Männer,* Gotland-Verlag, Göttingen 1961).

Frau Walter: »Und zweitens?«

Joachim A. Gerke: »Lassen Sie uns warten, bis Renate Albers wieder zu uns gestoßen ist.«

Frau Walter: »Irrtum. Das Vieh heißt Annegret. *Ich* heiße Renate.«

Frau Albers (kommt zurück zu den beiden, die Tasche in der Hand): »Da haben Sie aber Glück gehabt, Herr Gerke. Bei uns im Wartezimmer ist schon eine Menge weggekommen.«

Joachim A. Gerke: »Sie sind der Teufel.«

Frau Albers: »Ich? Und was ist mit der da?«

Joachim A. Gerke: »Zweitens: Ich fühle deutliche metamorphotische Impulse. Ich befinde mich kurz vor einer Häutung, einer Verwandlung. An diesem Tag wird sich in mir ein evolutionärer Schritt manifestieren. Sollte die Zufuhr von Marazepam weiterhin unterbrochen bleiben, stehen der Menschheit ... (verfällt erneut in einen Singsang) *Innovationen* bevor.«

Frau Walter: »Sehr schön. Und drittens?«

15

»The rapid withdrawal of Marazepam as a short term stimulus for the contemporary infantry soldier (abbreviated version)?«[59]
(Marom-Entzug als Kurzzeitstimulanz im modernen Infanteriekampf?, Kurzversion)[60]

David M. Jenkins (1), Stephen R. Klein (2) Geoffrey R. Steinhäuser (1), Angelika Wildhage (2)

1: United States Department of Defense (Defense Advanced Research Projects Agency – DARPA)

2: Winstons Laboratories Ltd., Fishbach/Il.

---

59 Aus dem persönlichen Besitz von Frau Karin Bechtloff, am 15. April 2023 erstochen aufgefunden in ihrem Haus in Ebratal, Hessen. Text verteilt auf einigen losen Blättern; Herkunft, Vollständigkeit und Authentizität des Dokuments: ungeklärt.

60 Handschriftliche Ergänzung (Verfasser unbekannt).

Abstract:
Several representative surveys demonstrated that – compared to conventional benzodiazepines – *Marom R* causes significantly more varied and more intense physiological and psychological effects on the human body. The present study shows that also the symptoms of a *Marom R* withdrawal can differ dramatically from those of other benzodiazepines. It leads temporarily to a significant increase of the cognitive and physical capacities of a dependent person but eventually (usually after 24 to 36 hours) to a severe and irreversible mental and physical breakdown. Therefore, a short-term military exploitation of *Marom R* might be possible and even effective (e.g. »one way infantry«, suicide missions). However, the moral costs of the military use of *Marom R* might outweigh the strategic benefits.

Introduction

According to a widespread rumour [...]

(Das Zeitfenster des Entzugsanflutens militärisch nutzen. Subjektives Gefühl der Unverwundbarkeit, kombiniert mit kurzfristig objektiv gesteigerter physischer und kognitiver Leistungsfähigkeit. Projekt Einwegsoldat. Ethische Bedenken unbegründet. »Kampf in Watte«)[61]

16

Hildegard Bunnemann, geb. Brauk, am 14.10.1970 über die Liebe[62]

Liebe ist, was überdauert. Was sich abhebt vom täglichen Einerlei. Liebe ist gleichzeitig aber auch genau jener Alltag, jede Minute davon: deine kleinen Gesten, das kurze Berühren meiner Hüfte, wenn

---

61 Handschriftliche Ergänzung (Verfasser unbekannt).

62 Aus den persönlichen Tagebüchern. Auf Wunsch der Verfasserin nach deren Tod verbrannt.

wir zusammen das Haus verlassen, um in die Praxis zu fahren. Wie oft habe ich es jetzt schon gespürt, dieses zärtliche In-den-Tag-schieben, das sagt: »Los, wir fangen an, wir beginnen unsere Arbeit, aber wir sind in jeder Minute zusammen, wir sind niemals mehr getrennt.« Schon allein wegen dieser ganz beiläufigen Berührung liebe ich Dich, würde ich mein Leben mit Dir teilen wollen. Damals, als meine Hoffnung auf eine Idee enttäuscht worden war, mein Idealismus und meine Kraft zu erlahmen drohten, kamst Du und zeigtest mir, was mir Politik, was mir auch der Nationalsozialismus niemals zu geben vermochte. Und wie charmant Du warst! Ein Beau, aber ernst, schweigsam pflichtbewusst, dann wieder charmant, humorvoll. Du fasziniertest den gesamten Schwesternzug. Auch die Soldaten liebten Dich, vertrauten Dir rückhaltlos. Dieser erste Augenblick, im Oktober '41, als uns Oberschwester Anneliese einander vorstellte. Dein Lächeln, Deine Zurückhaltung – ich wusste einfach, dass es geschehen würde, bereits geschehen war.

Liebe bedeutet Wissen. Sie besitzt die Klarheit und Transparenz eines seltenen Edelsteins. Wir beide haben keinen Moment gezögert, denn wir spürten, dass hier etwas sein sollte. Liebe bedeutet aber auch Pflicht. Pflicht gegenüber einer Vorsehung, einer göttlichen Weisung. Jeden Morgen, wenn ich neben Dir aufwache, mit Dir das Haus verlasse zur Arbeit, zu unseren Patienten, spüre ich, wie schön es ist, was für ein Glück ich hatte, diesen himmlischen Auftrag erfüllen zu dürfen.

Es ist ein Uhr nachts. Du schläfst schon, und ich werde mich gleich zu Dir legen. Morgen werden wir wieder zusammen arbeiten, freudig oder auch einmal schlecht gelaunt unseren Dienst versehen. Und Du wirst dabei jeden einzelnen Deiner Patienten mit der gleichen Sorgfalt behandeln, als wenn ich dort vor Dir auf der Patientenliege läge.

Auch dafür liebe ich Dich.

Liebe ist das, was mich erfüllt.

Teil 4b

1

Früher Nachmittag des Tages der Sonnenschmelze, vor der Praxis Dr. Gerhard Paul Bunnemann

Was ist jetzt, bin ich tot? Unverdient gnädig, flatternd schmerzlos hinübergeglitten? Das kann unmöglich die Wirklichkeit sein, aber Fakt ist: Bunnemann hat die Pipeline gekappt, Dr. No gibt mir keine Tabletten mehr, und es ist … großartig! Nie zuvor spürte ich eine derartige Ruhe, gleichzeitig eine solche Energie. Bereits als Kleinkind, nein, früher, bereits als genetischer Schatten, als molekulare Vermutung wusste ich, dass dieser Tag eintreten würde. Er stellt jenen Kulminationspunkt dar, auf den sich meine Zellverbände hin geteilt haben. Ein metabolistisches Endszenario. Obwohl womöglich bereits tot, bin ich weiterhin entschlossen, nicht zu sterben. Im Gegenteil, ich will leben. Und dazu – denn ich ahne, was diesem Feuer hoch potenzierter und hoch optionaler Tatkraft folgen wird – brauche ich Marazepam. Marazepam ist ein Wirkstoff, der sich dadurch auszeichnet, dass er sehr gut ist. Bunnemann will ihn mir daher nicht mehr aufschreiben. Sowjetnemesis Bunnemann praktiziert Rezeptblockade. Doch ich beginne zu ahnen: Auch für solche Fälle hat das Medikament vorgesorgt. Falls eine unverhoffte Nachschubunterbrechung eintritt, macht die Droge ihren Wirt kurzzeitig zum Genusssoldaten. Zum hochbegabten Straßenkämpfer. Das alles ist wissenschaftlich belegt. Die Frage lautet eher: Woher weiß die Bechtloff davon? Wer gibt der solche Infos? Ihr Mann schätzungsweise. Die menschliche Marom-Verpackung Dr. Peter Dransfeld. Und wie bin ich auf den gekommen? Warum hat mich Marom einen hochgradig Marom-fixierten Marazepam-PRler zu erfinden genötigt? Denksport. Kniffliges Mehrebenenrätsel. Für die Zeit nach der Rückkehr. Falls ich zurückkehre. Auf keinen Fall komme ich ohne Marom nach Hause. Das ist polizeilich verboten. Marom muss und wird besorgt werden. Ich werde daher *jetzt* losgehen. Ich werde Kammern und Speicher plündern, Straßenzüge niederbrennen, Benzodiazepin-verwandte

Schadstoffe aus geschmolzenem Plastik lutschen. Ich werde Dinge tun, die zu groß und zu folgenträchtig sind, um sie in einen simplen Relativsatz zu zwängen. Und ich werde selbstverständlich scheitern. So wie ich immer in und an allem gescheitert bin. Damals, als die Gemüseuhr stehen blieb und ich wochenlang unfähig war, etwas dagegen zu unternehmen. Und dann, als ich endlich die Batterien hatte, die Ewigkeit, die ich brauchte, um die Dinger in die dafür zuständige Plus/Minus-Halterung zu verbringen. Natürlich war das alles vor Marazepam. Vor Marazepam war mein Leben eine Katastrophe, eine fortgesetzte Peinlichkeit. Dagegen jetzt dieses erhabene Gefühl: Die einzigartige Geliebte verlässt mich. Würde endgültiger Einsamkeit. Ruhm eines anstehenden, aussichtslosen Kampfes. Energieströme durchfließen meinen seit jeher unattraktiven Körper. Der Abschied vom Marazepam ist ein rauschendes Fest, eine funkelnde Zell-Implosion. Deutlich öffnet sich nun ein Zeitfenster der Allmächtigkeit vor mir, um sich danach für immer zu schließen und mich in einen Krümel schwarzer Schmerzkohle zu verwandeln. In den nächsten Stunden werde ich die extremsten Ausformungen humanoider Existenz erleben. Ich werde über alles Menschliche hinauswuchern und mich anschließend zu einer winzigen Masse hoch reiner Panik verdichten. All das sehe ich klar.

Ich sehe auch: Den verfickten Toirsier-Entzug habe ich tausendmal zu lahm angelegt. Dieser Franzosenlappen setzt die Tablette zwischen zwei edlen Bourgogne-Tropfen ab und heuert gleich anschließend beim perversen Esnèr an? Lächerlich! Man sollte nie über etwas schreiben, was man noch nicht selber erlebt hat. Was einem erst noch bevorsteht. Spätere Beobachter, künftige Kritikergenerationen mögen spekulieren, ob Toirsier nur eine Vorahnung gewesen ist. Eine Vorab-Kompensation eigener Ängste. Ich hingegen sage: Unsinn! Wer Marom hat, kann und wird sich niemals vorstellen, kein Marom zu haben. Erst wenn die letzte Packung zerfleddert, das letzte Dragee durch die Magenwände getropft ist, flattern dem Süchtigen plötzlich die Nerven, flattert er folglich hinaus, zu den Bunnemännern dieser Welt. Halt! Bunnemann ist einzigartig. Dieser Mann hat die Ostfront verarztet. Bei Maromsk den Durchbruch des Bolschewiken verhindert. Im Alleingang. Klaffende Frontlöcher mit Mull und Birkennadeln gestopft. Ein Chirurg.

Der Chirurg! Es gibt keine Bunnemänner, nur Bunnemann! Doch auch er ist Vergangenheit. Der größte Arzt der Zeitgeschichte ist Zeitgeschichte. Man hat mich verlassen, damit ich Marom verlasse, und jetzt bin ich also losgegangen? Mein Gehirn hat die Reflexionsstarre durchbrochen. Ein Körper, der immer hässlich war, strahlt und leuchtet. Erste Etappe: das Ärztehaus Jobst-Michael-Höhtker-Weg. Ich lenke die Schritte nach Westen. Ich wittere reiche Mara-Fanggründe. Ich brenne.

2

»Die Ereignisse, die sich in den Mittagsstunden des … (welches Datum haben wir heute? Warum vergesse ich das immer wieder? Egal, mit Marom sind alle Tage wunderbar gleich, ohne gibt es keine Tage) in unmittelbarer Nähe der Praxis Dr. Gerhard Paul Bunnemann (108) und später in einigen Straßenzügen im Kernbereich der Stadt B. zutrugen, gelten heute als ein, wenn nicht als der entscheidende Wendepunkt hinsichtlich der öffentlichen Rezeption des Wirkstoffes Marazepam. Zwar hatte das unter dem Markennamen Marom R in den Konzentrationsklassen 100, 200 und 500 vertriebene Benzodiazepin schon in den Jahren zuvor nicht unerhebliche Teile der bundesrepublikanischen Wohnbevölkerung in seinen Bann gezogen und sodann im Rahmen eines offen totalitär agierenden Suchtregimes versklavt, die Allgemeinheit jedoch, vor allem die Presse des Landes, hatte von den verhängnisvollen Entwicklungen absurder- wie bezeichnenderweise noch kaum Notiz genommen. Nach dem sowohl Marazepam- als auch Marazepam-Defizit-inspirierten Blutspaziergang des 41-jährigen Transferleistungsbeziehers Joachim Angelique Gerke sollte sich dies schlagartig ändern. In den Folgetagen überboten sich die Blätter mit reißerischen Features zu den mannigfaltigen Wirkungsformen des Medikaments, aber auch zum Werdegang des polizeilich bis dato nur geringfügig in Erscheinung getretenen Gerke. Der Berichterstattung zu der »Teufelsdroge Marazepam« (und in einer zweiten Welle die Analyse genau jener Berichterstattung) nahm derart psychotische Ausmaße an, dass klarsichtige Beobachter schon bald den Verdacht äußerten, nicht nur die Taten

Gerkes, sondern erst recht die darauf folgende öffentliche Debatte seien die direkte und zwangsläufige Konsequenz eines unverantwortlichen Marazepam-Konsums. Mit anderen Worten: Im Nachgang des Abgangs des Joachim Angelique Gerke gelang es zum ersten Mal in der Menschheits- und Erdgeschichte einem Medikament, quasi mit sich selbst über sich selbst zu diskutieren. Die Biochemie inklusive der angeschlossenen Industriebranchen hatte somit die Genetik, die Informatik sowie die Raumfahrttechnik auf die Plätze verwiesen und endgültig die Herrschaft über den Planeten übernommen.«

Klingt gut, finde ich. Unbedingt behalten. Als Gedächtnisprotokoll abheften. Aber wo veröffentlichen? Im *Guardian?*

Losgehen. Bunnemanns kleine Straße runter, dann der Platz, den Platz überqueren. Vor mir ein großes Haus, mit Geschäften im Erdgeschoss. Tremor-Apotheke? Merkwürdiger Name. Unsympathisch. In meiner Lage. Die Tür öffnen. Innehalten. Sofort die frischen, in ihren Blistern zuckenden Arznei-Austern wittern. Ruhig, Kinder! Es wird alles gut. Ihr habt nicht umsonst gewartet. Ihr habt nicht umsonst gelebt. Der Feinschmecker ist da.

Umschauen. Die Lage erfassen. In meinem Kopf: Ruhe. Andere Kunden? Vorhanden. Vordrängeln? Exekutieren? Anstellen! Marom befähigt mich, selbst jetzt die Contenance zu wahren. Selbst in dieser Situation. Sich mit Anstand anstellen. Zwei Apothekerinnen im Dienst. Facharbeiterinnen der Tablette. Vor mir ein verschrumpelter, winziger Organismus. Die alte Frau überreicht einen Zettel, die Verkaufskraft geht nach hinten, öffnet Schubladen, öffnet weitere Schubladen, kommt dann mit einer orange-grünen Schachtel zurück. Ein unglückliches, marktschreierisches Design. Marom ist stets in Blau gekleidet. Ein kühles, mittleres Blau. Marom bevorzugt den sachlichen Stil. Understatement. Die Alte kramt ein rotes Portemonnaie hervor. Überall Farben! Das Rot ist hell, fast pink. Arteriell. Draußen hingegen platzen venöse Schlieren vom Himmel. Im Osten ein einfarbiger Regenbogen.

»Was darf es sein?«

»Marom R500.«

»Gern. Dann bräuchte ich einmal das Rezept, bitte.«

»…«

»Hallo?«

»Ja.«

»Haben Sie ein Rezept? Ohne Rezept kann ich Ihnen dieses Medikament nicht überlassen.«

»Nein.«

»Sie haben kein Rezept?«

»Nein.«

»Dann müssen Sie zu Ihrem Arzt gehen und sich eins ausstellen lassen.«

»Ich komme gerade von Bunnemann.«

»Und Dr. Bunnemann hat Ihnen kein Rezept gegeben?«

»Nein.«

»Dann kann ich Ihnen leider kein Marom geben. Marom ist rezeptpflichtig.«

»Ich habe kein Rezept.«

»Ja, dann müssten Sie eventuell zu einem anderen Arzt gehen.«

»Zu einem anderen Arzt?«

»Das wäre eine Möglichkeit.«

»…«

»Warum wollte Dr. Bunnemann Ihnen denn kein Marom verschreiben? Wissen Sie den Grund?«

»Ich brauche Marom jetzt. Spätestens in zwölf Stunden explodieren meine Organe.«

»Sie wollen sagen, dass bei Ihnen bereits eine Abhängigkeitssymptomatik vorliegt?«

»Symptome, Symptome. Sehen Sie, was draußen für ein Wetter herrscht?«

»Ja, wir haben uns auch schon gewundert.«

»Das Wetter ist auch ein Symptom. Ich brauche auf der Stelle Marom R500. Wie viel kostet das?«

»Hier im Ärztehaus ist die Frau Dr. Canoglu. Vielleicht versuchen Sie es bei ihr einmal. Aber da müssen Sie sicher auch lange warten. Die Praxis ist immer sehr voll.«

»Hat die Canoglu bei Bunnemann gelernt?«

»Das kann ich Ihnen nicht sagen, aber was man so hört, ist das eine gute Ärztin.«

»Jaja, mir egal. Ich brauche jetzt eine frische Packung Marom R500. Und dazu vielleicht noch Magnesium und etwas Zink. Können Sie aber alles in eine Tüte packen.«

3

Meine Schuhe platschen durch zähflüssige, rostbraune Lachen. Der Regen hat aufgehört, freie Stellen am Himmel, die Trümmer der Tremor-Apotheke im Hintergrund. Ein rauchendes, zerflossenes Ärztehaus. Unglaubliche Kräfte. Eine hohe Anzahl von Potenzialen. Aber nichts erbeutet. Es ist nichts in meinen Taschen. Sirenen zittern durch die Luft. Etwas muss geschehen sein. Irgendetwas muss begonnen haben. Meine Schritte ordnen sich wohin? Welche Himmelsrichtung? Nein, noch nicht in den Himmel. Südwesten. Schritte gen Südwesten. Ich folge dem Bunnemann der Jahre 1943/44. Doch ich bin nicht auf dem Rückzug. Das ist Vorwärtsverteidigung. Und es geht mir gut. Es geht mir nach wie vor und durchaus zufriedenstellend. Nur die Ahnungen werden stärker. Langsam sich intensivierende Vorausahnungen. Bilder konkretisieren sich. Von dem, was bevorsteht. Was eventuell eintritt, wenn keine tragfähigen Lösungen gefunden werden. Frau Dr. Canoglu? Lächerlich! Realitätsgehalt dieses Vorschlags: null! Das weiß man von Dilek Karasu. Der Canoglu braucht man gar nicht erst ins Wartezimmer zu fließen. Lieber gleich den Laden anzünden und aus dem Rauch die essentiellen ungesättigten Marom-Atome heraus einatmen. Ich hatte auf Filterkiemenatmung umgestellt. Aber meine Lungenknospen wurden nicht gewässert. Meine Kapillarwiesen durften nicht erblühen. Südwesten also. Der Weg in die Stadt. Ins garstige Zentrum. Ich wohne im Osten, Bunnemann praktiziert im Osten. Canoglu bis vor ein paar Minuten auch. Ein guter Arzt gehört zu den einfachen Menschen. Zu den kleinen Leuten, die eine einfache, ohne Beilagen servierte Tablette noch zu schätzen wissen. Die bei einem Glas Marom-Sirup noch dankbar in die Kamera blicken. Louis-Ferdinand Céline, mein literarischer

Erzfeind, mein großer literarischer Gegenspieler, praktizierte auch im Osten. Bei und für die Elenden. Also wurde er Faschist. Ich bin und bleibe unpolitisch. Ich verdanke und widme mein Lebenswerk der Chemie, der Pharmakologie und dem Apothekenwesen. Politik resultiert aus dem Mangel an fantasievollen Medikamenten. Nirgends weiß man dies besser als im Stadtrat von Ebratal. Einer Stadt, die ich zum Glück nicht kenne. Dafür aber diese Stadt hier, diese tragische Gegend. Toirsier durfte zum Entzug ans Meer, ich muss mich durch verunglückte Steintrassen zwängen. Diese Häuser! Diese Gesichter! Für einen Moment die Ahnung, wie all das auf mich wirken wird, wenn ich ausgenüchtert bin. Wenn der Marom-induzierte Tatmensch endlich wieder das Häufchen Blisterasche ist, das ein Windstoß von einer verkokelten, steinernen Tischtennisplatte in einem der versifften Parks weht. Aus Richtung Zentrum jetzt Blaulicht. Ein Streifenwagen nähert sich mit hoher Geschwindigkeit, passiert mich, strebt den Resten des Ärztehauses zu. Was um Himmels willen habe ich dort angestellt? Ich drehe mich nicht um, ich schaue den Bullen auf keinen Fall nach, doch ich weiß, dort hinten steigt Rauch auf. Der Rauch quillt in einer schimmernden Säule zum roten Himmel hinauf. Der Regenbogen ist fort, wurde aber registriert. Hunderte von Menschen und mehrere Wissenschaftler haben ihn gesehen. Hoffentlich wird man Erklärungen finden und nicht mich fragen müssen. Denn ich habe keine Zeit. Ich gehe in Richtung Stadt. Ein paar Kilometer Richtung Südwest. Die Umgebung ist hässlich, das Wetter spielt verrückt, ich schaue nicht zurück.

4

Städtische Kliniken B.-Zentral-Ost, elektronische Patientenakte J. A. Gerke, Update 12.01.2017, Bericht und Daten (kostenpflichtig) weitergeleitet an das Winston Internal Review Center (WIRC), Ebratal

Der Patient Joachim A. Gerke suchte in den Zeiträumen vom 3. Oktober 2014 bis zum 14. November 2014 sowie vom 29. Oktober 2016 bis zum 4. November 2016 täglich, aber zu unterschiedlichen Tages- und auch Nachtzeiten, die Räumlichkeiten der psychiatrischen Notfallambulanz auf. Der Patient klagte bei diesen Gelegenheiten wiederholt über unspezifische, nicht näher zu beschreibende Angstzustände, die es ihm zum Beispiel unmöglich machten, einfachste Verrichtungen im Haushalt zu erledigen. Immer wieder erwähnte Gerke in diesem Zusammenhang eine »Gemüsezeit«, die nicht mehr vergehen wolle. Er, Gerke, sei nicht mehr in der Lage, die »Karotten«-, »Brokkoli«- oder »Zwiebel«- oder »Paprika«-Zeit in Gang zu bringen, und habe daher Angst, ewig leben zu müssen. Das sei jedoch alles andere als eine erstrebenswerte Vorstellung für ihn, obwohl er andererseits »das ewige Leben immer noch dem ewigen Tot-Sein« vorziehe. Der Patient beschrieb zudem weitere angststörungsinduzierte Symptome wie morgendliches Zittern, unspezifisch motivierte Weinkrämpfe, manische Beschäftigung mit Gehwegplatten, Insektenstammbäumen sowie »einer bestimmten Phase der peruanischen Restaurationsliteratur zu Beginn des XX. Jahrhunderts«. Gerke bezeichnete sich gesondert bei seinem zweiten Besuchsintervall in der Notfallambulanz immer wieder und mit Nachdruck als »ausgehobenes Grab«, bei dem sich die Gesellschaft standhaft weigere, eine passende Leiche hineinzulegen und der Sache so ein Ende zu machen. Dennoch und auch nach dezidiertem Nachfragen stritt der Patient ab, Selbsttötungsabsichten zu hegen. Ihm gehe es allein um eine leistungsfähige und auf seine spezifischen Bedürfnisse abgestimmte Medikation, die es ihm ermögliche, einerseits die »Gemüseuhr« wieder in Gang zu setzen und andererseits »ein normales und im bescheidenen Rahmen glückliches Leben« zu führen. Vor allem aber wünsche er sich, morgens »seine Kaffeetasse wieder zum Munde führen« zu können, ohne in der Küche Überschwemmungen »tsunamischen Ausmaßes« anzurichten.

Der Patient wurde während der ersten Angstschubphase mit einer mittleren Tagesdosis Flunitrazepam (0,5 mg) und während der zweiten Phase mit einer geringen Tagesdosis Marazepam (0,075 mg) behandelt. Gerke ist einer der letzten Patienten im psychiatrischen Notfalldienst, dem letztgenanntes Medikament verabreicht bzw. verschrieben wurde. Marazepam wurde aufgrund eines außer Kontrolle geratenen Eigenkonsums seitens der Klinikbeleg- und Ärzteschaft aus dem pharmakologischen Arsenal der Kliniken entfernt.

5

Zu Fuß vom Vorort ins Zentrum. Am Rande einer vierspurigen Straße. Häuser, Häuser. Elende Wohn- und Geschäftsställe. Autohändler, Tierfuttermärkte, Hähnchenbratereien. Idiotie und Würdelosigkeit des Gelderwerbs. Danke, Amt! Dass du mich damals befreit hast. Danke! Vor mir jetzt: Gebrauchtwagen Ozgun. Autos sind fahrbare Ideen. Ich brauche Ideen. Fähnchen flattern im Hämatocytenwind. Ein Grundstück, ein verglaster Verkaufscontainer, zwei Männer:

»Guten Tag, verkaufen Sie den neuen Marom R500?«

»Den was?«

»Den neuen oder auch gebrauchten, mir egal, den neuen und/oder gebrauchten Marom R500.«

»Noch nie gehört.«

»Sie haben aktuell keinen Marom vorrätig?«

»Kenne ich nicht, die Marke. Marvin, kennst du die?«

»Halt, lieber Herr Marvin, bevor Sie antworten, bedenken Sie bitte, dass eine irgendwie negative Antwort, dass jedwede von mir als abschlägig zu interpretierende Wortmeldung Ihrerseits einen innerhalb dieser Räumlichkeit sofortigst einsetzenden Protein- und Gewebefetzennebel zur Folge haben könnte.«

»Was labert der Junkie? Ich verstehe kein Wort.«

»Sehr schönen Golf haben wir. Steht hinten auf dem Hof, 108 000 auf der Uhr, fünf Jahre, Scheckheft, alles drin, alles dran. Vorbesitzer hat sogar mit Innenraumkamera nachgerüstet. Können Sie, so wie er da steht, für siebzehntausend mitnehmen.«

»Gut, nehme ich.«

»…«

»Rafit, haste gehört? Der Vogel will den Golf.«

»Kümmern Sie sich nicht um den. Sie sind wirklich an dem Wagen interessiert?«

»Absolut. Wie sieht es mit einer Probefahrt aus? Im Übrigen sind mir die prüfenden Blicke Ihres Kollegen keinesfalls entgangen, weswegen ich mir die Frage stelle, ob nicht eventuell auch Sie, Herr Ozgun, sich momentan Fragen hinsichtlich meiner etwaigen Zahlungsfähigkeit stellen. Sie zweifeln womöglich sogar ernsthaft daran, ob ich über die notwendige Liquidität für den Ankauf eines erst wenige Jahre alten Kraftfahrzeugs verfüge. Deswegen …«

»Fünf.«

»Wie bitte?«

»Der Wagen ist fünf Jahre alt.«

»Fünf? Sehr gut. Ein Automobil mit einer gewissen Lebenserfahrung. Das kann in keinem Fall schaden. Was ich zu sagen versuche, ist Folgendes: Falls mir der Wagen nach einer Probefahrt immer noch so gut gefallen sollte wie jetzt, werde ich gleich anschließend den vollen Betrag der Kaufsumme in bar und vollständig entrichten.«

»Rafit, frag ihn, ob er überhaupt den Schein hat.«

»Haben Sie eine gültige Fahrerlaubnis, soll ich fragen.«

»Selbstverständlich. Ausgestellt am 14. März 1999, in der Gemeinde Ebratal in Nordhessen. Möchten Sie vielleicht einen Blick auf das Dokument werfen?«

»Nein. Ich glaube Ihnen.«

»Aber ich will das Ding sehen.«

»Ich sags jetzt nicht noch mal: Halt die Klappe, Marvin.«

»Herr Ozgun, Herr Marvin, könnten Sie bitte Ihre Händel unterlassen? Hier steht ein Kunde, ein Kunde, der sich, wenn auch ohne ärztliche Verordnung, für einen fahrbaren Untersatz Marke KdF entschieden hat. Dieses wahrscheinlich noch benzinbetriebene, hoffentlich aber schon mit Sachstandsassistent und Einschlafhilfe ausgerüstete Golf-Auto interessiert mich sehr.«

»Tss, was für'n Vogel.«

»Marvin, halt …«

»Ehrlich jetzt, dem willst du eine Kiste mitgeben? Der …«

»Ich würde Ihnen gerne ein Angebot unterbreiten: Ich fahre jetzt mal eine Viertelstunde mit dem Wagen und schaue, wie wir zusammenpassen, er und ich, und wenn ich zufrieden bin, was ich bei einem nur fünf Jahre alten Qualitätsprodukt wie dem Golf für durchaus wahrscheinlich halte, wenn also alles zu meiner und des Automobils Zufriedenheit verlaufen sein sollte, kaufe ich den Wagen sofort. Und zwar in bar. Was sagen Sie dazu, Herr Ozgun?«

»Der Typ will siebzehn Steine auf den Tisch legen? Cash? No way, Rafit. Schau dir mal die Schuhe an. Die Jacke. Die Pfeife ist unter Garantie auf Stütze. Der kommt jedes Monatsende den Flur raufgekrochen und winselt um Essensmarken, jede Wette.«

»Haben Sie denn wirklich so viel Geld, Herr …«

»Gerke. Joachim Angelique Gerke.«

»Angelique? Rafit, ey … wenn du das machst …«

»Also, Herr Gerke, Sie verstehen, dass …«

»Ich verstehe absolut, Herr Rafit Ozgun. Misstrauen ist in jedem Fall angebracht, doch kann ich momentan nichts anderes tun, als Ihnen dieses Angebot zu unterbreiten. Eine kurze Probefahrt, ich lasse Ihnen zur Sicherheit selbstverständlich ein wichtiges persönliches Dokument als Pfand hier, und dann, wenn alles stimmt, Barzahlung. Sie melden den Wagen für mich an, und ich komme morgen wieder und hole ihn ab.«

»Alles Quatsch. Jetzt schau dem doch mal in die Augen, Rafit. Kommt dir da was bekannt vor? Schau mal, wie dem die Pupillen wackeln. Kenn ich doch alles. Die Typen stehen bei …«

»Junge, zum letzten Mal: Halt die Schnauze!«

»Nein, bitte, das ist interessant. Meine Pupillen wackeln? Was bedeutet das Ihrer Meinung nach, Marvin? Kennen Sie sich aus mit solchen Phänomenen?«

»Und ob.«

»Ich fass es einfach nicht, Marvin. Wie oft …«

»Sie sind nicht zufällig in der pharmakologischen Branche tätig?«

»Bist du ’n Headhunter, oder was? Und wenns so wäre, was dann?«

»Dann würde ich gerne Näheres über Sie und Ihren Broterwerb erfahren.«

»Aha, wieso? Puckert da drinnen, was? Ein kleiner Hunger? Momentan ist alles toll, alles großartig, was? Allmächtig, und so weiter. Aber der Appetit ist schon da, oder? Irgendwie fühlt man, dass der wachsen wird. So ’n richtig fettes Monster wird der, habe ich recht?«

»Nun, ich wäre ein Narr, wenn ich diese Umschreibungen voll und ganz zurückweisen wollte. Aber dennoch möchte ich darauf hinweisen, dass mein prinzipielles Interesse an diesem Golf unbekannten Typs weiterhin besteht, sich sogar noch verstärkt. Wie wäre es, wenn mich

Herr Marvin auf meiner Probefahrt begleitete? Herr Ozgun, was halten Sie davon? Käme das nicht auch Ihren, ich sage es noch einmal, absolut nachvollziehbaren Sicherheitsinteressen entgegen? Marvin und ich fahren eine Viertelstunde spazieren, vertiefen dabei vielleicht noch diese gerade begonnene und – auch das gebe ich gerne zu – mich in zunehmendem Maße faszinierende Unterhaltung, und anschließend werden wir dann den finanziellen Teil der Transaktion in Angriff nehmen. Das wäre, mit einem Wort, mein Vorschlag.«

»Rafit, im Ernst jetzt: Glaubst du wirklich, der Typ gibt seine letzten Scheine für eine von deinen Mühlen aus? Aber wenn du willst, fahr ich kurz mit.«

»Meinetwegen. Sie können den Wagen für 'ne halbe Stunde testen, Herr Gerke. Kurz auf die Autobahn, mal Gas geben, und wieder zurück. Alles klar? Nicht in die Stadt, Sie hören ja die Sirenen.«

6

»Na, du fährst hier ja schnittig vom Hof. Pass mal 'n bisschen auf, Mann.«

Ein merkwürdiges, erhabenes Gefühl: Nicht mehr nur für mich bin ich verantwortlich, sondern auch für ein weiteres Leben. Ich darf nicht mehr nur meine, sondern auch eine fremde Existenz auslöschen. Oder falsch, die Amateurpraxis Frau Dr. Canoglu, die Tremor-Apotheke, der ganze verfluchte Gesundheitsbunker – schätzungsweise habe ich heute schon allerhand erledigt. Ich habe die Bunnemann-Katastrophe durchaus eliminatorisch aufgearbeitet. Trotzdem: Jetzt ist es anders. Jetzt hat sich ein Körper freiwillig zu mir gesellt. Insofern bin ich eigentlich doch nicht verantwortlich. Nicht zu hundert Prozent. Und schau nur, mein kleiner Marvin, schau durch diese leicht getönten Proleten-Golf-Scheiben hinauf zum Himmel. Ist das ein Licht? Hast du so etwas schon einmal gesehen in deinem jämmerlichen, verpfuschten Leben? Was meinst du, soll ich den Scheibenwischer einschalten? Und mach dir keine Sorgen um Rafits Lack. Das ist eine harmlose Hämatokrit-, Plasma- und Wasser-Verbindung. Plus irgendwelche Salze und

Proteine. Du willst mehr wissen? Detailliertere Informationen? Es tut mir leid, die habe ich nicht im Kopf. Ich weiß nur: Der Regen fällt in meinem Kopf und aus meinem Kopf heraus vom glühenden Himmel auf Rafits Fünfjahresvolkswagen. Auf Rafits Noch-Eigentum, zu dem du, blasser, benachteiligter Marvin, eventuell auch gehörst? Sag, bist du in Heimen herangewachsen? Hast du dort und erst recht später unaussprechliche Dinge getan? Sei unbesorgt: Deine Schuld ist abgegolten. Ich habe sie und dich übernommen. So wie Bunnemann einst mich übernahm. Und dann wieder freigab. Auch du bist bald frei, mon p'tit Marvin. Bald hast du keine Fesseln mehr. Entspann dich einfach. Versuche, deine letzten Minuten zu genießen.

7

Aus den Tagesbulletins der Polizeidirektion B., Sektor Innen-Ost, Abschnitt Innen-Ost-äußerer Bereich, 19.05.2023

Gegen 16 Uhr dieses insgesamt im Abschnitt Innen-Ost ereignisreichen Tages meldete der Autohändler R.O. (interner Vermerk: 2 rechtskr. Verurt. Kfz und Raub) telefonisch den Verlust eines seiner Fahrzeuge, das er einem Kunden sowie einem Bekannten zur Probefahrt anvertraut habe. Der Wagen sei nicht zur vereinbarten Zeit zurückgebracht worden. O. äußerte den Verdacht, sein Bekannter M.S. (interner Vermerk: 4 rechtskr. Verurt. Kfz und BTM, 1 Ermittl.-Verf.) stecke mit dem vermeintlichen Kaufinteressenten »unter einer Decke«. O. gab des Weiteren an, bei dem Käufer handele es sich laut einer als Pfand ausgehändigten Krankenkassenkarte um einen J.A.G. (interner Vermerk: keine Einträge). Angesichts der beträchtlichen Ereignis- und Deliktdichte des Einsatztages wurde dem Anruf zunächst keine Priorität eingeräumt.

8

»Scheiß Regen. Was is'n das? Roter Wüstensand? Noch nie gesehen, so was. Mach mal den Schei... ey, wo willst du hin? Zur Autobahn gehts geradeaus.«

»Wir fahren zu dir. Wo muss ich lang?«

»Was?«

»Wo – geht – es – lang – zu – deiner – Wohnung?«

»Was geht dich das an? Bist du schwul, oder was?«

»Deine Wohnung ist mir scheißegal, du Untermensch. Wo lagert deine Ware?«

»Ware?«

»Hör zu, mal Klartext jetzt: Was sollte das Gerede eben von wegen wackelnde Pupillen und so weiter? Was wolltest du meinem Geschäftspartner, dem Herrn Ozgun, damit mitteilen?«

»Was wohl? Dass du ein verdammter Irrer bist, ein Tabletten-Freak.«

»Tabletten, genau. Das merkt man mir aber nach allgemeiner Einschätzung, selbst nach der nicht unmaßgeblichen Meinung des seit mehreren Hundert Jahren praktizierenden Dr. Gerhard Paul Bunnemann noch keineswegs an. Wie kommt es dann, dass ausgerechnet du das siehst? Was hast du mit der Materie zu tun?«

»Alter, du kommst bei Rafit reinspaziert und willst ... einen Marom R500? Du hast damit angefangen. Übrigens, schickes Auto, so ein Golf, was? Kannst du dir niemals leisten.«

»Dieser Golf entspricht voll und ganz meinen keineswegs niedrigen Ansprüchen. Schon nach diesen paar Metern kann ich sagen, dass mich seine Verarbeitung, seine Motorisierung sowie seine Ausstattung voll und ganz überzeugen.«

»Na also, und jetzt erzähl mir nur noch, dass du dafür genügend Körner auf der Bank hast.«

»Grün, wo muss ich lang?«

»Woher soll ich das wissen?«

»Zum letzten Mal, um deinen Freund und Besitzer Rafit Ozgun zu zitieren, wie komme ich zu deiner Wohnung?«

»Nix Wohnung. Niemals. Außerdem hab ich dort nichts.«

»Wo dann?«

»Ich hab überhaupt nichts. Ich mach das nicht mehr.«

»Aber du weißt, wer was macht.«

»Kann schon sein, aber dir werde ich das ganz bestimmt nicht verraten.«

»Also, Marvin, ich mache dich jetzt mal mit unserer Lage vertraut: Erstens: Ich brauche Marazepam, und zwar schnell. Zweitens: Bunnemann gibt mir kein Rezept, und für einen Apothekenraub fehlt mir die Inspiration. Konsequenz: Wenn du mich nicht zu dieser Quelle führst, stürzt der Himmel ein. Beziehungsweise vorher deine Schädeldecke. Also, wo sprudelt das Marom? Sag es mir einfach, kleiner Marvin.«

»Du laberst wie ein Gangster aus einem alten Ami-Film. Alter, du bist kein Mafia-Killer, sondern irgendein Pillenvogel in einer verschimmelten Sozialhütte. Du glaubst, ich habe Angst vor dir? Geil, wirklich geil! Übrigens, der Dreier-Osmane hinter uns – wenn du hier noch eine Grünphase verpennst, steigt der aus und zieht dich an der Nase durchs Seitenfenster.«

»Gut, ich sehe, argumentativ ist bei dir, wie übrigens bei den meisten sozialisationsbedingt manifest Unterprivilegierten, nichts zu machen. Deswegen hier nun ein Vorgeschmack für dich, wobei es mir in gewisser Hinsicht um den Bezug des Beifahrersitzes leidtut, der immerhin formell nach wie vor Eigentum der Ozgun Gebrauchtwagen GmbH sein dürfte. Aber natürlich wird anderseits ein Kaufpreis von siebzehntausend Euro angesichts einer solch massiven Verschmutzung nur schwer aufrechtzuerhalten sein.«

»Alter, red nicht, fahr lieber, es ist … Aaaargggghhhhh …«

9

Ergänzende Informationen zum Tagesbulletin 19.05.2023, Polizeidirektion B.[63]

Nach Auswertung der Innenraumkamerabilder ergab sich folgender Tathergang: Der schwarze Golf XIII TEASER bog um 15.09 Uhr vom Gelände der Ozgun Gebrauchtwagen GmbH nach rechts auf die zu diesem Zeitpunkt bereits belebte, aber noch nicht infolge des Feierabendverkehrs überlastete Eduard-Carl-Winston-Straße ein, folgte dieser gut dreihundert Meter und ordnete sich anschließend auf die Linksabbiegerspur der Kreuzung Bechtloffsfeld ein. Während der folgenden Linksabbiegerampelwartephase kam es mutmaßlich zu einer ersten Auseinandersetzung zwischen den beiden Fahrzeuginsassen.

15.10 Uhr: Die Bilder der Innenraumkamera (Audioaufnahmegerät defekt) zeigen die beiden Männer eine offenkundig kontroverse Unterhaltung führend. Durch die Heckscheibe erkennt man ein hinter dem Golf wartendes Fahrzeug mehrfach aufblinken. Die Kamera erfasst im Folgenden eine außergewöhnlich schnelle, nach Ansicht des polizeilichen Wissenschaftsdienstes B.-Ost annähernd supra-humanoide und deswegen höchstwahrscheinlich Marazepam-Defizit-induzierte Bewegung des rechten Fahrerarms in Richtung des offenkundig vollkommen überraschten Beifahrers. Gleich anschließend präsentiert der Fahrer, allem Anschein nach mit voller Absicht, der Kamera ein mutmaßlich unmittelbar zuvor gewaltsam entferntes, regelrecht gejätetes menschliches Ohr. Es ist dies nach vorläufiger Auswertung der polizeilichen Kriminalstatistik für den Bereich B. die vierzehnte schwere Gewalttat im Monat Oktober, bei der ein Zusammenhang mit dem Medikament Marazepam R zumindest verdachtsweise angenommen werden muss.

---

63 Verfasser: Kriminalhauptwachtmeister G. Hilter (zum Zeitpunkt seines Suizids: 0,15 mg Marom R200 stündlich).

10

Oh, là, là, kleiner Marvin. Da liegst du. Schnell kleiner werdend im Rückspiegel. Zusammengekrümmt im Rinnstein einer Ausfahrtsstraßenzufahrtsstraße. Ein bald schon starres Bündel, aus dem es vielleicht noch ein wenig tropft? Deine Haare schimmern matt, du hattest schöne blonde Haare, Marvin, und wir beide hätten es wirklich einfacher miteinander haben können, nicht wahr? Die ewigen Streitereien, das Aneinander-Vorbeireden – wozu? Verlorene Zeit, vergeudete Energie, die du jetzt gut gebrauchen könntest, habe ich recht? Deine Notkreisläufe haben sich eingeschaltet, die Ausnahmemechanismen, die Ausschüttungen, die Alarmglocken. Bald kommen die Stilllegungen, zunächst zeitweilig, dann endgültig. Das ist deine Situation. Damit bist du jetzt beschäftigt, kleiner, frecher, vorlauter Marvin. Und ich? Was ist mit mir? Eben, als ich dir vergleichsweise behutsam – glaub mir, ich hatte andere Optionen, es standen mir intensivere Varianten zur Verfügung –, eben also, als ich dir deinen kleinen Heimzöglingsstecker ziehen musste, war da ein neuer Blitz. Eine gottverdammte Motorsäge fräste ein Stück aus meiner hochempfindlichen Magenwand, verstehst du? Das Marazepam steht bereits in der Tür. Es hat Mantel und Schirm dabei, Schlüssel, Telefon und Testament eingesteckt. Es dreht sich noch einmal zu mir um, mit halb traurigem, halb belustigtem Ausdruck auf dem ebenmäßigen Tabletten-Antlitz. Der attraktivste aller Wirkstoffe schickt sich an, mein Haus zu verlassen, für die berühmten fünf Minuten zum Zigarettenautomaten, aus denen im Handumdrehen fünf Erdzeitalter werden. Ich stehe regungslos in der Küche, wo zwei Lauchstangenuhrzeiger unaufhaltsam weiterwandern. Die Uhr tickt, will mir das Gemüse sagen, das Gemüse … Schluss jetzt, verflucht! Wohin? Bahnhof? Zu den Kaputten? Noch eine Apotheke? Ich hasse es, den Einzelhandel, den von tausenderlei Steuern und Abgaben gepeinigten Mittelstand zu schädigen, aber die Motorsäge brauche ich nicht noch einmal. Ganz und gar nicht. Zum Glück hat mir Ozgun einen Golf geschenkt. Mein Golf und ich fahren in die Stadt. Habe ich Bargeld dabei?

11
Exkurs

a. Das Wie und Warum des Joachim A. Gerke (Tätergenese)

Es begab sich aber zu der Zeit, da der Mensch das Recht auf individuelles Glück in sich verspürte. Es dürstete ihn nach Spaß und Vergnügen, nach Erfüllung und Sinn, in Arbeit und Freizeit, bei Tag und Nacht. In vielfältige Aktivitäten stürzte er sich, der Erdenbewohner, um während der knappen Spanne seiner Zellaktivität so viel Bedeutung, so viel metabolische An- und Entspannung zu generieren wie nur irgend möglich. Allein, bei Lichte betrachtet, ließ sich nicht von der Hand weisen: Weder Sinn noch Vergnügen hatten je existiert. Das irdische Dasein bestand aus hamsterradhaften Strampeleien und Trauer, aus tief empfundener, mit jedem Körpermolekül versprühter Abscheu vor ausnahmslos allem, zuallererst natürlich vor sich selber, vor den Optionen, die einem dieses Selbst zu offerieren gedachte, vor den Chancen und Möglichkeiten, den eigenen Proportionen, der eigenen Stimme, den eigenen Stimmen. Mit einem Wort, der Mensch zu Zeiten Joachim Angelique Gerkes war kein glücklicher.

Aus diesem Grund erfand und konsumierte er Sachen. Zum Beispiel Tankstellenregalsüßigkeiten, zum Beispiel edle, von Patrick Esnèrs Arbeitgeber in alle Welt exportierte Dry-Age-Steaks vom Argogne-Bio-Rind. Oder eben auch kleine, meist runde, insgesamt tablettenartige Strukturen, chemische Verbindungen, die den Kopf am Explodieren hinderten beziehungsweise hielten, die Leber- und Pankreas-Brände löschten beziehungsweise anheizten, die insgesamt einen positiven Einfluss auf die durchschnittliche Schrottexistenz hatten und deswegen massenweise heruntergeschluckt wurden. Sehr zur Freude von Apotheken, Industrie und Vater Staat empfanden in der Ära Gerke sehr, sehr viele wie Joachim. Der unverheiratete Transferleistungsgourmet stellte keine Ausnahme dar, er war ganz und gar nicht allein, aber natürlich dennoch geradezu radikal allein. Aufgewachsen in einem aus Vater, Mutter und Geschwistern bestehenden Psychosenbündel, lernte er schon frühzeitig die immensen Vorteile diverser Flucht- und Vermeidungsstrategien zu schätzen. Wortkarg und muffelig, dann wieder unmotiviert beleidigt und weinerlich, selten aber frisch und sportlich den Existenzkampf suchend, absolvierte der von keinerlei physischen Auffälligkeiten oder gar Qualitäten Gekennzeichnete eine Schullaufbahn, sowie danach eine lange, stabile Karriere auf den Fluren diverser zunächst Jobzuordnungs- sowie später Menschenmüllverwaltungsinstitutionen. Eine geregelte Erwerbstätigkeit war und ist immer noch nicht das Ding des J-Punkt, A-Punkt Gerke, wobei das J. englisch, das A. jedoch deutsch oder auch französisch auszusprechen ist, eine Marotte, eine Petitesse dieses Idioten, wie überhaupt der ganze Mittelname zunächst in keinem Tauf- oder Einwohnermelderegister auftauchte, sondern erst nachträglich, nach erheblichen, für Gerke geradezu atypischen Anstrengungen hinzugefügt wurde.

Gerke war, um es kurz zu machen, ein in (sehr überschaubaren) Maßen sympathischer Antriebsdefizitär, ein schlaffes, dennoch ängstlich nervöses Menschenkind weit weg von jeglicher Zufriedenheit. Es war daher kein Zufall, sondern das Leben selbst, das den heute Schwerstabhängigen zum Marazepam führte; ein Wirkstoff, wie geschaffen für diejenigen, denen die eigene Existenz unerträgliche Belästigung ist, gleichzeitig aber radikal irrelevant vorkommt. Eine Arznei also für praktisch jeden einzelnen Humanoiden auf diesem Planeten, der sich infolgedessen anschickte, in ein neues Zeitalter einzutreten, in die Epoche der Implosion jedweder Vernunft, der Einstellung jedweden zweckrationalen Handelns. Die Erde, mit anderen Worten, näherte sich zu Lebzeiten des Jay-A-Gee einem sehr interessanten, letztlich jedoch nur selten amüsanten Endstadium. Alles ging einen Bach runter, dessen mit Marazepam angereichertes Quellwasser einen Fluss speiste, der wiederum in ein strahlendes Meer floss, an dessen Stränden aggressive, genetisch manipulierte Möwen den letzten verbliebenen, von ausgelegten Sedativa immobilisierten Teleskop-Robben bei lebendigem Leibe die Augen heraushackten.

b. Charakter und Zukunftspläne des Joachim A. Gerke[64]

Joachim Gerke ist ein engagierter, motivierter und vielseitig begabter Wechselblüter. Er kann alles, was die anderen können, nur besser. Deswegen interessieren sich nicht nur die Idioten aus der Wirtschaft, sondern auch die Mädchen für den gut aussehenden Sportler. Joachim hat jede Woche eine neue Freundin, permanent aber ist er mit Anne Girardoux zusammen, einem französischen Austausch-Modell, das seit einiger Zeit den Englisch-Leistungskurs mit einem neuartigen und hinreißenden Akzent anreichert. Anne und Joachim haben beschlossen, in der Argogne einen ökologischen Weinbaubetrieb sowie einen industriellen Schlachthof zu eröffnen, weswegen Gerke für berufsbildende Maßnahmen in B. ab sofort nicht mehr zur Verfügung steht.[65]

12

Transit-City-Apotheke, Hauptbahnhof B., Ostausgang

»Hallo.«[66]

»Hallo. Marazepam R500 … bitte.«

»Rezept?«

»Ja, hören Sie, mir ist da eben was ganz Dummes passiert.«

»So?«

»Ja. Das Rezept ist von einer Möwe gefressen worden.«

»Ärgerlich.«

---

64 Aus Sicht des siebzehneinhalbjährigen Joachims, festgehalten im Rahmen der Schreibübung »Wer bin ich?« am Tag 3 der fächerübergreifenden Berufsvorbereitungswoche »Job-Aktiv« des Jahrgangs 12 der Wolfgang-Pohrt-Gesamtschule B.-Ost-Außen II.

65 Aus Zerstreutheit sowie aus anderen diffus-präsuizidalen Beweggründen gab Gerke das Textfragment tatsächlich ab. Es wurde am Abschlusstag zur Erheiterung der (meisten) Anwesenden im Rahmen des Projektwochenschlussplenums von einem Gerke feindlich gesinnten Sozialwissenschafts- und Sportlehrer öffentlich vorgetragen.

66 Es bedient ein etwa vierzigjähriger Mann – eventuell der Apothekenbetreiber persönlich: Ironic Eye Wear, korrekter Seitenscheitel, Vollbart, Ohrstecker rechts und links, Kajalstift, Gesichtsausdruck: professionell.

»Aber ich gehe morgen zum Doktor und hole ein neues. Das Marom bräuchte ich aber schon heute … Das verstehen Sie, oder?«

»Und ob ich das verstehe.«

»Oh … wirklich?«

»Absolut. Ich fasse zusammen: Sie möchten gerne eine Packung ofenfrischer Marom kaufen, besitzen dafür aber kein Rezept, weil das von einer Möwe gefressen wurde, die das Formular anschließend im Nest wieder hervorgewürgt hat, um es an ihre Kinder zu verfüttern. Und wissen Sie was? Die Jungmöwen waren heute Mittag schon hier und haben ihrerseits das Rezept ausgespien und es sodann mithilfe von klebrigen Möwenmagensäften erneut zusammengesetzt. Wider besseres Wissen sah ich mich daher gezwungen, den Tieren Ihr Marom auszuhändigen.«

»Äh … was heißt das?«

»Was heißt was?«

»Geben Sie mir jetzt das Zeug oder nicht?«

»Ihr Medikament haben die Möwen. Tut mir leid.«

13

Unsere 10 Gebote
(Der interne Service-Ehrenkodex der Transit-City-Apotheken AG)

1. Wir bedienen unsere Kunden mit Freundlichkeit, Kompetenz und Empathie – ohne Ausnahme
2. Wir denken stets kunden- und erst dann umsatzorientiert, die Gesundheit des Kunden ist unsere oberste Priorität
3. Unsere Produkte genügen höchsten Qualitätsanforderungen
4. Filialleiter halten das unmittelbare Umfeld der Filialen störungsfrei (hierzu ist die Hinzuziehung örtlicher Sicherheitsorgane oder eines privaten Wachschutzes ausdrücklich erwünscht)
5. Filialleiter und Verkaufspersonal informieren sich fortwährend (z. B. im Rahmen von Weiterbildungsmaßnahmen) über Produktinnovationen sowie über die Bedürfnisse und Problemlagen unserer Kundschaft

6. Filialleiter und Verkaufspersonal benutzen während des Beratungsgesprächs eine klare und verständliche Sprache
7. Filialleiter und Verkaufspersonal lachen niemals über einen Kunden oder eine Kundin (unabhängig von dessen Erscheinungsbild und/oder Ausdrucksvermögen)
8. Fillialeiter und Verkaufspersonal behandeln sich gegenseitig mit Respekt und Kollegialität
9. Filialleiter und Verkaufspersonal sehen davon ab, sich während der Geschäftszeiten beim Sortiment der Transit-City-Apotheken AG zu bedienen (dies gilt insbesondere für Produkte mit dem Inhaltsstoff Marazepam)
10. Filialleiter und Verkaufspersonal sehen davon ab, sich oder einem Kunden während der Geschäftszeiten den Kopf abzuschneiden (das gilt insbesondere in Phasen eines beabsichtigten oder unbeabsichtigten Marazepam-Defizits)

14

Soeben wurde meine Magenkarosserie entfernt, mittels einer stumpfen, rostigen Gartenschere. Ich meine, träume ich? Vor drei Stunden noch gemütlich bei Bunnemann auf der Liege, noch guten Mutes insgesamt – und jetzt zu den Schrottvögeln da drüben? Zu diesen klappernden Windspielen? Ich habe ein Ärztehaus, eine Apotheke und einen Gebrauchtwagenhändler vernichtet, ich habe überdies einen Kleinkriminellen seiner gerechten Strafe zugeführt sowie eine weitere Apotheke großmütig verschont, ich habe, mit anderen Worten, Engagement und Eigeninitiative in einem nicht unerheblichen Ausmaß gezeigt. Und was ist der Dank für meine Mühen? Magenzirrhose. Magengeschnetzeltes. Als Beilage dreißig, vierzig Gemeinschaftsfremde vor dem Eingang eines gammeligen Fußgängertunnels. Zuzüglich zwei Mann Wachpersonal. Kräftige, ansehnliche Burschen immerhin, in schicken blauen Uniformen. An die werde ich mich zunächst halten. Mit ihnen werde ich den Markt sondieren. Blick über die Schulter: Der Transit-City-Apotheker ist mit einer jungen Frau zugange. Nicht zu erkennen, was er ihr verkauft.

Sollte es Marazepam sein, ziehe ich vor Gericht. Eine frappante Verletzung der Tablettengleichstellungsverordnung. Ich werde diese Filiale mit allen juristischen Mitteln am Weiterbestehen hindern, an meiner Seite ein junges, hungriges, ein glutäugiges, ein mit kochenden R500s gedoptes Team von Anwälten. Aber gut, das ist Zukunft. Das sind Projekte. Mein derzeitiges Vorhaben ist als absolut prioritär zu betrachten, weswegen ich mich jetzt tatsächlich anschicke, die zwanzig Meter zwischen mir und dem Händler-/Konsumentengemisch zu überwinden. Wie ist das Wetter, verflucht? Was macht das Wetter in diesen entscheidenden Momenten? Nun, nichts. Es rötelt vom Himmel hinab, aber jetzt trocken. Flüssigkeitsarme Basaltstrahlung, ein optimistisches Glimmen. Das Wetter freut sich, es erfühlt die Situation, schließt sich ihr an, während ein Bunnemann ungerührt hinter seinem Schreibtisch sitzt, dabei fragile Russenbirken auf die Rückseite des Rezeptblocks haucht. Eine neue Bilderserie reift heran: eine strenge Sequenz. Hyperrealistische, quasifotografische Zeichnungen. Motive aus der Blistertundra von Ozgun. Der steinalte Medizinmann lächelt. Eine beglückende Idee. Eine Revolution. Draußen ertönt Frau Albers' raues Organ. Organe waren immer schon sein Steckenpferd. In Bunnemanns Stallungen stehen unzählige Steckenpferde. Ist auch das edle Handwerk des Zeichnens darunter? Bisher waren seine Instrumente Stethoskop, Handgranate und Kamera, nicht aber Pinsel oder Stift. Unwichtig! Sekundärdetails! Alles ist nur eines: Herausforderung. Problem als Weg. Problem als Lösung. Ein Gerhard Paul Bunnemann hat und kennt nur Ziele. Seine Tundren werden den Praxisinnenausstattungsmarkt revitalisieren. Er wird von Neuem Preise entgegennehmen. Verleihen. Er, Bunnemann, wird immer weitermachen, genau wie ich immer weitermache. Ich bin unterwegs unter diesen Zinnoberwolken, nur wenige Meter noch bis zum ersten Suchtknäuel. Ein oder zwei Ruinen glotzen bereits. Die Wachmänner wachen und rauchen. Zu ihnen werde ich mich gesellen. Ein Gespräch unter Steuerzahlern. Ein Wort unter Männern, inmitten all dieses Gesockses. Kurzer Blick nach rechts. Der Eingang zur baumbestandenen Partnerdépartement-Gilotte-Straße. Dort habe ich meinen Golf abgestellt. Sicher und wohlbehalten. Ich habe den Parkautomaten mit Blättern und Speichelfäden gefüttert. Wer mich abschleppt, wird halsabwärts filetiert.

15

Die fünf systemischen Codes der Tendance Surveillance Sicherheitsservice GmbH[67]

1. Korrektes Auftreten im Öffentlichen Raum (Uniform, Hygiene, Blutkonzentration, Ansprache)
2. Nüchterne Lageeinschätzung vor jedem Einsatz (d. h.: ohne pharmazeutische Definitionsassistenten!)
3. Prioritätshierarchische Aktionsstrukturierung: Eigensicherung, Fremdsicherung, Eingriff
4. Volle Ausschöpfung (aber niemals Überschreitung!) des Kompetenz- bzw. Befugnisrahmens
5. Radikale Professionalität (jedes zwei- oder vierbeinige Tier dort draußen ist ein KUNDE!)[68]

---

67 Hundertprozentige Tochter der Tendance Surveillance SA, Metz (Département Moselle, Frankreich). Die Tendance Surveillance wiederum figuriert laut Handelsregister seit dem 1. Oktober 2019 als hundertprozentige Tochter der Frères Milaut SA. Fleisch und Sicherheit, zwei – zumindest in Frankreich – komplementäre Geschäftsfelder.

68 In den Zeiten der Diskussion, ob sich die GRF dem militanten, stark erlebnisorientierten Weg der A.N.N.E. anschließen und eigene Kommandoaktionen im Osten unternehmen sollte, kursierte kurzfristig die Tendence Surveillance-Verfassung (aus dem Jahre 2019) als eines der möglichen Vorbilder für die Präambel eines GRF-Grundwertekatalogs. Der Vorschlag scheiterte, wobei sich die meisten Kontroversen nicht, wie zu erwarten gewesen wäre, an Punkt 2 oder 5, sondern an Punkt 4 entzündeten. Überraschend deutlichen Zuspruch fand hingegen Punkt 1. Gewaltsame Aktionen seitens der GRF sind nach heutigem Erkenntnisstand bis zur Auflösung der Gruppe nie über das Planungsstadium hinausgekommen, was nach Einschätzung von Beobachtern nicht zuletzt auf den ab etwa 2017 unter den Aktivistinnen explodierenden Marazepam-Konsum zurückzuführen ist. Marazepam, das nachweislich und besonders beim US-Militär gewaltsteigernd und gewaltpräzisierend wirkte bzw. eingesetzt wurde, erzeugte GRF-intern eine brisante Tendenz zur Friedfertigkeit, zu alternativen Konfliktlösungs- bzw. -erzeugungsstrategien. Ein Rätsel, das bisher im Bereich der pharmakologischen Forschung noch nicht angegangen, geschweige denn gelöst worden ist. Es besteht jedoch zumindest der Verdacht, dass das Benzodiazepin letztendlich willkürlich wirkt, es mit einiger Wahrscheinlichkeit sogar über seinen Einsatz und dessen Gestaltung vor allem selber entscheidet.

16

»Meine Damen, meine Herren, guten Tag. Überraschend roter Himmel heute, nicht wahr?«

»Finden Sie?« (Wachmann 1)

»Ja, das finde ich, du verfickter Sonderschüler.«

»Na, na, na.« (Wachmann 2)

»Ja, stimmt, entschuldigen Sie bitte. Also, wo gibts hier die frischesten Maras? Zu welchem Marktstand muss ich mich orientieren? Geld spielt, wie immer bei mir, keine Rolle.«

»Geld spielt bei Ihnen keine Rolle?« (Wachmann 1)

»Sagen Sie mal, ganz im Vertrauen, Ihr Kollege ist ein Automat, oder?«

»Auf keinen Fall! Ich kenne Jörg nur als fähige Sicherheitsservicekraft und verantwortungsvollen Familienvater.« (Wachmann 2)

»Sie sind eine Familie?«

»Das habe ich nicht gesagt.« (Wachmann 2)

»Woher wollen Sie dann wissen, ob Jörg ein guter Familienvater ist? Von außen betrachtet, würde man sogar glauben, dass ein Patrick Esnèr sich gut um seine Caroline kümmert. Oder wie die auch immer heißt. Und um die Kinder. Das kann man absolut nicht einschätzen, was in Familien intern so abgeht. Welche Albträume sich hinter den tropfenden Türen abspielen. Was glauben Sie, weswegen diese ganzen Gestelle hier so aussehen, wie sie aussehen?«

»Diese Leute haben freie Entscheidungen in einer freien, marktförmig organisierten Gesellschaft getroffen.« (Wachmann 1)

»Hört, hört. Der Jörg hier, der hat … ach egal. Also, wer verkauft hier reines marktförmiges Marazepam?«

»Vor allem aus datenschutzrechtlichen Beweggründen können wir Ihnen darüber keine Auskunft erteilen.« (Wachmann 1)

»Akzeptiert. Sagen sie mir aber wenigstens, ob überhaupt jemand von diesen Leichen Marom-haltige Produkte vertreibt.«

»Uns liegen darüber detaillierte Kenntnisse vor.« (Wachmann 1)

»Über was, über den Verkauf?«

»Positiv.« (Wachmann 1)

»Sie können mir also garantieren, dass ich hier und heute auf diesem Platz einen oder zwei Blister Marom R100, 200 oder 500 erstehen kann?«

»Haben Sie Geld?« (Wachmann 2)

»Ich erwähnte bereits, dass ich über ausreichend Liquidität verfüge. Heute, zum Beispiel, habe ich mir schon einen Termin bei einem der renommiertesten Allgemeinärzte diesseits des Kremls sowie einen erst fünf Jahre alten Golf geleistet. Ich verbitte mir daher jedwede Inzweifelziehung meines finanziellen Erlebnisspielraums.«

»Wie, Rafit hat eine seiner Lauben losgeschlagen? Hast du das gehört, Jörg?« (Wachmann 2)

»Moment, woher kennen Sie den Namen meines Geschäftspartners? Was wissen Sie noch?«

»Mehr, als für irgendjemanden gesund ist.« (Wachmann 1)

»Tatsächlich? Sind Sie allwissend? Spreche ich hier mit einem Enkel des teuflischen Bunnemann?«

17

Die vier Maximen der Ozgun Gebrauchtwagen GmbH

1. Sei glücklich an jedem Tag, den dir die Göttin geschenkt hat.
2. Spüre die Sonne, selbst wenn sie hinter (roten) Wolken verborgen ist.
3. Genieße deinen Körper, auch er ist ein Geschenk.
4. Nur ein verkauftes Auto ist ein gutes Auto.[69]

---

69 Rafit Ozgun ließ sich die ersten drei dieser Merksätze am 7. März 2011, Jahre vor Aufnahme seiner Aktivitäten im Gebrauchtwagenhandel, in der Justizvollzugsanstalt Werl (Regierungsbezirk Arnsberg) in beide Unterarme stechen. Die lebensbejahenden Imperative sollten dem angehenden Unternehmer in der Folgezeit so gute Dienste erweisen, dass er schließlich sogar die Visitenkarten seiner diversen Unternehmungen mit ihnen bedrucken ließ. Eine der Karten befand sich an jenem schicksalsträchtigen Tag der Kernschmelze auch in Besitz des arbeitslosen Marazepam-Fanatikers Joachim Angelique Gerke.

Genieße deinen Körper? Wie, verflucht? Mir wird die Milz geschreddert. Nicht mehr lange, und die OP ist fällig. Der radikale Eingriff. Die Bauchraum-Amputation. Eine Vivisektion, für die mich Schwester Hildegard auf dem Hauptverbandsplatz bereit gurtet. Und natürlich greift gerade der Iwan an. Der Ostmensch greift permanent an. Er ... Schluss jetzt. Wer von diesen Gestalten sieht nach Marom aus? Antwort: alle. Antwort: niemand. Schauen Sie, Bunnemann, wo ich mich herumtreiben, womit ich mich herumschlagen muss? Wie weit ich hinabgestiegen bin! Diesen Tag, seine Höhepunkte und klimatischen Verwerfungen, Herr Stabsarzt, haben Sie verschuldet. Ihr Kleinmut hat nicht nur mich, sondern auch unternehmerische Visionen und Arbeitsplätze vernichtet. Sie, und nur Sie, tragen die Verantwortung für zurückliegende wie kommende Ereignisse. Denn weitere Ereignisse werden folgen, Bunnemann, das steht ebenso fest wie die Tatsache, dass Sie allmächtig und allwissend sind, aber auf keinen Fall gütig. Oder hat es etwas mit Güte zu tun, mich unter diese quasselnden Vogelscheuchen zu schicken? Wirklich wahr, die reden *alle*. Ein Wald von Gesprächsgruppen, die Diskutanten leicht nach vorne gebeugt, von einem Bein auf das andere hüpfend, strähnige Haare unter fettigen Baseballkappen, Altkleidersportswear, in den Händen schrottige Substanzen, Feuerzeuge, blutige Scheine. Von verfaulten Krallen zusammengefaltete Marapulvertütchen kaufen? Ist das meine finale Bestimmung? Und ob! Zur Hölle mit den kleinbürgerlichen Distinktionsbedürfnissen! Die Gemüseuhr zeigt fünf nach zwölf. Sägen kreischen mir durch die Oberschenkelarterien.

»Äh, entschuldigt bitte. Dürfte ich bitte kurz eure Kommunikationsattrappe stören?«

»...«

»Sehet, ich komme aus einem der östlichen Vororte, und wahrlich, ich habe einen weiten Weg hinter mir. Hier, an diesem schönen Platz in Bahnhofsnähe, kenne ich mich nicht aus. Ich bitte daher höflich darum, mir mit einigen Basisinformationen zu einer ersten Orientierung zu verhelfen. Frage 1: Verkauft eine von euch Leichen zufällig Marazepam? J'achète en gros, falls hier jemand eine richtige Sprache versteht.«

»Mais oui, Joachim! Écoute-moi: Il y a pas mal de vendeurs de Marom ici. Ils sont partout.«

Mich trifft der Schlag. Die Welt, alles geht unter vor Glück. Unter einem Baseballkappenschirm ist dieses eine Gesicht aufgetaucht. Was um alles in der Welt tust du hier, Anne? Geliebte. An diesem Platz des Elends und des stumpfsinnigen Kommerzes? Meere der Sehnsucht habe ich durchquert, Wüsten der Einsamkeit, Gebirge des Zweifels, und jetzt stehst du einfach vor mir? Im kalten Bahnhofswind nur mit einem riesigen Reebok-Sweatshirt und einer KiK-Jogginghose bekleidet? Mit Händen so schrundig und verwundet? Hast du mich vergessen, Anne? Oder bist du es vielleicht gar nicht? Sehe und höre ich Gespenster?

»Was hat der denn? Ist der krank, oder was?«

»Wer hat hier eben Französisch geredet?«

»Französisch? Gott, laufen hier Fertige rum. Wird jeden Tag schlimmer.«

»Gut, seis drum. Gibt es hier irgendwo Marazepam zu kaufen? Ich stehe kurz vor einem gesamtsystemischen Kollaps.«

»Maras? Geh mal dahinten hin, zu dem Kollegen dahinten am Eingang. Vielleicht haste da Glück.«

»Aufrichtigsten Dank, Herr oder Frau Feldmarschall.«

Damit wäre erwiesen, ich beginne zu halluzinieren. Die Dinge nehmen ihren vorschriftsmäßigen, lehrbuchgemäßen Verlauf. Als Nächstes wird mir ein bronzenes Geweih wachsen, und danach werde ich meine eigene Grabstätte ausheben. Es bleiben, falls meine Berechnungen stimmen, noch maximal zwei Stunden Zeit für die Einnahme der Nachschubdosis.

19

Die drei Premium-Verhaltensmaximen auf dem paralegalen Substanz-Nachschub-Open-Air-Markt der Stadt B. (geltend für die Angebots- wie Nachfrageseite)[70]

1. Die erfolgreiche Abwicklung finanzieller Transaktionen sowie faktischer Warentausche basiert grundlegend auf:
   a. gegenseitigem Vertrauen, b. gegenseitigem Respekt und c. einem Mindestmaß an Höflichkeit. Du willst Geld machen? Service heißt das Zauberwort. Du willst Zeug? Benimm dich entsprechend!
2. Eine leistungsfähige Freiwetterkommerzveranstaltung organisiert sich notwendigerweise nach den Prinzipien des perfekten Markts: Monopole sind daher zu vermeiden, Transparenz ist permanent anzustreben. Du vertickst an deine alten Knastkollegen zu Sonderkonditionen und spielst zudem mit dem Gedanken, andere Anbieter der Obhut staatlicher Repressionsorgane zu übergeben? Verzieh dich zu den Fertigen am Ostpark! Dich packt das Verlangen, deinen Stammversorger heute nicht zu bezahlen, sondern zu berauben? Dito!
3. Ein Supermarkt im Rauschdrogensegment orientiert sich idealerweise an primär ethischen Grundsätzen. Das heißt: Ein Kunde bekommt nur das, was er braucht, nicht das, was er will. Werbung für neue Produktgruppen unterbleibt ebenso wie die Nachfrage danach. Du willst das Wrack vor dir durch einen anderen Stoff noch weiter in den Abgrund treiben? Siehe Punkt 2. Du hast Lust, nach deinen Zähnen auch deine Füße in Matsch zu verwandeln und deinem Zehn-Substanzen-Gefängnis noch eine weitere Abhängigkeitszelle hinzuzufügen. Nur zu, aber nicht hier!

---

70 Schriftstück tatsächlich so am Schwarzen Brett der städtischen Drogenverbraucherberatung »Stoffladen« angepinnt. Verfasserin mutmaßlich eine der vier fest angestellten kommunalen Drogen-Streetworkerinnen, sprich: niemand anderes als die Marazepam-Spezialistin und geniale Nachschublogistikerin Dilek Karasu (GRF, 4. Dan). Zusatz handschriftlich, Verfasser/in unbekannt.

Zusatz für die Liebhaber des Wirkstoffs Marazepam: Hängt euch auf! Es gibt keine Rettung.

Zusatz für Marazepam-Lieferanten: Gratulation! Aber Vorsicht!

20

»Hör mal, bist du hier der Vertriebsbeauftragte in Sachen Marazepam?«

»Was?«[71]

»Du Marazepam?«

»Wer will das wissen?«

»Wer will wissen, wer das wissen will?«

»Alter, willst ...«

»... ich fragte mich gerade, warum ich als Marom-Kaufinteressent meine Identität preisgeben soll, Sie als Verkaufsagentur jedoch nicht. Ich sehe keine Logik in diesem Ansatz.«

»Du willst Tablette?«

»Exakt.«

»Wie viel?«

»Einhunderttausend.«

»Geh weiter.«

»Versprecher. Einhundert. Oder zehn. Hauptsache, jetzt.«

»Zwei Strecken. Zwölf zu fünf Es das Stück. R500. Robustes Material!«

»R500? Die Rennpferde im Marom-Stall? Oh, wie schön!«

»Fünf Ocken pro.«

»Okay.«

»Also insgesamt sechzig.«

»Ja, verflucht. Preis scheißegal, verstanden? Was ist eigentlich los heute? Keiner vertraut meinen finanziellen Rahmenbedingungen.«

»Leise, Alter.«

»Entschuldigung, aber dieses Misstrauen ist beleidigend. Dem

---

71 Die Stimme des Collin R. (keine näheren Informationen zur Person ermittelbar, Ende zwanzig, Jeans, eine Art Trenchcoat, Bart, Freundschaftsstern-Tattoos am Hals und hinter beiden Ohren, demnach ein Mensch mit einem intakten sozialen Umfeld).

Heimgewächs, diesem Marvin, musste ich deswegen den Schädel auf links ziehen. Das wollen Sie doch sicher nicht, habe ich recht?«

»… jaja, laber, laber. Was ist jetzt, willst du? Zehn Minuten.«

»Was heißt das: zehn Minuten?«

»In zehn Minuten hast du Tablette.«

»Sie haben das Marom nicht vor Ort vorrätig?«

»Substanz am Mann? Mach ich nicht mehr. Zu viele Wahnsinnige am Bahnhof. Aber zehn Minuten. Kein Ding.«

»Ich nehme an, Sie arbeiten gegen Vorkasse?«

»Vertrauen gegen Vertrauen.«

»Sie vertrauen mir?«

»Gib mir die sechzig Schienen, und ich vertraue dir.«

»Wirklich? An Ihrer Stelle würde ich das besser nicht tun. Ich selber vertraue mir nur in Ausnahmefällen. Ernsthaft vertrauen kann, nein, konnte ich bisher nur einem einzigen Menschen auf Erden. Und der ist ja eigentlich gar kein Mensch, sondern ein Arzt gewordener Gott. Ein Fixstern der Anti-Sowjetmedizin. Und Anne Girardoux. Anne habe ich vergessen. Eben war sie kurz da, dachte ich, aber eigentlich ist sie seit Jahren fort. Ich bin, mit anderen Worten, so allein wie ein Wal, dessen gesamte Spezies von japanischen Forschungsflotten ausgerottet wurde und der nun ohne die Möglichkeit zum Austausch, zur Kommunikation, unglücklich durch die Weiten der Ozeane schwimmt und dabei Tonnen von gelangweiltem Krill in sich hineinschaufelt. Ich werde nie wieder etwas fühlen, was dem Gefühl von menschlicher Wärme gleichkommt, verstehen Sie?«

»Ja, verstehe. Hast du jetzt die sechzig Es?«

»Hier … Geh, in Bunnemanns Namen, geh.«

»Thanks. Wills' auch 'ne Pumpe?«

»Wie bitte?«

»Spritze?«

»Sie meinen Marom intravenös?«

»…«

»Nun, warum nicht? Innovationen stehe und stand ich immer moderat aufgeschlossen gegenüber. Also ja, auch ein Injektionsbesteck, Sie verlauster, virenzerfurchter Viertelmensch.«

»Bis gleich.«

»Geh, und komm wieder. Zwing mich nicht, dich, deine Familie und viele, viele unschuldige Menschen und Tiere, ich betone, auch Tiere, auszulöschen.«

»Okay. Geh ins *Game City*, unten in der Unterführung. Ich komme dahin.«

»Eine Spielhalle?«

»Yes.«

»Einverstanden. Ein wenig Zerstreuung und Entspannung kann an diesem überwiegend strapaziösen Tag nicht schaden.«

»Zehn Minuten.«

»Nicht mehr. Ich habe nicht mehr lange, bevor das Licht gerinnt. Rot genug ist es ja schon.«

»Das kannst du laut sagen, Bruder.«

21

Aus den privaten Notizen der Hildegard Bunnemann, 14. Juni 1979

Ein klarer, weiter Frühsommertag. Schon vor der Praxis mit Gerhard durch die Felder und dann unten am Bach gewesen. Magisches Licht. Eine Morgenröte wie Glut, die aus feurigen Fabrikschloten gespien wird. Doch inmitten der Schönheit, und während ich Gerhards zärtliche Umarmung spüre, wieder die Erinnerungen. Diese schrecklichen Bilder. Als wir auf dem Steg saßen, die Füße ins Wasser steckten und in den dramatischen Himmel hinaufschauten, dachte ich: Polen! So ein Licht hatten wir in Polen oft. Der Frieden vor dem Morgenappell. Der Blick in die Landschaft. Die Idylle jenseits des Stacheldrahts, jenseits unserer so schweren Pflichten. Hätte ich mehr tun können? Müssen? Auf irgendeine Weise eingreifen? Ich wusste ja, es gab unter den Kameradinnen welche, die anders dachten. Mit einer, Elfriede hieß sie, ein offenes Gespräch. Ihr Onkel, ein alter Gewerkschafter, sei schon '33 verhaftet worden. Auch seine ganzen SPD-Freunde. Was sollte ich dazu sagen? Wie sollte ich das überprüfen? Im Lager hatten wir es ausschließlich mit rassisch Minderwertigen und ausländischen Reichsfeinden zu tun. Mit Deutschen kamen wir nicht in Kontakt. Elfriede flüsterte mir zu, im Reich sei längst nicht mehr alles, wie offiziell dargestellt. Auch in der Wehrmacht, das wisse sie aus erster Hand, habe sich Murren breitgemacht, sogar schon mitten im Vormarsch! Erst recht natürlich nach den Rückschlägen. Solche Sachen erzählte mir Elfriede, während die Frauen aus dem Block zur arbeitsmedizinischen Inspizierung mit diesem schrecklichen Dr. Sparr antraten. Ich erinnere mich noch genau: ihre Geste, mit der sie auf die Gefangenen, dann auf die qualmenden Kamine in der Ferne deutete: Das hier sei ja vielleicht notwendig im Hinblick auf die Zukunft des Reichs und so weiter, die Lebensfähigkeit Deutschlands, obwohl sie auch da Zweifel habe. Aber was zu Hause geschehe, könne sie auf keinen Fall unterstützen – trotz Schwur auf den Führer und SS-Soldbuch. Hätte ich ihr damals zustimmen sollen? Wenigstens das? Das Gerede von einer Widerstandsgruppe in der Division – warum nur hat mich das nicht interessiert? War ich einverstanden mit allem? Bohrende Zweifel. Eigentlich bohrende Gewissheiten, die mich bis heute, bis heute früh mit Gerhard am Bach verfolgen. Trotz der Natur und all ihrer Herrlichkeit. Wahrscheinlich gerade deswegen. Mehr als je wünsche ich Vergessen. Um jeden Preis. Und wie beneide ich Gerhard (immer noch so vital und viril wie als ganz junger Kompaniearzt) um seine Biografie. Er kann und darf an alles zurückdenken. Ungebrochen und stolz. Ein Arzt, der seine Pflicht erfüllte, immer noch erfüllt. Ein Vorbild für Soldat und Patient, dabei aufrichtig, kein Heuchler oder Stiefellecker. Frau Albers berichtete vorgestern, der Enkel ihrer alten Nachbarin sei ans Heroin geraten und jetzt süchtig. Erster Gedanke: Soll ich das auch probieren? Oder Morphium aus der Praxis? Vielleicht hilft nur Morphium gegen Polen und die Träume. Gerhard erwähnte kürzlich Forschungen. Irgendwann kämen ganz neue Breitband-Wirkstoffe, die mit allem aufräumen würden. Die man sich heute noch gar nicht vorstellen könne. Ich konnte ja nicht mit ihm darüber reden, aber in mir: Hoffnung.

Zitternde, flehentliche Hoffnung.

Heute in der Praxis dann ein flotter, turbulenter Tag. Abends wieder mit Gerhard auf dem Steg am Bach. Gespräch über diese neue Partei – die Grünen. Große Sympathie aufseiten Gerhards. Auch ich bin interessiert. Dazu: famoses Wetter. Eine Luft, fast zu schade zu atmen.

22

Siebzehn Minuten und dreiundvierzig Sekunden später. Ich befinde mich in der unterirdischen Spielhalle *Game City* in unmittelbarer Bahnhofs- sowie Todesnähe. Zeit für eine Bestandsaufnahme:

Fakt 1: Etwas betupft meine galoppierenden Nervenenden mit einer kochenden Thai-Chili-Emulsion, während mein Magen- und Darmtrakt nun dauerhaft im Modus »failed state« dahineitert. Des Weiteren die Aussicht, die Gewissheit, dass sich diese multiplen Schmerzkomposita ausbreiten, in Richtung Schädel weiterbewegen werden. Sicher, ich bin kein Bunnemann, nicht mal ein normaler Mediziner, aber ich würde sagen, der Prozess meiner Entmaterialisierung hat nun begonnen. Momentane Restzeit-Prognose: plus/minus sechzig Minuten.

Fakt 2: Collin ist verschwunden. Diese kleine Ratte hat mich bestohlen. Wie kann es sein, dass ich immer wieder auf solche Leute stoße, auf windige, entschlossen unzuverlässige Transaktionspartner? Dass ich immer wieder belogen und betrogen werde? Bin ich am Ende zu naiv? Glaube ich nach wie vor an den Faktor Mensch? Nein, das ist auszuschließen. Ziehe ich also das Unglück einfach an? Den Betrug? Betrüge ich selber? Collin ist mit meinem Geld verschwunden, aber ich schaffe es nicht, daraus Konsequenzen zu ziehen. Etwas in mir hofft noch, so wie Mensch und Tier und Stahlskelett immer auf etwas hoffen.

Fakt 3: Diese Frau da hinter der Kaffeetheke!! Und was ist das überhaupt: Sexualität? Vorstellung: Während eines aktiven Magendurch- und -ausbruchs verkehren. Generell: Wie lange meine Haut schon von keiner anderen Haut mehr berührt wurde! Aber stimmt das überhaupt? Was ist mit Bunnemann heute Morgen? Mit seiner knittrigen Epidermis, den kräftigen Greisenhänden, die meinen Rücken abklopften? Die Blondine hinter der Kaffeetheke trägt einen engen roten Rollkragenpullover und, das habe ich beim Hereinkommen, quasi in einem allerersten verzückten Augenblick registrieren müssen, eine enge, ausgewaschene Jeans. Sie stammt folglich aus einem der charmanten ehemaligen Staatswesen Südosteuropas. Augenblicklich stehe ich vor einer beklemmenden Zwei-Alternativen-Richtungsentscheidung: Alternative A: Den letzten Rest meiner Marazepammangel-bedingt übermenschlichen Kräfte nutzen, um doch noch ein paar Packungen aufzutreiben, aus irgendeinem Tresor doch noch Nachschub für die nächsten Tage, wenigstens Stunden herauszubeißen. Oder aber B: Den Marom-Abschiedscharme zur Anbahnung einer pochenden Kopula zweckentfremden. A bedeutet Weiterleben. B bedeutet endlich einmal Leben. Ich will A und B. Trotz abgebrannter Wadenmuskulatur bin ich nach wie vor Herr meiner Sinne. Nicht nur das, ich entwickele gerade neue. Bisher unbekannte Datensätze werden mir plötzlich zugänglich. Zum Beispiel: A. Ihre Hauttemperatur unter dieser Verbindungsleiste zwischen den beiden BH-Körbchen. B. Die lokalen Geruchskomposita. C. Die Anzahl der in Form von meist fremdländischen Männernamen eingravierten Enttäuschungen auf ihrem Aortenbogen. Es ist wahr, ich war nie ein Experte in Sachen Frau. Aber nun, kurz bevor mir Marom den Saft abdreht, da mir Bunnemann das Marom abgedreht hat, fange ich endlich an, dieses Geschlecht zu verstehen. Geschlecht als solches.

Fakt 4: Nach wie vor bin ich an der individuellen wie allgemeinen Existenz interessiert, gerade an deren Ende empfinde ich mein Leben als spannend und anregend. Bis ganz zum Schluss möchte ich daher die Augen offen behalten, und in diesem Moment geht, wie um meine Reflexionen zu untermauern, tatsächlich die Tür auf? Ich und alle anderen hier anwesenden Automaten halten den Atem an.

»Alter, komische Sache. Der Typ hat nichts hingelegt.«

»Was?«

»Der Typ hat nichts in den Bunker gelegt.«

»Bunker?«

»Ja, ins Depot. Füllt der normalerweise mittags auf. Hat er aber nicht. Ich grab da rum wie 'n Irrer, die Leute gucken schon, aber nix. Ich den angerufen. Keiner da, keiner reagiert. Scheiße. Hier … deine vierzig Es.«

»Ich habe dir sechzig gegeben.«

»Zwanzig sind für meine Arbeit. Das ist fair. Ich bescheiße die Leute nicht, ich habe gearbeitet.«

»Du betrachtest den Betrag demnach als eine Art Stundenlohn und nicht als eine Erfolgsprovision? Gut, da wir definitorische Fragen vor Vertragsabschluss nicht abschließend erörtert haben und ich dir überdies absurderweise Glauben schenke, sollen die zwanzig Euro in deinem Besitz verbleiben. Bevor wir nun aber diese Konversation beenden und uns wieder unseren versifften Privatleben zuwenden, eine letzte Frage.«

»Schieß los, Alter.«

»Wie hieß der Mann, der das Depot auffüllen sollte?«

»Komm schon, das kann ich dir nicht sagen. Macht man nicht, so was.«

»Hieß er zufällig Marvin und sah nach Kinderheim aus? Nach Sonntagen mit faserigem Braten, matschigen Kartoffeln und fettigen Erbsen an einem langen, komplett leeren Tisch, während alle anderen abgeholt worden sind? Von Verwandten oder was weiß ich, wem? So ein schmächtiger, nervöser Typ, ein Spiegelbild von dir, das oft bei Ozgun draußen im Osten abhing?«

»Was bist du? Bulle?«

»Ich bin Privatier und befinde mich überdies momentan im Prozess des Ablebens. Keine Sorge also.«

»Okay, aber ich kann dir trotzdem nichts sagen. Du weißt ja schon alles.«

»D'accord, eine letzte Erkundigung, dann lasse ich dich unbehelligt, ich wiederhole, ohne dir auch nur ein Haar zu krümmen, deiner unhygienischen Wege gehen.«

»Ja, mach.«

»Siehst du dieses Prachtstück aus den balkanischen Schattenwirtschaftszonen dort drüben hinter der Kaffeetheke? Wie ist deine Einschätzung: Würde diese Frau für mich ihren Arbeitsplatz spontan verlassen und sich mit mir auf den Weg in jene Stadt machen, die den Hersteller des Wirkstoffs Marazepam aufgrund skandalös niedriger Gewerbesteuersätze zu beherbergen die Ehre hat? Eine Stadt übrigens, die ich vor einigen Wochen extra für mein Romanmanuskript erfunden und mit lebensechten Akteuren ausgestattet habe. Spontan fällt mir eine Karin Bechtloff ein. Also, was meinst du, ist Elizabieta, ich nenne sie privat Elizabieta, zu solch einer ebenso romantischen wie existenziellen Dummheit in der Lage?«

»Alter, keine Ahnung.«

»Gut, Collin. Ich wünsche dir viel Glück.«

»Moment, woher kennst du meinen Namen?«

»Ich habe dich getauft, Collin. Und ich sehe davon ab, dich zu beerdigen.«

23

Generalsturmbannführer Medizin Gerhard Paul Bunnemann im kleinen Kreis zur Lage:

»Meine Herren, ich weiß, es ist spät, und wir alle haben einen harten, wenn auch interessanten Tag hinter uns. Ich möchte Sie daher nicht mit irgendwelchen Marginalien oder militärwissenschaftlichen Fußnoten belästigen, sondern gleich zum Punkt kommen: Der Krieg ist verloren! Das ist die reine, desinfizierte und keinesfalls zu therapierende Wahrheit. Wer sich hier und heute hinstellt, wer sich hier vor die Männer, vor die nach wie vor unglaublich tapferen deutschen Soldaten hinstellt und behauptet, die Sowjethorden seien noch aufzuhalten, ist nicht nur ein Lügner, sondern ein Verbrecher. Der Krieg hier im Osten ist nicht mehr und war nie zu gewinnen, das Reich und der deutsche Zivilisationsentwurf werden aufhören zu existieren. Allerdings, denjenigen, die sich jetzt prä-kapitulativ die Hände reiben, womöglich bereits von üppigen Oberarztgehältern in den westalliierten Sektoren träumen, rufe ich Folgendes in Erinnerung: Der Krieg ist im Eimer, doch unsere Aufgabe, die Aufgabe der Medizin bleibt exakt die gleiche! Wir stehen nach wie vor zur kämpfenden Truppe! Im Gegensatz zu unserer syphilitischen Führung wird der deutsche Arzt, ebenso wie die deutsche Krankenschwester, unerschütterlich an der Seite des deutschen Soldaten, des deutschen Pferdes, des deutschen militärischen Geräts verharren und – machen wir uns nichts vor – untergehen. Denn das ist unsere heilige Pflicht, so haben wir es geschworen. Liebe Kollegen, es ist wahr, wir hatten vortreffliche Momente im Osten, menschlich wie wissenschaftlich. Die meisten von uns wissen, was es heißt, einen offenen Milzbrand mit Beute-Wodka abzulöschen oder aus Pferdedärmen ein behelfsmäßiges Operationsgeschirr zu backen. Die Ostfront lehrte uns die Kunst der Improvisation, der Existenzkampf in den vorsibirischen Weiten gab uns eine Ahnung davon, was dieses Wort wirklich bedeutet: Sinnlosigkeit. Wir sind alle kompetenter, kühner und kälter geworden in diesem Kampf, den eine irrsinnige Clique einem ebenso irrsinnigen Volk aufgeschwatzt hat. Meine Herren, lassen Sie mich daher das Glas erheben: Auf die Blutsenke von Gerkezk! Auf die kichernden Amputationszangen von Bunnemannowje. Ich richte meinen Gruß an den gesamten medizinischen Dienst der Waffen-SS sowie an alle momentan noch bewaffneten deutschen Streitkräfte, indem ich hiermit feierlich verkünde: Gläser leer und weitermachen!«[72] [73]

---

72 Anlässlich einer privaten Geburtstagsfeier am 23. November 1943, in der Nähe der Benzodiazker Seen, Zentral-Ukraine. Die personelle Zusammensetzung des Auditoriums ist nicht übermittelt. Es ist jedoch anzunehmen, dass einige höhere Dienstgrade und überdies auch überzeugte Nationalsozialisten anwesend waren. Umso überraschender ist, dass Bunnemann offenbar im Nachgang dieses den Tatbestand der Wehrkraftzersetzung in jeder Hinsicht erfüllenden Vortrags keinerlei dienst- oder strafrechtliche Konsequenzen zu vergegenwärtigen hatte. Zeitzeugen führen jenen absonderlichen Umstand auf den sich zu diesem Zeitpunkt bereits in voller Blüte befindlichen Nimbus des Redners als Übermediziner und sein schon in frühen Jahren voll ausgeprägtes, geradezu aggressives Charisma zurück.

73 Blutalkoholgehalt zum Zeitpunkt der Ansprache: unerhebliche 0,34 Promille, allerdings angereichert durch eine experimentelle, nicht völlig unbedrohliche Morphium-Methamphetamin-Kombination. Bunnemann sollte eine vergleichbare euphotoxische Wirkungsweise erst Jahrzehnte später, anlässlich eines Marom-R200-Selbstversuches wieder erleben. Allerdings besaß der neue Wirkstoff, wie Bunnemann einem Freund, dem Publizisten und SS-Kameraden Wilfried Kray, gegenüber am 19. Februar 2001 an dessen Sterbebett feststellte, eine »tausend- bis hunderttausendmal intensivere Leuchtkraft«.

»Das ist dein Wagen?«

»Ja. Heute Morgen gekauft.«

»Aha. Auch bezahlt?«

»Warum fragst du?«

»Nur so.«

»Alle stellen mir heute solche Fragen. Als ob es ganz und gar absurd wäre, dass jemand wie ich einen fünf Jahre alten, sich in einem hervorragenden Gesamtzustand befindlichen Golf ersteht. Oder eine Lkw-Ladung vitaminreicher R500. Alle glauben immer, ich bin pleite. Warum ist das so, Elizabieta? Gib mir Auskunft, geschwind.«

»Pff, ist so. Mach dir keine Gedanken.«

»Doch, tue ich. Diese andauernden Despektierlichkeiten machen mich verrückt. Dermaßen aufgewühlt bin ich, dass ich mir zur Beruhigung meines gegenwärtig mehr als nur kriselnden Magen- und Darmtrakts glatt eine bekömmliche Marom vorstellen könnte. Was sagst du dazu?«

»Ich sage: Du redest viel Quatsch.«

»Quatsch? Du sagst, ich rede Quatsch?«

»Ja.«

»Nun, ich gebe dir zwar nur ungern, aber uneingeschränkt recht. Damals in der Schule war ich ein schüchterner Typ, der immer nur hinten rechts in der Ecke saß und dort irgendwie mit dem Klassenschrank kommunizierte. Später aber, als ich endlich wusste, wohin mein Lebensweg mich führen würde, entwickelte ich konsiderable rhetorische wie mentale Talente. Ich begann, meine Reden selbst zu schreiben, eröffnete sogar eine Textproduktionsagentur, ging damit selbstverständlich pleite, lebte fortan von der institutionalisierten staatlichen Barmherzigkeit und war dennoch in der Lage, auf meinen diversen Konten erkleckliche Beträge zusammenzufantasieren.«

»Wohin fahren wir jetzt? Willst du auf Osttangente?«

»Möglich. Ich vermute Ebratal östlich von hier.«

»Ebratal? Nie gehört. Hast du Adresse? Soll ich mit Telefon suchen?«

»Gute Idee. Gib ein: Ebratal, Winston-Allee, Schloss Maromette.«

»Schloss was?«

»Maromette. Französisch.«

»Mein Französisch ist besser als mein Deutsch. Mein Vater war in der Legion, später in Plovdiv Hausdiener bei bretonischem Generalkonsul. Maromette habe ich noch nie gehört. Oder meinst du Maromette, Wisconsin?«

»Du kennst Maromette? Ich kenne in den Staaten nur Fishbach, Illinois. Aber sieh nur, der Navigationsassistent zeigt uns einen Weg an! Mit allem hätte ich gerechnet, nur damit nicht. Lehn dich zurück, wir sind bereits auf diesem grausligen Betonband, das du ›Osttangente‹ nennst, und trotz erheblicher, letztlich als unerträglich zu qualifizierender Schmerzen in den Bereichen Bauchhöhle, Wadeninnenraum, Gesamtkörper und Gesamtseele verspüre ich gegenwärtig zusätzlich, auch das zweifellos Folge meines unfreiwilligen Entzugs, eine viehische Begierde, eine sehr drängende Lust, die mich zu der Frage inspiriert, ob ich eventuell meine rechte Hand auf Ihren Oberschenkel legen dürfte, liebe Gina.«

»Ich heiße Elizabieta.«

»Und Sie sind einverstanden? Das überrascht mich. Nach einer kurzen Sammlungsperiode von, sagen wir, drei Minuten, werde ich Sie also anfassen. Ich freue mich, Gina.«

»Elizabieta!«

»Stimmt, Gina saß bei LeForbes im Panamera, nicht bei mir im Golf. Verstehst du, Elizabieta, die Erzählebenen. Die verschwimmen und vermatschen genauso wie meine Darmschläuche. Deine Oberschenkel hingegen fühlen sich fest an, fast kräftig, wobei das Wort Oberschenkel natürlich empörend unerotisch klingt, findest du nicht auch?«

»Klingt Cuisses besser?«

»Ja.«

»Hmm, vielleicht.«

»Es klingt, geschätzte Elizabieta, nach Weichheit und Straffheit zugleich. Irgendwie knackig. Ich finde übrigens, diese enge Jeans steht dir ganz hervorragend.«

»Danke.«

»…«

»…«

»Mist, es fängt wieder an zu regnen. Hast du schon mal so einen Regen gesehen, meine geliebte, meine seit Äonen vermisste Anne?«

»Sieht schrecklich aus. Fast wie Blut.«

»Fast? Ich vermute, das hängt mit dem neuen Schlachtabfallverklappungssystem der Gebrüder Milaut zusammen. Die dürfen aufgrund strengerer Umweltauflagen jetzt nicht mehr unbegrenzt einleiten. Deswegen entziehen sie dem Blut die Flüssigkeit und jagen das Blutpulver dann in die Atmosphäre, wo es sich in den Wolken natürlich wieder mit Wasser verbindet und weiter im Nordosten, also zum Beispiel bei uns, abregnet. So erkläre ich mir das. Übrigens, der Wagen sagt: Noch gut hundert Kilometer. Das trifft sich gut, denn ich habe nur noch circa hundert Minuten zu leben. Bevor ich mich in eine Art Faser- und Zell-Ratatouille verwandele. Darf ich mit meinen zittrigen Fingerchen auch die Innenseite deiner wundervollen Cuisses berühren, verehrte Plovdiv?«

»Plovdiv ist meine Stadt. Ich heiße Elizabieta. Und na klar, mach. Das geschieht hier ja sowieso alles nicht.«

»Glauben Sie?«

»Ja.«

»Falsch. Mach nicht denselben Fehler wie die anderen! Alles passiert. Alles ist möglich. Sämtliche Schmerzen, auch bald deine, sind real.«

Teil 5

1

Die Ebratal-Verwicklung
Von William »Bill« Hoffleit, alias »The Story«[74]

a

Es war einer von diesen klebrigen, leeren, ungesunden Nachmittagen, die einem, je länger sie andauern, wie Säure ins Gehirn tropfen. Bereits gegen drei Uhr hatte ich deswegen begonnen, den schäbigen Aktenschrank zu beobachten, genauer gesagt, dessen oberstes Fach, wo, gut getarnt hinter den Angelegenheiten der Jahre '15 und '17, die Black-Label-Flasche lauerte. Ich wusste, lange würde es nicht mehr dauern. Der Fusel war drauf und dran, seine nächste Partie zu gewinnen: Black Label – Bill Hoffleit 1456:0. Allerdings auch: Bill Hoffleit – Nachmittag 1456:0. Eine ausgeglichene Bilanz, wenn man so will.

Draußen wehte der Wind derweil Staubhexen über die Straße. Seit mindestens zwei Stunden war kein Auto mehr vorbeigekommen. Seit mindestens zwei Tagen hatte mein Telefon nicht mehr

74 Folgende Abschnitte aus: Hoffleit, William R.: Irrelevant investigations – the life of a failed private eye. Jenkins & Hopkins, San Diego (CA) 2026, 398 Seiten, 18.99 $. Verkaufte Exemplare bis zum gegenwärtigen Zeitpunkt: 712. Honorar für den Autor: 126,- $. Multifaktoriell evozierter, nur minimal mit seinem Misserfolg als Romancier in Verbindung stehender Suizid des Autors am 14.01.2027 in Santa Olida, New Mexico.

geklingelt. Ich saß auf diesem wackeligen, abgewetzten Chefsessel, den mir Miranda Cruz vermacht hatte, weil ich ihren Sohn einigermaßen unversehrt aus Nevada zurückgebracht hatte. Dabei war es dem Jungen da drüben gar nicht mal schlecht gegangen. Er hatte einen Job gefunden, in einem Motel, und schickte sich gerade an, die Room-Service-Karriereleiter steil nach oben zu klettern, als ich aufkreuzte und ihm alles vermasselte. Miranda hatte sich nun mal in den Kopf gesetzt, dass ein Achtzehnjähriger zu seiner Mutter und nicht in einen gammeligen Vorort von Vegas gehörte. Joaquin sah das naturgemäß etwas anders, wenn ich mich richtig entsinne, aber er begriff schnell, dass es keinen Zweck hatte, Zicken zu machen. Seiner Mutter widerspricht man nicht. Vor allem nicht, wenn sie einem klammen Private Investigator dreihundert Dollar plus Spesen versprochen hat, um ihr Schätzchen heil nach Hause zu bringen.

Wie gesagt, neben dem Geld hatte mir die Sache in Vegas den Sessel eingebracht. Das gute Stück hatte Mirandas Mann über viele Jahre treue Dienste geleistet, war sein Untersatz bei Gameshows, Teleshopping und all dem anderen Quatsch gewesen, den sie im Fernsehen brachten. Doch eines schönen Tages – aus heiterem Himmel, versicherte mir Miranda – muss Vater Cruz dann aufgefallen sein, dass es noch ein paar dringende Angelegenheiten im Bundesstaat Washington zu erledigen gab. Oder auf dem Mond. Als Miranda von ihrem Job nach Hause kam, lag nicht wie gewöhnlich ihr Pablito, sondern nur ein Zettel auf dem edlen Sitzmöbel. Ein echtes Gedicht mit Reimen, wie sie mir beinahe stolz berichtete. Laut Miranda ging es um Pferde und Freiheit. Die reinste Cowboy-Poesie. Von einem Bohnenfresser! Ein 1-A-Burrito-Hirn verließ seine Frau und faselte obendrein vom wilden Galopp des Mustangs. Nun, Miranda hatte jedenfalls keine Verwendung mehr für die Fernseh- und Schreibtischsessel-Kombination von Senior Cruz gesehen, weswegen ich nun im Besitz dieses außergewöhnlich bequemen Möbels war und von ihm aus durch die Ritzen des Rollos auf die Straße blickte: das vollendete Abbild einer Schrottsiedlung im Nirgendwo, wo der Wind das Zeug aus der Wüste durch die Gegend blies und ansonsten Kojote und Klapperschlange langsam wieder das Regiment übernahmen.

Ein Tag wie geschaffen für die Büroflasche. Ein Tag wie geschaffen für alles Mögliche, nur nicht für einen lukrativen Auftrag, mit dem ich mich und Sam Astrada, der drüben in Fracton meine blitzblanken Konten verwaltete, etwas beruhigen konnte. Ich stand also auf, ging hinüber zu diesem teuflischen Regal, langte hinter die Vorgänge der Jahre '15 bis '17, wobei mir auffiel, dass ich in den Jahren '15 bis '17 nicht viel zu tun hatte, als plötzlich dieses wunderschöne, fast vergessene Glockensignal erklang: eine E-Mail! Fangfrisch, ganz allein für mich! Ich hielt in der Bewegung inne. Die Frage war, würde ich mir die Vorfreude mit einem Drink noch schöner gestalten, womöglich noch Stunden herumsitzen, bis ich das Ding endlich öffnete? Oder sollte ich mit dem Whiskey warten, bis ich die ungeheuren Neuigkeiten, die garantiert in dieser Nachricht auf mich warteten, angemessen verdaut und zerdacht hatte? Letzteres! Ich hüpfte vorfreudig durch das Büro zurück zu Mirandas Wundersessel mit den Schweißrändern im Leder und den schwarzen Zigarrenspuren auf der Armlehne. Miranda hatte mir damals erklärt, dieses Ungetüm auf keinen Fall länger im Haus behalten zu wollen. Zu viele Erinnerungen, zu viele Emotionen, compris? Und ob ich das verstanden hatte. Irgendwo hat doch jeder von uns diese zwielichtigen Kammern im Gehirn, die man besser nicht mehr betritt, die man am besten samt Interieur schön eingemottet und mit heruntergelassenen Jalousien sich selbst überlässt. Ich für meinen Teil hätte gleich ein ganzes Haus, einen Palast voll solcher Zimmer im Angebot, manche davon so geräumig wie Turnhallen, so groß wie dieses Fitness-Ding eine Meile weiter südlich Richtung Freeway. Ein paar Irre hatten sich in den Kopf gesetzt, die Leute mit unschlagbaren Tarifen und irgendwelchen Wundergeräten den ganzen Weg von Tuscon hier herauszulocken. Der Laden nannte sich *Muscle Dome*, und natürlich stand der *Dome* schon ein paar Monate nach der feierlichen Eröffnung wieder leer. Als ich neulich vorbeikam, hatten sich schon Wüstenhexen im pompösen Eingangsbereich verhakt, und wer weiß, warum, aber ich stellte mir dazu Szenenbilder aus Disney-Kinderfilmen vor: Shrubby, das gutmütige Strauchmonster, hat sich in den Kopf gesetzt, endlich abzunehmen, doch ach, welch Unglück, es ist zu dick, um sich durch den Eingang zur Fettschmelze zu quetschen. Plan gescheitert, Zeit fürs dritte Mittagessen. In der Hauptrolle … na ja, da würden mir einige einfallen.

Miranda hatte jedenfalls genug von den Erinnerungen an ihren Mr Cruz und deswegen erst recht von seinem geliebten Sessel, weswegen das Ungetüm nun in meinem Büro seinen Dienst verrichtete, zusammen mit mir und meinem Rechner, dessen Bildschirmschoner längst wieder im Dienst war. Ich betrachtete eine Reihe albern herumwandernder, dabei die Farben wechselnder Blasen, und dann, nachdem das zu aufregend wurde, erneut den Aktenschrank. Ich stand tatsächlich kurz davor, die Maus mit dem Zeigefinger zu berühren und so endlich in mein E-Mail-Programm zurückzukehren, aber stopp! Zunächst mussten die Konditionen festgelegt werden. Jeder Auftrag braucht klare Rahmenbedingungen, damit nicht alles sofort aus dem Ruder läuft. So wie damals, als ich in einem Wüstennest kaum dreißig Meilen entfernt einem säumigen Alimente-Kavalier auf die Pfoten klopfen sollte und mich nach drei Tagen in Saromette, Wisconsin, wiederfand – und zwar ohne vorher die Sache mit den Spesen geklärt zu haben. Ein gigantisches Verlustgeschäft, aber andererseits eine willkommene Lehre: Fang nie etwas an, ohne vorher zu wissen, was genau du *nicht* anfangen willst! In Kurzform: Fang nie etwas an! Das sollten sich die Leute mal hinter die Löffel schreiben. Ich zumindest hatte in Saromette meine Lektion gelernt. Ein verrücktes, eiskaltes Kaff voller Oxycodon-Zombies, die sich mittags im Eingang des Supermarkts aufwärmten, während sich vor der Stadt die Grizzlys für eine groß angelegte Attacke auf die örtliche Wurstfabrik sammelten. Saromette war ein Trip, keine Frage, aber finanziell ein Desaster, weswegen sich mein Zeigefinger immer langsamer, praktisch in Zeitlupe dieser speckigen Computermaus näherte und ich gleichzeitig bereits nach einer Kurzschluss-Aktion fahndete, die ich folgen lassen könnte, falls es sich bei der verdammten Mail wieder nur um Reklame oder irgendeinen anderen Müll handeln sollte. Schließlich gab ich auf, stieß das Ding an, Outlook kehrte zurück. Den Absender zumindest kannte ich: John Steinhower, ein vierschrötiger, auf wortkarger Westmann machender

Ex-CIAler, der seinen Stetson wahrscheinlich auch im Bett nicht absetzte und ansonsten drüben in Soscita in dieser Tablettenfabrik als Sicherheitschef seine Zeit abbummelte. Manchmal bowlte ich mit den Jungs gegen sein Team, so war man sich nähergekommen, und vor zwei Jahren hat er mich einmal engagiert, als in seinem Laden abnorme Mengen mysteriöser Pillen weggekommen waren, weswegen praktisch die gesamte Belegschaft inklusive der tollwütigen Schäferhunde vom Wachschutz unter Verdacht stand. Die Sache stellte sich dann allerdings als harmlos heraus. Kaum hatte ich mich als Lageristen-Sklave einschleusen lassen, flog ein Speditionsbetreiber mit Verbindungen zum Mob in Kansas City auf, der von seinen Transporten für Winston Pharmaceutics – so heißt der Laden, für den John sich den Hintern breitsitzt – ein paar Paletten für seine schmierigen Italo-Gangster-Freunde abzweigte. Das eröffnete mir John dann gleich am zweiten Tag meines Winston-Undercover-Jobs, gerade als ich begonnen hatte, mit den ständig zugedröhnten Guacamole-Hirnen warm zu werden. Ich war gefeuert. Trotzdem kassierte ich einen ordentlichen Scheck, und sogar noch ein paar Dollar extra fürs Schuften im Tabletten-Hangar. Ein Erfolg alles in allem, wenn man die Messlatte weit nach unten legte. Und meine Messlatte lag seit Langem unglaublich weit unten. Sie rollte praktisch über den Boden. Nicht mal eine Ameise hätte da noch den Limbo drunter tanzen können.

Wie auch immer, irgendwann an diesem eisern antialkoholischen Nachmittag im Büro schaffte ich es dann, John Steinhowers Mail zu öffnen – Bingo! Auftrag! Und was für einer! Die ganz große Nummer! So groß, dass ich gleich misstrauisch wurde: Wie zum Teufel waren die ausgerechnet auf mich gekommen? Etwas an der Sache konnte nicht stimmen. Allerdings stimmte an den meisten Sachen etwas nicht. Das störte nur niemanden. Am Ende des Tages zählte nur, dass die Dollars flossen, das war es zumindest, was mir mein alter Herr immer eingetrichtert hatte.

Steinhowers Nachricht drehte sich um ein paar farbenfrohe, mit reichlich Toten garnierte Vorgänge bei der Winston-Tochter in Deutschland. De facto war, wenn ich alles richtig verstanden hatte, die halbe Führungsebene dieser Bude abgeräumt worden – und zwar von verschiedenen Tätern, an unterschiedlichen Orten. Zufall, wie es den Anschein hatte, allerdings ein reichlich mysteriöser. Die Bosse in den Staaten trauten dem Braten nicht, vermuteten Zusammenhänge, verborgene Verbindungslinien, die von den örtlichen Polypen nicht aufgedeckt worden waren. Selbstverständlich war man bei Winston in dieser Angelegenheit nicht unbedingt an Publicity interessiert. Man wollte wissen, was dort drüben eigentlich los war, aber, um Gottes willen, dabei sollte kein Staub aufgewirbelt werden. Aus diesem Grund begab man sich auf die Suche nach kompetentem und diskretem Sachverstand und wandte sich schließlich vertrauensvoll an diesen fähigen, jedoch aufgrund einer absurden Pechsträhne nicht wirklich auf der Sonnenseite der Ermittlerwelt operierenden Bill Hoffleit. Steinhower, das musste ich ihm lassen, wusste verdammt gut über mich Bescheid. Ich konnte mich nicht erinnern, ihm jemals von Heidemarie, meiner deutschen Ex erzählt zu haben, mit der ich drüben in der Nähe von Ramstein noch ein paar Jahre nach meinem Dienst in der Army zusammengelebt hatte. Eine schöne Zeit, an die ich viel zu selten zurückdachte. Ich denke generell nicht zurück, auch wenn ich andauernd irgendwelche alten Geschichten zum Besten gebe. In Wirklichkeit waren die Jahre in Deutschland natürlich – schwer, ein passendes Wort dafür zu finden –, sie waren komplex. Langer Rede kurzer Sinn, aus was für Gründen auch immer, Steinhower glaubte, ich sei der richtige Mann, um in dieser kleinen deutschen Stadt, Ebratal, den Dingen auf den Grund zu gehen. Bill Hoffleit sollte, so war allen Ernstes der Plan, auf seine alten Tage noch einmal über den Teich fliegen und den Krauts bei ihren windigen Geschäften ein wenig auf die Finger schauen. Bezahlt wurde der Job auch noch, und zwar fürstlich. Man hatte sich entschlossen, eine Menge Geld zum Fenster hinauszuwerfen, und die Motive dafür gingen weder mich noch sonst wen etwas an. Als ich am nächsten Tag in seinem ganz in Cowboy-Barock gehaltenen Büro in Soscita den zweiten Drink inhalierte, erwähnte Steinhower beiläufig dieses Produkt, das in Deutschland momentan wohl alles vernichtete, was es vorher an Tabletten gegeben hatte. Das Zeug war mir natürlich bestens aus meinem bezahlten Lageristen-Urlaub, vor allem jedoch von meinem völlig in die Hose gegangenen Trip nach Saromette/Wisconsin bekannt. Die Menschen dort, von Grandma bis zum Vorschulplagegeist samt und sonders eisenharte Oxycodon-Junkies, hatten damals schon von diesem neuen Zeugs geschwärmt, das sie high wie nichts machte und zu allem Überfluss auch noch aus dem Oxy-Knast befreite. Eine reichlich optimistische Einschätzung, aber wer weiß, vielleicht hatten die Leute recht. John Steinhower jedenfalls tat so, als glaubte er an meine Mission. Zumindest legte er Wert darauf, dass *ich* daran glaubte. Eventuell lief die Sache auch ganz allein auf seine Kappe, und die Leute oben in Illinois wollten gar nicht so genau wissen, was er in dieser Angelegenheit unternahm. Wie auch immer, ich würde nach Deutschland fahren. Sollte ich Heidemarie und die Kinder besuchen? Nele musste jetzt schon über dreißig sein. Und Thorsten? Ich war neugierig darauf zu erfahren, was mein Sohn mittlerweile machte.

Draußen wurde es mit dem Wind immer schlimmer. Die Wüstenhexen tanzten über die Straße, und ich war plötzlich bester Laune. Gute Laune macht Durst, weswegen ich mich jetzt ernstlich fragte, was ich in den Jahren '15 bis '17 getrieben, wie ich die Dinge damals gesehen hatte. War es eventuell notwendig, mich erneut aus Mirandas Tränensessel zu wuchten und mal in meiner Akten-Hausbar nachzuschauen? Ich dachte weitere zwanzig Minuten über die verschiedenen Vor- und Nachteile der Maßnahme nach, und egal, wofür ich mich entschied, der Tag war beendet.

b

Drei Tage später saß ich in einem United-Airlines-Flieger nach Houston, zusammen mit bleichgesichtigem Abschaum, der aussah, als hätte man ihn frisch in den Appalachen eingefangen. Was in Gottes Namen machten diese Leute in einer gepflegten zweimotorigen Boeing, die vom sonnengegerbten Tucson Richtung Texas abhob? Seis drum, ich orderte gleich nach dem Start einen Scotch mit Eis und wartete darauf, dass mit der fahlen Fläche unter uns etwas geschah. Emotionen sind nicht gerade meine Stärke, aber diese ewige

Wüste konnte einen melancholisch machen. Manchmal überfiel mich regelrecht das Bedürfnis nach einer intakten Pflanze. Nach einem grün sprießenden Gewächs. In solchen Momenten setzte ich mich, wenn ich nicht schon zu nahe an den Aktenschrank gekommen war, in den Wagen, fuhr die dreißig Meilen nach Tucson und legte mich in einen der halbstündlich bewässerten Parks dort, in denen alles wunderbar wucherte und diese winzigen Vögel in den Palmen herumalberten. Wie gesagt, ich bin eher der sachliche Typ, dennoch freute ich mich in der United-Maschine beinahe wie ein Kind darauf, dass sich unten die Wüste von Arizona und New Mexico langsam in etwas anderes verwandeln würde, in etwas, das verdammt noch mal *lebte*. Konnte ich ahnen, dass ich mir bald schon, unter dem ewig rot verhangenen Himmel über Ebratal, die Sonne zurückwünschen würde? Generell hatte ich kaum eine Vorstellung von dem, was mich in Deutschland erwartete, aber mit meiner Ignoranz war ich in diesem Vogel in bester Gesellschaft. Direkt vor mir hatten sich drei reinrassige Inzuchtexemplare zurechtgewuchtet, allem Anschein nach Mitglieder einer größeren Herde, denn schon kurz nach dem Start ging es los: Ausgeleierte Stammeleien und Wortfetzen sprühten über die Reihen hinweg, wenig später stattete man sich auch Besuche ab, tauschte gar die unter den tätowierten Fettmassen ächzenden Sitze. Selbstverständlich erinnerte mich das alles wieder einmal an diese zwei verrückten Tage in Sarommette, meines Wissens, wenn ich von der Zeit bei der Army absah, mein erster Aufenthalt in einer komplett chemikalisch beherrschten Gemeinschaft. Meine Güte, waren diese Leute drauf! Zombies. Quellende Gespenster. Weißes Fließfleisch, mit Knastmalerei verziert, im Supermarkt die Einkaufswagen so groß wie Viehtransporter, voll mit pappigen Toastquadern und Zehnliterdosen Budweiser. In den Augen dieser behäbigen Kolosse allerdings brannten bedrohliche Feuer. Unmöglich, länger als ein paar Sekunden in die Visagen hineinzuschauen. Meines Wissens waren in den Staaten bis zu dem Zeitpunkt noch nicht viele Kommunen von einer Oxycodon-all-inclusive-Abhängigkeit auf dieses neue Winston-Zeugs umgestellt worden. Die Einwohner von Sarommette nannten ihr Kaff Marommette, und sie dienten als überdimensionierte

Versuchskaninchen, sie bevölkerten ein Pharma-Freiluftlaboratorium, und was soll ich sagen, es ging ihnen fabelhaft dabei. Der Kerl an der Rezeption des Motels erzählte, dass immer mehr abgehalfterte Ärzte in der Gegend Praxen eröffneten, in denen es Rezepte gleich im Dutzend gab – gegen Cash, versteht sich. Auch Heroin lief auf einmal wieder bestens, speziell, wenn man von den wuchtigen Dragees aus Fishbach mal etwas Entspannung brauchte. Das Unerklärliche aber, das, was mir in Saromette wirklich nicht in den Kopf wollte, war: Die Stadt funktionierte nach wie vor. Genau wie später in Ebratal stellte ich fest, dass eine Tablette eine Stadt nicht nur beherrschen, sondern auch halbwegs durchdacht organisieren konnte. Saromette verrottete alles in allem noch relativ gediegen, zumindest, wenn man den Zustand seiner Bewohner als Maßstab nahm. Diese fettig grinsenden Trauerklöße saßen den ganzen Tag herum und quasselten wirres Zeugs, aber irgendwer, vielleicht Winston selber, holte immer noch den Müll ab, pflegte die öffentlichen Anlagen, füllte die Regale des Supermarkts mit Nahrungsersatz auf. Ein Mysterium, über das ich auf dem Weg nach Houston wieder nachdenken musste, während es die Hinterwäldler vor mir richtig krachen ließen. Ein Traum, was diese Leute während eines kreuzlangweiligen Vier-Stunden-Flugs alles auf die Beine stellten. Die Stewardess, eine Hispano-Viertelschönheit mit Gang-Tattoo hinter dem Ohr (so etwas bekommt heutzutage einen Job im Service …), hatte alle Hände voll zu tun mit dem langsam außer Rand und Band geratenden Mob. Dosen, diese kleinen 0,25-Dinger, flogen durch die Gegend, eine aschfahle Drei-Tonnen-Welfare-Queen mit Armen so breit wie ein Walross nach dem Weihnachtsurlaub verlangte lautstark, den Captain zu sprechen, worauf die Stewardess mit einem Lächeln reagierte, das meinem Freund Luke Stratford, der immer noch oben in Colorado in einem Schneewüsten-Dorfcollege Literaturwissenschaften lehrte, gefallen hätte. Meine Güte, wie lange hatten Luke und ich uns schon nicht mehr einen hinter die Binde gegossen! Die Zeit verging ohne einen Hauch von Gnade. Oder war gerade das die Gnade? Luke auf jeden Fall hätte den Gesichtsausdruck dieser sexy Latinomafia-Airlinekellnerin wahrscheinlich als »maliziös«

bezeichnet. Ein kleines, in sich gekehrtes, quasi nach innen gewendetes Hohngrinsen, das aber von dem genormten United Airlines-Dienstleistungsdrill überlagert wurde. Diese Biene schaffte es, ein Lächeln mit einem anderen Lächeln praktisch zu tarnen, während sie dem Speckross beschied, sie werde selbstverständlich unverzüglich beim Captain in dieser Sache vorsprechen. Allerdings sei es fraglich, ob dieser unverzüglich einen Platz in seinem Terminkalender frei schaufeln könne, immerhin müsse er ja momentan seiner Arbeit nachgehen und ein wenig fliegen. Na und!? Wozu gebe es einen Co-Piloten, bekam sie darauf zu hören. Der Menschenwal, dessen Hautlappen über alle Begrenzungen des schmalen Economy-Class-Sitzes hingen, ließ nicht locker. Ich habe mal gelesen, dass Airlines solche Leute engagieren, um die Sklavenmentalität ihrer Untergebenen zu testen. Ausgebuffte Human-Resources-Fachleute fahren extra in verwunschene Drogenhöhlen wie Maromette/Wisconsin, um dort die perfidesten Exemplare der lokal konzentrierten Trash-Population einzusammeln und in ihre kreuz und quer über die Staaten fliegenden Arbeitslager zu setzen. Nun, was auch immer die geheimen Absichten der Fassfrau gewesen sein mochten, Conchita war auf alles vorbereitet. Der Co-Pilot müsse aufpassen, dass der Captain nicht einschläft, servierte sie der Kundin trocken. Das seien nun mal die Regeln.

c

Houston George Bush Intercontinental machte seinem Namen alle Ehre: hirnlose Labyrinthe, Steakgesichter, Texaskitsch, wohin man schaute. Die Türgriffe zum Eingang einer Frequent-Flyers-Lounge bestanden aus den Geweihen zweier Longhorns. Ich sah jede Menge Stetsons, die zu albern karierten Hemden, engen Homo-Jeans und ornamentreichen Stiefeln kombiniert wurden – John Steinhower hätte sich wie zu Hause gefühlt. Unmöglich, zu sagen, womit ich die vier Stunden verbrachte, bis endlich die Maschine nach Frankfurt zum Boarden bereitstand. Anfänglich verfolgte ich noch ein wenig die Schwergewichtsgruppe aus Tucson, wobei ich schnell feststellte, dass diese Leute größtenteils gar nicht zusammengehörten. Das Theater während des Hinflugs, die fliegenden Dosen, die Nüsschenfontänen, das alles musste sich spontan entwickelt haben. Der reine Zufall, der diese Mischung sterbensfetter Durchschnittsamerikaner zusammengewürfelt hatte! In den guten alten US of A kam man aus dem Staunen einfach nicht heraus.

Ich schlich also einigen der Tonnen auf ihrem Weg zu den Trögen des George Bush hinterher. Vegan-Food-Stores, Joghurt-Corner, Salad-Focal-Points, Georgie bot alles, was das schwer schuftende Fetten-Herz begehrte. Einen besonders entzückenden Anblick gaben die Sushi-Bars ab. Gegen diese Klientel sahen die Japsen hinter dem Counter wie Zwerge aus, wie winzige, ernst dreinblickende Reiskobolde. In den Tatzen der Fleischberge wirkten die Essstäbchen kleiner als Streichhölzer. Ich schaute mir das eine Weile an. Keine Ahnung, schätzungsweise machte mir das Spaß. Herumspannen, observieren, Leute beobachten, das war immer schon mein Ding. Kindheit vermutlich. Heutzutage erklärten einem alle alles mit der Kindheit. Köstlich, auf was für Ideen die Leute kommen, wenn es darum geht, den Bockmist, den sie verzapft haben, nachträglich zu rechtfertigen. Andererseits: Familie ist ein hartes Brot. Letztes Jahr zum Beispiel sollte ich einen schweren, hochgedonnerten Dodge-Pick-up sicherstellen, den eine wütende Mutter bei ihrem Ex hatte mitgehen lassen. Oben in Phoenix. Auf dem Parkplatz einer Mall von der Größe Belgiens. Ich gehe zum Wagen, mache das Ding mit dem Ersatzschlüssel auf, steige ein und will gerade Richtung Tucson aufbrechen, als plötzlich eine Rothaarige mit drei Kleinkindern im Schlepptau, einem Baby im Tragegeschirr vor der Brust und vor allem einer schweren 45er in der freien Hand aus dem Unterholz bricht.

»Entschuldigen Sie, Mister, aber das ist mein Auto.«

Bei Gott, das war eine Stimme! Mit Blick auf die Zimmer-Artillerie fragte ich mich, ob hier die leibhaftige Veronica Lake zu mir sprach. Wobei, wenn ich ehrlich bin: Das Organ dieser großen Künstlerin, die eigentlich, wie mir erst neulich jemand erzählte, auf den schönen Namen Constance Frances Marie Ockelman hörte, hatte ich gar nicht direkt im Ohr. An Stimmen erinnere ich mich generell schlechter als an Bilder, wobei ich nicht direkt sagen will, dass mein Stimmengedächtnis schlecht ist. Es dürfte sich im Durchschnitt bewegen. Gutes amerikanisches Mittelmaß. Mein interner Bilderspeicher dagegen: Exzellent! Formidabel! Und bei dieser Lady aus Phoenix gab es eine Menge abzuspeichern: lange, seitengescheitelte rote Haare, lange, schlanke Beine in einer knallengen Hose, die aussah, als sei sie aus Schlangenleder gefertigt. Dazu trug Mummie ein nur bedingt blickdichtes Oberteil.

»M'am«, sagte ich, »das sieht Ihr ehemals Angetrauter etwas anders.«

Und sie: »Der Idiot sieht vor allem doppelt.«

»Das Gericht hat den Dodge ausgespart«, informierte ich sie. »Sie wissen doch, wie es läuft: Ihr Ex hat keinen fahrbaren Untersatz, kommt nicht mehr zum Job, verliert den Job. Und am Ende sehen Sie noch weniger von dem Zaster, sehe ich das richtig?«

»Natürlich«, antwortete sie mit einem höhnischen Lächeln. »Aber wissen Sie was? Den Job ist er sowieso bald los, weil … den Schein haben sie ihm schon letztes Jahr abgenommen. Fahren unter Multisubstanzeinfluss, oder so ähnlich. Das Schwein hat sich komplett stoned von den Cops erwischen lassen. Statt mal mit dem Scheck für seine Kinder rüberzukommen, ist der in die Stadt gefahren und hat sich Whiskey und Koks und sonst noch was geleistet. Und jetzt kommen Sie hier an und wollen sich den Dodge unter den Nagel reißen. Sagen Sie mal selbst, Mister, finden Sie das okay?«

Sie hieß Mirelle, und die Art, wie sie dieses »Mister« aussprach, machte mich nervös. Auch der Colt machte mich nervös. Die Situation machte mich gleich auf mehrere Arten ziemlich nervös, doch ich verspürte überhaupt keine Lust abzuhauen. Im Gegenteil. Nach einer Viertelstunde hatten Mirelle und ich uns, dachte ich wenigstens, über das Geschäftliche geeinigt, sodass einem gemeinsamen Imbiss nichts mehr im Wege stand. Ich begleitete die junge Familie zum Essen, in einen dieser neuen Loxburg Grills. Danach brachten wir die Kleinen (April, Sal, Pep und Frost) zu einer netten Mexikanerin namens Isabella und nahmen anschließend noch einen Drink in einem Haus mit Pool, über dessen Besitzer ich nicht wirklich etwas in Erfahrung bringen wollte. Mirelle lebte nicht unbedingt in geklärten Verhältnissen, wie es den Anschein hatte. Auch eine geregelte Tätigkeit mit Sozialversicherungskarte und keifenden Vorgesetzten mochte man sich bei ihr nicht wirklich vorstellen. Ihrer Stimmung tat das aber keinen Abbruch. Auch dass der Dodge jetzt bald nicht mehr für ihre Shopping-Ausritte zur Verfügung stehen würde, brachte sie nicht im Geringsten aus dem Konzept. Sie nahm die Dinge, wie sie kamen. Eine gesunde Einstellung, wenn man mich fragt. Generell habe ich schon vor langer Zeit aufgegeben, mir den Kopf darüber zu zerbrechen, warum die Leute was anstellen. Mirelle hier machte nicht unbedingt einen schlichten Eindruck. Dieses Schätzchen war alles andere als der naive Typ. Im Gegenteil, unter der roten Mähne ging offenkundig allerhand vor sich, da wurde vorausgeschaut und geplant, aber, so wird sie sich gesagt haben, musste man sich deswegen jeden Spaß verkneifen? Folgerichtig landeten wir irgendwann auf einem riesigen Wasserbett der Marke Hinterwäldler-Burlesque und koksten von einem mit üppigen Goldornamenten verzierten Spiegel. Danach zog sie sich ihre Schlangenlederhose aus und zeigte mir ihr schwarzes, aber irgendwie auch transparentes Höschen.

»American Apparel – hübsch, findest du nicht?«

»American Apparel?« Ich verstand nicht ganz.

»Klar«, sagte sie mit einem triumphierenden Lächeln. »Die sind vor 'n paar Jahren pleitegegangen, aber ich hab mir eine Tonne Zeugs von den beiden letzten Kollektionen gesichert. Mein Bedarf an Panties ist bis zur Rente gesichert, würde ich sagen.«

»Cleveres Mädchen«, bestätigte ich und jagte mir dann eine Ladung kolumbianischer Gehirngewürze ins Oberstübchen. Verflucht, diese Lady war in jeder Hinsicht gut ausgestattet. Und freigiebig dazu, denn sie legte unverzüglich zwei neue Lines nach. Zwei Pulverbahnen so breit wie eine Truck-Bremsspur. Dazu befreite sie sich von ihrem Oberteil und gönnte mir einen Blick auf einen mintgrünen BH.

»American Apparel?«, erkundigte ich mich mit Blick auf das gute Stück.

»So ist es, Baby«, versicherte sie mir. »Lust, mal ein bisschen das

Material zu prüfen? Ich garantiere, dieses Produkt ist ›Made in the USA‹.«

»Von fleißigen amerikanischen Fingerchen zusammengenäht, stimmts?« Ihre Stimme, das schwankende Bett, ihre Unterwäsche, das Koks – die Situation heizte dem alten Bill Hoffleit ganz schön ein.

»Und ob!«, rief sie mit gespieltem Nachdruck. »Alles, was du hier vor dir siehst, ist aus heimischer Produktion.«

»Ach, wirklich?«

»Kannst dich gerne überzeugen, Honey.«

»Wie soll'n das gehen? Hast du die Frachtpapiere noch dabei?«

»Haha, ich mag Jungs mit Humor. Aber ich verrats dir: Einmal mit den Fingerkuppen drüberstreichen, und du merkst, so eine Qualität kriegen die drüben bei den Schlitzaugen nicht hin.«

»Hmm, ich schätze, diese Aussage schreit nach einer konkreten Überprüfung.«

»Hundertprozentig, Mister Detective.«

Mirelle und ich verstanden uns ganz hervorragend. Manchmal trifft man einfach Menschen, mit denen man auf derselben Wellenlänge funkt. Ganz besonders gefiel mir, dass sie bei der ganzen Kokserei und dem aufgeladenen American-Apparel-Gequatsche das Geschäftliche nie aus den Augen verlor. Eine warmherzige, aber umsichtige Unternehmerin und Mutter, die mich gegen Abend mit dem Dodge zum Busbahnhof fuhr, von wo ich einen Greyhound zurück nach Tucson nahm. Am nächsten Morgen rief ich dann meinen Auftraggeber an und erklärte seine Ex samt Wagen für unauffindbar, Spesen seien allerdings trotzdem fällig, worauf von ihm nur ein »Soso« kam. Und dann machte es Klick in der Leitung.

d

Im Vergleich zu meiner Zeit bei der Army hatte sich Frankfurt Rhein-Main gehörig herausgeputzt. Der Airport blitzte und funkelte, Heerscharen von Faktoten wuselten herum, der ganze Laden glich einem brodelnden Ameisenstaat, in dem alle drei Minuten eine neue Sprache erfunden wurde, die Dinge am Ende aber immer noch unter germanischer Kontrolle standen. Der Kraut musste permanent alles unter Kontrolle haben, sonst wurde er hysterisch. Weswegen wir natürlich den Kraut kontrollierten. Besser so für alle, die natürliche Ordnung der Dinge quasi – zu der leider auch gehörte, dass hinter der Arrival-Schleuse zwar jede Menge Chauffeure lauerten, aber niemand ein Schild mit dem Namen Hoffleit in die Höhe reckte. Immerhin, statt wie früher aus Pappe oder Papier, waren die Dinger jetzt digital und blinkten lustig. Technischer Fortschritt. Die Welt drehte sich weiter. John Steinhower schwitzte weiter unter seinem albernen Stetson, Miranda Cruz wartete immer noch auf ihren säumigen Gatten, der seinerseits weiter im Akkord in irgendeiner Chemo-Mühle in Seattle oder Portland für seinen neuen Arbeitgeber, der in keinem mexikanischen Handelsregister eingetragen war, kleine Tütchen mit braunem Pulver abpackte. Apropos Pulver, Frankfurt in den Achtzigern war bis oben hin voll davon. Damals wurde gerade alles von einem Tsunami klapperdürrer Spritzenzombies geflutet. Die Vogelscheuchen lungerten downtown an jeder Ecke herum und verdarben den Bankern auf dem Weg zum Lunch den Appetit. Die Stadt war ganz schön aus den Fugen zu dieser Zeit; vierzig Jahre später hingegen: alles in bester Ordnung. Ein blitzblankes Nest mit ein paar strahlenden Türmen in der Mitte, das zumindest vom Flugzeug aus einiges hermachte. Als ich begriffen hatte, dass niemand von Winston zum Airport abkommandiert worden war, beschloss ich, in die Stadt zu fahren. Einfach der Erinnerung wegen. Ich wurde regelrecht nostalgisch. Am Taxistand überlegte ich sogar, einen der Kameltreiber nach Miesenbach zu dirigieren. Die ersten Jahre mit Heidemarie: beinahe das Paradies. Näher bin ich dem Shangri-La nie gekommen. Ihr alter Herr rotzbesoffen auf dem Trecker, das jährliche Schweinerennen, sonntags Braten bei Schwiegermutter, Football auf den Plätzen der Airbase, der Junge im Kinderwagen, Neles Geburt. Aber dann begann Heidemarie, Pläne zu schmieden. Es ging um einen Friseursalon. Ausgefuchste Strategien. Dieses Bauernluder wurde aufsässig und setzte mich wenig später eiskalt vor die Tür. Aus der Traum vom gemütlichen Leben in Germany. Wie auch immer, Frankfurt hatte sich verändert. In den Straßen am Bahnhof nuckelten noch ein paar Schatten an ihren

Glaspfeifchen herum, aber im Großen und Ganzen hatten sie die Fixerarmeen aus der Stadt gefegt. Stattdessen überall edle Bistros und Trattorien, deren Hauptgänge bei den Bauchwesen aus Tucson höchstens als Tischdekorationen durchgegangen wären. Frankfurt gab sich höllisch zivilisiert, aber das funktionierte natürlich nicht. Man musste nur ein wenig die Decke lupfen, ein klein wenig hinter die Kulissen schauen, und zum Vorschein kam der ewige Kraut, der mit seinen Wurstgriffeln im Kartoffelbottich herumrührte. Ich entschloss mich trotzdem, die Nacht in der Stadt zu verbringen. Der Flug über den Teich hatte dem alten Bill ganz schön zugesetzt. Am nächsten Tag würde ich mich in einen Zug Richtung Norden setzen, mich bei Winston an der Rezeption melden und danach einfach abwarten, was als Nächstes geschah. Abwarten – ohnehin meine größte Stärke. Heidemarie ist damals fast durchgedreht deswegen.

e

Ein Hotel in Frankfurt zu finden, stellte sich allerdings als Wissenschaft heraus, weswegen ich schließlich in einem sündhaft teuren Vertreterschubfach am Stadtrand landete. In der Nähe eines Autobahnzubringers, mit einer Horde außer Rand und Band geratener Koreaner im Nachbarzimmer. Ein paar Zentimeter von meinem Kopfkissen entfernt schmissen schlitzäugige Geschäftsroboter die Party des Jahrhunderts. Völlig verrückt, was diese Leute für Geräusche produzierten. Orgelndes Jaulen, dumpf heulendes Gegrunze, affenartiges Fiepen – die hatten alles im Repertoire, was die menschliche Stimme hergab. Und am nächsten Morgen im Frühstücksraum? Tadelloser Auftritt. Die nächtliche Orgie? Erfindung irgendeiner windschiefen Langnase. Stattdessen geregeltes Einrücken im Gänsemarsch – frisch gebügelte Anzüge, messerscharfe Seitenscheitel, zuckende Verbeugungen, geflüsterte Unterhaltungen. Unglaublich, diese Asiaten. In der Nacht das Bett anzünden, dann auspinkeln und am nächsten Morgen strammstehen zum Appell. Ich fragte eine der Bedienungen, woher diese Menschen kämen, Norden oder Süden, aber die Frau lächelte nur. Offenkundig verstand sie mich nicht. Auch egal. Man musste nicht alles wissen. Ein paar Tage später erfuhr ich übrigens, dass ausgerechnet in diesem Hotel der Boss vom hiesigen Winston-Ableger seine letzte Nacht auf Erden verkokst hatte. Mit einer Blondine der Platinkarten-Kategorie, die ihn am nächsten Tag stilecht ins Jenseits befördert haben soll. Merkwürdiger Zufall. Die Koreaner auf jeden Fall hatten mächtig Appetit. Die spachtelten wie nichts Gutes. Käse, Wurst, Ei, Tomaten, Marmelade, Brot, Brötchen, Knäckebrot, Müsli. Nahrungsgebirge türmten sich auf den Tellern dieser Zwerge auf. Von wegen Algen, Fischöl, drei Reiskörner und dann ewig leben!

Zurück auf meinem Zimmer, rief ich Steinhower an und bedankte mich für den aufmerksamen Empfang am Flughafen. Er zeigte sich zerknirscht, allerdings wisse man ja, was für eine unverfrorene Rasse die Deutschen seien. Ich sollte mich gleich nach meiner Ankunft in Ebratal bei einem gewissen Joachim Angelique Gerke melden, dem neuen Sicherheitschef bei Winston/Germany.

Ich: »Was ist das denn für ein Name? Ist das 'ne Tunte?«

Von Steinhower kam nur dieses antrainierte John-Wayne-Lachen. Was ich denn neuerdings gegen Tunten hätte? Bei meinem weibischen Hüftschwung sei ich doch selber eine. Eine gottverdammte Lüge. Steif wie ein Brett bin ich. Seit Jahr und Tag komme ich beim Bowlen nicht mehr richtig in die Knie. Ein Wunder, dass ich überhaupt noch manchmal score.

Ich fragte, ob spesenmäßig ein Taxi in dieses Ebratal drin wäre. Nach der Nacht mit den Koreanern hatte ich wahrlich keine Lust, mich in einen Zug zu quetschen und erneut irgendwelchen Irren auszusetzen. Steinhower lachte schon wieder, aber diesmal anders: John Wayne hatte sich in eine meckernde Ziege verwandelt. Vielleicht war er auch immer schon eine gewesen, nur die Welt hatte das nicht bemerkt. Ein großartiger Schauspieler, so gesehen. Bei diesen Hollywood-Schwuchteln kannte sich doch eh keiner aus.

f

Im Taxi zurück zum Bahnhof saß ein weiterer Importkraut. Ein bulliger Afroteutone, der uns zielsicher in den nächsten Stau manövrierte und ansonsten seinen Gedanken nachhing. Dieses

Schweigen – herrlich! Absolute Stille. Was für ein Kontrast zu den Staaten, wo sich jeder für einen Entertainer hielt. In Amerika hatten sie verdammt noch mal alle eine Geschichte. Zum Beispiel in diesem abgewrackten Laden in Sand Springs vor ein paar Jahren, wo die blondierte Serviererin mir die Bestellung auf den Tisch knallte, um dann ohne langes Federlesen zu den Fakten überzugehen: In dem Schrottjob sei sie nur gelandet, weil ihr Onkel, der auf der Farm ihrer Eltern eingehütet habe, wenn diese mal wieder in der Entzugsklinik verschwunden waren, weil dieser perverse Onkel also jahrelang seine schmierigen Griffel nicht von ihr habe lassen können. Nur deswegen müsse sie jetzt irgendwelchen Idioten an der Zufahrt zum Interstate labbrigen Kaffee in bruchsichere Keramikeimer nachgießen. Ich meine, so weit keine ungewöhnliche Story. Solche Sachen passieren. Aber an diesem Morgen stach mich der Hafer. Ich fragte nach, warum sie ausgerechnet mir die tragischen Details ihrer ausgefallenen Karriere darlegte. Darauf sie: »Personal touch!« Wenn die Leute wüssten, wer ihnen da ihr Zeugs auftischte, würde es schwieriger, sich ohne ordentlichen Tipp aus dem Laden zu verdrücken. »Reines Business, Sir, hat nichts mit Ihnen zu tun.« Nun, in Germany hatten sie von solchen Tricks noch nichts gehört. Der Afrikaner schaukelte ungerührt seinen 1a gepflegten Mercedes durch die Gegend und war sich viel zu fein dafür, seine tiefschürfenden Reflexionen mit einem hergelaufenen Yankee zu teilen. Jede Menge Zeit für mich, die Welt dort draußen zu begutachten. Europäische Häuser! Europäische Bushaltestellen! Der Himmel Richtung Norden hatte eine kranke Farbe. Irgendwie gelblich, beinahe orange. Apropos, irgendwo im Norden lag auch die Stadt, in der meine Tochter wohnte – falls meine Informationen noch Gültigkeit besaßen. Plötzlich hatte ich das Bedürfnis, mit Nele zu sprechen. Also rief ich in Miesenbach an. Heidemarie nahm sofort ab. Mitten im ersten Klingeln war sie schon an der Strippe. Und wie es den Anschein hatte, war sie nicht sonderlich gut gelaunt.

»Kray«, schnarrte es im Kommandoton aus diesem Ding heraus. Bei Gott, mit solchen Stimmen, wozu brauchten die Krauts damals noch Stacheldraht in ihren Camps?

»Heidemarie? Rate, wer hier spricht?«

Sie lachte höhnisch. »Dieses impotente Würstchen, das sich damals wie der letzte Feigling zurück nach Amerika verdrückt hat?«

»Erraten. Freust du dich?«

»Zu maximal vier Prozent.«

»Und die restlichen sechsundneunzig?«

»Sind mit anderem beschäftigt. Was willst du, Bill?«

»Mit dir sprechen. Wie lange ist es jetzt her, Heidemarie? Dreißig Jahre? Vierzig?«

»Wie lange ist was her, William? Drück dich bitte präzise aus. Redest du von deinem Abschied? Als du dich wie ein jämmerlicher Dieb aus dem Staub gemacht hast? Oder meinst du unser letztes Gespräch?«

»Hm, Heidemarie, weißt du … ich …«

»… Falls du deinen Abgang hier meinst: vierunddreißig Jahre, drei Monate und sechs Tage. Falls es aber um deinen letzten Anruf geht: sieben Jahre, ebenfalls drei Monate und … zwölf verfluchte Tage.«

»Das muss man dir lassen: Du hast die Fakten parat.«

»Keine Kunst. Ich habe die Wand zum Esszimmer einreißen und eine großflächige Digitalanzeige mit Touchscreen, Stoppuhr und individuell manipulierbaren Kalenderfunktionen einbauen lassen. Ein Blick drauf, und ich bin mit den Kerndaten versorgt. Den Tag, als du hier den Schwanz eingezogen hast und mich mit einem Kleinkind und einem fünf Wochen alten Baby sitzen gelassen hast, habe ich auf dem Ding als Jahr null einprogrammiert, verstehst du? Wie Christi Geburt.«

»Oh, welch Ehre. Sicher, dass ich diesem Vergleich standhalte? Aber wenn ich dich kurz erinnern dürfte: Du hast die Kleinen bei deiner Mutter geparkt und mich anschließend rausgeschmissen. Um drüben in Otterbach diesen dämlichen Friseursalon zu übernehmen.«

»Ach, wirklich? So war das? Dann muss dieser armselige Abschiedsbrief wohl eine Fälschung sein. ›Liebe Heidemarie, ich kann dir gar nicht schildern, was in mir vorgeht. Ich bin zerrissen zwischen der Liebe für dich und die Kleinen und dem unbändigen, unbezwingbaren Drang nach Freiheit und Abenteuer.‹«

»Das soll ich geschrieben haben?«

»Zumindest laut zweier unabhängig voneinander erstellter grafologischer Gutachten.«

»Nun gut, was solls? Lass uns die alte Scheiße vergessen. Ich bin in Eile. Kannst du mir Neles Nummer geben? Ich hab in Ebratal zu tun. Vielleicht hat sie ja Lust, mich zu besuchen.«

»Ebratal? Da machen sie doch diese Dinger, oder? Diese Teufels-Tabletten.«

»Exakt. Gibst du mir die Nummer?«

»Und was willst du da? Bist du nicht mehr in Arizona, wohin du mich und die Kinder niemals eingeladen hast, obwohl du es beim vorvorletzten Gespräch vor genau sechzehn Jahren, acht Monaten und sechs Tagen versprochen hattest?«

»Ja, keine Ahnung. Ich musste meinen Laden aufbauen. Du kennst das ja mit dem Salon. Man will erst völlig etabliert sein, bevor die Angeberei beginnen kann.«

»Aha. Ich betreibe mittlerweile Salons in Otterbach, Miesenbach, Gewürzhafen und drei in Kaiserslautern. Und du, wie bist du im Geschäft als versoffener Wüstenschnüffler?«

»Ganz dick, Heidemarie. Aber jetzt gib mir mal Neles Nummer, s'il te plaît.«

»0175 642 487 8.«

»0175 … und dann?

»6 … 4 … 2 … 4 … 8 … 7 … 8.«

»Notiert. Au revoir, Mariechen.«

»Au revoir, Bill. Je t'attends. Je t'attends toujours.«

»Ich weiß, Baby.«

Bei Gott, eine harte Nummer. Am Bahnhof kaufte ich ein Ticket, wehrte zwei Taschendiebe ab, setzte mich in einen Zug und dampfte ab in Richtung Ebratal. Inzwischen veränderte sich draußen der Himmel weiter. Es sah aus, als hätte der Russe doch noch die Bombe abgeworfen. Ich wählte Neles Nummer.

»Nele Hoffleit?« Ihre Stimme klang hell und rein. Vielleicht mit einem Spritzer Traurigkeit. Nennt mich einen Romantiker, aber jede gute Frauenstimme braucht einen Spritzer Traurigkeit.

»Nele, hier spricht dein Vater.«

»…«

»Nele?«

»Ja.«

»Geht es dir gut?«

»Ja.«

»Was tust du gerade? Störe ich dich vielleicht?«

»Nein. Ich warte.«

»Du wartest?« Meine Tochter mochte scheinbar das Kryptische.

»Ja, klar. Auf die Wirkung. Ich muss es erst spüren, bevor ich mich aufs Rad setze. Ansonsten traue ich mich hier in Eppendorf nicht in den Verkehr. Superviele Autos, weißt du?«

»Nele, dumme Frage vielleicht, aber freust du dich, deinen alten Vater zu hören?«

»Ja, irgendwie. Ich weiß nicht. Ich kann nichts fühlen, bevor die Tablette wirkt. Na ja, ich schätze, gleich werde ich mich freuen. Aber vielleicht auch nicht. Vielleicht werde ich wütend sein, dass du einfach so anrufst. Einfach so alle paar Jahre mal in mein Leben knallst. Mal schauen, wie die Tablette das verarbeitet.«

»Was soll denn dieses ganze Gerede von wegen Tablette. Was schluckst du denn?«

»Marom R500. Aber das ist nicht einfach Medizin, Paps. Das ist … schwer zu beschreiben … ich denke, das ist eine Art Gott?[75] Eine magische Kraft, die mich gerettet hat. Die Tablette ist … ja, vielleicht kann ich das sagen … wie Vater und Mutter, die mich halten. Wie ein Uterus.«

---

75 Ob es die durch den frühen Verlust ihres Vaters inspirierte, daher unbewusste Identifizierung mit dem Amerikanischen oder irgendein anderer, in den 34 Jahren der Nele Hoffleit aufgetretener angelsächsischer Einfluss war – de facto übertrug die Wahl-Eppendorferin die Technik des Westküsten-Uptalk schon als Teenager ins Deutsche. Eine linguistische Pioniertat, die aber – wie so vieles in Neles Leben – zu nichts geführt hatte. Außer zu Marom.

»Scheiße, Mädchen, du klingst ja wie ein übrig gebliebener Freak aus Big Sur. Soll ich dir mal was verraten? Ich fahre gerade genau dorthin. Ich meine dorthin, wo deine Pillen in Deutschland in die Blister wandern. Was sagst du dazu?«

»Warum?«

»Wie warum?«

»Warum fährst du nach Ebratal?«

»Geschäftliches.«

»Liegt es an den Toten? Eric ist tot. Ich meine Eric LeForbes.«

HAAALLLT!!!!! Das geht nicht. Totaler Schwachsinn. Nele, Bill, Heidemarie, LeForbes, womöglich auch noch Esnèr und Toirsier? Miranda Cruz? Das glaubt mir kein Mensch. Keine menschenverwandte Zellstruktur wird mir das jemals abnehmen.

Der Weg nach Ebratal. Neben mir sitzt oder sitzt nicht ein biologisches Material namens Elizabieta, und in diesem Moment, der sich kurz vor dem Moment abspielt, in dem sich meine Physis selbst verspeist, habe ich begriffen, begreifen müssen: alles gescheitert. Das Buch, meine Hoffnung: Müll. Fade Trottelsuppe. Drogengewäsch. Marom, wie konntest du mich so in die Irre führen? Ich hielt mich für ein Genie. Ich hielt mich selber für Marom. Bill Hoffleit aus Tucson/Arizona? Eine rostige Privatermittlerattrappe will der genialen A.N.N.E. auf die Schliche kommen? Ich muss verrückt geworden sein. Der Roman ist gescheitert, die Option Bunnemann gibt es nicht mehr. Die Methode Bunnemann hat sich in den Sowjetraum verflüchtigt, weswegen nun meine Gehirne geröstet werden. Ich bin – mit japsenden Nieren und ohne Hoffnung – auf dem Weg nach Ebratal. Meine Zeit als Romancier: vorbei. Doch mein Kopf will das nicht einsehen. In meinem Kopf machen Bill und Nele und all die anderen Gespenster einfach weiter.

»Elizabieta, sag, bist du … da?«

»Was? Pass auf, du kommst zu weit nach rechts. Auf Straße bleiben, bitte.«

»Okay, aber du existierst, oder?«

»Nur wenn du vernünftig fährst. Wie weit ist es noch?«

»Was meinst du? Nach Ebratal?«

»Dahin wolltest du doch.«

»Ja, doch ehrlich gesagt, bin ich nicht mehr so zuversichtlich. In meinem Kopf ist alles durcheinander. Teile meines Buchs erzählen sich dort selber. Sogar Kapitel, die ich noch gar nicht geschrieben habe, mein kleines bulgarisches Kataster-Täubchen. Ich meine, verstehst du? Ich schreibe gerade. Außerdem besteht mein Körper zu mehr als hundertzehn Prozent aus barbarischen Entzugsschmerzen, die durch die unbestreitbare Tatsache zusätzlich intensiviert werden, dass der Roman, den ich jetzt permanent verfasse, sowohl mein einziger Sinn als auch gequirlte Hundescheiße ist. Ein exkrementöses Hormon-Ragout aus Sinnfragmenten. Ebenen-Mousse. Begreifst du, was ich dir sagen will, Elizabieta? Dich finde ich im Übrigen scharf.«

»Danke.«

»Mein Problem ist, ich kann die Mousse-Enzyme nicht aufspalten. Ich weiß nicht mehr, wann ich genau nicht schreibe. Das ist unangenehm. Allerdings steht immer noch fest: In Ebratal, so dieser verfluchte Ort tatsächlich existiert und so ich jemals dort ankomme, fahre ich straight in den Winston-Outlet-Store und jage mir mit der erstbesten Kanüle drei Suppenlöffel R500 in die Ledervenen. So, wie es die Leute in Saromette, erst recht die Leute in Maromette zum Schluss gemacht haben, bevor sich die Seuchenärzte der Bundesbehörde von Hubschraubern abseilten. Fuck!! Das wäre schon wieder eine brillante Stelle für Bill … ich meine, Bill, bist du auf Empfang? Kannst du mich … verstehen? Alle sind auf dem Weg nach Ebratal. Du, ich, das Elizabieta-Hologramm neben mir. Außerdem wahrscheinlich auch Esnèr und, was weiß ich, Gina? Toirsier? Philippe de Meudon? Wie reagiert die französische Presse? Oh Gott. Bill?«

Meine Tochter hatte offensichtlich nicht mehr alle Tassen im Schrank. Kein Wunder, bei der Mutter. Kein Wunder, bei dem Vater.

»Mal Klartext jetzt, Nele: Was weißt du von LeForbes?«

»Ich kenne … kannte Eric, weil wir Brieffreunde waren. Und … ja … ich mochte ihn. Auch wenn wir uns nie getroffen haben. Er sah toll aus, Paps. Ich bin verliebt in ihn. In einen Toten. Ich habe immer Pech, aber zum Glück per Rezept auch immer Marom. Nicht alle Ärzte sind so knickrig wie der alte Bunnemann.«

»Was erzählst du da? Du bist in LeForbes verknallt? Ich ermittle praktisch in einem Mord an meinem ehemaligen Schwiegersohn in spe? Gut, dass Steinhower das nicht weiß. Der alte Geizhals hätte sonst den Tagessatz gekürzt.«

»Steinhower kenn ich nicht. Aber Eric sah wirklich gut aus. Ich habe Bilder im Netz gefunden.«

Nele und ich plauderten noch eine Weile, während sich der Zug durch irgendwelche feuchten Landschaften schlängelte. Tiefgrüne Wälder! Eine Offenbarung nach den Jahren in der Wüste. Und so einen Himmel hatte ich überhaupt noch nicht gesehen. Von einem leuchtenden Orange entwickelte sich die Sache immer mehr zu einem glimmenden Karminrot. Eins musste man Fritz lassen, Effekte hatte er drauf. Das war schon früher so. Schneidige SS-Uniformen. Prägnante Parteitagssymbolik. Die Nazis wussten einfach, dass das Auge mitmarschiert. Für das Ohr hatten sie allerdings weniger übrig: Permanent hielt der Zug in Ortschaften wie Unterbrutzeln, Obstloch, Gestängeheim, Suppla. Gott, was für eine Sprache! Vor ein paar Jahren traf ich in Tombstone mal einen Deutschen, der in der Museumsstadt als Westernschauspieler dreimal pro Tag stilechte Saloon-Keilereien abliefern musste. Genau wie der Gatte der guten Mirelle aus Phoenix war der Typ mit den Alimenten gehörig im Rückstand, aber das ist nicht der Punkt. Das Interessante an dem Mann war, dass er Gesäßelbach hieß. Kein Witz. Mit diesem irren Buchstaben in der Mitte. Oliver Gesäßelbach. Himmel, diese Teutonen!

Wie auch immer, irgendwann verkündete die Stimme des Zugführers tatsächlich das Wort Ebratal. Ich stieg aus. Eine Menge Leute stiegen aus. Ein kleiner Bahnhof, aber auf dem Bahnsteig Betrieb. Manche der Neuankömmlinge sangen. Jemand kniete nieder und küsste den Boden. In der Ferne leuchtete auf einem Dach in riesigen blauen Neon-Lettern der Winston-Schriftzug. Der Himmel brannte. Gleichzeitig schien es zu regnen. Die Luft roch zu gleichen Teilen nach Abflussreiniger und feuchtem Laub. Insgesamt ein seltsamer Ort, aber wenn man direkt aus dem Nichts südlich von Tucson kommt, erscheint einem jeder Ort der Welt als seltsam. Außerdem war ich gut gelaunt. Wenn man es genau nahm, hatte ich Lust zu arbeiten. Ich sagte mir: Mal schauen, welche Nuss die Krauts dem alten Bill Hoffleit zu knacken geben. Bei Gott, ich hatte keine Ahnung.

»Elizabieta?«

»Chérie?«

»Ich schreibe an meinem Buch, während ich gleichzeitig mit Ozguns Golf nach Ebratal brettere und außerdem im Zellbrand dahinschmore. Kommentare dazu? Ich für meinen Teil hätte nicht gedacht, dass man zu derlei überhaupt in der Lage ist.«

»Zu was in der Lage?«

»Habe ich doch eben gesagt: Schreiben. Ich meine, im Kopf schreiben, in den Kopf schreiben. Und gleichzeitig abkratzen. Polytasking. Produktiv sterben.«

»Du redest wirres Zeug. Wann kommen wir an? Ich habe Hunger.«

»Dauert nicht mehr lange. Siehst du dort hinten am brennenden Horizont dieses blaue Leuchten?«

»Ja.«

»Das ist, falls mein Online-Reiseführer nicht gelogen hat, die Winston-Kathedrale. Dort produziert man mein Frühstück, mein Mittagessen sowie mein neuronales Abendbrot.«

»Du bist süchtig, oder?«

»Wie kommst du denn darauf, meine Süße?«

»Ins *Game City* kommen immer nur Spieler und Junkies von draußen. Und du bist kein Spieler.«

»Das nennt man Logik.«

»In diesem Ort da willst du Drogen kaufen?«

»Arznei! Ich spüre, wie die Übermenschlichkeit aus mir weicht und ich mich in einen Haufen Asche verwandele. Ich fahre nach Ebratal als lodernde Vogelscheuche. Du ahnst ja nicht, was ich heute schon durchmachen musste, Elizabieta: Bunnemann, die Apotheke, die Apotheken, Ozgun, dieser kleine Stricher. Unaussprechliche Torturen. Ein Gulag.«

»Warum wolltest du, dass ich mitkomme?«

»Du siehst gut aus. Ich stehe auf erfahrene, blond gefärbte Frauen in engen roten Rollkragenpullovern und engen, altmodisch geschnittenen Jeans. Das erinnert mich an meine Zeit als Schatzmeister im Motorradklub.«

»Du warst im Motorradklub? Siehst nicht so aus.«

»Das sagen viele. Und sie irren sich nicht. Aber schau nur, dort stehen Häuser! In einem dieser schmucken Eigenheime hat Karin Bechtloff ihre inexistente Ehe gebrochen und wurde daraufhin vom Tablettengraf Peter Dransfeld ins Jenseits tranchiert. Das Paar hinterlässt eine vierjährige Tochter. Olivia.«

»Schöner Name.«

»Irgendwo im Text habe ich auch Olivias Zukunft skizziert. Armes Mädchen.«

»Du bist Hellseher? Was siehst du für mich?«

»Nichts natürlich! Du bist real, hoffe ich, Olivia ist Roman. Nebenfigur dritten Grades.«

»Wie heißt Roman?«

»Da fragst du was. ›Pharmageddon‹ … vielleicht? Titel sind nicht gerade meine Stärke.«

»Stimmt.«

»›Rezept und Widerspruch‹? ›Ozguns little helper‹?«

»Wann kommen wir an? Ich muss essen.«

»Das sind bereits die Außenbezirke. Wobei es erstaunt, dass eine Stadt wie Ebratal überhaupt Außenbezirke besitzt. Ich schaue auf die Sprit-Anzeige – im roten Bereich. Ich muss dringendst nachladen.«

»Wir müssen tanken?«

»Wir suchen als Erstes eine Marom-Zapfsäule, dann gehen wir essen – einverstanden?«

»Ich habe Hunger. Ich bin seit heute Morgen um sechs im *Game City*.«

»Und?«

»Wie und?«

»Ich sehe keine logische Konnektion zwischen den beiden Sätzen.«

»Ich schon.«

»Ich nicht.«
»Dann bist du kein Schriftsteller.«
»...«

2

Der 185. Brief der Nele Hoffleit an die Firma Winston Pharmaceutics and Medical Care Deutschland Ltd.

Liebes Winston,
eben hat mein Vater angerufen. Mein Vater hat uns verlassen, als ich zwei Monate alt war. Der meldet sich alle paar Jahre mal, und eben sagt er so ganz nebenbei, dass er in Deutschland und auf dem Weg nach Ebratal ist!!! Aber ich bin trotzdem ruhig geblieben. Ich war voll in der ersten Anflutung. Da könnte selbst Gott anrufen, ich würde ganz entspannt mit dem plaudern.
Grüße an Dich, liebes Winston,
Deine Nele

PS: Ich weiß, das war immer nur seine Maschinenunterschrift unter Euren Briefen, und wahrscheinlich hat Eric seine Briefe an mich nie gelesen. Aber die klangen immer so warm, so nah. Ich hatte das Gefühl, jemand hat mich verstanden. Könnt Ihr mir nicht wenigstens verraten, wo Eric beigesetzt worden ist. Wo lebt seine Familie?

3

Die 21. Antwort der Winston Pharmaceutics and Medical Care Deutschland Ltd. an Frau Nele Hoffleit, Hamburg

Sehr geehrte Frau Hoffleit,
die sterblichen Überreste von Eric LeForbes wurden in die Vereinigten Staaten überführt und am 24. April diesen Jahres in New Heepen/Wyoming im Beisein seiner Mutter, Frau Monique Stella Dupret, eingeäschert.

Über den Verbleib der Urne wie auch über den aktuellen Aufenthaltsort von Frau Dupret ist hier im Haus nichts bekannt.

Wir möchten Ihnen darüber hinaus mitteilen, dass viele Mitarbeiter der Winston Pharmaceutics and Medical Care Deutschland Ltd. in Ebratal sowie der Winston Ltd. in Fishbach/Illinois Ihre Gefühle hinsichtlich des tragischen Verscheidens von Herrn LeForbes teilen. Eric LeForbes war eine mitreißende und charismatische Führungspersönlichkeit, ein Winston-Mann durch und durch, der mit seiner Energie, seiner Kreativität und seiner Hartnäckigkeit für jeden Einzelnen von uns ein Vorbild darstellte.

Die Zukunft dieses Unternehmens und dessen strategische Ausrichtung waren Eric eine Herzensangelegenheit. Wir werden versuchen, das Projekt in seinem Sinne weiterzuführen.

Mit freundlichen Grüßen aus Ebratal,
Thomas A. Silberman
Chief Executive Officer
Winston Pharmaceutics and Medical Care Deutschland Ltd.

4

Die erste Mitteilung der Winston Corporate Communications GmbH an Frau Nele Hoffleit, Hamburg

Sehr geehrte Frau Hoffleit,
seit vielen Jahren zählen Sie zu unseren aktivsten und kommunikativsten Kunden in Deutschland. Als kleines Dankeschön für Ihre Treue möchten wir Sie deswegen heute mit einem neuen und exklusiven Angebot vertraut machen: der Winston Health and Enjoyment Lounge.

Dieses einzigartige und kostenfreie Online-Feature hält Sie stets auf dem Laufenden über unser Sortiment an Pharma-, Hygiene- und Wellnessprodukten. Überdies sind Sie als Mitglied der Winston

Health and Enjoyment Lounge berechtigt, alle nicht rezeptpflichtigen Winston-Erzeugnisse direkt ab Werk und ohne Versandkosten zu beziehen. Ein Klick genügt, und der lästige Gang (oder in Ihrem Fall, Frau Hoffleit, die gefährliche Fahrradfahrt) zur Apotheke, zum nächsten Sanitätshaus ist Vergangenheit.

Vor allem aber ist die Winston Health and Enjoyment Lounge Ihr ganz persönlicher Kommunikationskanal zu unserer Geschäftsführungsebene in Ebratal. Diskutieren und entscheiden Sie mit, wenn es um neue Produkte oder unternehmerische Entscheidungen geht! Geben Sie uns Einblicke in die Welt des Endverbrauchers und Winston-Fanatikers!

Denn Winston, liebe Frau Hoffleit, braucht genau Sie! Wir zählen auf Ihren Rat. Mitglieder unserer neuen, in dieser Form einmaligen Winston Health and Enjoyment Lounge sind für uns längst keine Kunden mehr, sondern Ratgeber und Freunde. Als solche möchten wir Sie heute erstmalig und exklusiv von einer wichtigen Weichenstellung unseres Unternehmens unterrichten:

Ab dem 1. Januar nächsten Jahres stellt Winston weltweit die Produktion der Marom-Serie (Marom R100, Marom R200, Marom R500) ein.

Die Winston Health and Enjoyment Lounge – be part of the project!

Mit freundlichen Grüßen,
Anne Girardoux
Winston Health and Enjoyment Lounge
(in cooperation with A.N.N.E. – Alternative Neuroleptic Nonfictional Entertainment)

5

Der 186. Brief der Nele Hoffleit an die Winston Pharmaceutics and Medical Care Deutschland Ltd. (bzw. der erste Brief an die Winston Corporate Communications GmbH, Ebratal)

WWWWWWWWWWWWWWWWWWWWWWWWWWWWWWWW-
WWWWWWWWWWWWWWWWWWAAAAAAAAAAAAAAAAAAAAA
AAAAAAAAAAAAAAAAAAAAAAAAAAAAAAAAAAAAAAAAAAAAAAA
AAAAAAASSSSSSSSSSSSSSSSSSSSSSSSSSSSSSSSSSSSSSSSSSSSSSSSSSSSSSSSSSS
SSSSSSSSSSSSSSSSSSSSSSSSSSSSSSSSSSSSSS
SSS???
????????????????
N. (tot)

PS: Eric, falls du das von oben sehen solltest: Tu etwas! Ich bitte dich. Ich bitte dich inständig.

6

Die Ebratal-Verwicklung (Fortsetzung)

g

Ich stand also in diesem Ebratal vor dem Bahnhof. Die Wolken leuchteten so rot wie Cocktailkirschen, was Fritz jedoch nicht weiter zu interessieren schien. Kein Mensch blickte zum Himmel hinauf. Also stieg ich mal wieder in ein Taxi. Der Fahrer, ein dürrer alter Kameltreiber mit Baskenmütze auf dem Kopf, erriet mein Ziel sofort. Taxifahrer kennen sich aus mit Menschen. Leider sind sie in der Regel zu dumm, um damit etwas anzufangen. Wenn diese Hohlköpfe nur ein bisschen Grips besäßen, ließen sich mit so einer Fähigkeit jede Menge Dollars machen. Psychotherapie, Kommunalpolitik, was weiß ich. Aber der normale Taxifahrer ist eben beschränkt. Deswegen ist er Taxifahrer. Ich hatte mal einen pummeligen Pakistani, der mich – auf Spesenrechnung selbstverständlich – einen halben Tag durch East L. A. geschippert hat, weil ich einen Schuldeneintreiber beschatten sollte, dem sein Boss wegen irgendwelcher krummen Touren nicht mehr über den Weg traute. Die Aktion hat zu nichts geführt, nach zwei, drei Stunden Rumgurken in erlesen öden Gegenden bin ich sogar eingeschlafen. Vorher hat mir der Typ allerdings noch seine hoch originelle Geschäftsvision verraten, die da lautete: Hollywood. Und zwar als Regisseur. Wie circa fünfundsiebzig Prozent aller Taxifahrer in L. A. sah sich dieser Beduine bereits als neuer Abel Ferrara, als große Nummer bei den Academy Awards: »Mister, ich schaue mir ganzen Tag Leute an. Ich wissen, was die tun. Wissen, was die denken. Was auf Straße los. Deswegen niemand machen bessere Filme als ich. Reale Filme, verstehen, Mister?«

Ich teilte ihm mit, dass die Studios angeblich gerne Bullen als Berater buchen, und empfahl, vor dieser Sache beim Film noch schnell ein Praktikum beim LAPD einzuschieben.

Er lachte wie eine paschtunische Bergziege. »Bulle? Machen weniger Dollar als ich.«

Wie auch immer, mein knochiger Kutscher in Ebratal wusste jedenfalls sofort, wohin ich wollte. Anweisungen überflüssig. Ich fragte daher, ob viele Besucher der Stadt wegen Winston kämen. »Alle«, war seine Antwort, dann konzentrierte er sich auf den spärlichen Verkehr, während fette, arterielle Tränen auf der Motorhaube zerplatzten. Ich hatte ein merkwürdiges Gefühl unter der Kopfhaut, ein Prickeln, und plötzlich, als ob ich es geahnt hätte, klingelte mein Telefon. Ich drückte auf den Knopf und sagte: »Nele?«, doch am anderen Ende der Leitung hörte ich nur jemanden heftig atmen. Es klang wie das Luftschöpfen zwischen zwei Weinattacken. Ich sagte noch mal: »Nele?«, dann war die Leitung unterbrochen. Bei Gott, meine Tochter war nicht aus dem gleichen Holz geschnitzt wie Heidemarie. Heidemarie hatten sie gar nicht aus Holz, sondern aus Stahl gemacht. Nele hingegen kam mehr nach mir. Ein Mensch mit weichem Kern.

7
Die zweite Mitteilung der Winston Corporate Communications GmbH an Frau Nele Hoffleit, Hamburg

Liebe Frau Hoffleit,
nein, Sie sind nicht tot! Winston lässt seine treuen Kunden nicht im Stich. Unsere Labore in Fishbach, Sheikupura sowie auch und vor allem hier bei uns in Ebratal haben auf Hochbetrieb gearbeitet, um ein aussagekräftiges Marom-Substitut zur Verfügung stellen zu können. Dieser neue Prototyp, auf den wir hier alle sehr stolz sind, trägt den vorläufigen Produkt-Titel Nirvon R und wird voraussichtlich schon in wenigen Monaten die völlige Marktreife erlangt sowie die notwendigen Lizenzen erhalten haben.

Bis dahin bieten wir Mitgliedern der Winston Health and Enjoyment Lounge (neben einer bevorzugten Teilnahme am Abverkauf der Marom-Lagerbestände) die Teilnahme am Nirvon-R-Testprogramm an.

Nirvon R wird, darauf deuten alle bisherigen Ergebnisse hin, noch wesentlich besser verträglich sein als Marom, dabei aber dessen Durchschlagskraft weiter potenzieren. Eine wahre Schatztruhe an Wirkungsvielfalt und -fantasie. Vorfälle wie in Saromette/Wisconsin, von denen Sie vielleicht in der Presse gelesen haben, werden zuverlässig der Vergangenheit angehören. Nie wieder, das haben wir uns geschworen, sollen Winston-Kunden aus Hubschraubern einer US-Bundesbehörde beschossen werden.

Insofern, liebe Frau Hoffleit, besteht gerade für Mitglieder der Winston Health and Enjoyment Lounge berechtigter Anlass, optimistisch in die Zukunft zu schauen.

Viele Grüße aus Ebratal,
Ihre
Gina Vermehren
(Winston Health and Enjoyment Lounge / European representative of A.N.N.E. – American New Narcotics Enforcement)

8

Die Ebratal-Verwicklung (Fortsetzung)

h

Nur Sekunden nach Nele, ich kutschierte nach wie vor mit diesem hageren Orientalen durch die Stadt, rief Steinhower an. Schlechte Neuigkeiten. Ebratal sei in Aufruhr. Per E-Mail lasse ein mysteriöser Winston-Ableger die Tablettenfresser reihenweise durchdrehen – Produktionsstopp, Umstellung auf andere Präparate und so weiter. Ich sagte, bis auf ein paar Himmelserscheinungen sei in Ebratal alles in bester Ordnung. Steinhower blieb stur. In Fishbach gehe man von Sabotage durch ominöse Kraut-Anarchogruppen aus. In den nächsten Tagen sei mindestens mit Bürgerkrieg zu rechnen. Seiner Meinung nach ein Fall für die Army, doch die Geschäftsleitung zögere noch. Ich fragte ihn, was das alles für mich bedeutete. Ob mein Auftrag sich jetzt in Luft aufgelöst habe. »Seien Sie vorsichtig«, flüsterte er nur. Dann legte er auf.

O-fucking-k, dachte ich mir. An die Arbeit. Plötzlich war ich beinahe guter Dinge. Steinhower machte sich in die Hose, aber dem alten Bill Hoffleit hatte ein wenig Theater noch nie geschadet. Damals in Kuwait, kurz nachdem wir Saddam zum ersten Mal die Eier gequirlt hatten und ich als MP darauf aufpassen musste, dass die Jungs dem Araber nicht nach Lust und Laune das staubige Fell gerbten. Keiner verstand so recht, warum, aber die Wüstensöhne waren rechtschaffen wütend, und einige der GIs flambierten die Leute bereits, wenn die nur gedankenverloren am Turban zupften oder sich verdächtig am Bauch kratzten. Die Lage war insgesamt recht ungemütlich. Aber wie soll ich sagen? Der gute alte Bill, der blühte richtig auf. Ich kann mich nicht erinnern, jemals besser in Form gewesen zu sein. Mir gefiel die Gegend. Bestes Wetter, Einsätze rund um die Uhr, ein Haschisch, das die Gehirnzellen in kleine Kohlestücke verwandelte, dazu jede Menge Leute, die uns ans Leder wollten, beziehungsweise jede Menge Leute, die diesen Leuten und dazu allen anderen Leuten die Birne wegblasen wollten. Erfüllte Tage.

Ordentliche Bezahlung. Keine Freizeitprobleme. Dann ging es für mich zurück nach Deutschland, wo ich meinen ganz persönlichen Anti-Terroreinsatz in Sachen Heidemarie fortsetzte, und was ich eigentlich sagen will, ist: Ein wenig Straßenkampf in diesem Ebratal war das Letzte, was einen Bill Hoffleit aus der Fassung bringen konnte. Sicher, meine Ermittlungen in Sachen LeForbes würden voraussichtlich zu kurz kommen. Aber seien wir ehrlich, wen interessierte schon, was mit einem Pillen-Streber passiert war, der sich mit den falschen Krauts eingelassen hatte? Niemand, sagte ich mir. Bis auf meine verrückte Tochter natürlich.

9

Die 23. Antwort der Winston Pharmaceutics and Medical Care Deutschland Ltd. an Frau Nele Hoffleit, Hamburg

Liebe Frau Hoffleit,
heute wenden wir uns an alle Winston-Endverbraucher mit einer wichtigen Nachricht:

Die Produktion der Marom-R-Serie wird nicht eingestellt!

Bitte ignorieren Sie künftig sämtliche Mitteilungen der »Winston Corporate Communications GmbH« (auch: WCC GmbH). Dieses Unternehmen existiert nicht und dient hier lediglich als Tarnung einer ausgedehnten, äußerst perfiden und mutmaßlich von einer Gruppierung namens A.N.N.E. (Active Neo-Nazi Extermination, neuerdings auch American New Narcotics Enforcement bzw. Advanced National Nirvana Elite bzw. Alternative Neuroleptic Nonfictional Entertainment) durchgeführten Sabotageaktion. Die A.N.N.E. ist bisher ausschließlich durch Kommando-Aktionen gegen regionale nationalsozialistische Konzentrationen in Ostdeutschland in Erscheinung getreten. Zum gegenwärtigen Zeitpunkt ist noch nicht geklärt, wie und warum nun Winston/Deutschland ins Visier dieser terroristischen Vereinigung geraten ist und ob auch die Todesfälle, die unser Unternehmen in den letzten Monaten erschüttert haben, mit den Aktivitäten der A.N.N.E. in einem Zusammenhang stehen.

Ganz sicher hingegen ist Folgendes: Marom ist und bleibt ein Kernbereich unseres Pharma-Portfolios! Darauf gebe ich Ihnen mein Wort als Volkswirt.

Mit freundlichen Grüßen aus Ebratal,
Thomas A. Silberman
Chief Executive Officer
Winston Pharmaceutics and Medical Care Deutschland Ltd.

10

Die Ebratal-Verwicklung (Fortsetzung)

i

Die Winston-Deutschland-Leute verwalteten ihren Laden aus einer lang gezogenen, fünfstöckigen, nach Geld aussehenden Glas- und Stahl-Ellipse heraus. Daneben hatte man eine Art Turm errichtet, der in mindestens hundert Metern Höhe den riesigen, blau leuchtenden Winston-Schriftzug in die Welt strahlen ließ. Dieses Ding hatte ich schon vom Zug aus gesehen. Offenkundig war der Firma daran gelegen, die Gemüsebauern der Umgebung nachhaltig zu beeindrucken. Nun gut, dachte ich mir und gab dem Vorderasiaten drei Piaster extra, worauf er mir sogar die Reisetasche zum Eingang schleppte. Ich bedankte mich. Er bedankte sich. Ich wünschte ihm Glück für seine Karriere in Hollywood. Er schaute mich einen Moment überrascht an, dann wünschte er mir viel Glück bei meinen Ermittlungen in Sachen LeForbes, worauf ich ihn überrascht anschaute. Insgesamt eine Dienstleistung, wie man sie sich wünscht, aber zumindest in den Staaten einfach nie bekommt. Am Himmel flogen Beobachtungsdrohnen in unterschiedlichen Höhen und Geschwindigkeiten umher; die Dinger sahen aus wie Rieseninsekten, die mitten durch eine Feuersbrunst glitten. Dazu ein dumpfes Donnergrollen, das sich anhörte wie entfernte, aber näher kommende Explosionen. Unbehaglich, aber darum würde ich mich später kümmern.

Drinnen empfing mich eine Mischung aus Urwald und pompöser Wellnessoase. Ich befürchtete, jeden Moment von einem wilden Tier oder einer exotischen Tänzerin begrüßt zu werden, doch dann kam eine hochgewachsene Blondine mit eisigem Lauren-Bacall-Charme auf mich zu:

»Mr Hoffleit?«

»So ist es, Süße.«

»Herzlich willkommen bei Winston. Möchten Sie etwas trinken? Ein Wasser? Wir haben mehrere zur Auswahl. Oder Kaffee?«

»Kaffee wäre nicht schlecht.«

Sie führte mich zu einer zwischen Palmen versteckten Sitzgruppe.

»Ich bringe Ihnen den Kaffee. Oder lieber einen Espresso? Cappuccino? Ristretto?«

»Kaffee ist in Ordnung.«

»Milch? Zucker? Stevia? Aspartam? Wir haben auch Bio-Agavendicksaft und Honig aus eigener Produktion?«

»Winston hält sich Bienenvölker?«

»Sagen wir, Winston arbeitet mit ihnen zusammen.«

»Schwarzer Kaffee, Ma'am. Ohne alles.«

»Eine Minute, Mr Hoffleit. Machen Sie es sich bequem.«

Ich setzte mich. Oben in den Palmen zwitscherten die Vögel, genau wie in den Parks von Tucson, mit dem Unterschied, dass hier alles wesentlich natürlicher wirkte. Tuscon sollte eigentlich gar nicht existieren, über kurz oder lang würde sich die Wüste ohnehin alles zurückholen, dabei jedem gefiederten Wesen das Hirn aus dem Schädel grillen, wodurch sich die kleinen Arschlöcher da oben natürlich nicht im Geringsten die Laune verderben ließen. Dann kam Lauren mit einem silbernen Tablett zurück, auf dem sich eine braune Tasse und eine Schale mit Gebäck befanden. Die Tasse war ziemlich klein und sah ungeheuer italienisch aus. Ich bedankte mich, was sie mit einem Lächeln quittierte, das ich nicht genau einschätzen konnte. Europäerinnen sind schwer zu lesen. In den Staaten ist ein Lächeln entweder echt oder falsch. Meistens ist es falsch. Ich meine, die Alternativen sind klar, und jeder weiß, woran er ist. Niemand in den Staaten glaubt einem Lächeln. Auf dem alten Kontinent gestaltet sich die Sache schwieriger. Es gibt Schattierungen, Nuancen, diesen ganzen Kram. Laurens Lächeln hatte eine Menge Zutaten. Es war … kompliziert. Es war *europäisch*. Und das bei einer simplen Empfangs-Schickse. Heiliger Himmel, kein Wunder, dass wir denen alle paar Jahrzehnte den Arsch retten mussten.

»Sie werden in wenigen Minuten abgeholt, Mr Hoffleit. Ich habe Ihre Ankunft weitergeleitet.«

»Das ist schön, Lauren.«

»Ich heiße Gina.«

»Das ist schön, Gina.«

»Ich heiße Lauren.«

»SCHLUUUUUUUUUUSS!!! Es reicht. Elizabieta, ich kann nicht mehr. Dieses Buch ist ein Monster. Ein fleischfressender Salat. Ich bebe vor Wut und Scham.«

»Ach ja?«

»Und Bunnemann trägt die Kollektivschuld. Er allein. Ich möchte sterben.«

»Dachte, das tust du schon.«

Teil 6
Die Missionen des Patrick Esnèr bzw. die Missionen des Thorsten Kray

Teil 6a
18. Mai 2023: Tag vor dem Tag

1

Die Kreisstadt Ebratal, einst von den Nationalsozialisten aus den Dörfern Eller, Gelhagen, Nimhagen sowie sieben anderen Kleinstkommunen komponiert und aufgrund ihrer zentraldeutschen, gleichwohl abgeschiedenen Lage als Standort für kriegswichtige Industrien vorgesehen, wies bis weit in die Siebzigerjahre den Charakter einer industriellen Fusionsgemeinde mit einem dementsprechend proletarisch geprägten Einwohnerspektrum auf. Mit dem Heraufdämmern der postindustriellen Epoche verschwanden die meisten Betriebe jedoch wieder, die Stadt und ihre Gewerbesteuereinnahmen implodierten, die Bewohnerschaft nahm von 67 000 (1974) auf 36 000 (1997) ab, alles, die kommunalen Einrichtungen, die Gastronomie und Hotellerie, lag in Agonie, während die örtliche Tierwelt ein erstaunliches und zum Teil beängstigendes Comeback feierte. Diese Entwicklung kehrte sich erst mit der Ansiedlung der Winston Pharmaceutics and Medical Care Deutschland Ltd. wieder um. Rotwild, Wildschweine und Wölfe verschwanden zumindest aus dem Kernbereich der Stadt, die kommunale Bibliothek schaffte sich neue Bücher an, eine zunächst moderate, dann stürmische Bautätigkeit setzte ein. In den Außenbezirken entstanden Einfamilienhaussiedlungen, in gebührendem Abstand zu den halb entvölkerten, in den Dreißiger- bis Fünfzigerjahren errichteten drei- bis fünfstöckigen Mietskasernen sowie in reizvoller Nähe zu den Hangsituationen des

Reinhardswaldes, dessen sanfte Höhenzüge in diesem Augenblick übrigens in Patrick Esnèrs Rückspiegel auftauchten, während sich vor ihm ein weites, nur zum Teil besiedeltes Tal ausbreitete. Das musste es sein!

Der grau melierte Fleischmanager lächelte, schaltete dann einen Gang herunter und beschleunigte erneut. Der erst letzte Woche, quasi als flankierende Maßnahme zu seinem neuen Lebensabschnitt erstandene LX Influx, die sportlichste jemals im Hause Citroën gebaute E-Limousine, reagierte umgehend mit einem unterschwellig aggressiven, gleichzeitig komplett artifiziellen, von den Sounddesignern in Saint-Forgy mit Bedacht in das anachronistische Marktsegment der Bayerischen Motorenwerke hineinmodellierten Röhren. Fast tausendvierhundert Kilometer lagen hinter dem fabrikneuen Automobil; jetzt näherte es sich zusammen mit seinem Besitzer dem Ort, der für beide Zukunft und Herausforderung bedeuten sollte, und nur Minuten später strich der dynamische Fünftürer einer abgasfreien Raubkatze gleich durch eines jener neuen, schicken Winston-Viertel, die den Wiederaufstieg der ehemaligen Krisenkommune symbolisierten. Patrick Esnèr war auf der Suche nach seinem Nachtquartier, dem *Carlton Excellence Hotel Ebratal*, in dem Winston habituell (und selbstverständlich zu Sonderkonditionen) seine Gäste, zumindest Gäste ab einer gewissen Prioritätskategorie, unterzubringen pflegte. Esnèr fühlte sich insgesamt hervorragend. Aufmerksam, regelrecht akribisch und kaum erschöpft von den zwölf Stunden Nonstop-Fahrt nahm der verdiente Funktionär der mit Ausnahme des französischen Südwestens weitestgehend marginalisierten Parti Socialiste den Charakter der Umgebung wahr; er registrierte den Zustand der öffentlichen Bereiche, die akkurat gemähten Grasflächen der Verkehrsinseln, die Ausstattung der Bushaltestellenhäuschen. Ohne es zu wissen, passierte er auch die Stichstraße, in der sich nur Wochen zuvor das bizarre Drama abgespielt hatte, das mit der Ermordung der Karin Bechtloff-Dransfeld und ihres Geliebten, dem Leiter der Abteilung Patente/Lizenzen Ansgar Rappert, sowie mit der Selbsttötung von Bechtloffs Ehemann geendet hatte, dem Hauptverantwortlichen des Bereichs Öffentlichkeitsarbeit Peter Dransfeld, der mit seiner Verzweiflungstat für zusätzliche Vakanzen in einem Unternehmen gesorgt hatte, das sich nur sehr zögerlich aus der Schockstarre aufgrund des ebenso abrupten wie gewaltsamen Ablebens seines Chief Executive Officer Eric LeForbes zu lösen vermochte, der zusammen mit zwei Polizisten von dem Callgirl Gina Vermehren, einem Doppelmitglied der Untergrundgruppen Advanced Neo Nazi Extermination (A.N.N.E.) und Gesellschaft Liberaler Frauen (GLF), auf einem Rastplatz in der Hoch-Rhön erschossen worden war. Last but not least hatte besagte A.N.N.E. im Rahmen einer bewaffneten, mit automatischen Gewehren vorgetragenen Attacke im ostdeutschen Zellau auch den stellvertretenden Leiter der Winston Öffentlichkeitsarbeit Dr. Johannes Bindig zusammen mit seinen politischen Weggefährten von der Zellauer Volkswacht ins Jenseits befördert. Die Leitungsebene der Winston Pharmaceutics and Medial Care Deutschland Ltd. hatte somit in kürzester Zeit einen erheblichen personellen Aderlass zu vergegenwärtigen, den man jedoch aufseiten der überlebenden Ebrataler Führungskräfte ohne weitere Zeitverluste zu kompensieren beabsichtigte. Winston musste weiteragieren, weiterfunktionieren. Das war man den Anteilseignern und natürlich erst recht dem Mutterhaus in Fishbach/Illinois schuldig, weswegen man das Interview mit Patrick Esnèr, das sich der alleinigen Initiative des verstorbenen LeForbes' verdankte, nicht verschoben oder gleich abgesagt, sondern sogar vorverlegt hatte. Man wollte so schnell wie möglich sehen, was das für ein Mann war, den der alte Chef in Ebratal einzubauen gedachte.

Esnèr war selbstverständlich über die merkwürdigen Vorgänge in Deutschland informiert, weswegen der Dreiundvierzigjährige mit der Aufrechterhaltung der Einladung eigentlich gar nicht mehr gerechnet hatte. Immerhin reicherte die Asche seines Primärkontakts und Mentors Eric LeForbes bereits seit einiger Zeit die nährstoffarme Erde des Bundesstaats Wyoming an,[76] und eine andere Verbindung zu Winston, zur Pharma-Sphäre insgesamt, bestand nicht. Er, Esnèr, war ein Fleischmann »born and bred«, der bei den Gebrüdern Milaut in vielfältigen, zuletzt auch leitenden Positionen überzeugt hatte. Was er den Deutschen statt spezifischer Health-Care-Expertise anbieten konnte, war

76 Auf Anweisung von LeForbes' Mutter Monique Stella Dupret, einer frankokanadischen, Marom-R200-abhängigen Hippieschlampe und Landkommunenbewohnerin, hatte die Beisetzung nach einem abstrusen indianischen Ritus stattgefunden.

Dynamik, Flexibilität, Entscheidungskraft und ein kreatives Out-of-the-Box-Denken. Sein Englisch konnte sich – zumindest für französische Verhältnisse – hören lassen, die deutsche Sprache würde er, sollte es zu einem Vertragsabschluss kommen, in einigen Monaten beherrschen, dessen war sich der Sozialist sicher. Winston auf der anderen Seite, das hatte LeForbes durchblicken lassen, zahlte wesentlich besser als Milaut. Esnèr rechnete deswegen mit einer Anhebung seiner bisherigen Bezüge von circa 150 000 auf mindestens 200 000 bis 250 000 Euro.

Geld war eine wesentliche Motivation seines angestrebten Standort- und Branchenwechsels, eine andere bestand in Esnèrs unbestreitbarer Abenteuer- und Erkundungslust. Er hatte schlicht Freude an Herausforderungen, an neuen, anspruchsvollen Aufgaben. Caroline und die Kinder hatten sich diesem Charakterzug Esnèrs wohl oder übel anpassen müssen, schließlich war er es, der ihnen ein sorgloses und vergleichsweise komfortables Leben ermöglichte. Sicher, die kleinen Ausflüge zu den Schweinen würden ihm fehlen, aber wer sagte, dass sich die nicht auch in Deutschland arrangieren ließen? Wichtig war vor allem, jetzt endlich diesen Toirsier aus dem Strandhaus zu entfernen. Seit Monaten hatte der sich dort eingenistet, die Tabletten angeblich entzogen und dann, ebenso angeblich, begonnen, ein Buch zu schreiben. Zugegeben, Toirsier zahlte mittlerweile Miete, aber Caroline akzeptierte nun mal keine Fremden in ihrem Eigentum. Auch die Kinder lagen ihm ständig mit dem Haus in den Ohren. Es war an der Zeit, etwas zu unternehmen. Spätestens zu Beginn der Schulferien musste Toirsier verschwunden sein. Doch eins nach dem anderen.

2

Rückblende: Gut einen Monat zuvor in den politischen Urwäldern des deutschen Ostens

Die Schreie setzten aus. Stille. Er ging weiter. Der Weg vom Marktplatz zum Parkplatz. Vielleicht siebzig Meter. Ruhig gehen. Ruhig. Er spürte die Hitze der Waffe durch die Plastikhaut der Sporttasche. Leute schauten ihn an, Leute blieben sogar stehen. Nein, das stimmte nicht. *Ruhig.*

Alles okay! Alles hatte funktioniert. Wieder hörte er Schreie. Von ferne eine Sirene. Konnte das sein? So schnell? Der Parkplatz. Tempo beibehalten! Nicht schneller werden! Autopilot! Einfach das Marom steuern lassen. Dahinten sein Wagen. Noch zwanzig Meter. Die Zentralverriegelung klackte. Er nahm sich den Riemen von der Schulter, öffnete die Tür zum Fond, warf die Tasche scheinbar achtlos hinein. Ein junger Mann, der aus dem Studio kommt. Vom Pumpen. Die Sirenen wurden lauter. Jetzt sah er die Lichter. Er öffnete die Fahrertür, stieg aber nicht ein. Wenn ein Polizeiauto vorbeikam, schaute man sich das nicht an? Das war normales Verhalten. Tarnung. Die Bullen rasten die Straße hinauf Richtung Fußgängerzone. Richtung Marktplatz. Die meinten nicht ihn. Noch nicht. Aber die waren da wegen ihm. Er schaute sich um: Gab es Kameras? Garantiert. Ein neuer Bullenwagen. Diesmal ohne Sirene, aber mit Blaulicht. Die fuhren langsam. Die suchten bereits. Hatten die schon eine Beschreibung? War das möglich? Er stieg ein, ließ den Motor an. Der Blick in den Rückspiegel, für Augenblicke sein Gesicht unter der Kapuze. Kein Ausdruck darin. Außer Spannung, außer Wachsamkeit. Die Aktion dauerte an. Der Zellau-Job? Noch nicht abgeschlossen. Noch nicht erledigt. Er verließ den Parkplatz. Ruhig! Gemächliches Tempo! Aber nicht zu gemächlich. Er war ein junger Mann aus der Gegend. Er kam vom Training. Wieder der Altstadtring, dann die B134, kurz die Autobahn. Dann wieder Landstraße. Er kannte alles auswendig. Die Stelle, wo der neue Wagen stehen würde. Die Markierung auf der Karte. Er hatte die Karte vor Augen. Keine elektronische Unterstützung. Nichts, was sich orten ließ. Marom war genauer als jedes GPS.

Thorsten Kray verließ die Stadt Zellau. Er fuhr Richtung Westen. Die Zellauer Volkswacht war Geschichte.

3

Endlich hatte Patrick Esnèr das *Carlton Excellence* entdeckt, einen klassischen, aus den späten Nullerjahren stammenden Gebäuderiegel, der mit seiner glasdominierten Fassade und seiner Gesamtanmutung von Leichtigkeit und Eleganz der nur wenige Hundert Meter entfernt liegenden Winston-Hauptverwaltung (wahrscheinlich beabsichtigt) ähnelte. Hier zeigte sich das neue, offene, postmontane Ebratal, das sich seiner schwerindustriell geprägten Identität endgültig entledigt hatte, sie vielleicht nicht einmal mehr kannte.

Esnèr parkte den Citroën, holte die etwas exzentrische Kalbsfellreisetasche[77] aus dem Kofferraum und betrat anschließend die lichtdurchflutete, in der Mitte durch einen Wasserfall naturraumartig akzentuierte Lobby. Auch hier eine Parallele zur Winston-Zentrale, wie er später feststellen sollte. Überdachte Naturszenarien machten den Boches ganz offensichtlich Freude. Insgesamt ein angenehmer, zeitgemäßer Eindruck. Esnèr fühlte sich augenblicklich wohl und registrierte zudem mit Befriedigung, dass der junge Mann an der Rezeption ihn sogleich mit seinem Namen begrüßt hatte. In diesem Haus schien man sich noch auf das Handwerk der Gastlichkeit zu verstehen; keine Spur von der mürrischen Hochnäsigkeit, über die er sich zu Hause so oft ärgern musste. Besonders natürlich in Paris, wenn er in der Milaut-Zentrale zu tun hatte. Paris war eine Pest, Ebratal hingegen … Ebratal ließ sich gut an, sans aucun doute.

Genau sechs Minuten – es hatte keinen Sinn, den exakten Zeitraum zu messen, dennoch tat er es, immer wieder, in jedem verdammten Hotel –, genau sechs Minuten und zweiunddreißig Sekunden nach dem Einchecken ließ sich Patrick Esnèr auf das weiträumige, wirklich großzügige Doppelbett der »Carlton Business Suite« fallen. Er hatte den Rest des Nachmittags zur freien Verfügung. Auch den Abend. Die Termine bei Winston standen erst am nächsten Vormittag an. Er würde einen Moment ruhen, dann nach draußen gehen. Das Wetter war schön – ein kleiner Spaziergang vielleicht? Danach, falls sich irgendwo etwas anbieten sollte, ein deutsches Bier? Esnèr war zufrieden und neugierig. Seitdem er die Grenze nach Deutschland überschritten hatte, war seine Laune immer besser geworden. Es mochte Einbildung sein, aber er fühlte sich energetisch aufgeladen von diesem mächtigen, arbeitsamen Land.

---

77 Aus der Milaut-Mode- und Fashion-Accessories-Linie »Milaut Estétique«, ursprünglich ein Geschenk Esnèrs für seine Frau Caroline.

Gegen neunzehn Uhr schlenderte der Mittelmanager Patrick Esnèr durch das, was die Retortenstadt Ebratal als ihr historisches Zentrum imaginierte. Die milde, mysteriöserweise von einem rötlichen Schleier umgebene Abendsonne tauchte alles in ein fremdartiges, ihm fast nordafrikanisch anmutendes Licht. Dennoch war so gut wie niemand unterwegs. Die Straßen schienen geradezu ausgestorben. Vielleicht spürte Esnèr gerade deswegen plötzlich das intensive Bedürfnis, einem Schwein, ersatzweise auch einem Menschen, lieber allerdings einem Schwein, die Nase abzuschneiden. Diese Viecher sahen ohne einfach besser aus. Seiner Meinung nach. Er spazierte leise pfeifend durch absolut leere Straßen. Ein merkwürdiger Ort, dieses Ebratal. Er fühlte sich wie ein Wolf in einem neuen Revier. Er hatte Durst auf Blut und Bière blanche. Aber er hatte sich vollkommen im Griff. Das hier konnte seine Zukunft sein. Esnèr betrachtete Schaufenster, Fassaden, Verkehrsinseln.

Alles war geschmacklos. Alles war gut.

4

Am späten Nachmittag des 18. Mai 2023, jenem Tag, an dem Patrick Esnèr am Ort seiner beruflichen Bestimmung eintreffen sollte, checkte nur gut achtzig Kilometer entfernt auch der andere Tatmensch dieser Geschichte, der sechsunddreißigjährige Polit-Killer Thorsten Kray, in einem Hotelbetrieb ein. Gut einen Monat nach der Intervention im thüringischen Zellau, nach vier Wochen der beinahe täglichen konspirativen Standortwechsel im gesamten nordwestdeutschen Raum sowie nach einem weiteren Tag auf den Autobahnen des südlichen und zentralen Niedersachsens, war der frühere Student der Pädagogik und Sportwissenschaften gegen fünfzehn Uhr für seine Verhältnisse ziemlich weit östlich, nämlich im Raum Goslar von der Autobahn A7 abgefahren, in immer spärlicher besiedelte Gegenden vorgedrungen und schließlich im *Hotel Wildkammer* abgestiegen, einem in den Wäldern unweit des Grane-Stausees versteckten Gasthauses für Wanderer und andere Besucher der Ferienregion Nördlicher Harz. Kray hatte sein

Gepäck aufs Zimmer gebracht[78], dort das Anderthalbfache der üblichen Marom-Abenddosis eingenommen, seine Unterkunft nach gut einer Viertelstunde wieder verlassen, um nach einem kurzen Spaziergang durch die reizvolle Umgebung des Hotels in dessen Restaurationsbetrieb, der *Jägerstube*, einzukehren. Kray ging es ausgezeichnet. Seine emotionale Verfassung war die sachlicher Zufriedenheit, nuanciert von gelegentlichen Euphorieschüben, was sich zum einen natürlich der erheblichen Marom-Konzentration in seinem Blut verdankte, zum anderen aber nach wie vor, wenn auch in abnehmender Intensität, Konsequenz des reibungslos verlaufenen Zellau-Jobs gewesen sein dürfte. Dort, in Zellau, würde man diesen Tag im April lange nicht vergessen und noch Jahre brauchen, um die Lücken in der Aktivkader-Personaldecke wieder zu schließen. Kein Zweifel, er hatte effektiv und nachhaltig gearbeitet. Zudem war er motiviert für neue Aufgaben. Später am Abend würde er Fühlung mit der A.N.N.E.-Planungsebene aufnehmen, morgen dann, falls sich keine kurzfristige Änderung ergäbe, eine Wanderung machen. Und irgendwann, Kray begann zu träumen, würde er die Frau wiedersehen, die er immer noch liebte. Die Zeit der Bewährungen, das fühlte er deutlich, neigte sich dem Ende zu. Aber sie war noch nicht vorbei.

5

19.45 Uhr, Patrick Esnèr war auf sein Zimmer zurückgekehrt. Was, um alles in der Welt, gab es nun zu tun? Lesen? Den Teppich anzünden? Masturbieren? Er überprüfte die kostenpflichtigen Fernsehkanäle des *Carlton Excellence*, fand dort jedoch nur konventionelle Erwachsenenunterhaltung, gegen die er zwar nichts einzuwenden hatte, die aber an diesem Abend nicht exakt seiner zuweilen paranormalen Bedürfnisstruktur entsprach. »Bon, tant pis«, sagte sich der Sohn eines Landwirts

78 Wobei die Sporttasche mit der Bushmaster AR-34, einem ebenso zuverlässigen wie gutmütigen amerikanischen Schnellfeuergewehr, aus unerfindlichen Gründen im Wagen verblieben war. Eventuell wollte Kray im Falle einer überstürzten Flucht in jedem Fall bewaffnet bleiben.

aus der Zentral-Gilotte. Man konnte unmöglich erwarten, dass sie in so einem Laden Live-Cam-Bilder aus einer Ferkelverwertungsanlage anboten. Derartige Special-Interest-Sachen fand man unter Umständen in Japan oder anderen fortgeschrittenen Dienstleistungsökonomien, in Europa würde man diesbezüglich, so seine Einschätzung, noch einige Zeit brauchen. Wenn es überhaupt dazu käme. Esnèr schaltete das Fernsehgerät wieder ab. Längere Zeitabschnitte ohne greifbare Aktivitätsmuster machten ihn nervös. Er war ein Tatmensch, ein Abwickler positiv getakteter Planeinheiten. Der Sozialist seit Kindheitstagen glaubte an die Arbeit als solche, an die ethische Kraft des Tätigseins. Ihm als Franzosen erschien Muße zwar nicht direkt als verwerflich, so weit gingen seine Überzeugungen nicht, aber ihr haftete zweifelsfrei etwas Ungutes an, ein volkspädagogisches Stigma. Insofern war der erfolglos katholisch erzogene Mittelmanager beinahe froh, als – unmittelbar nachdem die kopulierende und keuchende Menschengruppe vom Bildschirm verschwunden war – sein Telefon klingelte und auf dem Display das Bild seiner Frau Caroline erschien.[79] Caroline … das bedeutete in jedem Fall Arbeit. Schon seit längerer Zeit sah sich Esnèr nicht mehr dazu imstande, den Aggregatzustand seiner Ehe präzise einzuschätzen. Waren sie weiterhin glücklich miteinander? Und wenn ja, was bedeutete das noch, wenn er sein eigentliches, ein um viele Hundert Prozentpunkte konzentrierteres Glück nur in zwei Situationen fand, die nichts, oder zumindest nur sehr indirekt mit Caroline und den Mädchen zu tun hatten? Nein, weder seine gesichtschirurgischen Exzesse in den (neuerdings sogar mit klassischer Musik beschallten) Milaut-Warteboxen noch seine strahlenden Hoffnungsträger-Auftritte in den verschiedenen PS-Unterbezirken der Gilotte standen in irgendeinem Zusammenhang mit seiner nun schon über vierzehn Jahre währenden Verbindung mit Caroline Therèse Bertesse-Esnèr, jener diplomierten Juristin, die er auf einem Weinfest in Saint-Gnôb kennengelernt hatte und die ihm sofort durch ihr selbstbewusstes Auftreten sowie erst recht

79 Ein fast aktueller, jedoch extrem unvorteilhafter Schnappschuss. Das Wesen auf Esnèrs Telefonbildschirm glich in vielerlei Hinsicht weniger einer Frau als einem wiehernden und speichelnden Maultier.

aufgrund ihrer eleganten, aber durchaus nachdrücklichen Körperlichkeit aufgefallen war. Zu einer Vereinigung der beiden alles in allem geglückten Physiognomien war es zwar an besagtem Abend in Saint-Gnôb nicht mehr gekommen, diese erfolgte nur wenige Tage später, und zwar an der Küste unweit jenes alten Kapitänshauses, der Villa Mersault, die nun schon seit Monaten im Mittelpunkt innerfamiliärer Auseinandersetzungen stand und von der Caroline, das war Esnèr sonnenklar, gleich unweigerlich wieder anfangen würde. Diese verfluchte Materialhexe kannte wirklich kein anderes Thema mehr. Mit einem resignierten Seufzer tippte Patrick auf die grüne Taste.

»Caroline?«

»Patrick, Chérie, ça va? Gehts dir gut ... ich meine, bist du gut angekommen und so weiter? Hattest du eine gute Fahrt?«

»Ja, keine Probleme.«

»Bist du schon im Hotel?«

»Ja ... ganz hübsch.«

»...«

»...«

»Und mehr hast du nicht zu erzählen?« In ihrer Stimme klang bereits Ärger mit. »Wie ist es denn so? Immerhin willst du doch in diesem ... wie heißt es noch? ...«

»Ebratal«, half er aus.

»Immerhin willst du doch in diesem Ebratal demnächst arbeiten. Erzähl, wie sind denn die Deutschen so?«

»Deutsche habe ich bis jetzt noch nicht viele gesehen. Ebratal ist klein und nicht hübsch. Aber in der Umgebung gibt es Wälder. Da könnten wir mit den Mädchen wandern.«

Er hörte, wie sie am anderen Ende der Leitung ein Lachen unterdrückte. Aber nur halb. Er sollte sowohl ihr Lachen als auch ihre Bemühungen mitbekommen, dieses zu kaschieren.

»Bon, bref, Caroline, weswegen rufst du an?«

»Ich fahre gleich raus zum Strand.«

»Jetzt noch?«, fragte Esnèr fast fröhlich. Endlich war sie bei ihrem Fetisch-Thema angekommen.

»Ja«, entgegnete Caroline schmucklos.

»Und was willst du da? Marc hat versprochen, bis zum nächsten Ersten zu verschwinden.«

»Sag mal, Patrick, wie naiv bist du eigentlich? Diese Leute kriegt man nur mit der Polizei oder mit dem Kärcher raus.«

Esnèr stöhnte innerlich auf. Jetzt sprach sie wieder so wie ihr Vater. Das unausrottbar Reaktionäre der französischen Bourgeoisie! Stolz erfüllte ihn plötzlich. Stolz auf seine Überzeugungen. Auf sein Parteibuch.

»Das sind Parasiten«, machte Caroline unterdessen weiter, »schadhafte Mitesser, die sich mit ihren Saugtentakeln überall festhaken. Leute wie Toirsier bohren sich tief in mein Eigentum und verpuppen sich dann dort. Die legen Eier, Patrick.«

»Und wennschon. Die Eier könnten wir verkaufen. Auf diesem Ökomarkt in Saint-Catherine sur Melons.«

»Und wie viel bekommen wir dafür? Die Miete wohl kaum.«

»Marc zahlt doch schon Miete, meine Liebe. Darf ich dich daran erinnern?«

»Hör zu, Patrick, Schluss jetzt mit dem Unsinn. Toirsiers Geld ist mir scheißegal, das weißt du. Ich will, dass der endlich aus meinem Haus verschwindet.«

»Das wird er, Caroline. Nächsten Monat.«

»Soso, meinst du?« Sie wirkte plötzlich abwesend, und er wusste, was sie momentan tat. Er kannte diesen Blick genau, mit dem sie ihr Make-up im Flurspiegel überprüfte, während ihre Hände in der ersten Schublade der Kommode nach dem Cayenne-Schlüssel tasteten. Angesichts des nachlassenden Aufmerksamkeitslevels seiner Frau beschloss Patrick Esnèr, das Gespräch mit einer Information fortzusetzen, die er Caroline bisher vorenthalten hatte: »Außerdem«, setzte er an, »habe ich Marc einen Job bei Milaut besorgt.«

»Aha. Welchen denn? Deinen alten vielleicht? Deine Stelle, dein Haus, da fragt man sich, was als Nächstes kommt. Sag mal, schluckt der eigentlich immer noch diese Dinger? Das ist doch ein Süchtiger, oder? Patrick, ich frage mich langsam ernsthaft, was mit dir los ist. Hat dich dieser Toirsier verhext? Bist du jetzt ein Pédé geworden?«

Das Make-up war offenkundig in Ordnung, und auch der Cayenne-Schlüssel schien gefunden. Mit anderen Worten: Caroline war wieder voll da. Genau wie übrigens ein Patrick Esnèr, der nun mit gleichmütigem Ton antwortete: »Nun, er sagte mir, dass er etwas Neues in der Gegend sucht. Und Milaut braucht gute Leute in der Unternehmenskommunikation, das weißt du. Aber keine Ahnung, wie weit die Sache jetzt schon gediehen ist, ob Marc schon unterschrieben hat. Aber eins steht fest, je eher Marc einen Job in der Gegend findet, desto eher wird er sich auch etwas Eigenes zum Wohnen suchen.«

»Quatsch! Ich glaube kein Wort von deinen Beschwichtigungen. Deswegen fahre ich jetzt raus zum Haus, interessiert mich nicht, wie spät es ist. Der muss verschwinden. Mir ist vollkommen egal, ob der demnächst in den Dünen seine dämlichen Tabletten entzieht – Hauptsache, raus. Die Mädchen und ich wollen endlich wieder ans Meer! Toirsier muss weg, sofort. Ende der Diskussion.«

Esnèr schaute etwas ungläubig auf das Display. Sie hatte tatsächlich aufgelegt. Er überlegte, was geschehen würde, wenn Toirsier auf eine Caroline in dieser Stimmung träfe. In der Hinsicht gab es, das musste er zugeben, durchaus vielfältige Optionen.

6

Der gegrillte Wolfsbarsch an pikantem Limetten-Tomaten-Chili-Jus nebst Bratkartoffeln stellte sich als vorzüglich heraus, was Thorsten Kray zunächst überraschte, dann aber enttäuschte, was seine gute Laune vom Nachmittag sogar spürbar eintrübte, diese allerdings nicht vollends zu beseitigen vermochte. Dennoch, in einem Laden namens *Jägerstube*[80] innerhalb eines im nördlichen Harz gelegenen Hotels namens *Wildkammer* erwartete er Schnitzelgerichte, die von zuckrigen Misch-

80 *Jagdstube*, *Jägerstube* – das *Landhotel Osthoff*, das *Ferien- und Wellnesshotel Wildkammer* und wahrscheinlich noch Tausende anderer auf die Sentimentalitäten des noch nicht Marom-betäubten Teils des autochthonen Bevölkerungssegments spezialisierten Beherbergungsbetriebe verließen sich bei der Suche nach einem probaten Namen für ihre Restaurationssektionen auf die ebenso assoziationsstarke wie klangschöne Motivwelt der einheimischen Waidmannszunft. Nach Jahren im mobilen Kampfeinsatz dürfte beispielsweise ein Thorsten Kray schon in Dutzenden Jägerstuben, Jagdzimmern, Forsthäusern, Wildpansenschenken, Losungskrügen etc. gesessen haben.

salaten eskortiert unter fettigen Soßen begraben lagen, mit einem Wort: Nazi-Kost, die er sich sowohl als Buße wie auch als Motivation für kommende Aktionen einverleiben konnte. Nichts von dem, wie gesagt, bot die *Jägerstube*. Insgesamt verstand er diese Lokalität nicht ganz. Die Einrichtung kam ihm völlig stilecht vor: abgegriffen rustikales Mobiliar, kahle Tische mit kleinen quadratischen Karodecken darauf, sogar noch ein echter alter Wirtshaustresen. Aber schon die Person dahinter, blassrosa Haare, Goldrand-Retrobrille, mehrere Nummern zu kleines »Extrabreit«-Retro-Band-T-Shirt, Typ Popfeminist, passte nicht mehr zur Kulisse, ironisierte diese sogar. Und dann natürlich die Speisekarte: »Niedersächsische Niedrigenergieküche« mit sowohl japanischen als auch mediterranen Nuancen? Dieses Land, gegen das und für das er nun schon seit sechseinhalb Jahren im ununterbrochenen Untergrund kämpfte, widerte ihn stets aufs Neue an. Andererseits war es genau diese gespenstische Wandlungsfähigkeit des Nationalsozialismus gewesen, die ihn zeitlebens fasziniert und überhaupt erst in die Nähe der A.N.N.E. gelockt hatte. Damals in Köln, die ersten Spuren einer Gruppierung, die sich von den anderen Spinnern an der Uni zu unterscheiden, die wirklich entschlossen konspirativ und dazu wissenschaftlich fundiert vorzugehen schien. Und die natürlich diesen Namen trug, der in ihm diesen verlockenden, bittersüßen Schmerz erzeugte. Ganz klar war es ihm auf einmal erschienen: Nur durch Taten, durch unerbittlich durchgezogene A.N.N.E.-Aktionen konnte er Anne beeindrucken, sie vielleicht sogar – aber daran wagte er selbst im völligen Marom-Koller nicht zu denken – für sich gewinnen?

Wie auch immer, das Futter in der *Jägerstube* schmeckte auf eine insgesamt ärgerliche Art und Weise sehr gut, aber ein Thorsten Kray, der unlängst in der ostdeutschen Kommune Zellau noch selber auf die Jagd gegangen und dabei summa summarum sieben Nationalsozialisten in Generalrichtung Thule geschossen hatte, dieser Thorsten Kray also war viel zu sehr Profi, um durch eine kulinarische Unregelmäßigkeit, eine minimale weltanschauliche Irritation noch ernstlich ins Grübeln zu geraten. Er befand sich nach wie vor auf einer Mission, und nachdem er zum Nachtisch eine leichte Limonen-Tarte sowie einen aromatischen Ristretto genossen und anschließend alles auf die Zimmerrechnung setzen lassen hatte, signalisierte eine spezielle, letztlich amelodiöse Tonabfolge seines Telefons den Eingang einer verschlüsselten Nachricht der Planungsebene. Die Botschaft, er brauchte immer einige Augenblicke zum Dechiffrieren, bestand lediglich aus zwei Worten: *Ebratal operativ*.

Kray atmete einmal stoßweise durch die Nase aus, die Andeutung eines Lachens. Operativ? Was, bitte schön, sollte das heißen? Bisher hatte die Stadt lediglich als Logistik- und Nachschubzentrum fungiert. Bestand jetzt wirklich die Notwendigkeit einer Aktion direkt vor Ort? Ausgerechnet in der Geburtsstadt von Marom? Er verstand nicht, warum einige Leute der Theorie- und Zielerfassungsplattform den Aktionsspielraum der A.N.N.E. unbedingt ausweiten wollten, weg von der systemisch sauberen Nazi-Kader-Dezimierung hin zu diffusen gesellschaftlichen Narrativen mit multiplen Handlungsclustern. Was zum Teufel hatte diese Aktion in der Rhön schon gebracht? Nichts, wenn man ihn fragte, außer, dass in dem Laden, der ihn, Kray, mit einem lebensnotwendigen Nahrungsmittel versorgte, organisationelles Unbehagen, wenn nicht gar Chaos ausgebrochen war. Allerdings, und damit beruhigte er sich an diesem alles in allem gemütlichen Abend in der *Jägerstube* unweit der schwarzen Fluten des Grane-Stausees, allerdings gab es Gerüchte, dass die Liquidierung des Managers und der Bullen letztlich eher eine GLF- als eine A.N.N.E.-Aktion gewesen war, dass mit anderen Worten sein Laden, seine Heimatterrorgruppe immer noch Kurs hielt und er deswegen in Ruhe noch einen Grappa ordern konnte, anstatt sich weiter über etwaige strategische Richtungswechsel den Kopf zu zerbrechen. Denn ein Thorsten Kray, so viel stand fest, dachte lieber an Anne Girardoux, daran, wie es sein würde, inmitten eines Marom-Overkill-Rausches sanft den Bauchnabel der angebeteten französischen Journalistin zu liebkosen. Oder ihren Po. Anne, nur mit einem Rollkragenpullover und kurzen Socken bekleidet, auf einem Bett vor einem Fenster liegend, im Hintergrund der Hügel mit der Kirche von Notre-Dame de la Garde, das ewige Blau des französischen Südens. Er hatte dieses Stillleben nie live erlebt, in seinen R500-Tag- und Nachtträumen hingegen circa siebenhundertfünfzigtausend Mal.

7

Gegen 22.45 Uhr packte Patrick Esnèr aus unerfindlichen, jedenfalls kaum unter den Emotionssammelterminus »Sehnsucht« zu subsumierenden Gründen noch einmal das Bedürfnis, die zuweilen, speziell in Zeiten des Konflikts, ins schneidend Ziegige changierende Stimme seiner aktuellen und, wenn das so weiterging, bald schon ehemaligen Gattin Caroline Therèse Bertesse-Esnèr zu hören. Der Franzose saß, völlig unbekleidet übrigens, auf den beheizten Bodenkacheln seines großzügig bemessenen *Carlton Excellence*-Badezimmers, hielt sich das Telefon ans Ohr und starrte dabei schräg nach oben auf den selbstverständlich kalkfleckenfreien Tropfenschutz des übergangslos angelegten Duschareals. Caroline, die verfluchte Schlampe, reagierte nicht. Erst fuhr sie gegen seinen ausdrücklichen Willen raus zum Strandhaus, um Toirsier wegzuekeln und endlich ihr geheiligtes Eigentum zurückzuerobern, und jetzt ging diese unverbesserliche Besitzbürgerin, dieses Sinnbild einer Gesellschaftsordnung, für deren entschlossene Reformierung er zeitlebens (vergeblich) gestritten hatte, auch noch einfach nicht dran? Esnèr spürte plötzlich ein Pochen in seiner Brust. Sein Herz schlug den Rhythmus des Zorns und natürlich weiterhin links. Das Ganze grenzte an einen Affront: Während er in Deutschland versuchte, für sich und seine Familie einen Ausweg aus der Rinderhälftensackgasse der Gebrüder Milaut zu finden, hatte seine Frau zu Hause wirklich nichts anderes zu tun, als ihn und sein Parteiamt durch ihre materiellen Urinstinkte zu desavouieren? Sicher, ihre Kritik an ihm war berechtigt. Er hatte noch nie gewusst, was er tatsächlich wollte. Ihm war, bis auf gewisse Momente in den Milaut-Prämortalgehegen und während der Parteiabendessen in den Weinstuben der Gilotte, stets alles egal gewesen. Aber war er nicht gerade deshalb der geradezu ideale Mittelmanager?

Herr Esnèr, schildern Sie bitte in drei Adjektiven Ihren Charakter. Bon, kein Problem: zupackend, energetisch, völlig gleichgültig. Hervorragend, Patrick, Sie sind unser Mann, willkommen in der Winston-Familie. Merci, ich freue mich sehr, aber ich warne Sie vor: Wenn es um meine beruflichen Ziele geht, kenne ich keine Verwandten. Haha, sehr gut, Patrick, aber wir dachten, Sie hätten keine Ziele. Meine professionellen

Ambitionen sind deckungsgleich mit denen des Unternehmens. Darüber hinaus strebe ich lediglich eine mehrere Tausend Jahre währende Diktatur der Parti Socialiste an. Oho, Patrick, sehr gut! Wirklich sehr gut. Jetzt müssten Sie nur noch unterschreiben, da, und noch mal dort.

Ein Lächeln schlich über Esnèrs nach wie vor markantes, überdeutlich an den fünfmaligen Champion Bernard Hinault erinnerndes Südfranzosengesicht. Morgen würde er es den Deutschen zeigen, da konnte Caroline zu Hause machen, was sie wollte. Das Einzige, was ihm jetzt noch fehlte, war ein nettes kleines, nein, ein normalgroßes Schwein, das ihn mit lustigen, erwartungsfrohen Augen anblinzelte. Augen, die er wiederum genau beobachten würde, während er seine Schnitzereien an dem Tier erledigte: die Veränderungen im Ausdruck, die Überraschung, dann das Entsetzen, später die Trauer. Es war schon bizarr, aber zuweilen hatte er tatsächlich den Eindruck gehabt, die Dinger trauerten um ihre Nasen.

Mit einem sportlichen Schwung stellte sich Esnèr auf die Beine. Eine Dusche, dann seine Yoga-Übungen, dann irgendwas, dann schlafen – so lauteten die weiteren Programmpunkte. Für Sekunden spürte er deutlich die schneidende Kälte vollkommener Sinnlosigkeit in den Knochen, bis schließlich aus diversen Massagedüsen schießendes Wasser diesen, wie er fand, alles in allem lächerlichen psychosomatischen Effekt hinwegschwemmte.

8

Thorsten Kray lag wach und noch komplett bekleidet auf dem Hotelbett, als sein Telefon plötzlich einen in den letzten Monaten kaum noch gehörten Ton absonderte[81]: Kein Zweifel, jemand, irgendjemand rief an. Er räusperte sich, wobei ein Partikel Wolfsbarsch wieder in seiner Mundhöhle landete, der sich zuvor im Rachenraum verhakt und dort ängstlich auf die Verwesung gewartet haben musste. Kray, der den Tod

---

81 Das Gespräch mit Krays Schwester Nele Hoffleit war durch ein privatisiertes, individuell zugeordnetes Signal eingeleitet worden. Übrigens einer von insgesamt lediglich zwei personengebundenen Anruftönen in Krays Telefon.

des Fisches zwei Stunden zuvor zwar in kommerzieller, nicht jedoch in moralischer Hinsicht gerechtfertigt hatte, nahm den Anruf entgegen: »Hallo?«

Am anderen Ende ein leises Rauschen. Der Anrufer, so seine erste Vermutung, befand sich nicht in einem geschlossenen Raum.

»Hallo«, fragte er noch einmal. »Anne, bist du das?«

»Nein«, antwortete eine tiefe, etwas raue weibliche Stimme. »Mein Name ist Karasu. Ich rufe Sie im Namen der GLF beziehungsweise GRF an. Machen Sie sich keine Sorgen, die Leitung ist gesichert.«

»Gut, was will die GRF von mir?«

»Wir beide, Sie und ich, Herr Kray, werden uns morgen um 14.45 Uhr in Ebratal treffen. Genauer gesagt, an der Kreuzung Sperlingsweg/ Amselweg.«

»Okay, und um was geht es?«

»Die Koordinationsebene der GRF hat eingewilligt, eine zeitweilige und begrenzte strategische Partnerschaft mit A.N.N.E. einzugehen. Ich bin seit mehreren Jahren im taktischen Offensiv-Einsatz, genau wie Sie, Herr Kray. Man hat beschlossen, dass wir beide ein Team bilden und den Angriff in Ebratal als ... sozusagen als Joint Venture durchführen.«

»Und was sollen wir machen? Haben die in Ebratal überhaupt Nazis? Also, Frau ...«

»Karasu. Dilek Karasu, vierunddreißig Jahre, ledig, keine Kinder[82], attraktiv, Großeltern beidseitig kurdischer Herkunft, geboren in Offenbach am Main, gestorben ebenfalls in Offenbach am Main.«

»Aha ... Welches Zielobjekt in Ebratal? Ich arbeite eigentlich exklusiv im Osten.«

»Ihr Einsatzgebiet ist mir bekannt, wird sich aber mit diesem Kommando ändern. Unser Angriffsziel ist die Winston-Zentrale.«

»Wie bitte? Wer hat das beschlossen? Das passt nicht zur A.N.N.E., ideologisch, meine ich. Jedenfalls nicht zu der A.N.N.E., für die ich seit Jahren die Knochen hinhalte.«

---

82 Bunnemann gegenüber hatte Karasu stets behauptet, zwei Kinder zu haben. War es möglich, dass die dunkelhaarige Aktivistin dem hocherfahrenen Mediziner auch ihr Karzinom nur vorgespielt hatte? Nein, undenkbar.

»Hören Sie, Kray, ich kann Ihre Besorgnisse nachvollziehen. Dieser Einsatz hat eine hohe Symbolkraft, sowohl gesellschaftlich, denn wir greifen mit Winston den pulsierenden, kommerziell ausgebeuteten wie ausbeutenden Kern, wenn Sie so wollen, die Seele dieses Landes an, als auch intern, denn die Aktion dient vor allem der psychischen Reinigung der Kommandoebene. Ich, Herr Kray, bin genau wie Sie Marom-R200- bis R500-schwerstabhängig. An meinem derzeitigen Wohnort veranstalte ich allerlei Dinge mit den Rezeptärzten, um weiterhin versorgt zu werden, und ich kann Ihnen versichern, nicht alle sind solche Gentlemen wie Dr. Bunnemann. Wir greifen Winston an, um das Wichtigste und Kostbarste in uns zu zerstören und damit wieder freizulegen. Die koordinierte Gegneridentifikation der GLF-A.N.N.E. beziehungsweise GRF-A.N.N.E. gibt uns eine einmalige Chance, verstehen Sie das?«

»Nein, verstehe ich nicht. Hören Sie, wir können uns morgen treffen, aber ob ich bei der Sache mitmache, kann ich noch nicht sagen.«

»Natürlich. Niemand kann Sie zwingen. Aber bedenken Sie, dass Anne stolz auf Sie wäre und stolz auf Sie ist.«

»Was?«

»Sie haben mich verstanden.«

»Anne Girardoux? Woher … ich meine, stehen Sie mit ihr in Kontakt? Scheiße.«

Kray lauschte in sein Telefon hinein. Dort war jetzt wieder nur dieses leise Rauschen zu hören. Es klang wie eine weit entfernte Autobahn. Es folgte ein Moment kompletter Stille und dann der durchgehende Signalton. Dilek Karasu hatte das Gespräch beendet.

Teil 6b
Judgement Day

Prolog

Der Himmel über Ebratal zeigte schon in den Vormittagsstunden des 19. Mai 2023 jene abnorme, sich fortlaufend intensivierende Rotfärbung, die in den folgenden Jahren Klimaforscher, Meteorologen, Astronomen, aber auch Historiker, Wirtschaftswissenschaftler und Soziologen aller Qualitäts- und Professionalisierungsgrade sowie natürlich Heerscharen von Kulturschaffenden, religiösen Eiferern, Verschwörungstheoretikern und sonstigen Schwachköpfen zu einer Flut von Büchern, Aufsätzen, Traktaten, zu Fernsehfilmen, Theaterstücken und Hörspielen, zu hysterischen Twitter-Kaskaden und düsteren Facebook-Prophezeiungen motivierte. Der Bluthimmel von Ebratal und die Dinge, die sich an diesem Tag sonst noch in der bis dato unauffälligen Pharmakommune ereigneten, führten des Weiteren in dem Ebratal insgesamt nicht unähnlichen, aber auf der Marom-Suchtleiter noch wesentlich weiter nach oben dosierten Fishbach Creeks/Illinois zu einer grundsätzlichen Hinterfragung der bisherigen Winston-Konzernstrategie. Was genau hatte dieser Schlamassel drüben in Europa eigentlich zu bedeuten? Welche Folgen ergaben sich in Sachen Marom-Vermarktung? Und überhaupt: Wer steckte dahinter? Warum hatte John Steinhower, immerhin Ex-CIA-Mann und langjähriger Winston-Sicherheitsbeauftragter, unten in Arizona ausgerechnet einen ausgeleierten Halbamateur ausgegraben und in Sachen Winston-Märtyrer LeForbes über den Teich geschickt? Stand schließlich das im April 2023 erfolgte Ableben des Crack-affinen Neo-Lean-Management-Hoffnungsträgers in einem Zusammenhang mit den beängstigenden Wolkenformationen, den späteren, nicht weniger beänstigenden Geschehnissen am Boden? Fragen ohne Antworten.

1

Patrick Esnèr war an diesem Morgen selbstverständlich mit anderen Dingen als mit der strategischen Ausrichtung seines hoffentlich zukünftigen Arbeitgebers beschäftigt. Im Frühstücksraum des *Carlton Excellence*, mindestens so tropisch konzipiert wie der Empfangsbereich, ein wahrhafter Dschungel, in dem tatsächlich nur noch auf Lianen hin- und herschaukelnde Primaten fehlten, beim geheiligten ersten Café Crème also fragte sich der Franzose eindeutig nicht, ob ein Medikament wie Marom zum Beispiel den Weltuntergang einleiten könne[83], sondern vielmehr, ob er sich noch ein weiteres dieser fraglos hervorragenden Croissants vom Buffet holen sollte. Es war zum Verzweifeln, aber die Boches hatten die besten Croissants gebacken, die er jemals verkostet hatte. Die Effektivität dieses Robotervolks war gespenstisch. Bei Milaut hatten sie alle Hände voll zu tun, um die Billigfleisch-Offensive aus dem Osten abzuwehren. Die Deutschen drängten mit Tierkadavern auf den Markt, die so preiswert und so geschickt gedopt waren, dass in den Supermärkten dem von im Kern immer noch sozialistischen Terrorsteuern und anderen staatlichen Finanzgängeleien ausgebluteten französischen Normalbürger vor Gier die Augen aus den Rotweinschädeln und in die prall mit Teutonenprodukten gefüllten Kühlregale flogen. Nun, wie sagten die vertrottelten Angelsachsen: If you can't beat them, join them. Genau das hatte er vor. Deswegen saß er hier und schaute nach oben durch das Blätter- und dann Glasdach, über dem sich einiges zusammenzubrauen schien. War das noch normal? Gab es in Deutschland Wolken, die aussahen, als würden sie jeden Moment platzen und sich in Blutfontänen ergießen wie jene Schweineköpfe, von denen er mit rasanten Schnitten diese entzückenden kleinen Steckdosennasen erntete? Esnèr bemerkte, dass einer der

83 So tatsächlich die Ansicht des evangelikal konstellierten Winston-Ltd.-Vorstandsmitgliedes Frank. J. Ackerman. Bemerkenswert sind in dieser Hinsicht sowohl die Hypothese selber als auch die Tatsache, dass selbige im Gesamtvorstand bereitwillig und ausgiebig diskutiert wurde. Winston, so hatte es in den Tagen nach dem 19.05.2023 den Anschein, begriff sich zunehmend nicht nur als kommerzielle, sondern auch als metaphysische Entität.

dienstbaren Geister, die sich permanent um das Buffet kümmerten, ein Mensch offenkundig aus den tragischen Weiten des Mittleren Ostens, ebenfalls immer wieder besorgt nach oben schaute. Andererseits, und das war mindestens ebenso wichtig wie das Wetter, waren diese Croissants ganz zweifellos erstklassig. Sollte er sich einen zweiten holen? Just for the taste? Als weiteres Dessert nach seinem obligatorischen Sechskomponenten-Müsli mit frischen Früchten und Joghurt? Nein, er sollte nicht. Fit und elastisch zu bleiben, war für Patrick Esnèr nicht nur Vorsatz, sondern Pflicht, und zwar sowohl gegenüber sich als auch gegenüber seinen Kindern und seiner Partei. Allerdings nicht im Hinblick auf seine Gattinnen-Hexe. Stichwort Caroline: Immer noch keine Nachricht. Er hatte es gestern noch mindestens vierundzwanzigmal versucht, doch stets nur ihren Anrufbeantworter erreicht. Was hatte das zu bedeuten? Und hatte es ihn zu interessieren, *wenn* es etwas zu bedeuten hatte?

2

Thorsten Kray verließ das *Hotel Wildkammer* um exakt 10.00 Uhr. Zuvor hatte er ähnlich wie Patrick Esnèr ein durchaus ausgewogenes Frühstück zu sich genommen, auch wenn sich die sonstigen Umstände – hier Ironie-Gasthaus-Interieur, dort Tropenfiktion – deutlich unterschieden. Anschließend hatte Kray seine Marom-Morgendosis geschluckt, das Anfluten humanoider Gefühlswelten registriert, sodann einige Minuten an Anne Girardoux gedacht, schließlich unten an der stilechten Fünfzigerjahre-Rezeption mit einer seiner zahlreichen, regelmäßig in toten A.N.N.E.-Briefkästen für ihn deponierten Kreditkarten bezahlt. Im Auto zückte der seit Jahren im bewaffneten Kampf engagierte Enddreißiger das Telefon und wählte die Nummer, unter der ihn Dilek Karasu am Vortag erreicht hatte. Kein Freizeichen, nicht einmal ein Knacken. Interessant, dachte Kray, technisch ausgereift. Eine Nummer nicht nur zu deaktivieren, sondern ganz einfach auszulöschen – dafür brauchte man seines Wissens etwas mehr als die im Netz frei zugänglichen konspirativen Basiskenntnisse. Bisher hatte er die Leute von der

GRF immer als Spaßvögel und Amateure betrachtet, deren Aktionen ihm oft ein halbes Lächeln, ein Grinsen abnötigten, denen andererseits jedoch seriöse, konsequente Militanz sowie das dafür unerlässliche Know-how auf keinen Fall zuzutrauen waren. Merkwürdig, dass man ausgerechnet jetzt anscheinend in die erste Liga des bewaffneten Widerstands aufsteigen wollte. Gab es einen konkreten tagespolitischen Anlass? Kray versuchte, sich die Schlagzeilen der letzten Tage zu vergegenwärtigen, was einigermaßen mühsam war, denn er konfrontierte sich mit den Titelseiten der gleichgeschalteten Nazi-Presse allerhöchstens noch während der Bezahlvorgänge in Tankstellen, Tabakläden oder Lottoannahmestellen. Apropos, er musste noch spielen. Er durfte das auf keinen Fall wieder vergessen. Der Jackpot war mit über dreißig Millionen gefüllt. Wieder einmal stellte er sich vor, wie sein weiteres Vorgehen im Fall des Hauptgewinnes aussähe. Konspirative Lottogewinnentgegennahme – das stellte eine wesentlich größere Herausforderung dar, als in irgendeiner Ostkommune ein paar tölpelhafte Nationalrevolutionäre zu erledigen. Das konnte unter Umständen richtig gefährlich werden. Aber, so sah es nun mal aus, er war scharf auf das Geld. Wenn er Anne eines Tages gegenüberstehen würde, wollte er in diesem Moment sowohl moralisch-politisch-charakterlich als auch finanziell über jeden Zweifel erhaben sein. Anne, mein Schatz, mein Stern, Du willst eine Zeitschrift gründen? Nicht in Paris, sondern in Besançon? In der Gilotte? Hier, dein Startkapital. Andererseits galt es natürlich, eine lächerliche, geschlechterpolitisch unhaltbare Sugar-Daddy-Position um jeden Preis zu vermeiden. Er musste die Zeitschrift also nicht nur unterstützen, sondern auch als sein eigenes Projekt begreifen, um für Anne glaubwürdig und begehrenswert zu bleiben. Beziehungsweise zu werden. Kray betätigte gedankenverloren die Zündung, der Wagen begrüßte ihn mit diversen digitalen Botschaften.[84] Aber wie sah es mit seinen Fähigkeiten als Verleger und/oder Redakteur überhaupt aus? Konnte er das? Er musste in

84 Kray ließ sich mit Vorliebe vier bis sieben Jahre alte Fahrzeuge der Marke BMW von der A.N.N.E.-Logistikebene zur Verfügung stellen. Eine nicht mehr ganz taufrische 5er-Reihe entsprach seinen Idealvorstellungen von sportlich komfortabler, nicht übertrieben anonymer Anonymität.

Sachen Anne unbedingt glaubhaft sein. Ansonsten würde sie sich wie eine Prostituierte vorkommen, die für ihren Lebenstraum mit einem wortkargen, uncharmanten Deutschen ins Bett stieg. Und was für einen Schwachsinn überlegte er sich hier schon wieder? Marom, Marom, dachte Kray. Der Stoff wurde einfach nicht langweilig. Eines stand fest: Niemals würde er Winston angreifen. Da konnte diese Karasu am Nachmittag erzählen, was sie wollte. Da konnte die sich auf den Kopf stellen, oder eher noch auf ihre schwarzen Korkenzieherlocken[85], und wütend durch die Gegend federn.

3

Patrick Esnèr hatte das Frühstück beendet, war auf sein Zimmer zurückgekehrt und nahm sich vor, die nächsten mindestens fünfundvierzig Minuten mit dem auf seine individuellen Bedürfnisse abgestimmten Sortiment an Kundalini-Yoga-Übungen zu verbringen. Nach wie vor stand ihm der ansonsten so kostbare Rohstoff Zeit in rauen Mengen zur Verfügung. Sollte er noch Laufen gehen? Kundalini, Joggen, Mittagessen, Mittagsschlaf, Umziehen, Winston. So könnte der Plan aussehen. Patrick Esnèr glaubte an Pläne. Die Notwendigkeit der Tages- und Existenzstrukturierung war für ihn evident. Der Mensch benötigte Regeln. Leitplanken gewissermaßen, innerhalb derer er – halbwegs zufrieden und gesichert – auf den Tod hinarbeiten konnte. Außerdem, nur wer eine gewisse Einhegung spürte, besser noch meterhohe Zäune, stacheldrahtbewehrte Mauern, nur wer klar fixierte Grenzen im Alltag anerkannte, konnte Vergnügen, ja Befriedigung dabei empfinden, diese zu überwinden. Genau *so* fühlte er sich, wenn er zu den Schweinchen ging. Wie ein Anarchist des späten neunzehnten Jahrhunderts, wie ein revolutionärer Künstler, einer der großen Überwinder gesellschaftlicher Konventionen. Die Schweine bildeten, das musste ihm keiner von Carolines Gehirnschraubern erklären, ein notwendiges Gegengewicht

---

85 Kray stellte sich kurdischstämmige Kämpferinnen per se als glutäugige Lockenköpfe vor. Zumindest im Fall von D. K. lag er damit vollkommen richtig.

zu seiner überzeugten und radikal effektiven Arbeit in der Partei. Ohne das wilde Gequieke in den Pferchen, dessen war er sich sicher, würde ihn sein politisches Amt, dessen unerhörte gesellschaftliche Notwendigkeit und Rationalität, langsam, aber sicher verrückt machen. Bon, sagte sich Esnèr, Schluss mit der Grübelei. Yoga, Laufen, seine Winston-Verhandlungspositionen und -maximen durchgehen, dann ein leichtes Mittagessen, eine halbe Stunde schlafen – so sah es aus. So würde er den Tag angehen, der, zumindest was den Himmel anging, mit einiger Wahrscheinlichkeit der letzte der Menschheit war. Putain, was ging da oben vor? Und warum hatte ihn Caroline immer noch nicht zurückgerufen?

4

Nicht nur Patrick Esnèr, auch ein Thorsten Kray hatte an diesem schicksalsträchtigen Tag mehr Zeit als gewöhnlich. Der erfahrene und vor allem vorsichtige Politkriminelle wählte daher für seine Weiterreise zunächst die wenig befahrenen und noch seltener observierten Nebenstrecken des Nord-, des Zentral- und dann auch des westlichen Südharzes: tief monotone Fichtenwälder, vereinzelte, sich zaghaft herbstlich färbende Laubwaldbestände, lapidare Zwergortschaften, in denen, so kam es Kray vor, der Nationalsozialismus allein deswegen noch nicht besiegt sein mochte, weil er niemals dort angekommen war. Die Landschaft erinnerte den nach wie vor nicht polizeibekannten, in der Nähe der Ramstein-Airbase zusammen mit seiner Mutter Heidemarie und seiner jüngeren Schwester Nele aufgewachsenen Gewohnheitskiller an seine Herkunftsregion, sie präsentierte sich daher für seinen Geschmack eine Nuance zu derb, zu grobschlächtig und dunkel. Während seine Schwester, die nach einem primär Stilfragen betreffenden Familienstreit im Alter von zwanzig sogar den Namen ihres Tausende Kilometer entfernt ermittelnden Erzeugers angenommen hatte, sich instinktiv immer nach Norden orientiert hatte, war er, Thorsten Kray, immer ein Mann des französischen Südens und Südwestens geblieben, ein Freund des Lichts, der topografischen Anmut. Der Harz, fand er, war dagegen Wald gewordenes Schwarzbrot, düster und schwer, voll viehischer, grausamer Geheimnisse. Gab es hier Wölfe? Im Osten, das hatte er mehrfach gelesen, waren die wieder heimisch geworden. Intelligente Tiere, deren streng hierarchisches Gesellschaftsmodell, wie ihm plötzlich einfiel, genau das Gegenteil von dem darstellte, was er als ideale interne Struktur für die A.N.N.E. imaginierte. Natürlich, es gab diesen geheimnisvollen strategischen Planungszirkel, doch seines Erachtens war dessen zentrale Aufgabe eben gerade nicht die Befehlsausgabe, sondern allein die Definition, Identifizierung und Auskundschaftung potenzieller Ziele. Letztlich, so sah er es jedenfalls, arbeiteten Koordinations- und Kommandoebene auf Basis eines ideologiegeleiteten Franchise-Modells zusammen. Man mietete einander, im Interesse einer übergeordneten Idee. Umso weniger verstand er dieses Ebratal-Ding. Das passte einfach nicht, weder geografisch noch politisch, von dem desaströsen PR-Effekt ganz zu schweigen. Gedankenverloren und immer wieder durch Schlenker und kleinere Umwege unterbrochen, lenkte Kray sein Fahrzeug allmählich weiter nach Westen, in Richtung jenes Ortes, an dem sein seelisches Gleichgewicht sowohl produziert als auch verwaltet und vermarktet wurde. Ebratal war sakrosankt, entschied Kray bereits zum dritten Mal an diesem Tag, während sich der Himmel immer weiter einfärbte, was der Tablettenabhängige zwar durchaus registrierte, jedoch irgendeiner Laune des in ihm tätigen Wirkstoffes zuschrieb. Die GRF oder GLF, was war das eigentlich für ein Laden? Was hatten die schon jemals auf die Beine gestellt, um jetzt in der Position zu sein, ihm, immerhin einem ziemlich erfahrenen Frontkämpfer mit etlichen nationalsozialistischen Skalps am Gürtel, um ihm erzählen zu wollen, welche Aktion als Nächstes anzustehen hatte? Kray verspürte ein leichtes Hungergefühl. Sollte er in Göttingen zu Mittag essen? Dort gab es unzählige Studenten und sogar eine offizielle GRF-Vertretung. Nein, er hatte keine Lust. Salzgitter, etwas weiter nördlich und ungleich grimmiger, reizte ihn mehr. Er hatte Appetit auf ein Schnitzel inmitten von Verzweiflung und Stumpfsinn, gebraten in tausend Jahre altem Fett, gewürzt mit missgünstigem Speichel und Tränen. Donnerwetter, das Marom war heute nicht besonders gut gelaunt. Dachte Kray. Dachte das Marom in Kray. Dachte das Marom für Kray. Konnte ein Medikament, so dachte irgendwer, an sich selber zweifeln? Antwort: ja. Aber nicht Marom.

»Marom Marom … Immer Introspektive! Immer blöder Himmel. Interessiert niemanden. Ich frage: Wann geht es los? Aktion! Dramatik!«

»Ich glaube kaum, liebe Elizabieta, dass Sie qualifiziert sind, die Tiefe, die spannungsgeladene Welthaltigkeit meines Geschreibsels zu erkennen.«

»Was? Ich habe vier Jahre Literatur an Uni in Plovdiv studiert. Ich habe ein Diplom, du Vogel. Abschlussarbeit über Grigorjevs ›Engel und Maschinen‹.[86] Was hast du? Hast du Diplom?«

»…«

5

Ebratal, Nordhessen, 19. Mai 2023: Patrick Esnèr ordnete seine radikal geordneten, dabei kreuzinsignifikanten Unterlagen und zerdachte währenddessen ein weiteres Mal die Optionen für das in gut einer Stunde anstehende Bewerbungsgespräch bei Winston. Draußen tropfte ein farbenfroher Himmel zu Boden, das Wetter kam ihm insgesamt reichlich merkwürdig vor, dennoch vermochte es der Franzose aktuell nicht, die

86 Grigorjev, Dimitrij: *Engel und Maschinen*, Sofia 1978 [Samisdat]. Deutsche Übersetzung: Edition Stimmen der Freiheit, Frankfurt a. M. 1981. Gilt als erstes und wichtigstes Exponat der sog. »Zweiten bulgarischen Moderne« (ZBM), die Elemente traditionellen Brauchtums und des technischen Fortschritts nicht zu versöhnen suchte, sondern gegeneinander ausspielte und den Untergang des Landes und der Welt als »glaubhaftes, ja zwangsläufiges, vor allem aber unbedingt zu begrüßendes, ja herbeizusehnendes Zukunftsszenario« entwarf (Zitat aus: »Bulgarian Nightmares«, Stemberg, Jonathan H., *The New York Times*, 12.01.1980). Vertreter der ZBM, vor allem Grigorjev selber, wurden über Jahre in Gefängnissen und psychiatrischen Anstalten des Regimes festgehalten und zum Teil unter Einsatz von bewusstseinsverändernden Medikamenten ideologisch umgeschult. Grigorjev nach seiner Entlassung am 19.04.1986 zu einem Reporter des *Guardian*: »Ich denke, die Zukunft, solange sie sozialistisch organisiert ist, existiert. Nein, ich sehe überhaupt keine Probleme.« (Zitat aus: »Curing Modernism«, Rodgers, Brent T., *The Guardian*, 1986).

meteorologische Situation als Problem zu identifizieren. Vielmehr versuchte sich der Selfmademittelmanager durch forcierte Rationalität und abgeklärte Strategiesplanspiele von jenen gespenstischen Bildern zu erholen, mit denen er sich eben, während einer gut zwanzigminütigen Mittagsruhe konfrontiert gesehen hatte, die wiederum einer beängstigend schmackhaften Bouillabaisse mit ortstypischem Schmand-Topping im *Carlton Excellence*-Restaurant, dem *Maison Reinhard*, gefolgt war. Schauplatz des Albtraums: eine kahle, gelblich geflieste und seitlich zu einem Hof offene Räumlichkeit. Eine Rampe, in deren Mitte sich eine metallene, von verkrusteten Substanzen verunreinigte Haltekonstruktion mit einem darin auf dem Rücken festgeschnallten Rind befand. Die Szenerie erinnerte an die Milaut-Empfangs- und -Schlachtboxen, wies jedoch vor allem atmosphärisch erhebliche Unterschiede zur klinischen Modernität der Produktionsanlagen des zweitgrößten französischen Fleischversorgers auf. Esnèr hingegen war selbst in dieser Umgebung eindeutig Esnèr, sämtliche Elemente der Realexistenz waren auch in seiner Traumidentität vorhanden: Caroline, die Mädchen, Toirsier, die Partei. Der vormals überzeugte Familienvater balancierte mit schweren Stiefeln auf dem Unterbauch des bereits vor der Behandlung brüllenden Tieres. Bekleidet lediglich mit einer verschmutzten Schürze, hielt er eine Art Motorsäge, eine grobe, durch zwei dicke Kabel mit der Raumdecke verbundene Maschine in Händen. Der überzeugte Citroën-Fahrer begab sich an die Arbeit, trennte mit entschlossenen Bewegungen und ungefähr in Höhe des Fesselgelenks angesetztem Sägeblatt die Hufe des Wiederkäuers ab. Verständlicherweise begann das Tier, nun noch wesentlich intensiver zu brüllen, zwischen Huf drei und vier verwandelten sich seine Laute in ein dumpfes Kreischen, in einen rasenden, hysterischen Ausbruch, der den Lärm der Maschine noch überlagerte und dem sich – hier lag das eigentlich Sensationelle, das in vielerlei Hinsicht tatsächlich Traumatisierende dieses Traums – Esnèr anschloss. Hinter seiner Schutzbrille weinte, schluchzte der Sozialist ungehemmt, bis er schließlich nach der vierten Rindsextremität zitternd und von Krämpfen gepeinigt sein Arbeitsgerät sinken ließ, zu Boden legte und danach die Rampe verließ, wobei ihm das Rind wiederum mit verdrehtem Kopf nachschaute. Im Inneren des unübersehbaren Komplexes erklärte sich

Esnèr dann in Gegenwart eines (offenkundig höhergestellten) Kollegen, eines verschwommenen Vorarbeiters, der seinerseits zu trösten versuchte. Zitat: »Das sind die schweren Seiten der Arbeit. Die gibt es auch. Aber jetzt geh mal zurück. Musst heute noch ein paar Dutzend Hufe machen.« Worauf Esnèr mit einer erneuten Weinattacke reagierte. Danach, irgendwann: Aufwachen. Zum Glück in Ebratal.

Der Stadt, die wie keine andere in Europa eine Lösung für derartige Schreckensbilder parat hatte. Vorläufige Analyse, vorgenommen durch den Hobbypsychologen und -rationalisten Patrick Esnèr: Putain de merde! Was für eine Sauerei! Allerdings ganz klar ein Zeichen. Ein blutiger Wink des Unterbewusstseins, der nur eines bedeuten konnte: Branchenwechsel! Neuanfang! Mit Elan stand Esnèr auf, absolvierte zwanzig Kniebeugen, dann zwanzig Liegestütze, er fühlte sich insgesamt wieder einigermaßen hergestellt, aber diese Augen … Wie ihn diese Rinderaugen angestarrt hatten, bevor sie sich in Tränen und Schmerz auflösten. Bon, wenigstens keine Schweine, dachte er. Dachte er bewusst positiv. Was hatte die Ami-Tante ihm und diesem LeForbes gepredigt, damals auf *Château Lapin?* »Coach your mind!« Sehr richtig. Genau darum ging es heute. Und eine Schweinebeteiligung wäre in der Tat katastrophal gewesen. Die hätte ihn in seinem Begehrenskern getroffen. Heute Abend, so nahm sich der auswanderungswillige PS-Regionalsekretär vor, würde er präventiv vegetarisch essen. Falls das in einem Land wie Deutschland überhaupt möglich war. Vorher allerdings, vorher und vor allem: Winston.

6

Thorsten Kray fuhr durch die Randbezirke von Ebratal, die wiederum den zentraleren Stadtteilen mehr oder weniger glichen, was sich zum einen der Retortengenese des Ortes, zum anderen aber dem konsequenten Nivellierungsansatz der ortsansässigen Sozialdemokratie verdankte. Jeder Bereich Ebratals wies die gleiche Struktur auf: ein Gürtel verrotteter Fünfzigerjahre-Ställe für Weltkriegsflüchtlinge und Proletarier, darin eingeschlossen ein kleines, mit echtem und falschem

Fachwerk garniertes Geschäftszentrum, an den Rändern schließlich die ausgedehnten, schmucken Einfamilienhaus- und Gewerbezonen. Kray musste lächeln. Hier war Marom daheim. Hier wurde es geboren und eingekleidet, versorgte man es mit den notwendigen Direktiven, bevor es sich auf den Weg machen konnte zu ihm, zu seinen gierigen Gehirnzellen, deren Membranen es sanft durchstieß, um dann alles mit leuchtenden Regenbogenfarben anzufüllen.

14.41 Uhr. Er parkte vor dem Haus Amselweg 21; die Kreuzung Sperlingsweg lag bereits in Sichtweite. Kray analysierte die Umgebung: Falls das hier eine Falle sein sollte, vermochte er nicht zu erkennen, worin genau der spezifische Vorteil der Lokalität bestehen sollte. Ein gepflegtes, aber unauffälliges Wohngebiet neueren Datums in der Nähe eines ebenfalls recht neuen Industriegebiets, das seinerseits in ein landwirtschaftlich geprägtes Areal hineinragte. Dort hinten war Winston, ragte der bekannte Winston-Turm mit seinem neonblauen Schriftzug in den zinnoberrot vor sich hin glimmenden Ebrataler Frühnachmittagshimmel, von dem vereinzelt unnatürlich dicke, salzig zähflüssige Tropfen hinabfielen. Kray justierte sein mobiles Feindkontakt-Set[87], stieg dann aus, zündete sich eine Zigarette an und machte sich auf den Weg zur fünfzig Meter entfernt liegenden Kreuzung Amsel- und Sperlingsweg. Vögel, vermutlich Amseln und Sperlinge, zwitscherten. Eine Katze steckte den Kopf durch einen Jägerzaun, sprang dann in raschen Sätzen über die Straße und verschwand auf dem gegenüberliegenden, entschlossen identischen Grundstück.

»Herr Kray?«

Thorsten Kray drehte sich um.

»Frau Karasu?«

»Ja … Hallo.«

Sie glich auf beängstigende Weise der Person, die er sich unter dem Namen Dilek Karasu vorgestellt hatte: etwa einen Meter siebzig, schlank, dunkle Locken, schmales, fast hageres Gesicht, glühende schwarze Aktivistinnenaugen, aufgeworfene, volle, sehr dunkel geschminkte Lippen. Dazu enge dunkelblaue Jeans, braune halbhohe

87 Eine Pistole des Typs Glock 17 im Schulterhalfter.

Stiefeletten sowie eine flaschengrüne Trainingsjacke. Insgesamt, so resümierte Kray, das Klischeebild einer Siebzigerjahre-inspirierten Untergrundaktivistin. Eine auffällige Erscheinung und insofern, das musste er zugeben, nicht unbedingt schlecht getarnt.

»Hallo«, sagte Kray. »Und was jetzt?«

Ein roter Golf bog vom Sperlings- in den Amselweg ein, näherte sich in Schrittgeschwindigkeit, was sowohl Dilek Karasus als auch Thorsten Krays Aufmerksamkeit, wenn nicht bereits Argwohn erregte. Am Steuer ein Enddreißiger mit ungeordnetem Haar und blassem, tablettenbedingt leicht aufgeschwemmtem Gesicht. Neben ihm eine unwesentlich ältere Blondine mit unverkennbar südosteuropäisch geprägten Gesichtszügen. Die beiden schienen etwas zu suchen, einen Parkplatz vielleicht. Hier ist überall Platz, du Trottel, dachte Kray. Dachten in diesem Moment allerdings auch Dilek Karasu und Elizabieta.

»Elizabieta, mein kleines Pusztatäubchen, wie heißt du eigentlich mit Nachnamen? Unter welchem Namen hast Du in Plovdiv die bulgarische Moderne geschändet?«

»Geschändet? Studiert, du Idiot. Und Puszta liegt in Ungarn.«

»Okay, und wie heißt du jetzt, meine kleine Zimtschnecke? Ozgun, musst du wissen, führt genau Buch über die Leute, die bei ihm Probe fahren.«

»Ozgun? Probe fahren? Ist der Golf nicht deiner?«

»Doch, schon.«

»Was soll das mit dem Probefahren?«

»Beantwortest du bitte meine verfickte Ausgangsfrage? Sonst zünde ich dich an wie eine gottverdammte Apotheke. Ich meine … verflucht. Begreifst du nicht, dass ich sterbe?«

»Kassabova.«

»Kassabova? Das ist dein Nachname?«

»Korrekt. Und was ist jetzt, willst du parken? Außerdem spinnst du. Eine Elizabieta Kassabova hat keine Lust, in einem dummen Roman mitzuspielen.«

Fortsetzung 6

»Komisch, die beiden, findest du nicht?«, sagte Dilek Karasu und deutete auf den roten Volkswagen. »Sind das Bullen?«

»Keine Ahnung«, erwiderte Kray. »Mir ist niemand gefolgt.«

»Mir auch nicht.«

Die beiden Aktivisten schwiegen für einen Moment und verfolgten das von Joachim Angelique Gerke je nach Rechtsauffassung immer noch ausgeliehene oder bereits eindeutig entwendete Vehikel, das in etwa hundert Metern Entfernung endlich am Straßenrand zum Stehen kam.

»Was machen wir jetzt hier?«, fing Kray wieder an.

»Wir greifen Winston an.«

»Womit?«

»Mit unseren Körpern. Wir gehen da rein. Vorher schlucken wir Sprengkapseln, die durch Magensäure aktiviert werden.«

»Und warum sollten wir das tun? Ich liebe Winston.«

»Genau deswegen«, parierte Dilek Karasu, deren Augen vor Mordlust und Idealismus funkelten. »Winston ist das perfekte Ziel.«

»Ja, vielleicht nach eurer durchgeknallten GRF-Logik. Die ist mir aber scheißegal. Ich arbeite ausschließlich im Osten. Winston finde ich gut, basta. Außerdem werde ich den Job bald an den Nagel hängen.«

»Um was zu tun?«, fragte Karasu höhnisch. »Glaubst du wirklich, Anne Girardoux sitzt in Frankreich und wartet auf dich? Hast du vergessen, wen die wirklich liebt?«

Krays Augen verengten sich zu Schlitzen. Sein Ton wurde schneidend scharf: »Was weißt du über Anne? Und von wem redest du? Toirsier?«

»Von wem sonst?«

»Toirsier ist fertig.«

»*So?*«

7

Patrick Esnèr warf einen letzten Blick in den Spiegel, überprüfte abermals den Sitz seiner Krawatte sowie die Schulterpartien der Emile-Costard-Anzugjacke[88] auf eventuellen Schuppenbefall. Alles in Ordnung, alles perfekt. Er verließ das Zimmer, nahm den Aufzug nach unten, bat im bizarren Englisch des französischen Mittelstands einen der beiden blässlichen, höchstens zwanzigjährigen Rezeptionisten darum, ein Taxi zu rufen, ließ sich sodann von der in perfektem Französisch vorgetragenen Antwort des einheimischen Dienstleisters demütigen und begab sich schließlich zu einer hinter Palmen versteckten Sitzgruppe inmitten der insgesamt tropisch anmutenden *Carlton Excellence*-Lobby. Zu seiner Enttäuschung saßen dort bereits, je nach Definition, zwei oder drei Menschen: ein älterer Mann mit sonnengegerbtem Whiskey-Gesicht, eine etwa dreißigjährige Frau, brünett, kecke Kurzhaarfrisur, Jeans, kaum Make-up, sowie, *halb durchsichtig*, eine ältere Frau mit ebenfalls pragmatisch kurz gehaltenem Haar. Wer oder was war das? Offenkundig ein Geist. Esnèr, immerhin Atheist und in Jugendjahren Camus-Leser, befürchtete, augenblicklich verrückt zu werden. War das bereits die Rache aus jenem Zwischenreich, in das die Gebrüder Milaut

---

88 Emile Costard: Der Couturier der Gilotte, klare, sachliche, dabei leichte, fast schwebende Eleganz sowohl in den Damen- wie Herren-Konfektionen. Konsequente Nüchternheit, dezidierte Abkehr von kapriziösen Pariser Zeitgeist-Befindlichkeiten. Besonders das Professional-Outfit der letzten beiden Herren-Linien erfreute sich zunehmender, allmählich sogar frankreichweiter Beliebtheit. Ein modisch-föderales Statement, eine trendige Uniform gegen Dekadenzterror und Anmaßung der Hauptstadt. (Etwas sperriges) Lebensmotto des in Gordes im Departement Gilotte geborenen (aber heimlich im 16. Arrondissement lebenden), seit gut 15 Jahren mit seiner Jugendliebe, dem Anwalt Frédéric Dissort, verpartnerten (aber nicht verheirateten) Kreativkünstlers: *Je radikaler die Einfachheit, desto einfacher die Radikalität*. Anderes (und geheimeres) Motto: *Nach dem Suizidversuch ist vor dem Suizidversuch*. Oder (noch geheimer): *Frédéric Dissort – Insekt gewordene Widerwart*. Zu den Kunden von Emile Costard zählten seit Langem die stylingbewusste, aber konservative Provinzlerin Caroline Bertesse-Esnèr sowie seit Neuestem auch der ehemalige Pariser Journalist Marc Toirsier. Der Milaut-Konzern bestellte für seine Führungsebene bei Costard gleich im Dutzend. Sogar eine neue Uniform für die mobilen Einsatzteams in den Pferchen und den gekachelten, mit Rinder- und Schweinegebrüll tapezierten »Transformationszentren« war angedacht, als reale Option jedoch (aus Kostengründen) wieder verworfen worden. Die Pariser Journalistin Anne Girardoux hingegen hatte von dem aufstrebenden Regional-Label noch nicht einmal gehört. Typisch!

im letzten Geschäftsjahr zum Beispiel gut 3,5 Millionen Schweine eingespeist hatten? Die alte Frau trug ein lilafarbenes Tuch der Achtzigerjahre-Friedensbewegung um den Hals, ein Styling-Code, den der Franzose selbstverständlich nicht verstand – und erst recht nicht goutierte.[89]

»Guten Tag«, sagte Esnèr. Auf Deutsch.

»Guten Tag«, sagte der Mann.

»Hallo«, sagte (zum Glück) die real vorhandene der beiden Frauen.

»And then I started writing letters«, fuhr sie zu dem Mann gewandt fort. »Hundreds of them. *To the attention of Mr. Eric LeForbes, Ebratal.* Dad, I fell totally in love with him. I know it's weird, I've never met him personally ... but I really really fell in love with this man. When I heard that he's dead, that somebody killed him, I was like: Oh no. I have to die. I am still like: Oh no, I have to die. But on the other hand: As long as there is Marom I will never die. I am immortal. And then they told me they'll stop producing it. I was like: What??? Heeeelllpp!! They wanna kill me. First they killed Eric, and then they kill me.«

Der Alte merkte auf: »You think it was an inside job?«

Die junge Frau nickte engagiert. Esnèr gefielen besonders ihre aufgeworfenen Lippen und der merkwürdig breite Nasenrücken. Auch ihre Figur schien brauchbar zu sein. Dennoch stellte sich die Frage, ob der Traum von eben eventuell doch noch nicht vorbei war. Sprach diese Frau, die letztlich insgesamt nicht schlecht aussah, die er an normalen Tagen sogar einem Flirtversuch unterzogen hätte, etwa tatsächlich von seinem LeForbes? Dem Mann, der alles erst möglich gemacht hatte? Bei dem er damals, an diesem Abend im *Château Lapin*, eindeutig homoerotische Schwingungen diagnostiziert hatte? Mit anderen Worten, wollte man ihm in diesem Kaff endgültig die Schrauben aus dem Gehirn drehen? Zum Glück tauchte nun ein Sikh mit grellrotem Turban im Eingang auf. Der Mann schaute zur Rezeption, rief einmal laut »Taxi!« und verschwand wieder.

Quelle chance!, dachte Esnèr. Er musste sich dringend sammeln.

---

89 Es besteht Grund zu der Annahme, dass es sich bei dem Wesen um eine dematerialisierte Hildegard Bunnemann handelte. Motivation und nähere Umstände ihres Aufenthaltes in Ebratal: unbekannt.

Mit derart verworrenem Schädelinhalt konnte er sich bei Winston unmöglich präsentieren. Der Franzose sprang auf, stürmte nach draußen, warf sich in den Taxi-Fond, presste den Namen seines (eventuell) kommenden Arbeitgebers hervor, schloss dann die Augen. Sicher, er hätte auch mit seinem eigenen Wagen zu diesem Termin fahren können. Doch wusste er, wie Provinz-Boches auf einen in Frankreich konzipierten und produzierten oberen Mittelklässler reagierten? Vielleicht brächen die spontan in hämisches Gewieher aus. Unter Umständen genügte bereits ein Citroën, um seine Verhandlungsposition in Deutschland irreparabel zu unterminieren. Dieses Risiko durfte er nicht eingehen. Er brauchte den Job. Sein Lebenslauf verlangte energisch nach ein paar Jahren erfolgreicher Auslandstätigkeit. Da konnten sich Caroline und die Mädchen auf den Kopf stellen. Apropos, Caroline. Die hatte er ganz vergessen in all der Rinderhufe-Gespenster-Aufregung. Er zog sein Telefon aus der Anzugtasche. Immer noch kein Anruf. Immer noch … halt, falsch! Genau in diesem Moment begann der Apparat zu zittern, tauchte auf dem Display das edle Maultierantlitz seiner Gattin auf. Voilà, es geschahen noch Zeichen und Wunder. Frau Gemahlin besaß also tatsächlich die Güte, ihn zurückzurufen? Esnèr atmete tief ein und tippte auf das grüne Anrufentgegennahme-Symbol, während draußen der hoch dosierte Ebrataler Tablettenhimmel weiterhin alle Register zog.

8

Ebratal, Amselweg, 14.57 Uhr, der Richtungsstreit zwischen der GRF/GLF (D. Karasu) und der A.N.N.E. (T. Kray) zog sich in die Länge.[90] Zwei bewaffnete Kader, zwei erfahrene Aktivisten der Kommando-

---

90 Was zumindest für Karasu keine ungewöhnliche Situation darstellte. Die Labelling-Auseinandersetzungen innerhalb ihrer Heimatorganisation hatten sich über mehr als ein halbes Jahrzehnt hingezogen und waren zum Zeitpunkt der Ebrataler Geschehnisse immer noch nicht endgültig beigelegt worden. Offiziell hatte man sich zwar auf das Kürzel »GRF« (Gesellschaft Rationaler Frauen) als offizielle, im Hinblick auf die diversen Merchandising-Ambitionen unerlässliche Identifikations-Kennung und somit auf den Vorschlag der radikaleren, aktionsorientierteren Fraktion geeinigt, nach

ebene fanden argumentativ einfach nicht zueinander. Zu groß einfach die Strategie-Divergenzen, zu unterschiedlich die militanztheoretischen Ansätze. Auf der Molekularebene hingegen gestaltete sich die Sache anders, in der nach wie vor kaum erschlossenen Sphäre der Zellreflexe wurden sogar erste Weichen in Richtung Waffenstillstand und Kompromiss gestellt. Eine widersprüchliche, verwirrende Situation, der zumindest Elizabieta Kassabova in Ozguns rotem Vorführgolf wenig abzugewinnen vermochte.

»Ein letztes Mal: Lass mich raus aus Buch!«

»Das ist kein Buch … mehr.«

»Was sonst? Krankheit?«

»Okay, Elizabieta, Augen auf! Stehen Kray und Dilek jetzt dahinten oder nicht? Siehst du sie, oder siehst du sie nicht?«

»Ich sehe einen großen Mann und eine Frau mit schwarzen Haaren. Schöne Frau. Das sollen Kray und Karasu sein?«

»Du hast dir Dileks Nachnamen gemerkt? Sehr gut! Wie heißt Kray mit Vornamen?«

»Thorsten.«

»Und Hoffleit?«

»Welche Hoffleit. Gibt zwei.«

»Suchs dir aus, meine bulgarische Raubkatze, so wie du dir damals die Bettgenossen ausgesucht hast, in den Kutscherschenken und billigen Wirthäusern der Kasbah von Plovdiv.«

»Du redest Unsinn. Nele und Bill.«

»Richtig!! Möchtest du, dass wir aussteigen und irgendwo eine Schale Pommes verspeisen? Oder möchtest du, dass wir aussteigen und schauen, was Kray und Dilek, aber auch Esnèr und all die anderen

---

wie vor benutzten jedoch weite Teile der Mitglieder das ältere »GLF« (Gesellschaft Liberaler Frauen), um so ihre Verbundenheit mit der ursprünglichen, eher anarchistisch-absurden, spielerisch-nihilistischen Ausrichtung der Gruppe zu dokumentieren. Dilek Karasus Position in dem weiter schwelenden Konflikt ist nicht überliefert, dürfte allerdings angesichts der ernsten, märtyrerhaft aggressiven Charakterstrukturen der hessischen Deutsch-Kurdin mehr oder weniger klar sein.

dort hinten im gläsernen Zentrum des Bösen veranstalten? Dem Ort, wo man die Tabletten zumindest verwaltet, die man mir seit heute Morgen auf das Grausamste vorenthält und die ich mir zeitnah, wenn nötig, unter dem Einsatz von Zwangsmitteln verschaffen werde.«

»Ich darf entscheiden? Ich sage: essen. Aber nicht Pommes. Pommes machen dick.«

»Findest du?«

»Ja.«

Fortsetzung 8

Dilek betrachtete Thorsten mit einem nachdenklichen, absolut objektiven Blick: »Ich bin fest entschlossen, die Aktion durchzuziehen. Seit gut sechs Jahren lebe ich unter dem Diktat von Marom, trotz einer zwischenzeitlich absolvierten Erkrankung war und bin ich glücklicher als je zuvor. Allerdings ist es ein künstliches, politisch falsches Glück. Heute ist der Tag, Winston dafür zahlen zu lassen. Die GRF gibt mir die Chance, durch meine Entkörperlichung wieder Mensch zu werden.«

Kray schüttelte den Kopf: »Mir schmecken zwei Dinge an der Sache nicht: Erstens, gerade die GRF sollte wissen, Selbstmordattentate sind für Irrationalisten. Für mich jedoch existieren weder höhere Mächte noch ein Leben nach dem Tod, insofern zahle ich mit einer Kamikaze-Aktion einen zu hohen Preis. Zweitens, ich erkenne an, dass Winstons dominante Position im Marktgeschehen gefährlich ist. Aber solange keine leistungsfähigen Generika zu Marom existieren, ist mir das egal. Ich will und werde auf diesen Wirkstoff nicht verzichten. Alles in allem ergibt sich daraus eine klare Position. Ich sage Nein.«

»Was ist mit Anne? Möchtest du nicht erfahren, was mit deiner tollen Anne ist?«

»Natürlich. Aber das werde ich auch ohne dich rauskriegen. Außerdem habe ich keine Garantie, dass deine Informationen zuverlässig sind.«

Dilek Karasu zögerte. Krays Argumentation war konsistent, seine

Position insgesamt nachvollziehbar. Dennoch, ihr Entschluss stand fest. Und dass sich dieser A.N.N.E.-Typ einfach so über die Beschlüsse der Leitungsebene hinwegsetzte, fand sie einigermaßen unerhört. Andererseits, irgendwie mochte sie ihn. Seine Stimme klang tief und ruhig. Sein Körper strahlte massive Präsenz aus. Sie war gespannt auf das Gefühl, wenn sie nicht nur Winston, sondern auch Kray ausgelöscht haben würde. Auf den ersten Augenblick völliger Freiheit und Einsamkeit.

»Elizabieta, bevor wir nun aussteigen und uns von Ozguns Gefährt verabschieden, was hältst du hiervon? Ist mir gerade eingefallen ...«

»помощ!«[91]

»Oh, Ihr Armeen von knisternden Knochensäcken, wässrigen Faserverbänden, von verkrusteten Organeimern, die Ihr Tag für Tag und tagtäglich in die Büros wandelt wie Fleischgespenster, die Ihr bereits seid und nie werden wolltet, oh, Ihr Gefangenen der ergonomischen Bildschirmstrahlen, der psychotischen Sitzmöbel, der giftigen Zehn-Uhr-fünfzehn-Meetings, Ihr Heerscharen zum ewigen Leben verurteilter Toter, zum ewigen Totsein verurteilter Lebendiger, so höret, ja, so fühlet, was soeben beschlossen wurde: Die Eli und ich gehen jetzt einen Happen futtern.«

»...«

9

Caroline Therèse Bertesse-Esnèr seufzte. Aber warum tat sie das, fragte sich ihr Ehemann, das südwestfranzösische Bernard-Hinault-Double Patrick Esnèr. Was war das für eine Art, ein Gespräch, noch bevor man überhaupt etwas von sich gegeben hatte, noch bevor überhaupt irgendein Anlass dafür vorlag, mit einem tiefen, angenervten, letztlich schon wieder aggressiven Seufzen zu beginnen?

»Caroline?«, fragte Esnèr.

---

91 Bulgarisch für »Hilfe!«.

»… hör zu, Patrick, ich verlasse dich.«

»Du tust was?«

»Ich verlasse dich. Ich will die Scheidung.«

»Begründung?«

»Die willst du nicht hören.«

»Seit wann interessiert es dich, was ich hören will? Du willst mich verlassen – warum?«

Sie seufzte erneut. Ich gehe ihr schon wieder auf den Geist, dachte Esnèr. Ihr war tatsächlich schon wieder alles zu viel.

»Meine Entscheidung …«, fing sie schließlich an, »… mein Entschluss ist selbstverständlich multifaktoriell begründet. Ich werde sofort gehen. Ich bin nicht gewillt, zu warten, bis die Mädchen aus dem Haus sind, und zwar aus mindestens dreitausend Gründen.«

»Interessant, Caroline. Hört einer der Gründe zufälligerweise auf den albernen Namen Toirsier?«

»Exakt, Patrick. Ich bin, wie du weißt, gestern Abend noch zum Strandhaus gefahren, um Marc zu sagen, dass er jetzt endlich und unverzüglich auszuziehen hat. Ich …«

»Und?«, unterbrach Esnèr. »Zieht die Flasche aus?«

»Nein, aber ich ein. Wir haben miteinander geschlafen und uns anschließend verliebt. Ich bin mir absolut sicher: Marc ist der Mann meines Lebens, zumindest der nächsten fünf bis zehn Jahre. Mit der Regelung der Angelegenheiten, die uns beide betreffen, Patrick, habe ich Eglantine Butragnole beauftragt …«

Sie ließ ihm einen Augenblick Zeit, diese letzte Information zu verarbeiten.

»… ich empfehle dir, dir ebenfalls baldmöglichst jemanden zu suchen. Allerdings dürfte feststehen – du kennst Eglantine –, dass, egal wen du beauftragst, der- oder diejenige von Eglantine in der Luft zerfleddert wird. Meine Scheidungsmotive sind evident und unwiderlegbar. Wie du weißt, hat mein Vater das Strandhaus uns beiden übertragen, aber was du garantiert nicht weißt, ist, dass diese Vereinbarung im Trennungsfall nicht mehr gilt, somit das Haus bei einer Scheidung allein an mich fällt.«

»Oho«, lachte Esnèr bitter, »der alte Herr hat Geheimklauseln einbauen lassen. Na ja, soll mich nicht überraschen bei der Krämerseele. Aber gut, über Tote soll man nichts Schlechtes sagen.«

»Mein Vater ist nicht tot, Patrick.«

»Nicht? Aber vielleicht bald. Wer weiß das schon, Chérie?«

»Was ist das denn? Eine Drohung? Willst du jetzt gewalttätig werden? Reichen dir die Schweine nicht mehr?«

Esnèr stutzte. Caroline wusste von seiner Sexualität? Das allerdings war tatsächlich eine Überraschung. Der Taxi-Sikh fuhr seelenruhig durch Ebratal. Sein Turban leuchtete mit dem Himmel um die Wette. Esnèr schaute auf die Uhr: In genau dreizehn Minuten stand der Termin an. Irgendwie gut, das hier, dachte er. Er war jetzt hellwach.

»Schweine?«, fragte er mit einem eindeutig lauernden, bereits psychisch abnormen Unterton.

»Tu nicht so, Patrick, ich weiß ganz genau, was du während deiner angeblichen Überstunden im Werk so treibst. Oder an den Wochenenden. Eglantine weiß es jetzt übrigens auch. Die hat geguckt, das kann ich dir flüstern. Was meinst du, wie sich das in der Zeitung macht: Patrick Esnèr, PS-Regionalsekretär der Gilotte, perverser Schweinemörder.«

Esnèr stieg nun doch langsam das Blut in den Kopf. Caroline hatte, das musste er anerkennen, keine ganz und gar ungünstige Verhandlungsposition.

»Außerdem«, fuhr sie fort, »langweile ich mich seit Langem mit dir, und zwar ungleich intensiver, als du dich mit mir langweilst. Marc Toirsier hat mir gezeigt, dass ich noch eine Frau bin.«

»Der Typ ist ein Toxikomane. Der nimmt Tabletten, Caroline.«

»Nein, er hat entzogen.«

»Lächerlich! Wie du vielleicht mitbekommen haben könntest und wie es der Zufall so will, verehrte Caroline, mein geliebtes störrisches Maultiergesicht, habe ich heute ein Vorstellungsgespräch beim Hersteller dieser Dinger. Genau der Pillen, die Marc frisst. Also habe ich ein wenig recherchiert. Die sind unabsetzbar. Niemand kommt von denen los. Keiner, hörst du? Ein, zwei, drei Monate – ja, möglich. Ein halbes Jahr – unmöglich. Es existiert weltweit kein einziger, ich wiederhole, kein einziger seriös dokumentierter Fall einer über sechsmonatigen Marazepam-Abstinenz bei einer zuvor manifesten Marazepam-Abhängigkeit.«

»Jaja, bla bla, Patrick. Hör zu, selbst mit diesem Marom ist mir Marc tausendmal lieber als ein kranker Parvenü, irgendein Provinzsozialist, der seine Abende mit ein paar Tattergreisen auf Dorfparteiversammlungen verplempert. Marc und ich werden im Strandhaus und in Paris leben. Ich werde wieder als Anwältin arbeiten. Eglantine sagte, in ihrer Kanzlei werde bald eine Position als Teilhaberin frei. Die Mädchen bleiben selbstverständlich bei mir.«

Patrick Esnèr überlegte. »Einverstanden.«

Caroline Therèse Bertesse lachte auf. »Haha, das hat Eglantine prophezeit.«

»Was hat sie prophezeit?«

»Dass du einverstanden sein würdest. Die kennt dich ja ganz gut.«

»Kein Wunder! Letzten Dezember, als du mit deinen absurden Eltern diesen Weihnachtsmarkt in Straßburg leer fressen musstest, habe ich sie mal wieder genagelt. War aber keine große Geschichte. Kein Vergleich zu den …« Esnèr brach ab.

»Ich glaube dir kein Wort, Patrick.«

»Ich glaube mir auch kein Wort, Caroline.«

»So …«, sagte der Sikh und deutete auf ein lang gezogenes, gläsernes, mehr oder weniger elegantes Firmengebäude, neben dem man eine Art Turm, einen Mast mit einem riesigen, neonblau leuchtenden Schriftzug errichtet hatte: Winston! Patrick Esnèrs Zukunft hatte soeben begonnen.

10

Machte er gerade etwas falsch? Verriet er jemanden? Thorsten Kray hatte durchaus Zweifel, als er den Reißverschluss ihrer Fred-Perry-Trainingsjacke öffnete und gleich anschließend Dileks T-Shirt nach oben schob. Natürlich trug sie keinen BH. Mitten auf dem Sperlingsweg in Ebratal/Nordhessen küsste er ihre vollen, jedoch weichen, deswegen wahrscheinlich nicht operativ optimierten Brüste. Der Hauch eines Parfüms vermischt mit dem Duft von Haut – wie lange hatte er so etwas nicht mehr erlebt? Genau sechseinhalb Monate, fiel ihm postwendend ein. Vor sechseinhalb Monaten war er, nachdem er irgendwo in Sachsen-Anhalt eine Kleinstadt-Population dezimiert hatte, nicht wie üblich unverzüglich in den Westen zurück-, sondern einer spontanen Eingebung folgend in einem Club unweit der Höllenstadt Magdeburg eingekehrt.[92] In dem als Wellness-Institut deklarierten Etablissement hatte er sich über anderthalb Stunden von einer (unbekleideten) Moldawierin die strapazierte Nackenmuskulatur massieren und gleichzeitig über das Leben im Allgemeinen sowie das spezifische psychosoziale Klima in Ostdeutschland unterrichten lassen. Ein ebenso instruktives wie befriedigendes Erlebnis, das jedoch mit der gegenwärtigen Situation, mit dieser speziellen Begegnung in Ebratal nicht zu vergleichen war. Kray küsste Dileks Brüste, dann ihren Hals, schließlich wieder ihren Mund. Ihre Zunge fühlte sich weich und muskulös zugleich an. Ihre Zunge war aktiv. Etwas Verzweifeltes lag in Dileks Liebkosungen, etwas Endgültiges. Kray ahnte, dass sich die Terroristin Kraft holte, dass sie aus ihm die Energie für die kommende Aktion zu saugen versuchte. Dennoch, er konnte nicht widerstehen. Ihr Busen, ihr Becken – alles drängte sich gegen ihn. Ihr ganzer Körper bebte. Dann jedoch, urplötzlich, löste sie sich von ihm.

»Okay, das reicht jetzt. Lass uns los.«

»Wohin?«, fragte Kray irritiert.

»Winston. In sieben Minuten beginnt die Aktion.«

»Wer sagt das? Hat die GLF Luftunterstützung angefordert?«

Sie lachte. Ihre umwerfend weißen Zähne blitzten in den farbenfrohen Ebrataler Nachmittag hinein. »Na klar. Schau mal nach oben. Sieht gut aus, findest du nicht?«

»Wie? Das seid … wart ihr?«

»Logo. Ist aber nur Deko. Weil … na ja, ein paar Frauen aus dem GLF-, jetzt GRF-Aufsichtsrat haben eine Aufwertung unserer Aktionen verlangt. Ästhetisch, verstehst du?«

»Und da habt ihr mal eben den Himmel angepinselt, oder was?«

---

92 Die von der A.N.N.E. stets großzügig bemessenen Reisespesen ließen solche kleineren Eskapaden ohne Weiteres zu, Quittungen wurden schon aus Sicherheitsgründen nicht verlangt.

»Wenn man so will … Aber frag mich nicht, wie das genau funktioniert … keine Ahnung.«

»Aha. Trotzdem verstehe ich Winston als Ziel nicht. Was soll der Quatsch?«

»Die GLF/GRF bemüht sich seit der letzten strategischen Richtungskorrektur primär um die Einleitung eines nachhaltigen und irreversiblen Weltuntergangs. Man könnte auch sagen, die GLF hat sich von einer spaßfeministischen, universitären Aktionsgruppe über den Umweg einer terroristischen Vereinigung hin zur GRF, sprich: zu einer quasi-religiösen Endzeitsekte entwickelt. Deswegen auch die Aktion gegen Winston. Wir wissen, dass aktuell beispielsweise circa 17,5 % der US-amerikanischen beziehungsweise 9 % der deutschen Bevölkerung so manifest Marom-abhängig sind, dass ein sofortiger kalter Entzug des Präparats mindestens zu Aufständen, zu schwersten Unruhen und Pogromen aller Art führen dürfte. Diese beabsichtigt die GRF aktiv zu befördern, denn uns geht es letztlich darum zu beweisen, dass alles, wirklich alles, auch die völlige Anarchie, sinnlos und tot ist. Unser Leben, unsere Küsse, das Grün in den Pflanzen, die sanften, nächtlichen Seufzer der Kaninchen in ihren Bauten. Lebendiges ist immer zum Sterben verurteilt. Und sehr Lebendiges zum sehr Sterben. Die ungeheuerliche und unverschämte Tatsache des Todes macht zwingend den sofortigen Tod notwendig, verstehst du? Nur wer bereits initial tot ist, ist unsterblich. Marom ist der bis heute wirksamste Impfstoff, den vorgeblich Lebende gegen das Bewusstsein vom Tod anwenden. Die Einstufung Winstons als Primärziel ist daher folgerichtig. Es …«

Dilek Karasu zögerte. Hatte sie den Faden verloren? Kray fand ihr Gerede sowohl inkonsistent und letztlich völlig verrückt als auch eindringlich und beinahe hypnotisierend. Er stand auf diese Frau, auch wenn er weiterhin Anne Girardoux liebte. Er hatte Lust, erneut diese dunklen Lippen zu küssen. Noch tiefer, noch wilder. Er stellte sich ihren Arsch vor, dessen kühle weiße Haut, in die er hineinbeißen würde. Er würde ihre Beine spreizen und …

»… es ist absolut alternativlos, Thorsten«, machte Dilek mitten in Krays Fantasien hinein weiter. »Wir müssen angreifen, und zwar jetzt.«

»Nein«, entgegnete er schroff, »GLF, GRF, ZDF, egal: alle Dachschaden. Ich respektiere und bewundere deine Entschlossenheit, Dilek, aber komm lieber zur A.N.N.E. Geh mit mir auf Jagd im Osten. Und küss mich jetzt wieder. Ich brauche dich. Ich …«

Sie küsste ihn. Doch er wusste, sie würde ihre Pläne nicht aufgeben.

»Ein gegrilltes Franzosenschnitzel Kerpener Art, *bidde*[93], dazu einen einfachen Gurkensalat und einen Korb Brot. Elizabieta, meine liebe Maus, was nimmst du?«

»Steinpilz-Risotto.«

»Auch eine gute Wahl. Und dazu bringen Sie uns bitte einen Krug Wasser sowie eine Flasche 2016er Château Lapin, das wäre dann alles, danke.«

»Ich habe Hunger.«

»Das *Carlton Excellence* ist nicht nur das beste Hotel am Platz, sondern beherbergt auch das beste Restaurant weit und breit. Es ist ein guter Ort, um abzuwarten, wie sich die Dinge drüben bei Winston entwickeln. Wenn alles gut geht, ist gleich Chaos, und wir können die Speicher stürmen. Sieh nur, dort hinten mümmelt Hildegard Bunnemann an einer Gespenster-Tarte au citron.«

»Wer sagt das?«

»Wer sagt was?«

»Excellence bestes Restaurant.«

»Das ist die übereinstimmende Meinung diverser Presseorgane sowie diverser früherer Organe in mir. Auch ein Patrick Esnèr, immerhin Franzose, wurde heute Mittag von der hiesigen Bouillabaisse regelrecht verstört.«

»Du glaubst wirklich dran, oder?«

»An was?«

»An Figuren aus Roman.«

»Sitzt Hildegard jetzt zu gut einem Drittel dort drüben oder nicht?«

»Ich dachte, Hildegard ist Gespenst.«

93 Aus unerfindlichen Gründen plötzlich in Hamburger beziehungsweise norddeutscher Mundart ausgesprochen.

»Eben.«

»Du zitterst.«

»Mag sein.«

»Und dir kommt roter Saft aus Ohr.«

»Auch das, meine Schwarzmeerblume, meine Stoichkov-Lilie. Aber das ist nichts; in mir ...«

»Stoichkov ist echter Mann.«[94]

»... in mir fließt mittlerweile so einiges, verstehst du. Du denkst vielleicht, der redet hier ganz normal herum, fährt mit Ozguns Golf durch die Amselwege von Ebratal, isst im *Carlton* ein dreidimensionales Schnitzel, der ist irgendwie völlig okay, der Typ. Aber weit gefehlt, Süßeste! Der Marom-Hunger verlötet mir die Zirbeldrüse. Meine Wandermilz aus Entzugsymptomphase 1 hat sich in Milliarden Milzen verwandelt. In mobile Milzbröckchen. In Katzenfutter. Und was ich damit eigentlich sagen will, ist: Wegen dir, Elizabieta, meine thrakische Prinzessin, tue ich nicht, was ich dringend tun müsste. Es ist dieser vermutlich schöne Körper dort mir gegenüber, der die Verantwortung trägt und der zudem in einer alles in allem ordinären textilen Verhüllung steckt. Ich habe sehr lange keinen Körper mehr gehabt, glaub mir. Wesentlich länger als dieser Langweiler Kray. Deswegen die Tablette. Und wegen anderer Sachen. Wenn die Tablette nicht da ist, ist nichts da. Nur universelle, unzerstörbare, unendliche Traurigkeit.«

---

94 Hristo Stoichkov, legendärer bulgarischer Linksaußen, geboren am 8. Februar 1966 in der Literaturmetropole Plovdiv. In den frühen Neunzigerjahren beim F.C. Barcelona Teil des brandgefährlichen Sturmduos Romario-Stoichkov. Gegenwärtiger Status: unsterblich.

11

Ein moderner, aufmunternd gesichtsloser Tagungsraum im vierten Stock des B-Trakts des Hauptverwaltungsgebäudes der Winston Pharmaceutics and Medical Care Deutschland Ltd.

Patrick Esnèr und seine Gastgeber hatten sich begrüßt und anschließend Platz genommen. Der Emile-Costard-Einreiher des Franzosen sah exzellent aus, besser jedenfalls als die ungelenken Business-Verkleidungen der drei Winston-Leute. Der Raum leuchtete, primär durch die Wetterlage bedingt, in einem schwachen Orange, und bis auf den merkwürdigen Lärm, der sporadisch und sehr gedämpft aus anderen, anscheinend weit entfernten Gebäudeteilen zu ihnen drang, schien die Situation weitestgehend unter Kontrolle.

Insgesamt zwei der vier Anwesenden standen unter dem Einfluss des legendären Medikaments Marom R200.

TvD: »Herr Esnèr[95], ich nehme an, Sie haben auch schon in anderer Funktion an Terminen wie diesem hier teilgenommen. Sie kennen sich aus, das setze ich jetzt einfach mal voraus. Insofern erspare ich

95 Die schneidende, nicht unbedingt sonore Stimme von Dr. Tristan v. Dallwitz (TvD), Leiter Human Resources, 41, verheiratet, kein Kind, aber das würde sich bald ändern, falls Sira v. D., 34, jetzt endlich mal so weit war, falls die jetzt endlich mal ihre Körperfunktionen auf die Reihe kriegte. Sonstige Anwesende: Dr. Angelika Eckhåven (AE), 39, stellvertr. Leiterin Human Resources, und, als Gasthörer, der Leiter der Rechtsabteilung der Winston Pharmaceutics and Medical Care Deutschland Ltd., Dr. Thomas Fischwirth (TF), 47. Human Resources verstand sich seit einiger Zeit, speziell nach dem blutigen Ende LeForbes' und dem ebenso blutigen Aderlass in anderen Abteilungen, als die wahre Avantgarde bei Winston/Deutschland. V. Dallwitz, selber erst seit gut einem Jahr in dieser Position, und sein junges, bizarr ehrgeiziges Team brannten darauf, Eindruck zu hinterlassen, durch offensive, kontrafaktische Personalentscheidungen Land- und Duftmarken zu setzen. Die Männer und Frauen der Winston/Deutschland Human Resources wollten, um es auf den Punkt zu bringen, das, was eine gute HR immer will, aber – systemisch bedingt – nie erreichen darf: totale Gestaltungsmacht. Der letzte Schrei unter den Ebrataler Personalern: »Destructive interaction«, eine von US-amerikanischen Psychologen entwickelte Methode, effektiv und schnell zum Kern eines potenziellen Kandidaten vorzudringen. Ziel der regelmäßig in veritable HR-Grillfeste ausartenden Verhörtechnik: Freilegung von Schwächen, aber auch (eventuell) Stärken mit dem Mittel radikaler Provokation, Austestung und Quantifizierung der Widerstandskräfte und natürlich, aufseiten der Interviewer, Spaß.

uns mal die Spielereien und frage ganz direkt: Was wollen Sie bei uns?«

PE: »Désolé, je ne parle pas Allemand. On m'a dit que cet entretien serait en Français ou en Anglais.«

TvD: »D'accord, Monsieur Esnèr, on va continuer en Anglais, si vous le désirez.«

PE: »Yes, please. I will learn German if I can have the job[96], je vous l'assure.«

AE: »Ihre Versprechungen können Sie sich sparen, Sie widerwärtiger Frosch. Hier zählen Fakten. Nicht Ihre schmierigen Abenteuer mit LeForbes.«

PE: »Excusez-moi?«

TvD: »Frau Eckhåven mag groß und blond sein und eisblaue Augen haben[97], aber wie Sie sehen, ist sie beinahe südländisch impulsiv. Spontaneität ist eine ihrer Stärken. Ihre emotionalen Ausbrüche, aber auch ihr im Gegensatz dazu entschieden rationaler Ansatz in Sachen Personalmodellierung sind wesentliche Stützen unserer Abteilung.«

PE: »Äh ... ja, ja.«

TvD: »Sie haben wieder nicht verstanden, oder? Sie Flegel!«

PE: »... ja.«

TvD: »Mister Esnèr, why don't you tell us something about your current employer? What are you doing at ... just a second ... Frère Milaut SA?«

PE: »I am doing and I did a lot of things. I supervise quality control ... currently. I make sure meat is perfect for customer. You know, customer in France is very difficult. But we have develop new système ... I have also work in ... ah, comment on dit? ... distribution? And marketing.«

TvD: »Oho, ein Allrounder! Sieh einer an. Allrounder – alles wollen,

---

96 Schwerer, fast brutaler französischer Akzent. Die englische Sprache – ein französisches Trauma.

97 Diese Angaben seitens v. Dallwitz entsprechen absolut nicht der Realität. Angelika Eckhåven: 1,68 m, braunes, kurz geschnittenes Haar, Brille, ursprünglich aus Augsburg, verheiratet mit dem Psychologen Henryk Eckhåven aus Aalborg. Fortpflanzungswunsch bereits umgesetzt.

nichts können, so sagte mein alter Doktorvater immer. Prof. Gerke, Mannheim, kennen Sie den? Did you ever hear of Prof. Joachim Gerke, teaching at the Mannheim School of Economics in Mannheim, Germany?«

PE: »No.«

TvD: »You never heard of Prof. Dr. Joachim Angelique Gerke, teaching also at the Winston School of Economics in New Mettman/Delaware?«

PE: »I said no.«

AE: »Was soll dieser Ton auf einmal? Was glaubt dieser asoziale Metzger, wer er ist?«

PE: »I am sorry but I don't understand what this lady is saying. Je répète, I will learn German when I start at Winston.«

TvD: »*If* you start ... Angelika Eckhåven wanted to know who you are. Precisely speaking she was interested in your definition of yourself.«

PE: »Bon ... Je suis ... äh ... I am a self-starter. I am flexible and very motivated. I am a team player but I also love to take decisions and responsibility. I love to make things happen.«[98]

AE: »Wow, der Jacques hier, der beeindruckt mich richtig. Ich werde gleich ... das macht mich wirklich an.«

TvD: »Just to translate for you, Patrick: Madame Eckhåven mentioned that your remarks excite her. Excite her in an explicitely sexual manner.«

PE: »C'est vrai?«

TvD: »What do you mean? Are you asking whether Mrs Eckhåven is telling the truth or whether my translation is correct? What do you mean for god's sake?«

PE: »Äh ... no.« (Bricht ab. Wieder gedämpfter Lärm aus anscheinend weit entfernten Gebäudeteilen. Schüsse? Auch Schreie. Niemand reagierte, also ließ sich Patrick Esnèr ebenfalls nichts anmerken.)

AE: »Mein Gott, ist das langweilig mit dem. Macht der Typ jetzt mal was? Monsieur Esnèr, que voulez-vous vraiment? De Winston? Croyez-vous que Winston est/soit le paradis? Indicatif ou subjonctif?«

98 Etwas leiernder Tonfall. Offenkundig vorbereitete Textbausteine.

PE (an v. Dallwitz gewandt): »Cette madame la, elle est folle? Cet entretien est n'importe quoi.«

TvD: »Dear Mr Esnèr, that's good. That's very good. That's the spirit we need here at Winston. Independent thinking. Rage. Hunger. You understand?«

PE: »When I am hungry I eat. I don't go to a … entretien d'embauche. This Lady has …«

AE: »Mr Esnèr, did you ever see a Universität from the inside?«

PE: »Yes, I have master in …«

AE: »Very good, Mr Esnèr, and what do you think of Josef Wissarionowitsch Stalin?«

TvD: »Echt jetzt, Angelika? Diese Nummer wieder?«

AE: »Lohnt sich bei dem, wirst sehen. Mr Esnèr, your thoughts on Stalin?«

PE: »Why do you ask this? Because I am a socialist? In France this is forbidden. Politics in … pendant un entretien.«

AE: »Stalin captured my great-grandfather. He had to work for seven years in the silver mines of the Kamchatka Peninsula. So, what's your stance on Stalin? I need an answer.«

TvD: »I am sorry but I find this interesting, too. Please Patrick, tell us what you think. It may be important.«

PE: »Your great-grandfather attacked the Soviet-Union like he attacked France. For this … on doit payer, c'est évident. C'est juste. Mais … But I am no Stalinist. I am Socialist. I believe in democracy.«

AE: »Thank you, Patrick.«

TvD: »Yes, thank you for this answer. Please tell us now what you would like to achieve at Winston. Have you got a vision for this company? Please Patrick, surprise us. Overwhelm us.«

PE: »Yes, of course. I …«

Esnèr zögerte. Mit einer solchen, annähernd vernünftigen Frage hatte er nach dem bisherigen Verlauf des Gesprächs gar nicht mehr gerechnet. Diese beiden Deutschen, das musste er zugeben, waren die ausgekochtesten Personaler, die er jemals getroffen hatte. Eine Vision? Plötzlich hatte er eine Idee.

PE: »No, I haven't got a vision. It was François Mitterrand who once said:

›If you have got visions go see a doctor.‹[99] I have no visions but concrete and ambitious plans. I know Winston has already a very strong position on the European market but in my opinion it is too depen…«

Er brach ab. Sein Telefon hatte zu klingeln begonnen. Unfassbar, aber er hatte vergessen, das Ding abzustellen. Was war jetzt zu tun? Das Gerät ignorieren? Oder unsouverän abwürgen? Nein, er war gerade in Form gekommen. Jetzt bloß keine Unsicherheit. Das Telefon klingelte, also nahm er selbstverständlich das Gespräch entgegen. Oder doch nicht?

TvD: »Mr Esnèr, your mobile phone.«

Esnèr zog den Apparat aus der Emile-Costard-Anzugjackeninnentasche. Stolz bemerkte er, dass v. Dallwitz das Label registrierte, aber nicht einordnen konnte. Patrick Esnèr schaute auf das Display: Eglantine Butragnole! Wahnsinn! Aber war er jetzt ein Mann oder nicht? War er Führungskraft oder nicht? Patrick Esnèr fühlte sich plötzlich allen Herausforderungen gewachsen.

PE: »Eglantine?«
EB: »Quiek, quiek. Nous sommes les cochons … Les cochons que tu as massacré. Et nous disons: Bonne chance, Patrick.«

Er beendete das Gespräch, während ihm das Blut gleichzeitig in Kopf und Genital schoss. Von irgendwo außerhalb des Tagungsraums waren erneut dumpfe Geräusche zu hören. Und zu fühlen! Explosionen?[100]

---

99 Dieser Akt der frankozentristischen Geschichtsumschreibung blieb vonseiten der Winston-HR unkommentiert. Erschöpfung? Resignation? Noblesse?

100 Extrem elaborierte Raumklang- und Vibrationsinstallation, auf die man seitens der Ebrataler HR (und der Ebrataler Haustechnik) zu Recht stolz war. Der Stellenbewerbling sollte mittels eines akustisch wie auch haptisch vorgegaukelten Terrorangriffs unter zusätzlichen Stress gesetzt werden. Analyse-Option a: Der Angeklagte reagiert nicht: Was ist mit dem los? Ist der krank? So ein Lärm im Haus, Polit- oder Religionsverbrecher greifen die Firma an, und der tut so, als ob nichts wäre – durchgefallen! Option b. Der Prüfling gerät in Panik, will die Fenster öffnen, sich und andere in Sicherheit bringen? Hysteriker, Nervenbündel, ungeeignet für das Hart-am-Wind-Segeln im globalen Pharmakrieg – durchgefallen!

Das Leben in Deutschland, fand Patrick Esnèr, war ganz schön aufregend.

12

Ebratal-West, 19.05.2023, 15.11 Uhr. Die Wetterlage: bewölkt (auffällige Färbung, Ursache ungeklärt), vereinzelt leichter (gemäßigt toxischer) Niederschlag, auffrischende Böen aus unterschiedlichen, letztlich allen Richtungen, 17 °C. Lebhafte, aber keineswegs unangenehme Rahmenbedingungen, resümierte Dilek Karasu, die an der Seite Thorsten Krays durch die Straßen eines unauffälligen Ebrataler Wohngebiets spazierte und sich dabei allmählich jenem Gewerbegebiet näherte, von dem aus die Firma Winston Pharmaceutics and Medical Care Deutschland Ltd. nun schon seit beinahe sechzehn Jahren die weitverzweigten Aktivitäten des Winston-Konzerns auf dem deutschen und europäischen Markt koordinierte. Die beiden nicht vorbestraften Wiederholungstäter sahen sich nach wie vor sowohl in verbale wie auch physische Kommunikationssituationen von großer und weiter zunehmender Intensität verwickelt. Mehr noch, Karasu und Kray steigerten sich in einen regelrechten Austauschrausch hinein, es machte Spaß, es kickte körperlich, Gehirntrakte hatten zu glühen begonnen, die Sekretgemische in den Hormonsenken gar zu kochen, der grundsätzliche taktische Dissens zwischen den beiden blieb jedoch unvermindert bestehen.

»Ich lege Wert darauf, dass du mich bei der Aktion begleitest«, hob Dilek wieder an. »Du würdest nicht nur der Gesellschaft Rationaler Frauen einen Gefallen tun, sondern auch mir persönlich, verstehst du das, Mann? Ich möchte, dass die Sache mindestens so stylish abläuft wie bei Gina.«

Kray schüttelte den Kopf, während seine Hand weiterhin auf ihrer Hüfte ruhte, diese sogar ein wenig betastete, was Dilek wiederum an ihren morgendlichen Termin bei Bunnemann erinnerte. Der hatte sie auch angefasst, aber streng fachlich. Dem, so dachte sie, war die Erregung – zunächst – nicht anzumerken gewesen.

»Und was hätte ich davon?«, wandte Thorsten ein. »Lass uns lieber

Ostler zerlegen und danach ins Hotel gehen. Das ist politisch sinnvoll. Das hat konkreten Nutzen. Außerdem habe ich keine Lust, ausgerechnet in diesem Kaff den Löffel abzugeben.«

»Du willst doch nur leben, weil du an die Anne-Girardoux-Option glaubst«, parierte sie ärgerlich, wie Thorsten fand, beinahe eifersüchtig. »Die existiert aber nicht, Thorsten. Jedenfalls nicht für dich. Verabschiede dich von diesem Frankreich-Ding.«

Sie blieben erneut stehen. »Warum sollte ich?«, fragte Thorsten zwischen zwei intensiven Küssen. Wie lange hatte er so etwas schon nicht mehr gemacht? Gefühlt? Ewigkeiten! Er hatte sich immer für Anne aufsparen wollen. Doch die Situation hier war … wie eigentlich? Diese Dilek hatte eine Macke, kein Zweifel. Und dazu Brüste, deren Gefahrenpotenzial ihm langsam klar wurde, die ihn ideologisch bereits unter Druck setzten, sich gleichzeitig jedoch seinen Lippen schon wieder auf offener Straße entgegenstreckten.

»Ich biete dir an, die Sprengkapsel mit mir zusammen bei Winston zu schlucken, und während unsere Magensäuren ein Rennen veranstalten, um die Waffen zu aktivieren, bevor also der ganze Laden in Richtung Geschichte abschwirrt, kannst du mit mir machen, was du willst. Oder ich mit dir, keine Ahnung, worauf du mehr stehst. Die haben mir gesagt, das dauert circa fünf Minuten.«

Er lachte. Diese Kurdin war tatsächlich komplett durchgedreht. Die GLF rekrutierte ambitioniert, das musste man dem Verein lassen.

»Zeig mir die Dinger«, herrschte er sie an. Dilek lächelte. Ihre Zähne blitzten beinahe kommerziell. »Hier«, sie zog ein Perlmutt-Döschen aus der Jackentasche, öffnete es dann. Zum Vorschein kamen zwei winzige, ovale und anscheinend mit einer grünlichen Flüssigkeit befüllte Pillen.

»Damit willst du Winston in die Luft jagen?«

»Oh ja. Ohne Weiteres möglich. Die Viecher haben krasses Potenzial. Die sind die R500 der Sprengmittel. Frag mich nicht, was da drin ist.«

»Wie kommt die GLF an so ein Equipment? Ich bin neidisch.«

»Das war alles die Gina. Die war ja Callgirl in Frankfurt und ist da in ganz düstere Kreise hineingeraten. Nächtliche Spontanflüge nach Abu Dhabi. Waffentests. Geschmolzene Kamele. Du hörst richtig. Mit so einem Taser-Ding. Wahnsinn. Daher kommen auch die Pillen. Ich sage dir, die zu testen, ohne dass das auffällt – in Deutschland unmöglich. Wir mussten nach Marokko deswegen. Die armen Ziegen … Wusstest du, dass Ziegen im Vergleich zum Menschen eine viel leistungsfähigere, also spurtstärkere Magensäure haben?«

Wie voll und schwer sich Dileks Brust in seiner Hand anfühlte! Er entwickelte in Sekundenschnelle einen Fetisch. Ihre Haut war kühl, gleichzeitig schien diese Frau zu brennen. Physisch schienen sie füreinander bestimmt, doch mental bestanden Differenzen, das war unverkennbar.

»Der Plan geht so«, fuhr sie fort. »Wir gehen da rein, in die Lobby, meine ich, weil wir einen Termin haben. Stichwort Vorstellungsgespräch. Keine Sorge, alles vorbereitet. Wir haben jemanden bei Human Resources.[101] Wir gehen rein, melden uns an, und dann fragen wir, ob wir auf die Toilette dürfen. Dort schlucken wir die Bomben und haben Sex, und mittendrin, vielleicht sogar während wir kommen: *Peng*. Winston Germany is Winston corporate history. Wenn du nicht auf dem Klo sterben willst, in der Lobby gibt es einen ziemlich unübersichtlichen Tropengarten. Da können wir die Aktion genauso gut durchziehen.«

Kray konnte die Banalität und Infantilität der Strategie kaum fassen. Glaubte Dilek tatsächlich, ihn mit Sex zu einer derart schwachsinnigen Aktion motivieren zu können? Und warum hatte er dennoch Lust mitzumachen? Dieses ewige Warten auf Anne machte ihn verwundbar, so viel stand fest.

»Was ist jetzt?«, fragte Dilek, die ein wenig von ihm abgerückt war. »Siehst du das Glasding dahinten? Das ist Winston. Wenn der Laden in die Luft fliegt und die Vertriebslogistik von Marom flöten geht, und dazu wenigstens ein Teil der Lagerbestände, dann geht zumindest in Deutschland die Welt unter. Das lassen sich all die Pillen-Junkies nicht bieten. Dann drehen die 1a durch. Die graben das ganze Land um, ich schwörs. Und das dämliche Frankreich gleich mit.«

»Glaubst du denn ernsthaft, dass die das Material nur hier lagern?«, wandte Kray ein. »Die haben garantiert überall im Land Verteilerzentren.«

---

101 Wen? Angelika Eckhåven? War diese entschlossene Personalerin eine Doppelagentin? Oder instrumentalisierte die Winston-HR die GRF im Rahmen einer auf die Spitze getriebenen »Destructive Interaction«? Ebratal – Irrgarten der Strategien, Friedhof der Ratio.

»Na klar, aber wir greifen flächendeckend an. In diesen Angriff, der jetzt gleich unbedingt starten muss, sind insgesamt zwölf mobile GLF-Einheiten involviert. Das wird unsere bisher größte Aktion. Damit setzen wir uns ganz klar an die Spitze.«

Dilek Karasus Augen sprühten vor Fanatismus, und Thorsten Kray begriff, argumentativ war hier nichts mehr auszurichten. Diese Frau glaubte an ihre Mission, während ihm im Hinblick auf seine eigene nun plötzlich Zweifel kamen: Waren die A.N.N.E.-Aktionen im Osten tatsächlich so viel rationaler? In der Zone wurden die Nazis nun wirklich nicht weniger. Die waren praktisch nachwachsender Rohstoff. Säte er die am Ende sogar selber? Mit seinem Schnellfeuergewehr? Eindeutig, Dileks Worte und Dileks Körper, ihr ganzer Irrsinn, hatten etwas mit ihm gemacht. Sie stand kurz davor, ihn umzudrehen.

13

Ebratal-West, 19.05.2023, 15.11 Uhr, die Zentrale der Winston Pharma and Medical Care Deutschland Ltd., vierter Stock, der mit psychedelischen Wandmalereien verzierte Trakt von Human Resources.

Patrick Esnèrs Passionsgang war noch nicht vorüber:

TvD: »Very interesting, Herr Esnèr, during a job interview you do not consider it as necessary to switch off your stupid cell phone? And perhaps even more interesting: You also *receive* the incoming call.«

PE: »First of all: Ce telephone n'est pas stupide. C'est un Mirabelle 9A, créé et construit à Toulouse. And this call was an emergency. The lawyer of my wife. We are en train … äh in the process of getting divorce.«

AE: »Divorced! d! d!«

PE: »This woman is very angry. Does she have a problème?«

TF[102]: »Why are you getting divorced, Mr Esnèr?«

PE: »Pourquoi, pourquoi … That pig Toirsier stole my wife. First I

102 Das erste Mal, dass sich Dr. Thomas Fischwirth, seines Zeichens Leiter der Winston Deutschland-Rechtsabteilung und nur interessehalber anwesend, ins Gespräch eingeschaltet. Überraschte, anerkennende Seitenblicke sowohl von Angelika Eckhåven als auch von Tristan v. Dallwitz.

helped him to … comment on dit? … to … withdraw … Marom. Le médicament, vous savez? Évidemment, *vous* connaissez Marom.«

TvD: »Mr Esnèr, I think this was a very lively and informative conversation. I would like to thank you. Angelika, Thomas – any further questions for Mr Esnèr?«

AE: »…«

TF: »…«

TvD: »Mr Esnèr, we take pride in our Winston tradition to notify candidates almost immediately after the interview. If you don't mind, please wait downstairs for our decision. In our beautiful tropical lobby. I promise it won't take long. Is there anything you might want to add or ask, Mr Esnèr?«

PE: »…«

14

Sexuell stimuliert, jedoch auch irritiert, fast ärgerlich stapfte Thorsten Kray an der Seite von Dilek Karasu über den Parkplatz I der Winston/Deutschland-Hauptverwaltung.[103] Ja oder nein? Sollte er oder sollte er nicht? Es war zum Verrücktwerden. Dieser GLF-Plan war krank und sinnlos, aber objektiv betrachtet: Was war *nicht* krank und sinnlos? Seine Massaker im Osten, seine Anne-Girardoux-Fantastereien, sein ganzes Leben: ein einziger Schwachsinn! Beschäftigungstherapie! Noch dreißig Meter bis zum Eingang. Dilek kramte in ihrer Umhängetasche herum.

»Hier, häng dir das um den Hals. Wir haben einen Termin.«

Sie reichte ihm eine Plastikkarte, die in einer Plastikhalterung steckte. Kray starrte ungläubig. Auf dem Winston-Besucher-Badge war ganz eindeutig sein Name abgebildet, nicht nur das, auch sein Gesicht,

---

103 »Keine Protzerei, keine Machtarchitektur, sondern souveränes Understatement, Gebäude gewordene corporate modesty. Glas, Licht, Raum. Elegante Ellipsen, filigrane Transparenz. Wenn ich Sie wäre, meine Damen und Herren, ich würde hier gerne, vielleicht sogar umsonst arbeiten.« (Eric LeForbes am 22.11.2021 vor Vertretern des Betriebsrats der Winston-Hauptverwaltung Ebratal).

seine nichtssagende Einzelgängervisage. Wo hatten die das Bild her? Im Netz, darauf hatte er immer geachtet, gab es ihn praktisch nicht. Und das sollte die GLF ganz alleine eingestielt haben? Wer stand hinter diesem Laden?

»Pass auf, wir sind beide Kandidaten für einen Job und haben einen Termin. Nacheinander, versteht sich.«

Hau ab, dachte Kray. Jetzt. Noch waren seine Zonen-Streifzüge nicht aufgeflogen. Noch konnte er für die A.N.N.E. weiter auf Jagd gehen.

»Ein Jobgespräch?«, fragte er gereizt. »In *den* Klamotten? Glaubt niemand.«

»Unwichtig, was die glauben. Wir setzen uns in die Lobby, schlucken die Ziegenkiller, knutschen ein wenig rum, und nach drei, vier Minuten … Adieu Winston. Adieu halb Ebratal.«

»Jetzt rotten wir auch noch die halbe Stadt aus?«, meckerte Kray, wobei ihn der Ton seiner Stimme regelrecht ankotzte. Er klang wie ein nörgelnder, sauertöpfischer, sehr dummer Schuljunge.

»Na und?«, sagte Dilek. »Die arbeiten hier ohnehin alle für den Laden.«

Sie hatten den Eingang erreicht. Die Drehtür setzte sich in Bewegung, fächerte sie praktisch gegen seinen Willen hinein: Zwanzig Meter hohe Palmen. Affenbrotbäume. Dichtes Buschwerk. Sogar Papageien in den Wipfeln. Was, verflucht noch mal, war das? Ein Terrarium? Dilek ging zielstrebig zum Reception Desk, Kray folgte ihr.

»Hallo, mein Name ist Dilek Karasu. Und das ist Thorsten Kray. Wir haben heute beide einen Termin mit Herrn von Dallwitz.«

»Moment, Frau Karasu, ich …« Der blasse Jüngling im Anzug schaute angestrengt auf seinen Bildschirm. »Ah … ja … Ihr Termin ist um 15.30 Uhr, der von Herrn Kray um 16.15 Uhr. Wenn Sie bitte zunächst dort drüben Platz nehmen würden? Eine Kollegin kommt dann gleich und fragt Sie nach Ihren Getränkewünschen. Ich sehe, Ihre Badges haben Sie schon im *Carlton* erhalten?«

»Hm«, erwiderte Thorsten. Unglaublich, aber offenkundig machte er mit. Dilek warf ihm einen amüsierten Blick zu.

»Wir warten da drüben?«, fragte sie, einen Arm in Richtung des voll ausgeprägten Regenwaldes in der Hallenmitte gestreckt.

»Richtig«, bestätigte der Empfangsmensch. »Meine Kollegin kommt sofort.«

»Perfekt!«, flüsterte Dilek ihm zu. »Wir setzen uns, werfen das Zeug ein, machen ein wenig herum, und dann …«

Kray entdeckte eine Lichtung zwischen all dem Blätterwerk. Dort saßen ein älterer Mann, eine jüngere Frau sowie eine blässliche Gestalt, ein merkwürdig verschattetes Altfrauenwesen, das einen lila Schal der Achtzigerjahre-Friedensbewegung trug. Das Wesen kannte er nicht, aber bei dem Mann und der jungen Frau handelte es sich … er konnte es nicht fassen … da vorne unterhielten sich ohne jeden Zweifel sein Vater Bill und seine Schwester Nele Hoffleit! Dieser Angriff entwickelte sich zur Farce. Zu einer Geisterbahn.

»Schau mal, da sind schon welche«, flötete Dilek. »Traust du dich, mich richtig anzumachen, wenn die dabei sind?«

Patrick Esnèr verließ festen Schrittes den Aufzug. Es war 15.25 Uhr, und er hatte soeben das interessanteste Vorstellungsgespräch seines Lebens absolviert. Jetzt würde er sich zwischen den Palmen irgendetwas servieren lassen und abwarten. Und Eglantine würde er bei nächster Gelegenheit höchstpersönlich von ihrer vorwitzigen Scheidungsanwältinnennase befreien. Esnèr fühlte sich gefestigt und zu allem motiviert. Sieh an, der Ami, die Frau mit den kurzen Haaren, die durchsichtige Alte. Exakt diese merkwürdige Combo aus der *Carlton*-Lobby. Vom Empfang näherte sich ein Pärchen. Ein großer Teutone und eine rassige Bougnoule. Waren die alle wegen seines Jobs hier? Kein Problem! Konkurrenz war er gewohnt. Damit konnte er umgehen.

Thorsten Kray und Dilek Karasu erreichten die Sitzgruppe. Dilek fingerte die Pillenschatulle aus der Hosentasche.

»Thorsten!«, rief Nele.

Bill Hoffleit bemerkte die charakteristische Auswuchtung unter Krays Jacke. Dieser Deutsche roch nach Ärger. Dieser Deutsche roch nach Familie. Was die Krays anbelangte, bedeutete das ungefähr dasselbe.

Hildegard Bunnemann dachte in ihrem Gespensterschädel an einige der weisen Worte, die Pfarrer Heinrich Albertz auf dem Evangelischen

Kirchentag 1983 dem Maler Martin Kippenberger an dessen verholzten Enfant-terrible-Kopf geknallt hatte.

Plötzlich löste sich Dilek von Thorsten. Alle schauten sie an. »Der Moment ist gekommen«, begann sie mit sachlicher, tiefer Stimme. »Hier und jetzt wird die GLF in Personalunion mit der GRF sowie in Kooperation mit der A.N.N.E. das Medikament Marom und damit die gesamte Menschheit angreifen.« Dilek öffnete das Döschen. Darin lagen zwei sanft olivfarben schimmernde Kapseln. Diese Dinger sollten Ziegen explodieren lassen? Konzernzentralen? Thorsten konnte es immer noch nicht glauben. Und warum fing Dilek jetzt mit so einem Sermon an, wo ihre Magensäuren noch gar nicht losgelegt hatten? Taktisch unklug, wenn man ihn fragte. Und am allerwichtigsten: Hatte sie ihm nicht irgendwie Sex versprochen? Zum Glück war nichts draus geworden. Vor seiner Schwester und seinem beschissenen Vater hatte er absolut keine Lust, mit dieser durchgedrehten GRF-Kurdin rumzumachen.

Patrick Esnèr verstand kein Wort. Aber Deutsch, das musste er zugeben, war genauso hässlich, wie sie zu Hause immer behaupteten. Eglantine würde er allerdings trotzdem fertigmachen. Caroline und Toirsier selbstverständlich erst recht.

Thorsten Kray griff in seine Jacke, löste den Druckverschluss der Pistolen-Halterung. Dilek hatte recht, der Moment war gekommen, und zum Glück war sein Hirn wieder klar und urteilsfähig. Nichts und niemand würde sich zwischen ihn und sein Medikament stellen.

»Ist das deine Freundin?«, fragte Nele.

»Ein Magensaft spielt Schicksal«, deklamierte Dilek, »Körper gegen Chemie. Reflex gegen Glück. Technik gegen Technik. Humanität gegen Menschheit.«

»Wow«, rief Nele. »Die ist ganz schön irre. Was die sich wohl einschmeißt?«

Der blasse Winston-Jüngling im Anzug näherte sich im Laufschritt. »Herr Kray? Herr Kray?«

»Was?« Thorsten Kray drehte um, ließ aber die rechte Hand in der Jacke, auf dem beruhigend kühlen Griff der Glock.

Ganz schöner Schlamassel, fand Bill Hoffleit. Kraut-Hysteria. Das reinste Theaterstück. Eins von diesen Off-Broadway-Intellektuellendingern. Stoff für reiche Jungschwuchteln aus dem East Village. Und dieser Kerl dort sollte tatsächlich Thorsten sein? Nun, unmöglich war das nicht. Statur, Gesicht – das konnte hinhauen. Nichts war nirgendwo unmöglich. In Saromette zum Beispiel, in Maromette/Wisconsin, waren ihm in einem Supermarkt merkwürdige runde Ausformungen auf der Stirn einer fetten, jungen Verkäuferin aufgefallen, *Stars and Stripes*-Tattoo auf dem linken fetten Unterarm, »Baby-Ray« auf dem anderen, Herrgott, wie die aussah, wie überhaupt alle aussahen in dem Hinterwäldler-Kaff, diese Supermarkt-Tonne hatte also mehrere kreisförmige, in einer Reihe angebrachte Auswuchtungen auf der Stirn, die sahen komisch aus, nicht krankhaft, nicht wie irgendwelche Pickel oder Geschwüre, sondern künstlich. »Ja, Mister, ganz recht«, hatte die gesagt, als sie seine Sachen über den Scanner wuchtete, »das ist 'n Blister. Hab ich mir unter die Haut setzen lassen. Als private Ehrerbietung und Warnung, verstehn Sie? Für mich, wenn ich morgens in den Spiegel glotze und schon wieder nachladen will. Und für die anderen, die mich hier den ganzen Tag anstarren. Das Zeug hat mir ins Gehirn gestrahlt, und das ist das Zeichen. Dreiundzwanzig Dollar und fünfundvierzig Cent, der Herr.« Gibts nicht, hatte er damals gedacht. Gab es aber doch. Warum also sollte der Typ da vorne nicht sein einziger Sohn sein? Hoffentlich musste er den Burschen nicht umlegen.

Dilek nahm eine der Kapseln aus der Schatulle.

»Herr Kray«, wiederholte der Rezeptionist in seinem modisch knapp, aber auf mysteriöse Weise dennoch zu weit sitzenden Winston-Facility-Service-Dienstanzug, »ich habe hier zwei Telegramme für Sie.«

»Telegramme?«, fragte Kray. Auch Dilek schaute belustigt auf.

»Ich dachte, Telegramme gibt es seit … was weiß ich? … vierzig Jahren nicht mehr.«

»Jetzt wieder. Ein individualisierter Retro-Service. Schalldrohnen-Transfer, Geheimtinte, für Liebhaber. Unter Führungskräften extrem im Kommen.«

Patrick Esnèr verstand nach wie vor nichts und wollte auch nach wie vor nichts verstehen. Die Situation mit Caroline erforderte radikale Maßnahmen.

»Und wer hat mir die Telegramme geschickt? Willi Stoph?«

Auch wenn ihr eine Person namens Willi Stoph nicht bekannt war, fand Nele den Witz gut. Ihr großer Bruder, obwohl immer schon ernst gewesen, konnte auch lustig sein. Und diese dunkelhaarige Frau war einfach nur toll.

»Nein«, erwiderte der Jüngling, »der ehemalige Staatsratsvorsitzende und spätere Vorsitzende des Ministerrats der Deutschen Demokratischen Republik, dem bisher einzigen gerechten Staatswesen auf deutschem Boden, hat Ihnen nicht gekabelt.«

Sieh einer an, dachte Thorsten Kray. Ein Revival-Ostler. Ein Zonen-Streber als Traditionspostbote. Äußerlich angepasst an westliche Service-Strukturen, innerlich jedoch voller Hass. Insofern extrem NS-verdächtig. Unter der Jacke schmiegte sich sein Zeigefinger zärtlich um den Abzug des österreichischen Exportschlagers.

»Schluss mit diesem Getue!«, sagte er scharf. »Gib mir die verdammten Zettel.«

Der Angestellte überreichte die beiden Dokumente. Auf dem ersten Zettel stand in blasser, leicht unregelmäßiger Schreibmaschinenschrift lediglich »Guten Tag« und darunter »Ihre H. Bunnemann«. Kray schaute hilflos in die Runde. Das blasse Omi-Wesen schien ihn anzulächeln, auch Dilek lächelte – und steckte sich die Pille in den Mund. Die zweite Nachricht enthielt sogar noch weniger Worte, nämlich genau zwei, zuzüglich eines Satzzeichens: Komm, Ausrufezeichen, Anne. Kray zog die Glock, schoss auf Dilek, deren Kopf nach hinten wegplatzte, während Patrick Esnèr, vermutlich unter Schock, an eine lange Galerie merkwürdig uniformierter Ferkel dachte. Roben! Die Dinger trugen Richterroben und Hütchen! Nele begann zu kreischen. Bill Hoffleit versuchte, an seinen Revolver zu kommen, dessen Lauf sich jedoch mit dem Reißverschluss der Jackett-Innentasche verheddert hatte.

»Lass stecken, Paps«, befahl Thorsten. »Dilek war eine klasse Frau. Aber sie wollte die Marom-Logistik in Europa zerstören. Das musste ich verhindern. Politisch unsinnig. Außerdem, du weißt ja, Nele und ich brauchen das Zeugs ... Na ja, nichts für ungut. Ich verschwinde jetzt besser. Schön, euch mal wiedergesehen zu haben. Und Nele – wir telefonieren.«

Kray drehte sich um, bewegte sich mit ruhigen Schritten Richtung

Ausgang, feuerte dabei, praktisch im Vorbeigehen, dreimal auf den hinter einem Avocadobaum zitternden Telegramm-Ostdeutschen.

Ebrataler Epilog

Nach dem gewaltsamen Tod ihres charismatischen CEO sowie nach dem plötzlichen Ableben weiterer Führungskräfte überstand die Winston Pharmaceutics und Medical Care Deutschland Ltd. auch die schlagzeilenträchtigen Ereignisse des 19. Mai 2023 unbeschadet. Mehr noch, das Unternehmen setzte seinen Erfolgskurs fort, Marom R baute seine Spitzenposition auf dem Pharma- und Weltanschauungsmarkt sogar noch aus; alles, mit anderen Worten, ging einfach weiter, während die Zeit der blutigen Umwälzungen, der terroristischen Personalentscheidungen und internen Strategiedebatten allmählich in Vergessenheit geriet, dorthin, wo es sich die Gemeinde Ebratal bis zu jenem Tag im Mai schon seit vielen Jahrzehnten gemütlich gemacht hatte.

Thorsten Kray blieb verschwunden. Seine Spur verlor sich unmittelbar, nachdem er um 15.39 Uhr das Winston-Verwaltungsgebäude verlassen hatte. Auch die mysteriöse Angriffsserie im Osten, die in den Jahren zuvor für erhebliche Verunsicherung in nationalen Kreisen gesorgt hatte, brach ab.

Dilek Karasu überlebte den Kopfschuss erwartungsgemäß nicht, wobei Teile des Gehirns allerdings noch für ca. dreißig bis sechzig Sekunden aktiv blieben. Etwas in Dileks Kopf dachte an Gina Vermehren, an kommende, gemeinsame Missionen, während die Sonne optimistisch rot von einem glühenden Himmelszelt herabschien.

Die bei Eintritt des Glock-17-Projektils aus Karasus Mundhöhle in einen Kübel mit exotischen Orchideen geschleuderte Sprengpille wurde fünfundvierzig Minuten nach den Geschehnissen und mitten im Chaos der ersten kriminaltechnischen Maßnahmen von einem der in den Palmwipfeln wohnhaften Winston-Lobby-Papageien entdeckt und gefressen. Das Tier konnte unmittelbar anschließend fliehen und ließ sich gut dreihundert Meter vom Winston-Gelände entfernt auf den Sonnenkollektoren eines Mehrfamilienhauses im West-Ebrataler Habichtweg nieder, was die Opferbilanz dieses katastrophalen Nachmittags auf tragische Weise in die Höhe schnellen ließ. Die anschließenden Untersuchungen blieben ergebnislos, Schadensersatzansprüche an die Firma Pharmaceutics und Medical Care Deutschland Ltd. wurden nicht gestellt.

Patrick Esnèr überlebte unverletzt. Nicht nur das, der dynamische Bernard-Hinault-Lookalike sollte die Stelle bei der letztlich vor allem durch das entschlossene Eingreifen der A.N.N.E.[104] geretteten Winston Pharmaceutics and Medical Care Deutschland Ltd. tatsächlich erhalten. Gute Nachrichten für Esnèrs zukünftige Ex-Frau, schlechte für den nordhessischen Viehbestand.

Bill Hoffleit kehrte mit zwei Erkenntnissen in die Staaten zurück: 1. Seinen Kindern ging es nicht sonderlich gut. 2. In die verwickelten Angelegenheiten der Europäer mischte man sich besser nicht ein. Diesen Fehler hatten die Staaten zweimal gemacht, das war genug.

Nele Hoffleits Leben änderte sich trotz der traumatisierenden Erlebnisse jenes 19. Mai kaum. Lediglich ihre Tagesdosis steigerte sich in den Monaten nach dem Vorfall um gut zweihundert Milligramm, um sich dann aber allmählich wieder auf dem vorherigen Level einzupendeln. Nele schreibt nach wie vor Briefe und denkt nach wie vor häufig an Eric LeForbes. Kontakt zu ihrem Bruder besteht nicht.

Hildegard Bunnemann, die den Ebrataler Ereignissen aus ungeklärten Gründen semi-immateriell beiwohnte, lauscht (an der Seite ihres Mannes auf dem Boden der Halle 3 des Hannoveraner Messegeländes hockend) seit mehreren Jahren (und für entsetzlich viele weitere Jahre) einer Podiumsdiskussion mit dem Thema »Frieden in unserer Zeit – Möglichkeit oder Illusion?«. Teilnehmer: Dr. Erhard Eppler, Bundesverteidigungsminister Manfred Wörner, die Theologin Dorothee Sölle, natürlich Pfarrer Heinrich Albertz sowie der britische Sänger Tony Hadley.[105]

---

104 Die zuvor schon einen Mitarbeiter Winstons, den Nationalrevolutionär Dr. Johannes Bindig, von seinen nicht nur betriebswirtschaftlich untragbaren Wahnvorstellungen erlöst hatte.

105 Spandau Ballet.

»Wie schmecken deine Risotte, Elizabieta, mein transnistrisches Versprechen?«

»Risotte? Plural von Risotto? Schmecken gut. Besser als dein dummes Buch. Stoph … was für hässlicher Name! Und der Schluss ist … pfff …«

»Du kennst den Schluss? Bitte verrat ihn mir.«

»Epilog ist nicht Ende? Epilog ist immer Ende von Buch.«

»Ein Buch von mir bedeutet immer mehrere Bücher. Buch im Buch an Buch neben Buch. Multipolare Denkanstöße, verstehst du? Geht das in deinen hübschen Schwarzmarktschädel hinein?«

»Dein Buch ist mehrere Bücher, und Autor ist mehrere Idioten.«

»…«

»…«

»Weißt du, Elizabieta, ich genieße meine Zeit hier mit dir. Du bist die Erste, der ich meinen Text ausführlich, in all seinen kapriziösen Verästelungen vorstelle. Bald kommen die Verlage.«

»Wie soll Buch heißen?«

»Du fragst mich nach dem Titel?«

»Gutes Buch braucht einen guten Titel – sonst verkauft sich nicht.«

»Da hast du recht, meine Perle. Apropos, bist du eigentlich gepiercт? Im Bauchnabel? Du musst wissen, ich hatte noch nie eine Frau mit derartigen Accessoires.«

»Du lenkst ab.«

»Sag mir, ob du gelocht bist, und ich sage dir die Titel.«

»Die Titel? Schon wieder Plural?«

»Alles, was gut ist, existiert im Plural: Menschen, Gedanken, Risotte, Tabletten. Ja, Elizabieta, meinem Text stehen eine ganze Reihe aussagekräftiger Titel zur Verfügung.«

»Sag.«

»Erst du.«

»Ich habe kleinen Brillant im Bauchnabel. Geschenk von meinem Mann.«

»Du bist verheiratet?«

»Ja.«

»Darf ich mal sehen? Und soll Dilek auch einen Brilli haben, was meinst du? Ihr beide macht mich scharf.«

»Sag mir Titel.«

»Arbeitstitel I: ›Bunnemania‹, Arbeitstitel II: ›Die elf Höllenkreise von Fishbach‹, Arbeitstitel III: ›Mein Kopf liegt unter einer Trauerweide, und der Blick, mit dem mich das Ding anstarrt, ist beinahe amüsiert‹.«

»›Bunnemania‹ geht. Versteht aber keiner. Die andere beiden sind Schwachsinn. Noch schlimmer als Buch.«

»Darf ich deinen Nabel küssen? Mit der Zunge tief hineinstoßen? Du kennst dieses Gefühl, nicht? Es ist, als gäbe es eine Verbindungslinie, ein Impulskabel hinab zu den Fortpflanzungsutensilien. Deswegen finde ich den Nabel einer Frau ganz unwiderstehlich.«

»Wenn Buch vernünftigen Titel hat, sind Leute interessiert. Titel ist wie Gesicht eines Menschen.«

»Was hältst du von ›Im Nabelwald‹? Oder ›Nabelwahn‹? ›Nabelflimmern‹? Ich brauche deinen Körper, Elizabieta.«

»…«

(Deklamierend) »Sein Blick wanderte von ihren Brüsten und Beinen, von ihrer ganzen betörenden Physis hin zum Fenster, zum Fenster hinaus. Und was erblickte er dort? Was hatte das Schicksal ihm in diesem Moment dort hinkon-, eher noch hindekonstruiert? Einen Mercedes-Sprinter mit der Firmenaufschrift ›WINSTON-Pharma Rapid Services‹! Einladend abgestellt auf dem Zufahrtsrondell des *Carlton Excellence*. Und beladen, wie er am Achsstand ablas. Wie er sich anhand des Achsstands zusammenfantasierte. Ein Lieferwagen voll mit Tabletten. Insofern unter Umständen genau das, was er jetzt brauchte! Wovon sein Leben abhing. Was er haben musste, wollte er die längst überfällige metabolische Implosion doch noch vermeiden. Er sprang also auf, drückte Elizabieta einen hastigen Kuss aufs blonde Haar. Gefärbt, wie er in diesem Augenblick feststellte und was ihm den Abschied erheblich einfacher machte.«

»Hey, was …«

»Verzeih, meine ostische Blume. Ich will existieren. Adieu.«

»Idiot! Wie komme ich zurück zu *Game City?*«

»Geh mit Bill nach Arizona. Er ist ein guter Mann.«

»Mit wem?«

»Leb wohl.«

Teil 7
An den Ufern der Reinhard

Oh, ihr Gespenster, ihr drei Dutzend unabhängig voneinander operierenden Wahneinheiten, ich habe Witterung aufgenommen. Mein Zielradar, das so lange suchte, das Landschaften, Städte, Lufträume vergeblich bestrich, hat ein Objekt erfasst. Unfähig, das zu glauben, aber meint es das Schicksal am Ende gut mit mir?

Aus dem Restaurant, vorbei an der Rezeption (die Blicke dort!), durch den Ausgang. Eine einzige flüssige Bewegung. Ein Vektorstrahl. Die Schwerkraft? Zunehmend schwächer. Ich schwebe, ich *fliege!* Und dann reiße ich die Tür des Sprinters auf. Da sitzt jemand drin! Da spielt jemand an seinem Arbeitsplatz! Womöglich mit einem privaten Telefon? Sofortige – jedes Gericht wird mir recht geben – Freistellung! Meine Faustkralle an seinem Jackenkragen. Ein Ruck, ein Reißen, ein schweres Körperetwas landet in der Randbegrünung. Wie viel Kraft ich neuerdings habe! Immer noch! Nach diesem Tag! Nach den Ewigkeiten der Marom-Dürre. Doch Achtung, mein Blutdruck. Mein Blut knallt gegen die Adenwände. Es tanzt durch die Nierensäle. Ich war im Restaurant, die Portionen waren in Ordnung, aber ich habe noch Hunger. Ich spüre extremen, absolut nicht mehr zu bändigenden Tabletten-Appetit. Was ist, wenn das hier das Finale ist? Wenn ich, kurz bevor sich alles verdichtet, zu einem entsetzlichen, metaphysischen Schwarz, wenn ich unmittelbar vor dem Ende des Lichts doch noch mein heiß geliebtes, innig vermisstes zweites Frühstück einnehmen darf? Gar nicht mehr damit gerechnet! Ich gestehe, ich bin überrascht. Das Leben ist gnädig mit mir? Das Leben will mich leben sehen?

Vorsicht! Vorsicht ist die Mutter des Arzneimittelschranks. Der Oheim der Blisterpatrouille. Listig steige ich noch nicht ein, fahre noch nicht davon, sondern gehe nach hinten und öffne die Hecktür. Bingo! Ja, es ist wahr, ich habe mehr Glück als alle Menschen, die gegenwärtig auf der Erde leben oder in früheren Generationen auf der Erde gelebt haben, zusammen. Auf der Ladefläche: Proviant bis zur Verrentung. Drei Paletten mit je mindestens zehn Kartons mit je mindestens hundert Marom-R-Großhandelspackungen. Wie lange lebe ich noch? Hundert Jahre? Ein Vorbild von mir, ein Frontarzt und Sowjetkenner, entschied sich einst, ewig zu leben. Ich werde es ihm gleichtun. Ich werde seinem Beispiel folgen, bestens ausgestattet mit Alltagsschmierstoff. Mit jenem Durch-die-grauen-Tage-Gleitgel, das mir die senile Ratte einfach nicht mehr verschreiben wollte. So fügt sich alles zu allem, und ich schließe den Fond mit der kostbaren Fracht, flattere zurück nach vorne. Aus dem Randgrün Stöhnen. Dem Fahrer geht es … es geht so. Der Fahrer wurde von Position und Funktion entkleidet, weswegen ich nun autorisiert und motiviert bin einzusteigen. Ergonomischer Fahrersitz, Spiegel optimal positioniert, Funkschlüssel in der Ablage, rechts der Lenksäule ein Knopf mit der Inschrift »Start Engine«. Zu Befehl, Bunnemann. Ihre Mission ist fast erfüllt. Kray hat Dilek erledigt, Esnèr hat den Job, ich gehe frühstücken. Ich fahre mit und in Richtung Vollwertnahrung. Aber Vorsicht! Jetzt keine Fehler! Erst recht kein Übermut. Fixierung und klare Taktung der Operationsziele. Erster Zwischenschritt: Ebratal-Departure. Die Stadt und ihre Umgebung verlassen, zurückkehren in meine Stadt und deren Umgebung. Auf halber Strecke Picknick und Zuführung lebensnotwendiger Schwebstoffe. Nicht schon jetzt naschen. Warten. Alles bis zum Allerletzten ausreizen. Jetzt, wo ich keine Angst mehr haben muss. Jetzt, wo die Dinge geregelt sind. Nervenkitzeln. Spielerisches Nervenansägen.

Ich drücke den Knopf, nicht das winzigste Beben erschüttert die Karosserie. Ein Vehikel der neuesten Generation. Zugleich ein zuverlässiges, konventionell reagierendes Nutzfahrzeug. Eine Elizabieta unter den Transportern. Gang. Kupplung. Blinker. Sensibles Tippen des Gaspedals. Poesie eingeschränkter Handlungsoptionen. Unbedingte Folgerichtigkeit. Schönheit. Einfädeln in dekorativen Verkehr. Nicht zu schnell jetzt! Aber auch nicht zu langsam. Konspirative Verkehrsteilnahme. Hyperumsichtigkeit. Auf alles achten. Seifige Rinnsteine? Abgeflachte Gallensteine? Registriert! Zu einem Fahrstil verarbeitet! Sperrpflanzen? Invasive Gräser? Keimblättrige Migranten am Fahrbahnrand, die man von fremden Kontinenten einschleppte und die nun alles vernichten, selbst die Erinnerung? Organismen, mit denen Winston selbstverständlich bereits experimentiert? Winston forscht unermüdlich. LeForbes hat keinen Kopf mehr, Winston macht immer weiter. Deswegen: vorbildlich fahren! Defensiv. Fremdfehler in die eigene Mischkalkulation offensiv einhegen. Vor allem: Kontakt zu Repressionsorganen vermeiden. Keine Bullen jetzt! Apropos, wie lange wird es dauern, bis die sich an mich hängen? Meine Spur verfolgen. Oder macht das Bill? Soll ich umkehren und dem Fahrer sicherheitshalber den Kopf abschrauben? Überhaupt alle Zeugen entsaften? Elizabieta? Nein, die soll leben. Wie überhaupt alle leben sollen. In diesen Straßen, auf diesem Planeten, in den Anstalten. Ich habe mich damals eindeutig nicht ausgesprochen. Gegen das Konzept Stoffwechsel. Gegen die Idee von Existenz. Das waren andere. Das war … egal. Tablette da, alles gut. Tablette am Mann. Nichts sonst von Belang. Die Außenbezirke der außergewöhnlichen Stadt Ebratal. Hinten auf der Ladefläche leichte Unruhe. Die Blister beginnen zu flüstern. Die wollen jetzt arbeiten. Sie wissen, ihr Vater ist gekommen. Ihr Sohn.

Aus dem täglichen Bulletin der Kreis-Polizeidirektion Ebratal
19.05.2023

1. Katastrophenfall Habichtweg
- Aus noch ungeklärten Gründen ereignet sich um 16.12 Uhr im Habichtweg (Polizeiabschnitt Ebratal-West) eine schwere Explosion, durch die ein Mehrparteienhaus vollständig und das benachbarte »Stift Abendfrieden«, ein evangelisches Alten- und Pflegeheim, so gut wie vollständig zerstört werden. Die Zahl der Opfer kann zum gegenwärtigen Zeitpunkt noch nicht ermittelt werden, befürchtet wird jedoch eine Größenordnung von mehreren Dutzend.

Es handelt sich somit um den schwersten Unglücksfall in der Geschichte der Stadt Ebratal. Nach ersten Erkenntnissen besteht kein Zusammenhang zwischen dem tragischen Ereignis im Habichtweg und den kurz zuvor auf dem nur wenige Hundert Meter entfernten Gelände der Firma Winston Pharmaceutics and Medical Care Deutschland Ltd. begangenen Straftaten.

2. Deliktschwerpunkt Winston

- Am 19.05. kommt es zu einer erneuten Ballung auf dem Gelände der Firma Winston ausgeführter bzw. in direktem Zusammenhang mit dem Unternehmen stehender Straftaten. Um ca. 15.35 Uhr schießt ein noch unbekannter, etwa fünfunddreißigjähriger Mann in der Lobby der Winston-Hauptverwaltung Drosselweg 10–22 einer ebenfalls noch nicht identifizierten, etwa dreißigjährigen Frau nach übereinstimmenden Zeugenaussagen mit einer Handfeuerwaffe der Marke Glock 17 in den Kopf sowie einem dreiundzwanzigjährigen Angestellten der Firma Winston in Kopf und Brust. Der Täter flüchtet zu Fuß, sofort eingeleitete Fahndungsmaßnahmen bleiben zunächst ergebnislos. Beide Opfer versterben noch am Tatort.

  Es ist dies der bereits sechste Mordanschlag, dem entweder Angehörige des Unternehmens oder Personen, die sich auf dem Werksgelände aufhalten, zum Opfer fallen.

  Die Ermittlungen dauern an, eine Mordkommission wurde aus den bereits in anderen Winston-Fällen tätigen Kommissionen ausgegliedert.
- Um 15.47 Uhr wird ein vor dem Hotel *Carlton Excellence* parkender und zum Winston-Fuhrpark zählender Mercedes Lieferwagen der Typen-Serie »Sprinter« gewaltsam entwendet, wobei der Fahrer, ein achtundzwanzigjähriger polnischer Staatsbürger und (nach Angaben des Hotelmanagements) Verlobter einer im *Carlton*-Servicebereich tätigen polnischen Staatsbürgerin, im Verlaufe der Tatausführung mehrere Prellungen sowie einen Schlüsselbeinbruch erleidet. Täter ist nach Zeugenaussagen ein knapp vierzigjähriger, mit Hose und Jacke bekleideter Mann, der zuvor

im Hotelrestaurant *Maison Reinhard* mit einer blonden, etwa gleichaltrigen Frau zu Mittag gegessen habe. Auch diese Zeugin ist zunächst unauffindbar. Die Rechnung für die eingenommene Mahlzeit wurde nicht beglichen. Der Mercedes-Sprinter war nach Auskunft der Winston-Presseabteilung mit einer größeren, für das Verteilerzentrum Süd-Westfalen bestimmten Lieferung eines hochwertigen, potenziell gefährlichen Medikaments beladen. Tatmotiv könnte daher sowohl die Inbesitznahme des Fahrzeugs als auch des Frachtguts gewesen sein. Die Ermittlungen, vor allem die Auswertung der stationären Verkehrsüberwachung, dauern an.

- Ebenfalls auf dem Winston-Firmengelände Drosselweg 10–22 wird in den Nachmittagsstunden ein Damenfahrrad der Marke »Libelle 2« entwendet. Eine Anfang Dreißigjährige, in Hamburg wohnhafte Frau, die kurz zuvor noch als Zeugin im Zusammenhang mit den Winston-Tötungsdelikten vom selben Tag einvernommen wurde, wird vorläufig festgenommen und nach erneuter Aufnahme der Personalien wieder entlassen. Als Motiv gibt die Tatverdächtige »plötzliche Ausgelassenheit und Freude an der frischen Luft« an. Sie werde überdies in einem Brief an die Winston-Geschäftsleitung ihr Vorgehen näher erläutern. Die Tatverdächtige steht zum Zeitpunkt der polizeilichen Vernehmung nach eigenen Angaben unter dem Einfluss eines »allmächtigen Nahrungszusatzes«, der durch die Firma Winston hergestellt und vertrieben werde.

3. Andere Delikte/Vorkommnisse

- Im Verlauf des 19.05. gehen bei der Kreis-Polizeidirektion Ebratal mehrere Beschwerden über die an diesem Tag vorherrschende Wetterlage ein. Besonders die auffällige, jedoch im Verlauf des Nachmittags wieder nachlassende Rotfärbung des Himmels sorgt in Teilen der Bevölkerung für Besorgnis und Verärgerung. In mehreren Anrufen bei der Einsatzleitstelle ist zudem von einem bevorstehenden »Weltuntergang« bzw. »Weltenende« die Rede. Eine andere, anonymisierte Anruferin spricht hingegen von einer geplanten Aktion, die dem »naturwissenschaftlichen Flügel« einer

»femo-anarchischen Terrorzelle« zugeschrieben werden könne. Die Angaben wurden von polizeilicher Seite nicht überprüft.
- Am späten Abend des 19.05. kommt es auf dem Gelände des Zuchtbetriebs Bredmeier in Ebratal-Gelhagen zu einem Fall von Tierquälerei. Ein Unbekannter dringt in die Stallungen ein und fügt zwei Ferkeln erhebliche Gesichtsverletzungen zu. Die Aufzeichnungen der Überwachungskameras zeigen einen gut vierzigjährigen, dunkelhaarigen und auffällig gut gekleideten Mann.

Ihre Polizei Ebratal – (mit) Sicherheit in Ihrer Nähe.

Die Sonne schräg am Purpurhimmel. Ich fahre über weites Land, führe ein neues Fahrzeug aus, und alles in mir, jedes einzelne Molekül, ist voller Freude. Ein interessanter Tag. Heute Morgen noch in der Wohnung, hundert Kilometer entfernt. Die Gemüse-Uhr an der Küchenwand, die Marom-Uhr an der Magenwand. Die volle Stunde nahte. Deswegen aus dem Haus, deswegen die Bilanz-Busfahrt. Ziel: Bunnemann. Ziel verfehlt. Ende eines Idols. Ich verlor meinen medizinischen Beistand. Renitente Apotheken, in Trümmern liegende Ärztehäuser, schließlich Ozguns unschlagbare Konditionen. Man stattete mich mit einem Volkswagen aus. Pech für Marvin, Glück für Elizabieta. Der Weg nach Ebratal, die Dinge dort, die Schmerzen, das köchelnde Geglückse im Organeintopf.

Nun also doch noch die Erlösung? Gott erschien mir in Form, im Gehäuse eines Mercedes-Sprinters. Im Laderaum zehntausend Apostel. Gleich schon, gleich ist Abendmahl.

Nach Westen. Durch Felder und Wiesen. Vor mir sanfte Höhenzüge, ein tiefer, tiefer Wald. Rechts und links saftige Brotfrucht. Weiden, auf denen Vieh zu existieren glaubt. Dazu das Summen des Sprinter-Aggregats. Eine Maschine fährt eine Maschine, siebzig Stundenkilometer im Schnitt. Die polizeilich erlaubte Höchstgeschwindigkeit. Das Land ist schön. Das Grün schimmert rötlich. Diesseits und jenseits meiner Schädellappen. Der Wald kommt näher. Der Wald heißt Reinhard. Der zweite Sohn eines mächtigen Königs. Er liegt dort auf diesen Hügeln.

Ein Blick in den Rückspiegel: die Ebene von Ebratal, im Zentrum eine Rauchsäule. Ebratal – Stadt des Schicksals, Stadt der Arznei. Hat je eine Kommune mehr Lösungen erzeugt? Mehr Morphologien intakt gehalten? Ebratal, ich danke dir. Sei gut zu Elizabieta. Gib ihr Arbeit, gib ihr Brot. Doch mich lass gehen.

Der Sprinter dringt in den Wald. Licht bündelt sich zu dicken Strahlen. Ich möchte tief hineinfahren, mich verirren. Ein Kilometer, zwei. Kein Gegenverkehr. Betörende Einsamkeit, larvendurchmengter Boden. Stellte ich den Motor ab, ich röche sterbendes wie lebendes Laub. Mischwald. Dort, halb verdeckt, ein Schild. »Reinhardsquelle«? Der Ursprung eines mächtigen Stroms? Der auch Reinhard heißt? Gehobene Geografie: Die Reinhard fließt durch und entspringt im Reinhard. Deswegen biege ich ab. Der Weg voller Stöße, doch der Sprinter dämpft kompetent. Gleich nehme auch ich Stoßdämpfer. Ihr dahinten, hört ihr? Gleich nehme ich euch!

»Ja, wir hören dich, einziger Konsument.«

»Gehört ihr alle mir?«

»Ja, wir gehören dir.«[106]

»Und wollt ihr treulich euren Dienst versehen in mir und meinen restzerebralen Verklumpungen?«

»Ja, das geloben wir. Dafür kamen wir auf dieses jammervolle Erdenrund.«

»Dann ist es gut.«

»Ja, alles ist gut.«

Sehet! Siehe, Sprinter, dort hinten glitzert etwas. Die Quelle der Reinhard? Fluss, der durch keinen Atlas tropft? Welch verwunschene Lokalität! Welch Rahmen! Aber nun los! Ich muss mich sputen, bevor ich in der Farbe eintrockne. Bevor der Organbrand den Sitz verkokelt. Schmerz und Wohlgefühl. Nie habe ich mich ähnlich gefühlt. Heilbeben. Faserkreischen. Etliche Stunden eines sich immer weiter dynamisierenden Marom-Defizits, was, verfickt noch mal, kann man da

---

106 Vielstimmiger Sprechchor. Versteinerte Gesichter der (in Blisterschalen versammelten) Darsteller zum Publikum. Aus: »Wirkstoffchoräle – Finaler Akt in drei Akten«, Buch, Regie und Intendanz: Joachim Angelique Gerke.

anderes erwarten? Ein Wunder, dass ich noch Augen habe. Dass meine Noch-Augen nicht schon längst aus ihren Wohnhöhlen gefedert und davongehüpft sind. Meine nach wie vor gegebene physische Integrität stellt nichts anderes als eine Sen-sa-tion dar. Ein Körper gibt nicht auf. Ein Körper wittert Lösungen. Milzdämmerung. Eine Talg-Wasser-Verbindung weigerte sich, Tatsachen anzuerkennen. Deswegen jetzt: Bremse, Gang raus, Motor aus, Gang wieder rein. In Windeseile herausgesprungen, um den Wagen geflitzt, in den Frachtraum gehüpft, ein Paket aufgerissen. Tatsächlich: Hunderte schmaler, formschöner, blauweißer Schachtel-Rechtecke. Und auch noch das seriöse, immens ambitionierte R500. Proviant an mich genommen, dann hinaus, ein zittriger Daumen auf dem Funkschlüssel, die Schlösser reagieren souverän. Von ferne jetzt Plätschern, diskretes Rauschen. Über den Wipfeln *blauer* Himmel. All die Röte, all das Himmelsbluten – weg. Verschwunden. Eingebläut. Durchs saftige Gras der Lichtung, hinunter zum Bächlein. Ein historischer Ort. Die Geburt der Reinhard, dramatischer Fluss, gutartige Wasser. Aber was ist das für ein hässliches Geklopfe? Ein Hubschrauber befliegt den Wald? Schweigt, ihr dümmlichen Maschinen! Nichts ahnende Mechanik. Das Wummern wandert nach achtern aus. Kein Signal mehr zu hör'n, Herr Kaleun. Sie lügen, Matrose: Eine Amsel zwitschert, in der Ferne häckselt der Kuckuck. Und fröhlich gluckst die Baby-Reinhard. Wie dosiere ich jetzt das Zeug? Normalerweise fresse ich stets nur eine. Was aber geschieht bei zwei, gar drei von den Dingern? Das sind Sachfragen! Notwendige Vorfeldsondierungen. Soll ich etwas in eine Suchmaske kritzeln? Hat das Phone hier überhaupt Datenempfang? So nahe am Erd- und Lebensmittelpunkt? Hochgeschwind, wie ich es von meinem Provider, den ich im vorletzten Jahr per billigstmöglichem Vertrag heiratete, gewohnt bin? Fragen über Fragen. Doch wie sagt Esnèr immer, wenn sich die Schweinchen beschweren? Je m'en fous! Mir total egal. Keine Lust mehr zu warten. Blister auf, drei Granaten in die hohle Hand. Drei schwere Mörser. Ich knie am wispernden Rinnsal. Was, so befiehlt mir die Regie, mich zu erkundigen, geschieht jetzt gleich? Kann Geschichte wirklich enden? Ein ereignisreicher Morgen und ein bewegter Nachmittag. Unerforschte Adrenalin-Sümpfe. Mein Kopf kribbelt und rumort. Gleich ist es so weit. Synapsenkonfekt à point gegart. Ich möchte an dieser Stelle allen danken, die mich unterstützt haben. Die immer an mich geglaubt haben, auch in den schweren Momenten, während der Apothekenschmelze, der Bunnemannverhöre. Ich danke dem Wetter, dem Schicksal und einer sorgfältig ausgewählten Gruppe von Lebewesen. Alleine, das dürfte feststehen, hätte ich es nie geschafft.

Mund auf, Zeug rein, runter damit. Und zum Nachspülen vielleicht … noch eine? Blister her, zwei weitere Dinger rausgedrückt, weggeschluckt. Trocken weggehauen. Staubiges Keuchen, ein Ätzen in der Kehle, ich beuge mich zum Bächlein hinunter, trinke wie ein Tier. Glitzernde Wasser, Geraschel im Unterholz. Die sanften Augen des Rehs, das seidige Fell des Eichhorns am Stamm. Fünf R500! Damit dürften Teile von mir bis an die Grenzen des Sonnensystems gesprengt werden. Bis zur Sternenkehre. In die Zonen der ewigen Tagundnachtgleiche. Die Reinhard flüstert. Sie beginnt zu singen. Mein Gesicht verschwommen auf dem Wasser. Ein verzerrtes, verheultes Lächeln. Von irgendwo ein Rauschen. Eine schnell wachsende Wucht. Ich … ich muss jetzt gehen. Nochmals danke.

Teil 8
Die Tagträume der Eglantine Butragnole

1

Aus den Entzugstagebüchern des Marc Toirsier

Tag 192[107]

Sonnenaufgang. Du beginnst den Tag mit Phillip Cortin.[108] Du spürst, du er-lebst dich. Jeder Muskel ein Kraftwerk. Ein Ursprung.

Nach den Übungen sofort aus dem Haus. Über den Plankenweg, durch den Sand, der Weite entgegen. Dem rhythmischen Grollen. Westwind streichelt dein Gesicht. Zerfurcht und gerbt es. Salzt dein Haar. Deutlich wie nie spürst du die Elemente. Die Verbindung.

---

107 Undatiert, es dürfte sich jedoch um einen Tag kurz nach dem 19.05.2023 handeln. Caroline Bertesse, nur formaljuristisch immer noch Bertesse-Esnèr, war offenkundig noch nicht eingezogen.

108 »Bougez-vous! Le chemin vers le perfectionnement psychomoteur« (Deutscher Titel: Bewegen! – Wege zur psychomotorischen Vollendung«), Cortin, Phillip, Édition Morseut, Paris 2022, 16. Auflage. Bisher verkaufte Exemplare allein in Frankreich: 743 000 Stück. Cortin, ein »Born again«-Ex-Kokainist und ehemaliger Redakteur der Lifestyle-Zeitschrift *Le Temps Ultra-Contemporaines*, versuchte sich nach seiner Freistellung zunächst als Animateur, Moderator, dann als Fahrradkurier und Pizzabote. Schließlich, während einer siebenmonatigen Obdachlosigkeit, Beginn der Arbeiten an jener neuartigen Bewegungs- und Coaching-Fibel, mittels derer Cortin nicht nur sein eigenes, sondern auch das Leben von Millionen anderer völlig frustrierter Franzosen verändern sollte. Inhalt des Buchs: Yoga-artig abgewandelte Pilates-Übungen plus halb gare Existenzphilosophie plus verhalten antisemitische Zivilisationskritik, in eindringlicher, jedoch stets eleganter Sprache verfasst. Dazu Abbildungen mit extrem gut aussehenden »Bewegungs«-Modellen. Marc Toirsier schwebte undeutlich eine Wiederholung dieses Erfolgskonzepts vor: »Le grand stop – Wege aus der Marom-Einzelhaft« … oder so ähnlich. Toirsier hatte neuerdings beruflich wieder einiges vor.

Das schimmernde Licht. Die Stille inmitten dröhnender Brandung. Land, Meer und Wind. Freiheit in dir und um dich. Erstes Wasser umspielt deine Füße. Abdrücke. Spuren. Symbole. Schon mit der nächsten Welle wieder verschwunden. Eins werden mit allem. Nichts mehr versuchen, nichts hinterlassen. Resonanzraum werden. Bilder und Geräusche aufnehmen. Fließen lassen.

Du gehst weiter. Deine Füße im kalten Ozean. Verbunden mit fernen Stränden. Mit Kontinenten. Die Sonne hat schon Kraft. Bei ihrer Geburt begann sie zu brennen. Wie du. Wie wir. Der Schatten einer Möwe. Dann ihr Ruf. Halb zerrissen im Tosen der Brecher. Regungslos in der Luft. Himmelskörper. Durch das Element geformt. Ein Tier dort, wohin du unterwegs bist. Wo du sein wirst.

Der Blick über Kilometer. Den Strand entlang. Glitzernde Nebel, schäumende Wellenkämme. In der Ferne die Landzunge, der alte Leuchtturm. Ziel an jedem Morgen. Maß. Regel. Rhythmus. Wie die Wellen, wie der Wind. Unterwegs sein in kosmischer Ordnung. Tasten, fühlen, verstehen. Du bleibst stehen, gehst weiter, bleibst stehen, gehst weiter. Betrachtest einen Krebs, eine Muschel. Hebst nichts auf, greifst nicht ein. Du bist Teil, während dich die Sonne wärmt, der Wind massiert. Das Salz reinigt.

Weit hinten, Hunderte Meter entfernt, einen Kilometer vielleicht: eine Anomalie. Ein Punkt. Ein Mensch. Ein Wanderer. Doch kein Ärger, kein Ekel. Freude. Diese Welt ist nicht die deinige.

Die Möwe erstarrt im tiefen Blau. Getragen. Erhoben. Flügel, die auf dem Wind schlafen. Und weit draußen eine Silhouette. Ein flüchtiger Schemen, ein flirrender Schatten. Gedanken an den Mann auf der Brücke. Herrscher über unbändige Kraft. Unterwegs zu fernen Häfen. Der Mut aller, die hinauszogen. Ins Ungewisse, in die brüllende Nacht. Die Ölbilder im Kapitänshaus. Sturmszenen. Wellentäler. Ächzende Dreimaster. Hölzerne Gräber.

Aber du bist hier, mit offenen Augen. Siehst Regenbögen über glitzernder Gischt, zahllose Sonnen in silbriger Flut.

Du überlebst, was niemand überlebte. Und der Wind bestreicht dir die Wundränder.

2
Aus den Entzugstagebüchern des Marc Toirsier

Tag 192 (Fortsetzung I)
Der Punkt vergrößert sich, wird nach und nach Mensch. Hundert Meter Abstand. Dann fünfzig. Ein früher Wanderer. An der Wasserkante. An der Grenze der Elemente. Der Sand ist feucht. Das Meer gurgelt und wispert. Der Mann nickt dir zu. Eine große, hagere, gebeugte Gestalt. Hände hinter dem Rücken. Knotige, braun gebrannte Beine in kurzen Hosen. Offenes Hemd über weißem Brusthaar. Um seinen Hals … ein … was ist das? Ein Stethoskop? Du nickst zurück, sagst Bonjour. Er sagt Bonjour. Kein Franzose. Er deutet nach Osten, Richtung Sonne, dann nach Westen, Richtung offenes Meer. Du verstehst.

»Le soleil levant, la solitude, la mer – c'est magique«, könntest du sagen. Sagst du aber nicht.

3
Aus den Entzugstagebüchern des Marc Toirsier

Tag 192 (Fortsetzung II)
Du hast den Mann in dein Haus eingeladen. Küche, Kaffee, Gebäck, Geplauder. Du erzählst von dem Kapitän, der das Haus erbaute. Der die Schiffe beobachtete. Tag für Tag. Den man tot fand dort oben, im Ausguck. Die Pfeife zwischen den blauen Lippen.[109] Der Alte hört zu,

---

109 Für diese Behauptung seitens Marc Toirsiers liegen keinerlei Beweise vor. Überhaupt ist über den Erbauer der Villa wenig bekannt. Der Mann, dem Carolines Vater Bertrand Bertesse das Haus am 14. März 1996 abkaufte, arbeitete als Geschäftsführer bei einer angesehenen mittelständischen Werbeagentur im 15. Arrondissement, übrigens nur zwei Querstraßen von der Wohnung in der Rue Jacques Vidérgang entfernt, in der Anne Girardoux nach wie vor lebte und nach wie vor eine viel zu hohe Miete zahlte. Sie musste sich jetzt endlich auf die Suche nach einem Quartier in einer billigeren Gegend machen. Aber wohin sollte sie gehen? Belleville? Barbès? Hinter die Porte de Clignancourt? In den 10., den 18.? Sie spürte eine gewisse Abneigung bei diesem Gedanken. Und dann natürlich eine gewisse Scham, eine Abneigung gegen ihre Abneigung. Die Dinge waren kompliziert, und vorerst zahlte sie eben zu viel Miete. Es gab Schlimmeres.

nickt, lächelt. Du sprichst auf Französisch, Englisch und Deutsch. Du betrachtest seine Hände, die groß sind, kräftig und sehnig. Du erzählst vom Wind. Den Windsorten. Von den Strömungen draußen, von wandernden Sandbänken. Du fantasierst. Redest wie ein Fischer. Wie ein Seemann. Immer mehr von dem Geist des Kapitäns spürst du. Der Alte schweigsam. Trinkt seinen Kaffee. Ohne Milch, mit Zucker. Kontrollierte Bewegungen. Eine ruhige Erscheinung. Und doch ist da: eine Ausstrahlung. Eine Aura. Ein Charisma. Dieser Mann, du spürst es, könnte erzählen. Und du? Du würdest erfahren. Teilhaben. Aufschreiben. Du betrachtest das Stethoskop, deutest darauf. Arzt sei er. Dann wieder ein Lächeln. Ja, immer noch praktizierend. Er könne es nicht lassen. Einmal Arzt, immer Arzt. Selbst im Urlaub. Früher sei er oft hergekommen. Mit seiner Frau. Sie habe Frankreich geliebt. Aber auch Russland. Westen und Osten. Aber vor allem: Afrika. 1958 bei Dr. Ukembe. Der Belengi-Krater. Majestätische Bilder. Wandernde Gnu-Völker. Erlebnisse. Eindrücke. Unauslöschlich. Er bricht ab. Ein Achselzucken. Das Lächeln. Weiße Zähne, weißes Haar. Braun gegerbtes Gesicht. Grau-blaue Augen. Starke Kontraste. Der Kaffee, sagt er, sei gut. In Frankreich generell besser. Du starrst ihn an. Willst mehr hören aus seinem Leben. Aus seinen Gedanken. Hat er etwas gelernt? Du fragst ohne Scham. Ja, sogar viel. Doch nichts Bedeutendes. Nichts von Belang. Überhaupt, nur wenig sei wichtig. Du stimmst zu. Stimmst begeistert zu. Musst mehr erfahren. Kurz seine geschlossenen Augen. Ein hartes, hageres, aber kein Totengesicht. Konzentration. Was die Ketten eines T-34 mit einem menschlichen Oberschenkel machen, habe er gelernt. Die Tonlagen russischer Artillerie. Die Choräle der Stalinorgel. Knappe Sätze, germanisches Französisch, und du bist jetzt schon süchtig. Die Nachtfrostsorten in der ochetskyschen Senke kenne er. Die ukrainischen Wundbakterien. Die Sterbegedichte sowjetischer Unteroffiziere. Den Elan des sowjetischen Panjepferdchens. Dann wieder Stille. Schulterzucken. Lächeln. Sehen Sie? Unnütze Details. Aus vergangener Zeit. Nichts, was Sie gebrauchen können. Was heutzutage nützt. Du widersprichst. Brauchst mehr. Noch einen Kaffee? Gerne. Er habe kaum gesprochen, seit seiner Ankunft. Er spreche im Allgemeinen nicht mehr viel. Früher mit seiner Frau. Auch mit Kollegen. Vor allem aber mit seiner Frau. Die sei jetzt tot. Schon lange. Jedoch nicht für ihn. Für ihn niemals. Du fragst, wie er sie kennengelernt habe. Er spricht von tiefem Vertrauen. Von Verwandtschaft. Aber noch mehr: Respekt. Verneigung. Du gingst am Wasser und trafst einen Lehrer. Einen Führer. Wenn man das Leben als Geschenk begreift, macht es einem Geschenke. Irgendwo gelesen. Als Kitsch demaskiert. Damals. Jetzt begriffen. Er redet weiter. Seine Frau habe er auf einem schlammigen Platz getroffen. Inmitten von Blut und Wundsekret, von geflecktem Mullbrei. Ein Konzert aus Schreien und Stöhnen. Eine Grube für abgetrennte Gliedmaßen, Morphium für Verwundete. Und Pflegepersonal. Dort habe er seine Hildegard gefunden. Eine strahlende Kraft. Vollkommener Dienst, tadellose Pflichterfüllung. Immer ein Lächeln, ein aufmunterndes Wort. Ein Wesen aus einem Propagandaheftchen. Eine weiße Schwester. Dabei nicht entkörperlicht. Nicht entfraut. Im Gegenteil. Weiße Schwester – ob dir bekannt sei, was Theweleit schreibt? Dein Kopfschütteln. Das lohne sich. Da könne man lernen.

Du rechnest, du überschlägst: Von welchem Krieg redet er? Wie alt muss er sein? Er errät deine Gedanken. Ja, er sei alt. Keine Idee, warum er nicht sterbe. Ein Rätsel – für ihn, für die Kollegen. Sein Organismus wolle nicht. Zeige keinerlei Ausfälle.

Plötzlich sein prüfender Blick. Wie es dir ginge? Was der Entzug mache? Schock, dann Erstaunen. Bewunderung. Du erkennst: Jemand erkennt. Jemand begreift initial. Intuitiv. Eine bloße Stimme untersucht dein Blut. Diagnostisches Talent. Koryphäe. Röntgenaugen. Ein Über-Lebender. Wann die letzte Dosis, will er wissen. Du: vor 192 Tagen. Erstaunen. Anerkennung. Längste Euphoriephase. Seines Wissens. Weltweit. Große Freude bei dir. Du empfindest Stolz. Willst weitersprechen. Nebenan dein Telefon. Gehen Sie, gehen Sie. Er habe Zeit.

4

»Marc, ich bins. Hör zu, ich komme heute Nachmittag. Die Mädchen sind bei meiner Mutter. Patrick hat diese Stelle in Deutschland. Er bleibt vorerst da … und sucht eine Wohnung … haha, mit angeschlossener Metzgerei vermutlich.«

»…«

»Marc? Warum sagst du nichts? Wir sind frei. Wir werden am Meer leben. Eglantine ist in Topform. Patrick sagt, er wird dir bei Milaut keine Steine in den Weg legen. Der hat richtig Angst.«

»…«

»Hallo? Marc? *Hallo?* … Merde!«

»…«

5

Aus den Entzugstagebüchern des Marc Toirsier

Tag 192 (Fortsetzung III)
Zurück in die Küche. Der Doktor zum Glück noch da. Aber wie versteinert, die Augen geschlossen. Einen weiteren Kaffee? Einen Cognac? Nein, nein, es sei genug. Ein Glas Wasser vielleicht. Du fragst direkt nach seinem Alter. Er hebt die Schultern. Was das für eine Rolle spiele, wenn man unsterblich sei? Hildegard fort – das sei das Einzige, was für ihn zähle. Du schaust ihn an. Sein Gesicht hart und sachlich. Die Stimme fest. Das war keine Klage, keine Greisensentimentalität. Eine Bestandsaufnahme. Die Analyse eines Halbgotts. Begeistert springst du auf, rennst ins Schlafzimmer, reißt die Schublade des Sekretärs heraus, findest den Schlüssel für das kleine Fach, du schließt auf, nimmst das Schälchen mit dem Fünferblister. Eine Mulde noch unberührt. Eine Patronenkammer immer noch bestückt. Du eilst zurück, stellst die Schale vor den Doktor hin. Dein größter Schatz. Dein Geheimnis. Nun offenbart. Freigelegt. Du legst dich selber frei. Sein Blick skeptisch, forschend. Extreme Syndromverschiebung – darauf tippe er bei dir. Kollaps-Verzögerung.

Das Joachim-Angelique-Gerke-Phänomen. Äußerst selten. Aber verschoben heiße nicht aufgehoben. Seines Wissens, und die Fachmagazine berichteten nichts anderes, sei der Zusammenbruch unvermeidbar. Es werde dazu kommen, über kurz oder lang, und zwar je später, desto intensiver. Niemand könne durchhalten.

Du schüttelst den Kopf. Dir gehe es gut. Keine Probleme. Erstaunlich, aber wahr. Du berichtest von deinen Projekten. Von Milaut. Von »Le grand Stop«. Du hast eine Menge vor. Du bist sogar dankbar. Du deutest auf den Blister. Du bist der Tablette dankbar! Nur der Sklave kann seine Fesseln spüren. Und dann sprengen. Du bist begeistert von dem Satz. Stoff für das Vorwort? Für den Buchrücken? Weiter nachdenken. Immer weiter denken.

Und draußen das rauschende, ewige Meer.

6

Gerhard Bunnemann an seine Frau Hildegard

Meine geliebte Hildegard,
halt Dich fest: Gestern bin ich nach Frankreich gefahren. Eigentlich wollte ich die zehn Tage ja in den Garten, den mal endlich auf Vordermann bringen, aber dann habe ich es doch nicht ausgehalten. Fast zwei Wochen ohne die Albers und dann nur zu Hause? Das kam mir dann doch zu bescheiden vor.

Also kurz entschlossen gepackt, ins Auto und los. So wie wir früher. Zwanzig Stunden Fahrt! Davon die letzte Landstraße durch unsere wunderbare Gilotte. Der BMW ohne Probleme, ich auch. Gleich wieder in unserem Hotel abgestiegen. Erinnerst Du Dich, das *Quattre Oreilles?* Die schöne Blumentapete? Alles wie gehabt, die Zeit stehen geblieben, aber die bärbeißige Alte von der Rezeption ist nicht mehr da. Stattdessen jetzt eine ganz patente junge Frau, die sogar etwas Deutsch spricht. Habe ihr aber gleich gesagt, dass mein Französisch dringend aufpoliert gehöre und sie sich daher wohl oder übel meine komischen Versuche anhören müsse. Hat mir gleich Komplimente gemacht für meinen verkrachten Subjonctive. Zu

Abend dann an der Promenade Moules-frites. Weißt Du noch? Als wir nach dem Kriege zum ersten Mal hierherkamen? Dieser alte Résistance-Fischer, der uns einlud? Seine englische Maschinenpistole im Keller?

Saint-Catherine hat sich jedenfalls kaum verändert. Immer noch diese charmante Schläfrigkeit, die man gar nicht versteht. Hier an der Küste, aber noch mehr natürlich im Hinterland. In der tiefen Gilotte. Dir würde das gefallen, Hildegard. Unsere vielen gemeinsamen Reisen – ich zehre immer noch davon. Eigentlich reise ich weiterhin mit Dir, mein Schatz. Ich habe nie aufgehört, mir alles mit Deinen Augen anzuschauen.

Heute Nacht hervorragend geschlafen, obwohl diese französischen Betten nichts mehr sind für einen alten Klepper wie mich. Dann im ersten Morgenlicht raus, gleich ans Meer. Der Strand wie eh und je. Bis zum alten Leuchtturm marschiert. Du weißt, wie sehr ich Italien mochte, Elba, Capri, Sardinien (auch die Städte natürlich), aber wenn man mich zu einer Entscheidung zwänge, ich würde immer Atlantik sagen. Der Blick hinaus auf den Ozean, dabei das gleiche Gefühl wie damals inmitten der Grassteppen, der Birkenwälder bis zum Horizont. Immer noch Kopfschütteln. Was für eine grandiose, geschichtlich einmalige strategische Fehlleistung (gut, Napoleon, also zweimalige). Keine Armee, sei sie auch noch so motorisiert und wagemutig, kann dieses Land je erobern. Unmöglich. Mir kommt die Galle hoch, wenn ich an diesen Verbrecher und seine Spießgesellen denke. All das Leid, das wir gesehen haben, Hildchen. Und welch Gegensatz dazu heute Morgen am Wasser! Möwen in der Luft, der Himmel wolkenlos, die Sonne im Osten, der Wind von Westen. Außer mir keine Menschenseele. Bis auf diesen Mann, der mir aus Richtung Cap Souvert entgegenkam. Wir grüßten uns, kamen ins Gespräch, wobei ich natürlich sofort gesehen habe, was mit dem los war (die Augen, die charakteristische Falte, das Gerede: Alles klar! Marazepam). Er lud mich auf einen Kaffee ein. Tolles kleines Haus gleich hinter den Dünen. Mit Ausguck! Er stellte sich als Journalist vor und schwört Stein und Bein darauf, seit über sechs Monaten den Entzug in Eigenregie durchzuführen.

Alle Achtung, dachte ich da natürlich. Laut Fachpresse unmöglich. Ich war schon drauf und dran, Toirsier, so heißt er, um eine Haar- oder Speichelprobe zu bitten. Du verstehst: genetische Abnormitäten. Meine Gedanken gingen schon in Richtung Impfstoff. Aber dann zeigte er mir seine Notration. Eine Tablette hatte er – gut weggeschlossen – aufbewahrt. Ich dachte natürlich: Freundchen, solange Du die nicht wegwirfst, kannst Du hier viel erzählen. Habe dennoch beschlossen, den Mann im Auge zu behalten. Wird mir ohnehin wahrscheinlich jeden Morgen begegnen.

Gleich runter zum Hafen. Ein Glas Château Lapin, ein wenig das Treiben beobachten. Wie gerne würde ich das alles mit Dir erleben, meine geliebte Gefährtin. Unsinn, das tue ich ja!
Du bist nicht fort, nicht eine Sekunde.
Gerhard.

PS: Vor der Abreise vorgestern noch kurz mit Deinen Söhnen telefoniert. Beide wohlauf. Alexander weiterhin schwer engagiert in Baltimore (dieses Krankenhaus scheint ja beinahe eine eigene Stadt zu sein; er erzählt von durchschnittlich fünf Schussverletzungen pro Woche ...). Will aber jetzt doch bald aufhören. Friedrich dagegen schon seit zwei Jahren hauptberuflich Golfer. Vermisst die Klinik, wie er sagt, überhaupt nicht. Sprach stattdessen ausführlich von seinem Handicap. Weißt Du, was das ist, ein Handicap? Ein Fünfer-Eisen?

7

Caroline Bertesse-Esnèr, am Nachmittag des 30.06.2023 in der Küche der Villa Mersault, Saint-Catherine sur Melons, praktisch auf der Grenze zwischen den Départements Gilotte und Nibe (auch »Gilotte-Maritime« genannt[110]) gelegen

Was war jetzt schon wieder los? Hörte der überhaupt noch zu? Eine Hand in der Hüfte abgestützt und mit einem alles andere als sanftmütigen Gesichtsausdruck stand Caroline Bertesse-Esnèr in der ausgeklügelt rustikal eingerichteten, dabei selbstverständlich mit modernsten Gerätschaften bestückten Küche des alten Kapitänshauses hinter den Dünen des kilometerlangen, mit feinstem weißen Sand gepuderten Strand von Saint-Catherine sur Melons. Passend zu den örtlichen Gegebenheiten trug die attraktive Mutter zweier ebenfalls attraktiver Töchter einen sandfarbenen, nicht ganz knielangen Rock, dazu eine weiße Bluse mit aufgekrempelten Ärmeln sowie einen deutlich durchscheinenden BH. Die gepflegten, einmal pro Woche in der Onglerie Corinne Octraz gewarteten Füße steckten in blauen Segeltuch-Espadrilles mit hohem Absatz. Die dezent gebräunten Beine der Westfranzösin schimmerten, im blonden, nachlässig hochgesteckten Haar drohte eine Sonnenbrille jeden Moment den Halt zu verlieren.[111] Marc Toirsier – sonnengegerbt,

110 Das Nicht-Entstehen einer eigenständigen Identität des Nibe und dessen identitäre Abhängigkeit zur benachbarten Gilotte hat bis auf den heutigen Tag in regionalpsychologischen Fakultäten des Hexagons erstaunlich wenig Aufmerksamkeit erregt. Lediglich im Sommersemester 1993 wurde in der Université Eduard Baladure II in Rennes ein Seminar im Fachbereich Spezifische Psychopathologie mit dem Titel »Nibe: La Cocotte de la Gilotte?« angeboten.

111 Bluse und Rock: »femme«, die betont schlichte, elegant lässige, jedoch keineswegs unsinnliche Emile-Costard-Linie für die zahlungskräftige, sexuell aktive Kundin um die 30. (*Vogue* halb spöttisch, halb bewundernd: »Unterschwelliger Sex für den Einkaufsbummel in Nantes, widerborstige Eleganz für den Anwaltstermin in Toulouse? Emile Costard definiert den Chic der Provinz. Und bald auch in der Hauptstadt?«) Interessant in diesem Zusammenhang ist, dass Caroline an diesem Tag tatsächlich bereits ein Gespräch mit ihrem Rechtsbeistand, der aggressiv-paragrafensicheren und Patrick Esnèr durchaus feindlich gesinnten Eglantine Butragnole absolviert hatte. Alles lief so weit perfekt. (Nur die Toirsier-Situation geriet langsam, aber sicher außer Kontrolle.) Schuhe: Guillardi. Sonnenbrille: Ray-Ban. Eine sehr gut gekleidete, nach wie vor attraktive Mittdreißigerin, Mutter von zwei Töchtern (neun und zwölf) und, wenn das so weiterging, eines gut vierzigjährigen Esoterikgrundschülers mit Tablettentrauma.

dichter, grau melierter Einhundertplus-Tage-Bart, keinerlei Kleidungsstücke[112] – saß an Carolines geliebtem Küchentisch, den die Esnèrs bei Übernahme des Hauses voll albern-bourgeoisem Goldgräbergeist aus dem Vorbestand übernommen hatten und der sehr zur Freude des damals noch jungen und zu einem recht hohen Prozentsatz tatsächlich glücklichen Ehepaars vermeintlich Biss- und/oder Fingernägelspuren des legendären Auguste Mersault aufwies, auch Kapitän Mersault genannt, einem abenteuerlustigen höheren Angestellten der französischen Handelsmarine, der es in den Jahren zwischen 1855 und 1870 unter anderem durch illegalen Sklavenhandel vor der westafrikanischen Küste zu einigem Wohlstand wie auch zu einigen (vor allem für sein präferiertes Frachtgut gefährlichen) Psychosen gebracht hatte. Toirsier, der sich im Laufe der zurückliegenden, berauschend leeren Wochen ausgiebigst mit Leben und Werk des geschäftstüchtigen Seemannes auseinandergesetzt hatte, schaute schräg nach oben und betrachtete die dezenten Schweißflecken unter den Achseln seiner – wie sollte er das jetzt nennen? Freundin? Bekannten? Seiner zukünftigen Agentin? Ganz egal, wer oder was Caroline in letzter Instanz war und wie er ihre Position irgendwann einmal Anne[113] gegenüber interpretieren würde, egal auch, was dieser Körper da vor ihm für die mühsam anmeditierten post-pharmakologischen Sinnzusammenstellungen zu bedeuten drohte, der Transpirationsschatten unter Carolines Achseln machte ihn auf eine empörend unmittelbare Weise an. Er verspürte Lust, diese höhere Provinztochter, deren attraktive, sinnliche Pferdehaftigkeit auf das Entzückendste mit den Insignien kleinstädtischen Dünkels korrespondierte, auf dem Tisch des Kapitäns, der garantiert als Unterlage für noch ganz andere Dinge gedient hatte, erneut und nach allen Regeln der Entzügigen-Kunst zuzureiten. Außerdem war ihm entfallen, was Caroline überhaupt wollte, was die Juristin ihm eben mit bemerkenswerter Schärfe mitzuteilen versucht hatte. Irgendwie ging es mal wieder um sein Benehmen, seinen, wenn man ihn fragte, nicht

112 Die Tage, an denen Toirsier generell gegen Kleidung optierte und diese Entscheidung auch außerhalb des Kapitänshauses offensiv vertrat, häuften sich. Bunnemann war er allerdings immerhin noch in Shorts und T-Shirt begegnet.

113 Girardoux? Höchstwahrscheinlich.

gerade uncoolen Post-Tabletten-Style. Und um Arbeit. Unwichtiges Zeugs also. Wer einmal in das Land Marom (und zurück) gereist war, dem konnten solche Petitessen nur noch ein mattes Lächeln abringen. Wobei, einen neuen Job hatte er. Mehrere.[114] Was sollte, bitte schön, Carolines abgeschmacktes Spießer-Theater? Am Montag stand sein erster Tag als PR-Etwas, als – wie hatten sie das genannt, »Writer in Residence«? – bei Milaut an. Er gliederte sich freiwillig in die kreuzbanalen Prozesse der Lebensunterhaltsgewinnung ein, wenn auch, wie er zugeben musste, bei einem relativ – jedenfalls im Vergleich zum *Miroir* – interessanten Arbeitgeber. Und er tat das alles, obwohl ihm dieser tausend Jahre alte Deutsche bescheinigt hatte, weiterhin voll und ganz süchtig zu sein. Weshalb also stand Caroline da jetzt so aggressiv vor ihm herum? Was wollte dieses Huftier? Die ganzen Fragen, die Bedeutungen, die galoppierenden Interpretationen. Konnte man überhaupt aggressiv stehen?

»Marc«, begann Caroline Bertesse-Esnèr erneut, »ich finde, es ist jetzt mal an der Zeit, aus deinen Träumereien aufzuwachen. Eglantine sagt das übrigens auch. Du läufst hier rum wie … Für wen hältst du dich? Robinson Crusoe? Nächste Woche ziehen die Mädchen und ich hier offiziell ein. Bis dahin verlange ich, dass du dich zusammenreißt. Zur Erinnerung: Das ist mein Haus! Nackt herumlaufen ist ab heute gestrichen. Selbstgespräche: ge-strich-en! Oder sollen die Mädchen denken, du seist ein Perverser? Ein Naturtrottel, der seinen knochigen Schwanz ins nächstbeste Astloch steckt und dort von scheinselbstständigen Ameisenvölkern anknabbern lässt?«

Halt! Hatte Caroline das jetzt wirklich gesagt? Diese Formulierung passte nicht. Nicht zu ihr. Aber auch nicht zu ihm. War das Anne?

---

114 Hier eine Liste der in nächster Zeit anstehenden Projekte des Marc Toirsier:
- »Le grand stop – Wege aus der Marom-Einzelhaft« (Toirsiers großer Pro- und Antipharma-Almanach, ein Sachbuch mit menschlichen Zügen und Philosophie)
- »Mensch als Fracht« – Aus den autobiografischen Erzählungen des Auguste Mersault (fiktives Tagebuch)
- »Blond? Schwarz? Rot? Gar nicht? Eine Expedition in die Hermeneutik weiblicher Intimbehaarung«
- »Schlachthof und Ordnung, eine Reportage aus den Grenzbereichen der Fleisch- und Sinnherstellung« (Text: Marc Toirsier, Fotos: Jean-Luc Béchamet). Speziell dieses Ding musste er jetzt bald mal jemandem anbieten.

Gerke? Was geschah gerade? Kam jetzt doch noch, wovon der Sowjet-Doktor gesprochen hatte? Ebenen-Ragout? Sinnschmelze? Existenzielles DNA-Wimmern?

Marom, das musste Marc Amethyste[115] Toirsier an diesem sonnigen Spätjuni-Nachmittag einsehen, hatte sein Entzugspulver noch nicht einmal ansatzweise verschossen. Zu Pulver würde es vielmehr ihn zerbröseln. Er freute sich bereits darauf, wenn das Caroline-Pferd bald wieder verschwunden sein und er diese, seine neueste Erkenntnis im Journal verzeichnen würde.

8

Kapitän Auguste Mersault im Spiegel zeitgenössischer Darstellungen

»Wir kennen keine Dämonen; mein Volk lehnt den christlichen wie jeden anderen Aberglauben ab. Wenn ein Hagelsturm aufzieht und die Ernte zu vernichten droht, dann ist dieser Sturm selbst das Böse. Wenn eine Dürre die Felder vertrocknet und die Brunnen versiegen lässt, dann ist es die Dürre und nur die Dürre, die uns töten kann und töten wird. Sie ist kein Instrument, kein Zeichen, keine Strafe.

So denken wir seit den Tagen unserer Vorväter. Nichts, auch nicht die Ankunft der Weißen, hat daran etwas ändern können. Wir verbrennen unsere Toten. Wir glauben nicht, dass ihre Seelen wandern und in einen anderen Körper fahren. Der Wind weht, das ist seine Natur. Er weht mal stärker und mal schwächer. Kommt ein Sturm, müssen wir hungern. Der Sturm bringt Unglück, doch er weiß nichts davon. Niemand treibt ihn an. Wie ein Löwe ist er frei. Niemand kann ihm befehlen.

So denkt mein Volk, so dachte es immer schon.

Aber auf dem Schiff begriff ich, dass nichts von dem, was ich kannte,

---

115 So Toirsiers neuester Zweitname: Wohlklingend, mineralisch, autark, marktgängig (Einschätzung Marc A. Toirsier).

noch Gültigkeit besaß. Unter Deck, in diesem dunklen, stinkenden, von Keuchen und Stöhnen erfüllten Raum, der nur zwei Mal am Tag von einem grellen, quadratischen Lichtstrahl getroffen wurde, verstand ich, dass der Mann, der dort oben über der Luke stand, jener Kapitän, der seinen halbtäglichen Kontrollblick auf uns, seine Ladung, warf und, wenn ihm etwas nicht gefiel, seine Leute mit Peitschen und Säbeln und Pistolen zu uns herunterschickte, ich verstand, dass genau dieser Mann, groß, mit Augenklappe, langem Bart und roter Weste, dass jener Seemann, der uns mit seinem Gold aus den Händen der Araber befreit und auf sein Schiff verladen hatte, um uns über das Meer in eine andere, tote Welt zu bringen, tatsächlich genau das war, woran mein Volk nicht glaubte, wovon mein Volk gar nichts wusste: Der Teufel.«[116]

---

116 Aus: Miston, Jean-Eric: *Mersault – Seemann und Unternehmer. Die Geschichte des letzten großen französischen Verbrechers zur See.* Éditions Gallimard, Paris 2019, 519 Seiten mit Farbillustrationen. Die Passage ist den Aufzeichnungen des Moussa Danton Khoulibala entnommen, einem auf dem Gebiet des heutigen Mali gefangen genommenen Hirtenhäuptlings, der zunächst in den illegalen Sex-Fabriken der nördlichen Pariser Vorstädte (unfreiwillig) Anstellung fand, sich dort jedoch zum Vorarbeiter, später sogar zum Geschäftsführer emporarbeiten konnte und schließlich als einer der ersten dunkelhäutigen Deputierten in die Nationalversammlung der Dritten Republik gewählt wurde. Mistons Mersault-Biografie löste in Fachkreisen einen moderaten Skandal aus. In Besprechungen wurde dem Text u. a. »völlige Amoralität« und unkritische »Bewunderung eines Unmenschen« vorgeworfen, eine Kritik jedoch, die angesichts der oben zitierten Passage zumindest nicht durchgängig als berechtigt gelten kann. Zudem stellten einige Rezensenten weitreichende Überlegungen zu der Frage an, wer sich hinter dem Pseudonym Miston tatsächlich verbergen mochte. Die Ermittlungsarbeiten kamen jedoch über Spekulationen nie hinaus. Philippe de Meudon, der Autor des kontroversen geschichts- und populärwissenschaftlichen Werks, blieb unerkannt, seine Stellung als Chefredakteur des *Miroir* und Chef von Anne Girardoux unangetastet. Ein bizarrer Zufall, dass nun mit Toirsier ein ehemaliger Redaktions-Hoffnungsträger im Haus seines favorisierten Studienobjekts lebte bzw. (Marom!) zu leben glaubte.

9
Aus den Gehirnschriften der Eglantine Butragnole[117]

Es gibt keinen einzigen vernünftigen Grund, leben zu wollen. Das absurde Einerlei. Das Gefresse. Lebensmittel, allein das Wort schon! Ich möchte den Kollegen und den Richtern und den Vögeln in ihre verdammten Visagen spucken.

Jede Scheidung ist gut. Denn durch eine Scheidung wird etwas zerstört. Und jede Eheschließung ist gut, denn aus jeder Eheschließung wird eine Scheidung.

Der Himmel über Saint-Catherine sur Melons. Schaut nur hoch: Zitterndes Blau umringt die höhnisch grinsende Sonne. Lach nur, du kleine Nutte! Ich knalle dir Unterhaltsklagen rein, bis Blut aus deinen verklebten Flecken tropft.

Gleich Termin. Und dann noch einen. Grauenhaft, aber auch sehr gut. S'il vous plait, welche Ekelkombination darf ich heute zertrümmern? Welchem verstumpften Hengst werde ich heute per Zahlungsbefehl und Vermögenssplitterung die vorwitzigen Nüstern flambieren? Du willst deine Kinder sehen? Wenigstens einmal pro Dekade? Deine Kinder sieht niemand mehr. Die lasse ich per Gerichtsbeschluss und unter Aufsicht des Jugendamts in einer Fischreuse vor Cap Souvert versenken. Die werden Krebsfutter. Ob ich selbst Kinder habe, begehren Sie zu wissen? Selbstverständlich. Aber die leben bei meinem Mann. Und wo mein Mann lebt? Nun, der faulenzt im Jenseits weiter. Sonst noch Fragen?

Dieser Himmel! Diese Geräusche! Diese Spießer. Beruf als Folter, am Wochenende Fressen und blöder Sport. Ich sehe besser aus als je zuvor. Ich möchte, dass die Gilotte in einem gefräßigen Atomblitz zerglüht, alle Häuser, die ich gütergetrennt habe, und alle Frisuren und alle Samenstränge zu einer widerlichen Suppe eingekocht werden, die dann diese Scheiß-Sozialisten, die an allem die Schuld tragen, auslöffeln müssen. Bis zum allerletzten glibberigen Tropfen. Patrick Esnèr,

117 Rechtsbeistand und langjährige Freundin von Caroline Bertesse-Esnèr, Schwerpunkt Scheidungsrecht, Stundensatz: 450 Euro.

du widerwärtige, ewig gestrige Gleichmacher-Wanze. Deinesgleichen ist landesweit abserviert, ihr seid nicht mal mehr Geschichte, trotzdem willst du, dass ich sogar für Folter Steuern zahle? *Noch mehr* Steuern? Warte ab, *du* wirst zahlen. Jeden Cent deines Boche-Gehalts lasse ich doppelt pfänden. Oh, schaut her, ich sehe aus wie der tolle Bernard Hinault. Schnauze! Halt den Rand, du fett grinsendes, von dir selbst verstümmeltes Bolschewiken-Schwein. Nur damit wir uns richtig verstehen: Ich werde auf keinen Fall in deinen Steuer-Gulag wandern. Morgen treffe ich die Ziege Caroline, deine Frau, aus der ich höchstpersönlich deine gierige, mitleidlose Ex-Frau schnitzen werde. Unter uns: Da muss ich nicht viel tun. Carolines Anlagen sind hervorragend. Lieber Patrick, wir werden eine Strategie aushecken, dass dir die Maul- und Klauenseuche durchs Testikelwasser gurgelt. Warte nur ab.

Bon, es ist soundso viel Uhr. Ich sitze im Auto. Und zwar mitten am Tag im höllischen Saint-Catherine. Das Wetter ist entzückend. Eiter-Sommer in der Nibe-Gilotte. Aber besuchen Sie uns auch in der Nebensaison, erforschen Sie auch unsere Nebenhöhlen. Dem Nächsten, den ich treffe, werde ich zu Tode rechtsbeistehen. Den Nächsten, der durch die Kanzleitür tropft, werde ich eigenhändig ausstopfen und als Mahnmal dem Rechtsmuseum in Caen spenden.

Aber erst mal in die Onglerie Corinne Octraz. Erstes Haus am Platz, wenn man nicht mehr leben will. Und danach tanken. Was ist das für ein Opa da vorne? Der hat ein Stethoskop um den Hals! Soll ich den umfahren? Von wegen unsterblich, du Mumie!

Ich werde, Gott ist mein Kronzeuge, niemals mehr unglücklich sein.

Teil 9
Schlachthof und Ordnung

1

Montag, 03.07.2023, das Werksgelände des Schlacht- und Verwaltungszentrums Südwest der Milaut SA unweit von Monéclair, Département Gilotte

Auf Parkplatz E herrschte geschäftiges Treiben. Die »Milaunauten« kamen aus allen Richtungen herbeigefahren, rangierten ihre meist aus einheimischer Produktion stammenden Wagen ein und verließen dann diese privatistischen Kokons, um in einem der Milaut-Gebäuderiegel zu verschwinden und sich in einem anderen, größeren Organismus aufzulösen. Fleischverarbeitung, wie ihm jetzt einfiel, Fleischverarbeitung in jeder Hinsicht.

Marc Toirsier hatte den frisch geleasten Audi A12 ebenfalls behutsam in eine Parklücke gesteuert, den durchzugsstarken Elektromotor abgestellt, jedoch noch keine Anstalten zum Aussteigen gemacht. Stattdessen beobachtete der Ex-Journalist seine neuen Kollegen, stellte sich deren Namen und übungshalber auch deren Lebensgeschichten vor, bevor er schließlich drei lose DIN-A4-Blätter aus der Emile-Costard-Anzugjackenseitentasche zog und erneut, und zwar mit dem Ausdruck höchster Konzentration, zu lesen begann.

Schlachthof und Ordnung oder Mein letzter Tag als Journalist

Wir erreichen unser Ziel im Morgengrauen. Jean-Luc Béchamet, mein langjähriger Fotograf, stoppt den Wagen, macht noch hinter dem Steuer erste Aufnahmen. Vor uns erstreckt sich ein flaches Tal, darin eingebettet ein ausgedehnter Industrie- und Bürokomplex. Ich nehme eine der Broschüren aus dem Handschuhfach. Auf dem Cover das große Milaut-Zentrum für den Nordwesten, gut eine halbe Stunde nördlich von Nantes. Ein anderer Betrieb, doch exakt identische Komponenten. Ein Ensemble schneeweißer Bauklötze, aus der Ferne fotografiert. Das Milaut-Konzept: saubere, unverdächtig langweilige Gewerbeparkarchitektur, stets etwas abseits liegend, dennoch gut angeschlossen an das Fernstraßennetz. Seit den späten Achtzigerjahren sind in Frankreich insgesamt elf solcher Anlagen entstanden.

Ein neuer Tag erwacht über der sanften Landschaft der östlichen Gilotte. Die Luft ist feucht. Es riecht nach Thymian und Heu. Ein Eichenwäldchen, eine taubenetzte Weide, Rinder. Eine ganze Herde. Muskulös, tiefbraun, typisch für diese Region des Südwestens. Die Tiere grasen eng beieinander, manche schauen zu uns herüber. Atemdampf steigt in Schwaden auf, blassorange gefärbt von der über der Hügelkuppe aufgehenden Oktobersonne. »Die stehen da nicht umsonst«, murmelt Jean-Luc. »Die warten auf den Auslöser.« Ich frage mich: Wie viele ihrer Artgenossen haben die wohl schon beobachtet? Auf dem Weg hinunter ins Tal, mit rosa Zungen am Metallgestänge der Transporter, die – wie Milaut immer wieder betont – modernste Tierschutzstandards noch übertreffen. Milaut garantiert maximalen Komfort. Fünf-Sterne-Rinderreisebusse. Jean-Luc macht noch mehr Aufnahmen. Die Tiere rühren sich nicht. Irgendwann werden auch sie ins Tal fahren. Ich hatte erwartet, nervöser zu sein.

Anderthalb Stunden später (nach Croissants und Kaffee im nur wenige Kilometer vom Milaut-Fleischtempel entfernten Dörfchen Monéclair) sitzen wir in einem modern eingerichteten Tagungsraum. Auf dem mindestens fünf Meter langen Tisch hat man eine Auswahl nicht alkoholischer Getränke sowie weitere Milaut-Literatur platziert – säuberlich geschichtete Stapel mit Firmenprospekten, Dossiers, Pressemappen. Eines der Hefte, »Milaut pour la communauté«, informiert über die sozialen Aktivitäten des Unternehmens. Milaut richtet Bibliotheken und Jugendzentren ein, unterstützt Sportvereine, sogar regionale Naturschutzinitiativen. Einmal im Jahr veranstaltet man die französischen Zerlegemeisterschaften, und für die Aktion »Rêve d'enfant«, die sich um die Belange schwerstbehinderter Kinder kümmert, konnten zahlreiche prominente Schirmherren gewonnen werden. Ich lerne: Die 1,4 Millionen Rinder und gut 12 Millionen Schweine, die von Milaut jährlich in die Verwertungsprozesse eingespeist werden, bluten für einen guten Zweck aus.

Der Schlachtpädagoge

Die Tür öffnet sich, ein athletischer Mittvierziger in einem weißen Kittel mit dem dezenten Milaut-Logo kommt auf uns zu. Das muss Patrick Esnèr sein. Mit seinem sonnengegerbten Teint, dem starken Kinn und den fröhlichen Augen erinnert er an den früheren Tour-Sieger Bernard Hinault, und dieser starken, behaarten Hand, die nun nach uns greift, traut man eher Arbeit im Stall als das Begrüßen von Journalisten zu. Man hat mich eindringlich vor den Milaut-Öffentlichkeitsarbeitern gewarnt. Nach schlechten Erfahrungen mit Pariser PR-Spezialisten, so die Legende, setze das Unternehmen mittlerweile auf Männer aus der Praxis. Glaubwürdige Amateure, die ausdrücklich nicht auf jede Frage eine befriedigende, Schmutz abweisende Antwort parat haben sollen. Wahrscheinlich auch das die Idee von Pariser PR-Spezialisten. Der Mann vor uns ist ein Prototyp des neuen Milaut-Images. Er spricht mit dem kehligen Akzent der Region, sein Vater besaß, wie wir bald erfahren, tatsächlich einen Hof, kaum zwanzig Kilometer entfernt. »Bei uns zu Hause kam der Schlachter zweimal pro Jahr«, berichtet Esnèr, während wir uns aus einer Karaffe mit frisch gepresstem Orangensaft bedienen. »Das klingt vielleicht idyllisch, aber meinem alten Herrn standen jedes Mal die Tränen in den Augen.« Ich erwähne den Transport, den damit verbundenen Stress für die Tiere, gebe zu bedenken, dass zumindest der den Tieren seines Vaters erspart geblieben sei. Esnèr weist auf die extra für Milaut entworfenen Komfort-Lkws hin, die strikten Kontrollen der Spediteure. »Aber vermutlich haben Sie recht«, fügt er dann mit nachdenklichem Gesicht hinzu, »die Rinder meines Vaters hatten es besser.« Jean-Luc und ich schauen uns an. Einen Augenblick sind wir sprachlos. Unterhalten wir uns hier wirklich mit einem kritischen, unabhängig denkenden Angestellten?

Nach diesem ersten Höhepunkt vergeht eine Weile mit harmlosen Plaudereien. Patrick erkundigt sich, wie unsere Fahrt verlaufen ist. Er zeigt sich interessiert an Jean-Lucs Ausrüstung. Sein Ton ist jovial, der Raum ist behaglich, die Orangen für den Saft stammen aus biologischem Anbau. Ich stelle fest, dass ich mich wohlfühle. Praktisch gegen meinen Willen habe ich Vertrauen gefasst. Wir sind hier, um die Realität des maschinellen Tötens zu erleben. Wir wollen und wir werden heute das Sterben sehen. Doch es erscheint mir beinahe tröstlich, dies in Begleitung eines so sympathischen Mannes wie Patrick Esnèr zu tun. Apropos, unser Betreuer schaut jetzt auf die Uhr. »Meine Herren, sind Sie bereit?« Er klingt aufmunternd und fürsorglich zugleich. Wir sind bereit. Das hoffe ich zumindest. Nein, wir sind bereit.

Das behagliche Tor zur Hölle

Das Erste, was ich sehe, spüre, selbst rieche, ist ein überwältigendes Weiß. Wir sind weiß, alles ist weiß, Patrick Esnèr geht voran. Zu seinem Milaut-Kittel trägt er jetzt auch weiße Plastikhandschuhe, eine weiße Haube und weiße Schuhüberzüge. Er ist kaum noch von der Umgebung zu unterscheiden. Es ist, als würde allein sein Gesicht durch ein grelles Vakuum schweben, und unwillkürlich suchen meine Augen nach Kontrasten, entdecken am Boden kleine orange Markierungen und Pfeile. Wegweiser für die Tiere? Das Milaut-Schlachtvieh als autarker Verkehrsteilnehmer?

Wir gehen durch eine Art Forschungslabor, eine Weltraumstation; das Gefühl, dass die Dinge hier drinnen mit der Welt da draußen nichts zu tun haben, wird überwältigend. Aber natürlich gibt es

Verbindungen. Die Laderampen zum Beispiel, oder der Wartepferch, den Patrick uns jetzt zeigen will. Wir steigen Treppen hinauf zu einer Galerie, einem verglasten Laubengang. Der Raum, den wir nun von oben inspizieren, sieht ganz anders aus, regelrecht freundlich: warme Töne, Holz, indirektes Licht. Milaut hat einen gemütlichen, sehr geräumigen, traditionellen Stall nachgebaut. Der Boden ist mit frischem Stroh ausgelegt. Patrick informiert uns über Experimente mit klassischer Musik, mit Vogelgezwitscher. Man sei ständig auf der Suche nach Möglichkeiten, die letzten Minuten, jene Augenblicke, in denen die Tiere bereits Gefahr wittern, so angenehm und stressfrei wie möglich zu gestalten. Und zwar ohne medikamentöse Unterstützung. Wieder Esnèrs entwaffnende Ehrlichkeit, als er einräumt, dass solche Experimente letztlich vor allem im Hinblick auf die Fleischqualität stattfänden. Stresshormone könne man schmecken, fügt er hinzu und deutet dann auf eine große, dennoch dezente, beinahe getarnte Öffnung in einer der Holzwände des Rinderwarteraums: »Da müssen sie durch.«

Ich starre die Luke an, möchte sie als Tor zur Hölle begreifen. Als Ansaugstutzen einer schrecklichen Maschine. Doch das gelingt nicht. Das heißt, es gelingt mir schon, nur erschreckt mich die Vorstellung kaum. Es geschieht etwas anderes mit mir, während Jean-Luc seine Bilder macht. Seine Nikon ist im Dauereinsatz. Immer wieder nimmt er eine Ecke des Pferchs auf, in der das Stroh eine Art Mulde gebildet hat. Dort hat etwas gelegen, das ist offensichtlich. Jean-Luc fragt, was geschieht, wenn ein Rind sich weigert aufzustehen. Falls ein Tier partout keine Lust hat, durch den Schacht ins Nirwana zu spazieren. Auf Patricks Gesicht ist dieses Bernard-Hinault-Lächeln (nach einem Sieg in Alpe d'Huez), die beinahe bubenhafte Fröhlichkeit verschwunden. Gerade deswegen erwarte ich jetzt irgendetwas besonders Ausgeklügeltes von ihm, eine Lösung, die dem letzten Schrei zeitgenössischer Schlachttierpädagogik entspricht. Stattdessen öffnet er einen Metallspind und holt einen schwarzen, gut achtzig Zentimeter langen Stock heraus. »Mit diesem Ding bekommen wir das relativ problemlos hin.« Er deutet auf einen Knopf am Knauf des Stocks. »Keine große Ladung, in etwa wie an einem Weidezaun. Auf keinen Fall schmerzvoll, aber eine deutliche … tja, wie nenne ich das … eine deutliche Aufforderung.«

Selbstversuche

»Machen Sie mal!« Ich halte ihm den Unterarm hin. Ich fühle mich sehr gut, mein Puls ist normal, der Orangensaft hat mir zusätzliche Entschlossenheit verliehen. Meine Gehirnströme murmeln friedlich durch ein schnurgerades Flussbett, das die beiden gestern Abend eingeworfenen R200 zuverlässig und immer weiter für mich ausbaggern, auch wenn nicht auszuschließen ist, dass dieses Zeug meine Fleischqualität beeinträchtigt.

Esnèr tippt mit dem Stock in meine Armbeuge und drückt auf den Knopf. Ups, ein kleiner Schlag.

»Noch mal!«, herrsche ich ihn spaßig an. »Ich bin eine widerborstige, eigensinnige französische Kuh. Ich bin in der CGT[118].«

»Haha«, macht Esnèr, »genau wie ich. Na gut …« Er drückt erneut auf den Knopf. Das Gefühl gefällt mir ganz gut, obwohl ich das Wegzucken auch diesmal nicht unterdrücken kann. Im Hintergrund das Klicken von Jean-Lucs Kamera.

»Genossin Kuh, Schluss jetzt mit den Experimenten«, sagt Patrick aufmunternd. »Dürfte ich Sie nun zum Schlachtvorgang bitten.«

»Aber mit dem allergrößten Vergnügen, Maître Esnèr. Genau deswegen habe ich die lange Reise auf mich genommen.« Jean-Luc schaut von seiner Nikon auf. In seinem Blick liegt Befremden. Das ist gut. Meine Arbeit will genau das. Aufwühlen. *Ich* habe noch nicht aufgegeben.

Patrick geht voran, wir verlassen unsere Beobachtungsstation, stehen wieder inmitten dieser großen, wirklich blendend weißen Halle, gelangen dann in eine andere, gehen weiter. Gehäutete Rinderleichen

---

118 CGT: Confédération Générale du Travail, traditionsreichste und radikalste unter den französischen Mainstreamgewerkschaften. Seit dem Ende des Ost-West-Konflikts und dem damit einhergehenden Wegfall der (linken) Systemalternative widerwillige Öffnung zum demokratischen Sozialismus, jedoch nicht, wie Torsier hier fälschlicherweise behauptet, zu den mannigfaltig ausgebeuteten Angehörigen der Familie der Hornträger.

hängen an Förderbändern, Männer hantieren mit langen Messern. Das Rot des Bluts bildet einen intensiven Kontrast zum Klinikweiß der Umgebung. Ich erwäge, Patrick auf die ästhetische Problemlage hinzuweisen, frage dann aber lediglich, wohin wir unterwegs sind.

»In die zentrale Videoüberwachung«, antwortet Patrick. Alle Stationen, die ein Tier bei Milaut durchlaufe, würden dokumentiert. Und zwar lückenlos. Auf diese Weise garantiere man optimale Sicherheit und Qualität. Irgendwelche Exzesse von Mitarbeitern gebe es bei Milaut nicht. Und wenn doch, dann ... genau ein einziges Mal.«

»Exzesse?«, hakt Jean-Luc nach.

Es sei erwiesen, entgegnet Patrick, dass bei Menschen, die im Tötungsbereich arbeiten, im Laufe der Zeit eine gewisse Abstumpfung eintreten könne.

»Abstumpfung?« Jean-Lucs Stimme klingt hart und unerbittlich. Auch wenn sich etwas in mir mehr und mehr einen harmonischen Ablauf dieses Vormittags wünscht, bewundere ich seine Konsequenz und Professionalität.

Patricks Ausdruck ist klar und ernst. Ein Mann, der die Konfrontation nicht sucht, sie aber auch nicht scheut.

»Ich vermute, Sie haben das Buch dieses Amerikaners gelesen, der sich mit der amerikanischen Lebensmittelindustrie beschäftigt?«

»Fleischindustrie«, präzisiere ich.

»Genau. Und dort werden ja sehr detailliert ... Vorfälle beschrieben, Grausamkeiten.«

»Sie meinen, wenn jemand einem Schwein einfach so den Rüssel abschneidet. Zum Spaß, als Unterhaltung für die Kollegen?« Jean-Luc erscheint mir jetzt ernsthaft gereizt. Offen gestanden, verstehe ich seine schlechte Laune nicht.

»Ja, derartige Vorfälle meine ich. Aber kommen Sie jetzt bitte mit, in der zentralen Videoüberwachung können Sie sich ein Bild machen, wie die Arbeitsprozesse bei Milaut organisiert sind. Und warum solche«, Patrick bleibt einen Moment stehen, »warum solche Perversionen bei uns nicht vorkommen können. Wir planen übrigens, die Schlachtungen in Echtzeit online zu stellen, sie praktisch live zu übertragen, im Sinne einer optimierten Transparenz. Unser

Endziel ist es, den gesamten Lebensweg zum Beispiel eines Kalbs zu dokumentieren, von der Geburt bis zum …«

»Dahinscheiden?«, hilft Jean-Luc aus.

»Wenn Sie so wollen«, sagt Patrick mit resigniertem Ton. Wie aufrichtig, wie sympathisch mir dieser männliche Südwestfranzose vorkommt. Es müsste ein Vergnügen sein, von ihm höchstpersönlich entbeint zu werden. Hinter meiner Stirnplatte, rechts versetzt von der Nasenwurzel, spüre ich dieses leise, wohlige Marazepam-Gurgeln. Es ist alles gut. Glaube ich.

»Aber«, beginne ich daher eine neue, meine bisher vielleicht investigativste Frage, »fürchten Sie nicht, dass solche Live-Aufnahmen von manchen Leuten als Masturbationsvorlage missbraucht werden?«

Jean-Luc und Patrick schauen mich an. In ihrem Blick liegt … was liegt in ihrem Blick? Bin ich Psychiater?

Marc Toirsier starrte noch einen Augenblick auf den letzten Absatz. Kein Zweifel, das hatte *er* geschrieben. Jedenfalls eine bis oben hin mit Marom zugestopfte Version von ihm. Ab heute würde er überprüfen, wie sich die Realität anfühlte. Seine erste Woche bei Milaut sollte, so war es vereinbart, allein aus Bestandsaufnahmen bestehen. Aus Notizen und Impressionen. Der Plan lautete: herumstreifen, sich ein Bild machen und dann einen neuen Artikel schreiben. Diesmal allerdings nicht für de Meudons Pariser Schmierblatt, sondern für den *Postillon d'intestines.*[119]

---

119 *Le Postillon d'intestines*: Das intellektuellere der beiden Milaut-internen Mitarbeitermagazine, dessen politisch progressive, mitunter auch scharf satirische Ausrichtung von einer radikal innovativen Geschäftsleitung so gut wie nie sanktioniert, sondern im Gegenteil weitestgehend mitgetragen, sogar gefördert und gefordert wurde. Überdies entwickelte sich der *Postillon* in den letzten Jahren zumindest ansatzweise in Richtung investigativer Journalismus. So deckte das Milaut-Schlachterblättchen einen Abwasserskandal in der Region Perpignan sowie, sehr zum Leidwesen eines P. Esnèr übrigens, eine Bestechungsaffäre unter prominenten bretonischen PS-Kadern auf. Unter der Rubrik Histoires hachées wurden zudem seit etwa 2010 ernsthafte Schritte hin zu einer journalistisch-literarischen Avantgarde unternommen. Genau für diesen Platz im Heft war auch der erste Artikel des Marc Toirsier vorgesehen.

Toirsier schaute auf seine Uhr[120]: 07.55 Uhr. Die Schlachtvorgänge waren bereits seit Stunden im Gange. Eigentlich hatten sie nie ausgesetzt. Milaut verarbeitete und veredelte rund um die Uhr, seit den massiven internationalen Zukäufen kurz vor der Jahrtausendwende sogar rund um den Globus. Die Blutsonne der Gebrüder Milaut, fiel Toirsier plötzlich ein, ging niemals unter. Gute Schlagzeile, fand er. Vor seinem geistigen Auge tauchten Expeditionen zu abseits gelegenen mongolischen Molekular-Schlachtbetrieben auf. Erstaunlich, aber er hatte richtig Lust, für diese Firma zu arbeiten. Zu schreiben. Er sah sich bereits als Hirn und publizistisches Gewissen der Organisation. Denkanstöße geben, das wollte er, Zukunft und Mehrwert generieren. Und Jean-Luc? Den kontaktieren und schon mal vorfühlen? Sicher, der *Postillon* hatte eigene Fotografen, aber Béchamet war nun mal anerkannt, auch international. Ihn zu engagieren, bedeutete Renommee. Aber Geduld! Wozu die Dinge überstürzen, weshalb die Leute beim *Postillon* vor den Kopf stoßen? Seine Tage in verantwortlicher Position würden kommen.

Toirsier steckte die Papiere wieder ein, warf einen letzten Blick in den Rückspiegel und erblickte dort ein markantes, braun gebranntes, mit dekorativem Bart versehenes Abenteurergesicht. Ein eindrucksvoller, beinahe einschüchternder Gesamteindruck, zu dem nicht zuletzt die quarzblauen Augen beitrugen, deren Blick mit dem Adjektiv »stechend« nur sehr unzureichend, eigentlich sogar völlig unzutreffend beschrieben wäre. Diese Augen sahen bereits etwas, wovon ihr Besitzer zu diesem Zeitpunkt noch nichts wissen konnte.

Er stieg aus. Die Luft war klar, sogar noch ein wenig frisch, der Himmel über dem sanften, im Osten der Gilotte gelegenen Tal leuchtete blau. Der perfekte Tag für einen Neubeginn. Ein kurzer Orientierungsrundblick, dann hatte er sein Ziel ausgemacht, jenen der modernen Milaut-Verwaltungsblocks, von dem aus er künftig die Entwicklung der Firma journalistisch und künstlerisch begleiten würde. Der Pendler-

120 Patek Philippe, 8900 CHF (Kaufpreis Stand 2019), ein Geschenk von Toirsiers hochbourgeoisem Genfer Großvater. In Paris, vor allem in der von kleinbürgerlichen Anarchisten durchsetzten Redaktion des *Miroir* hatte er sich nie getraut, das hochwertige Produkt zu tragen. Jetzt hingegen … Wer den Kampf gegen Marazepam aufnahm, hatte letztlich vor nichts mehr Angst.

verkehr auf Parkplatz E war indessen abgeflaut, in die Renault- oder Citroën-Motorengeräusche der wenigen Nachzügler mischte sich bereits wieder Vogelgezwitscher. Marc Toirsier blieb noch einmal stehen. War etwas von dem zu hören, was weiter hinten vor sich ging? In den gut einen Kilometer entfernt gelegenen Produktionsanlagen? Nein, nichts. Das Kreischen tropfender Sägen, das Keuchen und Heulen, das panische Rasseln letzter Atemzüge – die akustische Untermalung seiner beruflichen Zukunft[121] spielte sich allein auf der Innenseite seiner Schädelknochen ab. Vorerst.

2

Telefonat Eheleute Caroline und Patrick Esnèr, Montag, 03.07.2023, 11.23 Uhr

»Patrick Immanuel Esnèr?«

»Emanuel? Seit wann heißt du Emanuel?«

»I-mmanuel.«

»D'accord … und seit wann heißt du I-mmanuel?«

»Caroline, mein Engel, was kann ich für dich tun?«

»Der Termin ist am 21. August, um 14.45 Uhr. Amtsgericht Saint-Catherine.«

»Welcher Termin?«

»Der Unsere-Ehe-ist-endlich-beendet-Termin, Patrick.«

»So schnell? Gibt es da nicht irgendwelche Fristen?«

»Möglich, aber Eglantine hat alles geregelt. Ich kann dir übrigens nur nochmals dringend empfehlen, dir endlich einen Anwalt zu suchen, Patrick. Mir ist das egal, aber willst du wirklich, dass dir hundertzehn Prozent deines Gehalts gepfändet werden? Sollen dich die Mädchen demnächst unter einer Brücke besuchen? Eglantine ist motiviert, das weißt

121 Schon drei Tage vor seinem offiziellen Eintritt in die Firma hatte Toirsier das Konzept zu einer Serie von Smartphone-Signaltönen für Milaut-Mitarbeiter und -Fans entwickelt, die aus genau jenen live mitgeschnittenen Action-Soundbites (Produkttitel u. a.: »Huhn frisch ohne Kopf (Flatter-Cut)«, »Rind nicht richtig betäubt«, »Ferkel-Choräle besingen das Jenseits«, »Brüllen und Schreien – alle Arten« (Mix)) bestanden. Die Idee wurde umgehend nach Paris gemeldet, vonseiten der Milaut-PR-Gesamtleitung sogar wohlwollend aufgenommen, aber letztlich abgelehnt.

du. Die Tatsache, dass du sie gefickt hast, ändert daran überhaupt nichts. Im Gegenteil. Außerdem sagt sie, das stimmt nicht. Du hättest sie mal angemacht, nach einer deiner verknöcherten Dorfsozi-Feten. Mehr nicht.«

»Das sagt sie?«

»Ja.«

»Und wenn ich dir sage, dass sie etwa zwei Zentimeter rechts vom Schambein eine völlig idiotische Tätowierung hat?«

»Aha, was für eine?«

»Zwei ineinander verhakte Eheringe, durch die ein Blitz fährt. Und in den Blitz sind irgendwie die Initialen E und B eingearbeitet.«

»Das hast du dir doch gerade ausgedacht! Ich glaube dir kein Wort, Patrick. Aber mir fällt auf, dass du richtig Fantasie bekommen hast. Scheint ein inspirierender Ort zu sein, dieses Ebratal.«

»Worauf du dich verlassen kannst, mein Schatz. Ich erlebe die bislang besten Momente meiner Karriere. Du weißt, ich stehe zu Milaut. Ich werde immer ein Mann der Fleischverarbeitung bleiben. Aber Winston ist einfach eine ganz andere Liga. Unsere Produkte sind … ich weiß gar nicht, wie ich das beschreiben soll … einfach fabelhaft. Entzückend. Bunte Regenbogen, die hinüberleiten ins Paradies.«

»Mein Gott, Patrick, wie du dich anhörst!«

»Nächste Woche fliege ich nach Fishbach. Darauf freue ich mich sehr. Man munkelt, dass das nächste Upgrade ansteht, und wir, also die europäische Geschäftsleitungsebene, sollen die Ersten sein, die probieren dürfen.«

»Geschäftsleitung? Du gehörst zur Geschäftsleitung?«

»Nein, noch nicht. Natürlich nicht. Aber ich fliege mit. Wir alle werden nach Fishbach gehen, und danach nach Saromette/Wisconsin, für eine neue Feldstudie. Wir werden in die Zukunft schauen, Chérie, und dein Termin interessiert mich einen Scheiß.«

»Patrick, ich …«

»… zum Teufel mit Eglantine. Wenn sie nicht aufpasst, kommt irgendwann mal jemand bei ihr in der Kanzlei vorbei und macht sie eine Nase kürzer. Bestell ihr das! Ich habe keine Zeit für eure kleinbürgerliche Erbsenzählerei. Ich habe eine anspruchsvolle Aufgabe, ich gestalte, ich lerne Deutsch. Und ich bin verliebt.«

»Verliebt? In wen?«

»Sie heißt Gina Vermehren, und sie ist ein Mythos. Ich sammele Bilder von ihr. Sie hat unseren ehemaligen Chef, der ebenfalls ein Mythos ist, kaltgemacht. Und zwei Bullen noch dazu.«

»Du klingst verwirrt, Patrick, aber das geht mich nichts an. Der Termin steht. Wenn du auch weiter Emile-Costard-Anzüge tragen willst, empfehle ich dir dringend, zu erscheinen.«

»Eine letzte Frage, Caroline.«

»Nur zu.«

»Du und dieses Wrack Toirsier: Seid ihr glücklich da draußen am Strand?«

»Ja.«

»Wirklich?«

»Ja.«

3

Montag, 03.07.2023, 21.02 Uhr, Saint-Catherine sur Melons, das Restaurant *La petite Gilottine*

Gerhard Paul Bunnemann war nach wie vor ein Mann simultaner Aufgabenabwicklung, weswegen sich der weit über hundertjährige Frontarzt vor dem *Gilottine*, dem preiswerteren seiner beiden Stammrestaurants in Saint-Catherine, folgenden Aktivitäten mehr oder weniger gleichzeitig widmete:

a. Observation des regen, aber nicht übermäßigen, nicht unangenehmen Fußgängerverkehrs auf der idyllischen Hafenpromenade des ehemaligen Fischerdorfs; b. Studium einer Speisekarte, die allein vier verschiedene Muscheltopf-Variationen bereithielt; c. Kontaktanbahnung mit dieser bezaubernden jungen Person, die vor ihm zwischen den Tischen umhersauste und, so seine Spontandiagnose, eine erstaunliche Mischung aus Anmut, Energie und Herzlichkeit ausstrahlte, sowie schließlich das Ignorieren der mit Vehemenz vorgetragenen Satzkaskaden, die seit einiger Zeit aus seinem uralten, mittlerweile höchstwahrscheinlich Sammlerwert besitzenden Smartphone direkt in seine

Gehörgänge tropften und deren Urheberin nicht etwa Bunnemanns verstorbene Ehefrau Hildegard, sondern Annegret Albers war, die langjährige und wahrscheinlich unersetzliche Sprechstundenhilfe des hochdekorierten Ostfeldzüglers und (nur wenig später) passionierten Ostermarschierers.

»... Das wissen Sie, Herr Doktor, ich bin nun wirklich keine, die sich immer beschwert, wenn es mal was zu tun gibt, wenn das Wartezimmer aus allen Nähten platzt. Ich war immer da, das müssen Sie zugeben ... damals, als diese Cortaphyl-Monster uns die Praxis geflutet haben, können Sie sich daran noch erinnern? Die Walter fing natürlich sofort wieder das Heulen an, aber Sie und ich, wir haben den Betrieb am Laufen gehalten und die Viecher eines nach dem anderen wegbehandelt. Herr Doktor, Sie wissen, was ich sagen will, ich bin keine, die sofort die Nerven verliert. Ich stelle mich nicht an und kann auch schon mal die eine oder andere Grippe selber machen, aber was hier seit Freitag los ist, können Sie sich nicht vorstellen. Frau Doktor Ukembe[122] tut, was sie kann. Da beschwere ich mich nicht. Das ist eine ganz patente junge Ärztin. Aber es ist einfach nicht zu bewältigen. Wir haben Monatsanfang, und Sie wussten doch, dass ... Frau Ukembe will das Zeug nicht verschreiben. Hatten Sie das denn vergessen? Die ist Christin. Das hat sie uns heute Morgen noch mal gesagt. Und gerade jetzt haben wir Monatsanfang, Herr Doktor. Die ganzen Vierwochenbezüglinge sind heute hereingekrochen. Diese Typen haben den ganzen Tag vor der Praxis herumgelungert. Ich bin irgendwann nach draußen und habe denen gesagt, sie sollen verschwinden, oder ich hole die Polizei, wissen Sie, was einer daraufhin gemacht hat? Der hat sich vor der Tür ein Auge rausgerissen und das dann in den Briefkasten geschmissen. Wir mussten heute *drei Mal* den Rettungswagen holen. Und die Ukembe sitzt drinnen und quasselt mit jeder Patientin drei Ewigkeiten, und zwischendurch wird gebetet. Die Walter keift rum, Augäpfel, das Geheule, die Schweißbäche. Ich sage Ihnen, dieses Marom ... ich weiß

---

122 Dr. Joan Ukembe, Urenkelin von Dr. Zacharias Ukembe, Gastgeber der Bunnemanns im Belengi-Krater 1958. Eine lebenslange, Generationen und Kontinente übergreifende Medizinerfreundschaft.

wirklich nicht, wie ich das heute überstanden habe. Und wissen Sie, was das Beste war? Um vier Uhr kommt auch noch der Menke zur Tür reingeschwankt. Wir haben doch gedacht, der ist wegen Leberschlag hinüber. Aber nichts da. Der war in Form wie immer. Der …«

In diesem Augenblick bemerkte ihn endlich die Kellnerin. Bunnemann legte das Telefon vorsichtig auf den Tisch.

»Vous avez choisi?« Das Lächeln der Französin war geradezu infektiös.

»Oui, Moules-frites traditionelles, et une bouteille de Château-Lapin, s'il vous plait.«

»Parfait, c'est noté.«

»Merci, mein Kind.«

»Merci à *vous*.«

Gespielt strenger Gesichtsausdruck, dann wieder das Lächeln, halb herausfordernd, halb gütig, schließlich der Abgang zurück ins Restaurantinnere. Leichte Pendelbewegungen des Beckens, dezenter, aber nachdrücklicher Hüftschwung. Bunnemann sah der jungen Frau nach, seufzte dann einmal, dabei den Kopf kaum merklich schüttelnd. Der höchstdekorierte Arzt des Ostfeldzugs sah in diesem Moment für sich genau zwei Idealszenarien: wieder jung oder, besser noch, endlich tot sein.

4

Die Autobahn A15, nordöstlich der Stadt Charleroi, 17.10.2024, 23.12 Uhr

»Oui allô?«

»… Hallo Anne.«

»…«

»…«

»Thorsten, bist du es?«

»Ja.«

»…«

»…«

»Wo bist du? Ich meine …?«

»… freust du dich?«

»Ich … ja, ich freue mich. Ich freue mich, dass du noch lebst … da sind Geräusche. Tu es dans une voiture?«

»Ich komme nach Paris.«

»Nach …«

»… ich bin in Belgien. Ich werde hier übernachten und morgen früh weiterfahren. Morgen Mittag spätestens bin ich da. Kann ich zu dir kommen? Ich meine, gibt es einen Mann oder so?«

»Du kannst kommen. Appelle-moi demain. Je … Ich bin wahrscheinlich bis vierzehn Uhr in der Redaktion, aber danach bin ich zu Hause.«

»Deine Adresse?«

»12bis Rue Général Mensonge, du musst durch das Vorderhaus. Der Code ist … den Code schreibe ich dir per SMS. Thorsten, wie lange haben wir uns nicht gesehen?«

»Elf Jahre, vier Monate und sechs Tage. Was ist mit Marc? Gibt es den noch?«

»Je ne sais pas. Certainement pas dans ma vie. Er ist aus Paris weggegangen, vor einiger Zeit … weil es mit den Tabletten immer schlimmer wurde. Marom – kennst du das?«

»Ja.«

»Er ist in den Südwesten gezogen. La Gilotte … c'est prétendument un département. Mais personne ici ne connaît cette region. Wir haben keinen Kontakt mehr, aber ich weiß, dass er dort für eine große Firma arbeitet. Milaut. Tu connais Milaut, n'est-ce pas?«

»Nein.«

»Fleisch! Die machen Fleisch. Dabei war Marc … wie heißt das bei euch? … végétalien. Etwas muss passiert sein mit ihm. Jemand hat mir erzählt, er würde Bücher schreiben, aber unter Pseudonym. Aber Philippe … Philippe de Meudon, unser Chef vom *Miroir*, hat gesagt, Marc ist tot.«

»Anne, ist es okay, wenn ich komme?«

»Ja. Ich glaube, wir haben uns viel zu erzählen.«

»Ich liebe dich immer noch.«

»Ich weiß … komm trotzdem.«

5

24.12.2025, der 434. und letzte Brief der Nele Hoffleit an die frühere Winston Pharmaceutics and Medical Care Deutschland Ltd. und jetzige Winston Health Solutions and Innovations Deutschland GmbH

Liebes Winston,

die flüsternden, kalten Schatten, sie sind da, und ich werde keine Marom mehr nehmen, um sie zu vertreiben.

Mein Bruder Thorsten ist tot, glaube ich. Und ein Mörder. Mein Vater ist in Amerika und hat mich nie geliebt. Meine Mutter ist eine Tablette. Ich bin und war immer: allein.

Danke. Leb wohl.

N.

Schlachthof und Ordnung – zweiter und letzter Teil
Eine Reise in die Mechanik des Sterbens
Von Marc Toirsier

Es ist Nacht, es ist still. Die Maschinerie schöpft Atem, hält einen Moment inne. Und ich? Ich bin zurück. Nach Monaten. Dort, wo ich hingehöre. Die Öffnung, der Schacht dahinter. Wie hatte Esnèr gesagt? »Da müssen sie durch.«

Zögern. Wie schwer es ist, diese Umgebung zu verlassen. Warme Töne, angenehme Materialien, eine dicke Schicht Stroh auf dem Boden. Die Milaut-Prä-Mortal-Pferche setzen auf Gemütlichkeit. Auf komfortabel ländliches Design. Doch da ist die Öffnung. Ich stehe vor dem holzvertäfelten Zugang zu einer anderen Welt. In der Rampe selber, meinte Esnèr damals, ist dann alles aus Metall. Ein spiegelnder Schlauch als Gangway zu den Bolzen. Unterwegs zur Auslöschung erlebt das Rind seine Vervielfältigung. Aufhebung durch Multiplizierung? Wissen Kühe, dass sie sind? Ich spüre ganz deutlich den Hohn dieser Firma. Bevor man sie in Filetstücke verwandelt, macht Milaut seinen Rohstoffen klar, dass sie einmal mehr waren als Entrecôte, als Dosenfutter. Dass sie momentan noch … *leben?* Aber warum? Was soll das?

Schade, dass Jean-Luc nicht hier ist. Jean-Luc war von Anfang an misstrauisch. Ihn konnte Esnèrs Charme nicht einfangen. Er hat das Böse gewittert wie die Kälber die stumpfen Kolben, die bald schon in ihr noch junges, noch argloses, noch erfahrungslos und sanft dahintapsendes Gehirn gejagt werden. Das will ich sehen, das will ich spüren. Genau deswegen bin ich hier. (An-)Teilnehmende Beobachtung. Method Writing. Newest Journalism. Also vorwärts. Die ersten Meter im Schacht. Hinunter zu den Apparaturen des Endes, den Maschinen des Danachs. Stille verwandelt sich in Dröhnen, zischendes Pressluftächzen, dazu gedämpftes Getrappel, Scharren, leises Brüllen. Woher? Wo sind die? Ich bin allein zwischen den Spiegeln, und im Boden haben Leuchtdioden zu blinken begonnen. Zuckende Lichter weisen den Weg, entwickeln einen Vorwärtssog. Selbst wenn ich wollte, ich könnte nicht umkehren. Aber ich will nicht. Im Gegenteil, ich bin einverstanden. Milaut, mein neuer Arbeitgeber, ist und war immer folgerichtig.

Ein Gefühl bohrender Zufriedenheit. Ein Gefühl wie bei der Beerdigung des eigenen Kindes. Das man immer gehasst hat.

Weiter! Voran! Es ist warm und wird wärmer, dazu verstehe ich diesen Geruch nicht. Es riecht so, wie noch nie etwas gerochen hat, und meine Gummisohlen schmatzen bei jedem Schritt. Die Schuhe wollen sich festsaugen, stehen bleiben, sie haben mehr Lebenswillen als ich. Auf widerwilligen Mokassins[123] spaziere ich durch die Gänge, die metallisch glänzenden Spiegelgedärme der Frères Milaut SA. Und ich schreibe für den *Postillon d'intestines*. Das Unternehmen ist überall um mich, es umhüllt mich total, dominiert meine Sinne. Dennoch wird mir in diesem Moment klar: Milaut ist lediglich Instrument! Dieses perfekte, kostenoptimierte und dabei – falls Patrick Esnèr nicht gelogen hat – höchsten Umwelt- und Tierschutzstandards entsprechende Schlacht-Universum gehorcht den Befehlen, ist winziger Bestandteil einer weit höheren, weit mächtigeren Ordnung. Ganz kurz bevor *meine* Leuchtdioden für immer verglimmen, begreife ich: Kein Zufall! Zufall gibt es nicht! Ich bin Sklave des Kapitäns Mersault, ich saß immer schon unter Deck, und man hatte immer schon ein Ziel für mich. Die Dinge sind vorherbestimmt. Sobald die erste Dosis geschluckt ist, sobald das weiße Gold die Speiseröhre hinunterfließt, gibt es nur noch den einen funkelnden Pfad.

Also gehe ich weiter. Ich bin gespannt, auf das, was kommt, ich bin ungeduldig, aber mein Puls ist ruhig. Es ist eine freudige, fröhliche

---

123 Aus »Maritime«, die authentische, stark atlantisch geprägte Herren-Freizeitlinie von Emile Costard. Dominante Farben: Weiß, Sand und Blau. Wetterfeste Jacken, grobe Pullover, gerade, schmucklos geschnittene Hosen, für den Sommer sachliche Poloshirts, karierte Hemden, kurze Marine-College-Jacken. Sämtliche Kleidungsstücke aus ökologisch angebauter Baumwolle. Dazu leichte, aber stabile Freizeitschuhe, pragmatische Slipper und Mokassins, geeignet für den professionellen Freizeit-Skipper ebenso wie für den ersten Sundowner in einer exklusiven, aber nicht prätentiösen Strandbar, 329,- Euro. Für Reiche, die Reiche nicht mögen, Arme natürlich erst recht nicht (wie z. B. Patrick Esnèr, Sozialist, Inhaber der goldenen Emile-Costard-Karte). Marc Toirsier, der sich in privaten und halb öffentlichen Zusammenhängen (z. B. in Carolines Haus, z. B. am Strand) am liebsten überhaupt nicht mehr kleidete und zudem das Wertesystem des primär auf bewusst konstruierten, in ihrer öffentlichen Konstruiertheit aber umso realer wirkenden Marken-Identitäten basierenden Post-Kapitalismus-Kapitalismus kategorisch ablehnte, war dem – wie ihm zu jedem Zeitpunkt bewusst blieb – radikal provinziellen Charme Costards unrettbar verfallen.

Erwartung. Eine Gewissheit. Der Schacht macht eine sanfte Kurve, jetzt ist das Ende zu sehen. Ich erkenne gleißendes Licht. Ich bin und werde gesteuert. Dreißig Meter noch, zwanzig. Das Brummen ist nun lauter. Ich habe Lust zu laufen, ja zu rennen. Ich höre die anderen Tiere. Und Maschinen, die an und in den Tieren arbeiten. Hastige Schritte. Der unbändige Wunsch, verarbeitet zu werden. Dazu die Hoffnung, zu entkommen. Diese geisterhafte Leere. Das riesige tablettenförmige Loch in meinem Brustkorb, in jedem einzelnen meiner Zellkerne. Archäologen, die diese in Bernstein eingeschlossene Hundefutterdose entdeckt und aus einem Splitter meines Oberschenkelknochens genetisches Material isoliert haben, wird sich ein grandioser, entsetzlicher Krater entgegenstülpen, ein Vakuum, tiefer und hoffnungsloser als alle Todesursachen zuvor und zusammen. Die Forscher werden verstehen, genau wie ich verstanden habe.

Am Ende der Rampe. Ich trete ins Licht, bin geblendet, nehme dann andere Rampen wahr, einen regelrechten Kranz. Kreisrund wird den Milaut-Apparaturen im Zentrum Lebendmaterial zugeführt. Kälber momentan. Sanfte neugierige Augen. Ein halb fröhliches, halb ängstliches Muhen. Nein, kein Muhen. Auch kein Schreien. Ein Japsen, noch unentschlossen. Beklommen. Wo ist meine Mutter?, will es vielleicht fragen. In welcher Supermarktkette werde ich aus einer Kühltruhe heraus zu beruhigend parallel angeordneten Endlos-Neonröhren hinaufschauen dürfen? Und bin ich regulär verpreist oder schon im Angebot? Esnèr hatte recht. Der Akutschlachtbereich ist vollautomatisiert. Milaut-Roboter-Arme wandern blitzschnell von einem Objekt zum nächsten. Jedes Tier, das in einer der Schachtmündungen auftaucht, wird so begrüßt. Konturerfassungs-Sensoren. Egal, wo sich der Kopf befindet, woran die unschuldige, ängstliche, zarte, bald noch zarter gekochte Zunge gerade leckt, das Ziel wird erkannt, der Bolzen exakt im Sehnsuchts- und Wunschzentrum platziert. Da will ich ihn auch hinbekommen. Genau dort hinein. Aber die Roboterarme kümmern sich nicht um mich. Sämtliche Schächte werden bedient, nur meiner nicht. Panik steigt auf. Überlebensangst. Ich schaue mich um. Gibt es niemanden, der die Sache hier beaufsichtigt? Die zusammenbrechenden

Kälber werden von den Maschinenarmen erfasst, blitzschnell in ein Loch gezogen. Zum Ausbluten ein Stockwerk tiefer? Es ist warm hier. Es riecht nach allem Möglichen. Es ist ein wenig laut. Aber alles nicht zu sehr, nicht unerträglich. Die Kälber sterben im Sekundentakt. Wenn sie denn sterben. Milaut tut alles, um das sicherzustellen, doch natürlich gibt es Fehlermargen. Das menschliche Element, das jeder Maschine, jedem Rechner, jedem Menschen innewohnt. Ich stehe am Ende meiner Heimatrampe und schaue neiderfüllt zu, bis ich endlich begreife, die Arme ignorieren mich bewusst. Mein Zuführschlauch ist außer Betrieb. Wie sonst hätte ich bis hierher vordringen können? Patrick Esnèr sagt, dem Milaut-Überwachungssystem entgeht nichts. Doch das ist falsch. Allmächtig ist auf dieser Welt nur ein einziges System. Nur ein einziges Produkt. Und für das braucht man ein Rezept. Oder Verbindungen. Wer wie ich den Allmächtigen entzieht, landet folgerichtig im Schlachthof. Das ist logisch. Das ist der Ablauf der Dinge. Organismen, die zunächst R500 nehmen und dann nicht mehr, werden zur Belohnung und Bestrafung in einer fettigen Pfanne in Saint-Étienne landen, unter der peinlich sauber gehaltenen Dunstabzugshaube einer antillischen Einwandererfamilie in einem der abbruchreifen Blocks von Seine-Saint-Denis verbrutzeln. Wer Marom verrät, ernährt Frankreich. Das Präparat daher als Patriot? Unsinn. Außerdem egal. Ich will und Marom will, dass ich jetzt sterbe. Was also ist zu tun? An wen kann ich mich wenden? Muss ich wirklich zu einem der anderen Rampen-Münder laufen und ein Kälbchen wegschubsen, von seinem wohlverdienten Platz verdrängen. Was für ein unwürdiges Prozedere! Ich schaue mich abermals um. Ein Schauspiel! Ein beeindruckender Automatismus! Die Schlachtrhythmen, die elektrischen Blutfestspiele von Monéclair. Schade, dass Jean-Luc nicht da ist, dass nur Kälbchenaugen, aus denen bald schon Getriebe-Fett kaltgepresst wird, Zeuge dieser Szenerie werden. Aber halt, stimmt gar nicht! Dahinten steht jemand an einem Pult. Ich erkenne einen menschlichen Organismus im Milaut-Weiß. Lieber Herr Kollege, eine Frage: Hat ein gewöhnliches Kalb mehr Rechte als ein Bürger der Siebten Republik? Oder die wievielte haben wir gerade? Und warum ist meine Sprache jetzt so anders? Die letzten Passagen, ist das noch die Sprache eines Marc Toirsiers?

»Ich denke nicht«, antwortet der Mann.

»Sie denken nicht?«, hake ich nach. »Was tun Sie dann hier?«

»Ich greife mal wieder in meine eigene Handlung ein. Überdies überwache ich ihre Schlachtung.«

»Aber die Arme ignorieren mich. Ist das die Rache des Marazepams?«

»Sie reden Unsinn. Marazepam ist ein Medikament.«

Ich trete zu dem Mann ans Pult, werfe einen Blick auf seine Apparaturen. Milaut hat den Touchscreen im Retro-Design gehalten. Die Benutzeroberfläche eines sowjetischen Sechzigerjahre-Kernkraftwerks. Und oben rechts eine Echtzeituhr mit einer Karotte und einer Stangenbohne als Uhrzeiger.

»Diese Uhr finde ich merkwürdig«, sage ich.

»Warum?«, fragt der Mann, während die Arme nach den Kälbern greifen, bereits im Zugriff deren Stirnknochen zertrümmern. Immer neue Kälber, immer weiter.

»Darum«, antworte ich patzig. »Frage: Wann komme ich endlich an die Reihe?«

»Sobald es der Wirkstoffpegel erlaubt. Was heißt: Sobald keine Wirkstoffreste mehr in Ihren Muskelzellen nachweisbar sind. Geduld, die Abbauprozesse werden von uns permanent überwacht. In wenigen Sekunden ist es so weit. Vorher darf Milaut Ihr Fleisch nicht verwenden. Dafür gibt es strenge Bestimmungen.«

»Sie meinen, ich bin gar nicht aus freien Stücken hier?«

»Ganz und gar nicht, Herr Toirsier. Allerdings werden Sie bald schon in freie Stücke zerlegt.«

»Woher kennen Sie meinen Namen?«

»Ich kenne in diesem Buch sämtliche Namen. Auch wenn ich manche schon wieder vergessen habe. Oder erinnern Sie sich noch an die schöne, unglückliche Karin Bechtloff und deren Tochter Olivia?«

»Was reden Sie da? Ich bin Journalist, Milaut-Mann und Milaut-Produkt. Nochmals: Wann darf ich mit meiner Weiterverarbeitung rechnen? De Meudon und der *Postillon* warten auf den Artikel.«

Der Mann seufzt. »Ich wiederhole mich ungern, aber der Pegel in Ihren Muskeln muss erst unter die absolute Sinngrenze fallen. Sie sind erst dann nicht mehr lebensfähig, wenn alles Marom aus Ihnen verschwunden ist. Marom wird Sie dann durch uns entsorgen lassen, und niemand wird sich an Ihre frevelhaften Selbstversuche erinnern. Sie, Toirsier, werden kein Held wie Bunnemann. Ihre Briefwechsel werden nirgends archiviert. Übrigens: Anne Girardoux, falls Sie das interessiert, sitzt in diesem Moment in einem *Buffalo Grill*-Restaurant am Gare du Nord. Und wissen Sie, mit wem?«

»Interessiert mich nicht.«

»Thorsten Kray! Der hat es richtig gemacht. Der hat immer schön weitergeschluckt.«

»Hören Sie, was soll der Quatsch? Wer sind Sie überhaupt? Wollen Sie mir hier ernstlich erzählen, dass …« Ich breche ab. Die Gemüseuhr hat zu blinken begonnen. Dazu ein sirrendes Geräusch. Der Mann schaut jetzt zum ersten Mal von seinen Geräten hoch. Sein Blick ist nicht verächtlich, auch nicht mitleidig. Sein Blick ist *interessiert*. Ich spüre einen Luftzug. Etwas nähert sich mit ungeheurer Wucht. Gerne würde ich lächeln, einen gelösten Zug auf meine Lippen zwingen. Aber es geht zu schnell.[124]

ENDE

---

124 Die Kurzgeschichte »Schlachthof und Ordnung – zweiter und letzter Teil. Eine Reise in die Mechanik des Sterbens. Von Marc Toirsier«, Verfasser unbekannt (jedenfalls nicht Marc Toirsier), im Besitz von Herrn Frank Stremmer (Stremmer Raw Materials Ltd.), Bangui, Zentralafrikanische Republik.

Christoph Höhtker
Schlachthof und Ordnung
Roman

Dieses Buch wurde mit Mitteln der Pro Helvetia,
Schweizer Kulturstiftung gefördert.

weissbooks.w

Neptunstrasse 20, CH-8032 Zürich
Telefon +41 44 283 20 00

Umschlaggestaltung
Julia Borgwardt, borgwardt design
unter Verwendung eines Motivs von
© kulzfotolia (Adobe Stock)

Foto Christoph Höhtker
© Alexandra Sonntag

Satz
Sven Schrape

Druck und Bindung
GGP Media GmbH, Pößneck
Printed in Germany
Erste Auflage 2020
ISBN 978-3-86337-180-7

Auch als E-Book erhältlich

www.weissbooks.com
info@weissbooks.com